LE TAILLEUR DE PIERRE

DAVID POWNALL

LE TAILLEUR DE PIERRE

ROMAN

Traduit de l'anglais
par Nelly Favre et Bernard Kreiss

Albin Michel

Édition originale anglaise :
THE WHITE CUTTER

Traduction française :

22, rue Huyghens, 75014 Paris

ISBN 2-226-04945-2

POUR ALEX

La pierre connaît la forme...

Ezra Pound

Les hommes sensés ont vraiment une religion...
et les hommes sensés n'en parlent jamais.

Anthony Ashley Cooper

I

SONGEANT à Bert, mon père, peut-être devrais-je commencer par décrire son physique. Le corps, après tout, est une urne qui dissimule et trahit à la fois le caractère d'un homme. La tête, le corps de mon père ne pouvaient passer inaperçus, et le fait est que tous les tailleurs de pierre du nord de l'Angleterre connaissaient Bert, au moins de vue. Le regard ne pouvait manquer de remarquer pareille silhouette : en guise de tronc, un baril de goudron se dandinant sur de fortes jambes courtes et arquées ; les bras, toujours en mouvement, longs et noueux comme des branches de hêtre ; et les mains, ah, les mains de mon père, des pattes de taupe, des mains faites pour creuser, des pelles capables aussi bien de sculpter et de ciseler que de se cramponner à un meneau battu par les vents, le corps se balançant dans la pénombre, accroché à une corde, à soixante pieds du sol. Ses mains possédaient à mes yeux une grande beauté que leur rudesse ne faisait que souligner, de même d'ailleurs que les épais durillons au bout de ses doigts et le renflement des pouces causé par la scie qu'il tenait tantôt de la main droite, tantôt de la main gauche, exerçant une pression continue tandis que la lame fumante s'enfonçait dans la pierre en un lent mouvement de va-et-vient.

Sa tête — jamais je n'ai vu cela chez personne d'autre tout au long de mes pérégrinations — faisait partie de son corps : je veux dire *partie intégrante*, prolongement, oratoire, abside de la grande nef du torse. Il n'avait pas de cou à proprement parler, juste deux faisceaux de muscles à l'endroit où le chef s'encastrait entre ses larges et lourdes épaules. De fins cheveux noirs recouvraient son crâne, retombant sur son front jusqu'au-dessus de ses yeux bruns, farouches, surmontés d'épais sourcils, des yeux qui étincelaient constamment, tantôt de colère, tantôt de gaieté. Il avait un nez comme on n'en voit que dans le Lancashire, aussi carré qu'une pierre tombale, une réplique du nez que devait avoir Adam lorsque Dieu le sculpta dans la glèbe du jardin d'Éden. Un nez remodelé par maintes chutes et bagarres, sans oublier les maillets et les pierres qui s'étaient écrasés dessus. Je n'en dirai pas plus car il me faut évoquer maintenant son sourire. J'admirais ses mains mais son sourire tenait pour moi du miracle et les rares fois où il apparaissait sur sa grande bouche, c'est son moi intime qu'il révélait, son esprit étrange, si prompt à s'échauffer au détriment de toute clarté. Il y avait des journées difficiles, terriblement décevantes, mais, lorsqu'un mur s'était écroulé sans crier gare, qu'un bloc de pierre s'était fendu au moment où l'on allait lui donner le dernier coup de scie, lorsque des outils avaient été perdus, des matériaux volés, que la paye ne venait pas, que les livraisons étaient retardées, que les prêtres s'étaient montrés insupportables et les contremaîtres incompétents, que les camarades avaient encore trop bu (il était sobre à l'époque), il lui arrivait de me décocher son sourire magique, même si j'avais été infernal, même s'il aurait dû maudire le jour où il avait préféré garder et élever tout seul son affreux rejeton plutôt que de le confier à l'Église qui en aurait fait un moinillon dolent.

Sa voix, j'en parlerai plus tard.

Après un très long voyage, je touchais au terme du dernier des trois pèlerinages que l'abbé d'Iona m'avait imposés en pénitence pour expier le meurtre de mon cher père : premièrement, avait-il dit, je devais me rendre à Saint-Jacques-de-Compostelle, en Espagne ; deuxièmement, à Rome, en Italie ; troisièmement, à Jérusalem, en Palestine. J'étais un garçon de quatorze ans quand j'entrepris le premier de mes trois grands périples et un homme de quarante-huit ans à mon retour ; il me restait une dernière condition à remplir pour racheter ma faute : quatrièmement, avait dit l'abbé, je devais rédiger un récit exact et détaillé des circonstances de mon crime puis détruire cet écrit devant l'autel, ici même, dans l'île d'Iona.

Nous voici en mer d'Irlande, à proximité de Winchelsea, mais le capitaine annonce qu'il faut attendre la marée haute pour accoster. Comme tous les passagers, je veux à tout prix quitter le bateau, quoi d'étonnant à cela ? Ceux d'entre nous qui sont montés à bord en Terre sainte n'ont eu, hélas, que trop à se plaindre de mes marins et de leur conception de la navigation. La perspective de croupir des heures sur le rafiot immobilisé face au port nous apparaît comme un véritable supplice, alors même que la marée basse nous apporte les effluves délicieux de la vieille Angleterre.

Je rentre sans un sou vaillant. Je ne possède que mes outils et de quoi écrire. Je suis aussi démuni qu'un enfant ou un étudiant. Tout l'argent que j'ai pu gagner au cours de mes trois pèlerinages a été dépensé, volé ou donné. Je repars de zéro mais, grâce à Dieu, je suis robuste et intelligent. Si l'on parcourt le monde, on trouvera ma signature de maçon sur des abbayes, des tombes — de la Moscovie aux Indes, de Cadix à Dantzig, d'Athènes à Avignon —, deux H entrecroisés, Hedric Herbertson, et rien que de la belle ouvrage. Il ne s'agit pas d'orgueil, pas à ce stade de ma deuxième naissance, mais de l'estimation honnête qu'un artisan peut avoir de sa valeur, attestée, en l'occurrence, par des empereurs, des papes, des princes, des sultans, des Altesses de toutes confessions dont les témoignages ne sont en aucun cas des flatteries.

Les marins sont encore plus excédés que les passagers. Ils sont en mer depuis neuf mois et les pèlerins ne sont pas leur fret préféré. Dès l'aube, ils se sont démenés sur le rafiot (crasseux, pourri, un véritable égout flottant !) pour arriver avant la tombée de la nuit. Et pour forcer l'allure, tout juste s'ils n'ont pas brassé l'air avec leurs mains et leurs chapeaux !

La côte se dessine devant nous maintenant. Ayant vu l'ancre s'enfoncer dans les vagues, des mouettes nous encerclent. C'est ici qu'on procédera au grand décrassage, à l'endroit où le courant balaie les bancs de sable.

L'eau est assez chaude et se prête à la baignade. Ces cicatrices sur mon corps n'ont pas une mais de nombreuses histoires. Elles proviennent de bagarres, d'accidents, de tentatives de meurtres, d'ébats amoureux (que Dieu me pardonne d'évoquer de tels souvenirs !), de châtiments et de rites initiatiques dans des tribus païennes qui m'ont adopté, de tortures aussi (est-ce pire que l'amour ?). Je porte également des cicatrices invisibles.

Les passagères ont depuis longtemps renoncé à se voiler la face devant les hommes qui se baignent ; quant à moi, je suis même poursuivi par trois imposantes matrones de Northampton. Elles ne cessent de me tourner autour et, pendant la traversée, j'ai dû leur raconter au moins cinquante fois l'histoire de l'inscription en arabe qui orne mon sexe. Ces dames ne sont à bord que depuis notre escale à Pontevedra, en Espagne, où ont également embarqué des pèlerins qui reviennent de Saint-Jacques-de-Compostelle — le premier de mes pèlerinages, entièrement effectué à pied, pour obéir aux instructions de l'abbé d'Iona, mille miles au total. Durant ce voyage qui devait durer plus de neuf années, j'ai participé à la construction de trente-neuf édifices. A titre indicatif, je puis signaler que j'ai gagné, l'un dans l'autre, cinquante-quatre livres, douze shillings et quatre pence, étant entendu que, dans la mesure du possible, j'ai appliqué un taux de change moyen pour calculer l'équivalent anglais des différentes monnaies (je ne connais toujours pas la valeur du *groque* basque).

J'arrive à tenir debout dans l'eau peu profonde. Le sable fin qui coule entre mes orteils appartient sûrement au sol anglais : ma patrie. Pourtant, le mot *patrie* ne signifie pas grand-chose pour moi, sauf dans son acception la plus large. Je n'ai pas d'endroit où aller si ce n'est à Iona où, quand je l'aurai achevé, je dois brûler ce livre que je commence maintenant. Ensuite ? Je n'ai ni famille ni amis. J'irai à Londres. Le roi Édouard n'est pas aussi grand bâtisseur que son père Henri, mais il entreprend des ouvrages çà et là, et il devrait savoir apprécier mes talents. Je demanderai au moins huit pence par jour, cela me changera du quart de penny auquel j'ai eu droit tout au long de ces années de pénitence. Le dernier salaire de mon père était de quatre pence en 1253 mais les tarifs, entre-temps, ont considérablement augmenté, du moins pour les meilleurs d'entre nous.

Oui, mesdames, cette inscription en arabe garde le même sens que dans la baie de Biscaye, au large du cap du Bout-du-Monde, près de Madère, elle signifie : « De cette tour, mon amour, ma rose, sois à jamais la providence. »

Il fallait voir ces dames s'esclaffer. Ah, je sens à mes pieds les fortes oscillations de la marée anglaise. Vénus apparaît très bas dans le ciel crépusculaire.

Lorsque je vins au monde, la construction était en plein essor dans le nord de l'Angleterre. Mon père, Herbert de Garstang selon les livres de paye, travaillait à l'abbaye de Cockersands sur la côte du Lancashire. Ma mère, ouvrière agricole, vivait là. Elle s'appelait Joan. Quand, à la fin de sa vie, Bert parlait d'elle, il disait qu'il ne l'avait prise que pour se tenir au chaud. L'abbaye des Prémontrés, petite et solitaire, était située sur les basses terres, près de l'embouchure venteuse de l'estuaire du Croissant. Malgré l'hiver, il n'était pas question pour l'abbé de ralentir le rythme des travaux. La période la plus rigoureuse, Bert et Joan la passèrent à Lancaster et ils revinrent en mars, lorsque les grands vents se furent calmés. Je naquis en août, au foyer d'un tailleur de pierre.

Mon père évoquait souvent les deux années qu'il avait passées avec ma mère. Elle ne ressemblait pas aux autres paysannes, disait-il. Elle était plutôt menue alors que les autres étaient souvent de grandes et solides créatures. Quand je fus en âge de comprendre — vers six ans, je crois —, Bert me confia que ma mère avait de fort jolis seins. Longtemps après que Joan et Bert se furent quittés et même complètement perdus de vue, ces fort jolis seins le tracassaient encore. Il en dotait tous les sujets féminins qu'il sculptait : la Vierge, Marie-Madeleine, les mères des apôtres, la fille d'Hérode, toutes, sans exception. Le prieur des chanoines réguliers de Saint-Augustin s'insurgea contre cette répétitivité et Bert dut recommencer le travail. Mais, au bout du compte, les seins étaient exactement pareils, juste un peu plus petits. Lorsque Bert m'enseigna l'art de sculpter des seins, il prit évidemment pour modèle ceux qui m'avaient allaité. Ce fut une leçon tout à la fois riche, mélancolique et troublante.

Encore enfant, j'ai eu l'occasion, un jour, de retourner à Cockersands. Bert travaillait au prieuré de Lancaster et m'avait envoyé à Kirkham dans une carriole tirée par un cheval, avec mission de lui rapporter une certaine pierre que je devais trouver dans une ruine. Le plus court chemin passait par Garstang, la ville natale de mon père, mais les actes de brigandage étaient fréquents en été sur cet itinéraire. Aussi me fut-il conseillé de prendre la route côtière et de traverser la Wyre près de Towbrick. J'avançais lentement de manière à ménager mon cheval, une pauvre vieille rosse qui risquait d'avoir du mal à se traîner, au retour, avec la pierre sur la carriole. Comme je passais à gué le Conder, juste au sud de Lancaster, j'aperçus des carcasses de moutons égorgés qui flottaient dans la rivière. C'était un spectacle hideux, désolant. Le vieux cheval se cabra en humant l'air de ses naseaux dilatés et recula. Si bien qu'au lieu de continuer plein sud, je fus obligé de bifurquer vers l'ouest et que j'atteignis ainsi les sables de Cockerham. La région était constamment dévastée et ma route jalonnée de traces de violences, anciennes ou récentes. J'étais d'autant plus émerveillé de voir des champs moissonnés et des paysans au travail. Leur énergie révélait une étrange obstination et me rappelait d'ailleurs la volonté farouche des miens qui, sans pouvoir, comme ces agriculteurs, garder leurs terres, s'accrochèrent désespérément à la vie, alors même que tous les moyens — massacres, pillages, saccages — étaient bons pour les éliminer. Leurs moissons ne pouvaient être que des moissons de la pensée.

Tandis que je progressais lentement à bord de ma carriole, je pus distinguer de très loin le lieu de ma naissance, les vastes espaces de sable, le monastère isolé se détachant en bordure de mer dans l'air sec et limpide. C'était une sombre bâtisse habitée par quelques pauvres hères, parias, fils en surnombre ou débiles qui se retrouvaient parqués là pour rendre grâce à Dieu de leurs misères. Mon père les méprisait, comme il méprisait tous les chrétiens. Il leur construisait des maisons, leur bâtissait des châteaux et des églises, leur élevait des flèches et des tours, acceptait toutes leurs commandes — il prostituait son savoir-faire à seule fin d'assurer sa subsistance. On ne permit jamais à Bert de bâtir une église dévolue à sa propre foi. Pendant que la pauvre rosse cheminait péniblement sur le sable mouillé vers le lieu où j'avais été conçu et mis au monde, je songeais à Bert qui s'échinait là-bas, à Lancaster, pour ce prieur acariâtre, réputé d'ailleurs pour son arrogance et sa grossièreté. Mon père devait supporter tous les affronts de ce chrétien puis retourner au chantier et donner forme à la beauté. C'était tout un art, et qui faisait partie de mon éducation : prier un Dieu tout en feignant d'en prier un autre, révérer en secret une vérité, dissimuler ses propres croyances et se conformer en apparence aux règles d'une religion étrangère. Sans ce pragmatisme, notre religion ne compterait plus un seul adepte.

Cela me perturbait beaucoup, mais pas de la même façon que mon père. On peut dire que Bert ne décolérait pas. Tandis que je méditais sur la dureté de notre métier, sur le fait que nous ne pouvions pas être nous-mêmes et satisfaire en même temps l'Église, notre principal employeur, il n'y avait chez Bert ni débat ni combat intérieurs. Sa frustration s'exprimait totalement dans son labeur, dans la fureur avec laquelle il s'attaquait à la pierre, au monde mort et dangereux de la matière. Et c'est ainsi qu'il avait dressé, face à la mer grise, ce sinistre mausolée.

« Bâti pour durer, disait-il toujours en parlant de ce qu'il venait de faire. Le diable même ne saurait le détruire. » En voyant l'abbaye, là-bas, par-delà les champs, je compris pourquoi. Tout ce que construisait Bert appartenait au diable, ce dernier n'allait certes pas détruire ses propres œuvres.

Si je disais que je fus élevé sans mère, on risquerait de mal me comprendre, car des mères, j'en ai eu, et beaucoup, mais aucune ne resta longtemps.

Mon père prenait femme chaque fois qu'il trouvait un nouveau chantier ; il n'allait pas la chercher en ville ou au village voisin mais la trouvait sur place, parmi les ouvrières agricoles. On devenait amants sans cesser d'être des camarades, et, pour autant qu'il m'en souvienne, l'amour n'y perdait pas grand-chose.

Les femmes ne supportaient jamais très longtemps la vie avec mon père (sans parler de vivre avec autrui, Bert trouvait déjà difficile de vivre avec lui-même), elles retournaient donc à leur célibat ou se cherchaient un homme plus sociable parmi la gent des maçons.

Un visage flou et composite émerge de mes souvenirs à la manière d'un motif qui apparaîtrait entre les multiples éraflures d'un plancher : ces traits féminins, imprécis et pâlis, sont ceux de ma mère ; une image tremblée, estompée ; les yeux tristes et cernés appartiennent aussi à d'autres femmes — Sarah aux yeux bridés, Margaret aux lourdes paupières, Jane à la tête bovine et à la crinière rousse avec deux fentes ourlées de rouge en guise d'yeux —, des femmes presque toujours fortes et frustes qui exhalaient une odeur de terre et qui, toutes ensemble, constituent le portrait hétéroclite de ma mère tel qu'il est gravé en moi.

Aucune ne put retenir mon père et encore moins le comprendre. Un tailleur de pierre qui se déplace par monts et par vaux pour trouver du travail emporte son monde avec lui et ce monde est secret. Il doit éviter de s'attacher à quiconque, s'encombrer le moins possible et rester sur son quant-à-soi. Ce sont des restrictions très dures pour un homme qui, comme mon père, tombait facilement amoureux, et je crois qu'il aurait envisagé la chasteté comme une parade aux tourments de son cœur, si toutefois il en eût été capable.

Mais ce n'était pas le cas.

Pour moi, vue sous cet angle, la vie itinérante du tailleur de pierre a toujours été très pénible car je ressemble à mon père, en plus excessif : j'aime beaucoup la compagnie des femmes et j'estime que par le corps et l'esprit elles sont plus proches de notre art que nous autres hommes. Elles sont notre source d'énergie et d'inspiration mais nous devons les tenir hors du sanctuaire sinon elles le détruiront pour des raisons inhérentes à leur nature.

Ah, les femmes ! Si ma mère avait été maçon, si j'avais été engendré par un génie mâle incarné dans un corps de femme, quelle extraordinaire créature j'eusse été. J'aurais pu bouleverser l'art de la construction au lieu d'avancer à tâtons. Comme le prince Daniel Romanovitch me le disait voici des années à Moscou : « Hedric, il y a une femme qui se cache en toi. Ton âme a la rondeur des coupoles. » Eh bien, à mon avis, ce que voulait exprimer le vieux bonhomme, c'est que je cherchais toujours à courber la verticale. Et par Dieu oui, je l'ai courbée !

Mais c'est Bert qui m'a élevé. Si je reconnais en moi toutes les influences féminines qui ont pu marquer mon caractère, je dois cependant revenir à mon père pour ce qui est de ma formation. Je faisais en quelque sorte partie de sa panoplie d'outils. D'ailleurs, quand j'étais bébé, il me transportait dans son sac en cuir avec les outils qui cliquetaient sous mon derrière. J'allais partout où il allait. S'il travaillait en haut d'une tour, je me retrouvais attaché quelque part au pied de cette même tour. S'il charriait une pierre, j'étais avec la pierre dans la brouette. Lorsque les treuils hissaient le mortier, j'étais dans le seau. Bert avait depuis longtemps pris sa décision. Dans la mesure où j'étais son héritier, son avenir, son éternelle promesse dans un monde mauvais, je devais le suivre comme son ombre. Ce choix n'était pas exempt de dangers. J'ai déjà parlé des cicatrices collectionnées au cours de mes trois grands pèlerinages, il faut mentionner aussi quantité d'os brisés, mais ces cicatrices et ces fractures en cachaient d'autres qui dataient de l'enfance car, à l'époque, il m'arrivait souvent de tomber, d'être piétiné ou laissé pour compte quand Bert oubliait dans quel coin il m'avait déposé ou quand il me croyait plus dégourdi que je ne l'étais : la mort, me disait-il, m'avait parfois frôlé. C'est pourquoi, maintenant, à la fleur de l'âge, même lorsqu'elle me frôle d'encore plus près, je n'éprouve aucune crainte. C'est là, sur cette terre, que Bert m'a abandonné. Que ne suis-je resté dans son sac à outils, moi qui me suis tellement éloigné de lui !

II

Que mon autobiographie remonte à l'instant même de ma naissance ne doit pas étonner outre mesure. Je ne prétends pas pouvoir rendre compte de la totalité de mon histoire personnelle, encore moins analyser mes premières sensations, mais je peux affirmer que j'étais conscient des forces qui agissaient en moi. Lorsqu'un homme a passé sa vie à façonner la matière pour réaliser des formes purement spirituelles, croyez-vous qu'il puisse oublier ce qui l'a façonné, lui, surtout si cet homme, taillé lui-même au ciseau et au maillet, fut jadis un être tendre et vulnérable ? Car un maçon, c'est cela — un équilibre au sein de forces qui réduisent sans cesse toute chose en poussière. J'étais ce que je suis aujourd'hui : le fils d'un fils de maçon, et ainsi de suite jusqu'aux Romains et plus loin encore, selon Bert. Nous n'avons jamais rien su faire d'autre, affirmait-il. Un beau matin, un de nos ancêtres posa une pierre sur une autre, probablement avant d'aller se pendre.

Quoique doué de vie, je ressemblais davantage au matériau auquel je devais me frotter tout au long de mon existence : un mélange de sable, de gravier et de cristaux. Dans les bras de ma mère, j'étais une pierre angulaire, la base d'un édifice possible, mais le fait est que c'est mon père qui imprima une forme à cette pierre. Bert me donnait des noms affectueux qu'il puisait dans le vocabulaire de son métier — quel autre langage aurait-on pu attendre de lui ? J'étais son *ciseau,* son *maillet,* son *petit moellon* et, lorsque j'étais propre comme un sou neuf, son *beau parpaing.* Ces mots pouvaient-ils signifier quelque chose pour un nourrisson ? Non, sûrement pas, mais quand il me prenait dans ses bras, on aurait dit qu'il portait une pile avec son chapiteau ou un bloc de pierre poli aux deux extrémités, oh, que de choses j'apprenais ! Ce fut le début de mon éducation. Et l'on sait à quel point les tout-petits ont besoin d'un contact physique et familier.

Plus tard lorsque, discutant de notre travail, nous n'étions pas d'accord, mon père et moi, je lui rappelais ces moments-là, je citais même certains mots ou phrases qu'il avait prononcés à l'époque. Cela l'agaçait prodigieusement car il se reprochait de m'avoir entraîné dans ce métier, l'atroce métier de tailleur de pierre, comme il se plaisait à dire. Il déclarait souvent qu'il aurait aimé me voir charpentier parce que le bois est plus tendre et qu'on travaille plus vite.

Le petit crapaud n'était certes pas totalement inapte à juger le monde qui l'avait vu naître. Dès le début, l'étincelle divine, celle que plus tard je fus capable d'insuffler à tant d'édifices dédiés à la chrétienté, me rendit vigilant et me donna le goût de la perfection.

Que pouvais-je devenir, là, dans une contrée où il pleuvait sans cesse, où la mousse poussait sur le dos du cheval qui hibernait à l'écurie, où les vêtements, le cuir, le bois et la pierre étaient toujours humides, la seule véritable chaleur étant intérieure ? Mon père contestait toujours ces souvenirs et prétendait que c'était pure invention. Il ne se rappelait pas que nous avions été à ce point mouillés. En ce temps-là, disait-il, les étés étaient plus chauds, les hivers plus blancs, les printemps plus capricieux. Il avait tort. Ce ne fut que pluie et boue jusqu'à un certain matin, trois semaines après mon troisième anniversaire. Ce jour est marqué d'une pierre blanche dans ma mémoire car il inaugurait une période de dix jours de beau temps. Mais je dois évoquer cette première partie de ma vie tout au long de laquelle les saisons parurent se figer en un unique mois de mars venteux et pluvieux, se répétant de mois en mois, d'année en année : aucune différence entre Noël et Pâques, entre la Pentecôte et la Toussaint. A cette époque, j'étais comme du limon dans l'eau, emporté dans les méandres tumultueux de l'âme paternelle, prisonnier de cet inachèvement brumeux et ne voyant que par ses yeux. Cependant, je ne cessais de grandir et de lutter pour sortir du marécage, même si j'y retombais immanquablement.

Jusqu'à trois ans, évidemment, pas question de parler, d'écrire ni de m'exprimer autrement que par des sourires ou des cris, tant nos conditions de vie étaient pénibles. Bert fulminait sans cesse, maudissant notre existence, tandis que de site en site, nous parcourions le nord de l'Angleterre : je l'ai entendu appeler la mort pour qu'elle vienne le délivrer, mais il était aussi habité par une tout autre pensée

— moi, moi qui rêvais de commencements. Affamé, je le fus souvent. Blessé par les ruades du cheval quand nous en avions un, je le fus. Glacé quand les couvertures avaient glissé du lit et qu'il était trop accablé pour le remarquer ou m'entendre pleurer, trempé quand la pluie pénétrait dans le haut du sac mal fermé par une ficelle et qu'elle m'inondait le visage, vautré dans mes excréments car je ne fus pas propre avant cinq ans (un sujet de honte pour moi et de scandale pour Bert), oui, je le fus. Mais négligé ? Jamais. A vrai dire, lorsque Bert avait les pieds sur terre, c'est-à-dire lorsqu'il n'était ni amoureux, ni désespéré, ni ivre, ni en train d'évider rageusement la gueule d'une gargouille, j'étais sa principale préoccupation.

Toutefois, il ne savait pas me dorloter. Il est vrai que c'est une affaire de femme. Un homme, aussi attentionné soit-il, ne saurait pourvoir à tous les besoins d'un enfant en bas âge. Comme mon corps manquait du minimum nécessaire à un bébé, ce fut mon esprit qui releva le défi.

Bert croyait qu'à partir de ses propres besoins, il pouvait déduire ce qui est nécessaire à la survie d'un nourrisson. Après tout, j'étais Bert dans la mesure où Bert était mon père — un nouveau départ, une quintessence, mais, dans les accès de tristesse qui obscurcissaient son intelligence, quand il luttait pour ne pas sombrer totalement, il oubliait que je n'étais fort que de la force mise en moi sous forme de nourriture. En quittant ma vraie mère, il avait oublié la fonction essentielle qu'elle remplissait : me donner du lait. Bert présumait que j'étais sevré tout simplement parce que Joan n'était plus là.

Dans les quinze jours qui suivirent la privation du sein maternel, je faillis mourir. Bert ne cessait d'enfourner dans ma bouche des aliments solides qu'il avait préalablement mastiqués : je me souviens de morceaux de lapin, de pommes tavelées et de vieux quignons de pain qu'il avait d'abord mâchés à mon intention. Grâce à ce régime et aux routes cahoteuses, une fièvre maligne ne tarda pas à se déclarer.

Le prieur de Cockersands demanda à Bert de restaurer une autre maison des Prémontrés située tout en haut de Shap, dans le Westmorland. C'était un endroit isolé et lugubre que l'on atteignait par une route tortueuse qui contournait la sauvage vallée de la Lune, infestée d'Écossais et de bandits recherchés par la justice royale.

Au plus fort de ma fièvre, juste au sud de Penrith, un vent glacial se leva. Bert demanda abri à une vieille femme qui s'était construit une cabane dans le creux d'un rocher, près de la rivière. L'aïeule était à moitié folle mais quand, ayant reniflé mon haleine, elle dit à Bert que je mourrais si on ne me donnait pas du lait, il fut bien obligé de la croire. Des hommes et des enfants, ce n'est apparemment pas ce qui avait manqué dans sa vie et on voyait qu'elle s'y connaissait en bébés. Toutefois, elle n'avait pas de lait à offrir — ni de vache ni de brebis ni de chèvre ni même de jument. La seule femelle qui pouvait donner du lait en ce lieu sauvage, dit-elle à Bert, c'était une renarde qui élevait ses petits dans un bois, de l'autre côté de la rivière.

Bert quitta la cabane dans la nuit au plus fort de la tempête et je restai avec l'aïeule qui n'arrêtait pas de glousser. Au matin, je fus éveillé par un cri à la fois ténu et perçant. J'ouvris les yeux et vis Bert dans l'encadrement de la porte, une étole rousse et palpitante autour du cou et cinq petits sur les talons. Je ne vous décrirai pas le lait de renarde ni combien il est malaisé de téter une renarde récalcitrante, sachez seulement que je décidai sur-le-champ d'être sevré et de me passer de lait. Hélas, je ne pus communiquer cette décision à Bert car je ne parlais toujours pas.

Quand nous arrivâmes à Shap, ville située dans une cuvette humide et venteuse, nous nous rendîmes à l'abbaye et Bert demanda du lait aux sinistres chanoines, les suppliant de sauver ma jeune vie. Je garde un souvenir précis de la cuisine aux murs suintants, du bois qui brûlait parcimonieusement dans l'âtre, je revois aussi les visages brutaux et luisants des chanoines, leurs robes sales et puantes, tandis que je crachais et vomissais le lait de vache qu'ils introduisaient avec une cuiller au fond de ma gorge. Ils avaient également recours à un entonnoir destiné aux veaux orphelins et ils me maintenaient à plat, dos sur la table pour m'administrer la potion mais mon gosier refusait catégoriquement la moindre goutte de lait. Cette nuit-là, je dormis près du feu dans les bras de Bert pendant que, persuadés de ma mort imminente, les chanoines priaient pour moi. Un enfant aussi têtu, murmuraient-ils, aurait pu faire, une fois dressé, un religieux fort acceptable. De fait, bon nombre d'entre eux avaient été asservis aux chrétiens par des parents exténués. Au petit déjeuner, ils arrivèrent tout droit de la messe pour m'enterrer, la mine réjouie, des fleurs printanières dans leurs grosses pattes, c'est qu'ils n'avaient pas souvent l'occasion de voir mourir quelqu'un d'aussi jeune. Mais je déçus leurs espoirs nocturnes car je n'étais pas prêt. Pendant que mon père dormait, je m'étais laissé glisser à terre et restauré en léchant de vieux crachats et en suçant des grains d'orge après avoir rongé le sac avec mes gencives. J'imagine que l'on accusa un rat.

Je ne touchai plus jamais au lait, même s'il fallut des mois à mon père pour comprendre une décision qui devançait tout simplement celle que la nature aurait prise pour moi. J'attendais une réaction de sa part, d'étonnement ou d'admiration. Aussi loin que l'on remonte dans notre généalogie, je suis certain que l'on ne trouvera jamais un enfant comme moi. Quand il me berçait dans ses bras avant de me coucher, que ce soit sous une tente près d'un torrent glacial ou dans une maison douillette, je cherchais dans ses yeux quelque signe de reconnaissance. « Mon fils, voulais-je l'entendre murmurer, tu es génial. » Mais il n'en fut jamais ainsi, même quand mon génie devint manifeste. Ainsi se creuse l'abîme entre deux âmes et, hormis des arcs-en-ciel prometteurs, rares sont les ponts qui leur permettent de se rejoindre. Bert ne prenait pas mes décisions au sérieux car, pour lui, je n'étais qu'un bébé. Et pourtant, il avait sculpté maintes versions d'un nouveau-né extraordinaire, celui-là même qui devait conquérir l'Occident. Le fils de Marie était extraordinaire, pas moi. Pour Bert, je n'étais qu'un bébé sans défense, un petit animal égaré dans un monde hostile. Pour moi, j'étais déjà l'alter ego de Bert, le lieu qu'il hantait parfois pour lui confier ses secrets. Je ne pouvais pas, hélas, répondre par des mots ; cet obstacle entre nous, je rêvais de l'abattre chaque fois qu'il s'adressait à moi d'égal à égal : « Hedric, disait-il, c'est à désespérer. Le mortier n'a pas voulu prendre. J'ai cassé mon meilleur ciseau. J'ai encore sculpté Moïse alors que ce devait être Abraham. Mes feuilles de vigne ressemblent à des feuilles de chou. J'en ai assez de cette besogne. Si je n'étais pas complètement fou, je plaquerais tout et à Dieu vat ! » Je mettais mes petits bras autour de son cou, je couvrais son visage de baisers et je sautais sur ses genoux en rotant et en pétant car je digérais mal le pain acide et la bière blonde qu'il m'avait donnés en guise de dîner, tout cela en attendant désespérément de prononcer mes premiers mots et de le consoler par des paroles.

Mon père me racontait absolument tout — des propos sombres et dangereux qu'il n'aurait jamais tenus s'il s'était seulement douté de ma précocité. Parfois, c'était si follement triste et sans espoir que je m'affaissais sur ses genoux en hurlant. Sa réaction était alors catastrophique : sous prétexte que j'avais compris, il éclatait de rire. Ainsi, je devins l'authentique et fallacieux prolongement de son moi — à la fois son moi en réduction et son bouffon. L'habitude de se confier totalement à moi ne le quitta jamais. Lorsque je balbutiai mes premiers mots (et j'étais en retard dans ce domaine), notre intimité était bien trop grande et mon père ne pouvait plus revenir en arrière.

Ce qu'un homme peut dire à un enfant en l'absence de tout témoin est à la fois vrai et atroce : s'il est seul à assumer la charge de l'enfant, si cet enfant est à jamais un fardeau, fruit d'un besoin désespéré de chaleur aussitôt regretté, l'homme racontera tout. Il n'a rien à perdre, c'est à son image en réduction qu'il parle : une copie, mais plus innocente et plus pure que l'original. Ces conversations à sens unique sont rarement plaisantes à évoquer, mais, en ce qui concerne mon père, ma mémoire est si bonne que je suis capable de réciter par cœur les soliloques qu'il m'adressait. Au cours de ma vie aventureuse, il y eut des moments, je dirais même des périodes, si je me réfère à la prison ou à la captivité, où ces monologues terribles et sincères (c'est du moins ainsi qu'il les jugeait) me furent extrêmement utiles pour rester sain de corps et d'esprit.

Il est temps de décrire la voix de mon père, car, dans mon souvenir, c'est elle qui transmet la sagesse douloureuse de ses paroles. Bien que douce et agréable, d'une rondeur presque nonchalante, on y décelait pourtant, à l'arrière-plan, une sorte de plainte animale qui pouvait le secouer de rage, le faire siffler de peur ou exploser de rire. J'ai maintes fois été bercé par ses interminables confessions qui parfois duraient deux jours et deux nuits sans que ni lui ni moi ne fermions l'œil — jusqu'au moment où il se mettait à hurler son désespoir. Alors le charme était rompu, la musique envolée, et je n'avais plus en face de moi qu'un pauvre hère à la mine torturée, livré à ses aspirations inassouvies, abandonné par les dieux.

« Tu t'imagines peut-être que je vais supporter cette vie encore longtemps ? Pour tes beaux yeux, espèce de singe ! Petite peste ! Et pour arriver à quoi ? A te décevoir ? A te faire du mal ? Quoi, tu veux continuer ! Continuer à découper un monde nouveau dans cette pourriture ? Je n'ai à t'offrir qu'une place sous l'arche de la souffrance. Tu la veux ? Tu ne réussiras pas mieux que moi. Il est même probable que tu t'en sortiras moins bien, vu que tout va de mal en pis dans ce maudit pays. Le Créateur, quel qu'il soit, n'a jamais imaginé que l'on puisse construire la moindre bâtisse en Angleterre, pas même le taudis d'un crève-la-faim. Comment expliquer autrement qu'il n'y ait jamais eu de travaux d'assèchement ni de drainage ? Le saule est chez lui partout où nous voulons bâtir. L'Angleterre ? Une véritable éponge ! Nous construisons sur un marécage, mon fils. Notre travail flotte sur un amas de laîche et de boue juste bon pour les crapauds. C'est comme ça, tu peux hocher la tête et sucer ton pouce, espèce de petite sangsue ! »

Plus d'une fois, j'ai cru qu'il allait me frapper. Il rôdait autour de mon berceau — quel qu'il fût : une caisse, la sacoche, sa selle mise à l'envers —, vociférait et me menaçait soudain du poing ou du bout de sa chaussure. S'il ne pouvait plus contenir sa violence, il la retournait contre lui et se frappait la tête et les cuisses avec la même rage que lorsqu'il s'attaquait à la pierre. Je me défendais en riant, ce qui l'irritait encore davantage, tant et si bien que son corps se cabrait et qu'il finissait par perdre conscience. Et les jérémiades quand il revenait à lui ! Pourquoi est-ce que je me torture ? Qu'est-ce qui cloche chez moi ? Quand trouverai-je la paix, ici-bas ? Sa voix prenait alors une nouvelle inflexion, celle que j'aimais et qui m'instruisait, celle qui, en grande partie, m'a inspiré ma philosophie.

C'est ainsi qu'il m'éleva, dans le clair-obscur verdâtre des « Temps humides » — toujours entre deux crises, toujours à regretter la besogne qu'il avait acceptée. Il ne pouvait admettre que je fusse le seul élément du futur qui lui plût. Son œuvre ne s'affranchissait jamais vraiment des affres de son humeur mélancolique. Si le roi l'avait nommé *magistro cementorium regis* pour récompenser l'ensemble de ses travaux, mon père n'en aurait pas été plus heureux. Sa seule ambition, une fois prise la décision de me garder avec lui, fut de former un franc-maçon qui éclipserait tous les autres. Mais Bert ne put jamais reconnaître qu'il nourrissait effectivement ce projet. Car cela revenait à admettre qu'il désirait faire de moi un meilleur maçon que lui (ce qui n'était d'ailleurs pas si difficile !). C'était comme si un pouvoir générateur et noble l'avait animé à son insu — un altruisme qui le mettait hors de lui dans ses mauvais moments et l'étonnait dans les bons. Durant toutes les années que nous avons passées ensemble, il ne m'a jamais avoué que son but était de me voir ceindre le tablier. Vu la tournure des choses, il eût sans doute été plus enclin à me l'arracher, quitte à regretter ensuite son geste. A vrai dire, j'étais déjà son modèle bien plus qu'il n'était le mien.

Nous étions à Monkwearmouth, sur les hauteurs de Durham, chez les Bénédictins noirs, car Bert avait accepté la commande d'un *Massacre des Innocents.* Il était en mal d'inspiration et je devais poser pour chaque Innocent, assis, couché, saigné et même debout (alors que je tenais à peine sur mes jambes) ! L'abbé semblait approuver cette uniformité. Les âmes des enfants sont toutes également pures, disait-il à Bert. Innocent ? pur ? moi qui vivais avec Bert depuis dix-huit mois ? Moi qui connaissais ses désordres et ses passions, ses sautes d'humeur et ses migraines ? Sans compter que je savais reconnaître un travail médiocre quand je le voyais. Si je m'avisais de gigoter, de bâiller ou de pleurer, Bert me replaçait énergiquement dans la posture d'enfant souffrant qu'il m'avait imposée et reprenait aussitôt sa tâche en grommelant dans sa barbe. Et quand il sculptait les mains des soldats tenant l'épée, c'était ses propres mains qu'il copiait. Comme l'ouvrage tirait à sa fin, je remarquai que l'un des soldats était doté de mon nez : signe des temps à venir, preuve qu'il était conscient de ma supériorité et qu'il me craignait.

III

Du jour au lendemain, comme je l'ai dit, il se mit à faire beau. Nous avions l'impression d'être dans un autre pays. Les Temps humides appartenaient au passé mais non les énormes dégâts qu'ils avaient causés : il faudrait des années pour remettre en état les bâtisses endommagées. En séchant, la terre avait changé de niveau et de consistance, si bien que les fondations avaient bougé. Des églises jusque-là solidement ancrées dans le sol se tassaient sous l'effet des glissements de terrain. Ces phénomènes amenèrent mon père à quitter sa retraite et sa solitude morose, avec moi toujours sur ses talons qui écarquillais les yeux en tâchant de comprendre comment les bonnes nouvelles devenaient mauvaises puis de nouveau bonnes — le beau temps n'avait-il pas détruit les monastères et rendu momentanément les tailleurs de pierre prospères ?

Le travail de restauration confié à Bert aurait dû, en grande partie, être effectué par des maçons qui n'avaient pas tenu leurs engagements. Ces hommes s'enfuirent vers l'Écosse, l'Irlande ou la France, ce qui engendra une pénurie de main-d'œuvre ; quant aux bons tailleurs de pierre, on se les arrachait. Bert regimbait parfois, disant que l'on ne s'adressait à lui que pour rafistoler les *créations défectueuses* des autres. Une boutade qui visait à perturber les moines et les prêtres.

Le mot « création », les religieux le réservaient au Tout-Puissant. Or Bert l'employait couramment, l'appliquant aussi bien à ses propres réalisations qu'à celles de ses frères maçons. Il retrouvait dans les édifices les défauts qu'il avait découverts dans le christianisme lui-même : les points de tension non équilibrés, les pressions et les poussées mal réparties, les matériaux de mauvaise qualité, et aucun plan d'ensemble cohérent. Pourtant, derrière cette foi défaillante, on devinait une croyance plus ancienne, plus solide et plus accomplie. Tout en restaurant et en remettant d'aplomb les abbayes et leurs dépendances, Bert leur insufflait sa propre vérité, un peu comme le médecin s'investit dans l'existence du patient qu'il s'emploie à guérir.

Bert mettait moins de cœur à l'ouvrage quand il devait réparer et redresser ses propres constructions. Ce fut ma première déception : il n'était qu'un penseur à court terme, il n'allait pas jusqu'au bout du combat qui lui aurait permis de prouver sa valeur. L'inaptitude à reconnaître ses échecs ne peut que s'opposer au véritable accomplissement.

Plus je grandissais, plus ce manque d'autocritique chez mon père me consternait. Il s'empressait de dénigrer l'ouvrage de ses camarades mais ne mesurait jamais le sien à l'aune de ses propres critères. Un maçon ne construit pas tout seul. Ses créations naissent d'un effort commun et il doit travailler en harmonie avec ses confrères. On ne peut exprimer sa personnalité et son originalité sans risquer de détruire l'impression d'une inspiration commune, indispensable à la réussite d'une grande œuvre architecturale. On doit avoir la sensation qu'une communauté, en aucun cas un individu assoiffé de gloire, a rassemblé ses outils et ses talents pour réaliser l'œuvre. Mais j'anticipe. Ces réflexions appartiennent à une période ultérieure, lorsque je pus soumettre mon père à un examen plus critique.

Peu après mon sixième anniversaire — le 3 avril, fête de saint Burgundofara, saint Pancrace de Taormina, saint Richard de Chichester et autres charlatans chrétiens, Bert m'emmena dans le Yorkshire et, durant tout l'été, nous eûmes de la besogne à Kirlees, un couvent de nonnes cisterciennes. Les tailleurs de pierre n'appréciaient guère l'ordre des Cisterciens qui formait souvent ses propres maçons et préférait un style plus austère, nécessitant moins de décorations, donc moins de véritable habileté à sculpter la pierre. L'abbesse de Kirlees ayant demandé l'aide des cisterciens de Jervaulx, deux frères, maçons de formation, se rendirent au couvent et semèrent la pagaille parmi les nonnes. Des laïcs ne bénéficiant pas des privilèges attachés à l'ordre seraient moins dangereux, pensa l'abbesse qui contacta Bert par l'intermédiaire des cisterciens à Holme Cultram dans le Cumberland ; ces derniers connaissaient Bert par les augustins noirs de Carlisle, des chanoines pour lesquels il avait accompli un énorme travail de consolidation de la nef transversale endommagée.

Bert n'aimait pas les Cisterciens, pas plus qu'il n'aimait l'idée d'avoir à séjourner longtemps dans un couvent. Cependant, il ne put résister à la perspective d'avoir à reconstruire un arrière-chœur effondré sous une longue voûte en berceau. Moralement parlant, c'était aussi séduisant qu'un défi lancé au Tout-Puissant : un seul faux pas et tout était perdu. La nonne cistercienne architecte de l'ouvrage — « Une oie blanche qui rêvait trop », avait grommelé Bert en examinant la bâtisse — avait voulu aménager un vaste espace derrière l'autel destiné à la « prière ambulatoire », comme l'appelaient les nonnes de Kirlees. Une fois coupés du monde, les gens ont d'étranges idées qui trouvent dans la solitude des développements inattendus. Ces nonnes vivaient dans une vallée boisée envahie de cochons sauvages et, de ce fait, elles s'étaient efforcées d'introduire le bois et ses beautés dans leur couvent plutôt que de régler la question des cochons en engageant, par exemple, des chasseurs pour les éliminer. L'arrière-chœur était agrémenté de gracieuses piles évoquant des arbrisseaux et l'abbesse avait permis que l'on sculptât, à la base et au faîte, quelques discrets motifs de feuillages qui s'enroulaient parfois sur toute la hauteur des fûts, une hérésie ornementale eu égard à l'ascétisme prôné par les Cisterciens. Au lieu de marcher dans les bois, parmi les digitales, le cœur débordant de désir pour leur époux commun, le Christ, les nonnes déambulaient entre les piles de l'arrière-chœur, effleuraient les feuillages de pierre, voyaient de la couleur là où il n'y en avait pas, entendaient chanter des merles absents et s'offraient aux caresses du vent qui s'infiltrait par les fenêtres. Le tremblement de terre qui secoua le Nord en février 1245 perturba la pathétique comédie de ces femmes et mit en péril leur fantasme arboricole — ce fut pour elles un dur retour à la réalité. L'abbesse eut à affronter une démence typiquement féminine : les nonnes refusaient de renoncer à leurs « prières ambulatoires » dans l'arrière-chœur, alors que les piles menaçaient de s'effondrer sous la poussée de la voûte. Même après le tremblement de terre, quand il apparut que les cochons sauvages avaient délaissé la vallée pour trouver à l'est de plus vastes espaces, les nonnes ne voulurent pas quitter leur forêt artificielle pour aller dans la vraie forêt qui était pourtant devenue plus sûre. Elles s'accrochaient fanatiquement à leurs faux-semblants et le bois de pierre de Kirlees croissait aussi vite dans leur esprit que le bois vert dans la nature. Tout stérile qu'il était, il n'en demeurait pas moins le lieu de leurs rendez-vous amoureux, leur trésor d'amour.

Si Bert avait été d'une extrême honnêteté avec lui-même et l'abbesse, il aurait admis que c'était justement cette effrayante faiblesse de l'âme qui l'avait attiré ici. La confusion bien chrétienne entre l'art né de l'imagination et l'art sacré l'irritait. Chacun sait que l'Esprit n'a pas d'imagination, il a seulement le pouvoir de réaliser ses vœux, lesquels ne viennent pas de l'imagination mais de la toute-puissance. Seul l'homme a de l'imagination et elle lui est indispensable. Comment autrement pourrait-il parachever l'œuvre de l'Esprit ? Toutefois, ce que l'homme accomplit n'est que le reflet de la lumière, ce n'est pas la vérité. Nous autres maçons devons assumer cette responsabilité : donner forme à la matière pour qu'elle rende hommage à l'Esprit, une forme susceptible d'engendrer l'essence et la substance.

L'abbesse était une femme stupide. Sa seule force était de ne pas s'être laissé prendre au rituel de la « prière ambulatoire », simplement parce que sa position et sa propension naturelle à une solitude oisive l'avaient tenue un peu à l'écart des autres nonnes. En tout cas, elle aurait dû contraindre les nonnes à quitter l'arrière-chœur pour que Bert puisse commencer les travaux. Au lieu de quoi, elle s'en remit à lui et partit rendre visite à des consœurs dans un couvent du Lincolnshire. Comme le disait Bert à l'époque, ces femmes lui avaient, de fait, délégué tous pouvoirs, attendant de lui, simple artisan, qu'il règle leur plus grave problème.

Et voilà comment un célibataire accompagné d'un fils âgé de six ans se retrouva à la tête d'une maison pleine de femmes hystériques. Tout ce que Bert avait à faire, c'était les chasser de leur sanctuaire endommagé, abattre ce qui menaçait de s'effondrer, reconstruire le tout, rendre aux nonnes leur illusion intacte, fût-ce au péril de sa propre vie et de celle d'un enfant sans défense (quoique fort éveillé pour son âge). J'aurais dû demander une prime de risque, conclut Bert en regardant l'abbesse s'éloigner vers le sud à travers le bois déserté par les cochons sauvages.

Nous logions dans une dépendance du couvent réservée aux invités, une confortable maison construite au bord de la rivière. Les Cisterciens accueillent volontiers les visiteurs, surtout les puissants et les riches qu'ils encouragent à séjourner dans l'espoir de leur soutirer des legs et des dons, une tactique différente de celle des Bénédictins qui, eux, préfèrent s'activer à la Cour pour y jouer un rôle politique. Dès notre arrivée à Kirlees, nous avions découvert que la « prière ambulatoire » attirait une foule de curieux, nobles et étudiants, et, lorsque l'abbesse abandonna le couvent aux mains de mon père, ils prirent possession des lieux, occupant les chambres et assiégeant les cuisines, tandis que nous vivions dans un réduit humide juste à côté de l'endroit où le principal égout se déversait dans la rivière. Quand ces gens en mal de spectacle comprirent le rôle que jouait Bert, ils nous suivirent partout comme les badauds suivent les comédiens ambulants. Ils étaient bien aise de voir ce rustre hirsute et coléreux chargé de mettre au pas toute une congrégation de nonnes — des filles de condition, mais rejetées par leur famille, et devenues à moitié folles de solitude et de désirs inassouvis. La danse lente des nonnes sous le toit menaçant ruine exprimait en effet tout un monde de désespérance, de regrets et de sentiments corrompus.

Pendant deux jours, Bert tourna en rond. Il ne pouvait rien entreprendre dans l'arrière-chœur qui devait rester toujours disponible pour la « prière ambulatoire » ; quant aux spectateurs, leur nombre ne cessait de croître et ils ne décampaient plus, ils se faisaient même apporter à boire et à manger sur place.

Bert ne s'avoua pas vaincu. Il n'avait que mépris pour les spectateurs et pitié pour les acteurs. Il savait se montrer astucieux et pas seulement dans l'exercice de son métier, aussi le troisième jour m'emmena-t-il avec lui dans la chapelle. Il était à peine neuf heures et les nonnes évoluaient sans bruit dans l'arrière-chœur. Les invités se pressaient déjà sur le pourtour de la scène et applaudissaient doucement les premières danses car les nonnes avaient agrémenté de pas et de figures leur prière ambulatoire entre les piles branlantes, outre qu'elles fredonnaient des airs d'inspiration nettement profane. J'étais sous le charme du spectacle et des chants mélodieux lorsque, soudain, Bert me souffla à l'oreille :

« Crie ! »

Je le regardai sans comprendre mais, pour toute explication, il me pinça le bras si fort que je hurlai de douleur.

« Vas-y, crie ! »

En m'entendant brailler, les femmes interrompirent leur « prière ambulatoire » pour se précipiter vers moi. Leurs faces blêmes, hagardes, exprimaient une sollicitude toute maternelle. Bert rôdait en bordure du groupe qui m'entourait, il m'encourageait du regard et haussait les sourcils pour appuyer sa demande ; et moi de m'époumoner, de vociférer ! La foule est versatile. Si, sur une scène de théâtre, le jeu des acteurs consiste pour un moment à regarder une comédie, les spectateurs se détourneront d'eux pour regarder la comédie à l'intérieur de la comédie. Ils se nourriront de l'illusion à l'intérieur de l'illusion. Bientôt, les nobles interloqués, les étudiants et les religieux désœuvrés entourèrent les nonnes qui elles-mêmes m'entouraient tandis que je hurlais comme un supplicié.

Le cri de l'enfant en détresse a été inventé par le Saint-Esprit pour émouvoir le cœur féminin. Aucune femme n'y résiste. Les nonnes me serraient dans leurs bras, roucoulaient, me cajolaient, soupiraient, mais en vain. Bert, debout sur un tombeau, ne me quittait pas des yeux et agitait les bras pour me signifier de crier encore plus fort. Comme je hurlais de plus belle et que les nonnes s'empressaient autour de moi pour me calmer, Bert disparut de la scène. Peu après, on entendit un terrible fracas et l'air se chargea de poussière. Les nonnes m'empoignèrent et me portèrent à l'écart de l'arrière-chœur, suivies par le troupeau des badauds épouvantés.

Bert réapparut au bout d'une minute. Il était couvert de poussière mais je voyais bien qu'il souriait dans sa barbe.

« C'est un pan de mur qui s'est effondré à l'est. La base est ébranlée mais nous parviendrons à la consolider, expliqua-t-il. Quand je pense que votre intense activité a été perturbée, j'en suis navré. »

Les nobles voulurent savoir ce qui avait provoqué l'effondrement. Leurs vies avaient été mises en danger, après tout.

Bert m'appela, je courus vers lui et m'agrippai à sa jambe. Je sentis le bras de levier caché sous son manteau.

« Je n'en sais pas plus que vous. L'endroit n'est pas sûr. En outre, j'ai déjà remarqué que des sons suraigus peuvent ébranler une bâtisse en équilibre précaire. Ce sont peut-être les cris de l'enfant. Ou alors les chants de ces braves femmes. Quoi qu'il en soit, voilà le résultat et, jusqu'à nouvel ordre, personne ne doit pénétrer ici. »

Ayant donné ses instructions, Bert me ramena à notre gîte et repartit tout seul chercher des madriers pour bloquer les issues de l'arrière-chœur. Les visiteurs errèrent encore un moment de-ci de-là puis plièrent bagage. Une vieille nonne passa devant notre logis et me trouva assis au bord de la rivière. Elle resta debout avec sa robe qui tourbillonnait autour de ma tête.

« Est-ce que ça va mieux ? demanda-t-elle.

— Oui, ma mère, répondis-je poliment. Je vais bien.

— Que t'est-il donc arrivé ? »

Sans attendre la réponse, elle s'en alla vers le bois et bientôt, je l'entendis chanter sa « prière ambulatoire » en compagnie des merles. En moins d'une heure, toutes les sœurs l'avaient rejointe.

Il ne cessa de pleuvoir durant les trois mois suivants. Cette période vit le rituel de la « prière ambulatoire » mourir, pour ainsi dire, de mort naturelle, et nous achevâmes tranquillement notre besogne.

IV

A Seaton-near-Bottle, dans le Cumberland, Bert s'éprit d'une femme mariée au maître de la loge de Furness et s'enfuit avec elle dans l'île de Man. Cet exploit marqua la fin de ma sixième année et une grande partie de ma septième. L'époux, un tailleur de pierre fort expérimenté, réputé sage et d'humeur débonnaire (du moins avant l'événement), se transforma en un individu assoiffé de vengeance, et c'est en recevant le sacrement de l'eucharistie au couvent d'Old Malton qu'il jura de retrouver mon père, de lui couper la tête et de réduire ses os en poudre. La femme n'en valait sûrement pas la peine, quoiqu'elle arborât la chevelure noire et la lippe boudeuse des beautés ibériques. Comparée aux robustes coquines qui, au hasard des chantiers, avaient partagé le lit de mon père, Romana était certes une fleur délicate. Un bateau qui transportait des brebis nous prit à bord et la belle fut malade à mourir. Lorsqu'on a vu, une fois, l'une de ces sombres beautés virer au vert, les cheveux encroûtés de vomissures, on a tendance, ensuite, à préférer les blondeurs locales, une préférence que je n'ai pas toujours pu faire valoir, loin s'en faut, mais le fait est que chacune des femmes brunes que j'ai aimées (et j'en ai aimé beaucoup, parfois plus que de raison, et certaines étaient, de la tête aux pieds, aussi noires que le jais) s'est, au cours de notre passion, transformée en Romana, si bien que j'avais derechef l'impression de voguer entre Ravenglass et Poolvash Bay dans cette coquille de noix ballottée par les vents. J'avais été très touché, je crois, par le spectacle des attentions que lui prodiguait mon père, il la soignait d'une manière toute maternelle et la prenait dans ses bras avec un naturel qu'il n'avait jamais eu avec moi. Lorsque j'étais dans ses bras, il savait qu'il y tenait quelqu'un que l'on ne pouvait ni brider ni dévorer — un avenir explosif, en somme —, avec Romana, c'était différent. Elle s'inscrivait dans les limites de leur folie commune. Cela devait finir et tous deux le savaient mais ils décidèrent de ne pas s'en soucier et de laisser le temps accomplir son œuvre.

Notre arrivée à Poolvash Bay fut des plus tumultueuses. Nous essuyâmes une tempête qui, fait rarissime dans cette mer, soufflait du sud. Le vent s'engouffrait entre les deux anses de la baie et des vagues d'au moins trente pieds de haut déferlaient sur le rivage. Le capitaine de notre bateau était un fou (natif de l'île de Man, comme de juste) : à l'en croire, on avait l'habitude, ici, de chevaucher tout bonnement la crête de ces énormes vagues qui, une fois affaiblies, déposaient délicatement le bateau sur le rivage, « comme une maman fait avec son petit ». Pour les passagers livrés à la fureur des éléments, il était clair que cette tactique menait au désastre, aussi les fermiers entreprirent-ils de jeter leurs bêtes par-dessus bord avec l'espoir qu'elles s'en sortiraient mieux toutes seules.

Je pense que mon père aurait suivi leur exemple mais ni moi ni Romana ne savions nager : pour moi, comme pour les moutons, il y a fort à parier que l'instinct de survie aurait joué et que j'aurais appris à nager instantanément au contact de l'eau, mais pour Romana, image vivante de la douleur, cela n'aurait sûrement pas marché. Elle était terrorisée et s'accrochait au cou de mon père, le suppliant de la sauver. Il ne pouvait que rester à bord et s'en remettre au navigateur fou qui commandait notre bateau. Tandis que les fermiers suivaient leurs moutons et sautaient dans les flots houleux — où ils périrent —, Bert nous attacha tous deux au mât, ficela son sac à outils autour de mes chevilles, nous entoura de ses longs bras, joignit les mains et pria l'esprit du Bien. Une gigantesque lame de fond nous souleva et nous propulsa en avant avec une force effrayante.

Je dois à ma nature intrépide de n'avoir jamais fermé les yeux devant le danger. Sur le point d'être exécuté à Pferrungsamen — quand était-ce, au juste ? En 1272 ? —, j'ai refusé le bandeau pour regarder le bourreau droit dans les yeux. De même, tandis que nous bondissions vers le rivage, j'observais par-dessus l'épaule de Bert cette mer fabuleuse, j'admirais la transparence des courbes et des arabesques, la voussure de ses arches et les extravagants entablements d'écume. J'aurais mauvaise grâce à ne pas reconnaître que la route de mes pèlerinages est jalonnée de beaux ouvrages qui puisent leur inspiration et leur force dans les eaux déchaînées de Poolvash Bay.

Notre nacelle filait si vite qu'elle semblait voler par-dessus les creux entre les vagues, cordages et voiles tendus à craquer. L'esprit du Bien devait tenir le gouvernail — sous contrôle apparent de notre capitaine fou qui, je le compris plus tard à l'auberge, n'était pas homme à s'en remettre sans discuter à la justice divine. En chevauchant la dernière vague, celle qui allait s'écraser sur le rivage abrupt et rocheux, nous aperçûmes soudain, en contrebas, un couloir d'eau, un chenal qui n'avait pas plus de vingt mètres de large : notre coquille de noix descendit en piqué, droit dessus, et s'y posa comme quelque oiseau de mer.

Le capitaine prétendit que ce n'était pas la première fois, loin de là, qu'il était obligé de manœuvrer ainsi pour parer à la brutalité de la mer d'Irlande. A mes yeux, malgré la naïveté de mes cinq ans, c'était pure fanfaronnade.

Les édifices s'élèvent très souvent sur des sites architecturaux fort anciens : on peut très bien utiliser les mêmes pierres, les agencer différemment pour les adapter à un autre style, une autre époque. Des ruines d'antiques chapelles ou mausolées surgissent des temples, le plus souvent érigés au nom de la même foi que les constructions antérieures. A l'instar de la fleur et de l'arbre, c'est sur le terreau de son propre déclin que croît l'œuvre architecturale, elle s'en nourrit et en extrait de nouvelles formes. C'est le cas de toutes les civilisations, anciennes et récentes, sauf de celle des peuples qui parlent l'erse. S'ils construisent, c'est à partir de rien et dans la pierre de leur pays, le granit.

Au bout d'un mois passé à trembler de froid la nuit dans des parcs à moutons et à mendier notre pain le jour, mon père rencontra enfin le chef de guerre responsable de la partie méridionale de l'île. Il vivait dans un tout petit fortin à Ballinardredd. Le fortin était minuscule parce que les ouvriers s'étaient épuisés à travailler le granit local, les outils se cassaient ou s'émoussaient, l'énergie se brisait sur cette pierre incroyablement dure. Lord Lambfell Goby Corrage — tel était son nom — leur avait donc ordonné de réduire les dimensions de la bâtisse à une expression plus modeste de sa grandeur ; pour finir, il les avait payés le dixième du prix convenu — en moutons malades — avant de les expulser de l'île.

Tel était l'homme que mon père, flanqué de son fils et de Romana, rencontra une semaine avant Noël 1246. J'imagine que nous faisions triste figure, hélas, pas au point d'émouvoir lord Lambfell. Celui-ci haïssait farouchement tout ce qui était anglais. Cela pouvait s'expliquer par les fréquentes razzias anglaises sur l'île de Man lancées en représailles aux razzias des natifs de Man sur les côtes anglaises. Mais mesure et équité n'étaient pas les qualités dominantes de Sa Seigneurie. Être pirate représentait pour lui une fonction mais aussi et surtout un devoir. Il avait été élevé dans cette tradition. Or, cette tradition impliquait une vie dangereuse, un environnement hostile et une habitation modeste.

« Maintenant, je veux un palais, pas ici mais sur les hauteurs, ce sera aussi un monastère, une église, une prison, un fort, une ferme, et six cents guerriers y logeront », fit-il dire à mon père par la voix d'un interprète, car un seigneur de l'île de Man ne peut décemment parler anglais. « Vous aurez cent marcs d'argent, il faut que tout soit achevé fin octobre, d'ici deux ans, au moment de la cueillette des pommes tardives. »

Bert refusa net. Il s'agissait d'un véritable travail d'Hercule car, pour construire ce palais en granit, il eût fallu embaucher pendant cinq ans deux cents tailleurs de pierre, couvreurs, charpentiers, forgerons et manœuvres. Quant au coût de l'édifice en question, il eût atteint deux mille marcs, au bas mot, si toutefois les prix restaient stables (hypothèse absurde sur l'île de Man dont l'économie était basée sur le brigandage).

« Donc vous irez en prison, mais d'abord vous me construirez ce palais — et gratuitement, répliqua lord Lambfell avec un sourire mauvais. Vous n'avez pas le choix. Mais je vous propose un marché. On verra bien ce qu'il m'en coûtera. Je vous donne cinq pence par jour, faites pour le mieux. Mes soldats vous aideront. Et pour la main-d'œuvre, j'enverrai chercher des prisonniers à... disons, au pays de Galles, c'est ce qu'il y a de plus près... on verra cela en temps voulu. »

Bert refusa de nouveau ; pourtant, il fallait gagner du temps. J'ai moi-même affronté beaucoup de ces petits potentats puérils et irréalistes qui, à l'instar de lord Lambfell, voulaient acheter mon génie pour trois fois rien. J'ai toujours adopté comme tactique d'accepter et même d'exécuter la besogne ou, à tout le moins, de l'avancer jusqu'à un point que j'appellerais critique. J'ai d'ailleurs découvert que l'on pouvait arriver ainsi, au bout du compte, à se faire payer correctement. Mais Bert refusait les compromis.

Nous fûmes jetés dans une grotte, à Geinnagh Doo, au bord de la mer, un traitement qui était censé ramener Bert à la raison. La marée montait dans la grotte deux fois par jour et il ne nous restait plus qu'à nous réfugier contre la paroi du fond en attendant que la mer se retire. Rien d'autre à manger que des moules. Pas d'eau douce sinon celle qui gouttait de la voûte. Après quinze jours de ce régime, Romana était plus morte que vive, trop malade en tout cas pour se plaindre, trop malade, bien sûr, pour les jeux de l'amour ; quant à moi, j'avais des hallucinations. Bert aurait résisté encore, mais un des gardes le convainquit de se soumettre à la volonté de lord Lambfell. Il s'agissait d'un jeune Anglais capturé au cours d'une razzia sur le Wirral alors qu'il avait à peine sept ans. Il avait été élevé dans l'île de Man et parlait l'erse, mais il se souvenait assez bien de sa langue maternelle et la pratiquait volontiers pour échapper de temps à autre à ces raclements de gorge qui constituent la langue des insulaires.

« Vous devez comprendre Sa Seigneurie et ses méthodes, nous expliqua le garde durant la marée basse, tout en partageant son pain d'orge avec nous. Il ne pense jamais ce qu'il dit. Tout est fluctuant avec lui. Il ambitionne de devenir le roi de cette île mais, dans son for intérieur, il sait qu'il n'y a pas vraiment de chemin pour y parvenir. Il en découvrira peut-être un, comme on découvre un sentier au cœur de la forêt. C'est pourquoi il divague. Nous divaguons lors de nos razzias. Nous divaguons dans les estuaires et les marais. Nous divaguons dans les campagnes à la recherche de maisons et de monastères à piller. Le plus souvent nous revenons bredouilles. Les hommes de lord Lambfell considèrent la saison des razzias comme celles des divagations. Il divague avec vous, il essaye de voir jusqu'où il peut aller, il cherche la faille. Il a demandé la lune, il le sait, mais il n'admet pas qu'on lui réponde, comme vous l'avez fait, que l'on refuse de divaguer un peu avec lui. »

Je revois ce jeune visage émacié, ces cheveux blond filasse, ces yeux tristes éblouis par l'éclat du feu que nous allumions avec des brindilles, je revois ces longues mains immobiles sur le manche de la hache. De ma vie, je n'ai eu droit à une analyse politique aussi lumineuse que celle qui sortit de la bouche de ce jeune homme.

Bert envoya un message à lord Lambfell, l'informant qu'il était prêt à commencer l'ouvrage — à une condition : que sa femme fût soignée par les meilleurs médecins de l'île. Cette faveur lui fut accordée et Romana trépassa dans la semaine.

Si j'ai tardé à brosser le portrait de Sa Seigneurie, c'est que cela me pose un problème de conscience. Je n'ai nulle envie de chanter les louanges d'un tel personnage : je crois, en effet, que c'est pure folie de vouloir montrer les bons côtés de quiconque incarne, à proprement parler, l'iniquité et la bêtise. Pourtant, je me dois de mentionner un détail frappant : lord Lambfell était le plus bel homme que j'aie jamais vu. Sa beauté ne m'avait pas ébloui lors de notre première rencontre car la chevelure et la barbe dissimulaient le visage de Sa Seigneurie, mais, dans les collines, sur le site de sa nouvelle cité à cinq pence la journée, quand il apparut pour étudier les plans avec mon père, il avait la barbe rasée et les cheveux coupés.

Petit et souple — tout juste cinq pieds de haut —, il possédait l'extrême pouvoir de séduction du jeune carnassier : les yeux cernés d'étranges lignes rieuses qui s'étendaient jusqu'aux sourcils ; les narines dilatées, palpitantes ; les dents comme des statuettes de la mort, scintillantes de fureurs meurtrières. On devinait la ruse du chasseur à l'affût mais, au-dedans, là où loge la pensée, se creusait un vide. Malgré sa vitalité et son agilité, ce lord était aussi stupide qu'un lion.

Je le revois maintenant en haut de la colline boueuse, penché sur les croquis de Bert, son beau front tout plissé dans l'effort pour comprendre le plan général. Il avait décidé d'exposer sa capitale à l'ouest et de la situer à Cronk ny Frey Lhaa. On exploitait des carrières de granit à proximité. Le vent dominant ne manquerait pas de s'engouffrer dans toutes les ouvertures : les Mannois adorent les courants d'air, excellents, d'après eux, pour stimuler le cerveau. Les tours défensives qui devaient atteindre au moins soixante pieds de haut domineraient Niarbyl Bay, ce qui permettrait aux sentinelles de donner l'alarme quand les Anglais déferleraient sur la mer pour exercer de justes représailles contre les « divagations » de lord Lambfell. Faut-il encore s'étonner si, à l'aube de cette nouvelle année, mon père affichait constamment un air hagard ? Il vivait un véritable cauchemar. Lord Lambfell aggrava encore les choses car il éprouva une soudaine sympathie pour Bert. Il nous installa dans son fortin à Ballinardredd, offrit à Bert une esclave irlandaise originaire de Donegal et commença à me gâter : le tout avant qu'un seul bloc de granit eût été posé.

Aimer ou ne pas aimer a toujours été pour moi plus important qu'être aimé — ou ne pas l'être, suivant le cas. Le fait que lord Lambfell nous eût pris en affection nous facilita beaucoup la vie à condition, toutefois, de ne jamais penser à l'avenir. Bert voulait que j'encourage les bonnes dispositions de lord Lambfell à mon égard. Je devais jouer avec lui aux devinettes, au bilboquet, à tout ce qui lui passait par la tête. Lord Lambfell n'avait pas d'enfants, lui seul était en cause car il avait pratiquement essayé toutes les femmes de l'île. Il désirait un fils. J'étais à l'âge où l'enfant laisse percer, et peut-être de la manière la plus émouvante, l'homme qu'il sera. Lord Lambfell ne résista pas à cette séduction, il en devint même un peu ridicule. Je me querellais souvent avec Bert à l'époque car je le soupçonnais de vouloir me faire adopter par lord Lambfell. Bert avait beau se récrier, je demeurais convaincu que mon adoption précéderait l'inévitable échec de la nouvelle cité de Cronk ny Frey Lhaa car, en tant que fils et héritier de lord Lambfell, je représentais pour Bert une chance de sauver sa tête. Le jour où je me risquai à aborder ce sujet, Bert explosa de colère et me gifla — ce qui ne lui ressemblait guère, car il aboyait plus qu'il ne mordait :

« Sale petit porc ! Je me démène comme un damné pour nous trouver un foyer. » (Ne me demandez pas où était le *foyer !*) « Je dois écouter ce crétin et le traiter en homme sensé. Je dois répondre à ses invitations, coucher avec cette chienne pouilleuse » (rude besogne, croyez-moi ; Donegal Orla faisait bien deux fois le gabarit de Bert), « et toi, tu oses prétendre que je veux t'abandonner ! » (Première gifle, j'en avais les oreilles qui tintaient.) « Je suis au désespoir, je ne peux compter sur personne, et mon propre fils me poignarde dans le dos ! » (Deuxième gifle, je la reçus sur la pommette et mes yeux s'emplirent de larmes.) « Combien de temps mettra-t-il à comprendre que nous nous payons sa tête ? Il est bête, d'accord, mais pas si bête que ça ! Avec les outils et la main-d'œuvre dont je dispose, il me faudrait tout un jour pour tailler une seule pierre, un autre jour pour la transporter, et il n'y a pas de ciment, pas de charpentiers, pas de vitriers... Tu veux savoir à quoi tient notre vie ? A son rêve ! » (Troisième gifle, en plein sur la bouche, mes lèvres brûlaient.) « Les rêveurs sont des tueurs. N'importe qui te le dira dans notre métier. »

Je rentrai dans ma coquille. Donegal Orla, qui avait observé la scène, hocha sa grosse tête rougeaude avec satisfaction et s'avança pour me décocher un coup de pied, se croyant autorisée à suivre l'exemple de Bert. Je ne m'abaisserai pas à vous décrire la réaction de Bert ni ma propre jubilation. Sachez seulement que Donegal Orla geignit pendant une semaine et éprouva pendant un temps indéterminé de sérieuses difficultés masticatoires.

Janvier et février amenèrent un temps effroyable, même les insulaires, pourtant habitués aux tempêtes, n'avaient jamais connu pire. La violence persistante des bourrasques du Nord et le froid de l'Est les éprouvaient eux aussi. Il ne fallait pas songer à sortir. Aller découper de la tourbe pour allumer des feux, c'était aller à la mort ; les pauvres esclaves gelaient sur pied avant même d'avoir pu enfoncer la lame dans le sol. Dans ces conditions, on ne pouvait démarrer le chantier de Cronk ny Frey Lhaa, nous restions donc au fort, blottis sous des peaux et des couvertures, et partagions le rêve de lord

Lambfell. Mon père avait tracé les plans de la cité nouvelle sur du vélin d'agneau et Sa Seigneurie passait des heures au coin du feu à les étudier, posant des questions, ajoutant une aile ici, une pièce là, une nouvelle tour, une entrée, un jardin. Il gonflait son rêve comme s'il soufflait dans une vessie. Plus les jours passaient, plus le projet devenait délirant et plus Bert se trouvait attaché à sa future réalisation.

Nous étions à la mi-janvier, j'étais à califourchon sur le dos de lord Lambfell qui, allongé près de Bert, étudiait les plans du monastère. Jusque-là, mon père avait évité de poser la moindre question sur cette partie du projet de Sa Seigneurie, la plus inutile et la plus coûteuse. Mais le coût et l'utilité n'entrent pas en ligne de compte pour les fous et les grands de ce monde et Lambfell s'était soudain pris de passion pour ce monastère que Bert allait lui construire.

« Un nouvel ordre de moines et de nonnes, voilà ce qu'il me faut, dit-il avec le plus grand sérieux. J'ai vu de près ceux qui existent — les Bénédictins, les Cisterciens et les autres —, ils ne m'inspirent aucun respect. Ils sont français, espagnols, italiens, et je pense qu'ils ne conviennent pas à l'île de Man. Les Anglais les accueillent sans autre forme de procès, il n'en ira pas de même chez nous. Notre manière de vivre et de penser s'y oppose. »

Bert ne pipait mot. A califourchon sur le dos de Lambfell, mes talons dans ses côtes, j'avais envie de l'éperonner pour l'inciter à parler ; mais j'y renonçai car, dans les yeux de Bert qui remuait les cendres de tourbe avec la pointe de son compas, j'avais surpris la fameuse lueur sardonique. Je savais deviner son humeur et suivre le fil de ses pensées, aussi m'absorbai-je avec lui dans une méditation sur les aptitudes de lord Lambfell à fonder un nouvel ordre monastique. Après tout, l'homme avait passé tous les printemps et les étés à piller les biens des ordres existants.

« Mon idée est simple », continua lord Lambfell, « le nouvel ordre ne prononcera pas de vœux. Les gens n'ont pas besoin d'être moines ou nonnes toute leur vie mais seulement par intermittence. Ils pourront aller et venir à leur gré pourvu qu'ils payent les taxes. Moi, par exemple, j'y ferai un petit séjour après la saison des razzias. L'île de Man convient parfaitement à la vie monastique. Elle met à l'épreuve autant la chair que l'esprit. Je me demande bien pourquoi personne n'a jamais eu l'idée de construire un monastère ici. »

Bert regardait fixement le feu, refusant de suivre plus avant le délire de ce pirate. Il connaissait bien ces hommes dotés d'un instinct féroce pour les affaires — des hommes d'Église, entre autres — et il appliquait la règle : Attends-toi au pire car il arrivera sûrement. Dans la foi à laquelle il adhérait, condamnée à se cacher, après les vingt années de persécutions exercées à son encontre, sous les dehors du christianisme et de la maçonnerie, Bert était soutenu par une Église invisible et incorruptible puisqu'elle n'existait que dans le cœur de ses fidèles. Le fait que toutes les cathédrales, églises, abbayes que nous construisons soient dédiées à la gloire de *nos* Dieux et pas seulement à celle du Christ, de sa Sainte Mère et ainsi de suite, représente un avantage supplémentaire dans la mesure où nous sommes les seuls à le savoir. Quand nous voyons nos plus belles œuvres se dresser hardiment dans la lumière du soleil, cet astre béni, nous sommers fiers de notre génie mais honteux aussi de notre supercherie. Nous aimerions tant jeter nos chapeaux en l'air et crier à la face du monde que cette beauté ardente, nous l'offrons aux esprits du Bien et du Mal et à leur guerre merveilleuse.

Mon père, qui ne songeait qu'aux épreuves et aux souffrances de ses ancêtres, sourit sans effort à lord Lambfell — un beau sourire, doux et moqueur, qu'il accompagna d'une tape amicale sur l'épaule de Sa Seigneurie tout en chuchotant à l'oreille de l'interprète :

« Demandez-lui s'il croit qu'une providence digne de ce nom serait prête à cautionner un tel monastère. Sur le ton de la plaisanterie, s'il vous plaît.

— Dieu accepte le péché qui s'en va et qui revient, même s'il ne l'aime pas, répliqua Lambfell. C'est la constance, je crois, qui irrite vraiment Dieu ; et c'est le rythme qui le séduit : dedans, dehors. Dedans, dehors... »

Une telle théologie est tout simplement absurde aux yeux de l'homme raisonnable. Celui qui essaye d'en suivre la logique comprendra à quel point nous avons dû souffrir cet hiver-là tandis que l'esprit musclé de lord Lambfell se livrait à des razzias dans l'infini et revenait toujours bredouille, après avoir copieusement divagué.

V

L'HIVER s'acheva. Les tempêtes s'apaisèrent mais la carrière de granit, sur les pentes de Sleian Barrule, s'était affaissée d'au moins vingt pieds et un glissement de terrain avait en partie emporté Cronk ny Frey Lhaa. Ces accidents ne se seraient pas produits que lord Lambfell eût malgré tout perdu son bel enthousiasme pour la nouvelle cité. Son épais cerveau embrumé ne remuait désormais qu'une pensée : la saison des razzias avait commencé. Pour l'inaugurer, les Irlandais avaient lancé une série d'attaques sur la côte au nord de l'île. Le roi de Man réunit ses seigneurs pour tenir conseil : Lambfell et ses pairs passèrent de nombreuses heures à s'enivrer et à envisager la réponse que méritait l'impudence des Hiberniens.

Nous faisions partie, Bert et moi, de la maison de Sa Seigneurie — de son rêve aussi. Comme ce rêve avait été abandonné (un destin somme toute banal pour des projets de construction onéreux et à long terme), nous présumions que nous étions à présent libérés de ce qu'il appelait son service, vu que nos compétences n'étaient plus requises. Lorsque, les yeux injectés de sang, lord Lambfell revint du Conseil du roi et annonça de sévères représailles sur Dublin dans les deux semaines à venir, notre retour en Angleterre semblait couler de source. Au pire, on nous arracherait la promesse de revenir quand les circonstances le permettraient, une promesse à laquelle nous n'hésiterions pas à manquer dans la mesure où lord Lambfell ne s'était pas privé, durant tout l'hiver, de nous faire des promesses d'ivrogne. D'ailleurs, jurer l'impossible, aux yeux d'un maçon, ce n'est pas jurer.

Lambfell rassembla ses hommes et dirigea leur entraînement. On tournoyait sur le rivage et la colline. Le fort retentissait du choc des armures et, pendant les repas, le réfectoire empestait la sueur. Nous assistions à ce remue-ménage avec une joie secrète.

Un jour, nous descendîmes sur le rivage où l'on remettait en état les deux bateaux de lord Lambfell, à l'ancre depuis le début de l'hiver. Nous pûmes observer à loisir comment on répare une voile et calfate une coque, mais ce spectacle, comme il fallait s'y attendre, irrita Bert au point qu'il perdit patience. En dépit de mes conseils, il aborda la question de notre départ. Lord Lambfell garda le silence mais je voyais bien qu'il était contrarié. Le lendemain matin, un groupe d'hommes armés de haches nous conduisit jusqu'au rivage où ordre nous fut donné de racler une coque. Deux semaines plus tard, Bert se voyait remettre une vieille camisole de cuir, un casque d'acier, une épée rouillée, et apprenait qu'il s'embarquait pour Dublin.

Bert poussa de hauts cris. Ses objections s'appuyaient sur le fait que, n'étant pas sujet de lord Lambfell, il n'avait pas à épouser sa cause. Sa Seigneurie ignora cet argument et menaça de le pendre haut et court s'il ne lui jurait pas fidélité. Lorsque Bert, en désespoir de cause, allégua son inaptitude au combat, lord Lambfell réintégra l'arène intellectuelle et, pour une fois, il ne s'en tira pas trop mal.

« Tu ne cesses de batailler avec la pierre, dit-il avec son beau sourire léonin. Tu cognes et du martèles, tu creuses, tu écorches, tu abats et tu défonces. Vois seulement comment tu es bâti toi-même ! Veux-tu que je te dise, je ne serais pas surpris si tu te révélais presque aussi bon que moi au combat. »

Tandis que l'interprète suait sang et eau pour traduire en anglais cette monstrueuse bouillie mannoise et que, sous l'effort, les yeux lui sortaient de la tête, je tirais Bert par la manche. Je devais à tout prix détourner la colère qui grondait en lui et risquait de gâcher nos dernières chances. De la part des autres, Bert supportait mal les remarques judicieuses. Hélas, il était déjà trop tard.

« Je suis un créateur, pas un destructeur ! rugit-il. Je combats la matière inerte, non les êtres vivants. Avec quoi crois-tu que je construise ? Avec du sang et des os ? Un fieffé gredin, voilà ce que tu es ! Ma franchise me coûtera cher mais mon honneur sera sauf. »

L'interprète écarquillait les yeux tout en traduisant les propos de Bert. C'était un jeune homme frêle et efféminé qui était souvent venu se réfugier près de moi durant les sombres journées d'hiver. Il voulait juste s'asseoir à mes côtés et échapper ainsi aux guerriers qui, par désœuvrement, ne cessaient de le taquiner et de le tourmenter. J'avais souvent tenu sa main et, une fois, alors que Bert ne regardait pas, j'avais joué avec ses organes génitaux. Il pouvait bien m'apporter son aide ce jour-là.

Je dardai mon regard dans ses yeux inquiets et fis énergiquement non de la tête. Bert fut plutôt déconcerté lorsqu'en réponse à son éclat, lord Lambfell prononça quelques mots en erse qu'il accompagna d'une poignée de main, des mots si courants que moi-même je les compris. Ces mots signifiaient « merci beaucoup » et « bienvenue à bord ».

Quand Bert partit pour Dublin, je fus confié à l'intendant de lord Lambfell, un vieil homme nommé Rosin. C'était un bonhomme paresseux et aigri qui se prétendait toujours malade et n'aimait pas les enfants. La plupart du temps, à mon grand soulagement, il m'expédiait chez les femmes. Depuis ma naissance, c'était la première fois que j'étais séparé de mon père et elles semblaient comprendre combien je souffrais. Elles s'intéressaient de très près à la relation entre Bert et moi car, chez elles, les enfants étaient ignorés de leur père alors que moi j'étais en toute chose dépendant du mien. Par ailleurs, elles connaissaient Bert et comprenaient mal notre présence ici. Deux des esclaves — y compris l'énorme Orla — étaient enceintes de Bert et les femmes palabraient et se perdaient en conjectures sur l'attitude de Bert vis-à-vis de ces futurs enfants : allait-il, oui ou non, les élever tout seul comme il l'avait fait pour moi ? J'aurais été bien bête de les avertir qu'il faudrait d'abord marcher sur mon cadavre. Bert avait besoin de tout son temps pour me tenir tête et moi de tout mon temps pour lui tenir tête. L'apparition d'un tiers ne pouvait que provoquer une insoutenable tension entre nous.

Rosin voulut absolument me faire participer au programme scolaire auquel étaient assujettis les autres enfants. Dans l'île de Man, la scolarité ne comportait aucune des disciplines imposées aux petits Anglais ; on y apprenait des choses beaucoup plus simples : manger sans s'empoisonner, voler le nid d'une mouette sans se rompre le cou, délivrer un agneau étranglé par le cordon ombilical, etc. Je passais la majeure partie de mon temps avec l'herboriste de lord Lambfell qui arpentait toute la journée les collines et ramassait les plantes qu'il utiliserait pour soigner, à leur retour de Dublin, les hommes blessés. Dans tout le sud de l'île, des gens pouvaient témoigner de son grand art : des estropiés qui venaient mendier à l'entrée du fort, des amputés qui vivotaient dans des grottes au bord de la mer, des manchots spécialisés dans la pêche aux crabes, des aveugles et des déments se cognant à tous les murs. Des infirmes, il y en avait partout. Lambfell n'était pas homme à s'apitoyer sur eux, et, si jamais, au cours de l'hiver, on arrivait à planter une bêche dans le sol, c'était souvent l'un ou l'autre de ces pauvres bougres que l'on ramenait à la surface.

Un jour que j'étais en train de ramasser des anémones sur Bradda Hill, je vis un des bateaux de lord Lambfell rentrer au port. Sa longue bannière brune flottait au grand mât en signe de victoire et j'entendis battre les bodhrans, de grands tambours tendus d'une peau de chèvre, lorsque le vaisseau manœuvra à la rame pour entrer dans la baie de Port Erin. Je dévalai la colline jusqu'à l'embarcadère. Sur place, j'examinai l'un après l'autre les blessés que l'on débarquait et même les moribonds rongés par l'eau salée, il se pouvait que Bert se trouvât parmi eux. Les guerriers m'apprirent qu'une grande victoire avait été remportée. Ils m'indiquèrent l'est quand je demandai des nouvelles de Bert. Je compris bientôt qu'il avait été retenu sur l'autre bateau par lord Lambfell. Selon les instructions, je devais rejoindre Bert qui, conformément à l'une des clauses du traité signé entre le roi de l'île de Man et le roi du Leinster, était embauché sur le chantier de la cathédrale de Dublin.

Inutile de discuter. D'ailleurs, j'avais tout intérêt à rejoindre mon père, où qu'il fût. Pendant son absence, des cauchemars étaient venus troubler mon sommeil : mon père m'abandonnait et s'en allait, heureux parce que délivré de son fardeau. C'est ainsi qu'il m'appelait dans ses accès de colère : son fardeau. C'était un vestige des jours anciens, quand il me transportait dans son sac à outils. Ses yeux exprimaient la fatigue, le dégoût, l'irritation. Il avait décidé de m'élever et s'acquittait de son devoir au nom de la foi mais je voyais bien qu'il le regrettait. Il s'était avancé vers ce bateau qui devait l'emmener à Dublin d'un pas si léger que j'en avais conçu quelque inquiétude. Au moment où le bateau était entré dans les eaux profondes, il avait levé son casque dans ma direction et souri — un large sourire, lumineux, le sourire d'un homme délivré.

Quand je montai à bord du vaisseau qui repartait pour Dublin, le beau temps régnait depuis une semaine sur l'île de Man. Tandis que les hommes manœuvraient à la rame pour sortir du port, je fus soudain frappé par la beauté de ce lieu que le printemps avait si joliment fleuri et que j'aurais voulu haïr un peu moins.

Pour la première fois, de mémoire d'homme, la mer d'Irlande était absolument lisse et l'on fit force de rames pendant toute la traversée. Lord Lambfell nous attendait quatre jours plus tôt, si bien qu'à notre arrivée au camp mannois établi sur la péninsule de Binn Eader, face à Dublin, Sa Seigneurie avait disparu. Irrité par la lenteur des Irlandais à racheter, comme convenu, leur liberté à prix d'or, lord Lambfell s'était rendu à Dublin, accompagné de deux de ses pairs, histoire de leur donner une leçon. Quand je posais des questions au sujet de mon père, je n'obtenais, en guise de réponse, que de sombres regards. Le roi de Man craignait que les excès de lord Lambfell ne ruinent les bases d'une alliance encore fragile. C'était du moins ce que le chambellan du roi avait révélé au capitaine de notre vaisseau ; ce dernier, qui se souciait beaucoup de mon sort, disait que Bert avait, en ce moment même, autant de chances de survivre à Dublin qu'une huître sur la table d'un goinfre.

« Te voilà donc orphelin, petit, me fit-il dire par le truchement de Fingan, un interprète qui avait suivi la première expédition punitive. Il vaut mieux que tu restes à bord jusqu'à notre retour. Lord Lambfell s'occupera de toi. »

Je le crus sur parole : plus de questions, plus d'espoir. Peut-être étaient-ce mes cauchemars qui me plongeaient dans cet état d'abattement, ou bien le fait d'avoir aidé l'herboriste à soigner les blessés qui rentraient à Ballinardredd, ou encore le chaos et la confusion qui régnaient dans le camp, toujours est-il que le monde entier, mon monde, s'écroulait autour de moi. Jusqu'alors, je n'aurais jamais cru à la mort de Bert sans voir son cadavre ; à présent que le terrain avait été préparé, j'ingurgitais ma douleur avec application, comme un remède. Je voyais son cadavre flotter sur le ventre dans la mer phosphorescente. Je le voyais pendu à une poutre dans un château abandonné. Je le voyais décapité, dans une rue. Mon imagination s'enflammait, aussi bleue et nocive que les gaz qui s'échappent des fosses communes sur les champs de bataille.

Cette nuit-là je ne dormis pas. J'errai entre les bateaux à l'échouage et les feux de camp, en butte aux insultes des sentinelles qui finirent cependant par comprendre que j'étais malheureux et me laissèrent tourner en paix comme un chien perdu en quête de son maître. Je ne savais plus que faire de moi-même. Les larmes ne venaient pas. La douleur dans ma poitrine ne voulait pas s'épanouir. Je ne pouvais que laisser défiler dans ma tête les images du départ de Bert : brandissant en l'air son heaume rouillé, le sourire de la liberté retrouvée éclairant son visage, il criait : Adieu, fiston, tu es un grand garçon à présent, débrouille-toi tout seul !

A l'aube, j'étais loin du camp. Toute la nuit, j'avais entendu des cloches sonner à l'ouest. Leurs tintements lointains m'avaient rappelé les jours de labeur partagés. Je m'étais laissé attirer dans cette direction et, à l'heure où le soleil se levait, je me tenais devant une sombre abbaye, songeant à l'étrange processus selon lequel se déroulaient les prières que des chrétiens récitaient présentement derrière ces murs noirs. Pour la première fois, ma pensée s'échappa hors du cadre des croyances que mon père m'avait inculquées : je suppliai l'énorme église de transporter leurs mornes incantations à travers les airs et sur terre pour la sauvegarde de mon père bien-aimé. Ce n'était certes pas la vérité que l'on marmottait là-dedans mais, après tout, c'était à la force de leur foi que je faisais appel, pas à la vérité. Quand les cloches sonnèrent tierce, je collai mon visage contre les pierres humides, exhortant silencieusement tous ces chrétiens à se concentrer sur un seul homme et à implorer l'univers entier afin qu'il me soit gardé en vie.

Alors seulement je me rappelai que j'étais encore en terre étrangère. En voyant l'abbaye, je l'avais oublié. Non, je n'étais pas en Angleterre. Mais la forme de la bâtisse, le son des cloches, l'aspect des champs et des jardins m'avaient transporté au pays natal — en vérité, ces formes et ces sons *étaient* le pays natal, mais, à l'époque, je ne le savais pas encore. En tout cas, je me sentais réconforté. Et, à la vue de trois bénédictins en robe noire devisant ensemble en normand, la peur me quitta presque entièrement. Entouré de choses familières, je me sentais redevenir optimiste. Si l'Irlande était ainsi, il se pouvait bien que mon père eût survécu. Dans la brume matinale, je trottinais à bonne distance derrière les bénédictins qui se dirigèrent vers le nord puis vers l'ouest. Connaissant leurs habitudes, je supputai qu'ils allaient à Dublin — siège du pouvoir.

Un garçon de huit ans courant sur une route a quelque chose d'éternel et d'universel. Saute-ruisseau ou fripon, on le laissera vaquer à ses affaires. Il n'éveillera aucun soupçon, personne ne lui demandera où il va ni ce qu'il pense : c'est un gamin qui court le long d'une route, aussi léger que la brise. Je n'entrais dans aucune catégorie. Trop jeune pour être un ennemi, trop niais pour être un espion ou un saboteur, je traversai au pas de course plusieurs camps de guerriers et galopai sur le rivage qui abritait la flotte du Leinster. Il était midi passé quand j'atteignis la ville proprement dite et j'avais couru pendant cinq ou six heures sans ressentir aucune fatigue. Les bénédictins traversèrent la Liffey et se séparèrent sur l'autre rive, j'en suivis un au hasard et jouai de malchance. Il se dirigea vers une petite maison près de la mer et, une fois arrivé, n'en bougea plus. Au bout d'une heure, je revins sur mes pas avec l'intention arrêtée de me rendre à la cathédrale pour m'y enquérir de Bert. Je ne tardai pas à me trouver en lieu et place. Hommes d'armes et gens du peuple se pressaient en foule aux abords de l'église, attirés par le discours d'un chanoine augustin qui s'exprimait dans une langue très proche de l'exécrable erse. Comme je comprenais quelques mots clés tels que « donner », « or » et « sacrifice », je pus en déduire d'une part que l'augustin demandait aux Dublinois de respecter le traité d'alliance en participant à l'impôt de guerre levé par le roi de Man, d'autre part qu'il parlait dans le vide. Je l'écoutais tout en scrutant, par-dessus sa tête, la façade ouest de l'édifice. Sur la partie supérieure, typiquement anglaise, je reconnus les pierres de Dundry et de Purbeck. J'examinai alors avec soin l'ouvrage réalisé dans l'espoir de découvrir quelque défaut qui m'eût permis de reconnaître la main de Bert. Je ne vis rien de tel. L'entrée de la cathédrale était barrée et la foule manifestait des signes de nervosité. Je décidai de battre en retraite et de revenir plus tard, après avoir trouvé quelque chose à me mettre sous la dent. Peut-être que les augustins m'aideraient si je leur donnais une explication justifiant à leurs yeux la présence d'un jeune Anglais seul à Dublin. Il fallait inventer quelque chose, la vérité n'est pas toujours bonne à dire.

Je déambulai dans les rues où, à ma grande surprise, on parlait couramment l'anglais. La population se divisait en deux catégories : des gens en kilt, plutôt débraillés, les cheveux tout en tresses et en rubans, et d'autres que l'on aurait pu s'attendre à voir dans n'importe quelle ville anglaise. En principe, la ville était en état de siège, le roi de Man contrôlait la baie de Dublin et la côte proche ; cependant, vivres et munitions arrivaient de l'Ouest. Un régiment de cavalerie passa devant moi et j'obtins sans difficulté un morceau de pain et un gobelet de lait, il m'avait suffi de jouer au muet et de supporter les moqueries des hommes jusqu'à ce qu'ils finissent par avoir honte d'eux-mêmes.

De retour à la cathédrale, je tombai au beau milieu d'une bagarre ; quant à l'augustin, il avait disparu. Je contournai l'échauffourée (apparemment entre ceux qui acceptaient et ceux qui refusaient de contribuer à l'impôt de guerre), cherchant un moyen de pénétrer dans l'édifice. Je n'eus pas à aller loin car je fus roué de coups et bientôt assommé par des jeunes qui ne s'étaient jetés dans la mêlée que pour l'exercice et le jeu. C'est sous le porche de l'église que je repris conscience ; je saignais du nez et un augustin tâchait d'arrêter l'hémorragie à l'aide d'un chiffon. A part cela, j'étais indemne. Le calme était revenu, il ne restait sur place que quelques blessés qui furent confiés aux chanoines.

Le sang collait à mes cheveux, maculait mes vêtements et je devais avoir l'air plus mal en point que je ne l'étais en réalité car l'augustin me transporta à l'infirmerie. Tandis que l'on me déposait sur une paillasse entre deux vieux chanoines à la respiration sifflante, je me creusais la tête en quête d'une histoire susceptible d'expliquer ma présence à Dublin.

Pendant des heures, personne ne m'adressa la parole. Le soir, on m'apporta enfin à manger et on m'invita à prendre place près du feu avec les autres malades. Parmi eux, certains avaient été blessés dans la bagarre, ils étaient aussi nerveux que moi et fort peu enclins à la conversation. Les chanoines malades n'étaient pas en état de venir près du feu, ils restèrent sur leur paillasse et leurs frères les nourrirent à la cuillère. De temps à autre, un garçon de cuisine venait ramasser les assiettes sales. Je m'adressai à lui en anglais et il me répondit très simplement, avec une certaine aisance pourtant. Gerald était le neveu d'un des chanoines, son père avait pris les armes sous la bannière anglaise contre des lords irlandais originaires de Munster — j'appris ainsi que Dublin était vraiment, et depuis fort longtemps, une cité anglaise.

Comme Gerald m'inspirait confiance, je lui demandai s'il avait entendu parler de mon père. Peut-être que l'on avait vu en Bert un hôte, voire un mercenaire de l'île de Man, donc un ennemi. Au cas où Bert se serait enfui, je prenais un gros risque en révélant que j'étais son fils.

Gerald s'esclaffa en apprenant qui j'étais. Bert s'était rendu populaire auprès des chanoines pendant les quelques semaines où il avait travaillé pour eux, à la réfection d'une section intérieure de la façade ouest, comme je devais l'apprendre, et ils avaient été désolés de le voir partir, échangé par le prieur contre une parcelle de terrain dans le Wicklow. A la suite de cet échange, le prieur avait d'ailleurs eu maille à partir avec les lords anglais de Dublin : c'est que Bert était *leur* prisonnier et qu'ils n'avaient fait que le prêter au prieur afin de s'acquitter d'une dette qu'ils avaient contractée auprès des augustins pour acheter du bois à mâture à des marchands de la Baltique, chaque journée de labeur de Bert équivalant à un remboursement de deux pence : c'était fixer bien bas la valeur du travail d'un ouvrier, même médiocre. Sans compter qu'il est fort peu agréable de ne plus servir que de monnaie d'échange.

Gerald me conta tout ce qu'il savait. Il me confia son ambition d'étudier la Loi dès qu'il y en aurait une en Irlande. Les détails emmagasinés dans le cerveau de mon informateur me permirent de situer Bert. L'homme qui avait conclu le marché avec le prieur était l'abbé cistercien de Vallis Saultis, dans le comté de Wexford, mais celui-ci avait, au dire de Gerald, aussitôt troqué Bert contre un droit de pêche détenu par les Franciscains sur le lac Inchicronan.

Il m'apparut que ce processus de troc dans lequel Bert servait de monnaie d'échange pouvait très bien ne jamais s'achever, aussi demandai-je à Gerald de remonter tous les maillons de la chaîne pour retrouver l'intéressé. Il accepta avec joie. Ayant achevé sa besogne à la cuisine, il s'en alla flâner en ville dans certains quartiers pour y recueillir rumeurs et renseignements. Cette mission représentait pour lui une sorte d'initiation à ses futures études juridiques.

Tandis que Gerald menait l'enquête (et celle-ci dura plusieurs jours), je jugeai prudent de rester à l'infirmerie. Le chanoine qui s'occupait de nous ne pensait qu'à se débarrasser des malades alités et je dus ruser pour qu'il me garde. Comme j'étais là en raison de l'état de mon nez, j'eus l'excellente mais douloureuse idée de le faire saigner à grands coups de poing. Excédé par ce nez et ce sang qui se refusait à coaguler, il me força à rester debout toute une journée dans le but de faire baisser la pression sanguine dans ma tête.

Quand finalement Gerald réapparut avec la quasi-certitude que mon père se trouvait au fin fond de l'Irlande et travaillait à l'abbaye de Cloncmacnois, au bord du Shannon, dans le comté d'Offaly, le roi de Man attaqua derechef la ville, cette fois à titre de représailles, suite au massacre de lord Lambfell et de ses amis qui avaient poussé un peu trop loin leur art de la stratégie, jusque dans les recoins les plus retirés de l'Irlande. La façon dont lord Lambfell était mort me choquait et me peinait : cela me paraissait aussi absurde que si l'on avait pendu un chat.

L'attaque fut couronnée de succès et décida les augustins à abandonner la cathédrale et à se retirer dans le Pale, à l'extérieur de Dublin, jusqu'au départ des envahisseurs. Ils ne s'en plaignaient pas trop, se contentant d'intégrer cet épisode au cycle de leur vie. Puisque je savais maintenant où trouver Bert, je n'avais plus besoin de martyriser mon nez et les augustins me mirent à la porte en me conseillant vivement de quitter la ville. Gerald avait rempli un sac de provisions pour mon voyage et l'avait déposé au fond de la cuisine. Je le jetai sur mon épaule et me mêlai au flot des fugitifs qui s'écoulait par la porte ouest.

Pour les chrétiens, tout est banal, hormis leur Dieu unique. Aucun événement, aucune circonstance ne les émerveille. S'ils sont falots et incapables de véritable créativité, c'est qu'ils s'en remettent en toute chose à leur Être suprême. Je n'étais qu'un fragile enfant de huit ans sans père ni mère et perdu dans un monde hostile, mais je pouvais me raccrocher à notre vérité, elle me portait et me soutenait. La guerre est l'écho du mal perpétré là-haut. Quand nous sommes menacés, ce sont, en réalité, nos Dieux qui sont menacés. Inutile d'invoquer le péché originel pour nous en sortir. Le péché originel est lié à l'inachèvement de la Création, laquelle engendre le désarroi des Puissances.

La ville était en flammes. Par-dessus mon épaule, je vis d'épais nuages s'élever des maisons en bordure de mer. Je n'avais pas peur. C'étaient les joues de mon amour qui rougeoyaient ainsi, ses yeux qui jetaient des étincelles. Conflagration, consolation.

VI

Le chemin le plus direct pour Clonmacnois traversait le grand Bog d'Allen. Si la sécheresse était concevable en Irlande, il faudrait qu'elle sévisse au moins cinq années consécutives pour venir à bout de cette terre marécageuse qui, même alors, serait juste bonne pour les crapauds. Les voyageurs évitent le Bog en obliquant au sud-ouest mais moi j'étais pressé et, en outre, je craignais les mauvaises rencontres, aussi optai-je pour les routes écartées. Le Bog était immense : des armées entières gisaient dans ses profondeurs — détail que j'ignorais à l'époque — et, lorsque la vase se craquelait à la suite d'éclipses ou de passages de comètes, on voyait émerger des armures et des épées. Je pouvais m'estimer heureux d'être petit et d'avoir le pied léger.

Tant que j'eus à manger, je progressai rapidement. Gerald avait tracé mon itinéraire jusqu'à la limite du Bog, au-delà je devais me guider d'après le lever et le coucher du soleil, mais sans grande certitude, car le ciel était invariablement couvert. Bert m'avait appris à déterminer ma position par rapport aux étoiles, d'autant que nos principes d'architecture reposent pour l'essentiel sur la connaissance des astres. Mais le fait est que personne, sans doute, n'avait jamais vu la moindre étoile dans le Bog d'Allen. Si Bethléem avait été situé là, les bergers et les trois Rois mages erreraient encore dans le Connemara avec leurs cadeaux rongés par l'humidité et couverts de mousse.

Une fois que j'eus laissé derrière moi Dublin et ses faubourgs, je ne rencontrai plus âme qui vive. La campagne n'était plus cultivée et j'avançais lentement. Bientôt, la forêt céda la place au Bog, le terrain devint plat et je pris alors conscience de l'immensité du ciel. Jusqu'à présent, je n'avais vu que des paysages vallonnés. Mon regard avait toujours buté sur l'une ou l'autre colline qui, ainsi que je l'avais remarqué, s'appropriait une partie de l'espace, exactement comme un édifice. Dans le Bog, il n'y avait que le ciel et l'eau. Toute construction y eût été rapidement engloutie et oubliée.

Au terme de cette journée passée à me frayer un chemin à travers les roseaux, à sauter d'îlot en îlot ou plutôt de motte de tourbe en touffe de joncs, je m'installai, pour y passer ma première nuit, dans un bouquet de saules qui abritait déjà une colonie de hiboux.

En guise de couverture, je n'avais que ma musette — désormais vide — et je m'étendis sur le sol humide, frissonnant dans le vent d'est glacial, tandis qu'au-dessus de moi, les oiseaux, tout à leur chasse, allaient et venaient dans les branches du saule. On aurait dit de pâles et mélancoliques fantômes qui ululaient tristement mais je savais qu'ils avaient, au bout de leurs pattes, des pinces aussi efficaces que celles que l'on utilise pour soulever des pierres, que leurs ailes possédaient la puissance de poulies capables de hisser des poids très lourds et, à force de les observer, je crus voir se débattre dans leurs serres des créatures de plus en plus grandes : d'abord des campagnols, puis des rats et des lapins, bientôt des chiens et des veaux, ensuite des chevaux et, finalement, à l'instant où Bert apparut, bras et jambes paralysés dans les serres d'un hibou, cheveux hirsutes, yeux exorbités, je sombrai dans le sommeil.

Je me nourris exclusivement de jeunes pousses de saule et, au bout de quatre jours, je me sentis très mal en point. A perte de vue, encore et toujours le Bog. Mes pas ne laissaient aucune empreinte. La fièvre me faisait délirer, je n'avais que de l'eau saumâtre pour étancher ma soif et, à bout de forces, je me traînai sur un îlot de terre dans les joncs pour y attendre la mort.

J'entendis des voix. Je n'y prêtai aucune attention particulière : j'avais entendu toutes sortes de voix durant ces quatre derniers jours et il me restait encore assez de raison pour savoir qu'elles étaient le fruit de mon imagination. Ces voix parlaient en anglais : une preuve de plus que j'étais victime d'une hallucination. Bientôt les joncs crissèrent sous des pas et j'appris par une longue discussion entre deux hommes comment une rainette pouvait devenir un appât pour les brochets, j'en déduisis aussitôt que j'étais entré dans la phase terminale du délire et éprouvai le besoin de m'asseoir pour considérer cet ultime *ignis fatuus* de ma vie. Mais, lorsqu'une lance fut pointée sur moi à travers les joncs, je poussai un cri et compris du même coup que ce dard menaçant était bel et bien réel.

Une curieuse scène s'ensuivit. La lance, qui était en fait un harpon, se déplaça dans les joncs et finit par toucher ma jambe au moment même où deux têtes surgissaient au-dessus de moi : pas un mot, pas la moindre menace, question ou sommation. Les deux hommes ne répondirent pas davantage à mes salutations. Ils se contentèrent d'écarter les joncs et de rester là, à me dévisager en silence.

Ces hommes étaient des moines chartreux. S'ils discutaient avec tant d'animation cet après-midi-là, c'est qu'ils mettaient à profit le seul moment de la journée où il leur était permis de parler. Tout le temps qu'ils passèrent ensuite à me palper, me retourner, me tâter le front et les poches, ils n'ouvrirent pas la bouche — et plus tard, quand ils me transportèrent dans leur village, me soignèrent et me mirent au lit, leur mutisme me sidéra, moi qui ignorais tout de leur discipline.

Le moine chartreux est censé vivre des produits de son jardin, seul dans sa maisonnette, mais entouré de maisonnettes semblables, chacune occupée par un moine, chacune dotée d'un bout de terrain. Leurs églises sont de taille modeste et exemptes de décoration. J'en ai vu plusieurs en France et en Italie, mais, en Angleterre, elles n'ont toujours pas droit de cité. Mes muets du Bog, séduits par la règle de saint Bruno et surtout par l'accent mis sur le silence et les efforts personnels, n'avaient pu intéresser suffisamment les évêques anglais ni le roi pour obtenir l'autorisation de construire une chartreuse. Ils s'exilèrent en Irlande mais, en butte à l'hostilité et à l'incompréhension générales, ils fondèrent illégalement leur monastère, ici même, dans le Bog d'Allen. En l'impossibilité de cultiver un jardin dans cette contrée, ils se répartirent l'eau et chaque frère se vit attribuer un secteur de pêche : ainsi, l'esprit de la règle de saint Bruno — une existence autonome au sein de la communauté — était-il parfaitement respecté. Reste à savoir si le saint fondateur de l'ordre appréciait ces aquachartreux qui passaient tout leur temps de conversation à parler lignes, appâts et pêche en tous genres.

En fait de héros spirituels, c'étaient les hommes les plus ternes que j'aie jamais rencontrés. Je ne pouvais m'empêcher d'admirer leur détermination à se rapprocher du Christ mais je me demandais ce qui les avait amenés à penser que le Christ était particulièrement bien disposé envers les Chartreux, surtout envers ceux qui marinaient dans les eaux croupissantes du Bog d'Allen. Leurs livres et leurs couvertures sentaient le moisi ; maladies et troubles divers étaient monnaie courante ; du fait de leur régime alimentaire qui consistait uniquement en brochet, brème, gardon, tanche, chevesne, ils avaient le teint d'une pâleur extrême, encore accentuée par la présence de taches livides.

A l'idée que le Christ était le seul sujet de leurs méditations, j'en étais navré pour le pauvre Galiléen. Je ne pouvais comprendre qu'ils refusent de parler à un enfant malade. J'avais grand besoin de compagnie, voire d'affection, mais ces Anglais fanatiques, rigides, aux lèvres pincées, ne me prodiguaient que les soins indispensables et de la nourriture, d'ailleurs en abondance. Grâce à eux, je compris combien Bert me manquait, lui qui, malgré ses nombreuses défaillances en tant que père, me parlait et partageait avec moi le monde tel qu'il le voyait. Je pensais à Bert chaque fois que les chartreux m'approchaient et je les bombardais de questions, des questions fondamentales que mon père avait maintes fois posées en ma présence : Pourquoi la création est-elle si imparfaite ? Si le ciel est la patrie de l'esprit, pourquoi ce dernier reste-t-il attaché à la terre ? Si notre vie sur terre est une épreuve, est-il justifié d'affirmer que rien ne va comme il faudrait dans ce monde ?

Les chartreux, qui n'appréciaient guère mes interrogations, déposèrent ma nourriture à l'extérieur de la cabane dès que je pus m'y traîner. Aucun d'eux n'osa jamais me répondre. Je me plaisais à imaginer Bert provoquant une controverse sur les problèmes essentiels avec ces hommes revêches et taciturnes. Ils auraient été battus d'avance. Non pas que Bert eût réponse à toutes les questions qu'il me posait mais, au moins, il ne craignait ni de montrer son ignorance à un enfant ni d'affronter les monstres de la métaphysique.

Je me rétablissais peu à peu et m'asseyais volontiers juste derrière la porte de ma cabane de manière à mitrailler de questions les chartreux quand ils déposaient la nourriture à l'extérieur. Pour toute réponse, ils déposèrent la nourriture de plus en plus loin. Je prenais des forces, ma voix s'amplifiait et, finalement, lorsqu'on me présentait mon repas au bout d'une longue perche, mes questions sur la vérité éternelle résonnaient au moins à cent mètres à la ronde.

Le souvenir de ce terrible mutisme des Chartreux m'a bouleversé au point que j'ai omis de préciser que je fus enchaîné dès mon arrivée. Il y avait aussi à Clonbullogue des animaux enchaînés — chiens de mer, oies, hérons — que les moines dressaient pour la pêche ; les livres étaient également enchaînés. Autour des maisons, dissimulées dans les joncs, des cages lestées de chaînes emprisonnaient des poissons que les moines gavaient. Je leur demandai — et cette question me tracassait beaucoup car il n'y avait pas de forgeron à des lieues à la ronde — comment ils avaient fait pour transporter toutes ces chaînes lors de leur migration vers le Bog. Évidemment, ils ne répondirent jamais mais l'explication me fut donnée le jour où un moine ôta sa robe devant moi : au niveau de la taille, je vis les cicatrices qu'avaient laissées les chaînes. Ces hommes avaient marché depuis Dublin en portant plusieurs fois leur propre poids de chaînes pour affirmer leur qualité d'esclave. Ce métal monastique les avait accompagnés partout et chaque maillon avait donné lieu à une prière.

Malgré les conditions de vie à Clonbullogue, je me rétablissais. Bientôt, le ciel s'éclaircit, un temps doux et radieux s'installa et le marais se couvrit de fleurs. Le poisson devint plus abondant dans les eaux réchauffées par le soleil, si bien que les moines s'en allaient avec leur canne à pêche et passaient leurs journées à réciter leurs prières dans les joncs.

Il me fallut trois semaines pour comprendre que j'étais leur prisonnier et non leur protégé. Jusque-là, je m'étais contenté d'attendre. Ma maladie m'avait effrayé et je me rappelais le moment où les chartreux m'avaient découvert : j'allais mourir, un jour de plus dans le marais et c'en était fait de moi. Confronté aux réalités qui frappent l'esprit d'un enfant — la plus bouleversante étant de se découvrir mortel —, il était normal que je devienne méfiant à la longue. Mais j'avais beau être sur le qui-vive, je n'arrivais pas à comprendre pourquoi on me gardait en captivité alors que j'étais depuis longtemps en état de poursuivre mon voyage. Le comportement des moines, qui ignoraient toutes mes questions, théologiques ou non, restait pour moi une véritable énigme. Le régime alimentaire dont je bénéficiais constituait le seul élément positif de mon séjour forcé et c'est en y réfléchissant que je découvris leurs véritables intentions.

Au fil des jours, j'étais de mieux en mieux nourri : on faisait des efforts dans la préparation et la présentation des plats pour m'encourager à manger davantage. Comme je m'ennuyais, je dévorais tout ce que les moines m'apportaient, si bien que je ne tardai pas à prendre de l'embonpoint. On me servait davantage de repas dans la journée. Mes soupçons devinrent certitude car les chartreux ne se gênaient pas pour venir me tâter et me palper. Je les harcelais de questions hautement philosophiques, les interrogeais sur le problème de la *penetralia mentis,* tâchais de me faire expliquer leur doctrine confuse, mais tout cela sans succès, et surtout sans parvenir à troubler leur sérénité. Ils m'opposaient le silence et de petits sourires pincés.

Les chrétiens ont une bonne raison de manger du poisson une fois par semaine : aucun rapport avec le vendredi ou la crucifixion mais uniquement avec le fait que le poisson est, à coup sûr, le plus insipide des aliments. Les poissons ont tous le même goût. S'ils pouvaient être aussi différents par leur saveur qu'ils le sont par leur aspect, il n'y aurait rien à redire, or ce n'est pas le cas. La chair du poisson est aussi fade que l'eau elle-même.

Les chartreux de Clonbullogue ne mangeaient que du poisson, et encore et toujours du poisson. Il est dûment reconnu que la consommation exclusive de poisson provoque des troubles mentaux. Les gens qui vivent au bord d'un lac ou de la mer ont plus souvent l'esprit dérangé que ceux qui habitent à l'intérieur des terres : songez aux faibles capacités intellectuelles du marin moyen. La pêche n'est certes pas une activité qui stimule le cerveau. On peut la pratiquer, et peut-être même avec plus de succès, dans un état second.

La chaîne commençait à me serrer la cheville car j'avais grossi. Un beau soir, comme j'étais assis devant un festin de tanches et que j'adressais à mon auditoire de chartreux un discours sur la difficulté de concilier la religion avec l'altruisme, l'un d'entre eux attira mon attention par son attitude bizarre. Il ne s'intéressait pas au poisson mais à ma jambe. Tout devenait si parfaitement clair que mon cœur s'arrêta un instant de battre. Je continuai à manger, ma main tremblait mais je réussis cependant à masquer mon désarroi. Le repas terminé, je souhaitai une bonne nuit aux moines et partis me coucher en dissimulant la chaîne à leurs regards. Il était clair que lorsque le fer commençait à meurtrir la chair, la victime était bonne à être mangée.

Je passai la nuit à m'acharner sur le piton qui retenait l'extrémité de la chaîne et qui avait été profondément fiché à coups de marteau dans le pilier central de la cabane, je n'avais aucun outil et, en guise de lime, j'utilisai certains chaînons plus ou moins entaillés. A l'aube, je n'étais pas encore venu à bout du piton, loin de là. Quand ils m'apportèrent le petit déjeuner, au lieu de m'asseoir, comme à l'accoutumée, sur le pas de la porte pour discuter, je restai debout, le dos tourné au pilier, tâchant de dissimuler mon ouvrage. Mais les chartreux ne furent pas dupes. L'un d'eux me poussa sur le côté, examina le piton, sortit, revint muni d'un maillet et tapa sur le piton pour l'enfoncer davantage dans le trou que j'avais élargi. Peu après, j'entendis un remue-ménage inhabituel dans les cabanes : on entrechoquait des marmites en fer, on aiguisait des couteaux, on préparait un feu. Un nuage de fumée s'éleva sur Clonbullogue.

Un moine était resté pour me surveiller. Les chartreux ne m'avaient jamais dit leur nom et ils ne s'adressaient jamais la parole en ma présence, je les avais donc baptisés : celui-ci, je l'avais appelé Ralph Rabbit parce qu'il avait deux longues incisives supérieures qui débordaient sur sa lèvre inférieure. Ralph Rabbit était un homme d'environ trente ans, maigre, nerveux, aux grandes mains poilues. Il jouissait d'un certain prestige parmi ses frères car il se montrait fort adroit à fabriquer des leurres avec des plumes, du fil de fer et des chiffons. Tout en me surveillant du coin de l'œil, Ralph Rabbit confectionnait justement l'un de ces appâts, tirait des fils de l'ourlet de son habit et les enroulait autour de l'extrémité de l'hameçon.

« Pouvez-vous, en votre âme et conscience, approuver cette chose ? lui demandai-je d'une voix tremblante. Vous êtes chrétien et je suis sûr que vous condamnez le meurtre, sans parler du cannibalisme. »

Ralph Rabbit renifla, tira une plume de héron des plis de son habit, en détacha des parcelles avec un petit couteau et les fixa à l'hameçon. Je regrettai toutes les grandes questions que j'avais posées jusqu'à présent. Seule celle-ci était essentielle à mes yeux. Mais ce fut en pure perte car la gravité de la question n'impressionna nullement Ralph Rabbit. Il continua à enrouler des fils autour de son piège.

« Avez-vous déjà mangé des gens de passage ici ? Que pensez-vous du devoir envers les voyageurs ? L'hospitalité est la plus ancienne des vertus. Elle remonte si loin dans le temps... »

Ma voix défaillit quand les chartreux firent irruption dans la cabane, ils apportaient une enclume, deux haches et un marteau. On rompit ma chaîne. A l'instant où le marteau frappa l'enclume, je fus pris de convulsions et perdis le contrôle de ma vessie. J'étais tout mouillé, deux moines me saisirent et me transportèrent dehors.

« Tâche de tenir debout », me dit l'un d'eux.

Ma vessie se relâcha de nouveau puis ce furent mes intestins. C'était la première fois que l'on m'adressait la parole, ce fut un tel choc que je crus être salué par la mort en personne. Ils s'écartèrent de moi et je tombai à terre. Je levai les yeux : les haches étaient brandies.

« Pas ici. Descendez-le à l'élevage de brochets, ainsi nous ne perdrons pas une goutte de son sang, dit avec un sourire béat celui que j'avais surnommé Tom Turtle. Ils en sont fous. »

Maintenant, c'était à mon tour d'être muet. Pendant qu'ils me transportaient au bord de l'eau, je gémissais et sanglotais mais ma voix se perdait dans le brouhaha des propos enjoués car les moines avaient, de toute évidence, décrété que ce serait jour de fête.

La terreur fait partie intégrante de tout ce que j'ai bâti : elle est dans mes courbes qui craignent le cercle ; elle est dans la ligne droite qui craint le commencement et la fin. Toutes les arches que j'ai construites chantent ma crainte de sombrer dans la mort. Le danger a engendré mes plus beaux ouvrages. Quand je vois l'impossible s'accomplir dans la pierre, c'est pour moi la mort qui salue la vie, l'inanimé qui exprime son désir de vivre. Aucune véritable grande œuvre ne peut exister sans la stimulation du danger. Le danger extorquera le meilleur d'une âme faible. Il est, dans son essence, l'épreuve que nous infligent les Dieux. La honte, l'humiliation, l'abdication, la ruine totale de sa fierté peuvent alors échoir à l'homme, à moins qu'il ne s'agisse d'un homme sensible aux provocations ultimes inhérentes à notre existence terrestre : dans ce cas, il aura comme moi le réflexe de hausser le col pour regarder droit dans les yeux des Créateurs. Qu'y verra-t-il ? Ce que j'ai vu ce jour-là sur les berges du Figoil à Clonbullogue : le soleil étincelant sur un fer de hache. Beaucoup de soucis des marais. Un peu de chélidoine. Une barge sombre chargée de pierres dans le lit de la rivière, des hommes debout, chacun muni d'une perche. Ils chantaient. Tenez, en ce moment même, je les entends encore ! Tom Turtle détourna sa hache et fit mine de réparer le cadre du vivier à brochets. Les hommes s'arrêtèrent de ramer pour accoster et demandèrent où ils se trouvaient.

J'étais dans la vase, pleurant à chaudes larmes.

La barge transportait des pierres calcaires noires de Purbeck destinées à embellir Cloncmacnois. Le chargement s'était effectué à Limerick et la barge avait remonté le Shannon en passant par Lough Derg et Portumna mais, une fois la nuit tombée, le patron s'était engagé par erreur sur la Brosna au lieu de suivre le cours principal du fleuve. Le passage de la Brosna au Figoil demeurait un mystère car les deux rivières ne se rejoignaient pas. Seule une crue pouvait expliquer ce phénomène. Le problème restait posé : il s'agissait de transporter plusieurs tonnes de pierres fort coûteuses en provenance d'Angleterre, or Clonmacnois se trouvait à quarante milles vers l'ouest et le Figoil coulait vers l'est. Les hommes de la barge et les chartreux examinèrent cette fâcheuse situation. Je restai à portée de voix, tenant conseil avec moi-même et, chaque fois que j'entendais le nom de Clonmacnois, mon cœur bondissait. De plus, ce nom bizarre m'avait déjà sauvé la vie. Les pierres étaient destinées à mon père, elles devaient lui être livrées, et, dans la mesure où je trouverais le moyen de me glisser sur la barge, je lui serais livré en même temps qu'elles. Je me voyais déjà surgir à ses yeux comme un diable de sa boîte.

Les chartreux passèrent toute la journée avec les hommes de la barge, sans pour autant relâcher leur surveillance. Comme l'interdiction de parler avait été suspendue à l'occasion de la fête, ils se montrèrent fort diserts, exploitant au maximum une occasion qui ne se représenterait pas de sitôt. Les moines connaissaient mon intérêt pour la destination des pierres : pendant mes semaines de captivité, j'avais dit à plusieurs d'entre eux où je me rendais et dans quel but, n'ayant aucune raison de garder le secret. Ils supposaient donc que j'allais tâcher d'entrer dans les bonnes grâces de l'équipage pour obtenir la permission de les accompagner, voire tenter de m'embarquer clandestinement. Ils voulaient à tout prix m'empêcher de parler aux hommes de la barge. Rien de plus facile car ces derniers ne s'intéressaient guère à moi et l'on rendit bientôt tout contact impossible en me repoussant de plus en plus loin du groupe. Les chartreux se disaient que, dans la mesure où ils sauraient m'empêcher de raconter mes malheurs à leurs visiteurs ou d'atteindre la barge, je serais forcé de rester à Clonbullogue.

Pour l'homme solitaire, la conversation est le plus toxique des breuvages. La bouche s'enivre de son propre mouvement : l'esprit file et tisse des merveilles. La chaleur de la compagnie vient à bout des natures les plus sévères.

Assis dans mon coin, j'observai la bacchanale de paroles à laquelle se livraient les moines. Je vis leurs yeux commencer à briller, leurs joues rougir, leurs membres s'animer. Les hommes de la barge assistaient avec amusement à la transformation progressive de ces pédants impavides et blafards en de fort joyeux drilles. Les chartreux ne pouvaient se retenir de toucher ces braves bateliers si candides, de leur passer les bras autour du cou, de leur pincer les joues. Tout le monde était ravi et les paroles s'échappaient en bouillonnant des bouches comme l'eau d'une source chaude.

Quand l'orgie d'échanges verbaux atteignit son point culminant, et que le marais résonna de rires et d'effusions amicales, je m'éclipsai discrètement et descendis assez loin le long de la rivière pour me cacher dans les joncs à un endroit d'où je pourrais avoir l'œil sur la barge. Craignant qu'elle ne me passe sous le nez si jamais l'équipage s'en allait de nuit, j'avais subtilisé quelques fils à pêche aux moines, j'en pris un, l'attachai par un bout à ma taille et lançai l'autre sur la rive d'en face. Je m'assis dans mes vêtements trempés, tout grelottant mais le cœur gonflé d'un nouvel espoir, ne quittant pas la barge des yeux.

Peu avant le coucher du soleil, l'équipage prit place à bord. Je détachai le fil qui m'enserrait la taille et m'apprêtai à nager. Il me fallait atteindre un filin de halage qui pendait de la barge. Avec un peu de chance, je parviendrais à me hisser dessus et à me glisser entre les pierres de Purbeck sans être vu.

Je constatai alors avec effroi que les chartreux rejoignaient leurs canots à fond plat pour suivre la barge qui descendait déjà au fil de l'eau. Sans nul doute avaient-ils découvert ma fuite.

J'étais irrité par leur refus de s'avouer vaincus. Quant aux hommes de la barge — je commençais à bien connaître les chrétiens —, ils ne croiraient jamais qu'un moine puisse concevoir de manger un enfant, il n'y avait donc aucun secours à attendre de ce côté. Ils me prenaient sûrement pour un esclave. Les chartreux leur raconteraient que je m'étais évadé et leur demanderaient de les aider à me rattraper.

Je devais trouver une issue. Un mécanisme implacable se mit en route dans mon esprit. Pas question de renoncer à mon voyage à Cloncmacnois, c'est-à-dire aux retrouvailles avec mon père. La barge chargée de pierres avait emprunté des voies mystérieuses pour venir jusqu'à moi. Comment elle rejoindrait le Shannon, je n'en avais aucune idée et l'on verra bientôt que l'équipage n'en savait pas plus que moi ; j'avais pourtant la conviction intime qu'elle y parviendrait et que rien ne pourrait m'empêcher de monter à bord.

L'un des chartreux était cul-de-jatte. Peut-être avait-il perdu ses deux jambes dans une bataille, au cours d'une vie antérieure : quelle que fût la cause de cette infirmité (j'en étais réduit à des hypothèses car il ne m'adressait jamais la parole), il ne lui restait que des moignons de jambes et il se déplaçait sur les mains. Il était parfaitement adapté à la vie sur l'eau mais refusait l'usage de la perche et pagayait avec ses mains. J'avais appelé ce moine Sam Spider.

Caché dans les joncs, je laissai passer la barge puis les moines. Je priai pour que Sam Spider ait été distancé, comme d'habitude : quand il s'agissait d'aller vite, ses mains n'avaient pas l'efficacité des longues perches.

Il était tout derrière, en effet, pagayant le long de la berge où j'étais caché. Je plongeai aussitôt, retenant la ligne de pêche d'une main et nageai sous l'eau à côté du canot.

Au moment où la main gauche de Sam Spider passa à ma portée, je l'empoignai et tirai dessus de toutes mes forces ; déséquilibré, le moine tomba de son embarcation, je lui enroulai alors la ligne autour du cou et serrai pour l'étrangler. Nous coulâmes à plusieurs reprises, moi cramponné à son dos afin de me mettre à l'abri de ses mains anormalement puissantes, tandis qu'il cherchait à arracher le fil de son cou. Il se débattait comme un beau diable et je crus que mes poumons allaient éclater.

Cette lutte semblait devoir ne jamais finir quand soudain le corps de Sam Spider fut secoué par un long spasme d'agonie, avant de se raidir et de s'immobiliser totalement. Je le tirai dans les joncs, le hissai à un endroit d'où il ne pourrait pas tomber et partis à la nage récupérer son canot. Je revins, le déshabillai, enfilai ses vêtements, montai dans le canot et pagayai en traînant derrière moi le moine mort toujours accroché au fil. J'attendis d'être au milieu de la rivière pour le détacher et le laisser couler.

Pendant ce temps, la barge avait pris de l'avance et disparaissait entre les joncs. Assis en tailleur pour ressembler, autant que possible, à Sam Spider, je pagayais comme un forcené. En moins d'un quart d'heure, j'avais rejoint l'arrière de la flottille ; les moines scrutaient les deux bords du Figoil dans l'espoir de me retrouver, ils s'interpellaient sans cesse, exploitant au maximum leur précieux temps de parole. Je restais en arrière, à la place habituelle de Sam Spider, pénétrant de loin en loin dans les joncs mais sans quitter des yeux la barge. Le jour déclinait et je savais que les chartreux finiraient par abandonner la poursuite pour s'en retourner à Clonbullogue. A cet instant décisif, je devrais me cacher, sans perdre de vue la barge qui risquait de disparaître dans l'obscurité.

Désireux de ne pas rentrer dans le noir total, les chartreux abandonnèrent leurs recherches aux dernières lueurs du jour. Je dirigeai mon canot vers une petite mare en bordure de la rivière, comme quelqu'un qui ne veut surtout pas lâcher sa proie. En passant à ma hauteur, les moines m'exhortèrent à abandonner les recherches et à rentrer. Dès qu'ils furent hors de ma vue, je me mis à pagayer comme un fou pour rejoindre la barge avant la nuit.

Je n'eus pas à aller loin. La barge ne tarda pas à se profiler devant moi, immobile, l'étrave enfoncée dans les joncs. A l'arrière, sous un simple abri en toile, on avait allumé des chandelles. La question, à présent, était de savoir comment j'allais me présenter à l'équipage.

Je retirai le froc de Sam Spider, en nouai les deux extrémités et l'enterrai aussi profondément que je pus dans la vase, au pied d'un îlot de joncs. Le canot était moins compromettant. Je pouvais dire la vérité en passant sous silence le fait que j'avais occis Sam Spider, et les hommes de la barge admettraient peut-être que j'avais été contraint de voler l'embarcation. Néanmoins, un vol restait un vol. Et ne se référeraient-ils pas avant tout à la lettre de leur loi ? De plus, je n'avais toujours pas la moindre idée de ce que j'allais leur raconter pour tenter de gagner leur sympathie.

J'étais là, tout tremblant dans mon canot, sur le Figoil, à me creuser les méninges. Une chose était certaine : je devais mentir, car la vérité risquait de me coûter cher. Ces hommes ne me croiraient pas et, si d'aventure ils me croyaient, peut-être qu'ils se précipiteraient à Clonbullogue pour punir les chartreux de leurs monstrueux appétit : ce serait de toute manière une perte de temps, et qui sait même si je ne risquais pas de perdre encore ma liberté ? Sans compter que les chartreux pouvaient gagner la partie et manger les hommes de la barge !

Je songeai soudain que je ne savais absolument rien des hommes avec lesquels il me fallait négocier. Je ne les connaissais qu'à travers leur rencontre avec les moines, c'est-à-dire par les paroles qu'ils avaient échangées avec eux. Je savais déjà que les laïcs adoptent souvent une attitude très spéciale en présence des religieux : ils ne se montrent pas tels qu'ils sont mais tels qu'ils croient que les religieux voudraient qu'ils soient. Une fois hors de leur présence, le naturel revient au galop et peut se manifester par une haine farouche contre les prêtres et leurs prétentions. C'est pourquoi je résolus de surveiller discrètement les hommes de la barge, escomptant découvrir ainsi le moyen le plus sûr d'être recueilli à bord.

En trois coups de rame, j'étais contre le flanc de la barge et ouvris mes oreilles. Les hommes ne parlaient pas à voix basse. Ils semblaient, au contraire, avoir l'habitude de s'interpeller au loin, dans le brouhaha des chantiers, des embarcadères, des docks. A présent, ils avaient allumé un feu à l'arrière de la barge et je sentais l'odeur du pain et le fumet du rôti. Accroupi dans mon canot, agrippé d'une main à une touffe de joncs et serrant les mâchoires pour ne pas claquer des dents, je tendais l'oreille dans l'obscurité. Le feu dessinait une charmante rose de lumière pailletée d'étoiles. Je n'arrivais pas à distinguer ceux qui parlaient.

« ... tous à nous filer le train comme un troupeau de génisses », dit l'un.

« Une puanteur ! Je ne supporte pas l'odeur de ce poisson pourri, dit un autre. Pouah ! »

« S'ils détestent le monde, ils nous détestent aussi, dit un troisième. C'est logique. »

« Ne déconne pas Roger », dit un quatrième.

Je poussai un soupir de soulagement. J'étais sûr de trouver des alliés à bord. Jusqu'alors, j'avais craint que l'équipage ne fût composé de chrétiens rigoristes ; loin de chez eux, perdus dans le marais, désespérés, des gens de cette sorte risquaient de se conformer encore davantage à la lettre de leur religion. Il faut s'être égaré dans le Bog d'Allen pour apprécier véritablement le sens du mot « perdition ».

« N'empêche que ça doit être des types rudement sérieux. C'est pas banal de tout lâcher, pour vivre comme ça. En plus, ils sont sûrement la bonté même...

— La plupart des moines fuient quelque chose.

— Tu veux dire, comme des criminels ?

— Pas forcément. Ils peuvent fuir une femme.

— Si les moines n'existaient pas, il n'y aurait pas de monastères.

— Roger a trouvé ça tout seul, pas vrai, fiston ?

— Je me demande à quoi ils peuvent bien passer leur temps. Moi, je mourrais d'ennui.

— Ils pensent à Dieu.

— Tu penses pas que Dieu a d'autres chats à fouetter ?

— Va savoir. Ce que je peux dire, c'est que certaines de mes prières ont été exaucées.

— Surveille la sauce, Roger, elle est en train de cramer.

— Moi, en tout cas, même si j'étais dans une misère noire, même si je haïssais le monde du fond de mon cœur, je ne me ferais pas moine.

— Ils ne voudraient pas de toi, vicieux comme tu es. Quand je pense que je t'ai déjà vu faire de l'œil à un cheval crevé.

— C'est quoi vicieux ?

— Le contraire de vertueux.

— Et vertueux, c'est quoi ?

— Le contraire de vicieux.

— M'est avis que t'as envie de passer par-dessus bord, Roger.

— Tout ce que je veux dire, c'est que je suis aussi bon que mon prochain.

— Et ton prochain, pour le moment, c'est justement moi.

— T'en fais pas, on peut toujours s'améliorer.

— On va dans quelle direction demain ? demanda une voix, histoire de changer de sujet.

— On suit la rivière. T'as une meilleure idée ?

— On a déjà deux bonnes semaines de retard et, si je ne me trompe, cette rivière coule vers l'est. Or, c'est vers l'ouest qu'on doit aller.

— Tu as un plus gros morceau que moi. Donne-moi un bout du tien.

— Ils ne doivent pas être dans la dèche à Clonmacnois pour nous envoyer chercher des pierres en Angleterre.

— J'espère qu'on sera payés rubis sur l'ongle. Si on arrive au bout. Du train où vont les choses, on y sera peut-être encore à Noël.

— Donc, d'après toi, les Irlandais ne seraient pas pauvres ?

— Pas plus pauvres que les Anglais. Ma tante est morte de faim l'année dernière à Romford. Sa bouche était devenue toute verte parce qu'elle ne mangeait que de la mousse et des orties, dit Roger.

— Tu l'as vu, de tes yeux vu ?

— Non, mais on me l'a raconté.

— Ne crois pas tout ce qu'on te raconte. Est-ce que ta bouche devient verte quand tu manges de la salade ?

— Elle le deviendrait peut-être si je ne mangeais que ça.

— C'est de trop péter que tu mourras. C'est pas plutôt comme ça que ta tante est morte ?

— Envoie la bouteille, Geoffroy.

— J'imagine que le maçon, là-bas, à Clonmacmachin doit nous maudire en ce moment. Il attend ses pierres.

— Eh bien, qu'il attende. On n'y peut rien, après tout.

— C'est un type célèbre, un génie, d'après ce qu'on raconte à Limerick. L'abbé prétend qu'il travaille à la perfection. D'ailleurs, il le paye grassement. Et ça lui a pris des années, paraît-il, pour le décider à quitter l'Angleterre. On dit que dans son pays et de par le monde, y a pas un maçon qui lui arrive à la cheville.

— Comment il s'appelle déjà ?

— J'en sais rien. Je ne connais que sa marque. Je l'ai vue à Limerick, apposée sur une commande de pierres. C'est comme une grille.

— Une grille ? C'est comment une grille ? demanda Roger.

— T'es complètement idiot ou quoi ? Comment c'est une putain de grille ? Une grille, c'est comme une putain de grille, pas vrai ? Tu t'imagines qu'une putain de grille c'est comment ? »

N'y tenant plus, je poussai le canot dans la lumière du feu.

« Voilà la marque de maçon qui ressemble à une grille et elle appartient à Herbert Haroldson, mon père ! » m'écriai-je, tout excité.

J'attendis que les hommes de la barge se penchent par-dessus bord et me regardent pour lever mon index et tracer dans l'air, à la lumière des flammes, le signe suivant :

HH

VII

On attendait des explications. Mon audacieuse irruption en pleine nuit ne me laissait guère le temps d'inventer une histoire plausible. Pour échapper à leurs questions, je me transformai, avant même de monter à bord, en un véritable moulin à paroles. Tandis qu'ils me retiraient mes vêtements mouillés, je parlais. Tandis qu'ils me frictionnaient, je parlais. Tandis qu'ils m'offraient de la nourriture, je m'évertuais à parler. En vérité, je *babillais.* Pendant les semaines que j'avais passées chez les chartreux, quelque part, dans mon cerveau d'enfant, un robinet s'était fermé. Ce robinet n'était pas relié au réservoir de la parole — je n'avais pas manqué une seule occasion de parler aux moines — mais à la source des certitudes, des consolations et des attentions partagées que nous tenons prêtes pour ceux qui pourraient nous aimer. J'avais décidé que les hommes de la barge m'aimeraient, me chériraient, compatiraient à mon sort !

Mon mensonge vaut la peine d'être raconté, étant donné que son rapport avec la vérité jette quelque lumière sur mon caractère. Plutôt que de parler aux hommes de la barge des abominables desseins poursuivis par les chartreux, de leur intention de se repaître de mon corps, de leur froide taciturnité, je leur racontai quelque chose qui, à mon sens, devait leur paraître plus crédible, à savoir que les chartreux s'étaient débarrassés de moi parce qu'ils en avaient assez de voir ma bobine, qu'ils m'avaient donné un canot pour rejoindre la barge en disant : « Va-t'en avec ces idiots. Ils ont l'habitude des mioches. Et surtout, qu'on ne te revoie pas. »

« Tu voulais donc devenir moine, mon gars ? » demanda Geoffroy. C'était un type costaud, remarquable par sa tignasse blanche et bouclée et un air rêveur qui confinait à l'hébétude. « Tu me parais bien jeune pour ce genre d'aventure. » C'était la première question. Geoffroy avait pu la placer pendant que je reprenais mon souffle entre deux tirades. La question suivante concernerait assurément le motif de ma présence dans le Bog, mieux valait faire d'une pierre deux coups.

« Mon père pensait que mon apprentissage nécessitait un séjour dans une communauté monastique. Il travaille surtout pour l'Église, voyez-vous..., dis-je, tout en cherchant la suite. L'abbé de Clonmacnois a cautionné mon séjour à Clonbullogue...

— Et ils t'ont mis à la porte ? » demanda un petit homme à la mine farouche dont les cheveux, partagés par une raie médiane, étaient maintenus sur les tempes par des peignes en cuivre. Je devais bientôt le connaître sous le nom de Thomas of Eye ou Tommy. A son air furibond, je crus avoir visé juste. J'appris bientôt que l'indignation était un état permanent chez lui.

« Exactement, m'empressai-je de renchérir. Ils ont jugé que je n'étais pas fait pour l'austérité de leur vie spirituelle.

— Leur vie spirituelle ? s'esclaffa Roger. Nous avons passé des heures à parler de la manière d'attraper des perches avec des libellules ! »

Roger allait devenir mon ami, aussi m'attarderai-je un peu sur lui. Il était de vieille souche saxonne : une robustesse toute ramassée dans les jambes et les hanches, des épaules tombantes, un long cou et une tête pas tout à fait assez grosse pour contrebalancer la moitié inférieure de son corps. Il parlait d'une voix haut perchée et bougonne. De prime abord, j'avais éprouvé une forte envie de l'envoyer sur les roses, la même envie démangeait ses compagnons chaque fois que Roger ouvrait la bouche. Il avait tout au plus vingt ans à l'époque ; un joyeux drille qui parlait avec les mains non moins qu'avec la bouche.

« Tais-toi, Roger, grommela William de Waus, le patron de la barge. Est-ce que la vie spirituelle signifie quelque chose pour un gamin ? Il ne fait que répéter ce qu'il a entendu, pas vrai, fiston ? T'en sais pas plus que moi sur la vie spirituelle. N'écoute pas Roger, en tout cas. Est-ce que ces moines t'ont maltraité ? Pas la peine de répondre. C'est facile à imaginer. Ton père saura châtier les coupables. »

William de Waus, quoique le plus âgé, n'exerçait aucune véritable autorité. Avec son étroite tête chauve, son nez crochu et sa bouche aux dents cariées, il n'avait, physiquement parlant, que peu d'ascendant sur ses hommes. Sans conteste le plus faible et le moins actif de tous, il passait ses journées assis à l'arrière du bateau, son poste d'observation favori, pour critiquer tout et chacun. La barge était à lui, toute sa supériorité était là.

Au bout d'une heure, l'auditoire commença à se lasser de mon récit. Les exhalaisons du marais se répandaient dans l'air nocturne. Les hommes rêvaient au lendemain. J'étais satisfait des réactions provoquées par mon histoire. Personne n'avait mis en doute que le génial maçon de Clonmacnois (d'où lui venait cette réputation ?) était mon père. Les points obscurs qui subsistaient dans mon récit s'éclairciraient dès que nous aurions atteint le monastère et livré le chargement de pierres de Purbeck.

Je partageai la couverture de Roger. Il m'entoura de son bras et je me serrai contre lui pour avoir plus chaud. La nuit s'étendait sur le marais, on entendait des cris d'oiseaux et des bruissements d'ailes, l'un après l'autre les hommes s'endormirent et commencèrent à ronfler. Roger restait éveillé et je sentais que sa curiosité n'était pas apaisée.

« Parle-moi des francs-maçons, me chuchota-t-il au bout d'un moment. Ils ont vraiment le droit de dire ce que bon leur semble au roi ? Pourquoi le pape ne peut-il pas les toucher ?

— Boucle-la, Roger, grommela Thomas of Eye. Laisse dormir le gamin.

— Il me le dira demain, soupira Roger, d'accord ? »

Collé contre Roger, je sentais battre son jeune cœur, il me communiquait sa chaleur et je lui aurais bien révélé tous les secrets de l'univers, si seulement je les avais connus. J'étais en sécurité, sensation que j'avais presque oubliée ; je n'étais plus seul et cela me paraissait encore plus extraordinaire. Roger l'ignorait, mais il avait en moi un serviteur dévoué qui l'adorait parce qu'il offrait l'inestimable : une véritable présence, le don d'un corps, un cœur humain chaleureux. Je m'endormis dans ses bras sans même essuyer les larmes qui coulaient sur mon visage.

Le lendemain matin, nous eûmes un vent du sud qui chassa le froid. Levés de bonne heure, les hommes de la barge manipulaient adroitement leurs longues perches ; le soleil luisait sur le Bog, le coloriait, dardait ses rayons dans les coins les plus froids et conférait au paysage un charme tout estival. A mon insu, juin s'était présenté au calendrier et ce jour splendide l'inaugurait.

William de Waus ne supportait pas l'inaction chez les autres. Il voyait bien que j'étais trop petit pour manier la perche, aussi me confia-t-il le travail qu'il effectuait de temps à autre, et toujours de mauvaise grâce car il lui fallait à chaque fois quitter sa place à l'arrière. Il s'agissait de sonder la profondeur de l'eau à l'avant de la barge avec une perche aussi longue que le tirant d'eau de l'embarcation. Au bout d'une heure, je compris pourquoi il désirait tellement être relevé de cette fonction : non seulement ce travail l'ennuyait mais en outre, à cause de cela, il se faisait mal voir. La barge était très lourde et quand elle s'enlisait dans la vase, les hommes s'éreintaient pour la sortir de là. Au cours de leur odyssée irlandaise, Tommy, Roger, Geoffroy et les autres s'étaient forgé, grâce à ce rude exercice, des muscles de bœuf. Chaque fois que, par ma faute, la barge s'immobilisait, je m'attendais à des réprimandes, mais mes compagnons firent preuve d'une grande patience. Apparemment, William de Waus était encore pire que moi à ce poste.

« T'inquiète pas, fiston, criait Geoffroy alors que je les dirigeais pour la dixième fois sur un banc de vase, tu te débrouilles très bien. On va se tirer de là en un rien de temps. »

Surpris par tant de gentillesse, je me détournai pour qu'il ne me voie pas pleurer, autant dire que je n'en avais pas fini avec les larmes. Chaque fois que ces hommes simples et généreux me témoignaient de l'amitié, j'en étais bouleversé.

« Où est-ce qu'on va aujourd'hui, patron ? demanda Tommy, appuyé sur sa perche ployée comme un arc. Vous avez peut-être une petite idée ?

— On suit la rivière, marmonna en clignant des yeux William de Waus qui somnolait au soleil.

— Elle va vers le sud maintenant ! cria Tommy. Vous voulez donc aller vers le sud ? Et moi qui croyais qu'on devait aller vers l'ouest.

— Hier c'est vers l'est qu'elle allait, répliqua William de Waus d'un ton las. Donc, on progresse, n'est-ce pas ? Donc on y arrivera.

— Tiens, la rivière s'élargit, patron. On va pouvoir presser l'allure. Vous voulez qu'on file au sud à toute vitesse ? Vaudrait mieux qu'on sache de quel côté on doit se tourner. »

La boutade de Tommy ne produisit aucun effet sur le patron. Sa vieille tête avait basculé en avant, si bien que son menton reposait sur sa poitrine. J'étais en train de l'observer quand j'aperçus les chartreux qui nous poursuivaient à bord de leurs canots.

Mon premier réflexe fut de me jeter à l'eau pour m'y noyer. A l'instant où je m'apprêtais à sauter, une poigne de fer me retint. Je relevai la tête et rencontrai les yeux de Roger. Ils étaient durs.

« Tu es des nôtres. Laisse faire Willy », dit-il avec autorité.

Les chartreux amenèrent leurs embarcations tout contre la barge. Ils me dévisageaient en silence. William de Waus, à présent réveillé, se leva.

« Qu'est-ce que vous voulez ? demanda-t-il. Je n'aime pas beaucoup qu'on me colle au train. »

Liés par leur vœu de silence, les chartreux me désignèrent du doigt. Ralph Rabbit présentait un rouleau de vélin au bout de sa perche. William la repoussa avec dédain.

« Je n'ai pas de temps à perdre. Je ne sais pas lire et mes hommes non plus. »

Les chartreux se livrèrent alors à des gesticulations fort étranges pour les hommes de la barge mais très claires pour moi. Il s'agissait de la disparition de Sam Spider. A la fin de cette pantomime, William de Waus était hors de lui.

« J'en ai assez de vos simagrées. Dites ce que vous avez à dire ou bien déguerpissez ! »

Les chartreux vinrent se ranger contre notre coque et entreprirent de monter à bord. Sans un mot, Tommy les repoussa avec sa perche. Les autres s'apprêtèrent à l'imiter. William de Waus fouilla sous son siège et rappliqua en brandissant une moitié d'épée tout ébréchée au-dessus de sa tête pour la montrer aux chartreux.

« On en a d'autres comme celle-là pour vous servir. Fichez-moi le camp ou je lance mes hommes contre vous, menaça-t-il. Allons, les gars, en avant. Ne vous occupez plus de ces nigauds. »

William de Waus s'empara d'une perche et la plongea résolument dans l'eau. L'esprit de décision du patron cloua les hommes de surprise, mais un instant seulement, car tous suivirent bientôt son exemple et nous glissâmes de plus en plus rapidement dans le courant.

Quant à moi, j'avais les yeux fixés sur l'avant. Quelques chartreux avaient dépassé la barge et me lorgnaient avec une convoitise haineuse ; mais cela s'arrêta là et nous les laissâmes bientôt loin derrière nous.

Je garde encore en mémoire l'image du soleil se reflétant dans l'eau et les silhouettes noires de ces hommes sinistres et malfaisants qui surgissaient de partout, leurs frocs déployés comme les ailes d'oiseaux diaboliques. J'ai souvent pensé que ce soleil était mon Dieu autant que le leur : que ce jour-là ils adoraient sa lumière autant que moi. Et pourtant, ils étaient parvenus à l'exclure de leur vie. Et ils avaient failli réussir à l'exclure de la mienne.

Vers midi, nous avions atteint, en aval de la rivière, un point où le courant devenait plus fort. Nous aperçûmes sur les berges les premiers signes de présence humaine. Nous avions laissé le Bog derrière nous, la terre devenait plus ferme, les forêts plus nombreuses. Il nous semblait deviner des champs çà et là, mais leurs contours demeuraient imprécis, ce n'étaient que variations de nuances dans une grande plaine verte inondée de soleil. Nous dépassâmes quelques vieux filets à poissons étalés sur la berge puis deux barrages abandonnés, les murs en tourbe d'une cabane, un jardin en friche. Nous nous assîmes sur les pierres noires en laissant traîner les longues perches dans l'eau et nous attendîmes l'apparition d'un être humain.

Nous ne fîmes pas halte cette nuit-là. William de Waus affirmait que la barge pouvait avancer en toute sécurité, même de nuit, compte tenu de la largeur de la rivière ; elle coulait toujours plein sud et le patron semblait maintenant pressé de retrouver le Shannon. Il n'y eut aucune protestation car tout le monde était frais et dispos, la barge ayant avancé pour ainsi dire toute seule. Nous glissions sous une splendide voûte étoilée et la lune absente ne nous manquait pas. Tout le monde était d'excellente humeur. La rivière ne présentait aucun danger. Elle nous conduirait bien quelque part, peu importe où, pourvu que ce fût loin du Bog d'Allen.

Comme l'aube commençait à repousser la voûte étoilée hors de notre vue, on posta un veilleur et l'on se disposa à dormir quelques heures. Mais pour ma part, je ne songeai nullement à dormir, tout émoustillé que j'étais au souvenir de la journée délicieuse, enchanteresse, que je venais de passer. Je m'assis à l'arrière, les jambes pendantes, cherchant dans les étoiles et les eaux sombres l'assurance que l'enchantement durerait. Je vis une loutre et ses trois petits. Je vis des rats d'eau et des campagnols, des créatures si minuscules que je n'en revenais pas de la portée et de l'acuité de mon regard. Des poissons bondissaient vers les étoiles et retombaient dans la rivière en soulevant une bruine de mercure qui n'en finissait plus de se dissiper. Je prenais même plaisir à sentir les minuscules insectes bourdonner autour de ma tête et chatouiller mes pieds nus. Mais ce que j'aimais par-dessus tout, c'étaient les sons qui me faisaient oublier le silence des chartreux — un grognement, un juron, un mot, oh, le précieux langage, dispensateur de vie ! N'importe quel bruit humain signifiant : « Nous vaquons à des occupations qui ne font de mal à personne. Bientôt, nous arriverons, indemnes, au terme de notre voyage » était pour moi un puissant réconfort. J'avais tué un homme. Je l'avais privé de sa lumière. Je sentais que la culpabilité était une drogue trop dangereuse pour un enfant. Je n'en voulais pas. Je voulais la beauté du futur. Sam Spider devrait en faire partie.

A l'aube, comme nous apercevions devant nous les premières huttes d'Athy, je compris que pendant tout un jour j'avais puisé ma force en moi seul, je m'étais montré capable d'aller sans crainte vers les autres et assez vaillant pour conserver un enjouement qui ne laissait pas de m'étonner, voire de m'effrayer. J'avais surtout fait une grande découverte : depuis l'instant où l'on avait brandi la hache au-dessus de ma tête, je n'avais pas eu une seule pensée pour mon père. Il m'avait abandonné. Mon amour pour lui s'était assoupi et transformé. Désormais, il ne m'était plus *nécessaire*.

Je bondis sur mes pieds en criant à tue-tête : « Nous sommes arrivés ! Nous sommes arrivés !

— Et où donc ? grommela Tommy qui regardait la palissade et les piquets pointus plantés sur le rivage. M'est avis que ça ressemble à nulle part. »

Nous fûmes fraîchement accueillis à Athy. Pas question d'accoster, il nous fallut attendre au milieu de la rivière qu'on eût réveillé le chef. Ce n'était pas une mince affaire d'immobiliser notre embarcation lourdement chargée et entraînée par le courant. Quand le chef arriva au portail de la palissade, nous étions déjà à un quart de mille en aval. Nous réussîmes pourtant à sortir la barge du courant et à nous rapprocher de la rive. Le chef sauta à cheval et galopa à notre rencontre, suivi de guerriers dépenaillés, la lame nue ou l'arc à la main. Plusieurs d'entre eux posèrent négligemment une flèche sur leur arc tout en se rangeant le long de la barge. Le chef était jeune et vigoureux et les guerriers espéraient sans doute s'amuser à nos dépens.

William de Waus était nerveux. Il fit mine de descendre de la barge pour présenter ses respects au chef mais fut repoussé par des regards hostiles. Le chef nous harangua dans un horrible galimatias fait de bribes empruntées à l'anglais, au normand, à l'irlandais et au diable en personne, un langage qui ne disait rien de bon. On sentait que les archers nous décocheraient leurs flèches si le chef s'avisait de hausser ne fût-ce qu'un seul de ses sourcils. Ce dernier était fort intrigué par les pierres. Était-ce une muraille flottante ? Une barricade ? Une machine de guerre ? Un pont transportable ?

Avec l'aide de Roger et d'un autre Irlandais de l'équipage, William de Waus lui expliqua que les pierres étaient destinées à une église. Où ? demanda le chef. Clonmacnois, répondit William de Waus. Le chef émit un grognement puis frappa l'encolure de son cheval du plat de son épée. Clonmacnois a déjà sept églises, rugit-il. Elle en aura donc bientôt une huitième, renchérit notre patron.

Le chef mit pied à terre et s'approcha de la barge. Liam, l'Irlandais qui avait joué les interprètes, lui tendit la main pour l'aider à sauter du rivage dans la barge. Il en fut remercié par un coup d'épée qui lui entailla la paume de la main. Le pauvre gars fut tellement surpris qu'il s'écroula sans connaissance.

Le chef monta à bord et grimpa sur les pierres de Purbeck. Puis il se tourna vers William de Waus et le traita de menteur. Ces pierres n'allaient pas à Clonmacnois. Elles allaient à Carlow et serviraient à fortifier le château de son beau-frère. « Aurais-tu l'audace de le nier ? » demanda-t-il. William de Waus voulut dire quelque chose mais un regard féroce lui coupa le sifflet. « Tu es à la solde de mon beau-frère et je devrais te tuer. » Il s'excitait, fulminait et ne cessait de faire claquer sur sa jambe le plat de son épée.

« Je me demande pourquoi il veut des pierres noires pour son château ? dit-il. Ah, je sais. Ainsi, à la nuit tombée, personne ne verra comment il se conduit avec ma pauvre sœur Belle. »

Ses acolytes éclatèrent de rire. Pour nous, sur la barge, la situation était moins drôle. Ce chef n'était rien d'autre qu'un brigand. Un homme sans foi ni loi, comme il le prouva quand Liam, reprenant connaissance, s'assit et se mit à gémir en se tenant la main. Je me portai à son secours, me disant que nul ne s'inquiéterait des faits et gestes du gamin que j'étais. Mais le chef me montra les dents comme un chien de garde et je battis en retraite tandis que Liam étanchait tant bien que mal le sang de sa blessure.

Je tremblais de rage et d'indignation. Si seulement j'avais été en situation de sculpter le crâne de ce barbare à ma façon, avec quelle joie je lui aurais retaillé le front à grands coups de maillet et de ciseau. Hélas, au lieu de cela, il me fallait le regarder parader et ricaner, satisfait de nous voir là, à sa merci, victimes de son misérable *pouvoir*. Il leva la tête vers le soleil, examina ensuite les curieux de plus en plus nombreux qui franchissaient la palissade, rengaina son épée, jeta un coup d'œil moqueur à la blessure de Liam, sauta sur la berge et enfourcha son cheval.

Ses guerriers l'observaient avec la plus grande attention, suivaient des yeux son regard, enregistraient chacune de ses grimaces et jusqu'au moindre de ses gestes. Le chef à cheval, les épaules affaissées, contemplait le sud. Il soupira deux ou trois fois, se frotta le nez et grommela quelque chose.

Non sans une certaine affectation, car il savait qu'on le regardait, il tira sur sa lèvre inférieure et, les yeux braqués en aval de la rivière, se plongea dans une profonde méditation. Au moindre mouvement dans la foule, il se raidissait, visiblement irrité. Bientôt tous se tinrent parfaitement immobiles pour ne pas perturber la majestueuse réflexion de leur guide. Cela n'en finissait plus. Les chevaux s'énervaient. Les guerriers, de véritables sacs à puces, ne cessaient de se gratter. Au-dessus de nos têtes, des volées d'oiseaux passèrent, en quête de leur nourriture matinale ; lorsqu'ils s'en retournèrent, un moment plus tard, nous étions toujours là, debout, à attendre. Quand le chef reprit enfin la parole dans son horrible jargon, tout le monde sursauta.

« Grâce à vous, je connais mieux mon ennemi, dit-il en désignant le sud d'un geste brusque. Il est plus riche que je ne le croyais. S'il fait venir des pierres d'Angleterre pour construire ses fortifications, c'est qu'il est devenu trop puissant pour moi. Allez à Carlow et dites-lui que je suis prêt à me soumettre et que je serai désormais son homme : mais précisez qu'il faudra me traiter avec des égards car, si je le voulais, je pourrais encore lui causer grand tort. De plus, je suis son parent par alliance. Qu'il ne l'oublie pas ! »

Les derniers mots n'étaient pas encore sortis de la bouche du chef que William de Waus s'était incliné, signifiant ainsi son accord total à cet arrangement. Il eut recours à Liam pour lui faire savoir qu'il transmettrait son message, si toutefois le chef voulait bien lui révéler le nom de son beau-frère. Liam, fort mal à l'aise, bégayait et gardait les yeux obstinément fixés sur le pont tout en palpant sa main endolorie. Quand Liam en eut fini, le chef s'avança jusqu'au bord de l'eau et se pencha par-dessus l'encolure de son cheval.

« Crois-tu que beaucoup de gens construisent des châteaux à Carlow ? » lança-t-il à William de Waus, et là-dessus, il s'éloigna au galop. Ses guerriers le suivirent, mais sans se presser, à contrecœur, se retournant de temps à autre pour nous décocher des regards noirs.

Sous les yeux de la foule silencieuse, nous repoussâmes la barge dans le courant. Les gens nous regardaient sans hostilité, sans sympathie non plus. Si le chef nous avait débités en morceaux, histoire de s'amuser un peu, ils ne nous auraient sans doute pas regardés autrement. Aujourd'hui, dans leurs conversations, nous serions les hommes-aux-pierres. Pour nous, Athy resterait à jamais l'endroit où une lame d'épée avait entaillé une main secourable.

VIII

Nos provisions s'épuisaient et pas question de se ravitailler à Athy. William de Waus voulait à tout prix filer droit vers le sud, même si Carlow risquait de s'avérer bien pire qu'Athy. C'est qu'il craignait pour sa barge. Il n'y avait pas une minute à perdre. Il préférait tenter d'amadouer le beau-frère du chef en lui transmettant un message somme toute agréable plutôt que de s'arrêter dans un quelconque hameau pour y demander de la farine ou de la viande. Il voulait croire que le beau-frère en question n'était pas du genre à ignorer nos explications, voler les pierres, s'emparer de la barge et nous vendre comme esclaves. En tout état de cause, la situation n'était pas brillante. Il fallait trouver à manger : on alla à la pêche, on cueillit des herbes sur la berge, on se fit rôtir quelques canetons attrapés au nid. Mais William de Waus avait hâte de partir et ne cessait de nous harceler. Le moins soucieux du lendemain était sans nul doute Roger. Il était différent des autres en ceci qu'il accordait le plus grand crédit à sa propre faculté de raisonner. Il obéissait à William de Waus par devoir mais ne se privait pas d'analyser la situation fâcheuse qui était la nôtre. Inquiet, William de Waus nous invita à ne pas céder à la lâcheté, à ne pas songer un seul instant à abandonner sa précieuse nacelle sous prétexte de tenter notre chance sur la terre ferme : ses mises en garde ne firent qu'exciter davantage encore l'intellect de Roger.

« Willy s'est surpassé cette fois-ci, me confia-t-il, tandis que nous avancions sous une voûte de trembles. Voilà deux ans que je bourlingue avec lui, jamais je ne l'ai vu dans un tel pétrin. Nous avons livré des pierres, du verre et du bois d'œuvre dans tout le sud de l'Angleterre, sur la côte est et sur la côte ouest. Nous avons livré du calcaire aux Gallois pour l'église Saint-David. On trimait dur mais ça rapportait bien. Et voilà-t-il pas que, sur le tard, sans crier gare, il accepte la commande d'un évêque irlandais que l'on dit fou à lier ; il lui faut louer un bateau de haute mer et se faire remorquer, lui et sa barge, sur des milles et des milles, au péril de sa vie — c'est une entreprise risquée, tu peux me croire — et tout ça pour quoi ? Je vais te le dire : des clopinettes. L'abbé de Clonmacnois lui offre une somme rondelette pour ce transport mais il aurait gagné autant en trois voyages beaucoup moins périlleux à York ou à Ely. Alors, pourquoi agit-il ainsi à un âge où l'on est censé avoir acquis un brin de sagesse ? Est-ce uniquement sa passion dévorante pour l'argent ? M'est avis que non. Il s'agit d'autre chose. Willy veut laisser son empreinte. Une besogne impossible pour un prix impossible, dans un pays impossible. C'est son dernier défi avant de se retirer dans le Swanage.

— Arrête d'embrouiller cet enfant avec tes sornettes, grommela William de Waus de son siège à l'arrière du bateau. Si, à son âge j'avais écouté des gens comme toi, je serais dans la misère aujourd'hui. On supporte mal que le voisin gagne de l'argent. Et souvent, on ne supporte même pas qu'il vive. »

Roger laissa reposer sa perche, ravi d'être pris à partie. Il m'adressa un clin d'œil comme pour dire : Ouvre tes oreilles. Tu comprendras mieux la situation.

« Vous nous avez entraînés dans une aventure qui va probablement nous coûter la vie à tous, dit-il, mi-figue mi-raisin. Il n'y a rien à redire à cela. Vous êtes notre gagne-pain. Vos erreurs font partie de notre destin. A qui s'en prendre si nous avons choisi de trimer pour un homme qui ne voit pas plus loin que le fond de sa poche ? Mais il nous reste le réconfort de la religion. Et il vous reste l'argent amassé grâce à notre labeur. A Carlow, le ciel chantera nos louanges quand le chef nous aura étripés et votre femme fera tinter votre bourse en souvenir de vous. »

William de Waus renifla et lança à Roger un regard à la fois dur et affectueux.

« Quand je pense, Roger, que j'ai songé à t'adopter pour que tu sois mon fils et mon héritier, dit-il. J'aurais été joliment récompensé de ma générosité. Dieu qui a jugé bon de ne pas me donner d'enfant ne m'a pas non plus permis d'avoir un véritable ami. Je n'étais pas fait pour la paternité ni pour l'amitié, semble-t-il.

— Voilà, répliqua Roger en me poussant en avant. Voilà un ami. Il croira tout ce que vous lui direz parce qu'il ne connaît rien de mieux. Ce n'est pas mon cas. Je me suis forgé des opinions bien à moi. »

William de Waus rit en hochant la tête. Le soleil était maintenant à son zénith et les chatoiements de la rivière étaient devenus si lumineux que j'en avais mal aux yeux. Le ciel en harmonie parfaite avec l'eau, bleu sur bleu, bondissait sur les reflets verts et mouvants des rives. Au-dessus et au-dessous de nous, on voyait une sorte de fenêtre colorée qui se déplaçait à notre rythme comme une autre barge, le vaisseau du destin.

« Mon garçon, dit William d'un air contrit, je serais désolé que tu ne revoies pas ton père. C'est agréable, je suppose, d'être le fils d'un homme célèbre. Dans quelques années — si la chance te sourit —, tu fréquenteras le monde, le vrai, celui que nous pouvons à peine imaginer, nous autres ; ce monde de richesse et de pouvoir dans lequel évolue ton père. C'est ainsi que je me représente le paradis terrestre : un manoir ou un palais, sûrement pas la bicoque d'un paysan. »

Je dus me détourner pour cacher mon sourire. William de Waus ne connaissait pas mon père comme je le connaissais moi. Pour lui, il était une créature de fable et de légende, un artisan divinement doué, l'intime des abbés et des seigneurs, un véritable prodige. Pour moi, il était tout simplement Bert, et ce qui avait pu lui arriver à Clonmacnois (était-ce forcément mieux qu'à Athy ?) ne devait guère l'avoir changé. William de Waus s'exagérait certes les mérites de mon père mais je fus choqué de découvrir que je lui en voulais de l'avoir placé sur un piédestal. Et pourtant, c'était peut-être à cela que je devais d'être encore en vie. Si les hommes de la barge avaient ignoré que j'étais le fils d'un homme très important à leurs yeux — leur client, rien de moins —, peut-être se seraient-ils déjà débarrassés de moi. Tandis que je me perdais en conjectures, nous nous dirigions, sans trop de hâte, vers Carlow.

Nous entrâmes dans Carlow le surlendemain, dans l'après-midi. L'équipage s'attendait au pire tant il semblait improbable que nous en réchappions une seconde fois. Si le chef de Carlow était taillé sur le modèle de son beau-frère mais à des dimensions supérieures, nous n'avions guère de chances de nous en tirer. Compte tenu de la situation, il était surprenant que personne n'eût tenté de déserter la barge où régnait, au contraire, un certain fatalisme. Une fois arrivés devant la chaîne qui barrait la rivière et gardait la ville, nous étions prêts à tout.

Nous longeâmes la chaîne jusqu'à la rive gauche, la plus habitée. Un fortin de bois et de tourbe construit sur une butte se dressait au-dessus des toits. Nous rassemblâmes notre courage sans même songer à nous abriter derrière les pierres pour éviter d'éventuelles flèches.

Pas âme qui vive.

William de Waus arpentait le pont. Il appela deux ou trois fois d'une voix claire et sèche : pas trop fort, mais assez tout de même pour signaler notre présence.

Aucune réponse. La chaîne était fixée par un simple crochet à un bout de ferraille rouillé planté dans le sol de la berge. Nous aurions pû décrocher tout simplement la chaîne et la remettre en place après notre passage, nous serions ainsi entrés dans la ville sans nous faire remarquer. Mais William de Waus opta pour la prudence. Il envoya Roger en éclaireur ; Liam et moi-même devions l'accompagner pour inspirer confiance et attirer la sympathie au cas où nous tomberions sur quelqu'un. Roger eut beau protester, rien n'y fit. Nous quittâmes la barge pour nous perdre dans le dédale des venelles boueuses.

Pas une cheminée ne fumait sur les toits de la ville. Pas un aboiement à notre approche. En passant, nous lorgnâmes par la fenêtre de quelques habitations ; il ne semblait pas qu'elles fussent réellement abandonnées, cependant il n'y avait personne. Plus nous avancions, plus nous ressentions le froid que dégageait ce lieu. Rien à voir avec la simple fraîcheur matinale d'un vallon en bordure de rivière ; c'était un froid d'une autre nature, un froid qui vous étreignait l'âme.

A côté du fortin en tourbe, dans un grand enclos, il y avait de nombreux chevaux, certains caparaçonnés d'or. Non loin de là, un autre enclos abritait cochons et moutons. Nous nous arrêtâmes près d'une haie de ronces pour examiner les murs assez bas du fortin. Toujours aucun signe de vie.

Roger entreprit de faire le tour du fortin et nous lui emboîtâmes le pas. Il avait décidé d'avancer à découvert.

« Marchez la tête haute, disait-il. N'ayez l'air ni effrayés ni coupables. Qui sait, peut-être qu'ils finiront par trembler là-dedans en voyant arriver trois gaillards de notre trempe. »

La main sur le pommeau de la demi-épée rouillée que lui avait prêtée William de Waus, il ouvrait la marche. Nous avancions sur ses talons et, à chaque pas, nous pensions entendre une flèche siffler à nos oreilles.

De l'autre côté du fortin s'élevait une église, construite elle aussi en tourbe. Une croix fabriquée avec deux branches noircies au feu était plantée de guingois sur le toit. Par la porte ouverte, nous pouvions voir de dos la foule qui s'entassait dans l'église et en obstruait l'entrée. Nous étions là depuis un moment lorsque des chiens se mirent à aboyer dans le fortin. Nous regardâmes Roger ; après tout, c'était lui le chef. Il désigna l'église.

« Allons-y, on n'a pas le choix, à Dieu vat ! » murmura-t-il.

Malgré les aboiements, nous franchîmes sans encombre la distance entre le fortin et l'église. Lorsque nous eûmes rejoint les gens qui se pressaient à l'entrée, Roger toussa, se racla la gorge et frappa même dans ses mains pour attirer l'attention. Personne ne prit la peine de se retourner. Des voix s'élevaient à l'intérieur de l'église et je reconnus les inflexions si particulières du latin.

Rassuré par la belle indifférence de la foule à notre égard, Roger me hissa sur ses épaules pour me permettre de regarder ce qui se passait à l'intérieur. Je n'avais jamais vu autant de gens entassés dans un si petit espace. C'était une leçon sur la relation entre le volume normal d'un ensemble de corps et l'espace que cet ensemble occupe suivant qu'il est ou n'est pas soumis à une forte compression. Ils étaient serrés là-dedans comme des cochonnets accrochés aux mamelles de la truie. Tout au fond de l'église, il y avait de la couleur : un blanc éclatant se détachant sur le brun du torchis, quelques grandes plumes, des scintillements d'or ou de pierres précieuses, des parures brodées. Je distinguai aussi les coiffes des dames et les bonnets bizarrement inclinés des hauts personnages. Le prêtre émergea de la foule, soulevé à bout de bras par un groupe d'enfants de chœur aux cheveux roux.

« Que vois-tu ? souffla Roger.

— Chut ! soufflèrent les gens.

— On n'est pas dimanche, n'est-ce pas ? insista Roger.

— Tu vas la fermer ? » dit l'homme juste devant nous en nous regardant de travers par-dessus son épaule.

Je me penchai pour chuchoter à l'oreille de Roger qu'à mon avis il s'agissait d'un mariage ou d'un baptême. Il tira ma tête vers le bas et me demanda à mi-voix de vérifier qu'il n'y avait pas de cercueil. Je pus lui certifier qu'il n'y en avait pas.

Roger s'écarta de l'entrée de l'église et me déposa à terre.

« Il n'y a plus qu'à attendre bien sagement que l'on nous remarque, dit-il en se croisant les bras. Restons là et ayons l'air brave. »

Nous restâmes donc là, tâchant d'arborer un air aussi brave que possible, jusqu'au moment où, au bout d'une longue demi-heure, l'église commença à se vider. Les gens sortaient à reculons, s'écrasaient les pieds, tombaient les uns sur les autres, comme si on les poussait brutalement de l'intérieur. Dans l'église, des voix de stentor se faisaient entendre. En revanche, c'est dans un morne silence que le flot humain se déversait à l'extérieur.

Nous ne bronchions pas tandis que le troupeau des fidèles s'écoulait dans notre direction. Au premier plan, le bras en écharpe de Liam ressemblait au drapeau de la désolation ; quant à moi, je n'étais qu'un enfant serré contre Roger, ma main dans la sienne, montrant ainsi mes bonnes dispositions. Nous dévisagions chaque personne qui passait, homme, femme et enfant. On ne nous accorda pas le plus petit signe de tête, pas le moindre regard ; tout le monde, semblait-il, n'avait qu'une idée en tête : rentrer chez soi au plus vite.

Notre air brave ne suscita qu'indifférence jusqu'à l'apparition d'un groupe de guerriers en cotte de mailles qui poussaient les traînards hors de l'église. L'un d'eux s'avança à grandes enjambées vers nous.

« Vous venez du bateau anglais, dit-il. Toi (il pointa le doigt sur Roger), file dire à tes amis de ne pas bouger, on ne va pas tarder à s'occuper de vous. Ces deux-là restent ici avec moi. »

Roger lâcha ma main. Il voulait dire quelque chose mais l'autre le poussa en direction de la rivière.

« La journée a été rude. Obéis. »

Les taches de couleur que j'avais aperçues au fond de la petite église rustique vinrent miroiter au soleil. Elles chatoyaient au contact de l'air. Les robes s'épanouirent ; les bonnets se soulevèrent ; les traînes virevoltèrent ; les manches bouffèrent. J'avais glissé ma main dans celle de Liam et je la sentais toute moite.

« Qu'est-ce qui t'arrive ? lui demandai-je. Personne ne nous veut du mal.

— C'est la compagnie qui m'inquiète, chuchota Liam. Voici le musgrave de Urslin Glebe. »

Il désigna un personnage grotesque vêtu d'un manteau violet. Il avait l'expression affable et l'échine arrondie d'un mouton au long nez. Un bonhomme parfaitement terne et inoffensif, me sembla-t-il, en dépit de sa mise excessivement voyante.

« Pourquoi tu as peur de lui ? demandai-je.

— Le roi du Leinster est son cousin. Il doit se passer quelque chose d'exceptionnel pour qu'il soit là, bredouilla Liam en soulevant sa main blessée dans l'écharpe. Je suis sûr qu'on ne pouvait pas tomber plus mal. Willy a sûrement négligé un signe d'avertissement sur la rivière, à moins que... »

La mariée et le marié sortirent de l'église, accompagnés du prêtre et d'un invité qui était, de loin, le personnage le plus somptueusement vêtu de l'assemblée. Le peuple s'était maintenant dispersé et seuls demeuraient les riches, dans tout l'éclat de leur splendeur. La laideur de la mariée, une petite noiraude au visage strié de rides creusées par le rire ou la colère, m'impressionna autant que la beauté de sa voisine, une dame de compagnie sans doute, dont le beau visage au teint de lys était hélas altéré par un œil au beurre noir. Le marié était petit et replet, un duvet de cheveux dorés ornait sa nuque et une marque que je n'arrivais pas à identifier était peinte sur son crâne chauve. Il souriait sans cesse, exhibant deux rangées de dents à l'ivoire agressif. Mais c'est surtout l'invité resplendissant qui m'intriguait, il scintillait comme dans un rêve.

On fit avancer les destriers caparaçonnés d'or et les invités montèrent en selle. Éblouis par l'éclat des pierres précieuses, nous respirions un air saturé de lourds parfums. Sous la conduite d'un officier brandissant un sceptre doré, la compagnie chevaucha vers les portes du fort que l'on avait ouvertes pour la laisser entrer. C'était un parcours de cinquante mètres, pas davantage.

Quand le dernier cheval fut passé, l'homme d'armes, qui nous avait déjà accostés, revint nous voir et nous enjoignit de le suivre. Nous pénétrâmes dans le fort et restâmes dans la cour tandis que la noce mettait pied à terre au milieu des rires et des parfums. Au bout d'un moment, nous vîmes arriver William de Waus et ses hommes, y compris Roger. Ordre leur fut donné de se poster à côté de nous et d'attendre.

L'invité resplendissant n'était pas bon cavalier. J'avais remarqué les difficultés qu'il avait eues, malgré l'aide d'un valet, à se hisser sur la selle. Le volumineux tonneau qui lui tenait lieu de corps ne convenait guère à l'équitation ni à la marche. On devinait chez lui un je-ne-sais-quoi de simiesque sous l'extrême raffinement. Quand il voulut descendre de cheval, il perdit l'équilibre, se retrouva les quatre fers en l'air et proféra un torrent d'injures.

Soudain mon cœur cessa de battre. Dans sa chute, l'invité resplendissant avait perdu son bonnet et je pus voir ses cheveux noirs qui retombaient à présent par-dessus ses boucles d'oreilles garnies de perles. Sous la barbe ornée de pierres précieuses, je reconnus une bouche que j'avais embrassée. Elle ne souriait pas encore mais, quand les valets accoururent pour l'aider à se relever, j'entendis son fameux rire bientôt suivi du merveilleux sourire.

« Papa ! m'écriai-je en bondissant vers lui. C'est donc toi ! »

Les valets me repoussèrent aussitôt en m'assenant force coups sur la tête. Bert me dévisageait et n'en croyait pas ses yeux.

« Arrêtez ! ordonna-t-il. Ne le frappez pas.

— Bert ! m'écriai-je en sautant sur place. C'est moi, Hedric !

— Tu es trop gros pour être mon Hedric, dit-il prudemment tout en m'examinant de la tête aux pieds, et pourtant, je connais cette voix.

— Et tu es trop fantasque pour être mon père, répliquai-je, et pourtant, je connais cette manière de tomber de cheval. »

Bert se précipita sur moi et me souleva dans ses bras. Il me fit tourbillonner, me couvrit de baisers et m'étreignit au risque de m'étouffer. La noce était ravie et manifestait sa joie.

« Je t'ai porté chance, Herbert Haroldson, déclara le marié. Je suis heureux d'avoir pu contribuer au bonheur d'un homme tel que toi. Vraiment, c'est un grand jour aujourd'hui. Nous le célébrerons doublement. Moi, Ranulf le Clément, je te souhaite la bienvenue ici, mon enfant. »

Alors qu'il se penchait pour me donner sa main à baiser, je vis la marque peinte sur le sommet de son crâne chauve, c'était : HH

Le jour de nos retrouvailles à Carlow, nous aurions aimé trouver un coin tranquille pour parler tout à notre aise. Il en fut autrement. Nous étions soudain devenus les héros de la noce. Notre bonheur réchauffait une cérémonie que le froid et la peur avaient jusque-là dominée. Personne ne voulait nous laisser seuls. Je fus cajolé et bichonné, je dus rester tout le temps sur les genoux d'hommes et de femmes qui n'avaient pas l'habitude des enfants, je dus supporter leurs caresses et leur haleine avinée, moi qui me languissais de Bert. Il y avait tant de questions que je voulais lui poser. D'étranges émotions se disputaient en moi. J'avais du mal à ne pas éclater de rire en le regardant se pavaner autour des tables dans la grande salle, mais il suscitait l'admiration des hommes de la barge qui ne le quittaient pas des yeux. Plus le marié et ses invités montraient d'égards à Bert, plus j'avais envie de le rabaisser en démasquant l'homme que j'avais vu pour la dernière fois dans l'île de Man — un prisonnier, un mercenaire. Oh, je détestais ce papillon aux ailes poudrées. Ce n'était, ce ne pouvait être Bert.

Les festivités durèrent toute la nuit. On ne me laissa jamais seul avec mon père qui, d'ailleurs, ne recherchait pas ma présence et se contentait de me tapoter distraitement la tête de loin en loin, au hasard de ses déambulations parmi les invités. On avait installé les hommes de la barge au fond de la grande salle et je me faufilai jusqu'à eux. Nous regardâmes ensemble les convives assis à la grande table, qui s'enivraient sans se soucier le moins du monde de ce qui se passait hors de leur cercle. Les hommes urinaient sur place, dans n'importe quel récipient qu'ils prenaient sur la table. Quand ils se sentaient mal, ils se penchaient tout bonnement sur le côté et vomissaient par terre. Les femmes mangeaient peu et buvaient moins ; assises toutes raides à côté de ces clowns brailleurs, elles gardaient un visage impassible.

A mon grand dépit, je vis mon père sombrer peu à peu dans l'ivresse. J'étais encore plus affecté en me rappelant combien j'avais souffert de son absence ces deux derniers mois. A la tombée du jour, trop malheureux pour dissimuler mes sentiments, je fondis en larmes.

« Ne pleure pas, me dit tendrement William de Waus. Ton père n'a pas le choix. Les autres n'ont pas davantage le choix.

— Mais je veux lui parler ! dis-je en pleurnichant. On dirait que je n'existe pas pour lui.

— S'il est, pour le moment, le meilleur ami de lord Ranulf, il doit se montrer prudent. Je me suis laissé dire que Sa Seigneurie était aussi capricieuse en amitié qu'en amour, poursuivit William de Waus, les yeux braqués droit devant lui, comme s'il ne me parlait pas. Vois-tu cette femme blonde, la troisième à sa droite ? Celle avec l'œil au beurre noir ? C'était son épouse jusqu'à hier. C'est la sœur du chef d'Athy. Le bruit court que la pauvre créature a le corps couvert d'ecchymoses. »

Je levai les yeux vers la femme blonde. Elle avait le regard vide des condamnés et fixait ses mains posées à plat sur la table comme des objets étrangers.

« Pourquoi est-ce qu'elle n'est plus sa femme aujourd'hui si elle l'était hier ? demandai-je à William de Waus.

— Le pape a permis qu'elle soit répudiée sous prétexte que des membres de sa famille pratiquent une religion plus ancienne.

— Quelle religion ? demandai-je d'une voix mal assurée.

— Oh, ça a quelque chose à voir avec les arbres. »

Bert se mit à faire des moulinets avec ses bras, chose banale en soi, mais qui, en cet instant, me terrifia. Il se balançait d'avant en arrière, sifflait et grognait. Autant d'indices qui annonçaient un changement radical d'humeur. Je sentais qu'il n'allait pas tarder à chercher noise à quelqu'un. Je voulus quitter mon siège pour courir vers lui.

William de Waus me retint.

« Laisse-le. Tu as bien le temps, chuchota-t-il.

— Il va faire du grabuge, expliquai-je tout en essayant de me dégager. Il va nous causer les pires ennuis. »

Je me trompais. Bert ne faisait que deviser avec le marié, il parlait de l'église qu'il allait lui bâtir, de ses heureuses proportions, de sa géométrie subtile, de sa signification profonde. « Tout l'édifice exaltera votre esprit magnanime, promit-il. Vous prierez en un lieu qui portera à jamais l'empreinte de votre puissance, de votre place au sein de l'assemblée des sublimes créa*teurs* » (comme il avait habilement glissé sur la dernière syllabe du mot, pensai-je). « Je ne devrais pas parler de la mort un jour comme celui-ci, mais enfin — lorsque vous nous aurez quittés, lord Ranulf, votre vie et vos exploits resteront gravés, ici même, à Carlow, dans la pierre de cette église qu'il m'est donné d'édifier de par votre gracieuse volonté. »

Je restai cloué sur place en entendant ces propos dignes de quelque barde. Lord Ranulf partageait mon admiration mais pas ma stupéfaction. A la réflexion, je me dis que Bert n'improvisait sûrement pas : jamais je ne l'avais vu aussi maître de sa personne, en particulier de son discours. Que lui était-il donc arrivé à Clonmacnois ? S'était-il assis aux pieds des grands poètes d'Offaly ? Avait-on mis une herbe magique dans sa boisson ?

« Tu me fais du bien, Herbert Haroldson, dit lord Ranulf, pourtant, je ne suis pas homme à me laisser facilement attendrir. Nul autre que moi à Carlow n'a franchi le porche de la Gloire à Saint-Jacques-de-Compostelle ; nulle autre âme n'a heurté son front au front de la statue que le maçon dressa là en hommage aux exploits du saint. Dans ma tête résonne encore l'écho de son intelligence éblouissante et je connais maintenant les mystères de ma propre architecture. Oh oui, je les connais. Si je n'étais moi-même, je serais maçon, un bon maçon, cela va sans dire. J'aime les bons maçons. Je t'aime, Herbert Haroldson... (Il serra Bert sur sa poitrine et inclina son crâne chauve pour y recevoir l'hommage d'un baiser.) Dans ma tête il y a une ville ! Ses murs ne sont pas en tourbe mais en marbre ! Je l'ai vue cette nuit en rêve et j'ai rêvé que toi, Herbert Haroldson, mon ami, tu me la bâtissais de tes mains, en un an et un jour. Tu as apposé ta marque à l'endroit même où ce rêve a pris forme, avec amour et respect, j'en suis sûr... »

Bert se pencha pour baiser encore une fois l'endroit en question. Lord Ranulf s'accrocha à lui, avide d'autres baisers, son visage rouge et luisant était baigné de larmes.

« J'ai été à Saint-Jacques-de-Compostelle ! Qui oserait prétendre le contraire ? rugit soudain Ranulf en repoussant Bert. J'ai vu saint Jacques. Il me souriait ! »

Tout le monde dans la salle s'empressa d'opiner du chef ou de pousser des grognements approbateurs. Bert s'assit, le bonnet de guingois, les genoux écartés, les vêtements tachés de sueur. Je voyais bien qu'il était épuisé. Au fil de la soirée et des conversations, je pus me faire une idée assez précise des circonstances qui avaient amené lord Ranulf à se remarier.

Sa Seigneurie s'était rendue à Clonmacnois pour y recevoir la réponse du pape à sa demande de divorce : Ranulf voulait répudier Belle d'Athy, la sœur du chef, et épouser le laideron au visage de singe que l'on appelait Edna-aux-Mille-Enfants, une courtisane native d'Armagh (et, en dépit de sa laideur, une des plus aimables personnes que j'aie jamais rencontrées). Belle avait perdu tout espoir de maternité à cause des mauvais traitements qu'elle avait subis mais Ranulf l'adorait toujours. Il envisageait donc de répudier Belle tout en la gardant comme concubine, d'épouser Edna (aussi fertile qu'une digitale) qui lui donnerait un héritier — outre ses mille enfants qu'il ferait légitimer ultérieurement par décret papal et qui constitueraient le noyau de sa future armée. A Clonmacnois, Ranulf avait rencontré Bert alors que ce dernier, réduit à l'inaction, se morfondait en guettant l'arrivée des pierres sur le Shannon. Grâce à l'aisance dont mon père faisait montre dans la science de l'Esprit (un domaine de la pensée très fréquenté par les adeptes de notre confession clandestine), il était devenu le favori de l'abbé qui voyait en lui un homme détaché des contingences de ce monde, une sorte de visionnaire celte. Bert savait parler du monde invisible mieux qu'aucun moine : il savait même bâtir dans l'air ! Cette intelligence de la chose religieuse, cette aisance à se mouvoir dans l'univers de la lumière avaient convaincu l'abbé que Bert saurait maîtriser la matière. L'abbé ne se lassait pas de l'écouter et s'émerveillait qu'un profane, une créature inférieure et laïque, fût doté d'une si grande sensibilité.

En tout cas, Bert n'avait pas encore posé la première pierre ; d'ailleurs (et pour moi c'était significatif), il ne pensait pas que l'abbé attendît cela de lui. Comme tous les chrétiens, ce dernier redoutait l'échec. Il avait le plus profond respect pour l'esprit libre qui se manifestait si ostensiblement chez Bert, cependant, il n'osait pas croire que l'intuition qui guidait sa pensée pût effectivement se traduire aussi dans la pierre. (Est-ce jamais possible ? Je me pose encore la question.) Ainsi, les projets de construction à Clonmacnois n'étaient-ils qu'un rêve partagé : une affaire de barge égarée, de mortier qui ne serait jamais mélangé, bref, une sorte de mythe, et qui tendait à devenir si encombrant que l'abbé résolut d'y mettre un terme. Il s'arracha donc à ses méditations pour négocier avec lord Ranulf, profitant de ce que celui-ci venait justement à Clonmacnois pour apprendre de sa bouche la réponse du pape à sa supplique : permission de divorcer et de se remarier lui était accordée, à condition qu'il consentît à céder à l'Église ses terres dans le Kilkenny et l'Athlone, à soulager l'abbé d'une partie des obligations d'ordre militaire dont il était redevable au roi de Leinster, à s'engager au versement d'une somme de quinze cents marcs payables après sa mort, au titre des œuvres charitables, à entreprendre à Carlow l'érection d'une église plus conforme à la dignité du Christ. Pour l'église, l'abbé offrit Bert à lord Ranulf. Comme il l'avait eu pour rien, lord Ranulf s'enticha aussitôt de Bert. Depuis qu'ils s'étaient rencontrés à Clonmacnois, ils n'avaient pas cessé de parler et de boire.

Le jour du mariage, je ne connaissais pas encore toute l'histoire, cependant, j'étais consterné de voir que mon père participait à ce qui m'apparaissait déjà comme une mascarade. La bonhomie était feinte. L'amour de Sa Seigneurie ne valait pas un clou. Bert dansait comme un ours enchaîné par la peur. Il n'avait pour ainsi dire pas trouvé d'embauche depuis notre fuite à Seaton-near-Bottle et il s'était nourri trop longtemps de chimères et de fausses promesses. Le peu de talent qu'il possédait doit se désagréger, pensai-je en le regardant vider à longs traits un autre verre ; il a sûrement les mains ramollies, l'œil vague et les nerfs à vif. Si je ne le ramenais pas très vite en Angleterre, il laisserait ici même sa peau de tailleur de pierre.

Belle d'Athy quitta la grande table pour venir jusqu'à l'endroit où j'étais assis. Des servantes la suivirent et montèrent la garde derrière elle quand elle se fut installée à côté de nous. Elle les écarta d'un geste vif de ses beaux bras blancs et c'est alors que je vis le dos rougi, tuméfié, de sa main. L'œil au beurre noir injecté de sang me jetait un regard courroucé mais l'autre œil était plutôt doux.

« Petit, dit-elle d'une voix rauque.

— Madame ?

— Il paraît que tu as rencontré mon frère.

— Nous l'avons rencontré, rétorquai-je aussi calmement que possible.

— Que penses-tu de lui ? »

Je réfléchis longuement. William de Waus me pinça sous la table pour m'inciter à la plus grande réserve.

« Il ne prend pas de décisions à la va-vite, dis-je.

— C'est l'une de ses qualités. Mais il est également emporté, cruel et grossier.

— Cela fait quatre qualités », déclarai-je, espérant la voir sourire. Et elle sourit, en effet, révélant deux dents cassées, en haut à droite.

Edna-aux-Mille-Enfants ne voulait pas laisser à d'autres le soin de charmer les petits garçons, elle quitta à son tour la grande table où les buveurs glapissaient à ventre déboutonné et se fraya un chemin jusqu'à nous. En fait, elle était loin d'être laide. A mesure qu'elle s'approchait, la grâce et la gaieté éclairaient ce visage qui, de loin, était apparu aussi sombre et rébarbatif qu'un roncier. Le brun profond de ses yeux s'harmonisait avec son foulard couleur de blé mûr orné de pierres précieuses et le regard était chaleureux. J'ai toujours pensé que si j'avais dû être courtisane, les yeux d'Edna m'auraient été plus utiles que le plus beau corps du monde.

« Alors, ce fils de maçon, il a de la conversation ? demanda-t-elle gaiement. A vrai dire, ce garçon a besoin d'une coupe de cheveux et de vêtements propres. Il n'a vécu que trop longtemps avec des hommes sales, quoique, en vérité, je n'aie jamais vu un si joli minois sous de tels oripeaux, non jamais, non jamais. »

Comme pour souligner la répétition finale prononcée d'une voix chantante, elle hocha la tête à la manière d'un oiseau et ses yeux clignèrent, actionnés par je ne sais quel ressort caché sous son front. Elle surprit mon regard étonné. Je rougis quand elle me dévisagea, d'abord dédaigneusement, puis avec une délicieuse bienveillance.

« Ah, tu as remarqué le symptôme, pas vrai ? Aucune raison d'avoir honte, mon garçon. Que veux-tu, j'ai été trop coquette dans ma jeunesse. J'ai eu trop d'hommes dans ma vie. Pour l'heure, il ne me reste que le souvenir imprécis de mes anciennes amours, et c'est tout, et c'est tout. »

Notre conversation (à laquelle, à vrai dire, je prenais un plaisir certain) fut interrompue par une vive altercation qui avait éclaté à la grande table entre lord Ranulf et le musgrave de Urslin Glebe, cousin du roi. Le musgrave était l'offenseur car, pris d'une passion soudaine pour les églises et le talent légendaire de mon père, il avait offert à Bert une somme mirifique pour l'avoir à son service. Lord Ranulf ne laissa pas à mon père le temps de répondre. Il saisit le musgrave par les pans de son manteau violet, rabattit ceux-ci par-dessus la tête de son invité et déversa sa pinte de bière sur le tout. L'offre adressée à Bert suivie de l'arrosage à la bière fit beaucoup rire après coup, mais, sur le moment, le cas était des plus graves. Et le sang eût coulé, assurément, si le frère de Belle, autrement dit le chef d'Athy, n'avait subitement fait irruption dans la salle avec sa bande de reîtres. Ils avaient pénétré dans le fort comme dans un moulin. Tandis qu'ils se tenaient là, immobiles, à l'entrée de la grande salle, je pus voir que le chef s'engageait, une fois de plus, dans une longue phase de rumination. Il lui faudrait au moins trois heures pour comprendre que l'ennemi était à sa merci.

Le chef laissa errer son regard sur la salle — la grande table, nous, l'œil au beurre noir de sa sœur — et haussa les épaules.

« Je suis ton homme ! s'écria-t-il, puis il s'agenouilla et fit signe à ses guerriers de l'imiter.

— Hélas, il est trop tard, frère ! s'écria Belle. Au nom du ciel, pourquoi ne fais-tu jamais les choses en temps voulu ?

— Viens avec moi, Belle, intervint Edna avec un petit rire de connivence. Ton frère est trop stupide, il ne comprend pas la moitié de ce qui lui arrive. Il est fichu mais il lui faudra probablement jusqu'à la semaine prochaine pour s'en apercevoir. Voilà, me semble-t-il, une fête qui tourne au cauchemar. Retirons-nous avec le garçon, tu pourras le dorloter à ton aise, oui, à ton aise. »

On me conduisit hors de la salle, jusque dans la chambre des femmes. J'avais encore lancé un dernier regard à Bert qui disposait assiettes et timbales pour figurer sa future église, ici la tour, là l'autel (une salière), là le chœur (deux rangées de noix), là les fonts baptismaux pour y baptiser les enfants de Sa Seigneurie (une coupe) et là, le porche d'entrée (les mains de Bert formèrent une voûte) ; de ce côté une chapelle dédiée à la Sainte Vierge (la carcasse d'un poulet), et de l'autre côté un sanctuaire consacré aux ancêtres de lord Ranulf (une rondelle de boudin), quelque part au centre, son tombeau (une tranche de pain).

Tandis que mon père édifiait avec passion la nouvelle église de Carlow, le chef d'Athy demeurait à genoux, au fond de la salle, ignoré de tous.

IX

La chambre des femmes, longue et basse, était couverte de tentures peintes et de tapisseries probablement arrachées aux murs de vrais palais et découpées tant bien que mal aux dimensions de ce qui n'était, en somme, qu'une sorte d'étable sans fenêtre ; par contraste, le décor d'un luxe tapageur faisait penser à l'un de ces étals que les marchands de tapis dressent parfois à proximité des palais princiers. L'air raréfié était imprégné de l'odeur spécifique des vieilles étoffes. Une cheminée monumentale occupait la moitié d'un des longs murs, mais elle n'était pas allumée. La pièce gardait cependant la chaleur du dernier feu. En jouant dans le foyer de la cheminée, je sentis les pierres aussi chaudes que si elles venaient d'être crachées à la surface par un volcan. Cela sentait le corps féminin, les parfums capiteux, la bonne chère et les fleurs : des odeurs flottaient dans l'air comme la fumée des volcans qui, selon Bert, engendrent toutes les pierres ; des fragments que le Dieu du Mal arrache au magma et projette sur terre.

Je restai un moment seul à jouer avec un gros matou gris lové dans un profond fauteuil. Puis deux servantes vinrent préparer le feu. Elles dressèrent un imposant échafaudage de brindilles, de branches et de grosses bûches de hêtre. Je leur demandai pourquoi il fallait chauffer la pièce où je transpirais déjà mais je n'obtins aucune réponse.

Belle d'Athy et Edna-aux-Mille-Enfants vinrent me rejoindre après avoir ôté leur robe de fête. Vêtues toutes les deux de fines chemises blanches, elles avaient dénoué leurs cheveux. D'autres servantes les suivaient, portant un baquet en bois qu'elles déposèrent face à la cheminée. Le feu crépitait. Les servantes sortirent et revinrent bientôt avec des jarres d'eau bouillante qu'elles versèrent dans le baquet. Les flammes dansaient, les servantes se retirèrent, Belle et Edna enlevèrent alors leur chemise et se tinrent nues devant moi.

« Je croyais que le bain était pour moi, réussis-je à dire malgré ma gorge nouée.

— Tu as raison, petit, dit Edna d'une voix douce, mais il faut attendre que l'eau refroidisse. »

Elle se pencha, y trempa son coude et le retira vivement en laissant échapper un petit cri. La lumière rougeoyante des flammes dansa sur les mamelons noirs pressés contre le baquet et sur la courbe splendide des reins. J'avais l'impression d'avoir dans la gorge un anneau en fer qui m'empêchait quasiment de respirer. J'avalai avec difficulté et me tâtai la pomme d'Adam.

« Belle va te couper les cheveux. Elle fait cela très bien », dit Edna en se tournant vers moi ; les mamelons de ses seins tremblants se dressaient au beau milieu des larges aréoles sombres. J'en avais l'eau à la bouche et elle le savait. « Lord Ranulf ne lui confierait jamais ses cheveux à couper, il aurait trop peur qu'elle ne lui plante les ciseaux dans le dos. Mais toi, tu peux t'en remettre à Belle, oui, je le crois, je le crois. »

Je n'osais plus lever les yeux sur Belle depuis que j'avais entr'aperçu son corps étrangement bariolé de taches qui ressemblaient à des tatouages. Elle vint se planter devant moi, chassa le chat du fauteuil et m'installa d'autorité sur le coussin.

Son long corps blanc était couvert de bleus. Les deux faces internes de ses cuisses étaient comme peintes en noir bleuté et décalquées l'une sur l'autre. Des marques de morsures s'étalaient sur ses seins menus et ses épaules étroites. Des ronds violacés de la grosseur d'un pouce soulignaient le creux de ses genoux.

« Oh, ne me regarde pas ainsi, murmura-t-elle. Tu ne sais donc pas que nous nous peignons le corps, en Irlande, pour aller au combat ? »

Elle attrapa mes cheveux à pleines mains, tira ma tête en avant et me plaqua le visage contre sa toison. Je respirai une odeur de musc et de sel et je sus que je pleurais.

« Là, là, laisse-toi aller, dit Edna en me caressant le dos. Ayons pitié de nous-mêmes et des autres tant que nous vivons. Si tu avais une bien-aimée, elle voudrait une boucle de tes cheveux, aussi pouilleux soient-ils, aussi pouilleux soient-ils. »

Je sanglotai, agrippé à Belle, mes bras autour de ses hanches. La peur et le désespoir, les tribulations endurées, l'innocence trop vite perdue, toutes les misères de ma petite enfance trouvèrent leur exutoire dans cette détente bénie.

« Qui profite de la fête à Carlow, aujourd'hui, les autres ou nous ? dit en gloussant Edna. Ces cheveux cachent un homme. Ces larmes cachent un homme, qu'on se le dise, qu'on se le dise. »

J'étais devenu leur chose. Quand je fus tondu, elles me déshabillèrent et jetèrent mes vêtements dans le feu. Toujours assis, je contemplai les étincelles qui s'envolaient dans la cheminée.

« Quel âge peux-tu bien avoir ? chuchota Belle tandis que sa main effleurait mes organes génitaux.

— Je dois avoir huit ans, dis-je et les mots semblaient sortir non de ma gorge mais des cheveux qui gisaient autour de mes pieds, je ne sais pas exactement. »

Edna plissa son charmant visage de guenon et tira sur le bout de mon prépuce.

« Ding dong. C'est l'heure de la messe. Nous voulons juste te regarder avant que tu grandisses et te détériores. C'est vrai que tu es mignon et bien plus mignon que ton père, ma parole oui, ma parole oui. »

Bien que l'eau fût encore trop chaude, j'entrai dans le baquet. Mon sexe, objet de tant d'attentions, était dressé et j'en aurais pleuré de honte. Une chiquenaude d'Edna suffit à le faire retomber.

« Un guerrier ne doit pas tirer l'épée tant que le combat n'est pas en vue, dit Edna en s'étranglant de rire. Apprends à te contrôler. Si jamais tu devais y arriver, tu serais l'exception en ce bas monde. Reste vierge, disait ma mère et meurs inassouvie, mais je n'ai jamais eu le cœur à ça, jamais le cœur à ça. »

Belle me frotta avec un pain de savon ou plutôt de sable. J'eus beau hurler et me tortiller, elle n'en continua pas moins à m'écorcher la peau.

« C'est notre meilleur savon, expliqua-t-elle d'un ton bourru tout en poursuivant son travail, même la graisse de nos animaux est rugueuse. »

Risquant un coup d'œil hors du baquet, je vis le visage des femmes penchées sur moi, leurs cheveux collés et ternis par la vapeur, leurs seins moites de sueur. C'en était fait des raffinements, des parfums, des parures, de la gloire de leur nudité. Elles étaient devenues les gardiennes de mes deux âmes, le plus et le moins d'où surgit la vie. Loin au-dessus du toit de cette demeure barbare, au-dessus de la fumée, au-dessus des étincelles de mes voyages passés, dansaient dans le noir, telles des lucioles, les deux Dieux de mon génie, le mâle et la femelle, la divine dualité sexuelle. Lequel était le Bon, lequel le Malin, la question demeure posée.

Lorsque je fus récuré, elles me firent sortir du baquet, m'enveloppèrent de serviettes râpeuses et m'abandonnèrent aux servantes qui attendaient près du feu : leur sollicitude à mon égard n'avait été que feu de paille.

On me conduisit dans un dortoir où étaient logés les enfants du fort. Tous dormaient déjà à poings fermés. Je restai à l'écoute de la fête qui battait son plein, attentif surtout aux éventuels cris de Bert. Dès que j'entendais un bruit de mobilier cassé ou de vaisselle brisée, j'imaginais que c'était Bert, ce paon grotesque dont les cris, furieux ou lamentables, avaient le don de me bouleverser. Je l'avais bien souvent entendu rentrer à la maison ; je l'attendais pour le réprimander, telle l'épouse au foyer. A l'époque, il venait s'asseoir près de moi et me racontait toutes les inepties qui lui passaient par la tête. Probablement que Bert ne me considérerait plus jamais comme son confident.

A cette pensée, je me sentis gagné par la nostalgie et sombrai dans le sommeil.

Je me réveillai en sursaut, une main plaquée sur la bouche. Ma première pensée fut pour les chartreux et je me débattis comme un beau diable. Au bout d'un moment, je reconnus Bert : trop tard, j'avais déjà les dents plantées dans sa main. Il poussa un cri, me gifla et tira les couvertures sur ma tête.

« Chut, Hedric, du calme, c'est moi ! souffla-t-il. Ne bouge pas ! » Il retira lentement les couvertures et je l'observai tandis qu'il suçait sa main. « Je compte sur toi, murmura-t-il. Écoute-moi bien et ne pose pas de questions. Nous partons. Cette nuit même, les hommes de lord Ranulf vont massacrer Belle, son frère et toute la bande d'Athy. Il me laisse partir parce que je suis un artiste... Non, ne ris pas ! Il ne veut pas que le sang m'éclabousse alors même que je suis en train de concevoir la nouvelle église. Il nous attend en bas de l'escalier, complètement ivre ; un pas, un mot de travers, et il peut changer d'avis. Aussi, quoi qu'il arrive, tais-toi et laisse-moi faire. »

Nous descendîmes à pas feutrés l'escalier qui menait à la cour. Lord Ranulf nous y attendait avec un cheval sellé et chargé de provisions qu'il tenait par la bride. Il vacillait et grommelait dans sa barbe. Mon père lui retira doucement la bride et fit mine de conduire le cheval vers la porte. Lord Ranulf se posta devant nous en titubant, son crâne chauve luisait au clair de lune.

« Je pourrais t'empêcher de partir, Herbert Haroldson. Oui, je le pourrais si je le voulais, mais je ne le veux pas. N'oublie pas mon église et reviens dans quinze jours quand nous aurons nettoyé la place.

— Je reviendrai, promit Bert, n'ayez crainte, Votre Grâce.

— Mais faut-il vraiment que ma Belle subisse le même sort ? Je l'aime tant, vois-tu. Qu'est-ce que tu en penses ? Enfin, elle ne sera pas mal non plus en cadavre, et puis elle pourra profiter de mon tombeau dans ton église, en attendant, dit lord Ranulf avec un sourire béat.

— Bert, chuchotai-je tandis que nous franchissions les portes, que sont devenus les hommes de la barge ? »

Il ne répondit pas. Lord Ranulf s'accrochait à la queue du cheval et nous suivait en trébuchant.

« Une promesse est une promesse, maçon. Tu as prêté serment. Que Dieu te réduise en poussière si tu me fais faux bond ! s'écria-t-il. Tu dois revenir.

— Je ne vous abandonnerai pas, répondit Bert, je vous ai donné ma parole de chrétien, n'est-ce pas ? »

Lord Ranulf lâcha la queue du cheval pour venir à côté de mon père, près de l'étrier. Le corps légèrement penché en avant, il lui fit la courte échelle pour l'aider à monter en selle.

« Je n'ai fait cela pour aucun autre homme, dit-il.

— J'en suis très honoré, murmura Bert du haut de sa monture. A très bientôt. »

Bert me fit monter en croupe et talonna les flancs du cheval qui avança au pas en direction de la rivière. Lord Ranulf trotta un moment à nos côtés, sa main cramponnée à celle de Bert.

« L'amour est une chose terrible, gémit-il. Je préférerais perdre toutes mes dents plutôt que de tomber encore une fois amoureux. Mais toi, Herbert Haroldson, tu mets l'amour en perspective ! Tu le courbes dans tes arches, tu l'épanouis dans tes flèches... »

Bert arrêta le cheval et libéra sa main. « Au revoir, lord Ranulf ! lança-t-il d'une voix ferme. Faites ce que vous avez à faire, et à la grâce de Dieu ! »

Lord Ranulf ne répondit rien et nous le perdîmes rapidement de vue. Mais, tandis que notre monture nous emportait au grand galop par les ruelles obscures, il se mit à pousser des cris lamentables qui nous accompagnèrent un bon moment.

« A la rivière, père ! implorai-je. A la barge !

— Non ! Loin d'ici, loin d'ici ! hurla-t-il en réponse. Notre seule chance, c'est loin d'ici. Il faut rentrer en Angleterre, et par le plus court chemin !

— Mais les hommes de la barge m'ont aidé. Ce sont mes amis ! m'écriai-je.

— Nous ne pouvons rien pour eux. Le clan des Athy sera exterminé dans la nuit. Et lord Ranulf ne tardera pas à regretter de nous avoir laissés filer. »

Nous passâmes à toute allure dans le dédale des ruelles, le cheval soulevait des gerbes de boue et de détritus, mais seule la rivière retenait mon attention.

A la sortie de Carlow, quand nous débouchâmes sur la grand-route, j'aperçus la barge amarrée près de la chaîne et les pierres de Purbeck qui se profilaient sur le miroir de la rivière. La barge avait été ma maison et mon refuge, le bateau des révélations. Elle était devenue un mémorial aux disparus.

Un cheval unique au monde. Plus extraordinaire que Pégase et Bucéphale réunis ! C'est vrai qu'il ne répondait à aucun nom, qu'il n'était pas célèbre, mais son cœur irlandais était infatigable. Tandis que le soleil se couchait sur les prairies le long du Barrow, il filait ventre à terre, dispersant les troupeaux, culbutant les cochons, éparpillant au vent la laine des moutons, plus vite, toujours plus vite, de Muire Beagh à Graiguenamanagh, et de Graig no Monach à Mount Garret.

« Où est-ce qu'on est ? lançait de loin en loin Bert aux gens qu'il nous arrivait de croiser. C'est encore loin la mer ? »

« Vous êtes à Ros Mhic Thrivin. Vous venez de quitter Priesthaggard. C'est ici que la Suir rejoint le Barrow. La mer n'est pas loin, vous ne la sentez pas ? »

Un fameux cheval.

Quand, deux jours et une nuit après notre fuite de Carlow, nous atteignîmes Waterford, la noble bête se rua dans les vagues et s'immobilisa dans un nuage de vapeur salée, les jarrets en sang, une écume rosâtre autour des naseaux, la respiration sifflante.

Nous sautâmes dans l'eau et passâmes un moment à bassiner de nos mains ses flancs en sueur tandis que les algues caressaient ses jambes tremblantes.

« Lord Ranulf ne s'est pas moqué de nous », dit Bert, et, posant son bras sur le cou du cheval : « Je te souhaite des voyages plus agréables. »

Nous traversâmes Waterford à pied. Il y avait deux bateaux dans le port, l'un anglais, l'autre espagnol. Bert loua pour la nuit une chambre chez une veuve, il m'y laissa et s'en alla dénicher le patron du bateau anglais. Il rentra très tard, j'étais épuisé par notre randonnée mais bien réveillé.

« Il nous emmène ? demandai-je à Bert qui se glissait à côté de moi dans le lit.

— Oui, grogna-t-il.

— Combien ?

— Un cheval qui fend la bise », dit-il tristement.

L'instant d'après, il dormait. Je voulus en faire autant, mais sans succès. Je l'entourai de mes bras, l'enveloppai de mes jambes, cherchant désespérément à renouer des liens anciens mais le passé était bien mort. Résigné, je relâchai mon étreinte et me glissai le plus loin possible, à l'autre bout du lit. Je me sentis apaisé par cet espace entre nous. Il me suffit alors d'étendre le bras et de poser le bout des doigts sur sa main jetée en travers des couvertures. Je n'avais pas besoin d'autre réconfort et je m'endormis en pensant au lendemain.

C'était un petit bateau marchand en provenance de Douvres, qui rentrait à moitié vide avec pour seul chargement des balles de laine imprégnées de suint. Rien n'était prévu pour les passagers mais nous eûmes tôt fait de construire une cabine à l'aide des balles qui, quoique puantes, nous protégeaient du vent et des gros paquets d'eau. Inutile de dire que le chenal Saint-George ne nous épargna pas car il est, comme chacun sait, le frère de cette maudite mer d'Irlande, cependant, il n'y eut qu'un seul jour de turbulences, puis le temps s'éclaircit et le soleil apparut, jouant à cache-cache avec les nuages. La mer était agitée, mais pas trop, le ciel était bleu, l'air frais. J'avais eu un peu le mal de mer au début, et dès que je m'étais senti mieux, j'avais demandé à mon père de me raconter ses aventures irlandaises.

Mais rien à faire : il refusait de souffler mot sur cette période de séparation. Je n'aurais su dire s'il avait ou non deviné mon changement d'attitude à son égard. Peut-être avait-il honte, peut-être se reprochait-il d'avoir failli à son rôle de père. En tout cas, j'avais du mal à comprendre que même la chronique de *mes* heurs et malheurs durant cette même période le laissât parfaitement indifférent ! J'entrepris de lui raconter les épreuves et les dangers que j'avais dû affronter mais il saisit le premier prétexte venu pour s'écarter de moi et s'en aller regarder la mer, à l'autre bout du bateau.

Le bon vieux temps était donc bien révolu. Plus de confessions ni de monologues à la lueur des chandelles. Plus de confidences à cœur ouvert sur les grands secrets, sur le vrai visage de l'agonie. Malgré tout, cette réserve avait du bon. S'il ne se confiait plus à moi comme autrefois, il témoignait à présent d'un sens aigu de ses devoirs d'éducateur. Soupçonnant la nature hideuse de la plupart des dangers auxquels j'avais échappé — je lui en avais touché un mot avant qu'il ne sorte en trébuchant de notre cabine de laine —, il en conclut qu'il ne m'avait pas bien préparé à la vie itinérante d'un tailleur de pierre et aux vicissitudes qui en découlent.

Il se décida également à m'apprendre les secrets du métier. Jusqu'alors, il m'avait autorisé à le regarder travailler, voire à lui poser une question de temps à autre. Mais le mystère, à mes yeux, demeurait entier. Bert était tout à fait conscient de la qualité souvent médiocre de ses réalisations, aussi ne se sentait-il pas à l'aise ni autorisé à me dispenser un enseignement. Cependant, après nos retrouvailles, il n'hésita plus. Il avait décidé que je serais le meilleur tailleur de pierre du monde et s'employa avec ardeur à me transmettre ce qu'il savait.

Privé de ses outils, il me décrivait les choses à l'aide d'une planche à dessin et d'un morceau de charbon de bois, et c'est ainsi qu'il commença à m'exposer les problèmes fondamentaux : comment les choses tenaient en l'air, comment les choses tombaient par terre, comment réagissait un cercle quand on le brisait, comment les pierres étaient aussi variées dans leur nature que les gens dans leur caractère, comment, sans être jamais assuré qu'un édifice ne s'écroulerait pas, on pouvait cependant limiter les risques grâce à la connaissance des tractions et des poussées, autrement dit, des muscles fléchisseurs du Dieu du Mal.

« Tu ne Le maîtriseras pas mais tu peux canaliser Sa haine et L'amener en des lieux où s'épanouira le bien. Il soutiendra ton travail à Son insu. Tandis qu'Il pèsera de toutes ses forces sur ta construction pour l'écraser, Il la maintiendra debout malgré lui. Peut-être qu'un jour Il découvrira que tu L'as dupé et que ce jour-là Il détruira l'édifice que tu auras construit, pour se venger de ton impudence. Cela arrive souvent. Mais le Dieu du Mal n'a, en définitive, que des éclairs d'intelligence. Il n'est pas toujours avisé car Son empire matériel l'obsède trop... »

Je saisis l'occasion pour poser une question qui n'était pas sans rapport avec la période où mon père m'avait abandonné, période dont il ne voulait pas parler : j'interrompis la leçon sur les forces en lui faisant remarquer que, jusqu'à présent, il avait toujours employé le mot « Ça » pour désigner le Dieu du Mal. Maintenant, il disait « Lui ».

« J'ai toujours dit " Lui ", me répondit-il sèchement. Comme je dis " moi ". »

X

La traversée jusqu'à Douvres s'effectua d'une traite et, durant toute la remontée du chenal, la brume d'été nous cacha la côte. La nuit, je voyais parfois une lumière vers le nord, à vrai dire juste une tête d'épingle aussitôt escamotée. Nous sentions malgré tout la proximité de la terre. Le Nord — que nous appelions parfois « chez nous » — était encore très loin mais, après l'aventure irlandaise, la brise terrestre nous rassurait. Quand le bateau entra dans le port, je me rendis compte combien nous étions épuisés l'un et l'autre, à quel point une halte était nécessaire avant de reprendre notre vie errante et semée d'embûches. La vue des falaises, du château et du port de Douvres nous réconforta. Le site était grandiose et nous sentions bien que c'était ce qu'il nous fallait pour nous remettre très vite d'aplomb : l'endroit idéal pour souffler un peu et envisager l'avenir.

A l'époque, le château de Douvres était en travaux, on continuait à réparer les dégâts causés par les Français sous le règne du roi Jean. Trente ans après le terrible siège, il restait des trous dans le mur d'enceinte et l'on voyait encore la brèche que les artificiers du prince Louis avaient ouverte juste sous la tour. Le roi Henri avait décidé que son château, une fois remis en état, serait inexpugnable.

Dès notre arrivée, Bert se présenta à la loge des maçons qui travaillaient pour le roi et demanda à y être admis. Ils le firent languir un bon mois, le temps que l'archevêché du Nord leur envoie les références de Bert, puis ils voulurent tester ses compétences. Bert n'était pas très fier d'avoir à subir un examen. Il accepta à condition que je sois présent. La loge professait notre foi, ses membres trouvaient donc tout à fait normal que le fils d'un tailleur de pierre soit instruit des règles rigoureuses de notre corporation. Ils avaient d'ailleurs tous des fils qu'ils formaient eux-mêmes.

Le cœur du château de Douvres est très ancien. Sa construction remonte à bien avant Guillaume le Conquérant, aux origines mêmes de l'Angleterre et, par-delà, à l'époque romaine. La colline qui domine le port ne pouvait que séduire les stratèges chargés de défendre cette région de l'Angleterre si proche des côtes françaises. Le site est sublime et j'ai toujours rêvé d'y bâtir quelque chose, mais plus pour le plaisir d'épanouir les lignes féminines de la colline que dans un but militaire. Bert subit son examen de passage dans le phare romain qui était encore en service. Dans cette pièce où nous étions réunis, le feu du fanal crépitait et mugissait sur nos têtes tandis que l'on jugeait les connaissances et le savoir-faire de Bert. Les questions ne présentaient pas de réelles difficultés et je fus souvent tenté de répondre à sa place mais je m'en gardai bien pour ne pas l'humilier.

Il y avait un Flamand parmi les examinateurs. C'était un petit homme basané aux joues grêlées de profondes crevasses, et aux yeux noirs, vifs et perçants. Bien qu'il eût à peu près l'âge de Bert, ses cheveux étaient déjà blancs. Il demanda à Bert de considérer l'architecture du lieu où nous nous trouvions — le phare.

« Qu'en penses-tu ? » demanda-t-il, embrassant d'un geste les murs et le plafond de bois.

Bert observa posément les murs et la disposition des poutres au plafond. Il y avait deux trous en guise de fenêtres et une porte des plus banales.

« Ma foi, bonne bâtisse, répondit-il finalement. Je ne comprends pas bien pourquoi cette pièce est si haute mais je n'étais pas là quand on l'a construite. Peut-être était-elle destinée à un autre usage, à l'époque. »

Je trouvai la réponse juste et raisonnable et je faillis même hocher la tête en signe d'approbation, mais le Flamand fronça les sourcils et balaya la réponse de Bert.

« Aucun plan d'ensemble ! maugréa-t-il de sa voix gutturale. C'est du n'importe quoi et ça crève les yeux.

— Les Romains étaient de grands bâtisseurs, se risqua Bert. Nous leur devons presque toutes nos techniques. »

Le Flamand s'avança et se planta devant Bert. Il était beaucoup plus petit que mon père mais doté d'une énergie si puissante que ce dernier était manifestement subjugué.

« C'est un travail d'esclaves, maçon, dit le Flamand d'un ton cassant. Tu ne le vois donc pas ? »

Bert rit.

« Juste en le regardant ? »

Le Flamand fit signe que oui.

« Qui est cet homme ? demanda soudain Bert dont les joues s'étaient empourprées.

— Dites-le-lui ! » lança le Flamand en se retirant à grands pas vers le fond.

Bert apprit alors qu'il avait devant lui Hans Seersach, chef de la loge de Douvres, un maître éminent qui avait travaillé, entre autres, à Bruges, Cluny, Maastricht, Rouen et Coutances.

Les événements avaient pris une tournure inattendue et Bert garda un moment le silence. Il voulait réussir l'examen mais le Flamand l'avait irrité.

« Ai-je mal répondu ? demanda-t-il finalement. Ne dirait-on pas plutôt que l'éminent maître Seersach me cherche querelle ? »

Une tactique qui, venant de Bert, me sidéra. J'aurais été beaucoup moins surpris s'il avait tiré sa révérence aux anciens de la loge après les avoir copieusement insultés. Mais il se maîtrisait à présent. Sûrement qu'en Irlande on lui avait appris à être diplomate.

Hans Seersach rejoignit le groupe et vint toucher la manche de Bert en lui adressant un sourire d'excuse.

« Tu as raison, frère. J'ai voulu te provoquer », commença-t-il.

Il n'alla pas plus loin. Du revers de la main, Bert le frappa au visage, de toutes ses forces, prouvant que le diplomate en lui n'était pas encore solidement ancré.

« Eh bien, tu as réussi ! s'écria-t-il, tandis que le Flamand reculait en titubant et s'affalait contre un mur. Vois ce qu'il t'en coûte ! »

Les membres du jury n'en revenaient pas. Bert avait eu l'audace de frapper leur chef ! Ils le regardèrent comme s'ils avaient eu affaire à une bête sauvage, levèrent les mains dans sa direction pour l'inciter à la modération et aidèrent le Flamand à se relever.

« Je te conseille de partir, Herbert Haroldson, dit l'un d'eux d'une voix tremblante. Mais tu seras puni pour cet outrage.

— Non, non, non..., marmonna Hans Seersach tout en tâtant ses lèvres meurtries. C'était de ma faute. »

Les anciens n'étaient pas du tout d'accord avec lui mais Seersach n'avait pas l'air de s'en soucier. Adossé au mur, tenant en l'air ses doigts rouges de sang, il dévisageait Bert avec un sourire en coin, tandis que les autres s'agitaient autour de lui. Lorsqu'ils se furent enfin calmés, Hans Seersach s'approcha de Bert qui était resté planté là, pieds écartés, bras croisés, sa grosse tête sans cou enfoncée dans les épaules, tel un rocher dans le lit d'une rivière. De nouveau, le Flamand toucha la manche de Bert.

« Je mérite tes reproches, dit-il avec conviction.

— Non ! s'écrièrent en chœur les maçons mécontents.

— Il ne convient pas de jouer au plus fin avec celui qui doit gagner son pain. Si chacun ici était capable de défendre sa propre cause aussi bien que cet homme, tout irait mieux. Mais tu as eu la main lourde contre ton frère. M'aurais-tu frappé aussi fort si j'avais été un chrétien ? Je me le demande. Mais je te pardonne et tu dois me pardonner. Serrons-nous la main. »

Bert tendit la main au Flamand et fit la grimace quand ce dernier, après la lui avoir bien secouée, la retint un moment dans sa poigne de fer.

Le maçon posté à la porte nous avertit que le connétable arrivait sur le chemin de ronde. Une certaine nervosité gagna les maçons-examinateurs.

« Hans, laisse tomber, dit l'un d'eux.

— Un homme entier. J'aime cela. S'il peut me frapper, il peut m'obéir ! rétorqua Seersach en regardant Bert dans les yeux tandis que leurs mains étaient encore cramponnées l'une à l'autre. La foi, la corporation passent toujours en premier. »

Dehors, on entendit des pas et un cliquetis d'armes : quelqu'un essaya d'entrer mais le verrou était mis. Le Flamand lâcha la main de Bert et alla ouvrir tandis que des coups résonnaient sur la porte.

« Messire, dit-il sans voir son visiteur car celui-ci se tenait hors du cercle lumineux de la torche qui éclairait un groupe de soldats, vous ne pouvez pas entrer, la loge est en réunion. »

Le connétable s'avança jusqu'à la porte et jeta un coup d'œil pardessus l'épaule de Seersach. C'était un homme corpulent, dont la large ceinture était toute maculée de graisse, comme s'il venait de sortir de table en catastrophe. Il posa familièrement sa main sur le bras de Seersach.

« Qui est-ce ? demanda-t-il en désignant Bert.

— Un homme qui cherche de la besogne, répondit Seersach sans se troubler.

— Il vaut quelque chose ?

— Je crois que oui. Comment le trouvez-vous ? »

Le connétable recula d'un pas et s'esclaffa.

« Ne me demandez pas mon avis. De toute façon, vous ne connaissez que votre loi, n'est-ce pas ? Cela me dépasse. Je n'arrive même pas à suivre vos allées et venues. Dire que je suis censé défendre cette vieille bâtisse contre les Français alors que la moitié des gaillards que vous amenez ici sont français ! Est-il français ? » Avant de se détourner, le connétable pointa un doigt en direction de Bert. « Hé, toi, là ! Es-tu français ?

— Non, Messire, répondit Bert.

— Dieu merci ! Je ne te retiens pas davantage, Hans. »

Il s'esclaffa derechef et disparut dans la nuit pour continuer sa ronde. Seersach referma la porte.

« Gardons nos distances, Herbert Haroldson, au cas où tu verrais encore de la provocation dans ma question, suggéra-t-il avec un sourire finaud. Dis-moi, connais-tu le connétable ?

— Comment le connaîtrais-je ? répondit prudemment Bert.

— Personne ne t'a dit son nom ? insista le Flamand en maintenant un écart d'une longueur de bras.

— Non, déclara catégoriquement Bert.

— C'est messire Henry de Montfort. »

Hans Seersach s'éloigna de la porte et rejoignit les anciens comme pour s'abriter sous leur aile protectrice. L'identité du représentant du gouverneur m'avait tellement surpris que je ne remarquai même pas la réaction de Bert. Pour les adeptes de notre foi, il n'y a pas de nom plus haï que celui de Montfort. Celui-ci était le fils aîné de Simon de Montfort, le Boucher, qui décima les Albigeois en France et contraignit les survivants, et plus particulièrement mes ancêtres, à s'enfuir aux quatre coins du monde.

« Comme tu vois, à Douvres, la loge est au service d'un Montfort, dit Hans Seersach, sarcastique. Nous sommes bel et bien payés par un rejeton du Boucher. N'est-ce pas honteux ? Mais réponds-moi : notre art ressemble-t-il à un art d'esclaves ? »

Le silence s'éternisait. Bert ne savait que dire. Il semblait complètement perdu.

« Tu es dans le sud de l'Angleterre, Herbert Haroldson, dit le Flamand, pas dans le Nord. Ici, les Montfort et les rois chrétiens sont tout-puissants. Or, nous devons vivre, et pour vivre il nous faut ruser, mais surtout nous distinguer par la perfection de nos œuvres. Esclaves ? Jamais nous ne le serons ! Car l'Esprit ne saurait être réduit en esclavage. Souviens-toi qu'au plus fort des persécutions, nous développions le Premier Style de l'Émergence. Nous sommes un peuple inspiré. Nous semblons prospérer sur le terrain de l'oppression et de la souffrance mais notre esprit doit veiller à maintenir l'équilibre des forces. C'est notre essence même, c'est-à-dire notre foi, et notre architecture toujours en progrès, toujours en mutation, qui nous permettront de garder notre liberté d'esprit. Tu saisis ? »

Bert hocha la tête. Je n'étais pas si sûr qu'il eût saisi mais, en tout cas, sa colère était tombée. On passa une bonne partie de la nuit assis dans le phare tandis que le fanal crépitait sur le toit. On m'oublia à force de parler de l'avenir, en particulier de celui de mon père. Bert n'avait jamais encore rencontré un penseur comme Hans Seersach. Dans le Nord, nos frères se félicitaient d'avoir échappé au pire, ils se tenaient à l'écart et fuyaient le débat. Et ils avaient de bonnes raisons pour cela : le souvenir de la croisade française contre notre foi était encore frais et beaucoup d'entre nous avaient dû fuir le Midi où nous étions autrefois les plus forts.

« Comme tu le sais, le style français ou ogival est une création des Albigeois, dit le Flamand. C'était à l'origine l'expression de notre civilisation clandestine et dissidente — notre système de survie. Ce style ne puisait pas son inspiration uniquement dans nos concepts théologiques — c'eût été trop risqué — mais aussi dans l'islam, autre victime de la persécution chrétienne. Humiliant ? Oui. Mais pour les pères de l'architecture nouvelle, ce style représentait la vérité brisant la croûte des mensonges chrétiens, se frayant un passage vers le haut. Un style que les chrétiens ont adopté parce qu'ils l'ont trouvé beau. Mais ils ne voient pas la vérité sous-jacente, seulement l'élégance de l'arc brisé. Méfie-toi des adorateurs de la beauté qui refusent de voir qu'elle est l'œuvre de Dieu. Ils idolâtrent une harmonie qu'ils ne comprennent pas. L'Ogival est le Premier Style de notre Émergence, annonciateur du futur grand empire, mais maintenant nous devons créer le Second Style. »

De ma place, je voyais le visage de Bert. Il était transfiguré. Herr Hans Seersach formulait toutes les pensées qui bouillonnaient confusément dans l'esprit de Bert — des pensées qu'il avait maintes fois tenté d'exprimer en ma présence, naguère, quand il me croyait incapable de comprendre de quoi il retournait. Et pourtant, il entrait un brin de contrariété dans le ravissement qui était le sien : c'est que Bert n'admettait qu'à contrecœur la supériorité intellectuelle ou l'autorité d'un autre homme.

« Il va consister en quoi, ce Second Style ? demanda-t-il d'un ton bourru. Que peut-on inventer d'autre ? Un arc est en plein cintre ou en ogive ou encore en tiers-point. Il n'y a pas trente-six solutions.

— Il n'y a pas que les arcs, dit Seersach, pense à ce qui soutient véritablement tout édifice. Ce n'est pas le matériau utilisé qui importe mais la forme à laquelle il a donné lieu. Pense aux formes de la lumière.

— Nous construisons avec la pierre, pas avec la lumière ! s'obstina Bert.

— Alors, c'est que tu penses comme les chrétiens. Tu ne perçois pas que la vérité surgit de son contraire. Quand tu façonnes la pierre, ne façonnes-tu pas aussi la lumière ? Qu'est-ce qui est le plus pur ? le plus digne d'être vénéré ? la pierre ? la boue ? le sable et la merde ? Allons, Herbert, est-il possible que tu sois resté aveugle à ce point ? C'est la lumière que tu aurais dû sculpter !

— Je m'en souviendrai la prochaine fois que je me casserai le dos à tailler du granit noir, répliqua Bert.

— Je l'espère ! C'est ainsi que tu dois considérer notre métier. Il deviendra une joie au lieu d'être une corvée. Et ta joie transparaîtra, radieuse, dans ton œuvre. Nous sommes les mathématiciens du soleil. Il n'y a pas de feu sans scories, mais c'est le feu qui nous intéresse. »

Il était presque trois heures du matin quand s'acheva l'examen et que Bert fut admis au sein de la loge de Douvres. Certes, il y avait trois mois de probation, mais je voyais bien que Hans Seersach s'était entiché de mon père et nourrissait l'espoir d'en faire un jour son disciple. L'obstination, l'indépendance d'esprit de Bert n'avaient finalement pas pu s'affirmer contre le Flamand, contre une pensée où la vie et la mort étaient indissolublement liées. Peut-être était-ce l'Irlande qui avait radouci Bert au point de l'amener à envisager de devenir le disciple de quelqu'un. Il arrive aussi qu'un homme soit poussé à l'étude pour échapper à la confusion et au désespoir. Hans Seersach n'était pas seulement un rebelle mais aussi un maître, un homme d'une remarquable intelligence et fort habile de ses mains. Dans la mesure où Bert s'était engagé à me procurer un enseignement, je trouvais bon que quelqu'un de supérieur l'instruisît à son tour. La connaissance, je la recevais presque directement de Hans, avant même que Bert ne l'eût assimilée. Cette connaissance était souvent incompatible avec ce que mon père m'avait appris mais je me gardais bien de souligner les contradictions. En humiliant mon père, j'aurais risqué de compromettre son apprentissage avec Hans et, du même coup, mon apprentissage avec lui. C'est que Bert ne pouvait admettre ouvertement qu'il était l'élève du Flamand. Leur égalité était censée ne faire aucun doute. Hans était un esprit supérieur, il le prouva en s'accommodant de cette situation et en jouant le jeu pour sauver les apparences au bénéfice de mon père.

La maison où nous logions était l'une des plus charmantes que j'aie jamais habitées. Elle était située à l'extrémité ouest de la plage, à bonne distance du château et à proximité du port. Nous avions un long trajet à parcourir pour nous rendre jusqu'à notre lieu de travail mais cela ne nous pesait pas car nous étions heureux de vivre dans cet endroit. Bien qu'il fallût s'habituer à la brume et aux embruns — responsables de maints refroidissements —, j'aimais l'odeur de la mer dans la pièce où je dormais, sur mes vêtements et même dans ma nourriture. Aujourd'hui, les années ont passé, j'ai beaucoup voyagé et je peux dire que je préfère vivre près de la mer que de voguer dessus. Je n'aime pas trop sentir bouger les fondations.

Hans logeait aussi dans cette maison et nous étions tous trois les pensionnaires de Rosamonde, la femme d'un patron de bateau qui pêchait au large de Calais et des côtes flamandes. Il restait absent durant de longues périodes. Je voyais la familiarité s'installer et l'affection grandir, tant entre Hans et Rosamonde qu'entre Bert et Rosamonde, et j'en déduisis que notre logeuse pratiquait la foi de nos pères. Les deux hommes passaient des soirées entières à discuter avec elle. Rosamonde était une grande et belle femme aux yeux d'un bleu très clair qui s'ouvraient démesurément au moindre petit événement de la vie quotidienne. Sa maison lui ressemblait — propre, confortable, ordonnée —, il y régnait une atmosphère de plénitude et de chaleur communicative. Elle avait cinq enfants, tous plus âgés que moi, elle m'ajouta à la liste, je fus son petit dernier et elle ne marqua jamais la moindre différence entre ses enfants et moi.

Cette femme était douée d'une patience admirable. Elle tolérait dans sa maison, de la part des maçons, un désordre incroyable alors que, après tout, ces hommes étaient ses pensionnaires. Hans Seersach prenait grand plaisir à fabriquer des maquettes d'après ses dessins, il les laissait traîner sur les planchers, sur les tables, les chaises, le rebord des fenêtres, si bien que nous vivions parmi ses chefs-d'œuvre. Quand nous dînions, son abside d'Aix-la-Chapelle surplombait le rôti et je dormais entre Cluny et Maastricht. Il finissait toujours par détruire ses maquettes. C'était un sujet de discorde entre nous car je désirais posséder ces beaux jouets. Mais Hans, qui connaissait bien mes tendances, refusait de banaliser mon futur. « Ce ne sont pas des jouets, Hedric, ni des ornements, me disait-il, tandis que sous mes yeux il piétinait la maquette de la porte nord de Coutances, ces maquettes sont des instruments. Nous les détruisons quand elles n'ont plus de raison d'être. »

XI

Le règlement, dans les loges du Sud, était beaucoup plus sévère que dans celles du Nord ; la hiérarchie au sein de la corporation était définie de manière plus rigoureuse et les hauts salaires des maçons qualifiés excitaient bien des jalousies. A l'époque où nous vivions à Douvres, un véritable halo de gloire auréolait notre confrérie. Des hommes ordinaires auraient-ils pu réaliser ce que nous avions réalisé à Salisbury et à Chartres ? Nous fûmes portés aux nues et les chrétiens nous célébrèrent comme les nouveaux héros de l'ultime combat : l'Armageddon que livre l'armée de l'Humaine Prière contre la forteresse du Christ indifférent (miséricordieux, comme on l'appelle parfois). Dans les grandes églises que nous érigions, ils voyaient la preuve que l'homme pouvait accéder à la connaissance du divin. Plus l'église était haute, plus elle pénétrait *l'esprit* de l'Être suprême. Aussi étaient-ils nombreux, ceux qui voulaient entrer dans la franc-maçonnerie. D'autant que c'était un moyen de se libérer du servage au terme d'un noviciat d'un an et un jour. Comme les abbés et les princes manifestaient un engouement croissant pour la construction, nous fûmes de plus en plus sollicités. Nos salaires augmentèrent. Il s'ensuivit une multiplication des demandes de chrétiens désireux de rejoindre nos rangs qui, jusqu'alors, avaient été préservés de la pollution de leurs croyances nocives. C'est une telle demande qui précipita la crise à Douvres.

La vie étant dure et les gens étant ce qu'ils sont, il n'était pas trop difficile de convaincre les chrétiens — je veux dire ceux qui, après des années de labeur ingrat dans les carrières, avaient fini par accéder au statut de *famuli* et accompli ensuite leurs sept années d'apprentissage — qu'il était dans leur intérêt d'embrasser notre religion. Tout cela était fort dangereux pour nous car nous prêtions le flanc à la trahison. Quiconque touchait, de près ou de loin, à l'art de bâtir, savait que la mystérieuse habileté du maçon s'enracinait dans un contexte spirituel particulier, dans un monde d'idées à part. Il en était question dans le folklore, on en parlait, on en rêvait ; mais le novice, parvenu à un certain degré d'initiation, devait découvrir tout seul ce que l'on attendait de lui.

Celui qui était admis comme membre à part entière de notre corporation et de notre foi devait jurer le secret, des punitions extrêmement sévères étaient prévues en cas de violation du serment. Connaissant le goût des chrétiens pour l'absurde et la pantomime, des rituels spéciaux avaient été mis au point, juste pour leur montrer combien leurs serments étaient pris au sérieux par toute la hiérarchie maçonnique européenne. Nous ne demandions pas qu'ils rejettent en bloc leur ancienne religion, étant nous-mêmes plus ou moins liés à cette religion et dépendants d'elle, mais nous exigions que notre foi prévalût si jamais il devait se poser un problème de conscience ou de loyalisme. C'était évidemment de l'hypocrisie dans les grandes largeurs mais, après tout, les initiés entraient dans une confrérie où tout se faisait sur une grande échelle.

La demande d'admission d'un certain Hogge Pollard, natif d'Odiham dans le Hampshire, provoqua une véritable débandade au sein de la loge de Douvres. Pollard avait quarante ans révolus quand il signala à la loge qu'il remplissait les conditions requises pour y être accueilli, ayant passé plusieurs années à diriger une main-d'œuvre paysanne que le roi avait recrutée pour restaurer son château. La confrérie avait toujours été hostile à ces recrutements forcés : ceux-ci suscitaient un certain malaise dans les rangs des maçons, outre qu'ils contribuaient à maintenir dans le servage toute une catégorie de travailleurs défavorisés, entre autres ceux qui, tels l'humble porteur de hottes ou l'ouvrier carrier, constituaient depuis toujours la base même de notre activité. Hogge Pollard avait appris tout seul le métier en travaillant deux fois plus que les autres. Il n'est pas facile d'entrer en apprentissage à quarante ans, surtout si par ailleurs, on doit manifester l'autorité d'un chef de chantier. A Douvres, chacun respectait son zèle et l'énergie qu'il déployait pour prouver sa valeur. S'il y en avait un qui méritait une promotion, c'était bien lui. Bonne chance au brave Hogge Pollard !

Hans et Bert furent désignés pour préparer le novice aux cérémonies d'initiation. A cette fin, il vint nous voir dans la maison de Rosamonde.

Hogge Pollard défiait toute description : je me contenterai de dire qu'il avait des cheveux déjà grisonnants, des bajoues et des poches sous les yeux, un air gauche et courbé. Seule sa voix dénotait une certaine assurance. Elle était dure et cassante, sans doute était-elle devenue ainsi à force de houspiller son équipe de laboureurs arrachés à leur terre.

Chaque fois que Hogge Pollard arrivait pour ses leçons, Rosamonde quittait la pièce et laissait les trois hommes entre eux. Quant à moi, on me mettait à la porte car ces cérémonies n'avaient rien à voir avec l'examen que Bert avait subi dans le phare. On initiait Hogge Pollard à des mystères qui allaient bien au-delà des simples questions techniques. On le guidait sur le chemin de notre vérité. Fasciné par l'importance de l'événement, je ne pouvais m'empêcher d'écouter à travers la mince cloison. A la troisième visite, Hans aborda enfin la question de la croyance.

« Je t'ai vu à la messe, Hogge, dit-il. Le Seigneur compte beaucoup pour toi.

— Il est le Seigneur et je suis son serviteur, répondit Hogge avec l'accent rocailleux du Hampshire. Notre mère l'Église est la seule mère que j'aie jamais connue. »

Il y eut un silence, puis Hans reprit la parole :

« J'ai comme l'impression que tu viens d'anticiper sur ce que je pourrais avoir à te dire.

— En effet. Et j'attends toujours.

— Mais quoi donc ? insista Hans.

— Que tu me demandes quelque chose.

— Demander ? Nous ne *demandons* rien...

— En tout cas, je n'ouvrirai plus la bouche tant que tu ne te décideras pas à parler clairement, fit Hogge avec une soudaine véhémence. Dis tout haut ce que tu attends de moi. »

Hans rit mais le cœur n'y était pas.

« Tu as ton crucifix dans les mains, dit-il.

— Oui, cela peut être utile. »

Le silence s'éternisa. J'entendis des chaises racler le sol et des bruits de bottes.

« Dis-nous ce que tu as entendu, Hogge, intervint mon père. S'il s'agit d'une rumeur, nous te prouverons qu'elle n'est pas fondée.

— Non, c'est à vous de me dire ce que vous avez en tête, que les saints de Dieu me protègent ! coassa Hogge. Je ne peux pas répondre à des questions qui ne me sont pas posées. »

Un dernier silence, le plus long. Puis :

« Bonne nuit, Hogge, dit Hans.
— C'est tout ?
— Pour aujourd'hui, oui. »

Trois jours plus tard, Hogge fut tué dans un accident sur le chantier de la tour est. Deux de ses paysans avaient trébuché en poussant dans une forte pente une brouette chargée de pierres. La brouette avait basculé et son contenu s'était renversé sur Hogge Pollard qui besognait dans un fossé juste en dessous. Quand l'intendant du connétable se rendit au logement de la victime pour y rassembler ses effets, il y trouva un billet, rédigé apparemment par un prêtre et destiné au grand justicier du roi. Le billet fut remis au connétable, Henry de Montfort.

Dans la semaine, Hans et Bert furent convoqués plusieurs fois chez le connétable. Après chaque entrevue, ils devaient faire un rapport complet à la loge. Il n'y eut pas d'enquête judiciaire et Hogge Pollard fut discrètement enterré dans une paroisse voisine. C'est alors que les maçons commencèrent à partir : chacun trouvait une bonne raison pour s'en aller et, en fin de compte, il ne resta que deux aînés pour diriger la loge. L'un était Hans, l'autre John Blauchespine, un vieil homme de Gloucester.

Les travaux de réfection du château n'avançaient plus. Montfort envoyait chercher Hans tous les jours. Bert refusait de me dire ce qui se passait et j'avais beau prêter l'oreille aux rumeurs, je ne savais toujours rien de précis. A cette époque, Hans et Bert s'affairaient jusque tard dans la nuit à la construction d'une maquette qu'il ne me fut jamais permis de voir. D'après les bruits que j'entendais, il s'agissait, sans nul doute, d'une de ces structures complexes qui requièrent l'usage intensif du rabot, de la lime et de la râpe. Le matin, un nuage de poussière de bois flottait dans ma chambre et me collait dans les cheveux. On faisait la sourde oreille à mes questions concernant la maquette. Une nuit, cependant, je m'inventai un mal de gorge pour les surprendre en pleine activité et, avant que Bert ne m'eût jeté dehors, j'entrevis, dressée sur un socle, une étrange forme arrondie, toute brillante de cire. Deux nuits plus tard, une dispute éclata entre Hans et Bert, et, quand j'entendis des craquements de bois brisé, je compris qu'ils avaient détruit la maquette. Moins d'une heure après, ils en commençaient une autre.

A force de veiller tard, les deux hommes avaient l'air hagard. Rosamonde s'inquiétait pour leur santé mais ils ne l'écoutaient pas. Désormais, ils se barricadaient dans leur atelier improvisé et même Rosamonde n'avait pas accès à cette partie de sa propre maison. Cette situation dura jusqu'à un certain matin où Bert et Hans annoncèrent qu'ils partaient en voyage. C'était la fête de saint Denys l'Aréopagite, un auteur qui, quoique chrétien, jouit d'une certaine considération auprès des tailleurs de pierre. J'espérais les accompagner, hélas, je dus rester avec Rosamonde.

Ils quittèrent la maison avant l'aube, mais dans la demi-obscurité je les vis s'approcher d'une charrette et y déposer un gros paquet emballé dans de la toile. Ils l'attachèrent avec le plus grand soin et bourrèrent d'herbe les espaces vides entre le paquet et les montants de la charrette. Ils partirent à pied, l'un marchant en tête, tenant le cheval par la bride, l'autre avançant à côté de la charrette sans quitter des yeux le précieux chargement.

Bert m'avait promis de revenir trois jours plus tard mais il se passa cinq jours avant leur retour. Ils arrivèrent la mine défaite, sur le dos du cheval. Quand Rosamonde les eut salués, elle se détourna comme si elle ne pouvait supporter la vue de leur accablement.

Hans et mon père furent punis pour avoir prolongé leur absence et on leur réserva les tâches les plus ingrates quand ils furent de retour sur le chantier. De plus, ils semblaient avoir perdu leur prestige au sein de la loge, et les maçons les évitaient. Je n'y comprenais rien, d'autant que Bert et Hans se refusaient à toute explication. A la moindre question, ils arboraient un air lugubre et répondaient à côté. Mais l'activité nocturne cessa. Les deux hommes se limitaient à présent au strict nécessaire. Mon instruction en pâtit : ils ne s'occupaient plus de moi qu'à contrecœur. « Pourquoi rechercher notre enseignement ? dit un jour Bert. Après tout, nous ne savons rien de rien. »

Au fil des semaines, Hans se transformait. Il perdait sa vitalité en même temps que l'éclat de ses yeux noirs. Naguère, il aimait se rendre compte de l'avancement des travaux et passait d'un chantier à l'autre avec l'air d'un homme dont la compétence est notoire et les réalisations exemplaires : maintenant, l'air toujours tourmenté et morose, il traînait les pieds comme un homme exténué. Un soir, à table, il se mit soudain à pleurer. Quand je demandai à Bert ce qui tracassait Hans, il se borna à hausser les épaules et continua de manger. Je voyais bien que leurs rapports étaient tendus mais ils s'appliquaient à ne parler ni devant moi ni devant Rosamonde. En notre présence, ils n'échangeaient que des banalités.

Or, voilà qu'un jour j'arrivai à la maison vers midi afin d'y prendre des vêtements secs pour Bert qui avait besogné au fond d'une citerne et était trempé jusqu'aux os. Le cheval de Montfort était attaché au portail. Cet homme m'inspirait une telle peur, malgré sa cordialité apparente, qu'au lieu d'entrer dans la maison, je rebroussai chemin — un long chemin — jusqu'au château et expliquai à mon père pourquoi je n'avais pu accomplir ma mission. Il devint tout pâle, ne dit mot et me renvoya à mon ouvrage. Quelques minutes plus tard, je le vis dévaler la colline entre les arbres. Je le suivis mais, quand il entra dans la maison, je restai dehors et me postai à la fenêtre de la pièce commune. Une scène incroyable se déroulait sous mes yeux : Hans et mon père étaient agenouillés devant le connétable. Je dois dire que Montfort ne semblait pas à l'aise. Il avait même l'air terriblement gêné face à ces deux hommes qui imploraient son pardon. Je ne saisissais pas les paroles car le vent faisait grincer la charnière du volet contre mon oreille et je craignais d'attirer l'attention en l'immobilisant. D'ailleurs, point n'était besoin d'entendre pour comprendre l'essentiel : mon père et son ami s'aplatissaient devant un chrétien.

Les adultes ne savent que dire à l'enfant qui commence à s'interroger sur le matériau brut de la vie, à l'observer et à s'en nourrir. La cruauté de l'existence dérange les parents. Peut-être me suis-je comporté ainsi avec mes propres enfants, mais j'espère bien que non. Dans mes jeunes années, je fus amené à observer des signes de déclin et des agissements aberrants, à supputer des dangers latents, à constater des tensions, à flairer des ennuis, le tout sans pouvoir me confier à quiconque. Les questions les plus graves étaient celles qu'on évitait avec le plus grand soin de soulever en ma présence.

Après l'étrange scène entre le connétable, mon père et Hans, la situation s'améliora. Hans retrouva un peu de son allant. Il redevint amical avec mon père, au grand soulagement de toute la maisonnée, y compris du mari de Rosamonde qui était de retour. On pouvait se passer des tensions d'une inimitié latente ; la vie était déjà bien assez dure comme cela.

Dès lors, nous nous montrâmes fort discrets, voire effacés : une attitude difficile à observer pour des hommes tels que Hans et Bert qui étaient enclins à afficher leur amitié et se mettaient volontiers en avant. J'étais encore plus malheureux maintenant que je connaissais la cause de leur découragement : leur soumission. C'est que je n'arrivais pas à m'expliquer leur comportement. Je tentai une fois, une seule, de découvrir la vérité qui se dissimulait derrière ce que je savais. Ce jour-là, Hans et Bert étaient, par extraordinaire, d'excellente humeur ; ils revenaient du port où ils étaient allés boire avec quelques compatriotes de Hans. Quatre d'entre eux étaient entrés dans la maison de Rosamonde pour continuer la fête. On aurait dit que les nuages se dissipaient au fil des heures. Je fus assez stupide pour croire à leur euphorie — produite par le vin — et me figurer qu'enfin tout allait bien.

« Est-ce que le connétable vous a pardonné maintenant ? » demandai-je à Hans qui était assis, ou plutôt affalé, à table, les yeux plus brillants que je ne les avais vus depuis des mois. Il ouvrit toute grande la bouche et son regard devint affreusement terne. Sans un mot, il se leva, alla à la fenêtre et aspira une bouffée d'air frais.

Mon père n'était pas un esprit fort. Il ne trouvait pas le temps d'étudier les Anciens et les maîtres de la scolastique, ce qui lui aurait peut-être permis d'inscrire ses sentiments dans un cadre rationnel. En fait de logique, sa pensée s'appuyait sur un triple ressentiment : d'une part, il n'avait reçu — à sa naissance — qu'une petite goutte de talent au lieu d'une bonne rasade ; d'autre part, il était à la merci de ses émotions ; enfin, il souffrait en son âme — d'une souffrance qui tenait à notre foi. Il avouait parfois un désir honteux de devenir chrétien et de suivre un enseignement où Dieu souffre pour l'homme coupable alors que c'est l'inverse dans notre doctrine. Nous souffrons parce que nos Dieux sont coupables de la guerre qui ravage une création inachevée, une guerre dont les hommes subissent les douloureuses conséquences. Sans la guerre dans le ciel, il y aurait la paix sur terre, mais la paix sur terre ne peut engendrer la paix dans le ciel.

En ce mois d'octobre qui marquait la fin de notre séjour à Douvres, Bert fut terrassé par une maladie dont il faillit mourir. Je ne l'avais jamais vu dans un tel état. Durant les années que nous avions passées ensemble, il n'avait eu à subir que les petits malaises de notre métier : migraines, refroidissements, maux de dos, poumons oppressés, crachements de sang, mais ces indispositions ne l'avaient jamais abattu. Comme tous ses confrères, il savait que le métier avait, à la longue, un effet nocif sur la santé. Dans son corps, comme dans le mien aujourd'hui, la poussière retrouvait peu à peu sa solidité originelle. Je la sens en ce moment même : la poussière de tant de splendeur, la poussière de cent temples et de mille triomphes qui, en s'agglomérant, finira par me momifier. Quand un tailleur de pierre meurt, il n'est pas vraiment nécessaire de l'enterrer. Pratiquement transformé en pierre de son vivant, le corps inanimé pourrait être intégré, tel quel, à un mur de soutènement ou à un arc-boutant.

Il y eut deux phases dans l'attitude de mon père face à la maladie : d'abord il refusa catégoriquement d'admettre qu'il était malade et se traîna au chantier — ou plutôt m'obligea à l'y traîner ! — puis, quand il fut incapable de bouger, de manger et de boire, il s'effondra, complètement à bout. Il reposait dans une petite pièce face à la mer, le corps gonflé toujours à moitié découvert, le visage rouge et en sueur, aussi incongru sur l'oreiller qu'une orange dans un champ de neige. Il grognait, appelait Rosamonde, demandait qu'on lui ouvre la fenêtre, qu'on la ferme, jetait sa nourriture par terre, geignait, récriminait, se lamentait, grinçait des dents dans son sommeil, se levait en pleine nuit en proie à des cauchemars et réveillait toute la maisonnée. Bref, il était fait pour être mort ou vif, mais surtout pas malade.

Pour ma part, cependant, je tirai un certain avantage de sa maladie. Les maçons ont l'habitude de faire des croquis pour montrer les ouvrages auxquels ils ont participé et ceux aussi qui les ont intéressés ou surpris par leur nouveauté. Compte tenu de l'importance de Douvres qui contrôle la quasi-totalité du trafic de la Manche, il n'était pas étonnant que l'on vît circuler, au sein de la loge de ce grand port, les croquis d'à peu près tous les derniers édifices bâtis en France, en Flandres, en Allemagne, en Italie et en Espagne.

Ces dessins contenaient des messages d'unité et d'espoir destinés à tous les frères maçons. La structure d'un chœur ou celle du feuillage compliqué d'un jubé recelait des significations que nous seuls pouvions comprendre. C'est ainsi que nous maintenions politiquement notre vitalité. Dans les loges, on se méfiait du progrès tout en veillant à ne pas rester à la traîne. Les changements s'opéraient sans à-coups, filtrés par le réseau des loges et le langage commun des courbes et des constantes.

Tant que Bert fut sous l'emprise de Hans, il crut bon d'affirmer sa liberté d'esprit en refusant de s'intéresser à ces dessins. Il entrait naturellement une part de provocation dans cette attitude. Hans, qui apportait des rouleaux de vélin à la maison et passait ses soirées à les étudier, ne manquait pas de convier mon père à l'imiter. Bert s'asseyait à ses côtés et regardait les dessins, les plans, mais je voyais bien qu'il avait du mal à en saisir véritablement le sens. Il pressait Hans de questions : Étaient-ils réalisables ? En était-il seulement sorti quelque chose ? (Neuf projets sur dix restaient à l'état de projets.) Ceci ou cela n'était-il pas trop osé, banal, pompeux, chargé, délirant ?... Des questions, des questions, plutôt qu'un véritable désir de comprendre. En fait, Bert était incapable de lire un plan : les maquettes, oui, cela pouvait aller ; mais la pierre couchée sur le papier, à moins que ce ne fût son propre gribouillage, le déroutait. Un jour, un maçon français apporta à la loge des plans et croquis des travaux effectués par Hans à Coutances. Ce dernier les rapporta à la maison et les fourra, comme si de rien n'était, sous le nez de Bert : celui-ci n'y vit que du feu, incapable de reconnaître la patte de son ami et maître. Hans estimait que le regard de Bert manquait d'acuité. Il se trompait : en ce qui concerne l'art du dessin, mon père était frappé d'une cécité totale.

Quand il entra dans la phase la plus grave de sa maladie, Bert demanda à Hans de lui apporter tous les rouleaux disponibles. Il en remplit sa chambre. Le sol en était jonché et il y en avait autant sur le lit que sous le lit. Il les tachait de graisse et de sueur et disparaissait sous eux comme sous un linceul. Moi qui passais mes soirées au chevet de mon père, j'avais à ma portée un monde mystérieux et fascinant ; sous mes yeux s'étalaient les fruits de la connaissance et de l'imagination, de la discipline et de l'audace. Ces piles de dessins recelaient le meilleur de mon avenir ; là était la course qui valait la peine d'être courue. J'entrepris de les étudier tous et, chaque fois que j'en déroulais un sur le sol, je maintenais les coins à plat avec quatre fers à repasser empruntés à Rosamonde. Au début, Bert se moquait de moi quand il se réveillait et me voyait à plat ventre par terre en train de déchiffrer quelque plan complexe à la lueur de la chandelle ; ensuite, mon obstination l'agaça et, pour finir, je trouvais toujours un plan déjà déployé à ma place quand j'entrais dans sa chambre où il m'accueillait en arborant un sourire narquois, avec l'air de dire : Allons fils, coltine-toi celui-ci.

Grâce à ces dessins, j'approchai pourtant le véritable sens de notre foi et la portée de la doctrine sur laquelle elle repose : notre existence traduit la tension entre création et destruction ; l'énergie, tiraillée entre le Bien et le Mal, s'infléchit, révélant la flexibilité de la nature même. La foi chrétienne ignore tout de cela et rejette délibérément la courbe. Ce sont les lignes droites et l'obscurité qui représentent le Christ : l'arbre parfaitement droit au beau milieu d'un bois, l'étoile trônant à la verticale au-dessus de l'étable. Ce n'est pas seulement le figuier que le Christ a foudroyé parce qu'il ne portait pas de fruits, ce sont aussi toutes les courbures de ses branches.

Les plans retenaient toute mon attention mais je n'en oubliais pas pour autant mon père qui souffrait à côté de moi. Sa vie était soumise à la même tension que ces grandes bâtisses, ces grandes forces en équilibre.

Plus d'une fois nous crûmes qu'il allait mourir. Il semblait impossible qu'un être humain pût survivre à la fièvre et aux terribles convulsions dont Bert fut la proie. Hans et moi-même étions censés lui procurer l'ultime réconfort de la foi au moment du trépas puisque, à la différence des chrétiens, nous n'avons pas de prêtres. Bert était tellement secoué qu'il ressemblait à un homme qu'on a empoigné par le cou et dont la tête a servi à clouer le Christ sur la croix. Hans lui offrit le Consolamentum final. Bert le repoussa avec violence et m'ordonna, dans un râle, de fermer la fenêtre.

Une fois de plus, je devais lui cacher la vue de la mer et du ciel. Cette fenêtre était un véritable tourment pour lui lorsqu'elle servait de cadre au défilé des nuages se déployant en milliers de formes architecturales en continuelle transformation. « La lumière, bredouillait Bert, la lumière. » Si le ciel était clair, il sombrait encore davantage dans la mélancolie et se déclarait indigne de la pureté du jour.

Le Dieu du Bien avait perdu une bataille dans le ciel : la maladie de mon père était l'écho de cette défaite. Sa gravité venait de ce que Bert était incapable de saisir les principes qui inspiraient l'architecture de Hans et engendraient le Beau. Cette lumière l'offensait précisément parce qu'il ne la voyait pas. Elle blessait ses yeux et troublait son esprit. Il n'arriva jamais à intégrer les nuages ou la clarté dans sa vision de la matière. Quant à moi, j'ai toujours pensé que mon rôle était de contraindre la matière à obéir à la lumière, tout comme le rôle du Dieu du Bien est de lutter pour contraindre le Dieu du Mal à capituler. On pourrait dire qu'il y a davantage de monuments pour témoigner de ma réussite que de la Sienne, mais n'insistons pas sur ce point.

XII

Nous quittâmes Douvres peu avant Noël 1250 ; notre départ, empoisonné par une querelle entre Bert et Hans, était lourd d'amertume et de rancœur. Rosamonde n'était que le prétexte de cette querelle dont je connaissais le véritable motif. Une fois rétabli, mon père s'était aperçu que Hans avait construit une nouvelle maquette et qu'il l'avait envoyée en grand secret en Flandres. Il l'avait fabriquée pendant que Bert gisait plus mort que vif au fond de son lit et, à présent, celui-ci soupçonnait Hans de s'être approprié des idées qui lui appartenaient. Il lui en avait même fait reproche mais Hans s'était contenté de lui rire au nez et je ne pouvais que lui donner raison. Certes, Hans aimait mon père comme un ami mais il voyait en lui un disciple plutôt qu'un égal. Il savait, tout comme moi, que Bert était rongé par le doute. Toute réponse ou décision claire et nette l'affolait. Faute de pouvoir prendre son essor, il voletait au ras du sol.

J'avais abouti à cette conclusion après maintes cruelles désillusions — moi, l'apprenti de onze ans à la tête farcie de merveilleuses histoires sur sa géniale famille. A ce moment-là, je m'éloignai de Bert, et mes rêves, je les rêvais désormais avec Hans car je partageais sa courageuse ambition de transposer, si l'on peut dire, notre foi en lumière. Il avait pleinement conscience de la nature et de la portée de notre influence. Nous étions les bâtisseurs d'une nouvelle civilisation ! Celle-ci occupait les lignes de crête, surpassant toutes les réalisations dont se vantaient les chrétiens. Nos tours et nos flèches défiaient les siècles : avec notre savoir secret et notre talent, nous constituions un empire. Nous n'avions pas d'armée, si ce n'est une armée d'ouvriers ; nous n'avions pas d'autorité, si ce n'est celle de nos édifices.

Quand je voulais parler de ces choses avec Bert, c'est à peine s'il me répondait. « Nous sommes des sous-fifres ! » me lança-t-il en pleine figure le jour où je l'accusai de défaitisme.

Lors des adieux de la loge à Bert, je restai assis dans un coin, rongé par le mépris. Des apprentis vinrent s'asseoir près de moi et m'assommèrent de leurs propos vulgaires et futiles. J'étais bien trop grand pour me plaire en leur compagnie. Moi, j'avais vu le futur, eux non. C'est tout juste s'ils savaient ce qu'était un maçon ; ils n'avaient aucune idée de notre prestige potentiel en tant qu'artisans de l'union entre la matière et l'esprit, la vie et la mort, le Bien et le Mal. Ce n'étaient que des *gamins*. Et moi donc ? Moi, j'avais mûri trop vite sous le coup des aventures et des périls qui avaient jalonné ma courte existence ; mais ma précocité, résultant des épreuves traversées, allait de pair avec un faible développement physique : or l'esprit, pour atteindre son but, quel qu'il soit, requiert un corps sain et vigoureux. Je me souviens très bien des sentiments qui se bousculaient en moi durant cette fête d'adieu. J'aurais tellement voulu les haranguer, mesurer un pied de plus, rendre ma voix plus grave, taper sur la table, forcer leur attention. Et j'étais là, assis contre un mur, mon écuelle pleine sur les genoux, impuissant, rongeant mon frein. Le désir d'être un autre faisait son travail de sape : le dégoût de soi ! Mal informé et ignorant ! Mais Hans avait échoué aussi. Et Bert. Et tous les autres ! Lorsque messire Henry entra à l'improviste pour boire un verre de vin et nous souhaiter bon voyage, le calme et le silence régnèrent soudain dans la pièce. Je n'en pouvais plus. Je sortis, montai sur les murs et contemplai le fanal du phare romain qui, en brûlant, lançait son vieil avertissement : Toi qui viens vers moi, prends garde de ne point sombrer en chemin.

Le lendemain matin, nous étions en route pour Londres.

Bert voulait trouver de l'ouvrage à Westminster ou à Windsor pour rester au service du roi. La loge lui avait donné des lettres d'introduction tout en l'avertissant que les embauches à l'abbaye et à la chapelle de Windsor étaient devenues rares. Il est vrai qu'à l'entrée de l'hiver, la journée raccourcissait et que le mauvais temps ne tarderait pas à interdire toute activité à l'extérieur. Jusqu'au printemps, la main-d'œuvre serait réduite. D'après les hommes de la loge, Bert aurait plus de chances de trouver un emploi de tailleur d'images à Canterbury où, bien que le grand cloître fût achevé, il était question d'un projet ambitieux lié au reliquaire de Thomas

Becket, on disait même que les travaux commenceraient avant Noël. Il s'agissait de réaliser un jubé sculpté en marbre qui illustrerait les miracles du saint.

L'idée n'enchantait pas Bert, mais Canterbury, qui se trouvait de toute manière sur la route de Douvres à Londres, piquait sa curiosité. La loge nous avait fourni des chevaux et, à quatre heures, ce même après-midi, nous apercevions la tour de l'abbatiale. A la bibliothèque de la loge, j'avais étudié les plans du chœur de Guillaume de Sens et j'aurais aimé en parler avec mon père : mais il n'était pas d'humeur à parler d'architecture.

« Il y a deux choses que je déteste par-dessus tout chez les chrétiens — à en avoir la nausée, fiston —, ce sont les martyrs et les miracles, grommela-t-il tandis que nous arrivions en vue de l'imposant édifice qui dominait les toits de la ville. Ils ne reconnaîtraient même pas un martyr s'ils le rencontraient dans la rue, et tout miracle amoindrit le pouvoir qui l'accomplit. Nous n'avons pas de miracles. Nous n'en avons jamais réclamé et n'en attendons aucun.

— C'est pour cette raison que ce projet de jubé te déplaît ? demandai-je. Un jubé, ce n'est pas une mince affaire, tout de même.

— Thomas Becket ne nous aimait pas. S'il avait vécu, il aurait marché main dans la main avec Montfort. C'est une bande d'ivrognes qui l'a tué, par désœuvrement. »

Pour couper court à mes questions, Bert éperonna son cheval jusqu'à l'entrée de la porte sud. Nous trouvâmes la loge dans la rue Haute, très à l'écart de la grande église : signe probable de vieilles querelles. Les maçons qui nous reçurent, et ils étaient fort nombreux, semblaient oisifs depuis plusieurs mois. L'accueil chaleureux tenait davantage au plaisir que leur procuraient des visages inconnus, à l'espoir de quelque divertissement inédit, qu'à une véritable hospitalité. Pas de nouveau jubé en vue, nous dit-on : pas une seule commande importante depuis douze ans. La loge n'était plus que l'ombre d'elle-même. Ceux qui nous avaient accueillis étaient, pour la plupart, nés ici, à Canterbury, mais c'est à Londres qu'ils avaient trouvé de l'ouvrage et à présent, les fêtes de Noël les avaient ramenés au pays, au milieu d'une foule de pèlerins. D'après eux, Londres offrait de multiples possibilités, une nouvelle qui nous réconforta : en dehors des entreprises du roi Henri à l'abbaye de Westminster, il y avait la nouvelle église Saint-Paul dont on envisageait d'agrandir et d'embellir le chœur selon le tout dernier style en vigueur. Saint-Paul, qui était déjà une pure merveille, deviendrait, une fois les travaux achevés, une des plus grandes églises d'Europe ; Londres et ses habitants pourraient à juste titre s'en enorgueillir, eux qui en avaient payé la construction de leurs propres deniers plutôt que de s'adresser au roi, à l'Église ou à des ordres monastiques. Un bon tailleur de pierre pouvait trouver de l'embauche à Saint-Paul, encore fallait-il être agréé par la loge de Westminster, ce qui n'allait pas de soi. Aussi Bert chercha-t-il à lier connaissance avec des confrères embauchés à cette église. C'étaient tous des hommes du Sud. Au début, ils se méfièrent un peu de ce trop beau parleur à l'accent du Nord, mais quand ils découvrirent en lui un être si aimable, grand voyageur qui plus est et ami intime d'hommes remarquables tels que Hans Seersach et... Brendan O'Toole d'Offaly (qui donc ? Ils ne songèrent même pas à s'en enquérir !), ils lui témoignèrent de la sympathie — une si grande sympathie, à vrai dire, que Bert décida de passer les fêtes de Noël à Canterbury pour renforcer ces nouveaux liens d'amitié. Il devint le camarade généreux, celui qui paye les tournées dans les tavernes. Au sortir de cette longue période de travail assidu à Douvres, sa bourse était bien garnie. Comme il n'avait pas été amoureux, il avait pu mettre de l'argent de côté. L'amour le poussait à des libéralités excessives. Pour les fêtes, nous louâmes une chambre dans le Burgate.

La plupart des pèlerins qui affluaient à Canterbury venaient de loin. Le pèlerinage de Noël consacré à Becket était très populaire, le saint ayant été tué seulement quatre jours après la fête ; mais cette année, la foule était encore plus dense car on célébrait de surcroît le quatre-vingtième anniversaire de la mort du martyr. Notre logis était fort bruyant la nuit et résonnait d'étranges chants et prières. La rue, les marches d'escalier, les moindres recoins regorgeaient de pèlerins qui s'estimaient autorisés à assiéger l'église pour y faire publiquement pénitence en sacrifiant à leurs rites plus ou moins exotiques. Une étrange folie flottait dans l'air ; un appétit fiévreux de culpabilité. Et pourtant, ces pèlerins étaient très respectés.

Tandis que Bert fréquentait la loge et ses nouveaux amis, j'étais libre de m'instruire ou de m'amuser. Je pouvais étudier la grande église mais aussi de nombreuses églises de quartier plus petites et parfois très anciennes. Quand sonnaient les cloches de prime, je me levais et sortais en emportant mon petit déjeuner, j'avais ainsi une longueur d'avance sur les hordes de pèlerins qui parcouraient la ville du lever au coucher du soleil. Mince avantage, car je ne pus jamais dessiner tranquillement. Je n'étais pas installé depuis cinq minutes que quelqu'un venait lorgner par-dessus mon épaule. Puis c'était quelqu'un d'autre. Une discussion s'ensuivait. Ce garçon a-t-il le droit de copier ces divines proportions ? N'est-ce pas faire preuve d'irrespect ? Tu as oublié cette fenêtre. Où est le sommet de cette pile ? Non, ce n'est pas du tout comme ceci ! C'est comme cela ! Je fus même pris à partie, un jour, par un moine bénédictin qui me tomba dessus alors que j'étais en train de manger tranquillement ma tartine du matin tout en dessinant les travées de la crypte. Estimant qu'il ne convenait pas de casser la croûte dans la maison du Seigneur, le moine me chassa du temple à grands coups de ceinture.

La cathédrale, qu'un terrible incendie avait ravagée quatre ans après la mort de Becket, n'était encore qu'à moitié reconstruite. Le bruit courait que l'incendiaire était un personnage très haut placé. On allait même jusqu'à attribuer l'incendie à Dieu lui-même ! L'édifice du vieux Lanfranc n'est plus digne de notre cher Tom, avait décrété le Seigneur. Démolissons cet horrible tas de pierres ! La destruction de la vieille église arrangeait en tout cas les Bénédictins qui voulaient construire un nouvel édifice, mieux adapté au développement de leurs affaires en rapport avec les pèlerinages.

Quant à moi, je savais déjà, à l'époque, que l'on n'était que trop disposé, au sein de notre confrérie, à incendier carrément des constructions dont le style était jugé obsolète. Ainsi faisait-on place nette pour un nouvel ouvrage. A en croire une rumeur persistante et à laquelle Hans ajoutait foi, la cathédrale avait été incendiée — et la loge de Canterbury payée pour le faire —, parce que les pharaons de Rome étaient jaloux de sa splendeur.

Si nous avons été coupables — et j'ai bien peur que ce ne soit le cas —, je dis que ces actes criminels sont inutiles et dangereux. S'il faut construire un nouvel édifice sur un ancien site, démontons pierre par pierre la bâtisse existante. Confions cette tâche aux enfants qui satisferont et disciplineront ainsi le besoin qui pousse l'homme, dès son plus jeune âge, à détruire ce que ses ancêtres ont adoré. Qu'ils s'en acquittent avec application, ordre et respect. Car le passé est précieux, même en miettes.

Je passais donc mes journées parmi les pèlerins qui déambulaient dans la nef sinistrée, sous la bâche en toile qui remplaçait le toit et m'obligeait à me déplacer sans cesse pour protéger mes dessins des gouttes d'eau. Je renonçai à voir de plus près le chœur magnifique réalisé au cours des soixante-dix dernières années. Deux de nos frères, Guillaume de Sens et Guillaume l'Anglais, avaient permis à la beauté d'éclore sur les cendres. Je me contentai d'entrevoir cette splendeur à travers la grille qui cachait ces ultimes mystères aux regards du vulgaire. Je n'avais besoin que d'un tout petit interstice pour admirer le chef-d'œuvre. Tandis que le gros du troupeau s'amassait, tête baissée, autour du reliquaire du saint comme autour d'un abreuvoir, je restai à l'écart et trouvai dans l'observation des perspectives de quoi étancher ma soif. J'ai souvent du mal aujourd'hui à comprendre mes croquis datant de cette période. Je dessinai presque toujours à une échelle réduite, dans de minuscules espaces, comme si l'intelligence et l'imagination extraordinaires des autres me terrifiaient. J'annotais parfois mes dessins. Il y a, entre autres, un croquis de la chapelle de la Trinité vue à travers une ouverture ronde ; une note accompagnant ce croquis dit ceci : « Voici un œil-de-bœuf. Est-ce que Bert peut faire mieux ? » En guise de réponse, j'avais dessiné un cygne nageant à côté d'un canard, l'aile du cygne enroulée autour du col du canard ! Les enfants ont parfois de ces idées !

Un beau matin, j'étais dans le nouveau cloître à dessiner les frettes nervurées et les bossages du toit. Après avoir été déjà pourchassé par deux vieux moines hargneux qui m'étaient tombés dessus au sortir de la messe dédiée à la Vierge, je m'étais remis à dessiner tout en jetant des coups d'œil inquiets par-dessus mon épaule. Le ciel était pur, l'air sec et vif, et je tremblais tellement de froid que mon tracé s'en ressentait. Je m'interrompis un instant pour me réchauffer les mains et c'est alors que j'entrevis, dans l'angle opposé, une tête blonde penchée. La tête pivota et je pus voir le visage, c'était celui d'une toute jeune fille qui faisait la même chose que moi — elle dessinait !

Le prétexte d'une récréation était tout trouvé, d'autant plus que je commençais à avoir la nuque prise par le froid ; je me levai donc et déambulai dans le cloître, m'arrêtant, pour finir, juste derrière elle.

Quand elle sentit mon regard, elle replia tranquillement son dessin pour le cacher à ma vue.

« Drôle d'endroit pour dessiner. Il n'y a rien d'intéressant ici, dis-je. C'est bien mieux là où je suis.

— J'aime les endroits où il n'y a rien d'intéressant », rétorqua-t-elle en tournant son visage vers moi. Elle avait des yeux bleus, légèrement bridés, comme si on avait tiré la peau vers les oreilles. Le nez me parut d'une architecture distinguée, quoiqu'un peu fort. Au contact de mon père, j'étais devenu grand connaisseur en sourires : ce fut un superbe spécimen qui s'épanouit lentement sur le visage de la jeune fille.

Elle s'appelait Anne, son père était tailleur de pierre, originaire de Bourges en France, et vivait depuis vingt ans en Angleterre. Il s'était installé à Canterbury avec un ami maître charpentier qui avait déjà œuvré avec lui à Salisbury. C'était un homme secret, plutôt solitaire, et qui ne fréquentait pas la loge. Sa femme, originaire de Bristol, était morte à la naissance d'Anne. Si l'histoire d'Anne ressemblait un peu à la mienne, ses dessins n'avaient rien à voir avec des exercices d'apprenti, ils étaient destinés à son père qui la considérait comme sa dessinatrice attitrée. Le résultat n'était pas fameux. Je le lui dis, preuve que je ne connaissais pas grand-chose aux filles de quinze ans. Elle fut terriblement vexée.

Je n'avais pas imaginé que mon bel enthousiasme ne suffirait peut-être pas à émouvoir la demoiselle. Ma façon de la courtiser devait lui paraître très drôle car je me souviens fort bien qu'elle riait tout le temps. C'était souvent moi qui exécutais ses croquis, son père ne devait pas les regarder de très près car il n'y voyait que du feu. Je me demande même s'il n'avait pas trouvé ce moyen pour obliger sa fille à sortir de la maison. Il ne devait pas trop savoir s'y prendre avec les jeunes filles, pas plus que moi, d'ailleurs, et pas plus que Bert avec les garçons.

Le vent d'est apporta la neige. La bâche claquait sur le toit de la nef. Les cérémonies alternaient avec les bagarres et la recherche spirituelle s'effaçait au profit de la matérialité la plus épaisse. Nous fûmes témoins de scènes si débridées et révélant un relâchement tel que je me disais parfois que la folie avait dû s'emparer de Canterbury. Nous étions enfants de maçons et cela nous procurait un certain sentiment de sécurité. La pierre était notre soutien. Tout ce remue-ménage, tout ce désordre autour de nous, ne nous concernait pas et nous ne le percevions que de très loin.

Elle s'asseyait à mes côtés pendant que je dessinais. Je devins expert à travailler d'une main tandis que de l'autre je retenais la sienne. Je la faisais rire de plus en plus souvent. Je passais le plus clair de mon temps avec elle si bien que Bert finit par s'apercevoir que je désertais notre logis. Il faisait froid à Canterbury et il se demandait quelle source de chaleur j'avais trouvée.

Ce matin-là, veille du nouvel an, nous étions assis sous la corniche de Guillaume l'Anglais et je m'appliquais à reproduire un détail. Par extraordinaire, il n'y avait personne autour du sanctuaire. J'avais fait de mon mieux dans ce froid glacial et il était temps de partir. Anne, emmitouflée dans un vieux manteau de fourrure qui appartenait à son père, se disposait à me suivre.

Au moment où nous nous levions, quatre moines se dirigèrent vers nous. Je les connaissais de vue car chacun d'eux m'avait déjà interpellé de temps à autre. Et voilà à présent qu'ils me souriaient béatement. Ils s'inclinèrent devant nous et me demandèrent mon nom. Je le leur dis, persuadé qu'ils allaient brusquement arracher leurs masques débonnaires. A ma grande stupeur, ils tombèrent tous les quatre à genoux et s'inclinèrent jusqu'à toucher les dalles de leurs fronts.

« Regis pastor Hedricus ! » s'écrièrent-ils.

A force de me voir fréquenter la cathédrale, les moines avaient deviné mes projets ; ils les jugeaient futiles, absurdes et prétentieux, aussi m'avaient-ils désigné pour être l'évêque des Fous à la fête de l'Âne. Sans me demander mon avis et malgré mes protestations, ils me traînèrent dans la cave du monastère où je devais être habillé en prévision de mon entrée en scène. Ils me vêtirent d'une robe bariolée, me coiffèrent d'une mitre en paille tressée et me poussèrent vers le réfectoire où attendait tout ce que Canterbury comptait de moines, chanoines, prêtres et frères convers. Le vin coulait à flots depuis l'aube car on fêtait précisément la fin de la période de jeûne et d'abstinence qui précède Noël. On avait disposé une chaise sur la table de l'abbé et je fus obligé de m'asseoir sur ce trône improvisé. Comme j'étais cloué là, au bord des larmes, ils s'adonnèrent à une parodie de cérémonie inventée pour mon intronisation. Il s'agissait, m'assurèrent-ils, de la réplique exacte de la cérémonie au cours de laquelle le roi des fols couronna jadis saint Augustin.

Les détails de ce rituel stupide ne méritent pas qu'on s'y attarde : on m'aspergea d'eau avec un rameau bénit, on me baisa les pieds, on me versa du vin dans le cou, on me tira les cheveux, on me donna des bourrades, on fit tomber ma mitre, on me titilla le sexe, on me cracha des noyaux de prune à la figure, le tout copieusement arrosé de latin de cuisine et de courbettes, bref, c'était à mourir de rire. En me voyant dessiner dans la cathédrale, les moines avaient imaginé une double identité pour leur évêque — j'étais non seulement pastor Hedricus mais aussi l'enfant Calligraphe, le roi de ces écritures haïes sur lesquelles ils s'échinaient à longueur de journée. On m'apporta des livres avec ordre d'interpréter les écritures : on déroula de faux manuscrits devant mes yeux pour les brûler ensuite à la flamme des cierges. Les moines, qui se contorsionnaient de manière insensée pour représenter des arches, des chœurs, des nefs, exigeaient d'être dessinés dans ces postures. Allez, vas-y, réduis-nous à des lignes et à des perspectives, sacré buveur d'encre ! Certains se mettaient sur la tête, les pieds au mur, leurs robes relevées jusqu'aux oreilles, exposant sans vergogne leurs organes génitaux. Dessine-nous! hurlaient-ils. Et trouve le bon angle!

Tandis qu'ils se gaussaient de moi, je compris à quel point ma passion de l'architecture les avait irrités. Le cloître n'était pour eux qu'une tombe froide et sinistre qui leur avait gâché la vie. Ils ne le trouvaient pas du tout beau mais lui attribuaient en revanche un grand pouvoir, un pouvoir qui oppressait leur esprit et brisait leur cœur. Je les avais terriblement provoqués en prenant pour modèle ce qui leur servait de prison, et maintenant ils se vengeaient.

Je tins le coup pendant toute une heure sans pleurer, j'avais pourtant plus d'une fois failli éclater en sanglots. Certains moines, s'apercevant de mon malaise et de mon désarroi, avaient tenté de me réconforter discrètement mais s'étaient fait aussitôt rappeler à l'ordre. L'évêque des Ânes était tenu de se soumettre à l'autorité de son troupeau. Je devais prononcer un sermon au sujet des lieux d'aisances de la cathédrale — que j'avais bien sûr dessinés, moi qui, comme on se plut à le souligner, dessinais si brillamment tout et n'importe quoi.

C'était vrai. J'avais indiqué l'emplacement des lieux d'aisances, drains et fossés d'évacuation qui se trouvaient sous l'église et sous le cloître. Je décidai d'entrer dans leur jeu avec l'espoir qu'ils cesseraient de me tourmenter; pour ce faire, je me lançai dans un discours bredouillant sur les soubassements de la cathédrale. Dès les premiers mots, la furie des moines se déchaîna, certains déféquaient à même le sol et maculaient les murs de leurs excréments, d'autres se torchaient avec des manuscrits enluminés plus ou moins défectueux qu'ils avaient récupérés dans leurs ateliers et barbouillaient de déjections les pages représentant le visage de leur Dieu. Ce fut alors que j'éclatai en sanglots et me débattis pour quitter ma chaise, mais ils m'y maintinrent solidement.

Quelques religieux se tenaient à l'écart, des hommes trop vieux ou trop malades pour se livrer à une telle mascarade. Ils restaient assis entre eux et regardaient leurs frères en folie avec un dégoût feint, se récriaient, claquaient la langue avec indignation puis souriaient avec indulgence. Bien que les excès de ces derniers fussent assez sauvages pour donner une impression de spontanéité, ils avaient été, de toute évidence, minutieusement préparés. Quand je suppliai le plus vieux des moines, qui était aussi le plus sobre, de mettre fin à ces horreurs, il me fit la leçon, déclarant que la tolérance était une vertu que tout apprenti maçon se devait de pratiquer pour forger son caractère. Il s'agissait, à n'en pas douter, d'un sommet de la pensée ecclésiastique car le discours fut applaudi à tout rompre et à grands renforts de hosannas, et je fus invité à me tenir coi tant que je n'aurais rien à dire qui pût se comparer en sagesse aux paroles qui venaient d'être prononcées ; quelques coups de vessie de cochon me furent appliqués sur la tête afin que je me pénètre bien de ce conseil.

Cependant, je réussis à m'élever graduellement au-dessus de cet épouvantable chaos. Ils n'avaient certes pas renoncé à m'humilier mais je me réclamais silencieusement d'une philosophie supérieure où l'on ne court pas après le Malin. La joie que suscite la fête des Fous chez les chrétiens est aux antipodes de la joie à laquelle ils sont censés accéder de par leur religion. La fête en question permet de rompre un moment avec l'hypocrisie et la déraison qu'ils pratiquent à longueur d'année. Ils peuvent ce jour-là, et uniquement ce jour-là, crier sur les toits que leur foi est *inopérante !* Ils peuvent laisser parler leur bon sens et leurs désirs inavoués pour reconnaître la véritable nature des choses de ce monde.

Chez nous autres, Albigeois, la fête des Fous n'existe pas et ne correspond à aucun besoin : le désordre, limité pour les chrétiens à un jour unique, est inclus dans notre dogme car nous donnons toujours au Dieu du Mal Son dû : la moitié de la Création et le pouvoir qui l'anime. J'ai soudain pensé avec horreur que le jour de la fête des Fous est le seul où les chrétiens sont vraiment des Albigeois. Un jour de révélation pour les chrétiens, mais sans lendemain car ils se réfugient aussitôt dans l'aveuglement : ils rentrent chez eux tête basse, dorment tout leur saoul puis se réveillent, la bouche desséchée par Satan, et s'empressent de mettre leur bon sens au rancart jusqu'à l'année suivante.

Quant à moi, j'étais toujours sur ma chaise, dans mon costume dérisoire, m'accrochant à mes convictions, tâchant de garder la tête haute malgré mes larmes et le tremblement de mes mains. Je n'y réussis pas tout à fait. Peu importait d'ailleurs à mes tortionnaires qui me couronnaient, me recouronnaient et me couronnaient encore, qui s'entendaient comme larrons en foire pour faire durer le plaisir ; et lorsque, pour finir, ils me versèrent ce vin chaud dans la gorge, ce fut l'apothéose.

Le vin qui descendait dans mon estomac vide me donna d'abord la nausée mais il eut bientôt l'effet escompté et je me sentis plus fort. Les moines tourbillonnaient autour de moi et mes pensées tourbillonnaient dans ma tête. Ils se moquaient de moi, je pris le parti de me moquer d'eux et y puisai un nouveau courage. C'était exactement ce qu'ils attendaient. Ils me prièrent de les insulter, ce que je fis sans retenue aucune. Ils déclarèrent, en martelant les tables, que le marmot était enfin devenu évêque. Le Saint-Esprit m'avait envoyé ici-bas en ce jour de pagaille. Maudis-nous ! s'écriaient-ils, et de me serrer la main, de me caresser la tête, de m'étreindre. Envoie-nous au purgatoire, si bon te semble, pasteur Âne !

Je les damnai. Les envoyai souffrir en enfer, leur infligeai des milliers d'années de pénitence : ils étaient ravis. Encore, encore, hurlaient-ils, ce n'est pas assez !

Mes punitions atteignirent des millions d'années : un nombre d'années incalculable, au-delà de l'infini. Ils resteraient à tout jamais dans le purgatoire. Ce qui ne les empêchait pas de continuer à beugler : Ce n'est pas assez, ô glorieux pasteur Hedricus ! Devant un tel mépris de mes foudres, je me sentis humilié, au même titre que leur Dieu, sans doute. L'évêque des Ânes perdit son calme et conspua ses ouailles. Tous ces châtiments, il fallait les mériter. Et personne ne faisait rien pour cela ! Il allait falloir blasphémer vraiment — *pour de bon !*

Voilà qu'ils étaient devenus mes esclaves ! mes fervents disciples ! Chacun voulait être le plus dépravé, le plus méprisable, tous se creusaient la tête pour inventer l'ultime sacrilège. Mais j'avais une bonne longueur d'avance grâce à notre répertoire de blagues et de chansons ordurières, spécialement destinées aux chrétiens. Mes plaisanteries sur la vie sexuelle de la Trinité allèrent si loin qu'il y eut des grincements de dents et que certains se bouchèrent carrément les oreilles. Mes ballades obscènes dédiées à la Vierge les laissèrent pantois. Où donc les a-t-il apprises ? se demandaient-ils. Parions qu'il est le bâtard du pape. Quand ils me hissèrent sur leurs épaules pour me transporter dans la nef, j'étais devenu le diable en personne.

Sûrement que le diable m'habitait puisqu'on me conduisait droit en enfer.

La grande nef était bourrée de monde. On forniquait, on se battait, on dansait, on cuvait son vin. Des camelots se faufilaient dans la foule en proférant des cris incompréhensibles. Les cloches sonnaient dans le plus grand désordre, à croire que des singes se balançaient dans les cordes. Ce n'était certes pas un honneur d'être ainsi promené au-dessus de ce monstrueux chaos, mais de ma vie je n'ai fait d'entrée aussi remarquée, de ma vie je n'ai été salué par un tel tonnerre d'applaudissements. Je n'y pouvais rien si mon cœur battait plus vite et si ma bouche souriait toute seule. Beaucoup de femmes, sans parler des hommes, ont prétendu que je recherchais les compliments — pas la juste reconnaissance de mes talents mais la pure et simple flatterie.

J'ai toujours rejeté cette accusation. Seuls les jaloux et les rancuniers osent me traiter de vaniteux. J'ai, en tout cas, trouvé une explication aux vivats qui m'accueillirent dans la nef. Ils n'étaient dévolus ni à Hedric Herbertson ni au pasteur Âne mais à celui qui se tient à l'écart de la foule. Et, aujourd'hui encore, j'ai la gorge serrée quand je vois quelqu'un que l'on acclame de cette manière. Je pense que c'est une lointaine, très lointaine nostalgie, le souvenir confus de ce que nous fûmes avant de naître au monde, avant d'avoir à subir la condition humaine.

La bacchanale des bénédictins se poursuivait par un chant sur la virilité de l'âne. Je fus doté d'un monstrueux pénis en bois et l'on me convia à l'agiter et à braire. Mes hi-han déchaînèrent des applaudissements tels que je m'attendais à voir voler en éclats les vieux murs rongés par le feu. Devant un tel triomphe, l'enfant que j'étais ne put s'empêcher d'en rajouter. A la fin, les gens se lassèrent de mes hi-han et réclamèrent du nouveau. Je les bénis alors de mille et une manières, les aspergeai de mon urine transmuée en eau bénite, déposai moult baisers sur leurs culs nus, émiettai dans les flaques immondes des miches de mauvais pain censées représenter le corps du Christ. Davantage de vin et davantage de folie. Le vacarme était effroyable ; je n'ai entendu pire qu'une seule fois dans ma vie, en 1277, lorsque la ville de Philippopolis fut mise à sac et qu'Ivaljo, le rebelle, fut couronné roi des Bulgares. On criait et vociférait en tartare, en grec, en magyar et en slavon d'Église ; Babel ressuscitée, exactement comme aujourd'hui.

Nous autres, Albigeois, à l'inverse des chrétiens, nous ne désirons pas la fin du monde. Notre foi ne connaît pas cette sorte de limitation, nous ne vénérons pas la destruction de la Création. Pour nous, la Création est et restera inachevée. Loin de vouloir l'anéantir, nous désirons participer à l'œuvre des Dieux. Les chrétiens désirent l'apocalypse, voilà ce qui les rend inaptes à l'art de l'architecture. Pour construire véritablement, on doit croire à la pérennité de la vie. Si nous, les maçons, nous adoptions la position des chrétiens, un œil toujours braqué sur les cieux, à guetter la toujours imminente tempête de feu, nous ne poserions jamais une pierre sur une autre pierre. A quoi bon ? Qui pourrait rêver de décombres et bâtir en même temps ?

C'est pourquoi, d'après moi, la fête de l'Âne était si débridée à Canterbury — c'était la beauté ravagée du lieu qui suscitait un tel abandon. Le jour des Fous, c'était le jour du Jugement dernier. La promesse de la fin du monde était inscrite sur les murs.

J'ai oublié comment s'acheva la fête, j'ai oublié certains des rôles que j'y jouai. Mon dernier souvenir est celui d'un homme grand et maigre qui se tenait à mes côtés, une sorte de serviette nouée autour de la taille. Les bras en croix, il prétendait être l'arbre sur lequel fut cloué le Christ. « Suis-je hêtre ou suis-je chêne ? Suis-je hêtre ou suis-je chêne ? » chantait-il inlassablement.

Mon règne en tant que Regis pastor Hedricus s'acheva quand je fus ivre mort. On me déposa dans un coin et je dormis jusqu'au moment où mon père et Anne vinrent me tirer de là. Anne avait eu bien du mal à entraîner Bert qui avait participé de son côté à la fête de l'Âne et n'était guère moins ivre que les moines.

XIII

A la suite de mes prouesses dans le rôle de l'évêque des Fous, Anne se vit interdire par son père toute relation avec moi : non pas qu'il nous crût amoureux, mais tout simplement parce qu'il estimait que je n'étais pas digne de l'attention amicale, voire maternelle, que m'accordait sa fille. Je m'étais déshonoré aux yeux de tous et mon comportement avait terni le blason de la loge.

Bien entendu, nous nous voyions quand même, et j'étais heureux d'avoir quelqu'un à qui parler car, après ma mésaventure, tout le monde m'évita durant des semaines. Le mauvais temps qui venait de l'est nous contraignit à prolonger notre séjour à Canterbury, tout comme les pèlerins d'ailleurs qui, de leur côté, auraient dû être sur le chemin du retour. La neige, tombée en abondance, bloquait les rues de la ville et rendait les routes impraticables, il ne nous restait donc qu'à prendre notre mal en patience. La mise en quarantaine est encore plus dure à supporter dans une atmosphère tendue ; les gens cherchent un exutoire à leur exaspération et vous tombent dessus à la première occasion. Bien que Bert m'eût pardonné ma ridicule exhibition et m'encourageât, discrètement, à revoir Anne malgré l'interdiction de son père, il s'en prenait souvent à moi parce que ses recherches à Londres n'aboutissaient pas. Il ne m'en rendait pas responsable, il ne pensait pas non plus avoir perdu la face parce que son fils avait été pasteur Âne, il se défoulait tout simplement sur moi quand il rentrait de mauvaise humeur au logis.

Je repris mes exercices de dessin, mais uniquement dans les petites églises et les chapelles où je risquais moins d'être reconnu. Ce fut une bonne chose pour moi car j'appris ainsi à préciser et à développer mon sens des proportions et des perspectives. Je crois que les édifices de taille modeste suggèrent davantage, par leur délicatesse, la force concentrée de la ligne. Ces dernières semaines à Canterbury ont profondément influencé les ouvrages que j'ai réalisés plus tard dans les petites basiliques et églises, que ce soit en Moscovie, en Grèce ou dans les Balkans. Je devais sentir confusément qu'il me fallait fréquenter des lieux où cacher ma honte : des sortes de repaires, de refuges, où seuls les Dieux savaient que je me cachais. Mais je n'avais rien à craindre d'eux car ils étaient certains qu'il n'y avait nulle trace d'arrogance en moi.

Je n'évitais pas toujours, hélas, le clergé chrétien. Plus d'une fois je fus interrompu en pleine activité, parfois pour me retrouver nez à nez avec quelque prélat. Les moines prenaient alors un malin plaisir à me mettre en boîte et à coller mes croquis sous le nez de leur maître, à croire que je m'étais spécialisé dans le dessin comique. Certains écartaient mon travail d'un geste méprisant, d'autres l'examinaient et s'esclaffaient. On finissait toujours par me jeter dehors avec perte et fracas.

Il y a, sur la rive de la Stour, juste à l'extérieur des murs de la ville, une petite église construite sous le règne du roi Edgar. Elle est dédiée à saint Adrien l'Africain qui devint archevêque de Canterbury voici cinq cents ans. Sa fête tombe début janvier. Ce n'est certes pas un événement majeur mais, ce jour-là, les chanoines qui administrent l'église font dire plusieurs messes pour l'âme du saint et invitent de nombreux dignitaires ecclésiastiques à y assister. Comme il faisait un froid de loup et que ces hauts dignitaires étaient souvent fort âgés, on avait allumé quatre grands feux dans l'église. Quand, sur le coup de six heures du soir, j'entrai dans cette bâtisse avec Anne, j'ignorais que c'était jour de fête ; le lieu était désert, les cérémonies avaient pris fin mais les feux brûlaient encore.

Nous nous assîmes bien au chaud et je me mis à dessiner en attendant l'irruption de celui qui ne manquerait pas de me jeter dehors. Personne ne vint. Je dessinai une embrasure, une piscine, puis me tournai vers Anne : elle s'était endormie à mes côtés. Depuis le matin, nous avions arpenté des rues verglacées ou nous étions restés assis dans des églises glaciales, et le froid nous avait pénétrés jusqu'à la moelle, c'est pourquoi, à Saint-Adrien, Anne s'était assoupie très vite sous l'effet de la chaleur.

Je savais comment les hommes embrassent, sans avoir, pour ma part, jamais embrassé une femme. Et pourtant, s'il y avait quelque chose chez Anne que je m'étais mis à adorer c'était bien sa bouche. Elle n'était ni trop épaisse ni trop mince mais — à mon goût —

parfaite et pure. Je pris donc une profonde inspiration, me penchai sur elle et l'embrassai.

Ses lèvres étaient chaudes et remuèrent sous la pression des miennes. J'eus un léger mouvement de recul, convaincu qu'elle ne voulait pas de cela. Je m'étais trompé, car elle m'attira à elle pour que je l'embrasse encore.

C'est tout un art d'embrasser, un art auquel je n'étais pas initié. Tant que cela durait, tout allait bien, mais comment conclure sans goujaterie ? Pourquoi aurais-je eu envie de détacher mes lèvres des siennes ? Et cela durait et durait tandis que nous ne respirions que par le nez. C'est elle qui se lassa la première et je lui en fus reconnaissant car le baiser menaçait de n'avoir jamais de fin.

Nous n'avions pas encore échangé un seul mot. Les quatre feux rougeoyaient dans l'église et dehors le vent hurlait. Nous n'avions aucune raison de partir. Je voulais parler, lui dire que je l'aimais, mais j'avais peur de me rendre ridicule. Alors je ne trouvai rien de mieux à faire que de l'embrasser encore.

Nous roulâmes sur le sol couvert de joncs, nos bouches toujours collées l'une à l'autre. Je savais que je devais faire certaines choses et que je les ferais ! Fouillant sous le long foulard et le manteau, je cherchai à atteindre ses seins.

Elle tourna la tête si vivement que nos dents s'entrechoquèrent. Je me redressai brusquement et portai la main à ma bouche endolorie. Je m'attendais à une rebuffade et n'osais pas la regarder. Il ne se passa rien. Je risquai alors un coup d'œil, elle était toujours étendue et me souriait.

Il ne me restait qu'à enchaîner par un autre baiser. Ce fut, et de loin, celui qui dura le plus longtemps. Le temps d'entendre la girouette grincer sur la tour à chaque coup de vent, le léger tintement des cloches lorsque les battants venaient à effleurer les parois, le fracas des bûches qui s'écroulaient dans le feu, sans parler de mon cœur qui battait à tout rompre dans ma poitrine et dans mes tempes. Quant à faire vraiment preuve de virilité, je n'en étais pas encore tout à fait là, mais il s'en fallait de peu.

J'avoue que je n'ai plus compté nos baisers au-delà du quatrième. C'était la seule chose que nous eussions à échanger, des baisers et encore et toujours des baisers, jusqu'au moment où nous convînmes tacitement que nous étions rassasiés. J'étais épuisé. Nous n'avions pas prononcé un mot depuis le début de notre marathon et, quand nous fûmes debout, c'est elle qui parla la première, mais j'avais les lèvres si engourdies par les baisers que je fus incapable de lui répondre.

« As-tu faim ? » demanda-t-elle.

Faim ? pensai-je. Je n'avais faim que de grandir. J'éprouvais un affreux sentiment d'échec, je vivais mon immaturité comme une malédiction et j'étais si furieux contre mon corps que je la quittai pour aller me cogner la tête contre un mur. Anne me laissa dans mon coin et, quand je revins vers elle, je la trouvai accroupie près d'un feu, sur la gauche de l'autel, en train de manger ce qu'elle avait apporté de chez elle.

Le menu ne variait pas : des œufs durs, des haricots froids, une galette de pain et des fruits. Aujourd'hui, elle avait aussi deux ou trois petits oignons qu'elle éplucha avec un couteau. Le père d'Anne pratiquait notre foi avec la plus grande rigueur. Pour lui, ainsi qu'on nous l'enseignait, toute chair contient des atomes d'esprit qui passent dans le corps de celui qui la consomme. Il me fallut arriver dans le sud de l'Angleterre pour découvrir que nous aurions dû être végétariens. Bert aimait beaucoup la viande et quand je lui reprochais ses manquements, il rétorquait qu'il n'avait jamais prétendu être un Parfait.

C'est à Douvres que j'entendis pour la première fois parler des Parfaits : ces hommes effrayaient Bert ou provoquaient ses sarcasmes, selon l'humeur du moment ; mais être un Parfait, ce n'est pas seulement manifester un certain esprit, c'est aussi faire partie d'une élite fidèle à des principes qui remontent au culte originel. Leur pureté et leur mépris des choses matérielles incitent les Parfaits à ne pas vouloir d'enfants et même à se laisser mourir de faim, ce qu'ils considèrent comme un grand privilège car ils évitent ainsi toute contamination par la matière.

Bert était, bien sûr, très loin de tout cela. Il n'était qu'un simple croyant, comme la plupart des Albigeois, et il s'efforçait d'adhérer à notre foi tout en reconnaissant volontiers sa propre imperfection. Le père d'Anne était devenu Parfait après la mort de son épouse et vivait, depuis lors, dans la plus grande austérité ; cependant, je ne saurais dire s'il était parvenu à l'illumination. Le vieux Blaunchespine à la loge de Douvres, que j'ai rencontré à cette même époque, était lui aussi un Parfait. On avait toujours l'impression qu'il avait un pied dans la tombe. Je suis peut-être mal placé pour critiquer deux hommes si pieux mais, autant qu'il m'en souvienne, il existait, dans le monde matériel, une chose au moins que leurs mains avaient du mal à lâcher, c'était l'argent.

Nous quittâmes Canterbury à la mi-février, profitant d'une embellie : l'air était doux, les champs blanchis par le givre se jaspaient de blond et d'indigo sous le bleu du ciel, les haies étaient toutes pépiantes d'oiseaux. Nous prîmes la route de Londres en compagnie des pèlerins qui, eux aussi, avaient été retenus par la neige : l'hiver avait gelé leur travail, voire leur vie, à présent le dégel permettait tous les espoirs. Chacun marchait d'un pas léger vers la grande ville comme vers la cité céleste. Le voyage fut court et très agréable car nous étions portés par une vague d'optimisme : nous nous en sortirions à Londres, j'en étais convaincu. Bert deviendrait un maçon réputé, un de ces artisans que l'on s'arrache et qui peuvent se permettre de choisir. Pour le chantier de Saint-Paul, c'était dans la poche, le reste suivrait. Bert ferait son trou en quelques mois puis il reprendrait du service auprès du roi Henri et, cette fois, il saurait se faire remarquer par le monarque. C'étaient là des pensées printanières : un peu prématurées, comme les ébats des oiseaux.

J'ai pénétré avec une joie indicible dans bien des villes. Un grand pèlerinage offre à celui qui l'accomplit des sensations de triomphe qui dilatent le cœur. Le sang circule comme l'eau fraîche qui sort de la fontaine ; le poison de la tristesse se dissipe. L'entrée dans Londres en compagnie des pèlerins qui rentraient chez eux ressemblait à cela — on aurait dit que le pèlerinage s'effectuait en sens inverse, que le lieu saint pour lequel ils avaient tant soupiré et souffert, ce n'était pas Canterbury, mais Londres. Cette impression étrange, je l'avais déjà éprouvée en arrivant à Saint-Jacques-de-Compostelle, à Rome ou à Jérusalem : un bonheur sans mélange. Un bonheur qui nous submergea tandis que nous traversions Southwark pour atteindre la Tamise et le pont colossal qui l'enjambe. J'étais un peu inquiet car je n'avais encore jamais vu une foule aussi dense. Les gens déferlaient dans les deux sens sur le pont que je m'attendais à voir s'écrouler d'un instant à l'autre. S'il existe un pont entre ce monde et l'autre, il est assurément moins fréquenté que celui que l'on emprunte pour rejoindre le sud du pays. Cette entrée dans la ville était vraiment prodigieuse ; les pèlerins chantaient des hymnes à la gloire de leur foyer et ils n'auraient pas chanté plus fort pour un saint. Sans doute aurions-nous eu plus de mal à supporter ce qui nous attendait s'il nous avait fallu entrer dans Londres par un temps pourri, patauger dans le dédale boueux des venelles sombres et bordées de maisons bancales serrées les unes contre les autres. Au moins avions-nous pris un bon départ : c'était déjà quelque chose.

Lorsque nous eûmes rejoint Southwark, j'aperçus pour la première fois la nouvelle église Saint-Paul. Les arcs-boutants de la bâtisse, noueux comme des ceps de vigne, sont visibles de loin ; la tour domine toutes les constructions qui s'élèvent sur la rive nord. L'édifice est très grand, j'irais même jusqu'à dire *trop* grand. Le soleil n'était pas encore couché que j'étais dans le ventre du monstre, en train de dessiner, mais surexcité au point que mon crayon ne cessait de trembler. Des proportions vraiment gigantesques ! Et, jusque dans le détail, rien que de la belle ouvrage ! Je suivis Bert tandis qu'il déambulait dans l'église, examinant les travaux récemment achevés ou en cours. Il restait encore tant à faire ! Saint-Paul a la forme d'une croix exagérément allongée : douze travées pour le chœur et douze pour la nef, plus cinq pour chaque transept. A l'époque, il était question d'une tour et aussi d'une flèche qui serait la plus haute du monde : quatre cent cinquante pieds ! De quoi éclipser celle de Salisbury. Mais moi qui avais évolué entre-temps, je m'intéressais moins à la hauteur de la flèche qu'à l'intérieur de l'église. Et, si je voulais considérer l'extérieur, c'était plutôt la longueur qui comptait à mes yeux, car elle représente l'inscription sur la terre d'un message susceptible d'être lu par les Dieux. La hauteur d'une flèche n'en impose pas au divin. Les Dieux ne sont-ils pas bien trop haut placés pour en être frappés ? La hauteur n'impressionne que ceux qui prient à l'intérieur de l'église. C'est la longueur qui permet aux puissances célestes de capter au passage, en un clin d'œil, l'hommage que nous leur rendons.

Le soir même, comme nous dînions dans une auberge, j'exprimai à Bert mes réserves sur le projet de la flèche. Il mastiqua avec une extrême lenteur ce qu'il avait dans la bouche et je compris qu'il ne voulait pas aborder ce sujet. Il était trop excité par la ville. Plutôt que de l'admettre, il affectait une certaine nonchalance et essayait de passer pour un vrai Londonien. Mais je voyais bien qu'il dévorait des yeux tout ce qui l'entourait, chaque détail, chaque personne qui passait, chaque geste. Il va se produire quelque chose, se disait-il. Me voici au centre du monde. On va voir ce qu'on va voir ! Avec un peu de chance, j'atteindrai les sommets ! Tout est possible ici.

« C'est une drôle d'idée de vouloir bâtir une flèche aussi haute au beau milieu d'une ville surpeuplée et sur une butte exposée à des vents violents. Qu'est-ce que tu en penses, toi ? Tu aimes les flèches ? Moi non. Je préfère les tours », dis-je. J'étais lancé et prenais un malin plaisir à bousculer ses rêves. « Je trouve les flèches d'une extrême arrogance. Ce sont des armes, pas des points de repère. En outre, je ne pense pas qu'elles développent le concept de l'art ogival. Elles sont trop linéaires, trop géométriques.

— Tais-toi et mange », grogna Bert, les yeux fixés sur l'étrange accoutrement noir et or d'un homme au visage réjoui qui venait d'entrer en compagnie d'une grande et belle femme. « Tu voudrais peut-être que cette besogne me passe sous le nez ? Ils demandent une grande flèche, ils auront une grande flèche. Cela représente dix ans de travail pour nous autres, maçons.

— Oui, mais dix ans d'un mauvais travail qui sera là, étalé pendant cinq cents ans à la face du monde, protestai-je. Sans parler de la dépense !

— Mais je ne vivrai pas cinq cents ans et toi non plus. Essuie ta sauce », il avait parlé sèchement, mais il se radoucit aussitôt. « Regarde la coiffure de cette femme. As-tu jamais vu quelque chose de pareil ? »

J'arborai un air boudeur tout en patouillant dans mon assiette avec un morceau de pain. Les charmes de cette auberge ne m'avaient pas échappé et moi aussi j'étais sensible à la chaude ambiance et à l'animation qui y régnaient ; pourtant, je voulais pousser mon père dans ses retranchements. Je m'étais imposé la tâche de toujours lui rappeler les exigences de son art. C'est seulement ainsi qu'il pourrait progresser et peut-être même parvenir à exprimer une certaine grandeur. Mais quand un autre pichet de vin apparut sur notre table, je compris qu'il ne pouvait plus être question d'esthétique. Bert était parti dans une contrée enchantée où il respirait les parfums capiteux de la vie facile.

Ce soir-là, je rentrai seul à notre logis, laissant Bert en grande conversation avec une donzelle très haute en couleur et aux yeux cernés par le manque de sommeil. Quand elle s'était faufilée à notre table, mon père, éméché comme il l'était, avait dû penser qu'elle s'était maquillée en son honneur. Je les quittai avec l'espoir qu'il me serait épargné de partager mon lit avec Bert et l'une de ses conquêtes — ce qui m'était arrivé plus d'une fois, jadis, lorsque nous étions dans le Nord.

Une fois couché, je prêtai l'oreille aux rares bruits qui me parvenaient encore de la rue. L'embrasure de la fenêtre délimitait l'espace qu'occuperait un jour la grande flèche. Les étoiles en indiquaient les contours et il me suffisait de laisser glisser un crayon imaginaire d'un point lumineux à un autre pour fixer dans ma mémoire son ossature complexe. L'aube approche, pensai-je, de grandes cloches sonneront dans cette pièce le réveil d'un artiste qui me ressemblera : c'est ainsi qu'un maçon doit se réveiller, appelé par les Dieux qu'il est chargé de glorifier.

J'ouvris les yeux au son des cloches. Ce réveil dans la capitale eût été parfait si je n'avais pas dû me lever seul : ce cher Bert avait découché, il ne devait rentrer qu'au milieu de l'après-midi.

XIV

NOTRE séjour forcé à Canterbury avait coûté à mon père le plus clair de ses économies. Car il avait été d'autant plus prodigue avec ses nouveaux amis qu'il comptait sur eux pour trouver de la besogne à Londres. Pendant près de trois mois, y compris pendant les fêtes de Noël, qui n'incitent guère à la frugalité, Bert n'avait pas touché un sou. C'est donc la bourse plate que nous arrivâmes à la loge de Saint-Paul. Bert loua une maison beaucoup trop chère pour nous et entreprit de faire le tour des tavernes. Heureusement, le trésorier de la loge nous accorda un prêt de trois marcs qu'il s'engagea à renouveler si mon père décrochait une place de tailleur de pierre à Saint-Paul. Considérant la chose comme allant de soi et se voyant déjà embauché, avec chaque jour une bonne paye dans la poche, Bert dépensa allégrement, s'habilla de neuf, fréquenta des gens plus riches que lui et tenta sa chance au jeu.

Mon père devint très vite la proie du mirage de la réussite que Londres ne suscite que trop aisément. Parce qu'il se sentait tout émoustillé, il se croyait initié aux rudes lois qui régissent la place de Londres : en fait, son excitation prouvait simplement qu'il ignorait les problèmes de survie quotidienne dans une grande ville. Au lieu de se présenter de son propre chef à Saint-Paul, Bert attendait tranquillement que la loge l'y invite ; moi, pendant ce temps, je pus constater, en explorant la capitale, que la rive nord de la Tamise n'était qu'un vaste chantier. On y construisait à tour de bras, maisons cossues et palais, églises et chapelles, hôtels de justice et hôpitaux. De la besogne, il y en avait, et surtout pour un bon maçon. J'en avisai mon père, mais ce fut en pure perte, il disait que ses amis lui feraient signe ; et, de toute manière, il voulait tâter le terrain avant de se lancer.

Au bout d'un mois, il en était toujours à tâter le terrain et nous avions dépensé les fameux trois marcs : une somme rondelette pour nous, même en temps normal. On commençait à me regarder d'un sale œil sur les chantiers car, pour calmer mes inquiétudes, j'avais pris divers engagements au nom de Bert, des petits travaux de droite et de gauche qui lui auraient permis, en attendant mieux, de se renflouer, mais chaque fois il s'était dérobé.

C'est alors que je me rendis compte que quelque chose clochait entre Bert et la loge, à moins que ce ne fût entre Bert et ses amis. Ou bien on se payait délibérément sa tête, ou bien c'était lui qui ne comprenait pas ce qui était demandé ni comment il convenait de procéder. Mais je me voyais mal consulter un maître maçon pour lui demander conseil : « Mon père est un peu borné, dites-moi ce qu'il doit faire, je tâcherai de le lui expliquer » ; et pourtant, ce n'était pas l'envie qui m'en manquait. De ses relations confuses avec les représentants de la loge de Saint-Paul, il ressortait que ces derniers attendaient que Bert règle un certain montant pour retenir sa place à Saint-Paul, puis un autre pour entrer dans le cercle des maçons chargés de contrôler les salaires. Voilà à quoi l'avance de trois marcs aurait dû servir, mais Bert n'avait pas compris cela et, entre les filles, les soupers et les jeux de hasard, il avait tout dépensé. Pour les représentants de la loge, un maçon qui briguait une embauche aussi convoitée à Londres devait être à même de faire le nécessaire pour se mettre en piste, aussi ne jugèrent-ils pas utile de lui donner ces précisions. Toutes ces informations, si délicates à transmettre à Bert, m'avaient été communiquées par un apprenti que je connaissais. Ce garçon me raconta que l'on se moquait de mon père qui ne comprenait rien à rien, tant qu'on ne lui avait pas fait un dessin grandeur nature. Les tailleurs de pierre le surnommaient le Roc du Nord.

Amener mon père à s'asseoir et à se laisser expliquer par moi comment il devait s'y prendre pour trouver de l'embauche, voilà qui n'était pas une mince affaire. C'est qu'il s'en remettait aveuglément aux gens qu'il fréquentait et qui étaient censés l'aider : des compagnons de beuverie, des hâbleurs et des tricheurs rencontrés dans les tavernes, mais il y avait fort à parier que pas un d'entre eux ne lèverait le petit doigt en sa faveur. La règle d'or tacite des loges impliquait les notions d'assistance mutuelle, de respect et de loyauté envers tous leurs membres, et Bert croyait savoir cela, mais moi, à présent, je savais autre chose. Ce n'est qu'en détruisant ce mythe que je permettrais à Bert de trouver un emploi à Saint-Paul. Je devais lui apprendre que Londres suit, en toute chose, ses propres lois.

Mais un gamin peut-il parler ainsi à son père, un apprenti à son maître ? Ce n'était pas possible. Jamais Bert ne m'écouterait. C'est alors que j'eus l'idée de passer par un intermédiaire. J'éliminai d'office l'idée de m'adresser à un homme du métier de peur qu'il en parle, pour blaguer, dans son entourage et que mon père finisse par avoir vent de ma démarche. Vu les gens que fréquentait Bert, il m'apparut rapidement que le mieux était de chercher de l'aide parmi les prostituées et les joueurs. Deux catégories qui pouvaient se flatter de savoir tout ce qui n'est pas crié sur les toits, ce qui se passe dans l'ombre, l'inavouable, l'inavoué ; des gens donc susceptibles de connaître le fonctionnement externe et interne du monde maçonnique sans que nul ne trouve à s'en étonner, pas plus Bert que quiconque : pas un instant il ne douterait que les informations dont ils disposaient leur fussent parvenues par des voies qui leur étaient propres, détournées et mystérieuses à souhait. Des clients, leur suffiraient-ils de dire, nous l'avons appris par des clients.

Les complices possibles ne manquaient pas. Entre les poules de Bert et ses partenaires de jeu, je n'avais que l'embarras du choix. Je ne pouvais me fier à aucun d'eux, bien entendu, et mon choix devait se porter de préférence sur celui ou celle qui n'aurait jamais le moindre intérêt à révéler que j'avais entrepris, d'une certaine manière, la rééducation de mon père.

Désormais, Bert me laissait tous les soirs seul. Avant de partir, il m'apportait mon dîner et me donnait des exercices. J'avais alors ma propre collection de dessins et j'étais déjà capable de concevoir et de réaliser les plans d'un édifice. L'encre, les plumes, le parchemin et le vélin coûtaient cher, mais mon père ne lésinait pas là-dessus. Il demanda à un vieux prêtre de venir deux fois par semaine m'apprendre à lire et à écrire en latin et il engagea une gouvernante pour veiller sur moi ; cette dernière, il la payait en nature. Il pouvait donc sortir le soir en toute bonne conscience : j'étais occupé et, en cas de besoin, je savais qui appeler. Quand il rentrait le matin, il ne se souciait jamais de savoir si j'avais passé une bonne nuit. A cette époque, il n'était pas très vaillant le matin. Il jetait un regard discret sur mes dessins de la veille, contrôlait mes exercices d'écriture et s'en allait d'un pas traînant prendre son petit déjeuner.

Or, moi aussi j'avais une vie nocturne, parallèle à celle de Bert. Certes, je soupais seul dans notre garni, je dessinais ou prenais sagement ma leçon avec le père Horace, mais ensuite, je sortais en ville. Beaucoup d'enfants, pauvres pour la plupart, traînaient dans les rues et nul ne s'étonnait de voir un garçon de mon âge passer comme une ombre dans la nuit. Les braves citoyens qui me prenaient pour un vaurien, un rôdeur ou un coureur de bordel se trompaient sur toute la ligne. Si j'étais dehors la nuit, c'est que j'aimais arpenter la ville quand elle s'abandonnait au Dieu du Mal. Assurément, rien de bon n'était à l'œuvre. Les personnes pieuses s'enfermaient à double tour dans leur maison : il ne restait, pour ouvrir toutes grandes leurs portes à la nuit, que les imprudents et les pécheurs. Dès la fin du jour, le quartier prenait un aspect inquiétant et j'en étais ravi. Je découvris aussi un nouvel aspect de ma personnalité. Je me rendis compte que j'étais bien le fils de mon père et que je n'avais aucune disposition pour devenir un Parfait.

Dans le cadre de ma campagne visant à éclairer Bert, je décidai un soir de le suivre pour recruter l'acolyte idéal. Même si, malade ou pas, elle laissait toujours la porte ouverte à l'intention de Bert, rien de plus facile, ce fameux soir, que de passer sans me faire remarquer devant la chambre de la gouvernante qui, souffrante, s'était couchée dans l'après-midi et dormait comme une bûche. Ayant préparé une série de dessins à l'avance afin d'avoir quelque chose à présenter à Bert le lendemain, il ne me resta plus qu'à fourrer mon repas dans ma musette et à le suivre lorsqu'il se mit en route, à six heures trente, son heure habituelle. Les rues étaient encore très animées et je pus facilement me dissimuler dans la foule sans le perdre de vue. Je pensais qu'il allait se diriger vers le nord, du côté de Clerkenwell, le quartier des bouges, mais, à ma grande surprise, il prit vers l'est, vers la porte de l'Évêque, et si vite que je dus courir pour le suivre.

C'était une nuit claire et glaciale. Le sol était très sec car il n'était pas tombé une seule goutte de pluie depuis notre arrivée à Londres. La lune se levait devant nous. Elle semblait deux fois plus grande que d'habitude. Elle était jaunie par la fumée des cheminées, avec comme des traces de dents plus foncées, si bien qu'on aurait dit un fromage dont le bord eût été grignoté par des rats. Tout en trottant, je reconnus dans le ciel Vénus et la planète Mars, cette dernière ressemblait à une tête de clou rouillée ; l'air était si vif qu'il me brûlait les poumons. Tout à coup, je compris que j'étais tout simplement heureux de marcher sur les pas de mon père et qu'il m'importait peu de savoir où me conduisaient ces pas. J'aurais voulu que cette course n'aboutît pas — et surtout pas dans le repaire sordide qui était, à coup sûr, le but visé. C'était ce vieil amour irraisonné pour mon père qui resurgissait, j'avais envie de rattraper Bert, de sauter sur son dos, de me laisser emporter par lui au galop : mais je m'en gardai bien.

J'avais une mission à accomplir. Mon père y perdrait un peu de son autorité sur moi, mais il ne devrait s'en prendre qu'à lui. Bert n'était jamais vraiment devenu adulte ! Malgré tout, j'étais fort tenté de renoncer à mon projet. J'aurais de loin préféré le laisser à ses plaisirs futiles, quitte à payer, comme je l'avais toujours fait, une partie des pots cassés, mais une voix lancinante m'enjoignait de persister, de tâcher de lui dessiller les yeux. Si Londres brisait Bert, sa vie ne serait plus qu'un immense regret. Pour nous autres, tailleurs de pierre, Londres était le centre du monde, et si nous nous montrions incapables de nous y intégrer, il ne nous restait plus qu'à croupir dans quelque trou jusqu'à la fin de nos jours pour y pleurer sur notre bêtise et notre incompétence.

Nous étions maintenant en rase campagne, et Bert, prenant à travers une prairie, filait vers un endroit où l'on voyait de la lumière. Je ne tardai pas à m'apercevoir qu'il s'agissait d'un chantier de construction éclairé par une multitude de torches. A la lueur des flammes qui dansaient dans le vent, des hommes s'affairaient sur des échafaudages, d'autres poussaient des brouettes, transportaient des pierres ou préparaient du mortier. Je vis Bert entrer dans une baraque et en ressortir l'instant d'après. Portant un sac d'outils que je ne lui connaissais pas, il se dirigea vers des blocs de pierre auprès desquels s'affairaient plusieurs hommes. Il se joignit à eux, ouvrit son sac, en tira ses outils et se mit à ébaucher ce qui semblait être un rebord de fenêtre.

Les pensées se bousculaient dans ma tête tandis que j'étais là, planqué derrière une haie, hors du périmètre éclairé. Qu'est-ce que cela signifiait ? J'envisageai toutes les hypothèses susceptibles d'expliquer la présence de Bert en ce lieu. C'était une construction privée, une habitation destinée à un particulier. Celui qui faisait bâtir cette maison avait manifestement hâte que les travaux soient achevés, aussi profitait-on de cette période de beau temps pour mettre les bouchées doubles. Ainsi mon père gagnait de l'argent — et pas mal d'argent s'il besognait à ce rythme et dans ces conditions — mais il n'avait pas jugé bon de m'en parler. Pourquoi ? Qu'est-ce qui se passait là ? Je dus me faire violence pour ne pas quitter ma cachette, me précipiter sur lui et le mettre en demeure de s'expliquer.

Mais finalement, je tournai le dos au chantier, aux lumières et au bruit des voix, pour m'en retourner au logis par le plus court chemin. Dans mon lit, je tentai d'élucider le mystérieux comportement de mon père. Je me sentais berné, exclu. La question restait posée, en plus, elle en suscitait d'autres : Comment Bert en était-il arrivé à accepter cet emploi ? Il ne pouvait s'agir d'un choix. Mais alors, quoi ? Il y avait là un mystère que je devais élucider coûte que coûte.

Je restai éveillé toute la nuit, attendant le retour de mon père. Il était plus de cinq heures quand il vint se glisser dans le lit. Je feignis de dormir cette fois encore, et le bruit de sa respiration, l'odeur qu'il traînait après lui me confirmèrent la nature de ses activités nocturnes. Du coup, il m'apparut que jusqu'à présent j'avais mal interprété ces indices. Ce que j'avais pris pour des relents de bouge, c'était l'odeur fade du ciment et de la poussière de pierre. Le sifflement dans la poitrine, ce n'était pas au vin mais au dur labeur qu'il fallait l'attribuer. L'odeur de la sueur de mon père m'était aussi familière que celle du pissenlit. Je croyais même pouvoir deviner s'il avait sué au chantier ou dans le lit d'une catin. Or, je m'étais trompé. Ce qui prouvait tout simplement que je ne le connaissais pas si bien que ça.

Bert s'était endormi comme une masse. Je restai étendu longtemps sans bouger, attentif à son souffle, écoutant s'installer le rythme lent et régulier de la respiration qui accompagne le sommeil profond. Cependant, vers sept heures, n'y tenant plus, je me levai, m'habillai et m'en allai visiter, à la lumière du jour, le chantier sur lequel j'avais vu Bert.

La brume n'était pas encore levée, si bien que je fus tout surpris de me retrouver subitement devant la maison en construction. Malgré le manque de visibilité, je me rendis compte que les travaux avaient beaucoup avancé et qu'une nouvelle équipe avait pris le relais. On avait dû promettre aux hommes une prime importante pour qu'ils acceptent de besogner à ce rythme infernal ; le contremaître semblait être partout à la fois pour houspiller les uns, encourager les autres et mener tout son monde tambour battant. Je choisis de rester à l'écart, renonçant à attirer l'attention ; il était clair que personne n'avait une minute à me consacrer. Je n'échappai cependant pas au regard perçant du contremaître. Alors que j'étais là, près de la haie, à observer la scène, il surgit soudain à côté de moi.

« Que cherches-tu, petit ? demanda-t-il.

— De l'ouvrage, répondis-je, sans l'ombre d'une hésitation.

— Que sais-tu faire ?

— Équarrir les pierres, aider les uns et les autres. J'arrive de Douvres. On me connaît à la loge... »

Le contremaître se rembrunit et frappa la haie avec la canne qu'il tenait à la main.

« Ne me parle pas de la loge. D'aucune loge. Ce chantier n'a rien à voir avec la loge. C'est clair ?

— Je croyais que tous les chantiers avaient quelque chose à voir avec la loge, dis-je timidement.

— Eh bien, tu t'es trompé. Mais j'ai de l'ouvrage pour toi, si tu veux. Un penny par jour. Le premier jour, je ne te paierai pas, je veux voir ce que tu vaux. D'accord ? »

Il me prenait au dépourvu mais je compris, à l'instant même, que cette journée d'essai me permettrait éventuellement d'apprendre ce que je voulais savoir.

« Marché conclu, dis-je résolument. Vous ne le regretterez pas. Je sais me rendre utile.

— On verra ça. Suis-moi. »

Dans la brume, je suivis le contremaître jusqu'au chantier et lui demandai ce que l'on construisait.

« Une résidence d'été, répondit-il. Toute la campagne alentour, jusqu'au fleuve, là-bas, sera transformée en jardin.

— Ah, je comprends maintenant pourquoi en février on est si pressé, dis-je d'un air entendu. La maison doit être prête *cet* été. »

Le contremaître m'emmena dans sa cabane pour y inscrire mon nom. Je lui racontai que je m'appelais Ivo de Sparkford, ce qui le fit sourire. Tandis qu'il me conduisait sur le chantier pour me montrer ce que j'avais à faire, je lui demandai à qui était destinée cette résidence.

« A une dame du meilleur monde. Mais que t'importe, mon gars ? C'est moi qui te paie, pas elle.

— Est-ce que je pourrais voir les plans ? J'ai un faible pour les maisons de cette dimension, surtout quand elles sont prévues pour l'agrément. Je vois que la dame en question aura une cour... »

Je continuai à pérorer tandis que nous franchissions le chantier, espérant que le contremaître, intrigué par la pertinence de mes questions, finirait par me révéler le nom de la femme pour laquelle Bert travaillait en secret dans l'équipe de nuit.

« Cette dame, qui est-ce ? » finis-je par lui demander carrément, après qu'il m'eut montré un fossé où cinq hommes déguenillés donnaient des coups de pic dans la terre bourbeuse. « S'il vous plaît, dites-moi son nom. »

Le contremaître me regarda descendre l'échelle pour rejoindre mes compagnons. Quand je posai mon pied dans l'eau glaciale, il eut un sourire narquois.

« Le lieu est mal choisi pour penser aux dames, ironisa-t-il. Au coucher du soleil, vous devez avoir creusé jusqu'au mur. Et je ne veux pas te voir remonter avant que ce soit chose faite. Puisque tu t'intéresses à l'architecture, tu n'as qu'à interroger ces lascars, ils en connaissent un rayon. »

C'est ainsi que je passai la journée : dans la boue, en compagnie d'hommes qui n'avaient jamais rien connu de mieux. Ils étaient plutôt braves et ne m'embêtaient pas trop, mais nous n'avions pas grand-chose à nous dire. Ils ne savaient rien des tranchées qu'ils creusaient et c'était d'ailleurs le cadet de leurs soucis. Au coucher du soleil, j'émergeai du fossé avec de la boue jusqu'aux oreilles et le contremaître reconnut à peine le brillant Ivo de Sparkford qui, le matin même, l'avait assailli de questions. Il se contenta de m'informer que l'essai était probant et que j'étais attendu le lendemain matin à six heures. Le surveillant qui inscrivit mon nom sur la liste des ouvriers ne songea pas à dissimuler les rouleaux qui traînaient sur la table car un manœuvre n'est pas censé savoir lire. L'un de ces rouleaux s'était entrouvert et je pus en déchiffrer les premières lignes, écrites en latin : il s'agissait d'un ordre de paiement délivré par le trésorier de Simon de Montfort, comte de Leicester, troisième fils du Boucher.

XV

Il y a un âge pour être déçu par son père. Cette déception peut être bénéfique si elle intervient au bon moment, mais moi, j'étais un peu jeune. Le plus souvent, c'est aux alentours de sa quinzième année qu'un fils vit cette expérience. Il doit alors subir en silence les chocs et les tracas qui feront de lui un homme, et affronter seul les questions qui le troublent, entre autres celles qui ont trait à son père.

Il était clair qu'il y avait collusion d'une manière ou d'une autre entre Bert et les Montfort. Mais de quel ordre ? Bert était-il allé jusqu'à espionner ses frères pour le compte des Montfort ? Je tremblais à cette pensée. Peu m'importait à présent le nom de la dame à qui était destinée la résidence d'été. Seule comptait cette découverte consternante : Bert était à la solde des Montfort, ceux-ci devaient donc avoir barre sur Bert : compte tenu de toutes les possibilités d'embauche qu'il y avait à Londres, il n'était pas pensable, en effet, que mon père eût *choisi* de servir le clan du Boucher. Mais je savais aussi que Bert n'avait pas la foi chevillée à l'âme. Certes, c'était un faible. Un épicurien tourmenté par la croyance albigeoise, incapable de saisir le sens profond de son métier, trop attaché à la quête de l'argent, aimant à l'excès le vin, les femmes, mais de là à trahir les siens ! Aide mutuelle, prestige et habileté constituent le nœud maçonnique que nous passons au cou de celui que nous employons ou qui nous emploie. Nous avons vécu longtemps, très longtemps, côte à côte avec nos persécuteurs, et ils ont été saisis par la beauté des édifices que nous avons érigés sous le ciel de leurs cités. Comment pouvait-on en arriver à s'échiner des nuits entières pour construire un fornicatoire en plein champ, au mois de février, pour la maîtresse d'un Montfort ? Voilà qui me dépassait.

Je m'en retournai vers Saint-Paul, remuant dans ma tête des pensées empoisonnées : je songeais à peine aux faiblesses de Bert, ce n'était rien en comparaison de ce que je venais de découvrir ! Il me fallait reconnaître sa malfaisance, son ignominie, sa noirceur. Et dire que jusqu'à présent je n'avais pas eu le moindre soupçon ! Il m'avait dupé ! Il s'était laissé acheter à Douvres. Il avait espionné Hans Seersach, la loge et le réseau de relations que nous entretenions avec les loges du continent. Il avait trahi la corporation des maçons. En ce moment même, les rois d'Angleterre, de France, d'Espagne et d'Italie s'entendaient avec l'Empereur et le pape pour tourner contre nous le fer de la croisade jusqu'ici dirigé contre les Sarrasins. Nous allions connaître une nouvelle période de vingt années de souffrances et cette fois c'était le fils du Boucher qui nous porterait les coups meurtriers destinés à détruire notre confrérie, notre génie, nos œuvres, notre foi et nous-mêmes.

« Ah, te voilà ! Mais où diable as-tu donc traîné toute la sainte journée ? Et cette boue, ça vient d'où ? Et ces larmes, ça veut dire quoi ? »

J'étais tombé sur Bert qui venait de sortir pour se rendre au chantier. Furieux contre moi, il m'empoigna par les bras, me souleva en l'air et me dévisagea avec des yeux furibonds. Je bredouillai quelque chose au sujet d'une promenade dans la lande. Il se radoucit et me reposa à terre. Je crus un instant qu'il allait faire demi-tour pour m'accompagner, assister à mon bain, partager mon repas, passer la soirée avec moi. Il n'en fut rien. Et pourtant, il aurait apaisé mes soupçons s'il avait renoncé à sa besogne clandestine ce soir-là. Mais sa colère contre moi ne tenait qu'à sa hâte de rejoindre le chantier.

« Rentre en vitesse et ne bouge pas jusqu'à mon retour. Mets-toi au lit et dors. Je rentrerai tard », dit-il d'un ton tranchant ; et là-dessus, il me planta là, tremblant, les yeux rougis, au beau milieu de la rue, et s'en alla à grands pas. Je poursuivis ma route, le cœur serré.

Mais je ne rentrai pas à la maison. Mon désarroi m'entraîna vers la grande église. Là, je m'enfonçai dans la pénombre bruissante et mouvante. Les fidèles se pressaient dans l'église vaguement éclairée par des cierges et le murmure des voix était aussi monotone que le bourdonnement des abeilles. A quoi croient vraiment tous ces gens ? me demandai-je en me faufilant dans la foule. Rien que des mots, de l'encens et de l'argent. Loin au-dessus de moi, des maçons s'affairaient au clair-étage du chœur et, dans cet immense volume, leurs martèlements me parvenaient aussi légers que des battements d'ailes de pigeons. Quelle valeur pouvait bien avoir la besogne de ces mercenaires aux yeux du Seigneur suprême de la lumière ? Comment ce dernier pouvait-il seulement accepter que Sa beauté fût célébrée par des créatures à ce point médiocres ? Et pourquoi avoir justement choisi pour la recréer sur terre un truchement aussi peu sûr que l'homme ? Chaque silhouette qui rampait sous la haute voûte m'apparaissait comme une araignée symbolisant mon père. En voilà un qui tisserait sa toile de pierre jusqu'à sa mort et ne récolterait jamais que mépris. Oh, comme je le détestais !

Il ne faut pas oublier qu'à l'époque j'avais déjà vu la face répugnante du pouvoir chrétien ; et que Bert avait toujours prétendu la reconnaître sous ses multiples masques et mimiques. En principe, il ne se soumettait à un autre homme que si sa vie en dépendait. Quel que fût cet autre — chrétien ou albigeois —, il ne s'asservissait jamais plus que nécessaire. La ruse faisait partie de son arsenal. Au besoin, il pouvait manifester une certaine courtoisie, affabilité, voire bonhomie, encore fallait-il que la chose en valût la peine. Mais, dans son for intérieur, au cœur sauvage de son être, il restait libre, attaché seulement à sa propre chaîne, à la vie et à la mort. Ainsi pouvait-il garder l'espoir de conquérir la liberté ultime, celle du Parfait totalement affranchi du monde matériel : la liberté du pur esprit qui s'adresse directement aux Deux Dieux pour les interroger. C'était, pensais-je, une attitude valable, noble même, une attitude qui excluait la notion même d'esclavage et rendait supportable le fardeau du service. J'avais toujours considéré mon père comme un homme libre, une qualité admirable — qu'aujourd'hui encore je trouve admirable, même après avoir passé quarante-huit années sur terre. Je n'avais jamais été fier de ses capacités professionnelles — mais j'avais été fier de son métier, fier de le voir se dresser contre la méchanceté du monde. Je le considérais comme un homme courageux, ce qui était bien mieux, à mon avis, qu'un génie lâche et veule : le génie, d'accord, mais il fallait qu'il fût associé à une courageuse indépendance. Or, mon père avait échangé sa liberté pour... quoi ? Qu'est-ce qui avait bien pu pousser Bert à agir de la sorte ?

Si j'avais eu une mère, je crois que j'aurais couru vers elle. Elle aurait compris la frayeur que j'éprouvais à l'idée d'avoir pour père un traître. Parce qu'elle connaissait bien son homme, elle aurait assurément pris sa défense. Ce qu'une femme sait de l'homme avec lequel elle a longtemps vécu ne lui a pas seulement été enseigné par Ève et Aphrodite mais aussi par le savoir que procure la souffrance partagée. Elle aurait dit : « Hedric, ton père doit avoir ses raisons.

Aie confiance en lui ! » Mais j'étais privé de ce réconfort. Il n'y avait que cette nef bourdonnante, et, dans ma tête, les pensées se chamaillaient comme les moineaux qui, lassés de la froideur du ciel londonien, avaient élu domicile dans l'église. Aidez-moi, demandai-je à l'obscurité et aux flammes des cierges, aidez-moi. Mes suppliques s'égarèrent dans l'épais murmure des prières et des bavardages et parmi les pépiements des moineaux.

C'est alors que je décidai d'abandonner carrément mon apprentissage et de rejeter ma foi. Il devait bien exister quelque part un lieu où je pourrais mener une vie plus simple. Celle-ci était trop dure et trop amère. En m'obstinant à rester, je courais à ma perte. Il me fallait donc quitter Bert dans la mesure où je voulais changer de vie : la mienne, je ne la subissais que pour lui obéir. Accroupi contre le mur, je songeais à mon avenir tandis que la foule se pressait devant moi. Inutile d'espionner mon père plus longtemps. Il s'était déshonoré et avait trahi ma confiance. Il me restait une proposition à lui faire, une seule : laisser tomber le métier, Montfort, cette vie, recommencer à zéro. Chercher une tenure, une petite ferme, des moutons... Avec quoi ? Nous n'avions pas d'argent. Retourner dans le Nord... la pêche. Acheter un bateau en participation avec des associés... Nous engager comme soldats... le suicide...

L'esprit en déroute, je ne voyais aucune issue possible. Je quittai Saint-Paul dans un état lamentable et me traînai jusqu'à notre maison où je fus rabroué par la gouvernante à cause de la boue que je lui ramenais. Je passai toute la soirée allongé sur le lit, dans mes habits sales. Le père Horace vint à l'heure habituelle mais je refusai de le laisser entrer et lui criai à travers la porte que je ne voulais plus de ses leçons. Quand Bert rappliqua, au petit matin, j'étais hors de moi, barbouillé de larmes et de crasse (moi qui suis plutôt soigné de ma personne), au bord de la crise de nerfs. J'entendis son pas dans l'escalier, me glissai aussitôt dans le lit, tirai les draps jusqu'au menton et feignis de dormir. Il se coucha à côté de moi.

Soudain, je perdis la tête : je le bourrai de coups de poing dans les côtes et de coups de pied dans les tibias ; lorsque, en cherchant à se protéger, il heurta violemment sa tête contre la mienne, je gémis de douleur.

« Hé là, hé là, qu'est-ce que tu as ? » gronda-t-il en me plaquant sur le lit et en immobilisant mes jambes avec les siennes. « Es-tu malade ?

— Non, pas du tout ! sifflai-je. Laisse-moi tranquille !

— Ho ! Ça suffit ! » se fâcha Bert, et il se redressa sur son séant.

« Change de ton, et tout de suite, sinon je vais te caresser le dos avec ma ceinture. »

Je rabattis les couvertures et relevai ma chemise.

« Vas-y ! dis-je. Ne te gêne pas. Je m'en fiche.

— Tu t'en ficheras moins si je te prends au mot, rétorqua Bert d'une voix menaçante. Qu'est-ce qui se passe ? Explique-toi. »

Il me recouvrit et se recoucha tout en me maintenant plaqué sur le lit. J'étais à plat ventre, le visage enfoui dans l'oreiller, son bras pesant sur mes épaules.

Bert soupira et me tapota le dos.

« Tu en as marre, pas vrai, fiston ? Tu as raison. Je t'ai négligé ces derniers temps. Je ne suis jamais avec toi... tu es trop livré à toi-même... Maudit métier... »

Il soupira de nouveau. Un soupir plus profond et plus douloureux qui exprimait toute l'intensité de son désespoir.

« Pourquoi fais-tu cela ? demandai-je.

— Quoi ? demanda-t-il en me soulevant la tête et en la tournant dans sa direction. Je t'entends à peine. »

Ses mains étaient froides et rêches sur mes joues. Dans l'obscurité de la pièce, ses yeux étincelaient comme s'ils avaient absorbé toute la lumière des étoiles.

« Répète ce que tu viens de dire !

— Oh, ce n'est pas important... », murmurai-je, et je voulus me détourner.

« Pas important ? C'est à moi de juger si c'est important ou non. Je n'ai que toi, tu es mon seul ami. Je n'en ai pas d'autre dans cette maudite ville... Hedric, qu'est-ce que tu disais ? »

Je m'assis en espérant qu'il éloignerait ses mains de mon visage. C'est que je le croyais capable de me rompre le cou si je répétais effectivement ma question. Aussi m'armai-je de courage tout en prenant la précaution de lui maintenir les poignets.

« Pourquoi fais-tu la besogne que tu fais actuellement ? »

Mon père s'écarta de moi et se laissa tomber sur l'oreiller, un bras replié sur les yeux.

« Comment l'as-tu découvert ? demanda-t-il, d'une voix éteinte.

— Je t'ai suivi. »

Il eut un faible sourire et retira son bras. Je vis briller ses yeux dans la masse de ses cheveux et de sa barbe noire.

« Ah, soupira-t-il, donc, tu sais.

— Oui, je sais ! répliquai-je, bouillant de colère. Pourquoi ne m'as-tu rien dit ?

— Je l'aurais fait... en temps voulu... »

C'était à croire que mes bras étaient doués d'une volonté indépendante. Alors même que sa lâcheté me révoltait, voilà que j'étreignais sa grosse et folle tête, voilà que je pleurais avec lui.

« Te fais pas de mouron, papa, on s'en sortira, m'entendis-je dire.

— Ah ! grogna Bert. Pas cette fois. Je suis bel et bien foutu. »

Je me retins de lui demander quelque éclaircissement. S'il devait m'avouer qu'il était devenu un mouchard, je ne voulais pas apprendre ce genre de nouvelle avec mes bras autour de son cou. Avant qu'il n'ouvre la bouche, je me dégageai brusquement et allai me réfugier le plus loin possible, à l'extrême bord du lit.

« Qu'est-ce qui t'arrive ? s'inquiéta-t-il.

— J'avais des fourmis », déclarai-je en me frottant le bras.

Mon père se cala sur un coude. La lumière argentée de la fenêtre entourait ses cheveux et sa barbe d'un halo irrégulier. Quand il remuait les lèvres, ses dents scintillaient comme des étoiles. J'étais au lit avec Moïse ou Jean Baptiste ; une énorme statue de pierre avait glissé de la tour, était entrée par la fenêtre et s'était allongée à côté de moi pour me raconter la triste histoire des iniquités humaines, un dieu sur un nuage énumérait impitoyablement, d'une voix lasse et accablée, les misérables péchés des hommes. Je n'étais pas seul à entendre ce discours incohérent ; quelque chose dans sa voix me disait que mon père l'entendait aussi. A sa manière fruste, il avait sculpté maintes statues pour orner les temples des chrétiens : en chacune d'elles, il avait déposé une parcelle du savoir qu'il avait acquis sur notre chemin escarpé à la recherche de la vérité. Voilà ce qui avait guidé son ciseau, sa laie, sa scie — et ce qui guidait sa langue tout au long de sa confession.

« Il y a des choses que tu ne sais pas, commença-t-il. Et aujourd'hui encore, je préférerais ne pas te les révéler. Tu es bien trop jeune mais tu es le seul à pouvoir partager mon fardeau. Je t'en demande pardon. »

Ne sachant que dire, je hochai la tête. Ce hochement devait exprimer à la fois ma sympathie et mes réserves. Si Bert s'était davantage occupé de moi, je n'aurais pas été spolié de mon enfance. J'ai toujours eu l'impression d'avoir déjà une très longue vie derrière moi. C'est tout simplement que j'ai dû atteindre trop tôt l'âge adulte. La véritable enfance ne m'appartiendra jamais. Peut-être, dans mes vieux jours, retomberai-je en enfance, comme on dit, mais je n'en aurai pas conscience, et, quand viendra la mort, je n'aurai pas la satisfaction d'avoir parcouru un cycle complet. Ma vie aura été un javelot que l'on a projeté au loin, alors que les feuilles poussaient encore sur la hampe.

Il nous fallait retourner à Douvres : c'était là que les choses avaient mal tourné.

L'enfant appréhende deux réalités distinctes : l'une qu'il s'approprie en tant que créature solitaire, née pour souffrir sur cette terre, l'autre qu'il doit prétendre reconnaître pour apaiser ses parents. La seconde réalité est fausse mais elle est le monde que l'enfant doit feindre d'habiter pour avoir la paix. Résultat ? Deux natures, deux visions du monde, deux appétits — un pour la vérité, un pour le mensonge —, la dualité de l'âme. Peut-être que les Deux Dieux ont décidé de se partager l'âme enfantine.

Mes soupçons étaient à la fois fondés et non. Certes, il avait trahi la loge, mais par pure irréflexion, sans en prendre le moins du monde conscience. Le véritable responsable, ce n'était pas lui, mais Hans Seersach.

A Douvres, Hans s'était mis à dos certains maçons, les plus vieux et les plus conservateurs, soucieux uniquement de préserver leurs habitudes et leur confort. Ils admiraient l'enthousiasme et l'énergie de Hans mais ne prisaient guère son agressivité, pas plus que son goût du risque — quant à son obsession du Second Style de l'Émergence, ils s'en battaient l'œil, eux qui, pour la plupart, étaient loin d'avoir assimilé le Premier !

Bert était devenu son disciple (ou plutôt son apprenti) et ils avaient réalisé ensemble une maquette conforme au nouveau style tel que le concevait Hans. Ce dernier avait dissuadé mon père de la montrer aux membres de la loge de Douvres sous prétexte qu'ils étaient tous abrutis à force de construire des remblais et des fortifications. Il voulait donner la primeur de la maquette au roi Henri, à Westminster ; c'est que, en Angleterre, il n'y avait plus grand ami des architectes, des innovateurs surtout, que le roi Henri, qui considérait la construction comme l'art par excellence. La maquette avait été convoyée jusqu'à Londres et Henry de Montfort, recommandé par son oncle Simon, avait usé de son influence pour que le roi l'examine. Cet examen avait jeté le trouble dans le cœur du monarque. En bon chrétien, il avait cru devoir la montrer à ses évêques et à ses conseillers. Tous en avaient été horrifiés.

« Dis-moi comment était la maquette ? lui demandai-je. Je t'en prie !

— Oh, quelque chose de très nouveau, murmura Bert, très nouveau.

— Donne-m'en une idée... dessine...

— Pas maintenant. Je te ferai un croquis dans la matinée, dit-il avec une grimace en guise de promesse. C'étaient les idées de Hans plus que les miennes.

— Ça, je l'avais deviné.

— Oh, vraiment ? murmura Bert, l'œil pétillant de malice. Peut-être as-tu aussi deviné le rôle que jouaient les galets ? »

Me revinrent soudain en mémoire nos étés. La plage de Douvres. Les galets. Les vagues qui, sans cesse, les emportaient et les ramenaient. Hans assis, les jambes écartées, les mains dans l'écume des vagues. Des galets plein les poches. Des galets sur le rebord des fenêtres. Des galets empilés dans l'herbe, dans le jardin, au bord de la route. Des jeux de galets. On les lançait sur le dos de la main comme des osselets et ils retombaient le plus souvent entre les doigts.

« Tu n'as donc fait aucun croquis ? demandai-je.

— Ils ont tous été brûlés.

— Brûlés ? hoquetai-je. Oh non ! Et pourquoi ?

— Par ordre du roi. »

J'étais si bouleversé que j'en avais le souffle coupé. Cette maquette, je la voyais presque ! Je ne pouvais croire qu'il n'en restât aucune trace. « Mais tu en as gardé le souvenir, en gros... vaguement... un peu... non ? »

Bert pivota sur son coude. Les yeux baissés, il triturait les couvertures.

« C'est la peine de mort que nous encourions à reproduire les plans de la maquette, dit-il, tout penaud. J'ai essayé de l'effacer de ma mémoire.

— La peine de mort ! Ne me parle pas de peine de mort ! Hans travaillait à quelque chose de primordial. Peut-être avez-vous commis une erreur en envoyant cette maquette au roi, mais ce n'est pas une raison pour oublier le projet.

— Oh, il ne sera pas oublié, je connais Hans. Il trouvera un protecteur. Il s'est aussitôt mis en route pour solliciter une audience de l'empereur Frédéric. Tu sais bien, celui qui vient juste de mourir ; le pape voyait en lui l'Antéchrist, Lucifer et l'allié des Tartares. Hans pensait que c'était le seul homme susceptible de soutenir le Second Style. Qui sait si le pauvre bougre n'est pas mort de saisissement en le découvrant. »

Bert gloussa tout en tapotant l'oreiller. Il se demandait si j'allais continuer à le harceler pour les croquis. Il me regardait par en dessous avec l'air inquiet d'un chien perdu. Si je voulais qu'il aille au bout de sa confession, il me fallait renoncer, provisoirement, à en savoir plus sur le Second Style. On en reparlerait demain, on trouverait bien un bout de parchemin pour dessiner dessus.

« C'est donc pour cela que nous avons quitté Douvres ? demandai-je.

— Oui, le roi nous a chassés de sa citadelle. Il a songé un instant à nous envoyer en prison. On a même mentionné l'Inquisition mais Montfort nous a évité le pire. Il a fait preuve de bonté envers nous. Il a pris notre défense et a trouvé des excuses à notre... comment a-t-il formulé cela... notre excessive ambition de plaire. »

Avec un rire léger, Bert s'allongea, les bras croisés derrière la tête.

« J'ai dû jurer que jamais, d'aucune manière, je ne chercherais à représenter le Second Style. Hans a dû jurer également.

— Mais pour moi, tu le feras, n'est-ce pas ? insistai-je. Hans l'a bien fait pour l'empereur.

— Je n'en ai pas la moindre preuve. Il en avait l'intention, c'est tout. »

Le silence s'établit comme d'un commun accord. Mais il y avait autre chose et il était clair que Bert ne prendrait pas l'initiative d'en parler. Au bout d'un moment, je le poussai du coude.

« Mieux vaudrait que tu vides ton sac, papa. De toute façon, c'est bien moins grave que je ne l'imaginais.

— Tu imaginais donc quelque chose de pire ? Quelque chose de plus stupide ? Voilà qui en dit long sur l'opinion que tu as de ton père. »

Cette fois, je ne le poussai pas du coude mais posai ma main sur le muscle arrondi de son bras replié. Je le sentis se contracter sous mes doigts ; puis il se leva et alluma une bougie au feu qui se mourait.

« Hans est un merveilleux maçon, papa. Il t'a appris des choses extraordinaires. Tu n'as pas été stupide, dis-je avec toute la conviction dont j'étais capable. Un jour ou l'autre, tu auras l'occasion de mettre ses idées en pratique.

— Tu parles !

— Tu l'auras, ici ou ailleurs. Un style n'est pas immuable. Tu profiteras d'une brèche pour t'y glisser. C'est alors que tu produiras ton chef-d'œuvre... »

La voix me manqua à l'instant où je croisai le regard de Bert. Un regard noir. Il savait aussi bien que moi qu'il ne deviendrait jamais le magistro cementariorum d'une construction absolument neuve, celle où l'on pouvait montrer de l'audace dans la conception. Il devrait se contenter d'agrandir les anciennes en modifiant tant bien que mal quelques détails. Ah, si on nous avait donné Salisbury à bâtir ! Un espace vide à investir. Pas de structure ancienne pour obérer la nouvelle. En Angleterre, les maçons, les vrais, ont envié la chance qu'a eue Elias de Dereham de pouvoir construire à partir de rien. Il a pu créer en conformité totale avec les nécessités de son temps, non sans devoir fixer des limites aux efflorescences de son esprit. C'est qu'à l'époque où l'on creusait les fondations de Salisbury, notre foi était toujours persécutée dans le midi de la France. Elias devait se montrer prudent. Les loges craignaient que le monarque anglais ne suivît l'exemple de ce roi Philippe assoiffé du sang des hérétiques. Durant ces années terribles, le roi Henri, en sa qualité de seigneur du Poitou, s'était déjà rendu plus ou moins complice des massacres de notre peuple. Sous le couvert des « croisades », il avait octroyé à deux rois français un droit de passage sur son territoire, leur permettant ainsi de nous écraser. Il avait encouragé Innocent et Honorius, deux papes corrompus, à lutter contre notre foi. Aujourd'hui, le roi français était un croisé qui ne se préoccupait que du sort de Jérusalem. C'est en Mahomet qu'il voyait son ennemi, pas en nous. Nous avions retrouvé une certaine sécurité quand Salisbury s'acheva mais son style illustrait toutes nos peurs : beau mais sans audace, équilibré et énergique plutôt que sublime.

« Savais-tu, avant de venir à Londres, que tu serais embauché sur ce chantier ? » lui demandai-je timidement.

Mon père serra les lèvres et frissonna. Il ne répondit pas tout de suite. Je voyais battre la veine de sa tempe tandis qu'il réfléchissait : Que vais-je raconter à ce garnement ? Que dois-je lui raconter ? Je priai ardemment pour qu'il se décide à me mettre complètement dans la confidence au lieu de chercher une quelconque échappatoire.

« Oui, finit-il par dire.

— Ainsi, toute cette histoire à propos de Saint-Paul n'était qu'un mensonge ?

— Non ! Comment oses-tu me traiter de menteur, petite fripouille ! »

Bert s'assit, une fois de plus, le regard fixe. Je crus qu'il allait me frapper et me glissai hors du lit pour échapper à sa fureur. Quand mes orteils touchèrent le sol, il se laissa retomber avec un soupir.

« Il m'est interdit de participer à la construction d'une église ou d'un palais royal, d'un château, d'une forteresse, d'un port, bref, à rien qui soit d'utilité...

— La loge sait-elle que tu es au service de Montfort ? »

Bert se détourna en gémissant.

« Petit, que veux-tu savoir de plus ? » chuchota-t-il.

Il me dit tout dans l'heure suivante tandis que s'annonçaient les premières lueurs de l'aube. Les mots se bousculaient pour sortir de sa bouche, on aurait dit les moineaux qui s'échappaient de Saint-Paul pour saluer le jour naissant. Hans et mon père avaient été placés sous la responsabilité de messire Henry qui se portait garant de leur bonne conduite. Hans avait accepté de quitter le pays mais Bert avait besoin de gagner son pain. Par pure bonté, parce qu'il l'aimait bien (ce sont les mots de Bert), messire Henry lui avait proposé de participer à la construction de ce nid d'amour destiné à la concubine en chef du comte de Leicester.

« Tu n'as jamais songé à m'emmener avec toi, l'interrompis-je. Après tout, je suis ton apprenti autant que ton fils.

— Ils n'embauchent pas d'enfants dans l'équipe de nuit, murmura Bert. Cela vaut mieux — quand on pense à toutes les canailles qu'on rencontre sur ce genre de chantiers.

— Oh, mais avec *toi,* je n'aurais rien eu à craindre, papa.

— Tu n'y aurais rien appris de bon. Ce n'est pas une besogne très propre. Rien n'est propre avec les Montfort. Mettre les gens à genoux, c'est tout ce qu'ils savent faire.

— Mais ils n'ont jamais soupçonné que vous étiez albigeois, toi et Hans, n'est-ce pas ? Alors, pourquoi vous avoir menacés de l'Inquisition ?

— La maquette a fait scandale. On y a vu un défi aux règles fondamentales de la maçonnerie. Non, l'idée que nous étions des hérétiques ne les a pas effleurés. Mais ils ont pensé que nous étions possédés par le diable ! »

Là-dessus, Bert ébaucha un sourire, son fameux sourire radieux, enjôleur : il exprimait l'excitation et le plaisir. Et moi qui pensais toujours à la maquette, j'étais catastrophé. J'aurais tout donné pour la voir. Quel gâchis ! L'œuvre de Hans détruite par des seigneurs barbares et ignorants et par des évêques au cerveau ramolli !

« Et vous avez réussi à les rassurer ? demandai-je en essayant de gommer autant que possible le ton interrogateur. On est dangereux quand on est possédé par le diable.

— Hans leur a raconté que cette idée lui était venue au cours de ses voyages en Asie Mineure. Une ancienne cité grecque, des troglodytes... Ce nom ? Je l'ai oublié. L'un des évêques avait entendu parler de cet endroit. Il en est fait mention dans le rêve de saint Jean.

Hans a dit qu'il s'y était arrêté en rentrant de Constantinople où il avait étudié la basilique Sainte-Sophie. Notre seigneur-roi s'est contenté de cette explication. “ Nous avons beaucoup emprunté aux contrées d'outre-mer, il est vrai, a déclaré le roi, mais ce que vous avez fait là dépasse les bornes. ”

— Et vous vous êtes rendus à ces raisons ? demandai-je.

— Il le fallait bien. Nous avions, disaient-ils, créé un nouveau démon ; un monstre prodigieux. Moi, tout ce que je voyais, c'était une petite maquette fabriquée avec des bouts de bois, mais eux, ils étaient terrorisés. »

Bert parlait d'abondance, mais sans aborder les questions que je me posais au sujet du Second Style. Cependant, je ne l'interrompis plus. Nous y reviendrions plus tard. Pour l'instant, il n'était question que du nid d'amour : c'était le comte Simon de Montfort en personne qui en avait tracé les plans. Il avait prévu deux étages autour d'une cour intérieure et une quantité de caves. La tâche de Bert consistait à ouvrir un passage souterrain entre une petite ferme indépendante située à quatre-vingts mètres et les caves de la nouvelle maison. Ce passage devait être asséché, empierré et bien aéré. Chaque soir, Bert devait passer une heure sur le chantier puis, accompagné de ses deux manœuvres, il se rendait à la ferme — maintenant inhabitée car Montfort l'avait achetée — pour continuer à creuser ce maudit passage souterrain dont l'existence devait être tenue secrète. Bert avait d'ailleurs dû prêter un second serment à ce sujet. Certes, un serment prêté sur les écritures chrétiennes n'avait aucune valeur, mais il ne pouvait le violer sans risquer sa tête. C'est pourquoi il n'avait pas dit à la loge de quoi il retournait exactement. Et l'on ne comprenait évidemment pas que Bert s'obstinât à besogner de nuit pour un particulier alors qu'il lui suffisait de s'acquitter d'une somme dérisoire pour être embauché dans les meilleures conditions, à Saint-Paul.

« C'est de l'argile, fils. Complètement détrempée. Quand je reviens ici, je suis exténué. Si je montais sur un échafaudage après m'être esquinté pendant dix heures dans ce tunnel, je risquerais de tomber. Il faut connaître ses limites. »

Ce furent ses dernières paroles. Aussitôt après, il sombra dans le sommeil. Je n'étais pas encore au bout de mes découvertes mais je décidai de le laisser dormir. Avoir contribué à l'édification du plus important château royal et se retrouver là, à creuser un tunnel pour la catin d'un Français, c'était déjà dur, mais subir une telle humiliation pour avoir osé une architecture sublime de provocation ?... C'était trop !

Je le regardai dormir, incapable de fixer mon attention sur les dangers que nous courions : le mécontentement du roi, la cruauté notoire du comte, le parfum d'hérésie qu'avaient humé les prélats à la vue de la maquette de Hans — non, les galets occupaient toutes mes pensées.

XVI

Je me réveillai à midi, la tête pressée contre le flanc de mon père. Je me faufilai précautionneusement hors du lit pour ne pas le réveiller. Ça me faisait tout drôle de me retrouver debout, sur mes jambes ; une sensation bizarre, inconnue de moi, et qui était due — mais je ne le compris qu'au moment de me les remémorer — aux événements de la veille.

Le Second Style existait. Il avait vu le jour. Je n'avais pas assisté à son éclosion mais je savais qu'il existait. Un jour prochain, je le *toucherais* vraiment du doigt ! Un pouvoir de transformation était désormais lâché dans le monde.

Un étrange silence régnait sur Londres. Aucun bruit de roues ou de sabots ne me parvenait de la rue. Les pas et les voix des gens se rendant à Saint-Paul se mêlaient d'habitude aux gazouillis matinaux des oiseaux mais, ce matin-là, je n'entendais absolument rien. Je jetai un coup d'œil par la fenêtre et tout s'expliqua.

Pendant que nous dormions, il était tombé un bon pied de neige et tout était absolument silencieux. Je sentis le froid me pénétrer jusqu'aux os tandis que je contemplais Saint-Paul dans sa houppelande blanche. Il avait gelé durant la nuit et le souffle de notre sommeil avait givré l'intérieur de la fenêtre où les paillettes traçaient des dessins parfaitement géométriques.

Je me remis au lit et restai un moment à frissonner dans mon coin. Puis je vins me coller contre Bert pour me réchauffer. Il dormait d'un sommeil très profond et sa respiration grondait et sifflait au fond de sa poitrine. Je ne pouvais m'empêcher de penser que ce corps vivant recelait la plus précieuse des connaissances : une vision ! Bert était le dépositaire d'une révélation. Elle avait effrayé un roi, mais moi, avec un peu de chance, je la vénérerais. A quoi pouvait donc ressembler cette beauté souterraine, séditieuse, blasphématoire ?

Mon matériel de dessin était à côté du lit. Je pris mes plumes et quelques feuilles de parchemin. Il me fallut d'abord briser la fine pellicule de glace noire qui recouvrait l'encre dans sa bouteille. Je commençai par dessiner grossièrement l'arrondi de la tête de mon père enfouie dans l'oreiller, puis je l'entourai de chapelles en forme de galets, donnant ainsi au crâne l'allure d'une abside. Peu satisfait du résultat, j'entrepris de remplir également de galets le crâne lui-même, l'ensemble évoquant la structure des rayons de miel. S'agissait-il d'une église cloisonnée en une multitude de compartiments ? Un compartiment pour chaque âme ? Chaque galet était-il une cellule, et l'esprit méditant de son occupant était-il une autre cellule à l'intérieur de cette cellule ? Hans avait-il vu la prière s'élever de cette cellule à l'intérieur d'une cellule, comme un galet projeté sur le Dieu du Mal ? Comme le caillou que David avait décoché à Goliath ? Le Second Style n'était-il qu'une transformation de la panoplie guerrière — l'arc en ogive cédant la place à la parabole que décrit un galet projeté au loin ?

Déçu par le résultat de mes efforts, je reposai le parchemin. Cela ne ressemblait à rien du tout : des œufs dans un panier ! Je me promis de faire parler Bert quand il se réveillerait. Je savais bien que le moment était mal choisi car, une fois réveillé, il mettait une bonne heure pour émerger des brumes du sommeil. Pourtant, dès que je le vis bouger et s'étirer, je lui mis le dessin sous le nez.

« Est-ce que le Second Style ressemble à cela ? »

Bert loucha sur mon dessin. Il avait les yeux mi-clos. Il humecta soigneusement ses lèvres sèches du bout de la langue.

« Hedric, marmonna-t-il.

— Oui, papa ?

— Tais-toi et laisse-moi tranquille. »

Je roulai le parchemin, le tins contre ma poitrine et attendis en silence que Bert rassemblât ses esprits. Au fil des années, j'avais constaté qu'il lui fallait une demi-heure pour reconstituer le déroulement des événements de la veille et prendre en conséquence les décisions qui s'imposaient pour survivre le jour même. Mais je ne pouvais pas me permettre d'attendre. Il était aussi lent qu'un bœuf !

« Étaient-ce des cercles parfaits ou des paraboles ? dis-je en soufflant de la buée dans l'air. Ou bien des ovales ? »

Bert sortit du lit en jurant dans sa barbe et tituba jusqu'à la bassine pour se débarbouiller.

« Je ne dirai plus rien », marmonna-t-il en soulevant le broc.

La glace tinta dans la cuvette. Il considéra le phénomène puis se tourna vers la fenêtre, s'en approcha, gratta le givre et regarda dehors.

« Oh non, non », grogna-t-il.

Il ne m'était pas venu à l'esprit que cette forte chute de neige allait interrompre les travaux à la résidence d'été. A mon humble avis, c'était plutôt réjouissant, mais il me suffit de regarder Bert pour comprendre qu'il valait mieux renoncer à exprimer ce point de vue.

« Toute cette neige d'un seul coup, grommela-t-il avec dégoût. C'est le mauvais œil, ne me dis pas le contraire. Rien ne laissait présager cela. J'aurais dû la boucler. Si je n'avais pas parlé plus que de raison, cette neige serait restée accrochée dans le ciel ! Tu me portes la poisse, Hedric ! Encore un mois de cette besogne et je retrouvais ma liberté — la liberté d'aller où je veux. Mais je ne peux pas bouger tant que ce passage souterrain ne sera pas achevé.

— Et si on fichait carrément le camp ? On pourrait rejoindre Hans », suggérai-je, et, dans la chambre éclairée par la luminosité de la neige, je le regardai marcher pesamment tout en enfilant son manteau.

« Et devenir à tout jamais un hors-la-loi. Il y aura un mot d'ordre de la loge. Cet homme ne doit plus être embauché en Angleterre, sous aucun prétexte ! Et s'il n'y avait que l'Angleterre ! Le roi Henri peut m'interdire en toutes terres chrétiennes. Il peut me faire rendre gorge n'importe où, n'importe quand. Que faire ? Changer de nom ? Changer de tête ? Sauter dans la rivière et m'y noyer ? »

Il enfila ses bottes, non sans donner des coups de talon à en ébranler le plancher.

« C'est toi qui as amassé cette neige sur ma pauvre tête, sale petit singe ! Ne me parle plus, plus jamais ! Ça ne donne rien de bon. Tu n'as pas encore l'âge de comprendre. Tiens ! Débrouille-toi pour ton petit déjeuner et fiche-moi la paix. »

Il jeta un penny d'argent sur le lit et quitta la pièce. Je l'entendis qui continuait de grommeler tandis que les marches craquaient sous ses pas. Je m'habillai à la hâte et courus à ses trousses. Je savais où il allait prendre son petit déjeuner. Il pouvait me tirer les oreilles, me flanquer des coups de pied, m'injurier, j'étais prêt à tout endurer pour obtenir de lui ce que je voulais savoir sur le Second Style, plutôt mourir que faillir.

Je le vis entrer dans la gargote. Sachant que son petit déjeuner durerait une bonne heure, je décidai de lui laisser le temps de se calmer avant de me risquer à l'aborder. En ce qui me concernait, j'étais trop énervé pour manger, je préférai aller à Cheapside acheter des parchemins avec mon penny. Les couleurs vives des petites échoppes alignées des deux côtés de la rue tranchaient sur le blanc de la neige, leurs devantures, mouchetées et bariolées de rouge, bleu et jaune, ressemblaient aux oriflammes des barons. Comme il avait cessé de neiger et que le ciel montrait des lambeaux de bleu, les boutiquiers s'étaient empressés de sortir leurs éventaires ; la marchandise s'étalait là, dans la lumière scintillante de blancheur. Mais pas le moindre chaland en vue. Pas d'autres traces de pas que les miennes.

Le papetier à qui j'achetais tout mon matériel depuis mon arrivée à Londres était appuyé sur une pelle devant sa boutique. Il avait dégagé la neige et l'effort avait empourpré son visage rond et jovial. Il m'avait vu monter la rue dans la neige immaculée.

« Dieu merci, voilà quelqu'un ! cria-t-il en guise de salut. Je croyais que tout le monde était mort. Elle est moins profonde par chez toi ?

— Non, répondis-je en examinant les poches sous ses yeux bleus et le tablier qui s'arrondissait sur son ventre. C'est pareil. »

Du bout de River Holborn Street, un traîneau tiré par un gros cheval noir arrivait à vive allure. La queue en panache et les naseaux fumants, le cheval martelait la neige de ses sabots. Je m'écartai pour laisser passer l'attelage et je pus entrevoir sur le traîneau les visages rouges et luisants de plusieurs hommes emmitouflés dans des fourrures.

« Mauvaises nouvelles de Gascogne, dit le papetier en me poussant dans sa minuscule échoppe. C'était le lord maire.

— Quelles mauvaises nouvelles ? lui demandai-je tout en lui désignant le vélin d'agneau aux spirales à peine marquées. Il y a quelque chose qui ne va pas ?

— Oh, tu sais, les nouvelles de Gascogne sont toujours mauvaises. Demande au comte de Leicester. Je crois qu'il s'agit de nous pressurer, une fois de plus, pour remplir les poches des Français. On veut nous mettre sur la paille. »

Le bourdon de Saint-Paul, le Grand Tom, comme on l'appelait, retentit soudain sur la ville. Comme par enchantement, les rues et les venelles se remplirent de monde. Toute cette blancheur immaculée était maintenant piétinée par la foule qui se dirigeait vers l'ouest de la ville. J'achetai mon parchemin et attendis que le papetier fermât sa boutique. Il tremblait de colère.

« Encore de l'argent. Un nouvel impôt pour la Gascogne. Je ne le paierai pas. On m'a déjà soutiré le quart de mon revenu l'année dernière. Oh, c'est à ne pas croire. Notre seigneur-roi est-il tombé sur la tête ? Retrouvera-t-il sa raison avant la fin des temps ? Si le comte Simon ne peut pas venir à bout des seigneurs gascons, moi, je dis que personne ne le pourra. A quoi bon ? Laissons tomber ! »

Nous filâmes vers la grande croix de Saint-Paul. Le traîneau s'était arrêté tout près, et les hommes emmitouflés dans leurs fourrures se pressaient sur les marches menant à la croix. Au-dessus des toits étincelants, le Grand Tom continuait à sonner le rappel et les gens ne cessaient d'affluer. A cet instant, je me souvins de Bert et de son petit déjeuner. Ma curiosité était partagée : la Gascogne ou le Second Style ? Il n'y avait pas à hésiter, je contournai la foule pour rejoindre Paternoster Row, juste en face, et la taverne où je savais trouver encore mon père. Il était là, sur le pas de la porte, une tasse à la main, lorgnant dans la direction du lord maire qui se tenait, lui, en haut des marches et attendait que le bourdon se taise. Quelques enfants dans la foule se mirent à lancer des boules de neige sur les officiels. Mais les gens ne les laissèrent pas faire. Les galopins furent rapidement maîtrisés et repoussés vers l'arrière.

« Il s'agit de la Gascogne, dis-je à Bert.

— Ah oui ? répondit Bert avec un sourire pincé. Tu es donc un intime du lord maire ?

— On dit que le roi est devenu fou. »

Le lord maire leva les bras, escomptant obtenir du sonneur trop zélé qu'il voulût bien interrompre son office. Mais le Grand Tom ne se tut qu'au bout d'une longue minute. Bert s'approcha alors pour écouter ce qui se disait.

Le lord maire se comportait d'une manière fort singulière. Il était clair qu'il avait la rage au cœur, et, lorsqu'il prit la parole, chacun comprit qu'il accomplissait un devoir qui lui était intolérable. Il débita ce qu'il avait à dire d'une voix de fausset monocorde :

« Le roi Henri III d'Angleterre, seigneur d'Irlande, duc de Normandie et d'Aquitaine, comte d'Anjou, aux archevêques, évêques, abbés, comtes, barons, hommes de loi, forestiers, shérifs, intendants, serviteurs, baillis, sujets et citoyens de Londres, oyez, oyez : Ce troisième jour du mois de mars de l'an de grâce mille deux cent cinquante, nous avons décidé de partir en croisade. »

Le lord maire s'interrompit pour juger de l'effet produit. Dans l'immédiat, il n'y eut pas de réactions. On lança mollement quelques boules de neige dans sa direction, elles s'écrasèrent sur les marches.

« Il part quand ? s'écria quelqu'un dans la foule. Sait-il seulement où se trouve Jérusalem ? »

Le lord maire pinça les lèvres et frappa dans ses mains gantées.

« Mon seigneur-roi a promis au pape qu'il se mettrait en route pour Jérusalem le vingt-quatrième jour de juin... »

Les quolibets fusèrent dans la foule.

« Le vingt-quatrième jour de juin mille deux cent cinquante-six ! poursuivit le lord maire en haussant les sourcils.

— Mais c'est dans six ans ! s'écria quelqu'un. On a le temps de voir venir ! »

Le lord maire grimaça un sourire et leva les mains.

« Notre seigneur-roi doit lever un impôt pour payer sa quote-part de la croisade...

— On paiera dans six ans ! » hurla un homme. Une rumeur d'approbation parcourut la foule.

« Notre seigneur-roi veut l'argent *maintenant !* »

La main du lord maire s'abattit sur le parapet de pierre tandis que les Londoniens éclataient en sifflets et lazzis. Bert, à mes côtés, paraissait songeur.

« Et le comte Simon dans tout ça ? Est-ce qu'il va laisser faire ? chuchota-t-il. Ou bien veut-il éloigner le roi quelque temps ? »

Le tumulte devint indescriptible. Le lord maire et ses échevins furent bombardés de boules de neige tandis qu'ils s'entassaient dans le traîneau et que le cheval noir fendait la foule en direction de Guildhall. Dans la taverne où nous nous repliâmes, un homme suggérait d'accepter de payer l'impôt puisqu'il donnerait au roi l'occasion de trouver la mort au-delà des mers. D'autres, plus calmes, étaient de loin les plus mécontents. Ils affirmaient que l'argent n'était pas pour Jérusalem mais pour une autre expédition, tout aussi vaine, en Gascogne. Le pape, complice dans cette affaire, avait permis au roi de cacher les véritables motifs de cet impôt. Mais, quelle que fût l'opinion émise, tout le monde tombait d'accord sur le nom de l'homme capable de défendre les intérêts de Londres : Simon de Montfort, comte de Leicester, beau-frère du roi. Il était parti en croisade dix ans auparavant ! Il connaissait donc la musique. Il avait été chargé de collecter les fonds pour ladite croisade. Mais entre-temps, le roi s'était ravisé, et, au lieu de les affecter à la noble entreprise prévue, il avait obligé Simon à dépenser tout l'argent pour guerroyer contre les Gascons : la marotte du roi, un pays de sauvages, une histoire de fous. Le comte Simon avait dit au roi Henri : Abandonnons la Gascogne ! Laissons tomber ! Arrêtons les frais ! Bref les conversations allaient bon train, s'articulant autour d'un unique leitmotiv : la réputation de notre grand Simon, un guerrier qui portait le bon sens à la pointe de son épée, tout le contraire d'un tranche-montagne.

« Tu vois comme ils l'aiment ? dit Bert avec une grimace. Tu crois qu'on a une chance de s'en tirer ? Sais-tu ce que va devenir la croisade du roi ? Il ne quittera jamais ces parages. Et c'est contre nous que tout ceci se retournera. D'ailleurs, ils savent qui nous sommes, oui, ils sont parfaitement renseignés. »

Je m'assis, complètement hébété, le Second Style était maintenant très loin de mes pensées.

« Mais tu disais que vous n'étiez pas soupçonnés..., qu'ils croyaient que c'était juste... un excès de hardiesse...

— Ils me surveillent. Ils nous surveillent tous. Le moment venu, Montfort frappera. On nous mettra tout sur le dos. Le roi Henri protestera : il aime l'architecture, ses maçons, ses bâtisseurs. Il ne voudra pas qu'on nous massacre. Mais le comte Simon jouera au champion du Christ ; il nous sacrifiera et en profitera pour usurper le trône. Après tout, c'est le fils du Boucher, ce chien sanguinaire, et il a les chrétiens derrière lui ! »

Bert laissa planer son regard sur les consommateurs agglutinés dans la salle et qui n'en finissaient pas de gloser et de blaguer. Il y avait de la haine dans ses yeux et le rouge lui était monté à la tête. C'était la bagarre assurée avec le premier client qui le regarderait de travers.

« Tu as fini ton petit déjeuner, père ? dis-jc. Allons-nous-en. Il y a trop de monde ici. »

Il se pencha vers moi, ouvrant et fermant ses grosses mains calleuses. Une bonne bagarre, de temps à autre, ça fait du bien. Peut-être lut-il la peur sur mon visage car il m'ébouriffa soudain les cheveux, me prit dans ses bras et, m'utilisant à la manière d'un bélier, nous fraya un passage jusqu'à la porte.

« Laissez-nous passer, laissez-nous passer ! criait-il. L'enfant se meurt ! L'enfant se meurt ! »

Ce soir-là, je pris ma leçon avec le père Horace. Il était revenu dans l'espoir de pouvoir quand même encore gagner quelques sous, car il était pauvre et, de plus, à moitié sourd. Bert était parti à Bishopgate voir ce que le responsable des chantiers avait prévu maintenant que le chantier était sous un pied de neige. J'avais voulu l'accompagner mais il s'y était opposé, sous prétexte que je perdrais moins mon temps en restant à la maison.

J'accueillis le père Horace en m'excusant de m'être si mal conduit la veille. C'était un vieil homme affable et distrait qui ne savait jamais très bien quel élève il avait en face de lui et qui me confondait souvent avec d'autres garçons. Nous nous assîmes sans ôter nos manteaux près du feu qui se mourait et je vis s'affaisser son vieux corps épuisé par le froid et les privations. Il était si fatigué que le livre lui tomba des mains à trois reprises. Lorsque je l'eus ramassé pour la troisième fois près de l'âtre, je le gardai carrément par-devers moi, laissai sommeiller un moment le vieil homme, après quoi je tirai mon tabouret tout près de lui.

« Dites-moi, mon père, c'est quoi un Albigeois ? » chuchotai-je au creux de sa grande oreille poilue.

Ma question ne provoqua pas la moindre réaction. Le croyant endormi, je heurtai légèrement son pied.

« Vous avez bien dû entendre parler des Cathares ? »

Le père Horace poussa un profond soupir et caressa sa mâchoire mal rasée.

« Qu'est-ce que tu en sais ? demanda-t-il.

— Pas grand-chose.

— Il y a des choses qu'il vaut mieux ne pas savoir. Toute connaissance n'est pas bonne. Ce que je t'enseigne est bon. Ce que tu me demandes n'est pas bon. »

Il m'était formellement interdit de faire allusion à notre foi en présence des chrétiens, même si c'était pour la dénigrer dans le but de donner le change. Cette interdiction, qui s'étendait à tous les Albigeois, était liée à des considérations de sécurité de la plus haute importance. Je commettais donc une grave infraction : mais j'agissais de manière délibérée. Je voulais enfin connaître le regard que portaient les autres sur moi, savoir comment on pouvait inciter une nation entière à vouloir notre perte, comment un galet pouvait devenir une offense faite à la divinité.

« Un Albigeois, est-ce une sorte de chrétien ? demandai-je doucement. Ou bien est-ce un Sarrasin ?

— Assez de questions, mon garçon. Trace-moi plutôt de belles lettres. »

Le père Horace se pencha et ramassa la boîte qui contenait tous mes dessins et mon matériel d'écriture. Le morceau de parchemin sur lequel j'avais griffonné quelques croquis en rapport avec le Second Style s'en échappa. Le père Horace l'examina et ses yeux chassieux se vidèrent de toute expression.

« Quel gâchis, marmonna-t-il. Si j'avais osé gribouiller ainsi, j'aurais reçu une bonne raclée. »

J'enroulai le parchemin incriminé et le mis de côté.

« Vous savez, dis-je au père Horace, mon oncle a épousé la veuve d'un homme qui a accompagné le père du comte Simon à Carcassonne. Il possède une tête d'Albigeois qu'il conserve dans un pot sur la cheminée. Chaque année, à Pâques, il la sort et la suspend à son porche. Parfois il lui met des fleurs dans la bouche. Certains ont rapporté des croisades des têtes de Turcs ou des têtes de Tartares ou des têtes de Sarrasins en guise de trophées. Mais mon oncle a celle-ci. J'aimerais savoir pourquoi. »

Le père Horace frissonna et rétracta ses mains sous ses manches. « Demande à ton oncle, croassa-t-il. Il devrait avoir honte de garder une telle cochonnerie dans sa maison. »

Bien entendu, pas un mot de ce que j'avais dit n'était vrai. Mais le vieux prêtre n'était manifestement pas bien disposé envers notre peuple. Il n'avait exprimé aucune sympathie pour le propriétaire de la tête, je veux dire pour son propriétaire initial ! Aucune allusion à un enterrement décent ni aux honneurs que l'on doit rendre à son propre ennemi.

« Mon oncle a dit que cette tête d'Albigeois me reviendra après sa mort. Je me demande seulement ce que j'en ferai. Qu'est-ce que vous me conseillez ? »

Je n'en revenais pas du plaisir que je prenais à broder cet horrible conte. C'était une excroissance de ma nature, une disposition tout à fait singulière que je n'avais pas encore explorée.

« Brûle-la ! me lança le père Horace avec zèle. Puis jette les cendres dans la fosse d'aisances !

— Pourquoi ? » demandai-je. Son courroux m'avait frappé et je voulais approfondir la question. Je commençais à comprendre ce qui avait toujours révolté Bert. La haine farouche que nourrissait ce vieil homme contre notre foi lui insufflait vraiment une nouvelle vie ! J'avais ressuscité les quelques vestiges d'esprit qui sommeillaient encore en lui.

« Méfie-toi des manichéens. Je n'en dirai pas plus. Ce seul mot est déjà un péché dans ma bouche. Mais je dois te mettre en garde, toi qui n'es qu'un enfant, ensuite je ferai pénitence. »

Il se leva et se dirigea vers la porte.

« Un manichéen, c'est un Albigeois ou un Cathare ?

— C'est blanc bonnet et bonnet blanc : ce sont les accusateurs de Dieu ! me lança le père Horace avec un tremblement dans la voix. Ceux qui condamnent le Créateur !

— Ils ont fait la fortune de mon oncle. Il dit que le père du comte Simon est devenu un homme important grâce à eux — grâce à leurs terres. Quand mon oncle est de bonne humeur, il embrasse la tête de son ennemi. Sans lui, je ne serais arrivé à rien, dit-il. »

Le père Horace se couvrit les yeux et s'appuya au chambranle de la porte. Je voyais bien que j'étais allé trop loin. Le pauvre vieux prêtre était sur le point de défaillir.

« Je ne reviendrai plus, Hedric, grommela-t-il d'une voix éteinte où perçait une nuance d'amertume. Je n'ai pas l'âme assez forte. »

Et là-dessus, il descendit l'escalier à pas pesants et s'éloigna en trottinant, on aurait dit une vieille chauve-souris pressée de regagner son logis.

XVII

Le lendemain matin, Bert n'était pas rentré. Je l'attendis jusqu'à neuf heures, guettant son pas dans l'escalier. Il avait encore neigé pendant la nuit ; la ville, immobile et silencieuse, gisait sous le blanc manteau comme un cadavre enveloppé dans un linceul. Et ce n'était pas fini, car de gros nuages noirs venus de l'est continuaient de défiler sur Londres, et, quoique le vent fût plutôt faible, de brèves bourrasques prémonitoires faisaient de loin en loin grincer les girouettes. Par la fenêtre, je vis quelques fidèles qui progressaient dans la neige pour se rendre à la messe de Notre-Dame. L'idée que ces gens étaient susceptibles, si on les y poussait, de prier pour que nous soyons tous massacrés me glaça le sang. Ne pouvant plus supporter le froid, j'enfilai tous les vêtements que je possédais, et pris aussi le bâton de Bert et son chapeau d'hiver à large bord. Avant de partir, je préparai un feu avec les quelques bouts de bois qui nous restaient. Je me persuadai que Bert avait été obligé de travailler sur le chantier malgré le mauvais temps et qu'il allait rentrer à bout de forces. Voilà ce que j'espérais. En réalité, je craignais qu'il ne lui fût arrivé quelque chose.

Il me fallut trois heures pour rejoindre Bishopsgate. Je suivis autant que possible les charrettes qui m'ouvraient un chemin dans la neige ; mais malheureusement, le trafic était des plus réduits. Comme je franchissais le mur de la ville, le vent d'est se leva et la neige se mit à tomber par rafales. Venues de la lande, des bouffées de froid mordant, aveuglant, s'engouffraient dans Bishopsgate. Et moi, je marchais droit dans la gueule du vent qui balayait les champs. Je m'aidais du bâton pour tâter le chemin, m'efforçant de longer les haies qui, d'ailleurs, ne tardèrent pas à disparaître sous la neige. Au bout d'un moment, je m'arrêtai pour souffler un peu et regarder derrière moi : mes empreintes avaient disparu ainsi que la ville. Tout autour de moi, un monde blanc, comme saisi dans un immense tourbillon.

Je n'avais pas encore atteint le chantier mais j'aurais parié que toute activité avait cessé. Avant la seconde chute de neige et les bourrasques, on avait peut-être encore pu avancer les travaux dans le passage souterrain, mais à présent que des congères se formaient et qu'il devenait quasiment impossible de rejoindre le chantier ou de le quitter, la paralysie devait être totale. Peut-être que Bert, vu le mauvais temps, s'était réfugié sur place. J'avançais dans le blizzard, avec l'espoir de voir ou de sentir la fumée d'un feu.

Le chantier était désert. A moitié enfoncé sous les congères, il n'était que creux et bosses, seuls émergeaient quelques pans de mur et d'échafaudages. Je le contournai en évitant tant bien que mal les fossés et autres embûches, puis m'acheminai dans la neige haute jusqu'à la petite ferme proche. Au cours de ma progression laborieuse, j'atteignis une grange à côté de laquelle étaient attachés trois destriers et une mule attelée à une charrette. Les destriers avaient des tapis de selle brodés aux armes de Montfort.

Le vent glacial devenait insoutenable. Mes forces diminuaient et mes jambes s'engourdissaient. J'avais passé suffisamment d'hivers dans le Nord pour savoir que je devais absolument trouver un refuge. Je passai devant les bêtes en prenant soin de marcher dans les empreintes de leurs sabots et pénétrai dans la grange.

Il y faisait sombre. Juste quelques rais de clarté blanche tombant çà et là à travers les planches disjointes. Je me laissai tomber sur un tas de paille et m'enroulai sur moi-même pour tenter de me réchauffer.

Après m'être accoutumé à la pénombre, je jetai un coup d'œil autour de moi. Des sacs étaient accrochés aux poutres du toit. J'avais du mal à accommoder mon regard car mes yeux étaient encore éblouis par la neige. Les contours des choses restaient flous. Il me fallut dix bonnes minutes avant de m'apercevoir que ce n'étaient pas des sacs, mais des hommes.

Ils étaient deux, pendus haut et court, et je distinguais à présent leurs visages, leurs mains, leurs pieds. Je voulus me lever mais mes jambes se dérobèrent sous moi. Non, pas mon père. Pas lui. Pas cette mort-là. Pas mon Bert bien-aimé.

Mes dents se mirent à claquer à la manière d'une crécelle. Mes bras et mes jambes ne m'appartenaient plus. Les pendus se balançaient doucement sous la poussée du vent qui soufflait à travers les interstices. Leurs cheveux étaient longs et fournis, les yeux et les dents brillaient. On aurait dit Bert en *deux* exemplaires ! Bert et son âme pendus côte à côte.

Soudain, la porte de la grange s'ouvrit. Je n'avais plus le temps de changer de place et d'ailleurs j'étais incapable de bouger. Incapable aussi, en dépit du danger, de détacher mon regard des visages des pendus. En pleine lumière, je constatai qu'aucun des deux n'était mon père. Je remerciai les Deux Dieux et me laissai retomber dans la paille avec une sensation extraordinaire de soulagement. Pendant ce temps, quelqu'un faisait entrer la mule à reculons et, pour finir, la charrette s'immobilisa juste au-dessus de ma tête. L'homme qui conduisait l'animal ne m'avait pas vu. Caché sous l'essieu, je suivais ses allées et venues. Il laissa la mule, sortit, rentra les trois chevaux et les attacha côte à côte à une mangeoire qu'il remplit. Puis il grimpa sur la charrette et, aussitôt après, j'entendis au-dessus de ma tête deux chocs sourds. L'homme avait coupé les cordes et les deux pendus étaient tombés dans la charrette. Quand ce fut chose faite, il quitta la grange et referma derrière lui.

Je ne réagis pas immédiatement. J'étais paralysé, autant par le froid que par la peur. Mais, lorsque des liquides, libérés par la mort, s'échappèrent des cadavres et se mirent à goutter à travers le plancher de la charrette, j'eus un sursaut d'énergie pour me traîner à l'écart. Cependant, je n'arrivais toujours pas à me tenir debout. Chaque fois que je tentais de me lever, mes genoux se dérobaient sous moi et je m'affalais dans la paille. En désespoir de cause, je rampai jusqu'aux chevaux, m'accrochai des deux mains à un étrier, me hissai sur mes jambes et restai là, collé contre l'animal, pour me réchauffer. Il hennissait doucement en sentant une présence étrangère contre lui mais, à cause de la tempête, on ne risquait pas de l'entendre.

Alors que, debout contre le cheval, je me retenais à la selle, je sentis que la sacoche attachée au pommeau était pleine. Je l'ouvris et fouillai dedans à l'aveuglette. Il y avait du pain, du fromage, de la viande et une bouteille de vin : un repas complet pour une personne. J'en conclus que l'heureux propriétaire n'allait pas tarder à chercher son bien. Je découvris alors des rations identiques dans les sacoches des autres chevaux. Ces hommes avaient été envoyés en mission, et pour un certain temps, semblait-il. Manger et boire, voilà ce qu'il me fallait pour reprendre des forces et me préparer à affronter le pire. Certes, c'était très risqué : si les cavaliers s'apercevaient qu'on avait grignoté leur fromage, je n'avais plus aucune chance de m'introduire dans la ferme. Mais j'avais trop froid et j'étais trop faible pour me passer de manger : aussi pris-je une bouchée de chaque part, une gorgée de chaque bouteille. Jamais souris ne se montra si délicate.

Une fois restauré, je me sentis d'attaque. Il me fallait d'abord tâcher d'identifier les deux morts. A première vue, l'un et l'autre étaient pauvrement vêtus et bien charpentés. Deux solides gaillards. Je me penchai par-dessus le rebord de la charrette pour tâter leurs mains. Elles étaient dures et calleuses comme celles de tous les hommes de notre corporation. Leurs habits humides et crottés sentaient la chaux.

C'étaient à coup sûr des ouvriers du bâtiment, probablement les deux manœuvres qui avaient aidé Bert à creuser le passage souterrain. Je les fouillai, à la recherche d'un indice qui me permettrait de les identifier, mais leurs assassins avaient pris les devants. Il n'y avait rien dans leurs poches. Deux existences réduites à de froides carcasses sans nom et sans foyer. C'est avec le plus grand respect que je rajustai leurs vêtements. Comme j'arrangeais la ceinture de l'un des corps, ma main resta accrochée à un objet. C'était un petit disque d'argent retenu par un cordon qui allait s'enrouler autour du scrotum de l'homme. Je coupai le cordon et me rendis près de la porte pour examiner le disque à la lumière. Il y avait, gravées dessus, les lettres BHM.

Bonhomme.

Le mort avait été un des gouverneurs de la foi albigeoise, une sorte de prêtre, si l'on veut ! Je fouillai l'autre corps et y trouvai un disque identique.

Bert avait travaillé avec deux de nos bonshommes. Loin d'être de simples ouvriers, il s'agissait de deux membres éminents de notre foi, garants du salut de nos corps et de nos âmes.

Avant de partir à la recherche de Bert, je poussai légèrement la charrette sous un rai de lumière, si bien que les visages des deux morts s'en trouvèrent comme auréolés. Alors, je priai les Deux Dieux de conduire les morts tout en haut de cette échelle de lumière blanche, jusqu'au royaume de l'esprit. Je savais que, malgré leur mort horrible, leur esprit avait pris son envol vers la plus extraordinaire des aventures : cette aventure était aussi la mienne et je voulais me conduire envers les bonshommes comme un parent et un ami plutôt que de laisser ce soin à la mule et aux chevaux.

J'attachai les deux disques d'argent autour de mes testicules mais ils ne cessaient de glisser parce qu'il n'y avait pas encore là de quoi les retenir. Je passai finalement les cordons autour de mon cou et dissimulai les disques d'argent sous ma chemise. Aussitôt, je me sentis plein de courage, et mon cœur qui battait la chamade parut se calmer un peu. Au moment de quitter la grange, je me dis que Bert était peut-être mort. Si c'était le cas, je voulais le rejoindre. Si ces bouchers refusaient de me tuer sous prétexte que j'étais un enfant, je leur montrerais les disques des bonshommes, les meilleurs des hommes, et j'exigerais d'être tué. Si un hérétique n'a pas d'autres droits, au moins a-t-il celui de mourir.

Dans la cour, la neige me montait à présent jusqu'aux genoux. Les traces de l'homme qui était venu à la grange commençaient à s'effacer. Je sautai néanmoins de l'une à l'autre, comme on traverse une rivière à gué, franchis de la sorte la cour de la ferme puis longeai le mur de la porcherie qui était adossée à la maison. Il n'y avait pas de cochons dedans. Je grimpai sur le toit et rejoignis en rampant sur le chaume une lucarne qui s'ouvrait dans le pignon de la maison. M'étant faufilé précautionneusement à l'intérieur, je me retrouvai à califourchon sur un chevron, au-dessus d'une pièce vide sans plafond. J'atterris sur le plancher en souplesse, de manière à ébranler le moins possible le bois : puis je m'immobilisai et tendis l'oreille.

Je perçus des bruits au-dessous de moi. Des bruits étouffés, indistincts : cliquetis, frottements, voix entrecoupées de longs silences.

En explorant à pas feutrés le premier étage, je découvris l'escalier qui descendait au vestibule. Il y avait plein d'argile sur le plancher et même sur les murs blancs, en longues traînées. En arrivant, j'en avais vu un gros tas devant l'entrée. Je descendis doucement les marches et suivis les traces d'argile jusqu'à une porte ouverte donnant sur la pièce principale. Au passage, je remarquai des hottes empilées dans un coin de cette grande pièce. En face, une autre porte s'ouvrait sur la cuisine. Les bruits, à présent, me parvenaient plus distinctement. Je pénétrai dans la cuisine. Il y avait du feu dans la cheminée et une troisième porte, ouverte également, menant à un escalier qui plongeait dans le sous-sol. Comme je me tenais en haut de ces marches, je reconnus très nettement un raclement de truelle.

Mais c'était un autre son que j'espérais entendre. Un son qui contenait toute la musique de mon univers. Si l'instrument devait être brisé, j'étais brisé moi aussi. Parle, Bert, mon père, priai-je silencieusement en touchant les disques des bonshommes. Dis quelque chose.

Une voix se fit entendre. Mais ce n'était pas celle de Bert. Puis un raclement de truelle et la claque du mortier humide sur la pierre. Quelqu'un rit. Ce n'était pas Bert. Je me cramponnai au montant de la porte, refrénant mon envie de crier : « Hé, Bert, ça va ? » et de m'enfuir dès que j'aurais obtenu la réponse ardemment espérée : « Oui, mon garçon. Je suis là. Aide-moi si tu peux. »

Je ne voulais pas le voir. Je savais qu'il serait avec les hommes de Montfort : les reîtres du fils du Boucher qui avaient reproduit, à une échelle certes réduite mais d'une manière non moins atroce, les massacres du Midi. Jamais encore, jusqu'à ce jour, je n'avais vu l'un des nôtres supplicié : ces deux-là étaient différents des autres morts que j'avais pu voir — il y avait du vent dans leurs yeux comme s'ils étaient pressés de quitter ce monde ignoble, trop ignoble.

« Ça vous ira comme ça ? »

Cette fois, c'était la voix de Bert. Je l'entendis jeter la truelle, frapper dans ses mains, pousser un grand soupir, autant de bruits qui, chez lui, signifiaient que la besogne était achevée. Je me mordillai la main pour ne pas fondre en larmes. Oh, je ne penserai plus jamais du mal de toi, Herbert Haroldson. Peu importe ce que tu as fait ! Je le jure. Tu es en vie et c'est désormais la seule chose que je te demanderai.

« Il faut tout nettoyer, dit l'un des reîtres.

— Tu veux rire. Il y en a pour une journée, répliqua Bert.

— Tout doit être propre, insista l'homme. Allons, au boulot ! »

J'entendis Bert qui commençait à manier la pelle.

« Et si vous me donniez un coup de main ? éclata-t-il un instant après. Je ne suis pas payé pour nettoyer. » Il y eut un bruit, il avait dû jeter sa pelle. « Je suis un professionnel ! Vous entendez ? Un homme compétent !

— Nettoie ou je te défonce le crâne. Nous sommes, nous aussi, des hommes compétents, ne l'oublie pas. »

Je pouvais m'imaginer en quoi consistait le nettoyage. Le ton, à la fois menaçant et plein de morgue, du reître me fit l'effet d'une provocation à laquelle je me devais de répondre, et rapidement. Car mon père était en fort mauvaise posture, me semblait-il. Du reste, il y avait une intonation bizarre dans sa voix : on aurait dit un condamné qui essaie encore de parler au moment où on lui passe la corde au cou.

Bert m'avait souvent parlé des grands bûchers sur lesquels on brûlait nos frères dans le sud de la France : des feux de joie dans lesquels on jetait femmes et enfants. Pour eux, le feu avait été une mer de lumière sur laquelle ils avaient vogué vers la pure joie de l'esprit. Il les avait libérés, mais au prix d'une terrible agonie. Le feu, depuis, est devenu l'allié des Albigeois. Nous nous en servons pour nous débarrasser des ouvrages vétustes, pour cautériser nos plaies, pour purifier les lieux de nos souffrances.

J'allai quérir les hottes que j'avais aperçues dans la pièce principale et les entassai rapidement contre la porte menant à la cave. J'avais trouvé du saindoux sur une étagère, j'en enduisis les longerons de bois ainsi que la porte. Puis je tirai quelques tisons de la cheminée et les déposai tout près de mon bûcher improvisé, après quoi j'ouvris une fenêtre latérale.

Le vent s'engouffra dans la pièce et les tisons s'enflammèrent aussitôt. Du pied, je les poussai sous les hottes qui bouchaient la porte, celles-ci s'embrasèrent en un clin d'œil et le feu se communiqua aux cloisons de torchis. Je n'attendis pas davantage, sautai par la fenêtre, atterris dans la neige et attendis.

J'avais de la neige jusqu'à la taille maintenant, et, l'oreille collée au mur, j'écoutai. Enfin j'entendis des cris. Il me sembla qu'on avait mis bien longtemps à s'apercevoir qu'il y avait le feu. Le plafond du premier étage au-dessus de la cuisine était déjà en flammes.

Je n'avais pas été très malin ce jour-là. C'était beaucoup trop risqué. J'avais tablé sur le sens de l'improvisation de Bert et sur la panique, qui m'apparaissait soudain hypothétique, de reîtres aguerris, accoutumés à affronter la mort. Après tout, il suffisait d'un coup d'épée pour occire mon père. Nous ne saurions jamais quels ordres avaient reçus les reîtres, si Bert devait être effectivement tué une fois le passage souterrain terminé ou si Montfort avait l'intention de faire appel à lui pour d'autres tâches. On eut beau prétendre, après coup, qu'il n'avait jamais été question de liquider Bert, je ne me laissai pas convaincre : la pendaison de nos deux bonshommes m'inclinait à croire le contraire.

L'un des reîtres sauta par la fenêtre et se mit à courir dans la neige. Bert sauta aussitôt après, suivi des deux autres reîtres. Debout dans la neige, les quatre hommes regardèrent la ferme flamber. Personne ne m'avait remarqué alors que j'étais toujours là, collé contre le mur, pétrifié, tandis que la ferme partait en fumée et, avec elle, mes espoirs.

Je me laissai glisser dans la neige et restai couché à l'abri de leurs regards, maudissant ma bêtise. J'avais perdu mon seul avantage. Pour rien. Dire que je m'étais donné tout ce mal pour rien ! Les hommes de Montfort devaient bien se douter que quelqu'un avait allumé ce feu — ils ne croyaient tout de même pas que le feu se déclare par enchantement.

J'entendis un crépitement au-dessus de moi, les flammes avaient gagné la partie centrale de la maison. Je tendis le cou, risquai un coup d'œil et vis la porte de la grange s'ouvrir toute grande et Bert que l'on poussait à l'intérieur.

A présent, il était vraiment dans la cellule des condamnés à mort. Et c'était moi qui avais provoqué cela. Je n'ai pas le choix, me dis-je, je dois continuer sur ma lancée pour tenter d'enrayer l'affreuse conclusion vers laquelle on s'achemine en face, dans le monde des adultes. Je décidai de me montrer carrément. De déclarer que je passais justement par là lorsque j'avais vu le feu. Je courus à la grange, ouvris brutalement la porte grinçante et entrai. Les trois hommes d'armes étaient debout à côté des chevaux, visage cramoisi, luisant de sueur. Bert était assis dans le foin, les jambes croisées, le visage levé vers moi. Il ne pouvait pas me reconnaître à cause des flammes derrière moi, et, entre les hennissements de terreur des chevaux et les braiments de la mule, c'est à peine s'il entendait ma voix.

« Hé ho ! Hé ho ! m'écriai-je. Savez-vous qu'il y a le feu ? Les étincelles volent. Vous devriez sortir d'ici.

— Ferme cette porte ! » rugit l'un des reîtres, et, au même instant, le cheval qu'il retenait par la bride lui échappa. La bête heurta le cheval d'à côté, celui-ci se cabra et culbuta sur l'arrière de la charrette ; son poids souleva les brancards et la pauvre mule manqua s'étrangler dans le harnais. Les trois chevaux furent pris de panique tandis que les flammes, aspirées dans la cour par le vent tourbillonnant, dansaient dans la neige et commençaient à lécher les murs de la grange. Au même instant, j'étais renversé par la mule qui avait réussi à se dégager et à filer vers la porte en traînant la charrette derrière elle. Les roues passèrent sur mes jambes mais je ne sentis pas grand-chose car j'avais eu la chance de tomber dans la congère qui s'était formée derrière la porte. J'étais encore à plat ventre dans la neige quand les trois chevaux passèrent sous mon nez et s'éloignèrent au triple galop. Je me relevai et regardai autour de moi. Bert était toujours assis dans le foin, les yeux levés. Deux des reîtres gisaient à côté de lui. Le troisième était accroché à une mangeoire et gémissait lamentablement.

Je saisis le bras de Bert et le secouai en gueulant à tue-tête. Il ne me reconnaissait pas et ne me regardait même pas. Ses yeux restaient fixés sur les deux bouts de corde qui pendaient encore des chevrons.

« Papa ! » lui criai-je dans l'oreille.

Il secoua la tête.

« Est-ce que ces salauds sont bien morts ?

— Je ne sais pas. Viens, filons d'ici.

— Dire qu'ils m'espionnaient ! »

Je ne comprenais rien à ce qu'il disait. Je me penchai sur l'un des hommes qui gémissait à terre, lui pris son épée et la fourrai dans la main de Bert.

« Debout, père !

— M'espionner, moi... ! criait-il. Pourquoi ? N'ai-je pas toujours agi de mon mieux, en loyal adepte de notre foi ? »

Je l'aidai à se remettre debout, ce qui n'alla pas sans mal. Une fois dehors, je le poussai dans la neige sur les traces de la charrette et nous eûmes tôt fait de rattraper la mule qui s'était arrêtée, tête baissée contre le vent. Bert continuait à raconter qu'il avait été espionné et l'épée qu'il traînait dans la neige ressemblait au gouvernail cassé d'un navire à la dérive. Je l'amenai tout contre la charrette et voulus l'y faire monter.

« Non, pas avec ces deux-là, dit-il en crachant sur les corps des bonshommes. Je ne monterai pas avec ces cochons de traîtres. »

Alors que je tentais de le raisonner, j'entendis le son assourdi d'un tambour. Un cavalier émergea du blizzard ; d'une main il frappait en cadence sur l'un des deux tambours accrochés aux flancs de son gros cheval, de l'autre il chassait la neige sur la peau de ses instruments. D'autres cavaliers le suivaient, ils restaient groupés, se dirigeant d'après le son du tambour qui couvrait les hurlements du vent. Quand ils virent le feu, tous éperonnèrent leur monture pour s'en approcher. Ils passèrent non loin de nous sans nous prêter la moindre attention et, arrivés à proximité des flammes, ils mirent pied à terre et se déplacèrent sur la neige à pas pesants, visiblement épuisés. Je jetai un coup d'œil interrogateur à Bert qui grimaçait un sourire.

« J'espère que quand la neige fondra sur leurs écussons, on ne découvrira pas que ce sont les hommes du comte de Leicester », dit-il.

Il n'y a pas d'enfer. L'imagination des Créateurs ne saurait dépasser les tribulations qui nous sont réservées en ce bas monde. Purgatoire et damnation éternelle ? Les gens du peuple connaissent bien pire ! Qu'ont-ils donc fait pour mériter cela ? Y a-t-il un seul homme, une seule femme, qui ait demandé à naître dans ce monde de souffrances ? Comment pourrait-on reprocher à la chair de désirer confort et chaleur ? Le christianisme n'existe que parce que les juifs réclamaient à cor et à cri un messie — n'importe quoi ! n'importe quoi ! suppliaient-ils, quelqu'un ou quelque chose qui nous soustraira à cette peine, à cette douleur. Envoie-nous un enfant de Bethléem. Envoie-nous un lézard prêcheur, si tu veux. Mais sors-nous de là, ô Seigneur !

Néanmoins, il y a des limites à l'enfer sur terre. Les affres et les angoisses peuvent parfois se dissiper : ce jour-là, ce ne fut pas l'escorte de Simon de Montfort qui nous croisa sur la lande, mais celle de la reine Éléonore, la femme française du roi Henri. Nous contemplâmes ensemble les flammes de l'enfer : la reine, à travers les rideaux entrebâillés de sa voiture, nous à travers la brume de l'hébétude où nous étions plongés après tout ce qui venait de se passer. Quant aux hommes de l'escorte, ils avaient l'air tout contents de cette halte providentielle qui leur permettait de se remettre de leur progression exténuante dans la neige.

Tandis qu'ils ne cessaient d'alimenter le feu avec tout ce qui leur tombait sous la main, le blizzard se calma et l'on vit du bleu dans le ciel. Nous étions toujours debout derrière la charrette, et personne ne s'était inquiété de notre présence. Tout à leur affaire, plusieurs hommes se précipitèrent vers nous, dételèrent la mule et traînèrent la charrette vers le feu. Ils ne se soucièrent pas d'ôter la neige entassée sur le plateau mais basculèrent la charrette dans le feu. La neige fondait, de la vapeur s'éleva, puis une fumée noirâtre. Je crois que quelques-uns virent ce qui brûlait dans les flammes — les corps des bonshommes —, mais ils ne s'en formalisèrent pas. On empila du bois autour des corps qui se consumaient. Les hommes présentaient leurs mains aux flammes pour se réchauffer. Quand enfin nous décidâmes de les rejoindre et de nous réchauffer à notre tour, les corps de nos bonshommes étaient déjà quasiment réduits en cendres.

A présent que le ciel s'éclaircissait, nous nous rendîmes compte que la compagnie était fort nombreuse. Tous ces gens étaient en route depuis une bonne semaine ; partis de Lincoln, ils avaient fait halte à Newark et à Peterborough puis s'étaient retrouvés en plein blizzard alors qu'ils s'acheminaient vers l'abbaye de Waltham. La reine Éléonore voyageait avec ses quatre oncles poitevins, ses trois demi-frères de Lusignan et l'évêque de Winchester, également français. Ils s'étaient rendus à l'évêché de Lincoln pour se concilier Robert Grosseteste, l'évêque, et le convaincre de devenir un ami du roi plutôt qu'un serviteur du pape.

Voilà ce que j'appris en écoutant les sergents d'armes bavarder près du feu. Ils haïssaient la reine et ne s'en cachaient pas. Ils avaient fort apprécié le ton hautain adopté par Grosseteste pour repousser la démarche de cette dernière. A leurs yeux, l'évêque était un héros. S'il fallait choisir entre la parentèle française de la reine Éléonore et les Romains, leur décision était prise. Rien ne pouvait être pire que les Français et leur incommensurable rapacité. « La garce est tombée sur un os », déclara l'un des hommes. (Il avait la barbe constellée de cristaux de neige.) « Ce bon vieux Grosseteste ne s'est pas gêné pour lui dire ce qu'il pensait de ses putains de frères. Dommage qu'il ne les ait pas fait découper en rondelles, enfin, c'est un homme d'Oxford, plus délicat que nous autres. Quand notre roi, notre pauvre Harry l'Inconsolable, a épousé cette vache française, il ne nous a pas fait un cadeau, ça non... », et ainsi de suite, toujours sur le mode sardonique.

La reine et son escorte nous ouvrirent un peu plus tard une large route dans la neige, grâce à quoi nous parvînmes à nous traîner jusqu'aux remparts de la ville, trop épuisés pour parler, voire pour nous réjouir d'être encore en vie. Brève randonnée, mais ô combien étrange : jamais je ne m'étais senti aussi proche de l'état de pierre, j'étais froid et sans vie, comme une statue en marche, portant sur tout le corps les stigmates de sa naissance.

Quand nous retrouvâmes notre chambre, à ma grande surprise, rien n'avait changé. Si, en ouvrant la porte, j'avais trouvé les murs complètement barbouillés par quelque fou ou le lit hérissé de clous, je n'aurais pas été le moins du monde surpris. Mais la pièce était exactement telle que nous l'avions laissée : paisible, familière, confortable. Le changement et le désordre que j'avais pensé trouver là étaient à l'intérieur de moi-même et tout mon être aspirait au repos.

J'allumai le feu que j'avais préparé pour le retour de mon père. Assis tous les deux en silence, nous le regardions flamboyer. Et j'étais sûr que dans l'âtre, Bert voyait la même chose que moi — un second feu derrière le premier :

Une ferme embrasée avec un nuage de fumée zébré de rouge, la bannière du fils du Boucher se déployant sur l'Angleterre.

XVIII

Dans l'après-midi, on nous porta un message qui conviait Bert à se présenter séance tenante aux maîtres de la loge de Saint-Paul. Dix minutes plus tard, en sortant, il tomba sur deux hommes qui l'attendaient dehors, assis sur les marches, porteurs d'un second message infirmant le premier : mon père, cette fois, était mandé à six heures, muni de ses bagages, à la loge de Westminster. Bert voulut en savoir plus sur cette convocation, mais on se borna à lui faire observer qu'elle était émise sur ordre du roi. Lorsqu'il répliqua que les loges n'avaient pas besoin d'un ordre du roi pour convoquer qui que ce fût, les deux gaillards se bornèrent, pour toute réponse, à le dévisager d'un air apitoyé.

« C'est une sale histoire, Herbert Haroldson, dit finalement l'un deux. N'aggrave pas ton cas.

— Une sale histoire ? Quelle histoire ? Qu'est-ce qu'on me reproche ? bafouilla Bert, soudain très pâle. Je n'irai pas, à moins que vous ne me donniez une bonne raison !

— Tu as fait du zèle du côté de Bishopsgate. Il y a eu des pertes, semble-t-il, et trop importantes pour qu'on puisse les ignorer. C'est ton fils ? »

L'homme me regardait froidement. A sa manière de me dévisager en plissant les yeux, je sus que nous avions affaire à un tailleur de pierre.

« Je suis son fils et son apprenti, dis-je gravement. Et je vais là où il doit aller.

— A ta place, jeune homme, je ne dirais pas cela. Ton père risque de passer l'hiver dans un drôle d'endroit. »

Je me tournai vers Bert. La peur l'avait épuisé. Je sentais que son esprit n'était tout simplement plus à la hauteur des événements, aussi pris-je la parole à sa place :

« La loge de Westminster sait-elle qu'il a un fils qui voyage obligatoirement avec lui ? m'enquis-je.

— Apparemment non. Mais peux-tu prouver que tu es son fils ? Tu pourrais être n'importe qui, son petit ami, par exemple, dit le deuxième homme. Et si tu es son apprenti, tu dois avoir un contrat.

— Regardez-moi ! m'exclamai-je. Vous croyez que je pourrais être le fils de quelqu'un d'autre ! »

Sans mot dire, Bert s'approcha de son coffre et en tira mon contrat. Il déroula le parchemin sous les yeux des deux hommes.

« Il y a longtemps que je suis dans le métier et j'ai pas mal roulé ma bosse. En plus, j'ai la réputation d'être plutôt franc du collier. Vous pourriez au moins me dire où l'on veut m'envoyer, plaida-t-il.

— *Nous* envoyer ! insistai-je. Où qu'il aille, je l'accompagne. »

Les deux hommes rendirent le contrat à Bert, sortirent de la chambre pour se concerter et nous firent savoir, un instant après, qu'ils attendaient un autre message qui dirait si je pouvais accompagner Bert ou non. Pendant ce temps, nous ne devions pas quitter la maison. On allait nous apporter à boire et à manger.

Bert les exhorta encore à lui dire de quoi il retournait. Mais ils refusèrent d'ajouter quoi que ce fût.

« Allons, allons ! maugréa-t-il, ayant manifestement dominé sa peur et retrouvé toutes ses facultés. Nous devons nous entraider, mes frères. Il y a place dans la foi que nous partageons pour un zeste de charité. Dites-moi ce que vous savez.

— Tu l'apprendras cette nuit même de la bouche de maître Henry de Reyns, lui répondit l'un des hommes d'un ton excédé. Et si tu veux mon avis, montre-toi prêt à lui obéir en tout.

— Le maître maçon du roi ? Mais pourquoi ? Et que peut-il bien me vouloir ? »

Les deux hommes sortirent sans lui répondre et nous les entendîmes descendre l'escalier. J'étais sur le point de refermer la porte derrière eux lorsque j'aperçus deux autres hommes qui grimpaient les marches ; ils étaient en armes et l'un d'eux portait un panier qu'il me tendit avant de refermer lui-même la porte. J'entendis un cliquetis d'épées tandis qu'ils s'installaient sur le palier.

Nous étions médusés et n'osions toucher à rien. Le panier regorgeait de nourriture et de vin. C'était comme dans un rêve. Quelques minutes plus tard, on frappa et un troisième homme entra avec du bois de chauffage. Il se dirigea vers le feu qu'il chargea et ranima en soufflant sur les braises, après quoi il ressortit sans avoir desserré les dents. Un quart d'heure plus tard, un quatrième homme se présenta avec des habits neufs pour Bert — chemise et chausses, cotte, manteau, bottes et chapeau. Il fut suivi d'un cinquième qui déposa dans la chambre un beau sac de cuir plein d'outils neufs, entre autres des ciseaux si bien affûtés qu'un homme aurait pu s'en servir pour se raser.

« Hedric, chuchota mon père, c'est à devenir fou. Il faut que je sorte d'ici.

— Tu sais bien qu'ils nous l'ont interdit, lui rappelai-je en caressant les outils. Cela se présente bien, non ? Tous ces cadeaux sont de bon augure.

— Je ne veux pas de cadeaux ! soupira Bert en se tapotant les tempes avec le plat de la main. Ce que je veux, c'est sortir de ce trou ! Sortir de Londres ! »

Une heure après, on nous délivrait un autre message nous informant que j'étais autorisé à accompagner Bert. Ce dernier message fut suivi d'un second panier plein de victuailles — un peu plus petit que le premier —, d'un autre chargement de bois puis d'habits à ma taille. Je vivais dans un rêve, en attente de quelque présent encore plus beau ; pour Bert, en revanche, c'était un cauchemar de voir notre chambre tout à coup pleine de choses qu'il n'aurait jamais pu s'offrir ; s'agissait-il de nous séduire ? De nous acheter ? Ou bien étaient-ce des cadeaux d'adieu ? Dans certaines tribus, on apporte à celui qui va mourir des provisions pour le grand voyage.

Puis *mes* outils arrivèrent.

Je les sortis de leur beau sac de cuir. C'était une panoplie complète, comme pour Bert, mais en les disposant côte à côte sur le plancher, je constatai qu'il y en avait même davantage.

J'étais si excité que j'en oubliai notre situation.

« Tu n'as pas celui-ci ! Et celui-là non plus ! dis-je à Bert en lui montrant tel et tel outil. Je me demande bien pourquoi. »

Il me regarda d'un air sombre puis enfila délibérément ses vieux brodequins et repoussa du pied le paquet d'habits neufs pour se rendre à la porte. L'ayant ouverte, il se retrouva nez à nez avec les trois hommes qui attendaient dehors, le visage bleui de froid.

« Où penses-tu aller comme cela ? dit l'un d'eux. Reste plutôt bien sagement au coin du feu, heureux homme. »

Bert s'immobilisa ; par-dessus son épaule, son regard courut sur les paniers pleins de bonnes choses, sur les beaux habits chauds, sur moi et mes richesses nouvelles étalées à mes pieds, et du coup son visage s'illumina du plus large et du plus resplendissant des sourires, un véritable rayon de soleil amical, chaleureux. D'où il pouvait bien tirer pareil sourire d'un instant à l'autre, je ne l'ai jamais su.

« Hé, les gars, lança-t-il aux trois factionnaires, plutôt que de continuer à vous les geler dehors, entrez donc ! On va partager ce qu'on a là ! »

Ainsi fut fait. Et à l'heure où l'on se mit en route pour Westminster, tout le monde était de fort belle humeur. Mais lorsque, grimpés à bord du traîneau bâché, nous glissâmes par les rues, nos lourds bagages sur les genoux, le poids de la nuit londonienne eut tôt fait de s'appesantir sur nous et l'ambiance vira à la morosité.

Nous pensions que le traîneau se dirigerait vers l'ouest, par Fleet Street, mais il descendit Friday Street, vers l'est, et nous emmena à travers une digue enneigée jusqu'à l'embouchure de la Walbrook, près de Dowgate. Une barge nous attendait au pied d'une échelle aux barreaux verdâtres et glissants par laquelle nous descendîmes à bord de l'embarcation, le nez plein de l'odeur forte de saumure émanant du bois qui émergeait de l'eau à marée basse. On nous fit parvenir nos bagages à l'aide d'une corde et nous nous assîmes à l'arrière, dos au vent, toutes nos questions se noyant dans les ténèbres de cette nuit d'hiver. Il n'y avait pas d'étoiles, rien que quelques points lumineux du côté de London Bridge. Au-dessous de nous, la Tamise était noire comme du charbon liquide.

Nos camarades et anges gardiens nous quittèrent là. Quoique pas mal éméchés, c'est d'un air parfaitement sinistre qu'ils nous regardèrent nous installer dans la barge. A peine y avions-nous pris place qu'ils rajustèrent leur capuchon et disparurent sans un mot d'adieu, comme des voleurs dans la nuit.

Le vent d'est s'étant levé, on mit à la voile et, peu après, les six rameurs se contentèrent d'effleurer l'eau du bout de leurs pales tandis que la barge nous emportait à vive allure. Nous ne tentâmes pas de parler à ces hommes, pas plus d'ailleurs qu'au maître d'équipage qui s'était installé à l'avant et n'en bougea pas, manifestement peu désireux d'entrer en conversation avec nous. Nous croisâmes les lumières de Queenhithe et de Bishop's Wharf, scintillantes comme des yeux de souris. Nous laissâmes derrière nous l'embouchure du Fleet et le marais. A présent que la marée montait, nous allions encore plus vite, voile gonflée, haussières vibrantes, rames levées. Donnant de la gîte côté nord, l'embarcation s'enfonça dans la nuit.

« A la fin de cette nuit, nous aurons perdu notre liberté, grommela Bert en me serrant contre lui. C'est mieux que d'être mort, sans doute, mais c'est moins bien que ce que nous avons connu jusqu'à présent.

— Je pense qu'on va te proposer de l'ouvrage à Westminster, dis-je d'un ton léger. J'en suis même tout à fait certain.

— Pour nous récompenser d'avoir incendié la propriété du comte de Leicester ? répliqua Bert en humant le vent comme un vrai marin. Je ne sais pas pourquoi ils m'ont convoqué mais ce n'est sûrement pas pour me dire merci.

— Ils ne savent pas que c'était nous ! protestai-je sans grande conviction.

— Dans cette ville, une mouche ne peut pas lâcher un pet sans qu'il se trouve un greffier pour l'enregistrer. Ils nous laissent courir mais ils nous surveillent, ils enregistrent nos faits et gestes. Nous ne savons pas le centième de ce qui se passe. Vois-tu, Hedric, ce n'est pas d'architecture qu'il s'agit ici, mais de la nature des seigneurs et de leur connaissance de la terre. Cette terre où nous vivons, où nous bâtissons, nous ne la connaissons pas parce que nous ne la possédons pas. Ce fleuve monte et descend chaque jour. Personne ne peut l'en empêcher. Il est donc libre de faire ce qu'il veut. Et pourtant, il appartient à quelqu'un. La quille de ce canot glisse dans l'eau, mais cette eau, Hedric, fait partie d'une propriété.

— Oui, Papa, dis-je, quelque peu décontenancé par ces remarques. Là, tu as mis dans le mille.

— C'est moi qui parlerai, hein, ne l'oublie pas. »

A ces mots, Bert me saisit par l'épaule. La voile fut baissée et les six rameurs souquèrent pour amener la barge au bord d'un quai. Des hommes munis de torches nous attendaient en haut de l'échelle. Le maître d'équipage monta le premier puis nous invita à le suivre. Les bagages furent hissés derrière nous, les porteurs de torches s'en emparèrent et nous conduisirent dans l'obscurité.

Nous étions arrivés au palais de Westminster.

Depuis notre arrivée à Londres, j'étais allé plusieurs fois sur le site de Westminster où l'on démantelait l'ancienne abbaye bénédictine en même temps que l'on bâtissait le nouvel édifice commandé par le roi Henri III. Nombreux étaient ceux qui estimaient qu'il faudrait entre cinquante et cent ans pour mener à terme cette énorme entreprise. Mais le roi, lui, avait décrété que tout devait être achevé avant sa mort. Comme il avait alors quarante-trois ans, il ne restait aux maçons qu'à mettre les bouchées doubles. Maître Henry de Reyns, à la tête du chantier depuis cinq ans, pressait le mouvement des équipes de maçons alors même que se poursuivait la démolition de l'ancien bâtiment. La besogne était dangereuse et, à la loge de Saint-Paul, on ne cessait de parler des accidents dus tant à la hâte excessive qu'au défaut d'organisation. Il y était également beaucoup question de la scandaleuse préférence marquée par le roi pour le goût français : tout devait être copié sur Reims, Amiens, Beauvais ou Paris, si bien que les maçons anglais n'avaient guère l'occasion de faire valoir leurs propres conceptions. Lors de mes nombreuses promenades sur le site en question, j'avais entendu pas mal de potins sur le compte du maître maçon du roi.

Maître Henry de Reyns restait dans l'ombre et déléguait une grande partie de ses pouvoirs à ses subordonnés immédiats. On le respectait en tant qu'architecte et philosophe, mais il n'était guère populaire. Il n'était pas d'un abord facile et passait pour servir le roi, son maître, aux dépens de la gent laborieuse. Ce rendez-vous avec lui, en pleine nuit, à proximité de la gigantesque carcasse désossée de l'abbaye, voilà qui me paraissait en parfait accord avec sa personnalité. Je l'avais toujours imaginé ainsi : un homme jonglant avec les forces de la nuit, abattant d'une main la tour du Confesseur, élevant de l'autre la maison du Chapitre — à la fois en haut et en bas, dedans et dehors, le tout à un rythme d'enfer comme si la fin du monde était pour demain. Pas étonnant qu'il préférât se tenir à l'écart et laisser à ses subordonnés le soin d'essuyer les plaintes des ouvriers ! Et par ce temps, avec la neige et la glace qui rendaicnt l'avancement de l'ouvrage quasiment impossible, il serait sûrement encore plus difficile de le débusquer ; car je ne doutais pas que le roi lui eût mandé de maintenir le chantier en activité contre vents et marées. Cela dit, maître Henry devait satisfaire également aux exigences de l'abbé des Bénédictins, Richard de Crokesley, responsable devant le pape de l'administration de l'abbaye. Ainsi le maçon du roi servait-il deux maîtres et même, disait-on, un troisième, qui n'était autre que le roi de France, Louis le Croisé, actuellement prisonniers des Sarrasins. Louis était depuis toujours l'ami de notre roi Henri ; il l'avait soutenu dès le début de son règne, lorsque son trône était encore chancelant. Que le saint roi Louis fût retenu en captivité en Égypte ou qu'il fût rentré chez lui, à Paris, ne changeait rien à l'affaire. Le roi Henri demeurait son débiteur et d'aucuns disaient même que Louis le tenait en sa main. Qui donc bâtissait Westminster ? Au yeux du peuple, ce n'était qu'un symbole de la puissance française conjuguée à la puissance papale, l'une et l'autre suspendues comme une menace sur Londres et l'Angleterre.

On ne nous conduisit pas à la loge, comme je l'avais pensé, mais à l'entrée sud du monastère, tout à côté de la bruyante tour du Sanctuaire où se réfugient ceux qui fuient la justice du roi. Les marais autour de Westminster grouillent de voleurs et de prostituées, la proximité de la cour royale étant propice à leur négoce, celle du sanctuaire fort pratique s'il devenait urgent d'échapper aux officiers de la loi. Il y avait toujours beaucoup de bruit dans la tour, chants, cris, rires, blasphèmes. Je m'y étais maintes fois arrêté pour y glaner des tournures qui pouvaient s'avérer utiles en cas de mauvaises rencontres. Même à présent, dans la nuit noire, le tapage était effrayant.

Nous fûmes introduits dans les lieux par un portier en armes arborant la mine hâve d'un type qui manque de sommeil depuis un an. Il verrouilla la porte derrière nous et nous fit traverser deux petites salles où des hommes étaient assis, côte à côte sur des bancs, ou par terre, adossés contre les murs. Je supposai qu'il s'agissait de solliciteurs, entre autres de gens à la recherche d'un emploi. Comme nous défilions entre eux, nous sentîmes peser sur nous les regards sombres, lourds à la fois de dégoût et d'envie, dont ceux que l'on fait attendre gratifient ceux que l'on fait entrer immédiatement, à leur nez et à leur barbe. Certains protestèrent, se levèrent même, vacillant sur leurs jambes comme des malades qui, pour avoir trop longtemps gardé le lit, auraient oublié comment on tient debout ; le portier les repoussa sans ménagement et sans un mot d'explication.

Arrivés au fond de la seconde salle, nous dûmes attendre à notre tour. Nous nous trouvions dans un couloir bas de plafond et dépourvu de sièges, si bien qu'il nous fallut patienter debout, devant une porte qui ne cessait de s'ouvrir et de se refermer, livrant passage, dans un sens ou dans l'autre, à des serviteurs portant des plats. Nous étions obligés de nous coller contre le mur pour les laisser passer. Au bout d'un moment, le portier, qui avait disparu derrière cette porte, s'en revint et nous ordonna de le suivre.

Nous entrâmes dans une pièce de dimensions modestes, pas très haute, et dont tout le fond était occupé par une cheminée ancienne de pierre taillée et sculptée. A côté du feu, un homme était assis à une table, une serviette fourrée sous le col de sa tunique, un couteau à la main. L'homme était gros mais d'une manière tout à fait extraordinaire : en dépit de son ventre énorme, de ses bajoues et du triple menton qui lui retombait sur la poitrine, rien en lui ne suggérait la mollesse. La lumière du feu et des chandelles est trompeuse et je savais que pour juger des yeux et du visage d'un homme, mieux vaut les voir en plein jour ; mais le doux tremblement des flammes ne faisait pas ciller les yeux de maître Henry de Reyns. Ils surgissaient, proéminents, d'un épais capuchon de chair grasse. Les paupières, rugueuses comme celles d'un lézard, couvraient à moitié les pupilles, la base en demi-cercle de la paupière supérieure ne touchant jamais la paupière inférieure mais flottant librement sur l'œil, lui conférant un regard vaguement inquiet, curieusement empreint d'une inépuisable sympathie pour l'objet ou la personne sur lesquels il venait à se poser. Et pourtant, ces yeux n'exprimaient ni faiblesse ni indécision ; bien au contraire, ils étaient hardis, vous forçaient pour ainsi dire à détourner le regard au bout d'un moment, et cela sans cesser de trahir une certaine vulnérabilité associée à une ouverture d'esprit et à une intelligence hors du commun. A première vue, je pensai : Ah, les femmes ! soit il avait beaucoup souffert à cause d'elles, soit il avait beaucoup de leur nature en lui ; plus tard seulement, je pus constater qu'il n'était ni victime ni adorateur de la féminité. Il n'aimait que son propre esprit, d'un amour sans espoir.

Ma première rencontre avec ce visage fut pour moi une véritable initiation. Jusqu'alors, je ne m'étais pas beaucoup intéressé aux traits des humains. Même la physionomie de mon père — à l'exception de son sourire — me laissait tout à fait indifférent. A mes yeux, il n'y avait pas de style dans un visage, pas de perspective, pas d'architecture au sens vrai du terme, aucun dessein qui permît de s'élever au-dessus des détails. Deux trous pour les yeux, un peu plus bas deux trous pour le nez, encore un peu plus bas une fente — jusqu'à ce que les sentiments viennent affleurer sur la face de l'animal mondain, nous permettant de découvrir un camarade, un ami, un amant, un ennemi, ou personne.

Il n'y avait effectivement aucune architecture dans le visage de maître Henry de Reyns. La bouche comme une entaille, de grosses joues étalées comme deux feuilles de parchemin rose, des oreilles au lobe charnu, des cheveux noirs et bouclés retombant sur la nuque taurine, la barbe courte, le grand front lisse s'étageant au-dessus des sourcils fins et soyeux, chaque élément de ce visage composite semblait appartenir à une tête différente. L'homme tout entier était un conglomérat enveloppé dans la pâte durcie d'un seul et même corps. Telles étaient les pensées qui me traversaient la tête lorsque le conglomérat consentit à prendre la parole.

Oh, cette voix ! Cette voix ! Elle résonnait. Elle ronronnait. Elle vibrait dans l'air chaud, jouant sur toutes les tonalités, sur tous les timbres, une musique unique, celle de la langue des seigneurs et des dames de Londres. Il faisait cela tout naturellement, sans effort. Il savait que nous étions sous le charme et qu'il aurait de toute façon le dernier mot. Je fus immédiatement conquis au point que je ne perçus même pas le sens de ses premières paroles. Il nous fit signe de prendre place et je m'assis sur une chaise sans pouvoir quitter des yeux ses lèvres et sa langue qui brillait dans sa bouche à la lueur des flammes.

Il avait la main petite et blanche, une unique bague à l'auriculaire. On y voyait un soleil crevant les nuages. Je calculai que le chaton mesurait au moins deux pouces de diamètre et qu'il devait déborder jusque sur le majeur lorsqu'il serrait le poing : un bien encombrant bijou pour un homme qui était censé se servir de ses mains.

« Il y a une soupe de poisson dont vous me direz des nouvelles. J'en mange depuis trois jours. Et je la trouve chaque jour meilleure. Un vrai régal, mais il faut savoir s'y prendre. Prenez un morceau de pain grillé, poivrez-le, trempez-le dans cette sauce à l'ail puis dans la soupe, saupoudrez d'une pincée de persil et dégustez. Le goût du saumon transparaît merveilleusement. Ce vin ambré, je l'ai déjà en bouche quand j'enfourne ma préparation. Il va très bien avec le poisson. Faites comme je vous ai dit. Vin de Loire. Ils connaissent leurs poissons, les gens du pays de Loire. Et ils élèvent des vins qui vont très bien avec tout ce qu'ils connaissent, les poissons entre autres.

Bercé par sa voix et les mouvements expressifs de ses mains délicates, je suivis ses instructions à la lettre. Je choisis un morceau de pain grillé, le poivrai abondamment, le plongeai dans la sauce à l'ail où tout le poivre disparut, l'en retirai pour l'immerger dans la soupe de poisson où toute la sauce glissa en bas du pain et vogua vers le bord de l'assiette ; je saupoudrai cependant le bout de pain tout barbouillé d'une pincée de persil, pris une gorgée de vin, enfournai ma bouchée de pain trempé et persillé : au même instant, le vin s'échappa de ma bouche et ruissela sur mon menton et sur ma poitrine.

Maître Henry de Reyns me dévisageait de ses beaux yeux de lézard, les coins de sa bouche splendide relevés en un aimable sourire.

« Peu vaut parfois mieux que beaucoup, n'est-ce pas ? Surtout lorsqu'on veut aller loin. Qu'en dis-tu, Herbert Haroldson ? Est-ce que peu ne vaut pas mieux que beaucoup ? Tu n'as jamais eu grand-chose, toi, pour aller loin, n'est-ce pas ?

— Non, en effet, répliqua Bert avec componction, mais ce que j'ai, je l'ai gagné de mes mains.

— Et qu'est-ce que tu as ? Quelle est pour toi la chose la plus précieuse au monde ? insista maître Henry. Allons, dis-le-moi. Tu peux parler en mangeant. Ne laisse pas refroidir la soupe. Elle est pour toi. Mais je vais en reprendre un peu pour te tenir compagnie.

— Ce que j'ai de plus précieux, c'est la liberté..., commença Bert.

— Non. Ce n'est pas une bonne réponse. La liberté n'est pas une chose. J'ai dit une chose, Herbert. Alors, quoi donc ? »

Bert ne souffla mot. Il remuait sa soupe mais n'y touchait pas.

« Je t'ai fait envoyer beaucoup de choses, Bert. Ces cadeaux sont à présent ta propriété. Avant cela, tu n'avais que très peu de choses. Ces cadeaux sont-ils les choses les plus précieuses que tu possèdes au monde ? Réponds-moi, bonhomme. La question est honnête. »

Bert fit la moue. Il baissa la tête, souleva légèrement son bol de soupe et but.

« Donc, tu ne veux pas me parler. Mais peut-être que ton fils voudra bien. Alors, mon garçon ? Prêt pour une autre lampée ? me lança maître Henry en faisant claquer ses doigts. Essaie encore. »

A présent, j'étais véritablement fasciné. Comme le visage du maçon du roi était le premier qui eût retenu d'emblée mon attention, au point que je n'avais d'yeux que pour lui (alors que je me trouvais dans des lieux nouveaux), j'avais acquis la conviction de pouvoir le déchiffrer correctement. Toutes les qualités d'un homme apparaissent sur son visage — c'était du moins ce que j'avais cru jusqu'alors ! Et voici que le possesseur de ce visage se livrait complaisamment au jeu cruel du chat et de la souris ! Je n'y avais pas décelé cela au cours de ma lecture. Il y avait là une sorte de volontarisme mesquin qui ne s'accordait guère avec l'image de grandeur que je m'étais faite du personnage.

« Tu ferais bien de me rappeler que je suis de la même foi que toi et qu'il est de mon devoir de t'aider, dit maître Henry d'un ton soudain pressant. Ne me permets pas de te traiter avec un tel mépris. Réponds fièrement à mes questions. Tu es de ceux qui ont été purifiés. Ta catharsis a commencé. Alors, dis-moi quelle est pour toi la chose la plus précieuse au monde ? »

Bert resta bouche bée. De la soupe coula sur son menton, ce qui lui donna un air plutôt idiot.

« Que vous importe de savoir ce que je trouve particulièrement précieux ? fit-il, excédé. Une chose ou une autre, c'est du pareil au même.

— Non. Car tu dois prêter serment sur la chose en question. Nous autres Albigeois, nous ne prêtons pas serment à la légère, n'est-ce pas ? Nous n'avons pas d'écritures, pas de livres, pas de reliques, rien qui soit notre bien propre. Nos églises, nous devons les partager avec les chrétiens. L'unique valeur de l'homme n'est-elle pas sa lumière intérieure ? Bien, qu'as-tu à répondre ? »

Bert secoua violemment la tête.

« Prêter serment ? Non, je ne veux plus, dit-il avec véhémence. Je ne veux plus jurer.

— Les outils que je t'ai donnés ? Tes nouveaux habits ? La nourriture dans ta panse ? Le vin ? Dis-moi sur quoi tu pourrais jurer, Herbert Haroldson. Ce serment de ta bouche, je ne saurais m'en passer. »

Bert se leva. Il était très énervé et se tenait là, les mains agrippées à ses cuisses, le buste penché en avant, comme un homme qui a mal.

« Le garçon, chuchota-t-il. Je jurerai sur la tête du garçon, s'il le faut. »

Maître Henry de Reyns arbora un sourire qui valait largement le meilleur sourire de Bert.

« Bonne réponse. Assieds-toi. Restaure-toi pendant que je parlerai. Et ne m'interromps pas. Je suis le maçon du roi, il est vrai, mais avant tout, je suis ton frère.

— Cela reste à voir, grommela Bert.

— Oh oui, je le suis. N'en doute pas. Veux-tu que le garçon reste pendant que je te parlerai ? C'est presque un homme déjà. Et il en va de son avenir. Mais, à toi de décider. Après tout, tu es son père. »

Je regardai Bert. Mais il évita de rencontrer mon regard. Je voulais qu'il accepte mais il ne faisait que secouer la tête et le cœur vint à me manquer.

« Peu m'importe, dit-il froidement.

— Il importe, bien au contraire. Ce garçon semble promis à un bel avenir. Je pense, quant à moi, qu'il devrait rester pour entendre ce que j'ai à te dire. Il sera lui-même lié par ton serment, aussi vaut-il mieux qu'il sache de quoi il retourne. Allons, mange pendant que c'est encore chaud, et écoute bien. »

De nouveau, je ressentis le pouvoir de fascination que maître Henry avait exercé sur moi au premier coup d'œil : il venait de forcer mon père à admettre que j'avais un avenir qui ne dépendait pas que de lui. C'était, à ce qu'il me semblait, un acte de sagesse intuitive mais aussi de générosité à mon égard. Plus tard, je devais comprendre qu'il avait été fort astucieux de la part de maître Henry de conclure d'emblée cette alliance avec moi. Ainsi introduisait-il dans le serment de Bert un mécanisme de contrôle qui en garantissait le respect absolu pour les temps à venir.

« Comment t'appelles-tu, mon garçon ? demanda maître Henry en levant son petit nez finement sculpté, si bien que la lueur des flammes colora en rouge son arête délicate.

— Hedric, messire.

— Oui, c'est vrai. Ton nom est déjà familier à plusieurs d'entre nous. Mais tu sais, je pose souvent des questions inutiles, comme cela, pour le plaisir. Quelqu'un a-t-il jamais tenté de te convaincre que la vie est simple ?

— Non, messire.

— Celui qui essaierait serait obligatoirement un fieffé menteur. Sache-le bien. Tout est déception. La science sur laquelle nous nous appuyons, déception sur toute la ligne. Si j'avais à choisir une vie pour moi-même, je la choisirais aussi brève que celle d'un papillon. »

De sa manche, il tira une vanesse tout ensuquée. Les dessins sur ses ailes étaient intacts mais les couleurs, incandescentes en été, s'étaient fanées.

« Je l'ai trouvée dans ma chambre à coucher, cet après-midi. Elle n'arrive plus à voler. Que peut-il bien attendre encore de la vie, cet insecte ? Pourquoi n'est-il pas mort en septembre, en même temps que ses semblables ? Il a réussi à survivre. Mais pour quoi faire ? Rien. Rien ! Qu'est-ce qui continue à l'animer ? Croyez-vous aux signes ? Ceci est un papillon albigeois, mon garçon. C'est toi, moi, ton père, tous nos frères cachés dans leurs tanières, attendant un nouvel été que la nature leur refuse. Mais voyez ! Il déploie ses ailes. Il frémit. Il croit à une longue vie. Tu sais, il ne s'alimente plus. J'ai tout essayé. Sa seule nourriture est la lumière. C'est pourquoi il est heureux ici. C'est pourquoi nous autres Albigeois sommes heureux ici en dépit des tribulations, des obstacles, de la haine et des persécutions. Nous nous nourrissons de lumière, à l'exemple de cette créature de gaze. »

Maître Henry garda le papillon au bout de son doigt. Il tanguait, enivré par la lumière des chandelles, montrant les veinules de ses ailes, aux endroits où elles avaient perdu leur pellicule poudreuse. L'insecte resta perché là aussi longtemps que nous demeurâmes dans la pièce. Tout en nous parlant de sa voix chaude, sonore, mélodieuse comme une eau ruisselant sur un lit de gravier, maître Henry prenait de loin en loin le temps de porter la vanesse à ses lèvres et de souffler doucement dessus de manière à ce que ses ailes se déploient. Et tandis que je l'écoutais parler, mon esprit s'ouvrit à lui, ne lui offrant pas plus de résistance que sa langue n'en opposait aux mots qui roulaient si aisément de ses lèvres.

XIX

« NE lâche pas l'agneau avant de lui avoir fait un sort. C'est bon chaud. C'est bon froid. Entre les deux, ça ne vaut rien. Régale-toi. Donne du temps au temps. Bonne devise de maçon, ce me semble. Herbert Haroldson, tu es mon invité. Il ne convient que je t'offense ou te critique. Si cela devait m'arriver malgré tout, rappelle-toi, je te prie, que je ne le ferais pas de gaieté de cœur mais par obligation, parce que je le jugerais nécessaire à la clarté de cet exposé. Nous sommes tous fous à un moment ou à un autre. On ne peut rien contre cela. Certains d'entre nous sont fous quand ils dorment. Toi, la folie te gagne aux moments cruciaux. Tu as été mal inspiré de présenter au roi ta maquette du Second Style de l'Émergence tel que le concevait notre camarade Seersach. D'abord, tu ne m'as pas mis dans la confidence. Tactique peu habile, dirai-je. J'ai vu la maquette, bien sûr. J'ai été consulté. Je ne m'en suis pas détourné, épouvanté, à l'instar des seigneurs et des évêques. Je ne suis pas non plus resté devant, bouche bée, à me gratter la tête. J'ai écrit au roi pour lui faire part de mon opinion : selon moi, c'était un projet sans racines. Une chose de nulle part. Ne dérivant d'aucun principe hérité des Anciens. Les proportions harmonieuses de la divine arithmétique lui faisaient totalement défaut. C'était brut, fruste, issu d'un esprit égaré. Une aberration pure et simple, tel fut mon verdict succinct. Le Flamand et son comparse sont tombés provisoirement sous le charme de l'architecture de la nature, ajoutai-je, avant de conclure de la sorte : Pardonnez-leur car ils ne savent pas ce qu'ils font.

« Mauvais début, n'est-ce pas, Herbert, et je comprends ton regard noir. D'abord je te traite de comparse alors que tu prétends être l'égal d'un génie — car Seersach est vraiment un génie et son Second Style est une merveille —, ensuite j'admets être intervenu en ta faveur afin qu'il te soit pardonné. Inadmissible ! Oui, mais ni plus ni moins que ta sotte ambition. Tu n'es pas un excellent tailleur de pierre. Il doit bien y avoir dix ans que tu n'as rien fait qui vaille. Un tâcheron, c'est le terme qui te décrit le mieux. Et qui décrit le mieux neuf sur dix de ceux qui exercent notre métier. N'aie pas trop honte. Garde un peu de honte pour plus tard, tu en auras besoin.

« Mais pourquoi un tâcheron, même acoquiné avec un génie, s'intéresserait-il spécialement au Romain Vitruve, au Grec Pythéas, aux Égyptiens anonymes qui bâtirent les pyramides, voire aux nombres eux-mêmes ? L'histoire doit être consommée, pas imitée. Pourquoi devrions-nous copier des styles anciens alors que le monde fourmille de formes que nous pouvons agencer à notre guise ? Quel est donc le but que je poursuis lorsque je bâtis ceci ou cela ? Plaire ? Rendre hommage ? Est-ce que quelque chose dans l'air me dicte les proportions, la hauteur, la largeur ? Lorsque je regarde ce que j'ai bâti, je ne vois aucune géométrie bien définie. Je vois un bric-à-brac, une masse informe. Bien souvent, je rêve que ma bâtisse s'écroule et que je repars de zéro. Tout comme mon seigneur-roi. Il rêve, lui, que l'Angleterre s'écroule et qu'il repart de zéro. Ni lui ni moi ne verrons notre rêve se réaliser. Nous ne pouvons que continuer à bricoler. Ce n'est pas le cas de Hans Seersach, que les Deux Dieux le gardent. Sais-tu qu'on l'a retrouvé noyé dans un abreuvoir, il y a quelques semaines, derrière la place du marché de Maastricht ? Oui, tu peux verser une larme. Ce Flamand avait une imagination merveilleuse. S'il avait réussi à approcher avant sa mort le saint empereur romain Frédéric (un homme qui n'était d'ailleurs pas plus romain que saint), le Second Style se serait vraisemblablement épanoui quelque part — peut-être dans l'architecture militaire —, mais la maquette est tombée entre les mains des architectes de l'empereur, nos frères albigeois, et ceux-ci se sont empressés d'éliminer le Flamand parce qu'ils se sentaient menacés par son projet. Hans Seersach était un homme dangereusement brillant. J'ai écrit un couplet en son honneur. Si jamais tu ressens l'envie de pleurer en mangeant, attention à ne pas t'étouffer avec les petits os du poulet.

Certains sont nés pour déchaîner la tempête,
Certains sont nés pour leur malheur,
Certains sont nés avant l'heure
Et auraient dû naître demain.

« Garçon, quand je vois des larmes dans des yeux comme les tiens, j'ai envie d'abattre tout ce que j'ai bâti à ce jour. La peine d'un être jeune me touche davantage qu'aucun édifice. On a gâché le futur que tu voyais devant toi, je le sais. Ton cœur chérissait la pensée que ce monde allait se transformer dans le sens de tes exigences. Pleurer veut dire accepter. Tu acceptes la mort du grand talent. Moi aussi. Je ne suis pas à la hauteur de la tâche qui m'incombe en tant que maçon du roi. Je n'arrive pas à la cheville de ton héros. Mais je connais l'informe et les formes qu'il détient, à jamais irréalisées. Ne me méprise pas trop. Ne nourris aucune haine envers nos frères allemands qui ont supprimé Seersach à Maastricht. Nous n'acceptons pas le monde tel qu'il est. Bâtir n'est pas un acte d'acceptation. C'est un acte de transformation. Mais nous voulons uniquement transformer ce qui est à l'intérieur du magma, pas du tout ce qui se tient concrètement à l'extérieur. Hans Seersach a tracé ses lignes avec trop de hardiesse, trop de rigueur, trop de provocation, sa plume a crevé le fragile tissu de notre foi. Le génie — tâche de t'en souvenir, Hedric — est toujours en minorité.

« Goûte-moi de cette oie. Elle est bonne. Elle a fait le chemin de Norfolk jusqu'ici, c'est dire qu'elle a vu du pays. Suce sa cervelle, c'est excellent pour les yeux. Et mets-moi de côté un peu de peau grillée, car il faudra que je me lubrifie les mâchoires quand j'aurai fini de parler.

« Bâtir est toujours un acte de courage, quel que soit le style. Nous autres maçons, nous méritons d'être admirés. Quel autre art exige autant de patience et de matériaux, une telle unité dans le dessein ? Nous sommes véritablement le ciment d'une époque ! Et pourtant, il nous faut admettre que les chrétiens, d'une certaine manière, sont plus courageux que nous. Ils ne croient pas en la permanence. Leur monde est à tout moment mûr pour la destruction. C'est pourquoi ils ne produisent pas de bons architectes ; ils n'ont ni le cœur ni l'esprit à cette sorte de création. Aussi nous ouvrent-ils si courageusement leurs bourses. Ils payent pour une illusion de permanence et c'est nous autres, fils plus heureux des Créateurs, qui la leur procurons. Notre position est forcément inconfortable. Nous savons qu'il n'y aura pas de jour du Jugement dernier, que ce sera encore et toujours la même chose. Nos édifices sont appelés à durer aussi longtemps que durera le monde matériel. Dès l'instant où nous développons une forme en son sein, dès l'instant où la beauté est créée, elle appartient aux Deux Dieux et fait partie à jamais de leur nature essentielle. Et c'est sur ce point que Hans Seersach s'est trompé.

« Son Second Style de l'Émergence était un retour en arrière. Il faisait référence à l'état de mal naturel à l'intérieur duquel tout ce qui est matériel existe. Il puisait son inspiration dans l'échec des Créateurs. Géométrie et arithmétique sont des instruments divins qui nous sont donnés pour refaçonner le monde et l'améliorer.

« Les haricots blancs à l'huile et au vinaigre sont bons. Prenez une feuille de chou proche du cœur, placez-y les haricots, recouvrez d'une fine tranche de fromage piquant, saupoudrez de romarin... Ah, si seulement je pouvais vous accompagner au lieu de me fatiguer à mastiquer des mots.

« Mais je dois vous donner à tous deux des éclaircissements qui pourraient bien vous troubler l'appétit. Tâchez de tenir bon. Le paradoxe est piquant sur le palais de l'esprit.

« Dans notre corporation, Herbert, tu n'occupes qu'une place des plus modestes. Aucun membre de ta famille n'a accédé à un rang éminent au sein de notre organisation religieuse. C'est en vain que l'on chercherait un bonhomme dans ton arbre généalogique. Bref, tu es de ceux qui constituent la colonne vertébrale de la foi albigeoise. Et il n'y a pas lieu de penser que tu figureras jamais au nombre de ceux qui en constituent le cerveau. Il n'y avait donc jusqu'alors aucune raison que tu saches ce que je vais t'apprendre.

« En l'an 1231 du calendrier chrétien, un concordat secret fut signé entre les vétérans de notre foi et le pape Grégoire IX, l'Inquisiteur : nous obtenions l'arrêt des persécutions, un régime de tolérance, le droit de pratiquer notre religion, le tout à la condition expresse de ne pas faire de prosélytisme et de garder le secret sur cet accord. Hormis barons et évêques, personne ne devait savoir qu'un pacte avait été conclu avec l'une des hérésies majeures. L'hérésie albigeoise s'étant révélée indéracinable, l'Église reconnaissait purement et simplement sa défaite. La chrétienté reconnaissait sa défaite. Mais non sans nous faire payer le prix de cette liberté nouvelle, à savoir maintenir notre propre peuple dans l'anxiété, entretenir en son sein le sentiment de son appartenance à une minorité. Nous, nous devions accepter de ne pas propager notre foi, de nous borner à la transmettre à nos propres enfants, de laisser en somme les vivants prendre la suite de ceux qui mouraient. La haute main sur la corporation des maçons nous fut concédée, mais cette concession ne faisait qu'entériner les faits, à savoir que nous étions depuis longtemps en position plus que dominante au sein de cette organisation, seuls initiés au mystère de l'œuvre.

« Tu n'étais pas, au sein de la maçonnerie, de ceux qui avaient le privilège d'être informés. Et pourtant, c'est sur cet arrière-plan que la loge du Nord te donna l'ordre d'élever au moins un fils et de l'initier aux rudiments de notre art.

« Tu n'as pas fait honneur à ce plat de chou farci. Il est vrai qu'il ne paye pas de mine, cependant je puis t'assurer que le goût en est délectable. Je te recommande d'y ajouter un peu de beurre. Il y a pas mal de poivre dans la farce et une pincée de cumin. Va droit au cœur, c'est aussi, dirais-je, un adage de bâfreur. Le cœur, en l'occurrence, il est là, dans cette sauce au fromage.

« Oui, tu peux regarder ton père, Hedric. Il t'a élevé par devoir. Et pour une fois, il a fait ce qu'on lui demandait. Et nous devons lui en être reconnaissants.

« Mais à présent, Herbert Haroldson, il va falloir que tu prêtes serment. Pose ton verre de vin. Laisse le couteau sur l'assiette. Mets-toi debout. Relève la jambe droite de tes chausses jusqu'au genou. Oh, non, ne te fâche pas. Prends-le comme un jeu. Pose une main sur la tête de ton fils, l'autre sur... voyons... non, enroule la ficelle de ce rôti de porc autour de ton cou et fais un nœud coulant... Retiens-la par l'autre bout... Et maintenant, ô muse, viens à moi ! Un serment pour un tailleur de pierre qui en sait plus qu'il ne faudrait.

« Répète après moi... Tu es prêt ?

« Moi, Herbert Haroldson, je jure par le génie de mon fils, Hedric... Cesse de me regarder d'un air idiot ! Qu'on en finisse !

« Allons, j'attends. Eh oui, j'ai dit génie... tu ne le savais donc pas ?

« Les bénédictins de Canterbury n'ont eu qu'à jeter un coup d'œil sur ses dessins pour s'en rendre compte. Et le discours d'Hedric en pasteur Âne a achevé de les convaincre.

« Tu sais, Herbert, tu finiras par me faire perdre patience. Deux bonshommes sont morts à cause de toi. Plusieurs membres du Conseil ont voté ta mort mais je me suis opposé à cette décision car le garçon a besoin de toi... Il s'épanouira moins bien s'il est orphelin...

« Tiens-toi tranquille, Hedric. Ton père est en passe de se ranger à mes raisons. Il sait que c'est à ton talent qu'il doit d'être encore en vie. Qu'est-ce qui tremble ? Ta tête ou sa main ?

« ... par le génie de mon fils, Hedric, de ne jamais divulguer ce que j'ai appris de la bouche de maître Henry de Reyns au sujet du règlement interne de la haute maçonnerie albigeoise...

« ... sous peine d'être torturé à mort.

« Excellent.

« Prêter serment dans ces conditions, drôle d'affaire. Ce serait tellement plus facile si nous avions la Bible. Mais nous devons nous passer de toutes références écrites. Nos martyrs du Midi étaient constamment mis en échec en dépit de leur indéniable supériorité intellectuelle, lorsqu'ils se trouvaient confrontés à saint Dominique. Le saint, qui était fort rusé, ne cessait de produire livres, écritures, savants commentaires, qu'il empilait devant nos Parfaits. Qu'avez-vous à opposer à ceci ? leur lançait-il du haut de sa sainteté. De quelles autorités vous recommandez-vous ?

« Une civilisation sans écriture est-elle encore une civilisation ? Notre foi est-elle aussi barbare que celle du saint empereur romain ? Elle est aussi ancienne, en tout cas, que les astres eux-mêmes. Mais elle n'a jamais pu se répandre officiellement et manque de tous les raffinements des religions publiques. Voilà ce qu'il nous faut, Hedric. Un esprit assez souple pour inscrire notre foi de manière indiscernable au sein même de l'enseignement chrétien. Tu seras un grand maçon et un grand étudiant secret, c'est pourquoi je t'envoie à l'université de Paris.

« Oh, ne crains pas les Français. Ils ne sont plus aussi cruels qu'autrefois. Aujourd'hui, l'Inquisition se borne à réprimer les déviations au sein même du christianisme sans davantage s'attaquer aux autres religions puissantes. Même l'esprit de croisade s'est racorni. La plupart des guerriers s'espionnent entre eux, cherchant à s'accuser mutuellement de toutes sortes de déviations théologiques mineures, alors même qu'ils mangent tous à la table des princes sarrasins et couchent avec leurs belles concubines parfumées. D'après toi, de quoi s'occupe le roi Louis durant sa captivité en Égypte ? Crois-tu qu'il se soucie de l'hérésie ?

« A Paris, Hedric, tu retrouveras d'autres étudiants anglais. Tu entreras d'abord en lettres, ce qui correspond au Trivium : grammaire, rhétorique et dialectique ; puis tu accéderas au Quadrivium : musique, arithmétique, géométrie et astronomie. Après plusieurs années, tu délaisseras ces matières pour te consacrer à la théologie, la seule science à laquelle les chrétiens s'intéressent vraiment. Ce goût pour la théologie témoigne de l'inquiétude que leur inspire la vérité après laquelle ils ne cessent de courir. Et ma foi, à leur place, je m'inquiéterais aussi !

« Pas question de brûler les étapes, Hedric. Au contraire, il faut que tu prennes ton temps, que tu avances à ton rythme. Le jour viendra où tu pourras réfuter le Christ en notre nom, par les mots et par le dessin. Et toi, le père ? Oh, non. Tu risquerais de te perdre à Paris. Mieux vaut que tu restes en Angleterre. Au moins, je pourrais te tenir à l'œil. Mais il est hors de question que nous t'embauchions sur le site de Westminster. Tu iras te reposer dans un endroit charmant. Hedric restera avec toi jusqu'en octobre, puis je l'emmènerai moi-même en France.

« Ne vous privez pas de dessert ! Si je pouvais en décider, je prendrais chaque semaine un dîner uniquement composé de desserts ! Pour commencer, quelque chose d'un peu acidulé — une tarte aux groseilles, par exemple ; ensuite, quelque chose de plus sucré, puis quelque chose d'encore un peu plus sucré ; pour finir, un pudding si suave qu'on pourrait se contenter d'en manger une cuillerée. Pour stimuler le palais, le repas serait accompagné de l'un de ces vins de Hongrie qui sont de véritables nectars. Les choses sucrées m'inspirent d'ailleurs des rêves singuliers. Des rêves foisonnant de chapelles colorées, sculptées dans le sucre candi, avec des colonnades de réglisse, un toit de flan à la framboise. Quand nous serons à Paris, Hedric, je t'emmènerai dans une pâtisserie qui t'étonnera davantage que les meilleures pages d'Aristote.

« Ah, je suis content de voir que tu apprécies les sucreries, Hedric. Je n'ai que peu de confiance en ceux qui n'aiment que le salé. Et cependant, il convient de ne jamais renoncer à certains aliments tels que le cresson. C'est un puissant détergent et j'en mange chaque matin pour me rafraîchir la bouche. Le radis aussi aiguise les papilles linguales. Sache que cresson et radis purifient le sang. Cela pour le cas où tu aurais un jour à te préoccuper de ta santé. Pour ma part, j'ai oublié ce que cela signifie : se sentir parfaitement bien. Maux et douleurs sont le lot de l'homme vieillissant et j'ai décidé de les considérer comme des distractions. J'en suis d'ailleurs venu à penser qu'on peut aussi être en trop bonne santé : une condition physique parfaite peut agir comme un frein sur l'esprit tandis qu'une petite indigestion est de nature à le stimuler.

« Hedric, je crains que ton père ne soit en train de perdre patience. Ou bien grince-t-il toujours ainsi des dents ? La mâchoire est l'instrument de la parole ou de la mastication, Herbert Haroldson, pas une machine de guerre. Cesse de faire la bête. Tu es contrarié ? Pourquoi ? Parce que j'aime le talent de ton fils ? J'ai moi-même un peu de talent. Le talent, c'est ce qui nous rapproche des Créateurs, Hedric, tu auras tôt fait de t'en apercevoir. Ton père, le pauvre Albigeois, en a peu. S'il était plus doué, il percevrait une part plus grande de vérité. Mais je dois le prendre comme il est, n'est-ce pas ?

« Sans mon intervention, à l'heure qu'il est, il pourrirait dans quelque fossé, la gorge tranchée, et toi de même. La loge, mon seigneur-roi, le comte de Leicester, tous voulaient sa mort. Non par esprit de vengeance, comprends-tu, mais parce qu'il s'était laissé piéger entre deux niveaux d'être. Et il était là à tourner en rond, à bourdonner vainement comme une grosse mouche, à bourdonner et à agacer tout son entourage. Aussi ai-je demandé qu'on le fasse plutôt monter en grade. Non pas pour récompenser des mérites qu'il n'a pas, mais par égard pour ton talent à toi. Un talent que j'ai pu défendre en m'appuyant sur tes dessins. L'avenir nous dira si j'ai eu raison. Qu'en penses-tu ? Le père Horace te croit capable d'accomplir de grandes choses à Paris. C'est que nous avons besoin d'un champion si nous voulons résister aux assauts intellectuels des Dominicains et des Franciscains, ces hommes brillants mais ô combien mauvais, et qui nous récusent dès l'instant où nous faisons mine de fonder nos assertions sur l'architecture. Ils couchent leurs raisonnements sur le papier tandis que nous les projetons dans nos édifices. C'est un avantage de pouvoir montrer Amiens ou Lincoln en disant : " Notre dialectique, la voilà ! Et maintenant, réfutez-la si vous l'osez ! " Mais depuis le Concordat et la fondation de l'office de l'Inquisition, les chrétiens refusent de reconnaître une philosophie s'exprimant par la pierre. Nous devons discuter métaphysique avec eux. C'est cela, le Concordat. Ils nous concéderont le droit à une existence clandestine aussi longtemps que nous réussirons à prouver, point par point, le bien-fondé de nos conceptions. Si d'ici la fin de ce siècle nous n'avons pas réussi à constituer un corps solide d'évidences démontrables, le Vatican ourdira contre nous une nouvelle campagne de persécution qui nous réduira à néant.

« Herbert ? Tu as quelque chose à dire ? Qu'as-tu à te tortiller ainsi sur ta chaise ? Tu n'as pas l'air dans ton assiette. Et ce regard incrédule ! Ah, je vois ! Ton fils, tu ne le connais que trop bien. Comment pouvons-nous espérer que cet enfant, cet être inachevé, puisse devenir notre sauveur ? Quand je regarde un lopin de terre vierge, je vois déjà ce qu'il pourrait produire. Quand je regarde Hedric, je vois se dresser vers le ciel une cathédrale achevée, avec sa toiture et ses arcs-boutants, ses tours et ses flèches. J'aurais aimé avoir un fils porteur de tels espoirs. Réjouis-toi donc ! Félicite ton garçon ! Ce ne sera pas facile pour lui et il aura besoin de ton aide et de tes encouragements.

« Bien sûr, tu as besoin de réfléchir. Mais souviens-toi que tu n'as pas le choix. Hedric, prends donc des sucreries en partant. Tu les apprécieras pendant le voyage. La route de Portsmouth est longue et la neige la rendra plus longue encore.

« Non, prends ce que tu veux maintenant. J'ai d'autres amis qui ne vont pas tarder à venir rafler tout ce qui reste, sauf les vins auxquels ils n'ont pas droit. Quoi ? C'est tout ce que tu prends ? Et toi, Bert ? Rien ? Mets donc ce bout de rôti de bœuf dans une serviette pour ton petit déjeuner, et ce flan au caramel. Regarde-moi ces couleurs ! Tu les aimes ? Saupoudrage de cannelle sur jaune d'œuf, auréole de brûlé en forme d'œil de bœuf !

« Entrez ! »

La porte s'ouvrit et maître Henry de Reyns repoussa son siège tandis qu'une théorie de garçons entraient à la queue leu leu dans la pièce. Ils étaient en chemise de nuit et portaient des sacs et des boîtes. En moins d'une minute, ils avaient raflé tout ce qu'il y avait à manger sur la table. Ensuite, les garçons se rangèrent contre le mur en serrant leur butin contre la poitrine.

« Vois-tu, Hedric, tous ces garçons étudient ici même, à Westminster. Et chacun d'eux fera autorité plus tard dans un domaine précis.

« Alors, mes enfants ? Comment allez-vous me remercier aujourd'hui ? »

Les garçons à moitié endormis lorgnèrent en direction de l'un de leurs camarades, un petit au visage constellé de taches de rousseur qui avait fait main basse sur une carcasse de canard et se tenait à présent tout près du feu. Il leva un doigt taché d'encre et battit la mesure en chantant avec les autres :

Qu'il est joli, le temps de l'été
avec ses oiseaux chanteurs,
Mais à présent la neige tombe,
la parole est au vent hurleur,
Les nuits sont si longues hélas
et l'aube elle-même n'apporte
qu'obscurité.

Maître Henry tapota dans ses belles mains tandis que les garçons se retiraient silencieusement. Ayant refermé la porte derrière eux, il s'approcha de Bert et le dévisagea attentivement.

« Ce chant n'a pas touché ton cœur. Je t'ai vu faire la grimace. Oh, je me demande pourquoi je protège un imbécile comme toi ! Mais attention, si tu ne files pas doux, je te remets aux bons soins du comte de Leicester ! Qu'il te fasse souffrir. Il aura ma bénédiction. Comprends-tu seulement ce que cela devrait te coûter d'avoir mis notre foi en danger — par stupide ambition et arrogance mesquine ? Tu n'es même pas un bon maçon. Tu ne seras jamais qu'un bousilleur, mais ce garçon... ce garçon... oh, la colère me brouille l'estomac. On dirait un chien qui mord.

— De qui voulez-vous parler ? grogna Bert d'un air mauvais.

— Oh, certes, tu n'es pas un lévrier. Tu n'attraperais même pas un lapin auquel on aurait attaché les pattes. Épargne-moi tes grimaces, Herbert Haroldson. Tu n'es déjà pas si beau au naturel. L'enfant ici, c'est toi : une petite peste mal embouchée. »

Maître Henry de Reyns se rassit et posa son menton sur ses mains, si bien que ses bajoues roses débordèrent comme la collerette d'un grand oiseau. Ses yeux de reptile étaient exorbités et ses pupilles, dilatées par la colère, ressemblaient à deux disques sombres.

« Je devrais peut-être ne garder que Hedric. Nombre d'enfants perdent leur père et n'en sont que plus heureux. Tu ne lui as pas été d'une grande utilité depuis sa naissance. Sans compter que tu as failli le perdre plus d'une fois ! Tu ne mérites pas d'être le père d'un pareil garçon !

— Je suis son père, un point c'est tout, répliqua Bert avec un sang-froid qui m'étonna. Et s'il est génial, c'est à moi qu'il le doit. C'est de mon sang que lui vient tout ce qu'il est et tout ce qu'il sera. Si vous aviez vous-même un fils, vous sauriez de quoi je parle. »

Maître Henry approuva de la tête et ses bajoues tremblotèrent. Puis il poussa un soupir et leva la main.

« Pardonne-moi, frère. Je suis un homme paresseux. Je ne supporte pas les gens qui me compliquent la vie ou me font perdre mon temps. Après tout, je construis une abbatiale pour le roi d'Angleterre. Et toi, tu vas aller à Guildford.

— A Guildford ? Pourquoi à Guildford ? s'enquit Bert. Pourquoi pas à Wells ou à Salisbury, bref, quelque part où il y a de l'ouvrage qui en vaut la peine ?

— Parce que tu n'es pas assez bon maçon pour y être employé utilement. En outre, ces lieux ne sont pas sous mon contrôle direct. Mais tu verras, tu te plairas à Guildford. C'est très calme. Notre seigneur-roi y possède un charmant domaine : une demeure confortable près de la rivière. Ce n'est qu'à une heure à cheval de Westminster, si bien qu'il s'y rend assez souvent. Guildford est tout à fait l'endroit qu'il te faut en ce moment, une petite ville rendue célèbre par un acte de félonie sans précédent. Une trahison qui a laissé son empreinte sur chaque maison, chaque arbre, chaque pierre du château. Même la rivière en garde le souvenir, et les saules aussi, et les fauvettes qui sont dans les saules, et les vers que mangent les fauvettes...

— Ça suffit ! explosa Bert en bondissant de son siège.

— Tu oses me gâcher mes effets ? lui rétorqua maître Henry d'un ton réprobateur. Assieds-toi ! »

Bert croisa les bras, rentra la tête dans les épaules et se posta près du feu.

« Je n'ai pas trahi ma foi, chuchota-t-il, jamais. Vous autres, oui, tous autant que vous êtes. Les chrétiens vous ont possédés. Et vous les avez laissés faire. Oui, nous avons fait une erreur, Hans et moi. Nous ne nous sommes pas doutés que vous marchiez main dans la main avec les autres. Nous avons péché par ignorance. Nous vous avons fait confiance — fous que nous étions.

— Tu as toujours pris ta propre foi un peu trop à la légère, répliqua froidement maître Henry. En ce qui concerne notre vérité et nos principes, tu n'as enseigné à ton fils que des choses erronées. Il nous faudra des années pour les lui sortir de la tête. Mais nous avons été assez charitables pour mettre tes errements sur le compte de l'entêtement plutôt que d'y voir un désir pervers de domination intellectuelle ; tu as d'ailleurs assez de bon sens pour ne pas nourrir cette sorte d'ambition. Nous disons que c'est par la pensée que l'on réfutera le Christ, non par la révolte. Mais ta pensée à toi, à quoi pourrait-elle nous servir ? Elle est trop brutale, trop inconsistante. La rage te possède, non la raison.

— Vous voulez que je cesse de penser ? Vous n'avez qu'à me faire couper la tête ! Je m'en moque.

— Non, dit maître Henry avec un sourire finaud. Nous ne te couperons pas la tête. Ta petite cervelle, nous tâcherons d'en tirer parti à Guildford. Les pierres à bâtir y sont tendres — calcaire et craie. On a employé un peu de silex pour renforcer la bâtisse, des tuiles romanes pour la couverture. Mais l'un dans l'autre, l'édifice tient à peine debout. Un château fort sans force, en somme, comme fait pour séduire notre roi Henri. La force lui répugne parce qu'elle exprime un état d'esprit trop équilibré à son goût. Ce qu'il aime, notre roi, c'est la mouvance des choses. Mais s'il apprécie tant Guildford, ce n'est pas seulement à cause de la vulnérabilité de sa forteresse, mais aussi en souvenir d'un fameux coup fourré diplomatique qui se produisit là et que notre seigneur-roi admire énormément. Il y a deux cents ans, le comte Godwin de Wessex convia

Alfred, fils du feu roi Ethelred, à venir réclamer son trône à Guildford. Au cours de la nuit, le comte fit massacrer les six cents hommes de l'escorte du prétendant au trône ; quant à ce dernier, il lui creva lui-même les yeux et l'envoya, ficelé comme un poulet, au roi Harold Harefoot. Étendu mollement sur sa couche, le roi Henri rêve de faire un jour un maître coup de cette sorte. Mais ce n'est qu'un rêve car notre homme est indécis. Si tu savais combien de fois il m'a fait modifier mes plans pour la chapelle d'Édouard le Confesseur ! Peut-être que ton fils aurait plus de chances que moi.

— Se moquer ainsi d'un père en présence de son enfant, cela, en tout cas, ne vous fait pas honneur, messire, dit subitement Bert en se rasseyant. Et puis crier au génie parce qu'un gamin sait un peu dessiner, n'est-ce pas tout à fait excessif ? »

Maître Henry se cala confortablement dans son siège, ses magnifiques bajoues lui retombant à hauteur d'épaules.

« Ne sois pas jaloux de ton fils, dit-il doucement. Il n'y a pas de loi qui interdise à un fils d'éclipser son père. Aime-le donc pour son esprit supérieur. Et puisqu'il est meilleur que toi, adore-le tout simplement. Par lui, tous tes rêves se réaliseront. Hedric, c'est ta vie éternelle.

— Vous voulez dire ma mort ? » grommela Bert.

Maître Henry s'esclaffa et leva les mains. Les paumes blanches ne présentaient pas la moindre callosité, la peau en était si tendue qu'on n'y distinguait même pas de lignes. Il n'y avait guère que les saints, sur les retables, qui avaient des mains pareilles.

« Herbert Haroldson, je suis déjà moins fâché contre toi. Comme je le pensais, tu es plus fou que méchant. Tu n'estimes pas ce garçon à sa juste valeur. Mais mon propre père, en dépit de toute sa sagesse, ne me comprenait pas davantage. Il me prenait pour un libertin glouton, me traitait de gros hibou — un oiseau qui attrape les souris la nuit. Mais à présent il faut que je dorme. Et vous devez vous mettre en route pour Guildford. »

Maître Henry nous servit encore à chacun un gobelet de son vin hongrois puis nous reconduisit à la porte. Nous restâmes un moment debout dans le couloir puis nous nous assîmes dos au mur. Il était minuit passé mais on entendait encore chahuter les hôtes de la tour du Sanctuaire de l'abbaye voisine. J'étais content qu'il y eût du bruit car mon père m'ignorait et refusait ostensiblement de me parler. A un moment, nous entendîmes hurler puis sangloter une femme, en même temps que retentissaient des appels échangés sans doute par les gardes du roi qui surveillaient l'entrée de la tour. Que de tristes histoires recelaient ces hurlements ; peine et désespoir, fuite, futilité, forfaiture et faiblesse irrémédiables. Et cependant, tout cela ne me touchait pas tandis que j'étais là, assis sur la pierre froide du couloir, attendant que mon père me remercie de lui avoir sauvé la vie. Il n'en fit rien, et moi, de mon côté, je ne le remerciai pas non plus de m'avoir donné la vie.

XX

Hébergés dans une chambre d'hôte de l'abbaye, nous fûmes réveillés dès l'aube ; on nous servit le petit déjeuner puis on nous conduisit au château royal où nous nous joignîmes à un détachement de gens d'armes rangé à proximité du bac. Nos bagages étaient déjà là, installés sur l'un des chevaux de bât, et nous fûmes invités à nous ranger à l'arrière du convoi. A travers la brume qui flottait autour de Westminster, un pâle soleil venait de percer lorsque nous grimpâmes sur la vaste plate-forme du bac. Un instant après, nous étions entraînés par le courant. Par-dessus mon épaule, je regardai l'abbaye en partie démolie : cette bâtisse inachevée, enveloppée de brume, c'était un peu triste à voir. Des ouvriers s'affairaient déjà parmi les empilements de pierres, occupés à charger une charrette tirée par des bœufs. J'étais bien content de ne pas être un de ceux qui auraient à grimper ce matin sur les échafaudages verglacés.

Bert gardait les yeux braqués sur Lambeth, juste en face de nous. Personne ne nous avait souhaité la bienvenue à bord du bac, cependant, nous étions conscients d'être l'objet d'une certaine attention de la part du chef du détachement, un homme de haute taille, doté d'une physionomie mélancolique, qui ne cessait d'examiner des listes et de se promener parmi les chevaux pour contrôler leur chargement. Il passa près de nous à plusieurs reprises, palpa pour finir nos bagages puis s'éloigna en haussant les épaules comme pour dire que nous ne valions même pas la peine qu'il venait de prendre. Nous n'avions pas encore atteint la rive sud que Bert avait déjà réussi à apprendre que nous faisions partie d'une troupe chargée de convoyer jusqu'à Guildford de l'or en provenance de l'hôtel de la

Monnaie. En apprenant cela de la bouche de l'officier, Bert ne put s'empêcher d'éclater de rire.

« Cela vous amuse de me voir dans l'embarras ? dit l'officier d'une voix dolente où perçait cependant une nuance de réprobation. Il me faudrait cinquante hommes pour assurer la protection d'un pareil trésor et on m'en a donné dix. »

Il s'appelait Maurice Welbilove et c'était un compatriote, natif de Preston. Il avait été blessé dans les guerres de Gascogne et servait à présent dans l'intendance royale où il s'occupait essentiellement d'assurer la protection de convois officiels. La plupart du temps, il s'agissait d'acheminer des documents destinés au chancelier de l'Échiquier, à la Garde-Robe ou à d'autres instances, en particulier des livres et des rouleaux de parchemin — des choses sans intérêt pour les gueux terrés dans les forêts. D'une langue déliée à la fois par l'inquiétude et l'indignation, il expliqua à Bert que le roi avait eu l'idée folle d'enrichir la monnaie du royaume d'une nouvelle pièce d'or, et c'était tout bonnement le métal précieux destiné à la fabrication de cette pièce que nous transportions présentement, si cela venait à se savoir, notre peau ne vaudrait plus très cher.

« Nous n'aurions pas une chance de nous en sortir. Je me défendrais jusqu'au dernier souffle, c'est certain, mais les autres prendraient le large. Et vous aussi, n'est-ce pas ? Pourquoi agiriez-vous autrement ? Ce n'est pas votre affaire. Je leur ai dit ce matin : vous m'envoyez dans la nature avec quarante livres d'or ? C'est folie pure. Je peux être arrêté par le mauvais temps et être obligé de dépenser le tout pour tenir mes hommes au chaud. Et pour boire quelques bons coups. Cela te plairait, hein, maçon ? Je vous connais, vous, les bâtisseurs. Toujours la gorge sèche, toujours à vous plaindre, toujours à vous monter le bourrichon. C'est à se demander comment vous arrivez à vous en sortir. »

Bert tenta d'opposer un large sourire à la sardonique amabilité de l'officier mais il n'y parvint pas. Il était clair que celui-ci savait tout ce qu'il importait de savoir sur nous et qu'à ce sujet également, il avait ses ordres. Sa façon de se mouvoir et l'aspect râpé de son harnachement donnaient à penser que le gaillard était d'une espèce bien plus rude que ce qu'il voulait bien laisser paraître. Ses hommes le traitaient avec le plus grand respect, sachant manifestement à quoi s'en tenir sur lui en dépit de sa tendance à l'autodénigrement et au pessimisme. Nous devions apprendre ultérieurement que Maurice Welbilove avait seulement dix hommes avec lui parce qu'il estimait que c'était exactement l'effectif dont il avait besoin.

Le blizzard de la veille n'avait pas soufflé aussi fort sur la rive sud, cependant, une fois descendus du bac, il nous fallut deux heures pour rejoindre la route de Winchester. Nous marchions à côté de notre cheval de bât, trop lourdement chargé de tous les présents de maître Henry pour pouvoir supporter le fardeau supplémentaire d'un cavalier. Nous ne tardâmes pas à transpirer nous-mêmes comme des bourricots et, à midi déjà, nous tirions la jambe.

Aucune halte ne fut ordonnée. On passa sans s'arrêter devant une auberge puis devant une autre. Les soldats paraissaient trouver cela normal. De guerre lasse, Bert me demanda de conduire le cheval à sa place et rejoignit Maurice Welbilove qui marchait en tête pour le prier de faire halte. Il refusa, non sans prendre la peine d'expliquer à mon père pourquoi il ne pouvait être question d'interrompre la marche : en dépit des circonstances défavorables, on devait atteindre Guildford avant la nuit. Tel était le règlement régissant les déplacements du Trésor royal. Guildford était à une journée de marche et devait être atteint avant la nuit. Winchester était à deux journées de marche et devait être atteint avant la nuit. Le règlement fixait avec précision le nombre de journées concédées pour rejoindre des localités aussi éloignées qu'Auch, la capitale de la Gascogne, au sud ; Galway, en Irlande, à l'ouest ; Carlisle, au nord ; et King's Lynn, à l'est.

Et le règlement, Maurice Welbilove l'appliquait à la lettre. Nous ne cessâmes de marcher, franchissant tour à tour Richmond, Kingston, Esher, Weybridge, Cobham et la forêt de Surrey. Il n'y avait pas âme qui vive sur la bonne route romaine, le monde entier ayant eu, semblait-il, le bon sens d'éviter de voyager par temps de neige. Lorsque nous fûmes attaqués près de Ripley, j'étais trop fatigué pour me rendre compte de ce qui se passait. Bert me poussa sous le ventre du cheval, tira de nos bagages un bras de levier et s'apprêta à vendre chèrement nos peaux mais ce ne fut pas nécessaire. Les hommes surgis du bois étaient un ramassis de loqueteux armés de vieilles piques et d'arcs faibles. Quand leurs flèches atteignaient le but, elles n'y pénétraient pas. Maurice Welbilove eut tôt fait de disposer ses hommes autour du Trésor royal et les premiers voleurs-mendiants, de leur côté, ne tardèrent pas davantage à réaliser, après s'être frottés à nos sergents, que ce butin était hors de leur portée. Ils se débandèrent et se retirèrent dans les fourrés en vociférant des chapelets d'insultes. L'un d'eux était resté couché dans la neige, mortellement blessé, hurlant à fendre l'âme. Welbilove l'acheva d'un coup de dague et le fit enterrer au bord de la route dans une tombe creusée à la hâte et marquée d'un signe à l'intention du shérif.

Comme la colonne s'était remise en marche, Maurice Welbilove nous rejoignit au trot, descendit de sa monture et convia Bert à prendre sa place.

« Prends mon cheval, dit-il, je me sens d'humeur à marcher un peu. » A ces mots, il m'empoigna et me planta sur le dos du cheval, derrière Bert. Ses mains, je le sentis, étaient comme des pinces d'acier. « Dans deux heures, nous serons arrivés, dit-il. Restez à l'arrière. Au fait, Herbert Haroldson, ce bout de ferraille que je t'ai vu brandir, n'était-ce pas un outil normalement destiné à soulever des pierres ?

— Cela aurait pu mal tourner pour nous si ces coquins avaient remarqué que vous n'aviez cure d'assurer notre protection, lui lança Bert plutôt sèchement. Vous feriez mieux de me donner une arme.

— Je ne peux pas faire cela. Tu es toi-même presque un criminel. Montre-toi délicat envers mon cheval, il y a cinq ans que je le monte. »

Sur ces bonnes paroles, Maurice Welbilove regagna à pied la tête du convoi où il reprit sa place. Comme nous étions arrivés au bord d'un cours d'eau, il tira son épée et scruta le pont. C'était une solide structure en bois sous laquelle la rivière en crue roulait des eaux brunes, torrentielles. Les prés en bordure de la rivière étaient inondés et la route, de l'autre côté, disparaissait également sous l'eau.

« Mauvais passage, maçon, lança-t-il vers l'arrière. L'endroit est infesté de coupe-jarrets. Tiens-toi très près de nous jusqu'à ce que nous soyons de l'autre côté.

— Vous croyez qu'ils savent ce que vous transportez ? » lui demanda Bert tandis que nous pénétrions dans l'eau glacée.

Maurice fit oui de la tête, l'épée nue couchée à plat sur son bras replié.

« Ils me connaissent. Ils s'approchent uniquement pour voir passer sous leur nez le Trésor du roi. La proximité de ces richesses leur réchauffe le cœur. Aucun d'eux n'a jamais réussi à nous soutirer un penny. Je sors d'une famille de gens comme ceux-là, et quand notre roi n'aura plus besoin de mes services, sans nul doute m'en retournerai-je vivre auprès des miens. Il ne restera au Trésor du roi qu'à se garder tout seul. »

Nous franchîmes la rivière et les berges inondées sans être attaqués. Et pourtant, il y avait du monde dans le bois, des faces blêmes se détachaient vaguement dans la pénombre. Maurice Welbilove les salua de gauche et de droite tout en pataugeant à la tête du convoi.

« Quarante livres d'or appartenant à notre seigneur-roi. Venez voir ! Venez compter ! aboyait-il par-dessus les prés inondés. Tous les écureuils sont les bienvenus ! »

Une heure et demie plus tard, nous franchissions la poterne de Guildford Castle. Le soleil atteignait la ligne d'horizon au moment où Maurice Welbilove remit son ordre de mission au lieutenant du roi.

Des chambres tout en boiseries nous furent allouées à l'intérieur du château, non loin de la grande salle. Nous occupions les quartiers réservés aux hôtes du chancelier de l'Échiquier. Pour la première fois de ma vie, j'avais une chambre pour moi seul. Il y avait une grande table, une vingtaine de chandeliers et une réserve considérable de chandelles, une belle fenêtre et un lit qui pouvait en contenir dix comme moi. Bert protesta en constatant que ma chambre était plus belle que la sienne. Je proposai aussitôt d'échanger avec lui, mais la gardienne des lieux — une petite veuve noiraude, d'une beauté quelque peu passée, native de Provence et prénommée Lucie — s'y opposa catégoriquement. Elle déclara que la chambre en question m'avait été attribuée par maître Henry de Reyns en personne et que ce dernier lui avait recommandé de veiller à ce que je l'occupe effectivement, contre toute éventuelle protestation paternelle. La colère de Bert ne fit que s'envenimer lorsqu'il s'aperçut que maître Henry avait tout prévu, même les ennuis qu'on risquait d'avoir avec lui. Bert quitta immédiatement le château et descendit dans une auberge voisine. Deux heures plus tard, il était ramené au château par un officier, après avoir été informé par celui-ci qu'il était tenu de prendre les quartiers qui lui avaient été dévolus.

Bert passa toute la soirée dans sa chambre et refusa de m'ouvrir. Je dînai en compagnie de Lucie qui nous avait préparé un repas fort appétissant. Cela nous donna l'occasion de bavarder un peu ensemble. Elle m'apprit que son mari avait exercé des fonctions d'huissier du roi à Heredfordshire. Il était mort accidentellement, noyé dans un étang. Après avoir occupé toutes sortes d'emplois dans la région, elle avait atterri ici même, à Guildford, où ses talents de cordon-bleu étaient fort prisés. Elle avait eu l'occasion, à trois reprises déjà, de préparer un repas pour le roi Henri en personne, et chaque fois celui-ci lui en avait fait compliment.

De retour dans ma chambre, je disposai quatre chandeliers sur la table, face à la fenêtre. Dans un coffre, à côté du lit, je découvris une réserve de parchemin et de vélin. Il y avait de l'encre et des plumes dans une boîte posée sur la tablette de fenêtre. Il y avait aussi une armoire murale mais elle était fermée à clé. J'étais assis à la table, quand on frappa à la porte. Je me dis que c'était mon père qui, las de bouder, venait me voir. Je m'en allai ouvrir la porte et me retrouvai face à face avec maître Henry de Reyns et Maurice Welbilove qui se tenaient là, bras dessus bras dessous, l'air aux anges.

« Dame Lucie t'a-t-elle bien nourri, Hedric ? s'enquit maître Henry. Sa tourte aux tripes fait l'unanimité. Est-ce qu'au moins tu y as eu droit ? Fais-moi voir ta chambre. Et toi, Maurice, va donc me tirer de son trou ce tailleur de pierre récalcitrant. On l'emmènera boire un coup avec nous. Ton père aime bien boire un coup, je crois, non ? »

Maurice se rendit à l'autre bout du couloir et se mit à tambouriner contre la porte de la chambre de mon père. Maître Henry s'approcha de l'armoire murale et tira une clé de sa ceinture. Lorsqu'il eut ouvert la porte de l'armoire, il souleva la torche qu'il tenait à la main et je vis alors que le meuble était plein de livres et de rouleaux.

« Le contenu de cette armoire n'a pas de prix, Hedric. Le père Horace, qui a bien voulu accepter de quitter Londres pour continuer à s'occuper de ton instruction ici même, est chargé de veiller à ces trésors. Ne salis pas ces volumes, ne les écorne pas, ne les perds surtout pas. Certains sont à moi, d'autres appartiennent à de proches amis. Il y en a même deux que j'ai empruntés à notre seigneur-roi lui-même afin que tu en prennes connaissance. Il faut que tu les aies tous lus d'ici octobre, quand je t'emmènerai à Paris. Tu subiras un contrôle de connaissances avant notre départ. Voilà. »

Il posa la clé sur la table et prit place sur ma chaise. Sous son manteau sombre, il portait une cotte bleu paon à col doré, brodée de perles. Sa face épanouie respirait la santé et la bonne humeur.

« Ne perds pas cette clé. Il ne faudrait pas que nous ayons à casser des portes pour les besoins de ton éducation, ce serait barbare », ajouta-t-il, et à ces mots, un sourire finaud apparut sur ses lèvres parfaitement dessinées dont les mouvements se transmettaient en cadence à ses bajoues de coq. Comme Maurice semblait sur le point de défoncer la porte, mon père ouvrit et apparut dans le couloir.

« Qu'est-ce que vous me voulez ? lui lança-t-il d'un ton hargneux. J'ai fait un long voyage aujourd'hui et je voudrais qu'on me laisse dormir en paix.

— J'ai fait le même voyage, répliqua Welbilove. Qu'est-ce qu'un voyage d'une journée ? Prenez votre veste et votre chapeau. Nous sortons boire un coup.

— Je bois quand j'en ai envie, pas quand on me l'ordonne », riposta Bert en faisant mine de se retirer dans sa chambre. Mais Maurice Welbilove lui barra le passage et leva ses mains gantées de noir en scrutant Bert de ses yeux tristes quoique brillants.

« Ce n'est pas un mince honneur que d'être invité à faire le tour des tavernes de High Street par le maître maçon du roi en personne. A votre place, j'essaierais d'avoir un peu soif, dit-il. Allons, venez. C'est une occasion à ne pas manquer, vous pourriez le regretter plus tard. »

Bert se rendit à ces arguments sans se rebiffer davantage. Je m'apprêtai à rester dans ma chambre mais maître Henry déclara que je devais les accompagner, de telles sorties faisaient partie de mon éducation.

« Mais avant, je dois encore te poser une question, Hedric, déclara maître Henry avec une lueur de gaieté dans ses yeux de lézard. Elle est assez simple. Qui est-ce qui gouverne ce pays ? »

Bert enfonça son chapeau sur sa tête, s'adossa au mur et soupira bruyamment pour manifester son exaspération.

« Ton père n'en a aucune idée. Si je le secouais, il finirait sans doute par trouver la réponse que tu vas me donner, Hedric. Alors, c'est qui ? »

Caressant son menton de sa belle main, maître Henry m'observait en souriant. Il avait les doigts chargés de bagues en argent, chacune d'une facture différente. Tandis qu'il me dévisageait, il replia ses phalanges et effleura les bagues de ses lèvres.

« Ce n'est pas nous, n'est-ce pas ? murmura-t-il. Nous sommes tous des serviteurs, à un degré ou à un autre. Donne-moi la réponse que le plus humble me donnerait — juste pour voir.

— Le roi, messire, dis-je.

— Merci, Hedric. Oui, le roi. Eh bien, écoute-moi bien, et toi aussi, Herbert, d'ici notre retour, *sans doute* aurai-je réussi à vous montrer qui règne vraiment ici. Et ce ne sont pas des mots ! Nous ne ferons sans doute que déraisonner ce soir, mais si vous ouvrez bien les yeux, vous verrez le roi qui gouverne Guildford. »

Nous sortîmes dans Quarry Street et marchâmes jusqu'à la très vieille église de style anglais que j'avais remarquée à notre arrivée. De l'autre côté du pont se dressait une colline escarpée que nous escaladâmes, maître Henry marchant en tête, déplaçant sa confortable personne avec une remarquable aisance et sans cesser de respirer avec la plus grande régularité. Et, tout en avançant d'un bon pas, il se mit à déraisonner ainsi qu'il l'avait annoncé, il chanta, il fit danser ses doigts en l'air, il siffla. Lorsque nous fûmes arrivés tout en haut de High Street, au moment d'entrer dans la première taverne, il était déjà ivre sans avoir rien bu, d'une ivresse entièrement suscitée par son activité mentale enivrante.

« Le patron du *Sac de laine* fait d'excellentes boulettes d'agneau à l'aneth. Nous allons en commander un plat afin d'accompagner le vin, dit-il, tandis que nous nous installions près du feu. Notez l'odeur qui règne ici. Observez les clients. Comme vin, nous prendrons du vernaccia de Toscane, banal en soi mais excellent pour accompagner celui qui commande ici. Ah, je vois que notre Hedric est intrigué par ma devinette ! »

Nous eûmes donc droit à des boulettes d'agneau arrosées de vernaccia. Bert voulut boire de la bière avec les bergers qui se pressaient dans le local, attifés de leurs nippes graisseuses, mais maître Henry le lui interdit formellement.

A vingt pas de là, nous entrâmes à l'*Auberge de la Toison* où nous bûmes un vin doux crétois accompagné d'une roulade de mouton farci. L'endroit était bondé de fermiers rougeauds aux jambes invariablement arquées, accompagnés de chiens à demi sauvages qui ne cessaient de se poursuivre autour des tables.

Un peu plus bas, toujours sur la colline glacée, nous fîmes une incursion au *Rendez-vous des tondeurs,* un local puant et bas de plafond. Ici maître Henry passa commande d'une tourte aux abats d'agneau persillés et d'un plat de navets grillés. Avec cela, nous bûmes un vin anglais nommé whippet. Encore sombre et fermé en entrant dans cette auberge, Bert devait en ressortir plus disert, en parfait accord avec ses compagnons de beuverie. Il avait été conquis par un duo chanté par maître Henry et Maurice Welbilove à l'intention de la jeune femme qui nous avait servis. Celle-ci, une petite rousse replète avec de grandes oreilles et un nez en trompette, avait failli tomber en pâmoison tandis que tous deux psalmodiaient :

Une femme cela n'a point de prix,
Elle sert son homme de jour et de nuit,
Tout ce qu'elle fait porte ses fruits,
Ne lui fais donc, ami, grief ni peine,
    Grief ni peine,
Ne lui fais donc, ami, grief ni pei-ei-eine.

A l'heure où nous entrions au *Clos du bélier,* quatre portes plus bas, les trois hommes commençaient à sentir l'effet du vin, de l'air froid et des propos délirants ; ils étaient devenus amis et je suivais le mouvement en solitaire, quasiment oublié. Je pénétrai dans le local derrière eux et me contentai de les observer tandis qu'ils mangeaient de la salade de langue d'agneau fumée accompagnée de vin du Rhin et se posaient des devinettes dont nul ne connaissait la réponse.

A *L'agneau de lait*, les clients étaient tout bariolés, la plupart étant employés dans une teinturerie, juste à côté. Les rouges et bleus criards leur conféraient un aspect quelque peu sauvage, mais maître Henry était tenu en haute estime en ce lieu et réussit à arracher à la cuisine peinte aux couleurs de l'arc-en-ciel des rognons d'agneau sur canapés arrosés d'une sauce épicée et d'un vin mystérieux appelé theologicum, élevé par des frères convers, à Capernicum.

La lune était accrochée au-dessus de nos têtes tandis que nous dévalions la colline verglacée jusqu'au *Pied de mouton,* les trois hommes s'amusant à faire des glissades sur la neige durcie, leurs basques flottant derrière eux. Cette fois, on était dans une auberge pour riches patrons, et maître Henry avait réservé une table près de la cheminée. Nous fûmes servis par des hommes âgés, à mine sévère et bouche cousue, qui eussent été mieux à leur place dans quelque monastère. C'était l'hostellerie favorite des clercs séjournant à Guildford pour traiter leurs affaires à la Cour. Un groupe de dominicains y avait précisément pris pension.

Là, mes compagnons mangèrent du foie d'agneau cru arrosé de torrentyne d'Ebdrew et chantèrent à tue-tête des ballades égrillardes.

Notre dernière étape fut la *Brebis égarée*, dans Quarry Street, tout à côté du château. Nous y retrouvâmes entre autres tous les hommes de Maurice Welbilove. Curieusement, ceux-ci prêtèrent moins d'attention à leur chef qu'à maître Henry qui leur inspirait manifestement le plus grand respect. On nous donna la meilleure table et je fus prié de m'asseoir à la droite de maître Henry. Il posa son bras sur mes épaules tandis que des officiers du corps de garde nous servaient du pis de brebis au gingembre et aux raisins secs cuit dans le lait.

« Et maintenant, Hedric, en présence de ces valeureux guerriers, de ces défenseurs de la dignité royale, qui est-ce qui gouverne à Guildford ? me demanda-t-il. Allons, qu'en dis-tu ? »

J'hésitai, non point à cause du contenu de la réponse mais par souci de la formuler clairement et avec la neutralité requise. Je connaissais la passion de maître Henry pour les choses bien faites et ne tenais pas à démériter à ses yeux.

« Eh bien, m'est avis que c'est le mouton. »

Maître Henry me serra contre lui et dévisagea Bert d'un air de connivence ravie.

« Ce garçon est formidable. Eh oui, le mouton gouverne l'Angleterre et le ciel veuille qu'il vous tienne chaud à tout jamais. Demain, nous ferons l'autre côté de High Street : nous irons aux *Deux tisserands,* à l'auberge des *Tanneurs,* au *Trois fileuses,* au *Bercail,* au *Mouton à cinq pattes...* Longue vie au roi, je veux dire au mouton. Bêê ! Bêê ! »

Tout le monde se mit à bêler dans la salle. J'étais fort surpris que des sergents du roi pussent se montrer à ce point irrespectueux. Il y avait un certain nombre d'officiers supérieurs, leurs subalternes autour d'eux, et tous bêlaient plus fort les uns que les autres.

« Et vive les moutons de Provence, vive les moutons de Lusignan et tous les moutons français d'ici et d'ailleurs. Apprenons à paître comme eux, impunément, sur les pâturages du voisin ! vocifera Maurice Welbilove au beau milieu des bêlements. Et bon appétit aux moutons anglais ! »

Je vis poindre sur le visage de Bert l'amorce de son sourire ravageur. Il sentait, tout comme moi, que l'impopularité du roi représentait un avantage pour nous, ici, à Guildford. Si le maître maçon et les officiers du roi étaient capables de s'exprimer de la sorte à quelques pas seulement du château royal, nous ne pouvions que nous sentir plus à l'aise dans notre nouvelle situation. Ces gens-là considéraient le roi Henri comme quantité négligeable : leur loyauté était empoisonnée. L'irrespect témoignait d'une certaine désintégration, au sein de laquelle maître Henry se dirigeait comme dans un labyrinthe bien connu de lui, tenant mon avenir entre ses mains.

Le printemps fut précoce cette année-là à Guildford. Le temps doux fit éclore les bourgeons dès les premiers jours d'avril. Mon père besognait à la carrière et au mur extérieur du château, dans un petit groupe de carriers et plâtriers qui l'avaient accueilli dans leur loge et le considéraient comme une sorte de contremaître car il n'y avait aucun tailleur de pierre expérimenté parmi eux. Maître Henry ne fourrait pas son nez dans les affaires de la loge locale et parut satisfait de voir Bert investi d'une certaine autorité susceptible de le guérir de ses récentes blessures d'amour-propre. Le travail de Bert, d'un intérêt limité, consistait principalement à réparer des murs. On lui avait également confié le soin de réaliser quelques sculptures simples dans la chapelle de la reine, une tâche pour laquelle il était fort bien payé. Le donjon est une structure disgracieuse faite de chaux, de grès, de briques et de tous les matériaux que les constructeurs avaient justement sous la main à l'époque de son édification. Il ne fallait pas s'étonner s'il était tombé si vite aux mains des Français du temps du roi Jean. Et à l'intérieur ? Ah, c'était différent. Là, le roi s'était arrangé une habitation somptueuse. Et comme l'endroit est devenu entre-temps le séjour favori du seigneur Édouard, notre roi actuel, je ne serais pas surpris qu'il soit aujourd'hui plus magnifique encore qu'à l'époque de son père, le roi Henri. Mais je doute fort que ce soldat émérite tienne cette bâtisse en grande estime en tant que forteresse. Guildford est un lieu idéal pour se reposer, non pour combattre.

Le père Horace prit pension dans une petite hostellerie pour religieux. Il arrivait au château le matin à sept heures et nous prenions notre petit déjeuner en commun dans ma chambre. Il eut tôt fait de sympathiser avec Lucie qui se joignit à nous pour les leçons de latin, car elle aimait l'étude et redoutait de voir s'étioler ses facultés intellectuelles à force de consacrer tout son temps à la cuisine et au nettoyage. Il ne me fallut pas longtemps pour comprendre que Bert couchait avec elle car il n'était jamais dans sa chambre lorsque j'allais le voir matin. Cependant, Lucie n'était pas éprise de lui et j'en étais fort aise. Cela signifiait, en effet, que nous étions deux pour tenir Bert en respect alors que, dans le cas contraire, il m'eût fallu affronter seul et les humeurs de mon père et les doléances de Lucie. L'un dans l'autre, ce fut un temps heureux et nous vécûmes tous quatre en accord quasi parfait, ce qui était excessivement rare. Nous avions choisi, mon père et moi, d'effacer le souvenir de Londres ainsi que toutes pensées en rapport avec les changements qui résulteraient de mon départ pour Paris. Nous ne revîmes pas maître Henry de Reyns, mais Maurice Welbilove nous rendit visite à plusieurs reprises, nous apportant des nouvelles de son ami et nous informant de l'avancement des travaux à Westminster.

Je prenais grand plaisir à l'étude. Le père Horace m'avait pardonné ma précocité et mon insolence, et je faisais, sous sa direction, de rapides progrès, évitant soigneusement toute allusion à mon prétendu oncle et à la tête d'Albigeois coupée qu'il comptait me léguer à sa mort. Sachant pertinemment que je rêvais de Paris, de l'abbaye de Saint-Denis, d'université et de liberté, du grand voyage que j'allais faire en compagnie de maître Henry, il se servait de ces perspectives souriantes pour me tenir en état d'alerte. Quand il estimait que je ne faisais pas de mon mieux ou que je sacrifiais à l'oisiveté (ce qui ne se produisit d'ailleurs que rarement), il me menaçait carrément de s'opposer à mon départ.

« Fais bien attention, sinon tu vas connaître le même sort que ton père. Tu n'as tout de même pas envie de passer ta vie à réparer des murs ? L'oisiveté est la mère de tous les vices, c'est l'une des grandes vérités que les Anciens nous ont laissées. Si tu as du talent, tu dois le cultiver au mieux de tes possibilités. Dieu sait que je n'ai aucune idée de ce que tu nous bâtiras quand tu seras lâché dans le monde. Par contre, je sais que sans Cicéron, tu n'iras pas loin. Apprends bien ce passage, sinon tu ne partiras pas en octobre, tu devras rester ici et croupir dans l'ignorance, car Paris est uniquement fait pour les grands esprits capables d'apprécier d'autres grands esprits ! »

Dures paroles mais qui ne m'inquiétaient pas trop car j'étais tout à fait capable de répondre à la demande qui m'était faite. La foi de maître Henry en mon génie m'incitait à travailler énormément. J'assimilais aisément tous les secrets qui m'étaient délivrés. Les problèmes d'arithmétique me poursuivaient jusque dans mon sommeil et, tandis que les autres enfants s'amusaient près du bief ou sortaient avec les bergers, je demeurais avec le père Horace, tâchant de refréner l'appétit de mon propre esprit, lequel me poussait bien souvent au-delà de mes possibilités physiques. Plus d'une fois je me réveillai à ma table, ma tête reposant sur les livres ouverts, les chandelles consumées à mes côtés. Un plus sage que moi eût sans doute tenu compte de tels signes de fatigue pour s'aller reposer ; moi, j'étais plutôt tenté de faire le contraire. Ma passion de l'étude était telle que je remplaçais le plus souvent les chandelles mortes et continuais à apprendre jusqu'à ce que j'eusse effectivement assimilé les connaissances que j'avais inscrites au programme de ma soirée.

Puis nous apprîmes que le roi devait s'arrêter à Guildford au cours de la seconde semaine de juillet avant de se rendre à Winchester pour y célébrer la fête de saint Swithin en compagnie de son frère, le nouvel évêque.

XXI

UNE semaine avant l'arrivée prévue du roi à Guildford, je reçus une missive de maître Henry. Il s'agissait d'un texte extrait d'un livre dont il m'assura qu'il n'était point l'auteur. Il m'était demandé d'apprendre par cœur, avant l'arrivée de la Cour, ce texte très long et très difficile. C'est avec un certain effroi que j'en pris connaissance et commençai à le mémoriser. Jamais mes yeux n'étaient tombés sur un écrit qui sentît à ce point son Albigeois, la forme venant encore ici souligner la nature sulfureuse du contenu. A vrai dire, j'osai à peine le montrer au père Horace. Fort heureusement, le vieux prêtre, au demeurant d'un caractère fort peu suspicieux, était tout à fait incapable de saisir le type de raisonnement ici à l'œuvre. Lorsque je le lui récitais, il m'écoutait béatement, comme si je psalmodiais du saint Augustin et non ce brûlot hérétique.

Tandis que je planchais sur ledit texte, il me vint à l'esprit que ceci constituait peut-être, dans l'esprit de maître Henry, une manière de me préparer à notre voyage à Paris. Il avait mentionné les merveilles créées par l'abbé Suger à Saint-Denis et s'était fait fort, le moment venu, de m'enseigner les bases arithmétiques et géométriques de l'arc français, très connu parce que très copié, à défaut d'être véritablement compris. Cette structure architectonique devait exprimer le principe lumineux qui est au cœur même de notre foi, la lumière signifiant la présence parmi nous, immédiate et quotidienne, du Dieu du Bien. Maître Henry avait laissé entendre qu'en fait l'abbé Suger — dont le nom s'était imposé à la chrétienté comme celui d'un grand innovateur — n'était pas effectivement le créateur du Premier Style de l'Émergence mais que les Albigeois lui avaient attribué ce mérite pour favoriser leurs propres desseins politiques.

Le jour où j'eus véritablement assimilé les termes et la logique de cet écrit, le père Horace me demanda à quelle fin je pensais que sa mémorisation pourrait m'être utile. Il suffisait de répondre que cela me permettrait de le réciter au roi et de satisfaire ainsi aux désirs de maître Henry, et c'est ce que je dis. Mais le père Horace ne partageait pas cet avis. Il pensait que si le texte était uniquement destiné au plaisir des oreilles du roi, le maître maçon l'eût très probablement fait mettre en musique plutôt que de me demander de le réciter.

« Attends-toi à tout autre chose, m'avertit-il. J'augure qu'il te sera demandé de prouver que tu es digne de la confiance que maître Henry a placée en toi. Cet écrit est le produit d'un esprit à la fois futile et tordu, le genre de chose que les gens écoutent sans rien y comprendre. Ce ne sont que des paillettes dépourvues de substance. A ta place, je commencerais à songer au costume que je porterai en une telle occasion. »

Le roi arriva par une chaude soirée sous un azur parfait, à l'heure où la rivière porte encore la trace du soleil, alors qu'il a depuis longtemps disparu derrière les dunes. Je me tenais près du pont avec mon père, observant les hérons, immobiles comme nous, à l'affût d'une proie, en attendant que surgisse en haut de la route de Londres la troupe attendue de cavaliers. Par-derrière le délicat gazouillis des oiseaux, un son sourd se fit entendre. Un bruit étrange, insistant, emplissant peu à peu la forêt qui s'étend au nord-est et qui parut troubler les nombreux curieux qui attendaient tout autour de nous. Certains reculèrent comme pour se soustraire au bruit rapidement croissant mais dont la source demeurait invisible. Les hérons frissonnèrent, rétractèrent leur col et s'envolèrent, nous saluant comme à regret de leurs grandes ailes, vers des eaux plus tranquilles.

J'avais déjà vu se déplacer la Cour, mais seulement à Londres. Dans les rues de la ville, parmi les grandes bâtisses, cela paraissait très naturel : comme un phénomène qui fait partie intégrante d'un environnement qu'il a lui-même contribué à créer. Mais là, dans cette paisible vallée, tandis que la forêt s'enfonçait lentement dans le crépuscule, on aurait dit un horrible dragon dévalant High Street, un monstre griffu et cornu, crachant le feu alimenté par sa propre rage. Nous ne pûmes voir le roi parmi les cavaliers qui déboulaient à notre rencontre dans un galop effréné en tâchant de garder le cap dans la bousculade, gueulant à tue-tête et brandissant leur chapeau à bout de bras.

La confusion était telle que c'est à peine si nous entrevîmes le roi au beau milieu de cet essaim de guêpes affolées. Pressés contre le parapet du pont, nous attendîmes que tout le monde fût passé. Je ne savais pas si maître Henry de Reyns était parmi les cavaliers. En tout cas, nous ne suivîmes pas la troupe qui fonça à bride abattue vers le corps de garde, mais demeurâmes sur le pont, enveloppés d'un nuage de poussière, à savourer le retour du silence, tandis que le château absorbait la cohorte et son affreux tintamarre.

Puis j'aperçus une tache de couleur brillante qui glissait entre les arbres au sud de la route. Quelqu'un avait fait un détour pour franchir la rivière à gué, un peu plus bas, et éviter ainsi la congestion. Tandis que le cavalier arrivait à notre rencontre, ses basques flottant entre les arbres empourprés, je devinai, en entrevoyant la haute stature de l'homme et la taille colossale de son destrier, qu'il s'agissait de maître Henry. Il était vêtu d'un habit dont les broderies évoquaient, de la tête aux pieds, une bâtisse en pierres appareillées, des piqûres de fils d'argent représentant les lignes de mortier. Son chapeau avait la forme d'une flèche surmontée d'un magnifique coq doré en guise de girouette et ses bottes étaient de la couleur de l'herbe tendre. Sur la poitrine, son vêtement s'ornait de l'image d'un autel, brodée avec tant d'art que les flammes des chandelles paraissaient réelles. Seul un homme doté d'un esprit rayonnant et d'une beauté intérieure achevée pouvait se permettre de paraître en pareille tenue : or, maître Henry était suprêmement à l'aise, à croire qu'il sortait tous les jours dans cet accoutrement.

Arrivé à hauteur du pont, il arrêta son cheval et me regarda à travers la fine poussière qu'il avait soulevée.

« Tu as bien appris le texte que je t'ai envoyé ? me demanda-t-il en fixant sur moi ses yeux ronds qui étincelaient comme des gemmes dans un coffret.

— Oui, messire, répondis-je. Je le sais par cœur. »

Il mit pied à terre et conduisit son cheval jusqu'au nord de la Wey afin de le faire boire. La bête entra dans l'eau jusqu'aux genoux et enfouit ses naseaux dans l'eau froide, heureuse de pouvoir se rafraîchir après avoir porté si loin un maître aussi magnifique. Maître Henry s'assit sur la berge et tapota l'herbe tout autour de lui.

« Et si tu me le récitais maintenant, dit-il en se calant sur ses coudes. L'as-tu récité à ton père ?

— Vous ne m'avez pas dit de le faire, aussi m'en suis-je abstenu, répondis-je.

— Crois-tu qu'il en comprendrait la signification ?

— Le père Horace ne la comprend pas. »

Maître Henry leva les yeux sur Bert qui le regardait d'un air de dégoût mal dissimulé. Ces habits de carnaval hautement fantaisistes n'étaient pas du genre à plaire à un homme comme mon père. Quand il décidait de se faire remarquer, c'était toujours d'une manière conventionnelle et sans aucune inspiration.

« Je voudrais que tu entendes le texte que ton fils a appris, Herbert. Il le dira ce soir même en présence du roi. Et il aura besoin de ton soutien. »

A cette nouvelle, je demeurai bouche bée. Je ne craignais pas tant l'épreuve elle-même que le fait d'avoir à formuler des pensées de source si ostensiblement non chrétienne. Je fis part de mes scrupules à maître Henry qui se contenta de laisser fuser un léger rire.

« Ne t'en fais surtout pas pour cela. Comparé aux philosophes arabes, c'est un texte qui paraît presque orthodoxe. Du reste, la quasi-totalité de la Cour croira entendre du chinois. Mais au fait, t'ai-je dit que tu devras traduire le texte en anglais au fur et à mesure que tu le réciteras en latin ?

— Quoi ? m'étranglai-je. Qui pourrait faire cela si vite ? Sûrement pas le père Horace.

— Mais toi, oui, répliqua maître Henry. Effectuer une traduction simultanée devrait être dans tes possibilités. C'est simple — formuler la phrase latine en anglais au fur et à mesure que tu te la remémores en latin. J'ai vanté tes qualités à notre seigneur-roi, affirmant que cette sorte d'exercice ne présentait aucune difficulté pour toi. »

Je fus pris d'un étourdissement. Le cheval sortit de l'eau et s'éloigna le long de la berge. Maître Henry siffla pour le rappeler, me donnant ainsi le temps de me remettre du choc que j'avais subi en apprenant ce qu'il attendait de moi.

« Qui est donc l'auteur de cet écrit ? demandai-je, tâchant toujours de contenir la panique qui me coupait le souffle. Je croyais jusqu'ici que notre foi devait se passer d'écrits, que tout devait être mémorisé et transmis uniquement de bouche à oreille. Je suppose que les choses ont changé depuis que vous nous avez vus à Westminster et que nous sommes un peu à la traîne, mais tout de même, n'est-ce pas aller trop loin ? Se lever et lancer une croyance hérétique au visage du roi ? Il a percé à jour mon père et Hans Seersach en voyant la maquette. Pourquoi ne me percerait-il pas à jour en entendant ce qui doit sortir de ma bouche ? »

Maître Henry se leva et s'apprêta à enfourcher sa monture qui avait rebroussé chemin à contrecœur.

« Prête-moi la main, maçon, ordonna-t-il. Non, pas pour serrer la mienne, espèce de bœuf, mais sous ma botte, pour m'aider à monter ! »

Bert blêmit, dévisageant d'un air indigné le maître maçon du roi qui se tenait là, un pied levé.

« Et ton travail, maçon ? Je me suis laissé dire que tu arrivais fort tard pour repartir tôt. Il va falloir que nous parlions de cela ! ajouta maître Henry froidement. Je ne suis pas content du tout. »

Mon père se pencha en avant et lui fit la courte échelle. Maître Henry posa sa botte sur les paumes que lui présentait Bert et se hissa en selle en poussant un grognement d'une splendide arrogance.

« Merci, Herbert Haroldson. Mets tes meilleurs habits ce soir. Je veux te voir avec ton fils à neuf heures et demie, à l'entrée de la grande salle. Ne bois pas avant. Et ne me fais pas faux bond. Il y a des besognes bien pires que de réparer des murs. »

Là-dessus, il tourna bride et se dirigea vers le pont, son chapeau en forme de flèche se balançant doucement au-dessus de sa tête. Je courus à côté de lui, la main posée sur sa botte verte.

« Vous ne m'avez pas dit qui était l'auteur du texte ? Est-ce Platon ? Je ne pense pas. Mais un Ancien, sans doute. Un penseur d'avant le Christ en tout cas. Démocrite, peut-être ? Non, non, il n'est pas si compliqué que cela... S'il vous plaît, dites-le-moi... C'est un Arabe ? Vous m'avez laissé entendre tout à l'heure que... »

Le maçon du roi se pencha et m'ébouriffa amicalement les cheveux.

« Non, Hedric, ce n'est pas un Arabe. L'homme qui a écrit ce que tu viens d'apprendre par cœur n'est autre que Robert Grosseteste, évêque de Lincoln ; et il sera là pour t'écouter. »

D'effroi, mes doigts se crispèrent autour de sa cheville en entendant ces mots. Il secoua son pied pour se libérer de ma main et traversa le pont au galop, me laissant abasourdi par ce que je venais d'apprendre. Bert me dévisagea d'un air dédaigneux.

« On voit maintenant de qui tu es devenu l'esclave. Et moi je dois assister à cela — mon propre sang perverti par les chrétiens, dit-il d'un ton amer.

— Es-tu mon père ou mon bourreau ? lui lançai-je subitement en pleine figure. Qu'est-ce que tu fais pour m'aider ? Tu es stupide, et en plus fier de l'être ! Sans compter que c'est maître Henry qui décide ! »

Bert n'hésita pas. Il me frappa en pleine figure, du dos de la main, si fort que je tombai à genoux. Lorsque je relevai les yeux après avoir tâté précautionneusement ma figure, anxieux seulement d'avoir à paraître à la Cour avec un visage meurtri, il était déjà de l'autre côté du pont et s'éloignait sans regarder en arrière.

Dans ma chambre, je tâchai de traduire mon texte tout en me le récitant mentalement en latin. Il m'apparut extrêmement difficile d'allier ces deux exercices et surtout de produire une phrase anglaise qui restitue la phrase latine originale à la fois rapidement et dans la plénitude de son sens. Après avoir revêtu mes meilleurs habits, je me rendis auprès de Lucie afin qu'elle me brosse les cheveux. Je la trouvai dans la cuisine, Bert assis sur une chaise, portant les habits neufs que maître Henry nous avait fait parvenir à Londres. Lucie lui avait d'ores et déjà noué plusieurs rubans dans les cheveux et dans la barbe. Au moment où j'arrivai, elle était en train de lui passer lentement un gros peigne en corne dans les cheveux sur le sommet du crâne, tout en fredonnant une chanson à mi-voix. Je demeurai planté sur le seuil jusqu'à ce qu'elle m'aperçoive.

« Mon époux aimait beaucoup que je le peigne comme cela, dit-elle comme pour s'excuser, en ébauchant un sourire. On dit que cela clarifie les idées.

— Hedric sait à quel point j'en ai besoin, ajouta Bert. Entre donc, mon fils. »

Il se leva, les yeux brillants d'amabilité, et me serra vigoureusement dans ses bras. Je respirai des effluves de parfum.

« On va leur montrer qu'on n'est pas des poules mouillées, marmonna-t-il. A nous deux, on peut tenir tête à n'importe qui.

— Et à qui diable as-tu donc l'intention de tenir tête ce soir ? » lui demandai-je, non sans regretter immédiatement cette insolence : il était visiblement désireux de se rabibocher avec moi, bien qu'incapable de regretter ouvertement quoi que ce fût.

Bert s'esclaffa et retint mon menton dans sa poigne de fer.

« Tout ce que tu subiras, je le subirai, déclara-t-il. Tout ce que tu accompliras, je l'accomplirai. »

Compte tenu de son caractère, c'était faire preuve de beaucoup de bonne grâce, si bien que la paix fut aussitôt conclue entre nous et que nous sortîmes bras dessus bras dessous, après avoir partagé un gobelet de vin. Des bribes de musique et une rumeur planaient à notre rencontre, tandis que nous nous acheminions vers la grande salle dans la nuit douce et claire, sous le ciel étoilé. Arrivés à proximité, nous vîmes des gens deviser dans la pénombre avant de pénétrer dans les lieux, des femmes passer avec de hautes coiffures qui leur faisaient comme des ailes : des mites géantes gorgées de parfums. Maître Henry nous attendait à l'extérieur, tout près de l'entrée. Il portait une robe de soie, une sorte de toge noire rayée de serpentins roses, et une large ceinture de loutre noire, fermée par une grosse boucle de bronze. Ses pieds étaient chaussés de sandales mordorées assorties à la boucle.

« Alors, Hedric, tu es prêt ? s'enquit maître Henry d'une voix amène. Je vais te présenter à ton roi. L'as-tu jamais aperçu auparavant ?

— De loin seulement, chuchotai-je. Et j'avais du mal à savoir qui était qui. »

Maître Henry hocha la tête puis dévisagea mon père.

« Reste à côté de moi, Herbert, Messire Henry de Montfort est venu spécialement de Douvres. Tous les évêques qui détestaient ta maquette sont là. Tout ce qui a voix au chapitre est là. Ne parle que si l'on t'interroge. Ne bois pas trop. N'applaudis pas trop tôt ton fils. Ouvre tes yeux et tes oreilles et émerveille-toi d'avoir conçu semblable rejeton. »

Bert scrutait ses pieds, serrant l'une dans l'autre ses mains gantées.

« Regarde-moi lorsque je te parle, maçon ! Ceci est un grand moment ! Ton fils, l'enfant de notre foi, va éblouir ces chrétiens avec des *paroles.* Ne joue pas au trouble-fête, c'est un conseil. »

Bert leva la tête, soutint un instant le regard que maître Henry lui décochait de ses beaux yeux de lézard, puis opina lentement en signe de soumission.

« Bicn. Et à présent, Hedric, mon garçon, sans plus attendre, en avant ! Sus à nos ennemis ! »

Et là-dessus, maître Henry ouvrit la porte et me poussa doucement à l'intérieur. Le brouhaha qui régnait à l'intérieur n'était pas moins saisissant que l'odeur produite par la foule des danseurs, une senteur animale, puissante, venant de ces atours de soie et de velours, mêlée d'effluves de sueur et de parfums. Tandis que je me faufilais à grand-peine entre les gens, maître Henry sur mes talons, je ne pus éviter de marcher sur des pieds, sur des ourlets de robes, mais personne ne parut s'en formaliser ni même s'en apercevoir : on continuait à tournoyer en tous sens, à se heurter, à se précipiter dans des brèches, à faire de grands signes à des amis, à s'interpeller par-dessus la mêlée. Après avoir tenté pendant plusieurs minutes de me frayer un passage dans la foule, je sentis soudain la main de maître Henry qui me retenait par l'épaule me forçant à m'arrêter devant un bel homme de haute taille, au crâne chauve mais aux tempes ornées de boucles pelucheuses retombant par-dessus les oreilles pour se confondre avec sa barbe. Sa physionomie était bienveillante mais bizarrement déséquilibrée. Comme je le regardais dans les yeux, la main de maître Henry s'appesantit, m'obligeant à mettre un genou à terre. Au même instant, je compris ce qui n'allait pas dans le visage de cet homme : la paupière gauche pendouillait lourdement sur l'œil, comme si l'homme était terriblement las et, en plus, quelque peu éméché.

« Voici Hedric Hebertson, Sire ! cria maître Henry de manière à couvrir le raffut. Voulez-vous l'entendre maintenant ? »

Le roi Henri me sourit. Son autre œil brillait de curiosité.

« Voudront-ils l'écouter ? » cria-t-il à son tour d'une voix extrêmement traînante. La lenteur de son élocution allait fort bien avec sa paupière lourde et ses gestes compassés.

« Nous les forcerons à écouter, Sire. Ce garçon de pur sang anglais est un prodige. Je parierais que personne ici ne l'égale. Sire, il est l'intelligence future, celle-là même qui jugera le passé, nos hauts faits et nos manquements.

— Par tous les saints, mieux vaut se prémunir dans ce cas, dit le roi en frottant pensivement son long nez. Cela dit, il me fait a priori l'effet d'un garçon tout à fait ordinaire. Je ne voudrais surtout pas le livrer en pâture à cette foule assoiffée de plaisir. Pour l'heure, mes gens me paraissent peu disposés aux efforts intellectuels, qu'en pensez-vous ?

— Sire, vous m'avez promis de l'ouïr, dit maître Henry avec une nuance d'impatience dans la voix. Il a œuvré sous ma conduite afin de vous étonner.

— Il ne nous reste donc qu'à commander le silence », dit le roi Henri en tirant par la manche un vieil homme qui se tenait là, debout, le front pressé contre le pommeau d'un long bourdon frappé d'argent. « Demande le silence, vieil homme. »

L'huissier redressa la tête et laissa planer sur la salle un regard sourcilleux, retroussant simultanément les lèvres comme pour grogner. Puis il martela violemment le sol de son bourdon jusqu'à ce qu'il eût obtenu le silence total. Et il reprit sa faction, immobile, yeux clos, sourcils au contact du bourdon.

« Annonce ce garçon, dit le roi d'une voix dolente. Son nom est... ?

— Hedric, Sire. C'est un apprenti tailleur de pierre d'humble naissance, originaire du Nord, expliqua maître Henry. Il va bailler devant la Cour une preuve d'intelligence peu commune.

— Vous avez entendu ? Cet enfant est l'un de mes sujets, et maître Henry de Reyns le dit capable, d'ores et déjà, de vous déconfire tous, sur le terrain de l'entendement. Cela reste à voir. Mais le garçon est courageux. Il ne tremble pas, alors que je vous ai vus trembler, les uns et les autres, lorsque votre intelligence était mise à l'épreuve. La plupart d'entre vous se sentent évidemment plus à l'aise à la guerre qu'à l'étude. Mais il faut que cela change, ainsi que maître Henry ici présent ne cesse de me le répéter. Et avec raison, je dois le dire. »

Le roi Henri se tourna vers moi et me dévisagea, les sourcils haussés, sa lourde paupière clignant avec une lenteur comique.

« Allons, mon garçon, dit-il en m'encourageant d'un sourire, à toi de jouer. »

Comme le silence était revenu, je me rendis compte qu'il était une question que je n'avais pas abordée durant tout le temps passé à me préparer à cette épreuve : que faire de mes mains ? Elles pendaient le long de mon corps comme des nageoires inutiles. Et il me semblait impossible d'ouvrir la bouche avant d'avoir trouvé où les mettre pour la durée de mon intervention. Je les cachai derrière mon dos, puis les croisai devant mon abdomen, puis les laissai derechef pendre à mes flancs. Et durant tout ce temps, je ne sentais que mes paumes moites et la sueur perlant à mon front, tandis que mon oreille percevait chaque toussotement, chaque soupir d'ennui, chaque rire étouffé, et jusqu'au moindre chuchotement. Je finis par me décider et plantai résolument mes pouces sous ma ceinture. Maître Henry devait m'apprendre ultérieurement que j'avais assurément adopté le maintien le plus insolent, le plus irrespectueux qui se pût imaginer.

Quelques applaudissements moqueurs saluèrent ma décision. Je laissai planer mon regard sur la salle et m'inclinai brièvement. Une seconde pensée m'était venue à l'esprit : où était Robert Grosseteste, l'évêque de Lincoln ? Comment le reconnaître ? Était-il tolérant ? Sévère ? Comment réagirait-il en entendant ses pensées peu conventionnelles exposées par un simple apprenti ? Cela ne risquait-il pas de susciter sa colère ? Maître Henry n'avait-il pas pris un risque excessif ? J'écartai toutes ces questions et me lançai :

« Le texte que je vais dire a été rédigé en latin. Ce n'est pas ma langue, pas plus d'ailleurs que ne l'est le français. » (Des murmures s'élevèrent du côté des courtisans les plus somptueusement vêtus et enrubannés.) « Je vais d'abord vous donner la phrase latine puis la phrase correspondante en anglais, pour ce qu'anglais est meilleure langue à philosopher. »

On entendit quelques cris en provenance du groupe de Français, des « non » et des « ordure » qui firent froncer les sourcils au roi Henri. Inspirant profondément, je m'inclinai derechef puis commençai à réciter et à traduire. Les mots se répercutaient sur les os de mon crâne comme si c'était un autre que moi qui parlait, comme si je n'exerçais aucun contrôle sur ce qui sortait de ma bouche. Ma mémoire reproduisait des phrases engendrées par un second moi, bien plus âgé et plus brave que je ne l'étais :

> La forme matérielle élémentaire que certains nomment matérialité est la lumière. Par nature, la lumière se propage dans toutes les directions de manière telle qu'un point de lumière, aussi minuscule soit-il, crée immédiatement une sphère de lumière, à moins que quelque substance opaque ne lui barre le passage. Cependant, l'expansion de la matière en trois dimensions constitue le fondement même de toute existence matérielle, et cela en dépit du fait que matière et matérialité sont des substances simples, des concepts, et en tant que tels, dépourvus de dimensions...

Je marquai une pause, tâchant de m'assurer d'un regard circulaire si mon auditoire suivait bien le cours du raisonnement. Certains dodelinaient du chef, d'autres se palpaient le menton. Plusieurs femmes lorgnaient dans ma direction comme si je venais de surgir d'une boîte en crachant des flammes.

> ... Mais une forme, en elle-même simple et sans dimensions, ne saurait introduire la dimension dans la matière qui est simple et sans dimensions, à moins qu'elle ne se multiplie elle-même et se propage elle-même immédiatement dans toutes les directions, provoquant ainsi, en vertu de sa propre diffusion, l'expansion de la matière. Étant inséparable d'elle, la forme ne saurait déserter la matière, et la matière, en retour, ne saurait se soustraire à la forme. Cependant, j'ai toujours observé que c'est la lumière qui, dans sa nature essentielle, possède la faculté de se multiplier elle-même et de se propager instantanément dans toutes les directions. Et c'est cette faculté de la lumière ou de quelque autre énergie agissant à travers elle...

Le roi Henri leva la main pour m'arrêter. Il ôta un anneau de son petit doigt, retira mon pouce droit de ma ceinture et y glissa l'anneau.

« Magnifique, dit-il d'une voix douce. Absolument magnifique.

— Mais ce n'est pas tout, Sire, dis-je en luttant contre les larmes. Le texte est bien plus long que cela !

— J'ai hâte de le lire en entier, mon fils, répliqua-t-il. Ne vends jamais cet anneau. Porte-le à Paris, afin que tout le monde sache que j'apprécie le génie anglais. Et maintenant, une chanson ! Une chanson ! »

Quelque part, dans la foule, les luths résonnèrent, soutenus par les tambours. Plusieurs voix haut perchées se mirent à nasiller en français :

« Le joli temps d'été que je vois revenir... »

J'étais assis par terre et je pleurais.

Lorsque j'en eus assez de verser des larmes qui n'intéressaient personne, je me redressai péniblement entre les jambes et les robes qui virevoltaient autour de moi et me retrouvai dans la bousculade, poussé de-ci de-là, me faufilant de place en place, à la recherche d'un coin tranquille. Je tâchai de repérer maître Henry de Reyns lorsque mes yeux tombèrent sur Bert. Loin de se soucier de moi, il dansait avec une femme en robe verte qui le couvait de ses yeux de lynx et à laquelle il présentait son sourire le plus ravageur. L'ayant rejoint, je lui tapotai le dos ; il se pencha vers moi, me lança : « Pas maintenant, fiston, pas maintenant ! », et continua de danser.

A force d'errer dans la foule, je finis par tomber sur une niche où je me réfugiai et tâchai d'ordonner mes pensées tandis que les danseurs parfumés continuaient de tournoyer devant moi. Je n'avais cessé de tenir mon pouce enfermé dans ma main, serrant l'anneau au point que j'en avais la paume endolorie. Scrutant le chaton à travers mes doigts, j'examinai la gemme : c'était une agate taillée en losange, une pierre de peu de valeur mais d'une couleur inhabituelle, fauve-roux, sertie dans une monture d'argent finement ouvragée. Alors seulement, tandis que je l'examinais à loisir, il m'apparut que cet anneau m'avait été baillé par le roi en récompense de mon exploit. Bien que je n'eusse pas récité le texte jusqu'au bout, j'en avais assez fait pour m'attirer les bonnes grâces de Sa Majesté. A dire vrai, je me figurais que j'aurais pu capter l'attention de la Cour durant une bonne heure — le temps de dire la totalité du texte — mais cinq minutes m'avaient finalement suffi pour étonner toute la compagnie.

Maître Henry de Reyns fit irruption au beau milieu de la satisfaction grandissante que je m'inspirais à moi-même. Son doigt grassouillet s'accrocha à mon pouce, nos anneaux s'entrechoquèrent et il me releva.

« Tu nous as fait grand honneur, Hedric, me dit-il avec un sourire radieux. Je suis très content de toi.

— Quelqu'un s'est aperçu de quelque chose ? demandai-je, inquiet.

— A peine. Tu sais, il y a fort peu de gens ici qui soient capables de suivre cette sorte de traité. Mais tous ont pu voir que tu es un garçon extraordinaire, dit-il en me prenant par la main. Suis-moi. Il y a quelqu'un à qui je te veux présenter. » Et là-dessus, il me conduisit à travers la mêlée, sans égard pour ceux qui avaient le malheur de ne pas s'effacer assez vite pour le laisser passer. Il ne se trouva personne pour en prendre ombrage car c'était apparemment ainsi que l'on se déplaçait ici — sans souci des collisions.

Enfin nous atteignîmes l'entrée d'une cage d'escalier étroite qui nous conduisit à une galerie surplombant la grande salle. Là, tout contre la rampe de la galerie, tourné vers la salle, était disposé un siège à dossier haut autour duquel se pressaient quatre jeunes clercs. Tandis que nous avancions, je pus constater que ceux-ci se tenaient penchés sur l'occupant du siège, invisible à mes yeux, hors une main qui surgissait d'une manche de fourrure, allongée et pâle, non baguée, la peau parcheminée, presque transparente et couverte de taches. Je remarquai les ongles manucurés, d'une propreté parfaite, les doigts remarquablement effilés.

Maître Henry repoussa les deux clercs qui se tenaient du côté où nous nous trouvions, se glissa entre la rampe et le siège, et darda ses yeux dans la fourrure.

« Robert, vous m'entendez ? brailla-t-il de manière à couvrir le brouhaha qui montait de la salle. Voici le garçon dont je vous ai parlé ! »

Un son rauque, chuintant, s'éleva des profondeurs de la fourrure et maître Henry m'attira vivement à son côté afin que je voie celui à qui il s'adressait.

Un très vieil homme au visage et au cou décharnés levait sur moi des yeux verts qui auraient pu appartenir à un petit enfant. Les rares cheveux blancs, la bouche fine et humide, les narines pincées d'où s'échappaient des poils, les dents gâtées, tout contredisait l'intensité de son regard d'un vert sombre mais limpide : même les paupières et les cils appartenaient à un autre homme, une créature antique qui se serait approprié les yeux d'un autre.

« Hedric ! feula maître Henry. Voici ton auteur ! »

Je plongeai du regard dans les yeux du vieil homme, deux émeraudes scintillantes, inaltérées.

Maître Henry tira de la fourrure la main que je n'avais pas encore vue et la glissa dans la mienne. Son propriétaire ne s'y opposa pas mais la laissa reposer là, passivement. Un gros anneau d'or surmonté d'un rubis pendait à l'un de ses doigts.

« Tu dois baiser cette bague, Hedric, me chuchota maître Henry. Tu as devant toi Son Éminence Robert Grosseteste, le vénérable évêque de Lincoln, qui fête aujourd'hui son anniversaire. »

Je me penchai sur la main et embrassai l'anneau ainsi qu'il venait de m'être commandé. Ce faisant, mes lèvres entrèrent en contact avec la peau sèche et pâle, le vieil homme frissonna et retira sa main sous la fourrure.

« J'ai voulu lui rendre hommage en ce jour en te faisant réciter, en public et en sa présence, son traité *De la lumière et de l'origine des formes*, m'expliqua maître Henry avant de se tourner vers le vieil homme avec une lueur de malice dans les yeux. Alors, Robert, cela vous a plu ? »

Pour toute réponse, le vieil homme pinça les lèvres et baissa lentement les paupières sur ses yeux verts scintillants.

« Croyez-vous qu'il ait seulement entendu quelque chose ? chuchotai-je à maître Henry. Il doit être un peu sourd, non ? »

Maître Henry s'esclaffa et m'ébouriffa les cheveux.

« Robert a quatre-vingt-un ans aujourd'hui. Mais il a gardé l'oreille fine ! Il nous contera demain ce qui lui est resté de cette journée. Laissons-le à présent se réjouir tranquillement du spectacle aberrant qui se joue sous ses yeux. Nous viendrons vous quérir demain, Robert, à l'heure de la messe. »

Maître Henry m'invita à m'incliner pour prendre congé du vieil homme avant de rebrousser chemin, me tirant derrière lui sous le nez des clercs qui n'avaient strictement rien entendu des paroles qui venaient d'être prononcées, leur attention étant totalement retenue par l'animation qui régnait en contrebas.

Quand nous eûmes regagné la salle, maître Henry m'entraîna droit vers Bert qui se tenait dans un angle, accoté au mur, sans la femme aux yeux de lynx. Il lui ordonna de me raccompagner dans ma chambre, estimant que pour un garçon de mon âge, après tout ce que je venais de vivre, il était grand temps de s'aller reposer. Bert ne cessa de grommeler entre ses dents tandis que nous rebroussions chemin vers l'aile où nous étions logés, et je ne doutais pas qu'il tenterait de rejoindre la compagnie aussitôt que possible ; mais cela ne me préoccupait guère. Couché dans mon lit, la grande tour du château se découpant dans l'embrasure de ma fenêtre, je ne songeais qu'au vieil homme, à ses pensées sur la lumière et à son beau regard innocent, enfantin, qui offrait un contraste si frappant avec son visage et son corps de vieillard.

XXII

MAÎTRE Henry de Reyns entra dans ma chambre dès l'aube. A mon réveil, il était debout près de mon lit, me tapotant du bout d'un doigt. Il était d'humeur guillerette, encore quelque peu éméché, me sembla-t-il, ayant vraisemblablement bamboché jusqu'à cette heure. Pendant que je m'habillais, il demeura assis à ma table, les yeux fixés sur la haute tour blanchie par les intempéries au sommet de laquelle flottait la bannière du roi.

« Mets ta bague, Hedric, dit-il. Je veux que Robert la voie. Il saura d'où elle vient.

— Je suppose que le roi possède grande foison de bagues, répliquai-je tout en m'habillant à la hâte.

— Assurément, Hedric, et chacune d'entre elles vient de quelque part ou de quelqu'un et possède un sens. Toute chose possède un sens. Allons, pressons-nous ! Je ne voudrais pas que ton père se réveille avant que nous soyons loin. »

Nous quittâmes ma chambre et passâmes à pas feutrés devant la porte entrouverte de Bert. Mais les ronflements sonores du maçon nous parvinrent d'un peu plus loin, à travers la porte de la chambre de Lucie. Maître Henry se renfrogna et me poussa en avant.

Le sergent du corps de garde nous fit sortir et nous déambulâmes en direction du pont, puis, vers l'ouest, le long de la berge de la Wey. Le soleil se levait sur les dunes du Surrey et les oiseaux dans les saules chantaient déjà à tue-tête. Tandis que nous marchions sur la sente étroite, je distinguai de nombreuses silhouettes dans la brume qui planait en bordure de la rivière. J'avais cru d'abord que c'étaient des arbres ou des piquets de clôture, en fait c'étaient des gens, des hommes et des femmes qui avaient passé la nuit à danser et à deviser et qui marchaient à présent en silence au bord de l'eau, dans le calme et la fraîcheur du matin.

« Où allons-nous ? » demandai-je finalement, car j'avais pensé jusqu'alors que cette sortie était d'importance mais croyais entrevoir à présent qu'il s'agissait uniquement d'une lubie d'ivrogne.

Maître Henry s'arrêta et observa les ronds qui s'étalaient sur l'eau calme après qu'un poisson sauteur en eut brièvement crevé la surface.

« Old Robert ne veut pas séjourner dans le voisinage de la Cour qu'il méprise. Il a pris ses quartiers dans une chapelle, non loin d'ici. Les simagrées des grands le rendent malade. Il en a conçu, à la longue, un véritable dégoût.

— Mais allons-nous réellement à la messe ? » m'enquis-je.

Maître Henry me dévisagea de ses yeux quelque peu exorbités à cette heure et rougis par la boisson et la fatigue.

« Tu sais comment te comporter pendant une messe, n'est-ce pas ? dit-il avec un sourire finaud. Même une moitié de maçon doit savoir cela.

— Bien sûr. »

Lorsque nous eûmes atteint un endroit où le sable perçait à travers la croûte superficielle de la colline et formait des coulées d'un beau brun orangé qui descendaient jusqu'à la rivière, maître Henry me conduisit par une sente raide à travers bois, jusqu'au sommet d'un monticule couronné d'une chapelle et dominant la vallée. Autour de la chapelle, il y avait des chevaux et des chars, de la fumée s'élevait de plusieurs feux et des serviteurs affairés préparaient le petit déjeuner.

Nous fûmes autorisés à pénétrer dans la chapelle transformée en logement pour le vieil évêque. Des vêtements et des objets étaient entassés à foison dans des paniers posés à même le sol ; prêtres, moines et clercs s'affairaient çà et là. L'autel était un simple plateau de bois posé sur des pierres. Des gens se pressaient tout autour comme si la messe était déjà commencée. Maître Henry se fraya passage jusque tout devant. Je le suivis non sans me demander à quel stade de la messe on en était arrivé, m'apprêtant déjà à donner la réponse appropriée.

Lorgnant tant bien que mal des deux côtés de l'habit rayé rose et noir de maître Henry, je pus constater qu'aucun prêtre ne disait la messe. Les gens faisaient cercle autour d'un cercueil dans lequel Robert Grosseteste était étendu, enveloppé dans un linceul, le chapelet dans ses mains jointes sur sa poitrine. Il parlait à voix très basse.

On se penchait sur lui pour tâcher de saisir les paroles qui sortaient de sa bouche. Dans le groupe qui l'entourait, je reconnus le roi dont la paupière à moitié close me parut sensiblement plus lourde encore que lors de notre dernière rencontre.

Sous la tête du vieil évêque, il y avait un coussin ; une couverture vert et or était rejetée sur le côté du cercueil. A en juger par sa mine douloureuse, l'évêque avait dû passer la nuit dans cette boîte.

Maître Henry s'avança, pria tout le monde de s'écarter du cercueil et de nous laisser seuls, lui et moi, avec Robert Grosseteste et le roi. Clercs, moines et prêtres reculèrent et se tinrent immobiles, nous couvant des yeux à quelque distance, l'oreille dressée.

« Je sens quelque chose, chuchota l'évêque.

— Il se pourrait que ce soit moi, dit maître Henry en riant. J'ai dansé une bonne partie de la nuit et j'ai transpiré comme secret de polichinelle.

— Ail sauvage ! grogna le vieil homme. Infect.

— Que voulez-vous, c'est la saison, dit maître Henry en plongeant sa large face rubiconde dans le cercueil, tout près du pâle visage émacié de l'évêque. J'ai amené le garçon.

— Un garçon ? » fit Robert Grosseteste, puis, d'un ton quelque peu plaintif : « Ai-je jamais commandé que l'on m'amène un garçon ?

— Le garçon qui accomplira la fusion..., du moins l'espérons-nous. »

Maître Henry se redressa et dévisagea le roi qui, manifestement épuisé, avait à présent fermé également son deuxième œil.

« Le roi ne veut pas écouter ! s'écria subitement Old Robert en s'asseyant dans son cercueil. Il ne le veut jamais ! Pourquoi lui parlerais-je, après tout j'ai mieux à faire ! En plus, il est ivre ! Et vous aussi ! Y a-t-il seulement quelqu'un ici, hormis moi, qui ait encore la tête près du bonnet ? »

Old Robert gémit, montra le blanc de ses yeux et se laissa retomber dans son cercueil. Les grains de son chapelet défilèrent à toute vitesse entre ses doigts décharnés.

« Malheur à ceux qui compromettent la paix de la création et l'unité du vivant, gronda-t-il. Il n'y a qu'un monde et je vais mourir, sachant ce monde divisé par l'ignorance. De quelle utilité pourrait m'être le Paradis ? Je ne saurais reposer en paix, laissant derrière moi une telle somme d'imperfections, une telle somme de faiblesses... Aah, comment contempler la face de Dieu dans ces conditions... Nous devons trouver le moyen d'imposer à chaque esprit Sa divine intégrité... »

Il y eut un long silence. Prêtres et moines s'étaient rapprochés tandis que le vieil évêque laissait parler la voix de son âme. Maître Henry les chassa derechef. Ils battirent en retraite, visiblement malcontents.

« Il ne vous sied pas de désespérer, Robert, dit maître Henry en se laissant tomber sur un tabouret et en se massant longuement la nuque. Rappelez-vous le garçon, je vous en conjure. Vous aurez grande influence sur lui. Il a besoin d'être encouragé s'il doit accomplir la tâche que nous voulons lui confier. »

Old Robert soupira et détourna la tête, le bout de son nez pointu effleurant le bois du cercueil.

« Un garçon pour accomplir une besogne d'homme, murmura-t-il. Nous avons gâché nos chances. A quoi bon puisque tout est promis au chaos ? »

Le roi Henri soupira et porta ses doigts à ses tempes. Il était clair qu'il souffrait d'un affreux mal de tête et avait peine à raison garder. « Nous sommes tombés d'accord pour tenter l'expérience, dit-il avec une nuance de reproche dans la voix. Aussi ténue soit-elle, il n'est chance qui ne mérite attention, n'est-ce pas ce qui a été convenu ?

— Que puis-je apprendre à un garçon ? grommela Old Robert. Ce n'est pas tant l'esprit des enfants que celui des hommes qui est en cause ; c'est en affermissant ce dernier que nous avons pu empêcher l'émiettement du royaume. Ils m'ont promis que je mourrais à mon anniversaire. Une fois de plus, j'ai été dupé. Il ne me reste qu'à attendre l'année prochaine.

— Consacrez-la à ce garçon, murmura maître Henry. Dirigez son instruction.

— Un enfant hérétique ! gémit Old Robert, s'agrippant convulsivement à son chapelet. N'auriez-vous pu trouver mieux ?

— Une hérésie qui vous est plutôt sympathique, n'est-il pas vrai ? lui fit observer maître Henry avec un brin d'humour plutôt acidulé. C'est un mot qui ne veut plus rien dire. C'est un innocent. Il est le sujet parfait. »

Moi, innocent ? Après tout ce que j'avais vu et entendu durant ma brève vie ? J'entrevoyais à présent la raison pour laquelle préférence m'était donnée et en demeurai grandement étonné : se pouvait-il que des hommes si considérables eussent oublié l'état d'être d'un garçon de douze ans ? Innocent ? Ignorant, peut-être. Et qu'est-ce que je faisais donc aux pieds de mes maîtres ? Ingurgiter le plus possible de savoir antique et d'erreurs magistrales. Je fus tenté de me joindre au débat mais un regard dissuasif de maître Henry me commanda d'observer le silence.

« Montfort ne veut pas cautionner l'entreprise, il l'a dit clairement, chevrota le vieil homme. Il refuse de transiger. Il attendra que notre expérience soit bien avancée, et lorsque nous commencerons à entrevoir ce qui pourrait sortir de ce garçon, il fera tout capoter, rien de plus simple pour lui.

— Simon a plus de bon sens que cela, rétorqua le roi. Ne vous faites donc pas de mouron. Je suis encore de taille à contrôler le comte de Leicester.

— Ha ! » coassa Old Robert en se redressant derechef et en soulevant par-dessus le bord du cercueil, dans le but d'en sortir, une jambe incroyablement maigre. « Cet homme-là est totalement de ce monde, vous non — et c'est d'ailleurs votre unique vertu. D'accord, je vais passer un peu de temps avec ce garçon, mais je tiens à le présenter à Simon et à obtenir sa protection. Sans cela, rien ne pourra s'accomplir. »

Des prêtres s'avancèrent et aidèrent l'évêque à se mettre sur ses jambes. Lorsque ce fut chose faite et qu'il se tint là, légèrement vacillant, ils s'employèrent à dérouler le linceul dont son corps était enveloppé. Old Robert assista le processus en tournant lui-même lentement, en sens contraire. Son cadavre — car je ne puis l'appeler autrement — se trouva exposé peu à peu tandis qu'il pivotait sur son axe : de la chair presque translucide à force de maigreur, des os et des tendons si saillants qu'on avait peine à croire qu'ils pussent appartenir à un homme vivant. Les seules parties encore vives du corps de cet être érodé, décharné, étaient sa tête aux yeux d'émeraude et ses organes génitaux, ces derniers d'aspect non humain, paraissant plutôt appartenir à quelque bête, tant ils étaient gros et gris, pendant mollement sous ses reins dévastés.

Cependant, je ne pus m'empêcher d'éprouver de la tendresse pour toute cette laideur, et je n'étais pas seul dans ce cas : maître Henry et le roi avaient les larmes aux yeux à la vue de la nudité de Robert ; de leur côté, prêtres et moines pleuraient ouvertement. Comme ils finissaient d'habiller leur évêque, ils se mirent à crier : « Il est debout ! Il est debout ! », et ce cri fut repris par ceux qui se trouvaient à l'extérieur de la chapelle.

Lorsqu'il fut complètement vêtu de ses habits blancs et verts, Old Robert se dirigea vers la porte et sortit à l'air libre.

« Nous savons tous qu'il est en odeur de sainteté, me glissa maître Henry en emboîtant le pas à l'évêque. Un grand homme, le vieux démon ! » ajouta-t-il sans détacher son regard narquois du dos de l'évêque.

Quand nous arrivâmes à notre tour sur le pas de la porte, je vis que la colline était noire de gens, hommes et femmes à genoux dans l'herbe, tisserands et fileuses, teinturiers aux mains barbouillées de bleu de Guildford, bergers accompagnés de leurs chiens, sergents d'armes, créatures exceptionnellement sorties de la forêt où elles vivaient d'habitude terrées, tout le monde était là, répétant à haute voix ce cri : « Il s'est relevé ! Il s'est relevé ! » pendant que le vieil ecclésiastique à la mine patibulaire leur donnait sa bénédiction.

Tandis que les alouettes montaient dans le ciel et que les hérons survolaient nonchalamment les méandres de la rivière, Old Robert croassa une messe aussi brève et efficiente que le petit déjeuner d'un manœuvre. La plupart des gens n'entendirent rien, du reste certains étaient si lourds de vin ou d'amour, d'intrigues ou de fatigue, ou de tout à la fois, que les phases du mystère importaient peu : ils étaient en présence du puissant Grosseteste, ignorant son indignation, fascinés uniquement par son éclat sacerdotal, envahis par la crainte que leur inspirait d'ores et déjà son imminente gloire éternelle.

Mon unique pensée fut : si je dois encore apprendre quelque chose de lui, il faudra faire vite !

Après la messe en plein air, les serviteurs de l'évêque apportèrent le petit déjeuner pour sa suite et ses visiteurs. Le roi Henri était assis à côté d'Old Robert et tous deux s'appliquaient à manger très peu, chacun surveillant l'assiette de l'autre, à l'affût du moindre signe de hâte impie. Maître Henry et moi-même n'étions pas retenus par ce genre de considérations ; assis dos contrc la façade est de la chapelle, non loin de la table du roi, nous mangions d'excellent appétit. Durant les trois heures où nous restâmes assis là, je vis Old Robert grignoter en tout et pour tout une crêpe au beurre et boire un quart de vin. Me remémorant sa nudité translucide, je me représentai le vin rouge coulant dans son œsophage, puis dans son ventre, puis dans sa vessie, cette dernière station s'imposant à mon imagination pour ce qu'il lui fallait pisser fréquemment dans un seau que l'un ou l'autre prêtre plongeait sous sa robe. Chaque fois que la foule voyait cela, il se trouvait des gens pour demander au prêtre de leur apporter un peu d'urine de l'évêque, laquelle était censée pouvoir les guérir de leurs maux. Mais le vieil homme l'avait expressément défendu ; il n'appréciait guère de telles manifestations d'idolâtrie et l'urine était déversée par terre.

« Fous, grommelait-il avec acrimonie. Ils voient un remède à leurs maux dans une chose répugnante, le genre de chose dont vous vous servez vous-même pour résoudre vos problèmes. La politique est l'art de la dévastation collective. »

Le roi sourit d'un air las, sa main repoussant sa joue à la rencontre de sa paupière retombante, causant une légère distorsion de sa petite bouche.

« Robert, vous pourriez être un peu plus gentil avec moi, dit-il en s'essayant à un rire. C'est un peu dur, non ? Moi qui vous admire tant.

— Et moi, je ne vous admire pas tant de menacer et de malmener les bénédictins de Winchester afin de leur faire accepter comme évêque votre idiot de frère utérin. Si j'avais été en Angleterre à ce moment-là, au lieu de perdre mon temps à la Curie romaine... oh, vous m'auriez entendu !

— Robert, vous ne devriez pas me parler ainsi...

— Coupez-moi la tête, si le cœur vous en dit, répliqua le vieil évêque, sardonique. Comme cela au moins je me tiendrais tranquille ; en outre, vous me rendriez service. Faut-il s'étonner si je désespère ? Nous ne sommes arrivés à rien de bon, Henri, à rien de bon. Notre religion discrédite notre État et notre État discrédite notre religion. Tous deux se récusent mutuellement et se récuseront toujours. Je ne vois pas d'issue... sauf la lumière, mais celle-ci est trop universelle pour nous être de quelque secours. C'est la confusion totale, la foire d'empoigne.

— Nous savons cela, Robert, intervint soudain maître Henry. C'est déjà quelque chose. Si nous parvenons à susciter une vision en ce garçon, peut-être alors pourrons-nous en déduire une méthode pour résoudre les paradoxes les plus pernicieux. Il doit y avoir une voie nouvelle : en tant qu'homme de science, vous devez y croire. »

Old Robert poussa un soupir excédé et se pourlécha les lèvres. Il laissa ensuite peser sur le roi le regard soudain désespéré de ses yeux verts vides.

« Que nous en soyons réduits à cela, voilà qui montre où nous sommes arrivés ensemble — tous ces raisonnements fumeux, ces querelles, ces arguties à n'en plus finir — mais vous n'avez jamais voulu m'écouter, dit-il non sans amertume, en se tamponnant la bouche à l'aide d'un chiffon. Pourquoi ce garçon m'écouterait-il ? Si vous devez lui parler, et si le comte Simon doit lui parler ensuite, puis maître Henry ici présent, puis tous les maîtres de Paris, il ne manquera pas de devenir l'esprit le plus confus qui se puisse rencontrer en ce monde.

— De ce côté, nous ne courons aucun risque, lui certifia maître

Henry. Son esprit est naturellement tourné vers l'essence des choses. Et c'est ce qu'il cherchera à exprimer en architecture, ainsi que nous avons pu nous en assurer. Si nous l'y préparons intelligemment, il pourrait s'avérer capable d'exprimer cela sous d'autres formes — mots, idées, actes de gouvernement et de foi.

— C'est ce qu'on dit, c'est ce qu'on dit, grommela Old Robert.

— Nous étions convenus de tenter l'expérience. Il n'y a rien à perdre. Si les choses continuent du train où elles vont, nous aurons la guerre sur tous les points de litige », déclara le roi Henri sur un ton véhément, puis : « L'Église ne peut gouverner une création qu'elle affecte de mépriser. Et moi, je ne puis gouverner un peuple que l'on pousse à mépriser mon autorité. Ce garçon nous mettra sur le chemin de formes nouvelles... Rien ne saurait être pire que ce que nous connaissons présentement !

— Aussi ne me reste-t-il sans doute qu'à me rendre à tant de bonnes raisons, répliqua l'évêque avec une inflexion sarcastique. Mais je ne voudrais pas être dans les chausses de ce garçon. Et je souhaite m'assurer qu'il ne lui sera fait tort ou grief si l'expérience vient à échouer. La science peut aussi nous égarer, comme le pensait déjà Aristote, et comme je le pense. Le comte Simon doit jurer de ne plus jamais chercher à lui nuire, ni à lui ni à son père.

— Il le fera, affirma le roi. De cela, je me charge.

— As-tu seulement compris un mot de ce qui vient d'être dit ? », me demanda soudain Old Robert, comme s'il venait tout juste de s'apercevoir que j'étais là, en chair et en os. « A douze ans, Jésus prêchait dans le Temple. »

Je plongeai du regard dans ses yeux d'émeraude et posai sur la table le morceau de pain beurré que j'étais en train de manger. Mais avant que j'eusse pu rassembler les éléments d'une réponse — et, compte tenu de la question qui m'était posée, il semblait juste qu'on me laissât un peu de temps ! —, Old Robert se leva et se mit à respirer bruyamment, par saccades, comme quelqu'un qui est à bout de souffle.

« Oh, cela vient, cela vient, haleta-t-il. Avec une journée de retard, voilà tout. »

Et là-dessus il s'éloigna, trottinant dans l'herbe comme s'il cherchait à fuir quelque chose en lui, le chef branlant, les coudes battant contre ses flancs. Ses acolytes le suivirent à quelque distance, mais quand les gens se mirent à courir vers lui pour le toucher, ils se hâtèrent de l'entourer afin de les tenir en respect. Un quart d'heure durant, Old Robert déambula sur la colline, traçant un circuit complet autour de la chapelle. Le roi le couvait d'un œil inconsolable, jouant négligemment avec sa courte barbe.

« C'est un chemin bien difficile que celui qui mène au ciel, souffla-t-il finalement à maître Henry. J'en arrive parfois à ne plus m'en soucier. »

C'est ainsi qu'au bout du compte me furent révélées les visées que l'on poursuivait à travers moi. J'étais partie intégrante de la nouvelle science, sujet d'une expérience activée par l'enseignement qui m'était et me serait encore dispensé. S'il ne s'était éloigné tout de go ce matin-là, j'aurais pu dire à Robert Grosseteste que leurs suppositions concernant ma personne étaient dangereusement erronées : le Christ pouvait bien avoir laissé parler la voix de *son* innocence, quant à moi, je n'étais certes pas en l'état d'innocence originelle, car j'avais d'ores et déjà vécu le quart des années que je compte aujourd'hui, et ces années avaient laissé maintes traces ! Ce que je savais alors était à peu de chose près ce que je saurais plus tard. Et cependant, j'osais croire que je serais capable de découvrir cette vérité universelle dont ils rêvaient : cette vérité des vérités — un sens suggéré par une forme lumineuse régissant la pensée au même titre que la matière. Ils se fiaient à un instinct qu'ils avaient cru déceler en moi, à une évidence supposée, et je supputai que l'idée de l'expérience dont je serais la cheville ouvrière leur avait été insufflée par maître Henry, le maçon du roi, lequel songeait à défendre les intérêts de notre confrérie plus que ceux de nulle autre Église ou caste d'Angleterre. Je n'étais pas assez fou pour ignorer que si je ne donnais pas satisfaction, je serais vraisemblablement mis au rebut comme quelque pièce d'une machine défectueuse. Mais, en attendant, je disposais au moins d'un avantage sur eux : je connaissais une forme dont les implications et le pouvoir novateur les glaçaient d'effroi : le Second Style de l'Émergence. Telle était la limite extrême de leur expérience : ils avaient vu cette forme et misé sur ma relation congénitale avec elle, par le truchement de mon père. En raison même de son appréhension scientifique des phénomènes, Old Robert était forcé de reconnaître l'autorité incontestable d'une aptitude innée. N'est-il pas question dans la prophétie d'un talent qui attend encore d'éclore ?

Old Robert s'en revint à la table, complètement épuisé par son circuit, et nous demanda aussitôt de le laisser seul afin de lui permettre de se reposer. Maître Henry demanda au roi permission de le raccompagner jusqu'au château et nous nous en retournâmes, marchant de conserve le long de la rivière. Je les entendis mentionner plusieurs fois le nom de Montfort, si bien que je ne fus pas surpris lorsque maître Henry prit le temps de m'informer que j'aurais à rencontrer le fils du Boucher à un moment ou à un autre, dans le courant de la journée.

La rencontre avec le comte ne devait guère se faire attendre. Comme nous arrivions au bord de la Wey, juste en face de l'enceinte sud-ouest du château, nous tombâmes sur toute la Cour en train de baguenauder près de l'eau, non loin d'un large banc de sable. Il régnait une ambiance de gaieté un peu folle, chacun riant des pitreries des autres, plusieurs pataugeant en linge de corps et fanfreluches dans les bassins peu profonds, d'autres se pourchassant et se faisant boire mutuellement la tasse. C'était une bonne façon de chasser les vapeurs accumulées durant une nuit d'excès et cela constituait une scène assez charmante pour réjouir les yeux et le cœur du roi encore sous le coup de sa rencontre plutôt déprimante avec l'évêque de Lincoln. Je supputais que les langues agiles avaient déjà fait savoir à qui voulait bien l'entendre qu'Old Robert avait semoncé vertement le roi pour avoir laissé la Cour devenir si frivole et si française, et qu'on se tenait prêt à démontrer avec éclat à quel point on pouvait être frivole et français si l'on voulait bien s'en donner la peine !

Une grande clameur salua le roi lorsqu'il arriva à hauteur du banc de sable en notre compagnie. Quatre hommes se précipitèrent hors de l'eau et coururent à notre rencontre en criant à tue-tête. Je pus voir les traces livides des balafres sur leur torse et leurs bras. L'un d'eux, un petit trapu aux muscles saillants, des poils gris dans la barbe, âgé d'une quarantaine d'années, s'approcha du roi Henri, le prit par les épaules et l'invita à se baigner avec eux. Ceux qui étaient dans ou près de l'eau saluèrent l'idée avec enthousiasme.

Le roi Henri secoua la tête mais les quatre hommes l'empoignèrent, le portèrent jusqu'à la rivière et le jetèrent dans l'eau sous les acclamations et les rires de toute la compagnie. Lorsque le roi refit surface, il prétendit avoir trouvé cela très drôle mais je voyais bien qu'il n'en était rien ; cependant, il demeura dans l'eau et nagea un moment, les pans de son surcot flottant à ses côtés dans le faible courant, les quatre plaisantins faisant cercle autour de lui comme des épagneuls d'eau autour d'un volatile blessé.

Je regardai maître Henry pour avoir son avis sur la conduite à observer ; je constatai alors qu'il était déjà à moitié dévêtu. Je l'imitai mais il était déjà trop tard. Les quatre hommes avaient surgi derechef de l'eau, et le petit trapu grisonnant nous fit face alors que nous n'avions retiré qu'une partie de nos effets.

« Si le comte de Leicester veut bien m'accorder un instant, dit maître Henry qui avait manifestement du mal à se dépêtrer de sa belle chemise en drap. Je ne tarderai pas à être fin prêt.

— Toujours plein de bonne volonté, à ce que je vois, lui lança l'autre d'un ton railleur. Pour l'amour de Dieu, Henry, ne déchirez pas votre chemise.

— Au fait, voici Hedric, le garçon dont je vous ai parlé.

— Oui, je sais qui il est », dit le fils du Boucher.

Sa voix était rocailleuse, dépourvue de musicalité en dépit de son accent français prononcé. Lorsqu'il me dévisagea, je ne pus rencontrer ses yeux sombres, hostiles, récusant son large sourire partiellement édenté. Ses gencives étaient très rouges.

« Tu as devant toi Simon », commença maître Henry, mais il n'alla pas plus loin car je subis le même traitement que le roi, à la différence près qu'étant plus petit, je montai plus haut en l'air et retombai dans une partie plus profonde de la rivière. Tout le monde eut l'air encore plus ravi que tout à l'heure et l'on applaudit à tout rompre. Lorsque je refis surface, personne ne s'aperçut que j'étais en colère : tous les yeux étaient fixés sur la victime suivante, maître Henry, mais les quatre gros bras avaient du mal à s'emparer de sa masse considérable car il avait résolu de leur résister — histoire de s'amuser un peu.

Mais moi, j'étais absolument furieux. Le fait d'avoir été ainsi malmené par l'ennemi héréditaire de mon peuple, le presque meurtrier de mon père, me privait de mon bon sens. Je sortis de la rivière, me précipitai vers l'endroit où maître Henry était en train de lutter avec le comte de Leicester et ses acolytes, et me ruai dans la mêlée en frappant des poings et des pieds. L'instant d'après, j'étais de nouveau projeté en l'air, plus haut cette fois, et retombai dans l'eau, sur le ventre : mais la rage ne me quitta pas pour autant. Je ressortis aussitôt, me ruai derechef sur le comte de Leicester et me retrouvai derechef à barboter dans la rivière après un vol plané dans les règles. La scène se répéta cinq fois, si bien que l'on finit par se désintéresser de maître Henry, l'attention du roi et de toute la compagnie étant entièrement confisquée par mon combat solitaire et sans issue.

Après avoir été projeté pour la cinquième fois dans la rivière, je plongeai sous l'eau et ne refis surface qu'une vingtaine de mètres plus loin, afin de les effrayer. Ma réapparition fut saluée par une ovation qui ne me réconforta toutefois pas autant que la vue de maître Henry qui courait le long de la berge, la panse quelque peu tressautante sous sa chemise, dans l'intention manifeste de me secourir.

« Quel tempérament, Hedric ! me dit-il en me tirant hors de l'eau. Ma foi, cela pourrait avoir produit son petit effet. Je pense que le comte de Leicester aura décidé qu'il vaut la peine de t'encourager. »

Maître Henry enveloppa mes épaules d'un bras protecteur et me raccompagna le long de la berge jusqu'à hauteur du banc de sable où l'on continuait de folâtrer autour du roi. Posément, d'un air détaché, nous ramassâmes les pièces de vêtements que maître Henry avait laissées là puis, négligeant le pont, nous traversâmes à gué, saluant les uns et les autres, qui d'une courbette à peine ébauché, qui d'un signe de tête, avec beaucoup de sang-froid et de dignité. De sa place à côté du roi, Simon de Montfort nous suivait des yeux, l'air pensif, les mains en éventail, comme une jeune fille, sur ses épaules balafrées. Si le regard dont il me gratifiait lui était inspiré par un sentiment affectueux, il s'agissait en tout cas d'une forme d'affection tout à fait singulière. Pour moi, c'était surtout un regard rusé, avec un zeste de malice et beaucoup de calcul. Et cependant, je décelai dans ce regard davantage de tendresse paternelle un peu moqueuse que dans les yeux de l'homme qui se tenait accroupi sur l'autre rive, comme un ours attaché à sa chaîne.

Mon père n'était pas content du tout.

XXIII

A peine trois heures plus tard, le comte Simon devait m'apparaître sous un éclairage totalement différent ; comme un homme droit et austère, et si profondément religieux qu'il pouvait se mesurer sur ce terrain avec Robert Grosseteste en personne. Le roi avait mandé ses vassaux et évêques en l'église Sainte-Marie, hors les murs du château, afin qu'ils assistent à la lecture de la Grande Charte, le célèbre document signé par son père, le défunt roi Jean, à Runnymede.

Ce fut une curieuse cérémonie. Les nefs à trois étages étaient bondées de gens dont beaucoup haussaient le col dans l'espoir d'être aperçus par le roi qui lisait comme pour lui-même, la tête inclinée en avant, déchiffrant la Charte par-dessous sa lourde paupière bien en évidence. Celle-ci lui conférait l'apparence d'un homme qui ne s'intéresse pas vraiment à ce qu'il est en train de faire.

A côté de lui, vêtu de toutes ses armes, était agenouillé le comte Simon, la tête baissée, le menton reposant sur la poignée de son épée nue. Pas une seule fois il ne broncha tout au long de la cérémonie. Un peu plus loin, Old Robert était également agenouillé, vacillant de faiblesse mais refusant de déclarer forfait. Le roi les retint dans cette posture durant les deux heures qu'il lui fallut pour lire le document, suivant les mots un à un de l'ongle de son index, marquant de loin en loin un temps d'arrêt, levant occasionnellement la tête pour scruter la voûte comme ferait un homme qui se creuse les méninges pour tâcher de pénétrer le sens profond d'un texte né du cerveau d'un autre.

Mon regard tombait sur le roi à l'oblique, de la galerie supérieure côté nord. J'étais assis entre les genoux de maître Henry, rafraîchi par mon bain forcé et une amorce de dispute avec Bert qui nous avait suivis jusqu'au château, furieux de m'avoir vu quitter la scène après m'être comporté d'une manière si consternante et qui risquait, par ricochet, de lui causer également des ennuis. Maître Henry le prit de haut et le renvoya après l'avoir sommé de ne plus intervenir dans un processus qui ne le concernait en rien. Bert se retrouvait donc sur son chantier, au pied du mur sud-est, besognant seul sur ordre de maître Henry. Mais à présent, tandis que se déroulait sous mes yeux l'étrange spectacle du roi ânonnant interminablement le texte de la Grande Charte, je n'avais aucune pensée pour lui.

« Qu'est-ce que cela dit ? murmurai-je en me retournant pour me rapprocher autant que possible de l'oreille de maître Henry.

— Que le roi ne devra plus en user selon son bon plaisir avec ceux qui ont le pouvoir de lui barrer la route, chuchota maître Henry. Après tout, le fils du roi Jean est le fils du roi Jean. Il convient de ne pas l'oublier.

— Mais le roi Jean n'était-il pas un Albigeois comme nous ? » demandai-je tout bas. Pour toute réponse, maître Henry me décocha une bourrade dans les côtes afin de m'inviter au silence.

J'obéis et marquai une pause, mais la vue du roi réduit à cette inquiétante paralysie, comme pétrifié au contact de la pierre environnante, me força à poursuivre : allait-il confirmer la faiblesse de son père ? Allait-il faire un geste ?

« Le roi est-il un vrai chrétien ? murmurai-je aussi doucement que possible, mes lèvres effleurant l'oreille de maître Henri. S'il est le fils d'un Albigeois, il aura été élevé dans la foi de son père... »

Je m'attendais à encaisser une nouvelle bourrade lorsque Robert Grosseteste gémit, bascula vers l'avant et donna de la tête contre les marches de l'autel. Ses gens se précipitèrent vers lui dans le désordre, le relevèrent et le transportèrent à une place qu'ils firent dégager, sous la voûte du chœur. Le roi poursuivit sa lecture de la Charte sans lever le nez, et le comte Simon, de son côté, ne broncha pas. Après quelques minutes de gémissements et de massages, l'indomptable vieil évêque de Lincoln se retrouva à genoux à côté de l'indomptable comte de Leicester, une énorme bosse au front, les yeux chassieux, mais parfaitement déterminé, envers et contre tout, à demeurer en prières aux yeux de tous.

« J'implore en ce jour qui est sien la glorieuse sainte Véronique afin que le véritable sens de cette Charte demeure gravé en la mémoire du roi, de même que demeura gravée en la mémoire de la sainte la face de notre Seigneur dont elle essuya la sueur alors qu'il s'acheminait vers le Calvaire. Bénie soit la mémoire diligente de ceux qui servent la volonté de Dieu, dit-il d'une voix quelque peu tremblante et cependant très ferme dans son intensité, et béni soit le fils qui tient pour sacrée la parole de son père.

— Amen ! » grogna le comte Simon qui refusait toujours de bouger d'un pouce bien qu'il dût souffrir atrocement après tout ce temps passé à genoux, en cotte d'armes.

Le roi Henri fit comme s'il n'entendait pas ce qui se disait, rapprocha son visage du document déployé devant lui, et prit un air songeur, effleurant posément ses lèvres d'un doigt. Au bout d'un moment, le silence étant revenu, il reprit sa lecture et l'acheva sans être davantage interrompu. Puis il enroula la Charte et se frotta longuement les yeux, et tout le monde put voir que, la Charte ayant roulé par terre, il ne daigna pas la ramasser mais la repoussa de son soulier brodé avant de sortir de l'église.

Je pus sentir dans mon dos le rire silencieux qui secouait la panse de maître Henry.

Je fus mandé auprès du comte Simon en fin d'après-midi. Un écuyer se présenta à la porte de ma chambre où maître Henry m'avait raccompagné à l'issue de la lecture publique et m'avait confié une copie de la Grande Charte afin que je l'étudie attentivement. L'écuyer se montra très enjoué avec moi, comme si le seul fait de me voir l'amusait énormément ; il me fallut un certain temps pour me rappeler les événements de la matinée, à la rivière, car mon esprit était plein de ce que j'avais découvert dans la Charte et du mauvais pressentiment que j'en avais conçu. La scène à l'église Sainte-Marie ne cessait de se représenter à mon esprit et, à travers elle, ce qui se passait dans la tête des trois acteurs principaux, comment chacun cherchait à prendre de l'ascendant sur les autres et comment le roi, en tout cas, avait réussi à se soustraire aux assauts menés dans ce sens par l'évêque et le comte. Le pouvoir demeurait entre ses mains, avec ou sans Charte. Vu ce qu'elle représentait pour lui, il eût tout aussi bien pu la déchirer, le fait étant qu'elle ne pouvait que lui rappeler les tribulations de son père. Quant au problème des libertés que la Charte tentait de définir, il ne me concernait guère dans la mesure où ce problème se posait d'une tout autre manière pour les tenants de la foi albigeoise en général, donc aussi pour moi. Le conflit entre existence publique et existence secrète, loin de nous pousser à exiger plus de droits, nous inciterait plutôt à demander que l'on veuille bien s'occuper un peu moins de nous.

Le comte Simon avait pris ses quartiers dans le donjon du château de Guildford, une redoute faite de bric et de broc, comme je l'ai indiqué ailleurs. Pour y accéder, il me fallut passer par le corps de garde bâti sur pilotis, au-dessus du fossé, puis rejoindre la face ouest par le rempart. Il y avait foison de sergents de garde en livrée aux couleurs de Montfort et leur vue me rappela aussitôt le souvenir atroce des pendus que j'avais découverts dans la grange à côté de la ferme enneigée et de toutes les épreuves que j'avais traversées ce jour-là. Chaque fois que mon regard tombait sur le blason de Montfort, mon estomac se nouait et mes jambes mollissaient. Si l'on pouvait agir ainsi, au mépris de l'autorité royale, on pouvait bien faire disparaître un garçonnet sans avoir à se justifier devant quiconque. Une bien légère perte, en vérité.

Telles étaient les noires pensées qui se bousculaient dans ma tête et l'on comprendra donc que je ne fus pas peu surpris en arrivant chez le comte ; j'y fus en effet fort chaleureusement accueilli par plusieurs personnes que je ne m'attendais pas à rencontrer en ce lieu : le roi était mollement étendu sur une couche, les mains croisées sous la nuque ; Old Robert était assis juste à côté de lui dans un siège en bois à accoudoirs, manifestement détendu et en parfaite possession de ses facultés ; et maître Henry était là lui aussi, vêtu à présent d'une simple robe couleur sable avec un col orné de cerises émaillées. Lorsque je fus introduit dans la chambre, tout le monde se tourna pour me regarder. Le comte Simon m'offrit son propre siège et m'obligea à m'y asseoir tandis qu'il raccompagnait l'écuyer et refermait promptement la porte derrière ce dernier.

« Tu es avec des amis, Hedric, me dit maître Henry. Sois sans crainte.

— C'est nous qui devrions avoir peur ! dit le comte Simon en apportant un autre siège. Si son intelligence est assortie à son tempérament, je ne puis que plaindre ses maîtres. Vous croyez que vous y arriverez, Robert ?

— Je *vous* ai bien appris quelques petites choses, répliqua le vieil évêque avec un sourire à la fois indulgent et distant, mais pour ce faire, il m'a fallu d'abord vous convaincre de votre ignorance. L'essentiel, c'est l'humilité.

— Sur ce chapitre, vous n'êtes pas arrivé à grand-chose avec Simon, articula le roi d'une voix qui se voulait suave. Il ne cesse de me défier, tout comme vous, d'ailleurs.

— Je vous défie parce que vous en avez besoin, Henri, et non parce que j'y prends quelque plaisir, caqueta Old Robert à toute vitesse. Oh, je vous connais. Vous pensez toujours vous en tirer par le meurtre, tout comme Simon ! »

Maître Henry leva les yeux pour voir l'effet que ces réflexions produisaient sur moi. Il pensait sans nul doute lire l'ahurissement sur mon visage. L'antagonisme qui se dessinait ici était uniquement un jeu entre amis, cependant, je savais parfaitement que le débat, au fond, était beaucoup plus grave qu'il n'y paraissait puisqu'il avait secoué le pays d'un bout à l'autre, jusqu'à le plonger dans l'anarchie durant le règne du roi Jean. Maître Henry m'adressa un signe de la main comme pour dire : « Attendre et voir venir, ils se montreront tels qu'ils sont le moment venu. »

Il y eut un silence tandis que le comte Simon tournait sept fois sa langue dans sa bouche. C'était à son tour de parler et il allait vraisemblablement assener sa meilleure réplique ; il frotta son long nez ; il passa un doigt sur sa bouche. Old Robert attendait, un vague sourire aux lèvres. Pour finir, le comte Simon poussa un soupir et croisa nonchalamment ses courtes jambes.

« L'ennui avec vous, Robert, c'est que vous êtes si ancien. Nous autres, je veux dire le roi, maître Henry et moi-même, nous ne sommes jamais qu'à l'âge où l'on commence tout juste à entrer véritablement en possession de la mince connaissance que l'on a pu acquérir. Ce que nous voulons est de ce monde, le monde où le Créateur même a voulu que nous croissions et nous multipliions.

— Absurde ! éclata l'évêque. Comme vous vous méprenez ! Vous ne faites jamais que donner une forme à votre cupidité ! Croyez-vous qu'il suffise d'admettre ses ambitions terrestres pour les justifier ? On ne saurait se fier aux désirs de quiconque. Ils naissent de notre imperfection face au Créateur. L'homme ambitieux doit admettre qu'il est l'esclave du péché. Ainsi vous-même, Simon, vous êtes un chameau qui tente de se frayer passage à travers le chas d'une aiguille, le glaive entre les dents. »

Des rires saluèrent cette déclaration et Old Robert se rencogna dans son siège, visiblement satisfait. Le comte Simon se racla copieusement la gorge en lançant au roi des regards en coulisse comme pour l'encourager à se joindre à lui. Au bout d'un moment, il ricana dans sa barbe et grommela comme pour lui-même : « Mon ambition, puisque vous y avez fait allusion, voulez-vous que je vous dise à quoi elle se résume ? A conserver ce que je possède.

— Voilà une ambition tout à fait démesurée, grogna maître Henry. Si l'on songe à tout ce que vous possédez.

— Oh non, non, intervint à brûle-pourpoint le roi Henri. « Le comte convoite bien plus que ce qu'il possède ; il aspire à faire sienne ma tristesse, par exemple. Simon voudrait avoir mon trône et, oh, comme j'aimerais le lui donner. Mais je ne peux pas faire cela à un ami, sachant quelle déception ce serait pour lui. Cela l'ennuierait à mourir.

— Vous n'allez tout de même pas apprendre ce qu'est la tristesse à un homme qui a combattu durant six années en Gascogne, repartit le comte avec un haussement d'épaules. Combattu pour un roi qui se déclarait encore et encore dans l'impossibilité de lui procurer renforts et monnaie sonnante, et prenait en réalité contre son homme le parti des rebelles. Si j'étais roi — et Dieu soit loué, je ne le suis point —, ce ne serait pas la tristesse qui me pèserait, mais la honte.

— Parlons plutôt de ce garçon, dit le roi d'une voix plus traînante que jamais. Et finissons-en avec ce sujet comme avec celui de la Gascogne.

— Vous avez l'art de changer de sujet avant qu'on ait eu loisir de vous faire réponse, Henri, déclara le comte d'un ton amer. Si vous répétez assez souvent que je veux votre trône, les gens finiront par le croire.

« Allons, allons », fit le roi à voix basse ; et là-dessus, il s'étira et se redressa sur la couche. « Quelque chose de cher à nos cœurs ! Notre jeu ! Notre expérience ! Comment s'appelle-t-il déjà ?

— Réponds à Sa Majesté, m'encouragea maître Henry. Je n'ai pas l'intention de parler à ta place.

— Mon nom est Hedric, annonçai-je d'une voix qui me parut un rien trop assurée et trop forte.

— Je ne t'ai pas déjà vu quelque part ? »

Je dévisageai le roi, incrédule : était-il possible qu'il eût oublié si vite ma récitation de la théorie de la lumière de l'évêque Grosseteste ? Et en plus, j'avais passé la matinée en sa compagnie ! Ah, une autre blague ! me dis-je, et je tâchai de répondre par un sourire entendu qui ne me réussit cependant qu'à moitié.

« Qu'est-ce qui te fait sourire, mon garçon ? s'enquit le roi avec une nuance d'irritation dans la voix. Me trouverais-tu drôle ? »

Maître Henry capta mon regard, leva sa main et désigna ses bagues. Pourquoi n'y avais-je pas pensé ? Je tendis aussitôt ma main vers l'avant, montrant au roi la bague qu'il m'avait baillée la veille au soir.

« Tu veux que je te baise la main ? » fit-il, surpris.

C'était la meilleure blague que l'on eût entendue depuis qu'on s'était réuni et tout le monde partit d'un éclat de rire. Maître Henry expliqua ensuite le fin mot de l'histoire et l'on s'esclaffa derechef, le roi y compris. Il n'y avait plus de doute possible, Sa Majesté n'avait gardé aucun souvenir des événements auxquels j'avais été mêlé ces dernières vingt-quatre heures. Se souviendrait-il seulement des projets me concernant ? Rien n'était moins sûr.

« Sire, nous sommes censés mêler cet enfant à une affaire de la plus haute importance, déclara alors Old Robert. Il est temps d'être sérieux. La perdition n'est pas un état concevable par un jeune esprit : rappelez-vous qu'à cet âge tendre, on se tient à l'entrée du labyrinthe ; ce n'est pas du tout pareil que d'être perdu au beau milieu, comme vous trois, ou incapable de trouver la sortie, comme moi. Soit nous décidons de l'aider à comprendre maintenant et sans plus attendre, soit nous décidons d'abandonner le projet.

— Bon, bon, Robert, répliqua le roi d'un ton quelque peu acerbe. Si seulement vous vouliez cesser de profiter de chaque occasion pour nous sermonner. Si je parle à ce garçon, croyez-vous qu'il me comprendra ?

— Il a compris la totalité du texte qu'il vous a récité hier soir devant la Cour, dit maître Henry. Je doute qu'il y ait eu, dans l'assistance, dix personnes capables de se mesurer à lui sur ce terrain.

— Ah, oui... je me souviens... le latin était excellent, oui, oui..., murmura pensivement le roi. Et c'est alors que je t'ai baillé cette bague, n'est-ce pas ? Je la tenais de l'une de mes pupilles, une fille de Lutton, ce me semble... oui... Oui ! Nous sommes perdus ! Tu as compris cela, n'est-ce pas ? »

Le ton brusquement emphatique me surprit au point que je sursautai. La lourde paupière du roi était à présent levée et son œil brillait d'un éclat que je ne lui connaissais pas.

« Veux-tu nous aider ? »

Il s'était fait subitement tout sucre tout miel, se tenant en face de moi, les mains posées sur mes épaules. Je n'eus pas le cœur de lever la tête et demeurai les yeux fixés sur sa poitrine, inhalant le parfum de fleurs qui émanait de sa royale personne. Lorsqu'il s'accroupit pour me dévisager en retenant mes mains dans les siennes, j'eusse sans doute fondu en larmes si je n'avais pu me raccrocher au regard sévère que me décocha maître Henry à titre préventif.

« Nous sommes au seuil d'une ère nouvelle, une ère de confusion et de folie, mais qui pourrait également annoncer de merveilleux changements », me susurra le roi d'une voix douce et mélodieuse. Il prit un siège, s'assit et m'installa sur ses genoux sans cesser de me parler. « Ces changements, nous aimerions en pénétrer le sens avant de mourir. Tous quatre, nous avons failli dans notre entreprise, en tant que roi, clerc, capitaine et architecte. C'est une chose que nous reconnaissons. Une chose dont nous plaisantons entre nous, encore qu'il ne nous soit pas toujours facile d'en rire. Mais nous sommes ouverts à une révélation, c'est là notre force. Et notre faiblesse, car nous sommes trop vieux, les uns et les autres, pour accueillir une vision pure en son sens... tandis que toi... j'ai entendu dire que... à demi chrétien à demi hérétique, à demi homme à demi femme... »

Je me raidis et tentai de me lever.

« Je ne suis pas une femme, grognai-je.

— Ne sois pas vexé..., reste assis et je vais t'expliquer..., dit le roi. Tes dessins témoignent d'une ouverture au monde intérieur de la femme. C'est tout ce que je veux dire. Maître Henry t'expliquera cela mieux que moi. Je sais bien que sous peu, tu seras homme ! Peut-être même l'es-tu déjà. Dis-moi, répands-tu déjà de la semence ? »

Je m'arrachai à ses genoux et trouvai à m'asseoir à proximité d'Old Robert qui m'examinait d'un air grave.

« Réponds à la question du roi, mon garçon, dit Old Robert en m'encourageant d'un hochement de tête. Nous devons savoir quelles sont tes passions, voilà tout. Elles affectent forcément ta façon de penser et nous devons être renseignés sur ce point. »

Je me sentais soudain d'humeur à me jeter par la fenêtre. C'était bel et bien cette question-là qui me tourmentait plus que toute autre, nuit après nuit, mais je dissimulai ma honte sous la colère.

Old Robert lut mes pensées et se secoua comme pour chasser toute gêne entre nous.

« Il n'y a aucune curiosité malsaine dans cette question. Et tu n'as pas à avoir honte. Nous devons parler franc, faute de quoi l'expérience est vouée d'avance à l'échec. Tu es une âme ouverte, une page encore presque blanche. Si nous te poussons sur la voie de l'apprentissage supérieur et des plus riches expériences... qui sait ? Nous sommes convenus, à nous quatre, que cela valait la peine d'être tenté. Un accord entre amis, en quelque sorte — tant que l'amitié pourra durer.

— Laissons pour l'instant de côté la question de la semence, intervint brutalement le comte Simon. Maître Henry nous a dit que les draps de son lit n'en portent trace. Ce qui nous importe avant tout, c'est de savoir s'il est disposé à participer à l'expérience. Il ne faut pas qu'il y souscrive par peur — et je sais de quoi je parle car je lui ai effectivement fait peur dans le passé — mais uniquement par vocation, parce qu'il est l'élu... Hedric ! »

En entendant mon nom aboyé de la sorte, je m'étais redressé comme un sergent pris en faute. Je le regardai craintivement.

« Veux-tu risquer pour nous ta tranquillité d'esprit ? »

La question était posée d'une voix soudain si douce, avec une simplicité et une humilité telles que j'en demeurai désarmé.

« Je ne puis que grandir, Monseigneur », déclarai-je après un moment d'hésitation.

Ma réponse les laissa tous cois. Maître Henry fit la bouche en cul de poule et hocha la tête en signe d'approbation. Old Robert se tamponna les yeux avec sa manche et je crus l'entendre murmurer pour lui-même : « Quelle foi, quelle foi. »

Il se passa un long moment avant que je me décide à reprendre la parole. Dans l'intervalle, le roi était allé se recoucher sur le dos et le comte Simon marchait de long en large en faisant craquer ses phalanges. J'étais sûr de leur avoir fait bonne impression, mais comme j'ouvrais la bouche afin d'exploiter l'avantage que je venais de prendre, le roi leva mollement la main pour m'arrêter.

« N'en dis pas plus. Ta précocité m'a épuisé, dit-il simplement. Et même dans cet état, je me sens encore coupable de t'en demander trop, d'attendre trop de toi.

— Dans la mesure où vous ne me punirez pas si j'échoue... », commençai-je, mais le roi Henri me coupa la parole d'un bref bruit de bouche, quelque chose entre bâillement et grognement.

« Oh, non, assez de cela pour aujourd'hui. Édouard, tu es un garçon fatigant... L'échec est toujours puni. Regarde-moi. Ces trois hommes sont mes plus proches amis mais ils ne manquent jamais de me punir dès que je fais quelque chose qui leur déplaît.

— Mon nom est Hedric, Sire, pas Édouard », lui rappelai-je.

Les yeux du roi devinrent sombres et froids, et ses joues se colorèrent. Je baissai la tête, sachant que j'étais allé trop loin.

« Pardonnez-moi, Sire, dis-je rapidement. Je veux bien que vous m'appeliez Édouard si cela peut vous aider à vous rappeler qu'il ne faut pas me punir. »

Il y avait assez d'esprit dans ce que je venais de dire pour apaiser sa colère, mais c'était tout juste. Je fus bientôt renvoyé après avoir été brièvement informé qu'Old Robert m'aiderait à me préparer pour mon séjour à Paris. Au cours du mois prochain, il me faudrait aller à Lincoln passer un moment avec lui. La dernière chose qui me reste de cette journée, c'est la façon dont maître Henry me serra le bras au moment de me congédier. C'était le signal que nous avions gagné la partie ; que j'avais fait heureuse impression ; que la suspicion que le comte Simon nourrissait à mon endroit, vu les fils qui rattachaient Bert à Hans Seersach et au Second Style de l'Émergence, avait pu être largement dissipée ; que j'avais finalement réussi à me tirer à mon avantage, et sans être effrayé outre mesure, d'une confrontation avec les quatre hommes les plus puissants d'Angleterre. Je suis capable de rester moi-même face à quiconque, pape, empereur ou monarque, me dis-je en dévalant les marches menant du donjon au corps de garde, avant de franchir le fossé à sec et de m'engager sur la sente piétinée qui traverse la pelouse. Plus jamais je n'aurai peur.

« Ne pas parler trop tôt » : voilà sans doute une maxime à suivre pourvu qu'elle ne nous induise pas à parler trop tard. Je rejoignis ma chambre où Lucie m'attendait. Elle était pâle, les yeux rougis de pleurs. Elle m'apprit que mon père avait fui le château et qu'il avait laissé une lettre pour moi. Il lui avait demandé de promettre de me la faire lire en sa présence puis de la détruire.

Nous nous assîmes côte à côte à ma table et dépliâmes la lettre de Bert. A la clarté du jour finissant, je lus la prose qu'il avait assurément mis des jours et des jours à composer, le fait étant qu'il rédigeait fort laborieusement. C'était un parchemin de petit format et il avait écrit aussi serré que possible afin d'exploiter au maximum l'espace réduit dont il disposait. Comme Lucie ne pouvait lire en même temps que moi, elle scrutait mon visage pour y suivre mes réactions.

Elle riait quand il me fallait rire, pleurait quand il me fallait pleurer. Au fur et à mesure que je déchiffrais la lettre, Bert reprenait vie en moi et je me rendais compte que nous n'avions pas partagé une pensée depuis Noël. Sa lettre était à la fois un message d'adieu et de rédemption : je l'avais perdu, mais alors même que je pleurais sa perte, je savais que je le retrouverais un jour, plus tard, lorsque tout serait accompli.

Il n'y avait pas de raison de sortir en courant pour tenter de le rattraper. Et même s'il avait encore été dans sa chambre, en train de préparer son bagage, je crois que je l'aurais laissé faire sans broncher. La lettre m'apprenait ce que j'avais besoin de savoir : Bert était toujours mien et je demeurais son fils. Il valait mieux qu'il en fût ainsi en toute liberté plutôt que dans cette situation, pénible et humiliante pour lui.

Avant de brûler la lettre dans la cuisine de Lucie, je l'enregistrai en ma mémoire. Depuis lors, elle m'a toujours servi comme antidote à l'arrogance. Voici ce que Bert m'écrivait :

A Monseigneur Hedricus, pasteur Âne, roi des sept veaux gras (donc aussi leur serviteur !), salutations de son loyal esclave, père et protecteur, à présent mis au rancart. Mon attention paternelle n'est plus de saison puisque ma place est à présent occupée, entre autres par ceux qui se sont montrés capables, au cours de ces derniers six mois, de tenter de me briser et même de m'assassiner. Je te laisse tout ce que tu as pu apprendre de moi : si les instructeurs et les philosophes qui te guident te l'arrachent, tu n'auras qu'à t'en prendre à toi-même. Quant à moi, mon cher fils, je vais tenter de m'améliorer, en théorie comme en pratique, parmi les miens : là au moins, la situation ne sera sans doute pas si compliquée que mon allégeance puisse être mise en doute. Tu deviendras peut-être meilleur causeur mais je parierais une année de salaire que cela ne te rendra pas meilleur maçon. Silencieux n'est pas endormi, comme on le croit. Quand on te pendra à Paris pour ne pas avoir réponse à tout, souviens-toi de moi.

Tu ne devrais pas penser à mon échec mais au tien. Lorsque nous avons découvert que notre foi était compromise au plus haut niveau, grignotée par le pouvoir chrétien, devions-nous l'accepter comme des esclaves ? Est-ce ainsi que nos frères, gardiens de la foi en tous pays, conservent leur force vive ? Nous ont-ils jamais donné l'exemple de telles abjectes redditions ? je t'ai enseigné quelques ruses qui devaient te servir à combattre la duplicité des chrétiens : à présent que le chrétien montre qu'il a réussi, également par ruse, à se rendre maître de nos chefs, est-ce le moment de se rendre, d'adopter également sa duplicité ? Telle n'est pas la voie de nos pères. En Angleterre, le maçon du roi a fait fausse route et les anciens, qui ont accepté le Concordat avec le pape, ont mal agi. Ce n'est pas ainsi que nous voulons vivre et nul n'y est tenu pourvu qu'il résiste.

Il te reste beaucoup à apprendre. Ton habileté n'est pas si extraordinaire que certains le pensent. A mon sens, tu es victime de ta propre vanité (que je me reproche de ne pas avoir combattue avec assez de sévérité) et tu ne récolteras, pour ta part, que honte et déconfiture. Cet avis risque de tomber sur une terre stérile, je le sais, mais il est de mon devoir de ne le point celer à celui qui est issu de mon sang.

Si je suis resté si longtemps à Guildford, c'est uniquement pour tâcher de mesurer le danger que je te ferais courir si je t'entraînais dans ma fuite ; il m'est finalement apparu que ton désir était de ne pas te séparer de ceux qui te louent et te dorlotent bien plus qu'il n'est besoin. Ma décision parle d'elle-même, cependant, il ne m'a pas été facile de la prendre. Le maçon du roi ne m'inspire pas confiance et je ne crois pas que le comte de Leicester puisse avoir d'intentions autres que mauvaises. Mon seul réconfort à l'heure de te quitter pour te laisser avec eux, c'est de savoir que tu deviens très vite une épine au pied de n'importe qui et que le jour n'est pas si éloigné où ils voudront la retirer : à ce moment-là, tu auras depuis longtemps retrouvé ton bon sens (c'est du moins ce que j'espère ardemment) et prévenu leurs mauvaises intentions en fuyant en temps voulu, comme je viens de le faire moi-même. Rejoins-moi alors dans le Nord, mais tâche de ne pas porter la livrée du roi. L'endroit où je me rends est hors d'atteinte de tout potentat ; un homme simple comme moi devrait pouvoir y vivre sans que son esprit parfois un peu confus lui vaille de passer pour un traître.

Je voudrais pouvoir te souhaiter bonne chance mais je crains fort qu'il n'y ait qu'opprobre au bout de ta route. Tu n'es plus trop jeune désormais pour pouvoir te passer d'un père et je te laisse avec ceux qui ont voulu me supplanter pour remplir une tâche que je considère avoir menée à bien. Ma pensée la plus terrible est que tu pourrais avoir d'ores et déjà atteint ta forme finale. Si cela devait être le cas, apprête-toi à affronter une vie très dure.

Cette lettre doit être détruite afin de ne pas exposer inutilement ceux qui m'ont aidé. J'espère que tu ne souffriras pas trop de mon départ. N'importe quel enfant souffrirait de l'absence de son père, mais tu n'es pas n'importe quel enfant, n'est-ce pas, Hedric ?

Puisse tout ceci devenir clair pour toi dans les années à venir, voilà le vœu que je formule. Puissent les dieux que tu auras choisi de servir t'assurer leur protection. Puisses-tu acquérir assez de savoir pour te faire une juste idée de ta valeur en ce monde.

Le Second Style est mort. Longue vie au Troisième.

HH

XXIV

Le jour où le roi partit pour Winchester, ainsi d'ailleurs que les jours qui suivirent, il fit terriblement chaud. On avait eu un bel été jusqu'alors, avec juste ce qu'il faut de brise pour rendre la chaleur agréable ; mais à la mi-juillet, l'air devint immobile, les oiseaux cessèrent de chanter et le soleil se transforma en fournaise. J'étais assis dans ma chambre, m'attendant à voir entrer d'un instant à l'autre un maître Henry fulminant contre Bert. Je tâchais d'étudier tout en surveillant du coin de l'œil, par ma fenêtre, les cavaliers qui se réunissaient dehors. Hommes et chevaux tournèrent en rond toute la matinée, de plus en plus excités au fur et à mesure que le soleil tapait plus fort et que la poussière se faisait plus épaisse. Le roi était en retard — comme toujours — et quand midi approcha, tout le monde avait les nerfs en pelote. A l'heure où le roi rejoignit toute la compagnie, maître Henry ne m'avait toujours pas rendu visite. Je regardais la masse de cavaliers, de chars et d'hommes à pied s'écouler lentement, dans un gros nuage de poussière, par le corps de garde sud-ouest, lorsque j'entendis Lucie qui m'appelait. Elle entra dans ma chambre et se pencha sur ma table, suivant des yeux en même temps que moi la troupe qui s'éloignait.

« Je n'ai pas aperçu le comte de Leicester là-dehors, lui dis-je, est-ce qu'il est toujours au château ? »

Lucie repoussa ses mèches humides sous sa coiffe et s'essuya le visage avec un chiffon.

« Il est parti très tôt ce matin, me répondit-elle. Le comte Simon n'aime guère attendre. Pour nous, cela veut dire un peu de tranquillité après toute cette effervescence.

— Je suppose que maître Henry est dans les parages, marmonnai-je en rangeant mes affaires. Il doit vouloir m'interroger au sujet de Bert. »

Lucie mit ses mains sur ses hanches et se pencha en arrière. Elle fit la grimace, poussa un soupir puis se tint toute droite.

« Maître Henry vient de partir, déclara-t-elle.

— Mais je ne l'ai pas vu ! m'écriai-je, et je me précipitai derechef à la fenêtre.

— Il était pourtant avec les autres », dit-elle en se mettant à ranger mes affaires éparpillées dans la chambre, une chose qui m'exaspérait par-dessus tout car j'avais beaucoup de mal ensuite à remettre la main sur ce dont j'avais justement besoin. Même si je donnais l'impression de travailler dans un véritable bric-à-brac, il n'en régnait pas moins un ordre sous-jacent connu de moi seul.

« S'il te plaît, ne range donc pas toujours mes affaires, la suppliai-je. Je ne trouve plus rien une fois que tu es passée par là.

— Ton père... », commença-t-elle, puis, d'un geste brusque, sauvage, elle arracha la couverture de mon lit. « Tu n'as pas besoin de cela avec la chaleur qu'il fait ! »

Elle sortit rapidement, traînant la couverture derrière elle. Je pus l'entendre ravaler ses sanglots tandis qu'elle s'éloignait puis descendait l'escalier. Mais quand je descendis à mon tour pour déjeuner, quelques minutes après, elle s'était ressaisie.

Winchester n'est pas très éloigné de Guildford. Tandis que les journées chaudes se suivaient, j'étais assis à ma table, près de la fenêtre, surveillant les corps de garde et tout ce qui entrait et sortait, m'attendant à chaque moment à voir paraître maître Henry. D'autres hôtes descendirent dans la maison et la chambre de Bert fut bientôt occupée par un officier du Trésor, un type aux doigts crochus et à l'œil lubrique. Il était déterminé à posséder Lucie qui ne voulait rien savoir de lui et demeurait indéfectiblement placide et morose tandis que le gaillard ne cessait de lui tourner autour et de se mettre en quatre pour s'attirer ses faveurs. Durant cette période, mes pensées s'orientaient de loin en loin sur la question soulevée par le roi : répandais-je déjà de la semence ? Étais-je donc en retard ? Sans nul doute aurais-je dû en être déjà capable. La question prit une importance telle que je finis par ne plus pouvoir ingurgiter la moindre bribe de science ou de savoir-faire : il y avait continuellement ce tiraillement douloureux, cette nostalgie ; même en mathématiques, davantage encore en musique... Oh, ces sombres soirées pleines de rêveries délicieuses, et si vides parce que j'étais vide moi-même. Je ne parvenais pas à atteindre le niveau toujours plus élevé vers lequel le père Horace me poussait ; je décevais ses espoirs et il s'impatientait. J'accusai même une certaine baisse en latin à force de musarder dans mon Élysée imaginaire. La chaleur était une terrible punition pour lui car il ne transpirait jamais. Cela le fatiguait énormément et il marchait très doucement, si bien qu'un matin je ne l'entendis même pas entrer dans ma chambre. Or j'étais là, en train de caresser ma verge en érection. Je ne sais combien de temps il passa à m'observer car j'avais les yeux fermés, mais quand je les ouvris, il avait pris place sur son siège et priait, les coudes sur les genoux, le visage enfoui dans ses mains. Sans doute est-ce le son de son oraison qui me rappela à la réalité :

« Pardonne-lui, Seigneur, car il ne sait pas ce qu'il fait. »

Ma rêverie tourna court et mon érection avec elle. La situation était plutôt gênante : que dire ? quelle contenance adopter ? Le père Horace ne me regardait toujours pas tandis que je suais pour deux.

Je remontai ma culotte et me mis à réciter un texte de Cicéron qu'il m'avait demandé d'apprendre.

L'incident ne fut jamais évoqué entre nous mais de ce jour le père Horace ne manqua jamais de frapper longtemps et fort à ma porte avant d'entrer.

Quand même je savais que les doutes de Bert sur mes capacités intellectuelles reposaient sur l'envie plus que sur l'observation impartiale, je n'en fus pas moins profondément affecté. Il m'apparut que les Quatre s'étaient fait un peu vite une bien haute idée de mon potentiel. Après tout, je n'avais jamais rien créé qui pût justifier une telle confiance. Pour le reste, j'étais l'apprenti de Bert qui n'était lui-même qu'un comparse du génial Hans Seersach. Si la vérité avait été connue, on se serait vraisemblablement beaucoup moins intéressé à moi.

Mais cet été qui s'étirait en longueur, ces rêveries, cette attente incertaine... Il me fallait rassembler tout ce qui me restait de confiance en moi-même pour contenir les questions obsédantes qui menaçaient de me submerger : le développement de mon intellect pouvait-il avoir compromis celui de mon corps ? Ma progression naturelle vers la maturité sexuelle avait-elle été enrayée par un effort intellectuel excessif ? Ou parce que j'avais un peu trop souvent fait joujou avec mon sexe ? Mes journées se passaient à combattre les peurs que m'inspiraient ces questions. Tandis que la ville était chauffée à blanc et que la rivière se desséchait, je brûlais, moi aussi, et ne songeais qu'à être dehors, en plein air. J'étais oppressé par des pensées de mort et de dévastation et faisais d'affreux cauchemars ; parfois je criais si fort dans mon sommeil que Lucie et les hôtes de passage accouraient, réveillés au beau milieu de la nuit par mes hurlements. Je me mis à arpenter la campagne, de nuit, pour me changer les idées et me tenir éloigné de mon lit et de ma main. Il n'y avait jamais de nuages et je pouvais toujours voir mon chemin à la clarté de la lune et des étoiles. Je parcourus des kilomètres en toutes directions, oublieux des dangers extérieurs, tant me semblaient grands ceux que je portais en moi. Finalement, je tombai malade. Je sentis venir la maladie mais ne pus lui résister. Quand elle se déclara, ce fut presque un soulagement par rapport au dérèglement mental qui l'avait précédée. Subitement, je fus trop faible pour sortir écouter bêler dans la nuit les brebis parquées en plein air. Trop faible aussi pour flâner dans les rues et regarder détaler les rats dans l'obscurité. J'étais complètement à plat, vidé de toute mon énergie. Je dus cesser toute activité tandis qu'une fièvre maligne associée à un exanthème progressait à travers ma chair.

Lucie me servit de garde-malade durant tout ce temps. Elle me lavait dans mon lit plusieurs fois par jour, et comme j'étais trop faible pour m'alimenter moi-même, elle me nourrissait à la cuiller, ma tête appuyée sur sa poitrine. Quand je pus reprendre des aliments solides, elle me les donna avec ses doigts. Progressivement, l'exanthème décrut mais Lucie continua de me laver aussi fréquemment qu'au début. Tandis qu'elle me passait l'éponge sur le corps, ses lèvres ne cessaient de bouger et je percevais sa respiration palpitante. Parfois, elle soufflait sur ma peau et me souriait. A la fin de ma maladie, je savais que mon attente ne serait plus très longue.

Je sentais peu à peu renaître mes forces et craignais de sombrer derechef dans le vice qui avait mortifié le père Horace. Comme Lucie continuait à me laver alors que j'étais quasiment guéri, je trouvai moyen de coincer ma verge entre mes cuisses et de la maintenir en appuyant ma main par-dessus quand elle ne voulait pas se tenir tranquille. Lucie ne faisait aucun commentaire sur l'effet bizarre que cela produisait, à croire qu'elle estimait que c'était ainsi qu'un homme bien élevé se devait de procéder pour ne pas effrayer les dames.

Dans la soirée du 28 août — fête de saint Augustin d'Hippone, ainsi que le père Horace me l'avait appris le matin même alors que nous étudiions l'ablatif en tant qu'expression du point de départ ou d'instrument de l'action en latin —, comme Lucie était en train de me laver, je sentis une vive douleur dans mon avant-bras. Je retirai brusquement ma main qui repoussait précisément ma verge fourmillante. Celle-ci claqua aussitôt comme le bras libéré d'une catapulte. Ayant piqué à son corsage l'aiguille qui avait servi à me taquiner l'avant-bras, Lucie lança une jambe par-dessus mon corps, saisit ma verge et l'introduisit en elle en l'accompagnant d'un seul et fort adroit mouvement du bassin. Tandis que j'étais pris dans l'étau de ses jambes et qu'elle me chevauchait, je priai pour que tout se passât comme il faut que cela se passe entre un homme et une femme. Ma prière fut exaucée, grâce en soit rendue à Lucie.

Elle n'était pas mon rêve et je n'étais pas le sien, mais elle me transporta ce soir-là aussi près du ciel qu'il est possible d'aller tant que l'on vit sur cette terre. Plus de doute possible, j'étais bel et bien un homme. Si je pouvais le dire avec des mots, je le ferais ; si je pouvais l'exprimer par la pierre taillée, je le ferais : mais nulle éloquence, nul art ne saurait exprimer pareille expérience. L'émotion d'amour nous relie à l'acte de création initial dans sa totalité et dans son imperfection : elle est notre part du grand orgasme générateur des Dieux.

C'était Maurice Welbilove qui, avec le soutien de Lucie, avait aidé mon père à s'éloigner de Guildford. En route pour Londres après avoir mené à bien une mission dans l'ouest du pays, Maurice s'arrêta au château à la mi-septembre de cette année 1251. Il vint me trouver dans ma chambre et m'apprit que Bert était sain et sauf dans le Nord. Bert voulait savoir comment j'avais été traité depuis son départ. Les péchés du père n'avaient-ils pas causé de désagréments au fils ? A cette question, je répondis par la négative.

« Tu n'as donc perçu aucun signe de mécontentement ? » me demanda Maurice en prenant place sur le bord de mon lit où je venais de me coucher, mes livres tout autour de moi.

« Absolument pas. Ni signe ni mot, répondis-je en croisant mes mains dans ma nuque, le dos calé contre mon oreiller.

« Ton père va avoir du mal à le croire. »

Je m'assis droit et commençai à débarrasser le lit des livres et parchemins couverts de dessins et de calculs dont il était jonché.

« Savez-vous où il est ? »

Maurice secoua la tête.

« Il sait où me joindre, moi non, dit-il. En ma qualité d'officier de la Couronne, je ne saurais aider les gens à fuir.

— Pourtant, vous avez aidé Bert dans sa fuite, insistai-je.

— Dans sa fuite ? Il n'était pas prisonnier, que je sache. Non, je n'ai fait que procurer un cheval à un tailleur de pierre qui en avait besoin. »

Je ne pus m'empêcher de rire. Maurice avait une manière si faussement ingénue de présenter les choses. Et toujours comme accablé par la lenteur de ses propres plaisanteries, en proie à une incurable mélancolie. Assurément, Bert n'aurait pu trouver parmi les hommes engagés au service du roi meilleur allié que ce lugubre Lancastrien.

Manifestant un soudain intérêt pour ma personne physique, il se pencha vers moi et me palpa l'épaule.

« Bien rembourrée. Je constate que Lucie te nourrit comme il faut ! dit-il d'un air vaguement amusé. C'est une bonne maman. »

Je rougis jusque derrière les oreilles et me creusai la cervelle pour détourner la conversation sur un autre sujet. Maurice me lança un rapide coup d'œil où je crus deviner une discrète connivence.

« C'est une femme fort aimable et généreuse. Bert lui doit beaucoup, et il conviendrait qu'elle fût quelque jour amplement payée de ses peines. Il a fait très chaud, non ? poursuivit-il de but en blanc en ramassant une page de géométrie euclidienne. Qu'est-ce que c'est que cela ?

— Je tente de trouver une méthode pour calculer la poussée latérale d'une coupole ainsi que sa poussée vers le bas, lui expliquai-je. La coupole est ma forme préférée. »

Maurice reposa le parchemin.

« Alors, tu es le digne fils de ton père. Il y a d'ailleurs une chose qu'il m'a prié de te transmettre au moment où nous nous sommes séparés. Il hait maître Henry qu'il tient pour un sodomite. Il m'a demandé de te mettre en garde afin que tu veilles à n'être jamais pollué de si odieuse façon. »

Maurice me regarda d'un air sévère, ses sourcils broussailleux se levèrent aussi haut que les oreilles d'un lièvre. Mais il n'y avait aucun embarras dans ses yeux, plutôt quelque chose comme une accusation.

« Maître Henry n'est pas un sodomite, répliquai-je en baissant les yeux et en fourrageant parmi mes livres. Il ne m'a jamais touché.

— Il ne s'approche jamais d'une femme, insista Maurice sans me quitter des yeux. Vit entouré de garçons.

— C'est *vous* qui polluez maître Henry ! m'écriai-je. Comment voulez-vous que je lui adresse la parole, à présent que vous m'avez mis cela dans la tête ? »

Maurice écarta ses mains gantées et haussa les épaules.

« C'est ton père qui m'a demandé de te mettre en garde. Bien que je puisse te certifier personnellement, étant de ceux qui sont amenés à le croiser fréquemment, qu'il passe aux yeux de tous pour être ce que ton père le soupçonne d'être.

— Cela ne veut rien dire, protestai-je, au comble de l'indignation. Rien que des commérages ! Des rumeurs sans fondement ! Qui peut sérieusement croire une chose pareille ? Il faudrait être fou ! »

Maurice se redressa.

« Si tu devais avoir des ennuis graves, demande à Lucie de me contacter, déclara-t-il en ouvrant la porte. Elle sait que j'apprécie sa cuisine autant que toi. Et respecte ton père, Hedric. Il n'y a personne au monde qui lui soit aussi cher que toi. »

L'instant d'après, il s'éloignait en sifflotant.

J'écoutai le bruit décroissant de ses bottes dans le couloir. Il ralentit l'allure devant la porte de Lucie, un moment je crus même qu'il allait s'arrêter. Aussitôt après, je l'entendis s'éloigner à pas vifs et décidés.

D'une manière que je ne m'explique pas, mes facultés d'interprétation et de mémorisation s'affinaient et se renforçaient encore au fur et à mesure que se rapprochait la date prévue de mon départ pour Paris. Des idées auxquelles j'étais resté fermé jusqu'alors, en dépit de mes efforts pour les assimiler, me devenaient brusquement accessibles, et je pus me rendre maître d'un seul coup d'une kyrielle de modes de calcul et de raisonnement sur lesquels je planchais vainement depuis des semaines. Tandis que la sécheresse s'éternisait, je commençais mes journées de plus en plus tôt, estimant peu approprié d'avoir à étudier intensément à l'heure où le soleil tomberait dans ma chambre. A dix heures, la fournaise et la poussière dans l'enceinte du château étaient telles que j'allais trouver refuge, emportant les livres qu'il me fallait, dans la fraîcheur des bois. Je passais le reste de la matinée au bord de l'eau, réduite à un mince filet, en compagnie des vaches et des brebis. Dans la région, beaucoup de bêtes mouraient de soif et l'animation était grande autour des puits du château où l'on ne cessait de remplir des cuves qui étaient convoyées par chariots vers les fermes environnantes.

Cependant, je ne manquais jamais de rentrer pour déjeuner. Dans la maison, il y avait de la poussière partout, même la nourriture crissait sous les dents. Mais cela n'était pas de nature à gâcher la perspective charmante de l'après-midi qui me tendait les bras. Pendant que le château se pétrifiait sous le dard du soleil, Lucie m'enseignait les jeux de l'amour, sans nulle cruauté ni ruse, en toute simplicité. Au début, c'était un peu irritant pour moi de l'entendre murmurer en somnolant le nom de mon père, mais j'eus tôt fait de m'y habituer. Après tout, j'étais son fils, la chair de sa chair : si cela pouvait réconforter Lucie, il n'y avait rien à redire.

Il ne tomba pas une goutte jusqu'au deuxième jour d'octobre. Nous dormions sur mon lit lorsque le tonnerre se fit entendre et roula à notre rencontre, en provenance de l'ouest, suivi d'un coup de vent vif et frais. Nous nous mîmes à genoux et vîmes les gigantesques nuages violacés grimper les uns sur les autres en direction du soleil. Lorsque les nuages voilèrent le soleil, les oiseaux, que l'on n'avait plus entendus depuis deux mois, recommencèrent immédiatement à chanter.

Il se mit à pleuvoir vers sept heures du soir et la pluie ne cessa de tomber jusqu'au lendemain matin. Je ne dormis pas cette nuit-là. Le changement brutal de temps avait provoqué un brusque revirement chez Lucie qui m'était apparue jusque-là comme une créature attachée à ses habitudes. Tandis qu'il pleuvait à verse et que l'air se chargeait des multiples parfums de la terre, Lucie se dépouilla de sa peau de matrone amoureuse : des passions plus anciennes se réveillèrent en elle, que je n'étais pas alors en âge de comprendre ; c'était comme si elle avait senti que quelque chose s'achevait, glissait subrepticement vers le passé, comme s'il s'agissait de rester au présent afin de ne pas manquer de saisir au passage tout ce que la vie, tant qu'elle durerait, pouvait avoir à lui offrir.

Deux jours plus tard, je fus mandé à Lincoln par Robert Grosseteste qui m'informait que Paris était la proie d'une épidémie de peste. Il n'était pas question que je m'y rende avant que la ville eût été déclarée saine.

XXV

L'ÉVÊQUE de Lincoln m'avait envoyé un texte à étudier pendant mon voyage. Je devais effectuer le trajet entre Guildford et Oxford durant la première semaine d'octobre, le départ étant fixé au jour anniversaire de saint Félix de Carthage. A mon arrivée à Oxford, il me faudrait avoir pénétré le sens de cette maxime tirée du livre cinq de la *Physique* d'Aristote : « La nature prend toujours le plus court chemin. » Je resterais huit jours à Oxford, en compagnie de quelques étudiants et érudits, puis je me mettrais en route pour Lincoln, via Leicester et Nottingham. A Oxford même, je serais pris en charge par les Franciscains. Entre Oxford et Lincoln, j'aurais à étudier un autre texte qui me serait remis par un frère de cet ordre, à condition que j'aie pu fournir des preuves satisfaisantes de mon intelligence du premier, à savoir que la nature procède par le plus court chemin possible (ce qui n'était manifestement pas le cas d'Old Robert !).

En complément de la maxime aristotélicienne, il m'était recommandé d'étudier la vie de saint Félix. Ce n'était évidemment pas un hasard si je devais me mettre en route le jour même où l'on fêtait ce saint, et si je devais me pencher sur sa vie, c'est qu'il y avait quelque leçon à en tirer, en rapport avec la fameuse maxime. A cet égard, la biographie du susnommé parlait d'elle-même. Félix était évêque de Carthage, en Afrique du Nord, à l'époque où l'empereur Dioclétien commença à persécuter les chrétiens. Ordre lui fut intimé de remettre ses livres aux hommes du proconsul : ils devaient être tous brûlés. L'intéressé refusa carrément, déclarant qu'il préférait être détruit, lui, Félix, plutôt d'avoir à assister à la destruction d'une connaissance sacrée. Satisfaction lui fut donnée séance tenante par le proconsul :

Félix eut la tête tranchée, après quoi, il ne resta qu'à jeter les livres au feu.

Mais toutes ces instructions ne suffisaient pas à occulter le sujet qui me tenait alors le plus à cœur — ma chère Lucie. Devant l'imminence de mon départ, son étrange mélancolie automnale prit des proportions inquiétantes. A l'heure du départ, c'est à peine si j'eus la force de me hisser sur mon cheval. Elle ne pleura pas, se contenta de me serrer la main, comme l'on fait entre hommes, et d'arborer un sourire stoïque. Tandis que notre petite troupe chevauchait en direction de la grande porte, elle marchait à côté de moi, bras croisés sur la poitrine, tête basse. Je retins ma monture pour laisser les autres me dépasser et me donner le temps d'un baiser d'adieu. Mais comme je me penchais vers elle, elle fit volte-face et rebroussa chemin à toute allure pour n'être plus bientôt qu'une silhouette féminine parmi toutes celles qui sillonnaient déjà la cour à cette heure matinale, servantes ou lingères employées au château. Je ne tardai pas à la perdre complètement de vue tant j'avais les yeux brouillés de larmes.

Notre troupe était des plus disparates ; il y avait là trois dominicains dont l'un, à moitié paralysé, ne cessait de glisser de son cheval ; deux vieux officiers de la maison du roi, des frères qui se rendaient dans le Gloucestershire pour visiter leur famille ; cinq maquignons des marches galloises qui nous avaient demandé protection ; un jeune choriste de la chapelle royale de Windsor qui se rendait à Oxford accompagné de sa mère (comme sa gorge ne supportait pas la poussière, il devait chevaucher en tête) ; une escorte de six hommes d'armes et moi-même. A la limite nord-ouest de la ville, nous croisâmes un cavalier solitaire qui nous laissa passer puis nous suivit à quelque distance. C'était un homme dans la force de l'âge doté d'un regard perçant, d'un long nez et d'un menton en galoche. Lorsque le sergent qui commandait l'escorte s'aperçut que l'homme nous filait le train, il nous ordonna de faire halte afin de lui laisser le temps de nous rejoindre. L'homme s'arrêta également, se drapa posément dans son ample manteau bleu, indifférent à ce qui se passait devant lui. L'un de nos hommes galopa alors à sa rencontre, lui parla un instant puis saisit les rênes de son cheval et l'entraîna jusque devant le sergent.

« Il n'y a rien à en tirer, déclara l'homme d'armes. On dirait un fou.

— Qu'est-ce qui vous prend ? lui demanda le sergent. Vous ne pouvez pas voyager avec nous.

— Je ne voyage pas avec vous, je voyage derrière vous, répliqua vertement l'inconnu.

— C'est impossible, lui lança le sergent. Nous ne voulons

personne, ni devant ni derrière nous. Mission du roi. Il vous faudra attendre une heure avant d'emprunter cette route.

— Eh bien, j'attendrai donc », dit l'inconnu en faisant la grimace et en serrant les mâchoires comme si sa promesse lui coûtait.

Un peu à l'écart, devant nous, s'élevait une éminence de faible hauteur. Je demandai au sergent la permission de galoper là-haut afin de contempler une dernière fois la ville que nous laissions derrière nous. Il m'était arrivé tant de choses dans cette ville que je ne pourrais jamais la quitter tout à fait : l'enfant que j'avais été continuerait de demeurer en ce château. Autour du mur d'enceinte, les teinturiers avaient mis à sécher des dizaines et des dizaines de mètres de drap bleu de Guildford. D'où je me tenais, on aurait dit qu'un morceau de ciel était tombé sur terre.

J'entendis le sergent m'appeler et je tournai bride. Assez regardé en arrière, me dis-je en éperonnant mon cheval pour rejoindre notre petite troupe avant qu'elle n'eût disparu entre les arbres.

Au cours de ma brève vie, j'avais eu l'occasion de m'apercevoir qu'aller à pied favorise la réflexion alors qu'aller à cheval ne favorise que la sensation d'inconfort. J'avais beau faire, je ne parvenais pas à fixer mon attention sur la proposition d'Aristote : « La nature prend toujours le plus court chemin », et cela parce que je montais un cheval capricieux qui passait à sa guise d'un côté puis de l'autre de la route, s'ébrouait à tout moment, pétait sans relâche et désapprouvait ostensiblement ma présence sur son dos. Est-ce la nature intrinsèque du cheval qui s'exprime de la sorte ? Ou bien sont-ce là manifestations spécifiques de l'essence chevaline ? me demandai-je en m'accrochant à ma monture. Voici une créature animale récalcitrante, incommode, soumise à cette force non moins récalcitrante, non moins incommode, qu'est la nature. Faut-il admettre que force et *horse* sont semblables et concomitants, autrement dit, identiques *in nuda veritas ?* Ce n'était certes pas le problème d'Aristote mais c'était le mien, assurément, en arrivant à Reading, car j'avais l'arrière-train en marmelade. Après tous ces mois passés à Guildford, j'avais cessé d'être un voyageur endurci. On oublie parfois que le mouvement affecte obligatoirement les facultés de l'esprit et tend à troubler ses mécanismes. Chaque douleur physique se répercute dans l'intellect, mettant sans cesse en péril le processus de la pensée. Parmi les nombreux livres écrits par Old Robert, j'aurais parié qu'aucun n'avait été conçu sur le dos d'un cheval. Pour pénétrer le sens de la maxime du Stagirite, il me fallait sans doute attendre d'avoir renoué avec le mode *statique*.

Cette nuit-là, nous fûmes logés au château royal de Reading et les dominicains décidèrent de conduire leur frère infirme à la vieille abbaye clunysienne afin qu'il touche la main droite de saint Jacques. Ils m'invitèrent à m'y rendre avec eux, non point tant pour leur tenir compagnie que pour les aider à transporter l'infirme. Comme je désirais étudier cet édifice qui avait alors déjà plus de cent ans et passait pour un modèle de l'architecture des moines noirs, je me joignis à eux et portai ma part du fardeau.

Nous empruntâmes une charrette à bras dans laquelle nous installâmes frère Bartholomé, décidés à le traîner ainsi jusqu'à l'abbaye plutôt que d'avoir à nous remettre en selle. A peine étions-nous sortis du château que nous nous retrouvâmes face à face avec l'inconnu en manteau bleu qui nous avait déjà suivis le matin même. Il était debout sous un arbre, tenant sa monture par la bride. Nous passâmes devant lui sans nous arrêter, pressant au contraire l'allure car nous pensions effectivement avoir affaire à un fou. Au bout d'un moment, je me retournai et constatai qu'il marchait derrière nous, portant sur l'épaule sa courte épée nue, tenant toujours son cheval par la bride.

Comme nous n'étions plus sur la grand-route royale et ne bénéficiions plus d'aucune protection particulière, nous prîmes le parti de courir avec frère Bartholomé qui se cramponnait à la ridelle de la charrette et gémissait à fendre l'âme, affirmant que ceci était encore pire que de monter à cheval. L'homme sauta sur sa monture, nous dépassa au galop et nous barra le chemin.

Nous stoppâmes net et restâmes là, le souffle court, les yeux levés sur le cavalier.

« Vous l'emmenez où ? Au rebut ? s'enquit-il avec un soupçon d'écume aux lèvres.

— Que nous voulez-vous ? lui lança l'un des dominicains d'une voix tremblante et doucereuse. Nous n'avons aucun objet de valeur. Passez votre chemin, chère âme. »

L'homme rengaina son épée, fronça son long nez, écœuré par la pusillanimité des religieux. Soudain, il pointa l'index sur moi.

« Et ce jeune homme, que fait-il avec vous ?

— Qui êtes-vous pour le demander ? » répliquai-je avec une certaine morgue, ayant compris que la couardise des autres ne faisait que l'enhardir encore.

« Je suis l'émissaire du comte de Leicester et j'ai ordre de veiller sur vous. Rien ne me dit que je puisse me fier aux religieux qui vous accompagnent. Rien ne me dit qu'en ce moment même ils ne sont pas en train de vous enlever. Retournez au château et allez vous coucher. »

Je le dévisageai avec stupeur. Ses propos calomnieux déclenchèrent des murmures de protestation parmi les dominicains, mais lorsque j'insistai pour me rendre jusqu'à l'abbaye avec eux, ils s'aplatirent tout bonnement devant notre cavalier : craignant de s'attirer des ennuis, ils déclarèrent qu'ils préféraient finalement poursuivre leur route sans moi.

« Il n'en reste pas moins que je veux voir l'abbaye, dis-je à l'inconnu. Cela m'importe beaucoup car j'étudie l'architecture.

— Ah, ah ! s'exclama-t-il. Mais ne me dites pas que ces religieux vous accompagnent pour le plaisir. Ces gens-là haïssent tous ceux qui veulent s'instruire, de même d'ailleurs qu'ils haïssent toute besogne. » Il plongea ses yeux perçants dans les miens et ajouta : « Montez en croupe, je vais vous y emmener. »

Je ne pouvais refuser, les dominicains ne songeant qu'à être débarrassés de moi. Derrière le fou, mes fesses tressautant sur le bord de sa selle, je me rendis à l'abbaye où je passai une heure à prendre des croquis. Tandis que nous nous en retournions au château, il me fit observer que nos dominicains ne s'étaient pas manifestés et n'avaient pas donné à frère Bartholomé l'occasion d'apprécier les vertus curatives de la fameuse relique.

Je ne les vis d'ailleurs pas davantage le lendemain matin lorsque nous reprîmes la route en direction d'Oxford.

Le fou s'appelait Nicolas Hawsley et, de fait, dans un certain sens, il était vraiment fou. Comme le soir était venu et que nous chevauchions, au retour de l'abbaye, par les ruelles obscures de Reading, je voulus savoir comment il se faisait qu'il eût été envoyé pour veiller sur moi alors que j'étais déjà sous la protection du roi. En guise de réponse, il se lança dans une violente diatribe contre l'autorité du monarque, déclarant qu'il n'était homme, femme ou enfant qui fût en sécurité sous sa royale houlette ; que les lois étaient impunément bafouées, en particulier par les gens du roi et par le roi en personne. Et pour conclure, il souligna qu'il était lui-même une victime de l'anarchie qui régnait dans le royaume, tout comme son père l'avait été avant lui, et avant son père, le père de son père. Trois générations de Hawsley avaient été ruinées et dépossédées par trois rois successifs : jadis propriétaires fonciers à Hathersage, dans le

Derbyshire, les Hawsley n'étaient plus aujourd'hui qu'un clan de mercenaires dispersés aux quatre vents.

« Cela m'a mis la tête sens dessus dessous, confessa-t-il en me regardant par-dessus l'épaule. Aussi se peut-il que vous me trouviez un tantinet bizarre. »

Je retins ma langue, conscient de la dureté de son corps sous mes mains. Fou ou non, bizarre pas bizarre, je n'avais nulle envie d'en découdre avec ce drôle d'ange gardien.

Je ne le revis pas jusqu'à Oxford et pourtant, durant toute cette journée de route, je sentis constamment sa présence, quelque part, derrière nous.

Nous atteignîmes Oxford alors que la nuit était depuis longtemps tombée. Ayant constaté en cours de route que nous avions fort bien avancé, le sergent avait décidé de mettre les bouchées doubles pour rejoindre Oxford le soir même, alors que deux journées avaient été prévues pour effectuer ce trajet. Cette décision était contraire aux ordres, et le fait de prendre le risque d'avoir à voyager de nuit prouvait bien la négligence de l'administration royale. A moins de cinq miles d'Oxford, nous fûmes attaqués. Notre escorte prit aussitôt la poudre d'escampette. Livrés à nous-mêmes, nous nous dispersâmes pour échapper à nos agresseurs. Fort heureusement, nous nous retrouvâmes un peu plus loin à proximité de la route, après une heure passée à avancer au jugé, à travers bois. Le sergent s'excusa, nous compta et se déclara satisfait — pourquoi, je me le demande encore, car deux d'entre nous manquaient à l'appel, l'un des conducteurs de bétail et l'un des deux frères natifs du Gloucestershire. Non content de nous avoir plantés là, face au péril, il ordonna au jeune choriste de la chapelle royale de chanter durant le reste du parcours afin de nous remonter le moral. La mère de l'intéressé, encore sous le coup de l'indignation, lui assena sur la tête un coup de sa badine, ce que nous vîmes tous d'un fort bon œil, tant nous étions écœurés par le comportement du sergent et de ses hommes qui étaient en principe chargés de nous protéger. Mais peut-être était-ce là le plus court chemin que prenait la nature lorsqu'il s'agissait de sauver sa peau.

Comme la nuit était tombée, on ne pouvait se faire une idée précise de l'aspect de la ville, tout au plus s'il nous apparut qu'il y avait une multitude de maisons basses serrées les unes contre les autres et que les ruelles, toutes boueuses à la suite des fortes chutes de pluie, étaient très fréquentées malgré l'heure tardive. Nous mîmes pied à terre devant l'église du prieuré Saint-Frideswide et je puisai un certain réconfort à la vue de sa tour majestueuse et de sa flèche élancée, trônant très haut dans le ciel. Le jardin du prieuré était rempli de pierres et de bois d'œuvre ; il y avait même une petite maison de maçons tout contre le mur nord, je m'y rendis pour frapper à la porte mais personne ne répondit. L'existence de cette maisonnette était quand même rassurante et je décidai de rendre visite aux maçons à la première occasion.

Ayant congédié leurs autres protégés, le sergent et ses hommes me conduisirent au château royal. Les sombres ruelles étaient éclairées çà et là par des torches mouvantes que portaient des jeunes gens circulant en bandes, se moquant de la livrée des gens d'armes, braillant à tue-tête : *Montfort ! Montfort !* et ne cessant d'agiter leurs torches sous les naseaux de nos montures pour les effrayer. Le sergent jura entre ses dents mais ne riposta pas. Ce n'est que lorsque nous fûmes à moins d'une centaine de mètres du château que les provocations ouvertes cessèrent ; cependant, nos persécuteurs nous lancèrent encore quelques cailloux dans l'obscurité tandis que nous galopions vers le corps de garde.

A la porte même, nous tombâmes nez à nez avec nos deux compagnons disparus, l'un des maquignons et l'un des deux frères du Gloucestershire qui s'étaient égarés dans la forêt après que nous eûmes été attaqués. Ils étaient indemnes, sauvés par Hawsley, le fou. Celui-ci les avait conduits ici même, sachant qu'ils nous y retrouveraient. Après avoir copieusement sermonné le sergent qui nous avait tous laissés si froidement tomber, les deux hommes s'en allèrent chercher un logis pour la nuit, tandis que de mon côté, je pénétrai dans la forteresse royale, d'humeur on ne peut plus songeuse, me demandant s'il y avait encore quelqu'un dans ce pays à qui l'on pût se fier.

Il était d'autant plus regrettable que je dusse quitter le château aussitôt après, ainsi que m'en informa le maître lai de la maison des Franciscains qui m'attendait là. C'était un homme de haute taille et d'âge moyen, aux cheveux prématurément blanchis et aux grands yeux noisette terriblement tristes. Lorsque nous nous trouvâmes face à face, il ne souffla mot, se bornant à palper mon manteau en secouant la tête d'un air désapprobateur. Avisant mes bagages, il poussa un profond soupir et leva les yeux au ciel. Et tandis que je me les coltinais derrière lui — sans qu'il eût fait mine de me soulager d'une partie de mon fardeau —, je ne pus m'empêcher de lui demander s'il avait quelque chose à me reprocher.

« Les Franciscains font vœu de pauvreté, me rappela-t-il sur ce ton nasillard propre aux gens du Sud-Ouest. Ils apprécient la pauvreté, également chez les autres. »

Le fait est que la maison où il me conduisit était nue, froide, pleine de courants d'air, mal bâtie et délaissée. Ma chambre n'était qu'un placard sans fenêtre, les latrines, sales au point que je jugeai préférable de me soulager dehors.

Alors que j'allais me coucher, recru de fatigue, moulu par le voyage, éreinté par nos aventures, le maître revint, s'assit en tailleur près de mon lit et posa entre nous un bougeoir avec un cierge allumé. Il fourragea dans sa souple toison blanche, planta son petit menton dans ses mains et se mit à nasiller.

« Il ne s'agit pas de dormir maintenant, mon jeune ami. Dispose-toi à travailler un peu. Il nous faut aborder le livre cinq de la *Physique* et nous n'avons pas beaucoup de temps devant nous. Tu as eu deux jours pour réfléchir à la question. Alors, dis-moi un peu, qu'est-ce que cette maxime d'Aristote nous apporte aujourd'hui ? En quoi peut-elle encore nous éclairer ? Et d'abord, lorsqu'Aristote emploie le concept de nature, que faut-il entendre par là ? »

Il marqua une pause sans se préoccuper de ma mimique désespérée. J'avais du mal à garder les yeux ouverts. On ne m'avait rien offert à manger. Cet homme était un maître franciscain, je savais qu'il me fallait lui complaire, et cependant, je ne pus m'empêcher de manifester de l'humeur.

« Croyez-vous qu'Aristote se retournerait dans sa tombe, quinze siècles après sa mort, si nous remettions cet examen à demain ? »

Le franciscain rit aux éclats et quitta la pièce. Peu après, il revint chargé d'un plateau avec du pain chaud, des pommes cuites et de la bière. Tandis que je me restaurais, il me lava les pieds sans cesser de pouffer de rire.

« Une semaine, cela ne nous suffira pas, me dit-il en me toisant de ses grands yeux étincelants. Il nous faut plus de temps, à toi et à moi, pour explorer les arcanes de l'univers. Je m'appelle Roger Bacon, et je passe pour un maître ici, quoique je sois toujours resté un étudiant. Je ne dispose d'aucune réponse pour vous étonner, toi ou l'évêque de Lincoln qui nous protège l'un et l'autre à notre corps défendant. Les étudiants m'appellent Ham (« jambon »), il faut croire que leur humour n'est pas aussi subtil que le tien. Bonne nuit. Dors bien. Je reviendrai à une heure raisonnable. »

Ayant souligné cette conclusion d'un effet de serviette, il se releva et sortit, emportant la cuvette et laissant le chandelier et le plateau. Je n'arrivais pas à m'endormir ; la nourriture pesait sur mon ventre et mon cerveau était en ébullition depuis que je connaissais l'identité de l'homme qui était venu dans ma chambre. Après Grosseteste, c'était le philosophe le plus hardi d'Angleterre, ainsi que je l'avais appris de la bouche du père Horace : l'égal d'Albert le Grand et de tous les dominicains réunis. Comment allais-je m'en tirer face à un homme de cette trempe, compte tenu de mes origines ? Notre foi albigeoise se passait de l'érudition. Elle était si pure et si ancienne qu'elle n'en avait nul besoin. Peu nous importait de réconcilier la pensée d'Aristote avec notre croyance ; en fait, toute tentative dans ce sens équivalait à un acte de pollution, dans la mesure où Aristote envisage l'homme au sein d'un monde matériel que nous tenons pour fondamentalement mauvais. Certains de nos chefs ont cédé à cette soif de cohérence intellectuelle appliquée à la matière. La recherche d'une telle cohérence impliquait une union des forces en présence, une collaboration effective entre penseurs chrétiens et albigeois, pour tenter d'analyser la cause profonde d'une querelle qu'il importait de dépasser. Jusqu'alors, chrétiens et Albigeois s'étaient opposés. Je me trouvais donc au carrefour de cette histoire, tiraillé entre les uns et les autres.

Soudain, j'éprouvai le besoin de m'échapper de ce réduit sans air, aussi oppressant que mes propres pensées. Je sortis dans le vestibule et me penchai à la fenêtre pour regarder dans la rue. Il y avait encore des étudiants qui gambadaient sous la pluie avec leurs torches. Ils chantaient à gorge déployée une chanson que je devais bientôt apprendre à mon tour :

> Je suis un écolier sans école,
> Je vais à l'école de la vie ;
> Aristote fit de moi un fol
> Mais doute est pis que folie.

Sur la petite place, juste en face, j'aperçus mon fou, Nicolas Hawsley, couché sous le ventre de son cheval. Pouvait-on espérer ange gardien plus scrupuleux ? me demandai-je.

Là-dessus, je regagnai mon lit et me disposai à dormir, espérant que l'inspiration me viendrait pendant le sommeil. Mais pourquoi, pourquoi devions-nous encore et encore nous pencher sur Aristote ? Il n'était pas chrétien, il n'était pas juif, il n'était pas albigeois, pensai-je en donnant des coups de tête dans mon oreiller. Ensuite je me calmai.

Ou bien était-il tout cela à la fois ?

XXVI

HAM (comment aurais-je pu l'appeler autrement après qu'il m'eut révélé ce sobriquet ?) frappa à ma porte à l'aube. Il me conduisit dans le jardin où je me lavai dans un bac en pierre. D'autres étudiants occupés à faire leurs ablutions me dévisagèrent avec curiosité mais l'occasion ne me fut pas donnée de me présenter, car Ham ne cessait de me parler. Je le sentais presque timide avec moi, sa bonne humeur de la veille semblait s'être envolée durant la nuit.

« Ton protecteur, un dénommé Hawsley, m'a remis hier soir un message te concernant. Il s'agit d'une missive signée de la main du roi Henri, contresignée par le comte de Leicester, l'évêque de Lincoln et maître Henry de Reyns, le maçon du roi, aux termes de laquelle il m'est demandé de te traiter d'égal à égal. Je suis tout disposé à faire de la sorte, car je ne suis pas un homme orgueilleux. Il n'en reste pas moins que tu as quelque vingt-cinq ans de moins que moi et qu'il y a la question de l'accumulation du savoir et de l'expérience ; il est évident que tu ne saurais avoir les mêmes ressorts qu'un homme qui a eu tout le temps d'étudier le monde. »

Nous déambulions à travers un vaste jardin potager situé au dos de la maison des Franciscains. Il était plein de mauvaises herbes et les limaces devaient manger l'essentiel de ce qui poussait péniblement là. Deux novices devisaient ensemble, appuyés sur leur houe. Loin de se remettre à la besogne en nous voyant arriver à leur rencontre, Ham et moi-même, ils nous prirent à témoin de leur discussion.

« Qu'en pensez-vous, Robert ? Nous disions justement qu'il n'était guère possible, ne connaissant pas précisément la source de l'énergie initiale du *primum mobile,* de définir toutes les fonctions de ce dernier..., dit l'un d'eux tout en grattant très légèrement et brièvement le sol de sa houe.

— Pense plutôt à ta besogne ! » lui répliqua Ham sèchement. Puis, m'ayant entraîné plus loin : « L'effet de la science dans une tête creuse est plus dévastateur que celui du vin, déclara-t-il en poussant un soupir. Bavarder, c'est tout ce dont ils sont capables. La contemplation est une si bonne excuse pour ne rien faire. As-tu jamais songé à la quantité de temps qui a été perdu en vaines spéculations ? Aux millions de gens intelligents et capables qui ont passé, au fil des siècles, le plus clair de leur temps à échanger des pensées, esclaves de l'inertie : et pour quel résultat ? Pour répondre à des questions qui demeurent sans réponse, ou pour proposer toutes sortes de réponses parfaitement inconsistantes. Les carottes, au moins, ça se mange. »

Nous avions atteint le bord de la rivière sur laquelle était jetée une étroite passerelle. Ham ramassa un gros caillou, s'avança jusqu'au milieu de la passerelle et tendit le caillou à bout de bras, au-dessus de l'eau.

« Holà, l'étudiant, regarde ! La nature prenant le plus court chemin ! »

Il laissa choir le caillou et s'esclaffa au moment où il claquait dans l'eau au-dessous de lui. M'ayant invité à le suivre, il pénétra dans un périmètre rectangulaire qui s'étendait devant l'hôtel des étudiants, de construction récente. Cette aire avait été plantée de gazon et de fleurs. Entretenue tant bien que mal, elle était traversée de sentes peu à peu imprimées par les pas des étudiants et qui constituaient manifestement la distance la plus brève entre les différents points où ceux-ci étaient amenés à se rendre.

Ham me désigna ces foulées, la mine radieuse.

« La nature prenant le plus court chemin possible ! me lança-t-il par-dessus l'épaule. Veux-tu discuter de la question maintenant ou plus tard ? Nous avons toute la matinée devant nous. »

Sans attendre ma réponse, il sortit de l'aire et se dirigea vers un champ de chaumes où il s'arrêta derechef. Il arracha un fétu de paille, attendit que je l'eusse rejoint et me le mit brusquement sous le nez.

« Tout droit ! De la racine à l'oreille ! s'exclama-t-il. Tu me suis ? Mon égal ne trouverait-il aucun argument à m'opposer ? »

A mes pieds, un bourdon était en train de prélever du pollen sur un coquelicot tardif. Je touchai la fleur du bout de ma chaussure et l'insecte s'envola en zigzaguant. Je le montrai du doigt sans rien dire.

« Ah ! Excellent. Nous ne saurions prétendre que cet insecte vient d'accomplir le vol correspondant à la nécessité urgente de prendre la fuite, car en ce cas il eût probablement emprunté le plus court chemin possible, commenta Ham. Demandons-nous donc pourquoi ce bourdon vole en zigzag. L'observation nous apprend qu'il transporte le pollen collecté sur ses pattes. Devons-nous supposer que ce vol erratique vient de ce qu'il porte une charge de pollen plus importante d'un côté que de l'autre ?

« Dans ce cas, tous les bourdons doivent toujours transporter plus de pollen d'un côté que de l'autre, car l'observation nous apprend que les bourdons volent toujours de cette manière ; à moins que vous ayez jamais observé le contraire.

« Non, certes. Du reste, les arbres, pour remplir leur fonction, ne poussent pas droit ; et les hommes, pour assurer leur salut, ne pensent pas droit non plus. Et les fleurs ne montrent pas tous leurs secrets. »

Il s'assit dans les chaumes et prit le coquelicot dans sa main, examinant le pistil d'un beau noir brillant au centre des pétales garance ; puis il cassa la tige et huma la sève laiteuse. « Un narcotique. Le bourdon était sous son influence. »

Le bruissement des bourdons en provenance d'autres fleurs s'accordait au son nasillard de sa voix. J'étais assis en tailleur, à côté de lui, tandis qu'il me parlait des opiacés, des effets de la lune sur le sommeil, des valeurs alchimiques de l'algèbre, de la magie dans les Écritures.

« Je ne voudrais pas me montrer irrespectueux envers ceux qui sont mes mentors, déclarai-je alors qu'il venait de marquer une pause, mais je ne comprends pas comment ils en sont arrivés à s'imaginer que je pouvais être déjà considéré comme votre égal. Votre savoir est tellement plus profond que le mien.

— Absurde, grommela-t-il. Si nous devons aller à Paris ensemble, nous devons y aller en frères. Tout ce que j'ai dit n'est qu'écume aux lèvres.

— C'est donc avec vous que je dois m'y rendre ? m'enquis-je prudemment.

— C'est ce qui est prévu, pour autant que je le sache. Je suis assez vieux pour être ton père mais nous devons y aller en frères. Il y a certaines choses qu'il faut que tu saches. Évite de citer tes sources. C'est une mauvaise façon de cacher que tu n'as rien à dire qui vienne réellement de toi. Tâche de ne pas te laisser paralyser par la crainte des Anciens. Tout ce qu'ils ont pu dire est susceptible d'être mis en doute. Rappelle-toi que chaque individualité a davantage de réalité que tous les concepts universels réunis. Ne te laisse jamais écraser par l'objet de ton étude. »

Ses paroles me réconfortaient. Je portai au crédit des Quatre le fait d'avoir demandé à Ham de me traiter comme un frère. Cela prouvait qu'ils cherchaient à m'aider à grandir.

« Mais revenons à présent au vieux dicton poussiéreux d'Aristote, dit-il brusquement. Nous devons approfondir l'idée que tu te fais de sa signification, ou plutôt de ce que j'ai dit qu'il signifiait, et cela en l'absence de l'auteur qui n'est plus là pour nous contredire... “ La démonstration parfaite, donc celle qui ne nous oblige pas, après coup, à répondre à toutes sortes de questions demeurées en suspens, voilà ce qui peut être appelé le chemin le plus court. ” Je dis, moi, que c'est ce qu'Aristote a voulu dire. »

Nous demeurâmes assis dans le champ de chaumes durant quatre bonnes heures. Ham explicita son interprétation en long et en large à l'aide de séquences de démonstrations qu'il réfutait simultanément point par point. Lorsque je ne pouvais le suivre, il le sentait aussitôt, revenait en arrière et reprenait son argumentation pas à pas, avec une remarquable patience. A l'heure où le soleil arrivait au zénith, je savais ce qu'Aristote avait dit dans le livre cinq de sa *Physique*. Ce qui me frappait, c'était que la pensée du Stagirite allait infiniment plus loin et était infiniment plus claire que celle de ses commentateurs. Je fis part à Ham de cette observation.

« Ah, si la pensée philosophique pouvait être immédiatement accessible ! Quel plaisir ce serait ! s'exclama-t-il en se relevant et en se frottant les jambes. Les meilleures pensées s'adressent aux générations futures ; elles sont là, bien cachées parmi nous, et cependant hors de notre portée. Pour ma part, je m'attends à être parfaitement compris d'ici un millénaire ! Alors seulement, j'aurai l'éternité devant moi et Dieu sait ce que je ferai pour m'amuser ! Peut-être en profiterai-je pour me réfuter moi-même. »

Il avait fait une belle matinée, mais comme nous retournions à la maison, la pluie recommença de tomber. Dans le potager, les novices étaient en train de battre en retraite dans le désordre, abandonnant le jardin aux herbes folles. Ham présenta les paumes de ses mains à la pluie et scruta le ciel chargé de nuages.

« Pour vivre dans ce pays, il faut apprendre à aimer la pluie, Hedric. Tu ne le penses pas ? D'ailleurs, l'architecture n'est-elle pas aussi l'art de discipliner la pluie ? Le Stagirite ne dit pas grand-chose à ce sujet. Il habitait dans un pays sec. En Grèce, la pluie n'est pas chose quotidienne. Chez nous, elle est toujours dans l'air, n'est-ce pas ? Là, dans chacune de nos pensées, dans chacune de nos actions. Et puis une toiture brillante d'humidité n'est-elle pas bien plus belle que sèche et terne... »

Il continua de parler dans cette veine pendant tout le déjeuner (une fort maigre pitance, à vrai dire), et pendant sa sieste, assis près de son lit, je l'écoutai discourir sur les quatre causes de l'ignorance (un thème poignant pour moi !), sans craindre de citer abondamment ses auteurs, en dépit de la mise en garde qu'il m'avait adressée précédemment à ce sujet. Il fut question de Sénèque et de Cicéron, d'Averroès et d'Avicenne, des Arabes, d'Abélard de Bath et de bien d'autres avant qu'il consentît enfin à s'endormir.

Je parcourus la pièce d'un coup d'œil circulaire. Elle était meublée de peu, le plus clair de la place étant occupé par une table jonchée de matériel pour écrire. Le plateau de la table passait par-dessus la tête du lit et je m'aperçus qu'il y avait des textes épinglés au-dessous, ce qui permettait à Ham de les lire lorsqu'il était couché. En me tordant le cou, je pus voir des colonnes de signes et de figures indéchiffrables. Des lignes serpentines reliaient différents groupes de symboles implantés dans les colonnes : rien que des symboles que je n'avais jamais vus auparavant. Comme je venais de me pencher en arrière pour pouvoir les examiner plus à loisir, je perçus un gloussement et regardai sur ma droite : Ham me souriait en battant des paupières.

« Je mets quiconque au défi de pénétrer jamais le sens de ce qui est écrit là, déclara-t-il d'un air benoît. Ce que tu vois, c'est ma propre écriture et ma propre langue. Il n'y a pas meilleure protection imaginable contre les longs nez. » Levant une main, il tapota sur une colonne de chiffres.

« La plupart de mes meilleurs ouvrages ont été écrits de cette manière, me glissa-t-il d'un ton confidentiel. C'est une garantie d'anonymat. J'ai une profonde aversion pour la notoriété. »

Dans la soirée, il me convia à assister à son cours de mathématiques. Mon étude, jusqu'alors, avait essentiellement porté sur la géométrie euclidienne et sur l'arithmétique, et je fus incapable de suivre ses développements sur la pensée mathématique des Arabes — Alfarabi et Albumazar furent entre autres à l'honneur —, pas plus que je ne pénétrai véritablement la logique d'une démonstration tendant à établir que les mathématiques, d'origine païenne ou non, sont la clé de la Création et l'unique mode d'appréhension de la sagesse divine. Il y avait manifestement bon nombre d'étudiants qui ne suivaient pas plus que moi et certains protestèrent contre l'importance, à leurs yeux excessive, attribuée par Ham aux mathématiques. L'un d'entre eux fit même observer au maître que son discours frisait l'hérésie en ce qu'il débouchait sur une révision des thèses de l'Église sur la nature de Dieu. Ham haussa les épaules et renvoya le porte-parole de ses contradicteurs aux preuves irréfutables et variées qu'il venait d'apporter à l'appui de *sa* thèse.

« Il y a deux autorités que l'homme ne saurait mettre en doute, dit-il d'un ton mielleux, Dieu et les Mathématiques ; deux autorités qui sont, à vrai dire, une seule et même chose. Ne pas admettre cela reviendrait à admettre qu'une autre autorité suprême régit l'univers — et *cela,* ce serait effectivement de l'hérésie. »

Les contradicteurs de Ham se recrutaient surtout parmi les étudiants les plus âgés — certains devaient avoir passé trente ans — ; le maître était plus populaire parmi les jeunes. Lorsque le cours fut achevé, certains d'entre eux restèrent pour parler encore. Moi, j'avais la tête farcie et demandai à Ham la permission de visiter l'église de Saint-Frideswide où j'espérais rencontrer des maçons — des gens pratiques qui se servaient des mathématiques à des fins moins abstruses.

« Voici Hedric, un étudiant en architecture actuellement en voyage, expliqua Ham. Il lui faut des preuves appliquées. Autrement dit : *operae pretium est* ! Eh oui, va tirer quelque démonstration de tes maçons. Il se peut qu'ils soient meilleurs philosophes. Mais ne sois pas surpris s'ils te boutent hors de la place. Ils n'aiment pas les étudiants. »

Il ne me fallut pas plus de vingt minutes pour me rendre à Saint-Frideswide. Les rues étaient pleines d'étudiants revenant de leurs cours ou s'y rendant, leur sac dissimulé sous la chemise afin de le préserver de la pluie. Il me vint à l'esprit que ma trajectoire était tout à fait particulière, qu'il n'y avait sans doute personne ici qui fût engagé sur un parcours analogue ; les limites de mon université s'étendaient bien au-delà de ces ruelles fangeuses et de ces bâtisses à demi croulantes. La masse de ces jeunes gens étaient éduqués pour s'insérer dans la structure existante, dans le but de la maintenir et de la défendre contre le changement ; mais au centre même de cette structure était une force qui entraînerait la ruine de l'ancienne structure et l'avènement d'une structure nouvelle. Ces étudiants suivaient un enseignement qui deviendrait caduc en l'espace d'une décennie, si toutefois je découvrais le Troisième Style de l'Émergence et la nouvelle voie. Et cependant, j'avais envie de me presser avec eux, d'être des leurs, de partager leurs aspirations et leurs idées, quand bien même ma tâche consisterait finalement à nier ces dernières. Livré par ces pensées à un sentiment accru de solitude, j'avançais lentement sous la pluie.

« Où vas-tu de ce pas ? »

C'était Nicolas Hawsley qui venait de me rejoindre et étendait un pan de son manteau bleu par-dessus ma tête tout en marchant à mon côté. « Tu as l'air perdu dans tes pensées.

— Je vais à la loge des maçons, à Saint-Frideswide, répondis-je d'une voix aussi neutre que possible.

— Pour quelle raison ?

— Ils font des choses qui m'intéressent.

— Dans ce cas, il me faut t'accompagner, dit-il en m'enveloppant, tête comprise, dans le large pan de son manteau. On ne sait jamais ce qui peut arriver. »

Nous entrâmes dans l'église après avoir frappé en vain à la porte de la loge. J'admirai les curieuses colonnes corinthiennes qui soutenaient la double voûte, l'ensemble me rappelant immédiatement les dessins des basiliques romaines qu'il m'avait été donné de voir. Quelqu'un avait travaillé et économisé de l'argent pour se rendre dans cette ville et en avait rapporté cette idée.

Tandis que nous avancions en direction du chœur, du bruit se faisait de plus en plus distinctement entendre, en provenance du bas-côté ouest. Je ralentis le pas, m'arrêtant ici et là pour examiner les chapiteaux richement sculptés de chaque pile. Mon fou se tenait derrière moi et je pouvais sentir ses yeux qui allaient et venaient d'un côté puis de l'autre, explorant également le triforium et les galeries à claire-voie. Comme j'étais arrivé à hauteur de la dernière pile avant le jubé, une grosse voix se fit entendre et Hawsley se jeta devant moi, la main sur la poignée de son épée, prêt à dégainer.

« Ho ! Qu'est-ce que vous cherchez là ? beugla le propriétaire de la voix. Ce n'est pas l'heure de la messe. Et si vous êtes des pèlerins, vous tombez mal, le reliquaire est fermé. »

Un homme petit, trapu, le crâne dégarni, émergea en se dandinant d'entre les piliers côté nord. Sa grande bouche parfaitement assortie à sa voix tonitruante et toute sa silhouette me faisaient penser à une grenouille. Il portait un tablier de cuir muni d'une poche pleine d'outils.

« Nous ne faisons que regarder, lui lançai-je par-dessus l'épaule de Hawsley. Je suis un apprenti maçon.

— D'où ? Ton nom ? Fais voir tes brevets, me rétorqua le

maçon. Tu aurais dû nous avertir de ta venue. Ce ne sont pas des façons de faire, tu devrais pourtant savoir cela.

— Je loge à la maison des Franciscains... », dis-je, mais il me coupa aussitôt le sifflet.

« Ah, étudiant ! corna-t-il en grimaçant d'un air dégoûté. Tu es étudiant ! Et tu n'as pas trouvé mieux à faire que d'entrer ici et de nous déranger en pleine besogne. Tâche de déguerpir d'ici, et emmène ton singe avec toi ! »

Hawsley fit claquer son épée dans le fourreau en tirant légèrement dessus puis en rengainant d'un geste bref.

« Ne t'en fais pas, ce n'est que du vent, dit-il. Cet homme va se rendre gentiment à nos raisons s'il ne veut pas finir la gorge tranchée. Parle-lui. »

Le maçon se tint immobile, silencieux, toisant Hawsley, soutenant son regard où brillait une lueur de menace. Je m'écartai de mon protecteur, espérant que le maçon viendrait vers moi. Et c'est ce qu'il fit effectivement, après avoir vainement tenté de faire reculer Hawsley en le défiant des yeux.

« Alors ? Qu'est-ce que tu veux ? grommela-t-il.

— Maître Henry de Reyns, le maçon du roi, s'occupe actuellement de mon programme d'apprentissage, lui dis-je. Avant cela, j'étais avec mon père. Mais je doute que vous ayez jamais entendu parler de lui. »

Le maçon fronça les sourcils et plongea une main dans la poche de son tablier.

« Aussi obscur soit-il, ton père a bien dû te donner son nom. A moins que tu ne l'aies oublié pour adopter celui du maître maçon du roi », dit-il d'un ton bourru.

Je lui dis mon nom et fus bien aise de constater qu'il ne lui était pas inconnu.

« Viens avec moi, dit-il après un moment de réflexion. Mais ton garde du corps devra attendre ici. »

Hawsley s'agenouilla sur le sol froid et leva son long menton vers la voûte.

« L'occasion rêvée pour réciter mes prières, glousssa-t-il. Dieu n'a pas beaucoup entendu ma voix ces derniers temps. Prends garde, maçon, qu'il n'arrive rien de fâcheux à ce garçon, sinon tu auras affaire à moi et au comte de Leicester. »

Sans répondre à cette menace, le maçon me conduisit vers l'endroit où l'on était en train d'œuvrer. On édifiait une chapelle à la Vierge dans le Second Style, le long du chœur, lui-même un modèle d'ouvrage du Premier Style finissant. En passant de l'un à l'autre, je sentis le choc du changement puis le caractère inerte de ce qui se bâtissait sous mes yeux. Quoique en cours d'édification, l'ouvrage était figé dans le passé, une reproduction de quelque chose qui avait d'ores et déjà été achevé et épuisé. Même les mouvements de ceux qui besognaient là avaient l'air lent et gauche, comme accomplis par des gens qui ne croyaient plus du tout à ce qu'ils faisaient.

« Tu n'as pas besoin de protection particulière si tu es effectivement à la hauteur », grommela le maçon. Personne ici ne veut d'ennuis. Que pouvons-nous faire pour toi ? Maître Henry nous a avertis de ta visite, mais sans nous donner d'instructions particulières.

— Tout ce que je désire, c'est passer un moment parmi mes frères, dis-je, la gorge serrée par la froideur de cet accueil. Il y a longtemps que je n'ai fréquenté une loge. » A présent, j'avais les larmes aux yeux tandis que le maçon m'interrogeait du regard. « Laissez-moi vous regarder ou confiez-moi une tâche, s'il y a quelque chose que je puisse faire », marmottai-je en me détournant, honteux de mes larmes.

Le maître maçon se laissa attendrir par mon humilité. Il bomba le torse et déambula parmi les pierres de taille amoncelées, regardant autour de lui sans cesser de happer de l'air avec sa grande bouche de grenouille.

« Je ne sais trop ce que l'on peut proposer à un protégé du maçon du roi et du comte de Leicester, je pense tout de même pouvoir te trouver un petit quelque chose — de quoi t'occuper un bon moment. Mais je ne peux pas te payer, note-le bien. La proposition est purement éducative. As-tu jamais sculpté une fleur ? Nous en avons brisé malencontreusement une hier, à ce tympan, là, tu vois, à la naissance de l'arc... près des feuilles... Tu veux essayer ? Es-tu tailleur de franche pierre ? Ou n'as-tu pratiqué jusqu'ici que la taille dure ? Enfin — peu importe. On verra bien. »

Il plongea la main dans la poche de son tablier et en retira plusieurs petits ciseaux qu'il me tendit en riant. Puis il me conduisit à un banc où il serra un morceau de marbre dans un étau. Les autres ouvriers regardaient du haut de l'échafaudage, étonnés de voir l'intrus s'installer au banc du maître maçon.

Je passai le reste de l'après-midi à accomplir la modeste tâche qui m'avait été confiée. La fleur, qui ne devait pas atteindre plus de cinq pouces de diamètre, serait collée au mortier dans le motif de feuilles, à une place peu éminente. Pour la repérer, il faudrait déjà y regarder de près. Lorsque je demandai au maître maçon quel genre de fleur il voulait, il y alla d'une petite plaisanterie.

« La fleur qui te plaira, mais de préférence une fleur identifiable, dit-il. Pas une de ces fleurs qui veulent représenter toutes les fleurs et n'en représentent aucune, tu me suis ? Une fleur dont on puisse dire en la regardant : Ah, mais c'est un... ou c'est une — eh bien, ce que tu voudras. »

Je lui sculptai un coquelicot, cette fleur étant la plus présente à ma mémoire. J'aurais bien voulu y ajouter le nez du philosophe mais ma liberté d'initiative n'allait pas jusque-là. Lorsque ce fut chose faite, j'appelai le maître maçon. Il examina scrupuleusement mon ouvrage et le caressa du bout des doigts.

« Cela fera l'affaire, dit-il, quoique tu aurais pu sabler un peu plus.

— Vous reconnaissez la fleur ? lui demandai-je.

— C'est bien ce que je pensais : une rose. Les garçons de ton âge font toujours des roses. Espérons que cela t'aura diverti. Et maintenant, il faut que tu files, notre journée est terminée. »

Je sortis de la chapelle de la Vierge et m'en allai retrouver Hawsley. Il était exactement à la place où je l'avais laissé, assis à même le sol, accoté à une colonne, les jambes allongées dans le passage. Des chanoines augustins, en chemin pour accomplir leur Opus Dei dans le chœur, l'enjambèrent poliment, persuadés qu'il s'agissait d'un homme endormi ; mais je pouvais voir briller ses yeux de chat sous les paupières à peine entrebâillées. Il tira ses pieds tout contre lui et se leva en poussant sur ses jambes, dos plaqué contre la colonne.

« Je n'ai jamais prié aussi longtemps de ma vie, dit-il, songeur. Il m'a fallu une bonne heure pour trouver mon rythme, mais après — les choses que j'ai vues dans ma tête ! Les pensées qui me sont venues ! Que de temps j'ai pu perdre jusqu'ici ! »

Là-dessus, il fit claquer sa langue et se dirigea résolument vers le portail ouest.

« Tu ne trouveras pas la vérité ici, Hedric, mon camarade ! s'écria-t-il en montrant d'un geste les piles massives aux chapiteaux corinthiens. Nous avons passé l'après-midi dans un bordel pour anges. »

XXVII

Le reste de mon séjour à Oxford fut principalement consacré à des rencontres avec des gens qui, quoique professant des idées et des croyances communes au sein de leurs disciplines respectives, affichaient pourtant des opinions largement divergentes. Les Anciens étaient respectés mais sapés à la base ; les païens étaient scrupuleusement disséqués et la moindre chose de quelque utilité louée bien au-delà de sa valeur réelle. De toute évidence, Ham cherchait à me confronter à un éventail d'interprétations de l'univers aussi large que possible ; et il ne se fit faute de souligner que si chacun défendait son propre point de vue, tous n'en prétendaient pas moins être des membres dévots de l'Église. Inutile de dire que tout le monde ne pouvait avoir raison et que telle ou telle idée non orthodoxe serait abandonnée à la moindre objection de ladite Église. La situation amusait beaucoup mon tuteur.

« Les meilleurs étudiants sont toujours les meilleurs hérétiques », dit-il, tandis que nous étions assis ensemble et buvions de la bière après une interminable discussion sur l'essence de la musique avec huit jeunes gens natifs d'Ombrie septentrionale. « Au point de vue de la pensée religieuse, tout esprit de qualité se déploie sur deux niveaux : le premier est déterminé par le besoin naturel de survivre dans le cadre de la loi ; le second, plus pénétrant, tente de réunir foi et connaissance sur la base de l'observation et du raisonnement inductif. C'est à ce second niveau que l'on rencontre Dieu. Je crois que tous les hommes d'entendement croient à un même Dieu, une fois qu'ils ont convenablement scruté la Création : le pape, le roi, le joueur de cornemuse, tous finissent dans la même Église mais ce n'est pas notre mère l'Église, et ce n'est pas non plus ton Église.

— Mais pourquoi cette floraison d'Églises différentes s'il n'y a qu'une vérité ? m'enquis-je.

— Parce que les affaires humaines n'ont pas été assez bien contrôlées par les hommes d'entendement. Si je me creuse la cervelle pour citer une époque où un homme d'entendement a eu une influence décisive sur le pouvoir terrestre, il me faut remonter aux premières années du règne de Néron, lorsque le dramaturge Sénèque gouvernait à la place de l'empereur : Sénèque chuta, certes, mais que n'entraîna-t-il dans sa chute ! »

Je regardai Hawsley, assis à l'autre bout de la salle, une chope à la main, les yeux rivés au mur d'en face. Tout autour de lui, des étudiants débraillés chahutaient et se gaussaient à hauts cris de leurs propres études de médecine, se crachant mutuellement dans les oreilles, se palpant les parties sexuelles et ainsi de suite. Hawsley soupirait fréquemment.

« Mais pour nous aider à trouver la vraie religion, vers qui nous tourner ? demandai-je à Ham, les yeux toujours fixés sur Hawsley. Quand on est perdu, malade, comment trouver de tels hommes d'entendement ? »

Ham grimaça et saisit ses cheveux blancs à pleines mains comme pour se les arracher.

« C'est là que le bât blesse, fit-il en poussant une sorte de gémissement, dès qu'ils savent qu'on est à leurs trousses, ils se cachent. C'est que Dieu n'a pas créé l'homme d'entendement pour qu'il gouverne mais uniquement pour qu'il serve d'aiguillon. La religion ne fait l'unanimité que parce qu'elle est imposée. A ceux qui n'ont pas d'entendement — l'immense majorité —, la vérité religieuse n'est pas révélée mais inculquée de force.

— Peut-être vaudrait-il mieux ne parler que de musique, répliquai-je en soupirant à mon tour à la vue des étudiants qui s'examinaient à présent les uns les autres, froc baissé, afin de repérer les porteurs d'hémorroïdes. C'est tellement moins abstrus.

— Mais quelle musique ? repartit Ham avec à-propos. « La sarrasine ? L'indienne ? La musique des Khans ? La question, Hedric, est la suivante : la Création du monde se fit-elle en musique ? Et si oui, la musique des hommes, sous toutes ses formes, ne serait-elle que l'écho distordu de cette musique initiale ? Ou bien cette musique originelle était-elle entachée d'imperfection ? Dieu n'avait-il pas une bonne oreille humaine ? »

Interloqué, je dévisageai Ham. Il croisa mon regard un instant puis plongea le nez dans sa bière. Alors que j'attendais qu'il me rende son attention, Hawsley, excédé par les farces grotesques des étudiants en médecine, perdit subitement patience et décocha un furieux coup de botte dans un arrière-train qui ne semblait demander que cela. Aussitôt, l'ambiance pencha vers la bagarre générale et nous dûmes quitter prestement l'endroit.

— Se rendent-ils seulement compte que nombre de pauvres bougres comme nous ont effectivement des hémorroïdes ? gronda Hawsley une fois dehors. Et si d'aventure j'avais besoin d'un traitement — le picaillon si chèrement gagné, c'est à un malandrin de cette espèce que je le servirais ?

— Une question bien plus importante que toutes celles que nous avons pu soulever au cours de cette soirée, me glissa Ham, tandis que nous nous rendions à pas pressés à la maison des Franciscains. Viens avec moi, je veux te montrer une expérience à laquelle je me livre actuellement. Tu pourrais en faire ton profit... Tu verras, c'est à la fois de la plus haute utilité et... »

La fin de sa phrase fut couverte par une autre gueulante de Hawsley qui nous suivait comme notre ombre, de l'autre côté de la rue.

« A qui puis-je faire confiance ? aboya-t-il. Qui mérite mon respect ? »

« Quand je dis *te montrer* une expérience, ce n'est pas tout à fait juste, murmura Ham, comme nous descendions l'escalier menant à la cave de la maison des Franciscains. Tout ce que je puis faire, en réalité, c'est te mettre en présence de cette expérience. »

Ayant déverrouillé une petite porte dans l'angle le plus reculé et le plus obscur de la cave, il s'accroupit et m'invita à l'imiter.

« A partir d'ici, nous serons dans l'obscurité totale. Retiens-toi à mon vêtement, dit-il en roulant des yeux qui, dans la pénombre, me parurent plus grands encore que d'habitude. Et ne parle pas, contente-toi d'écouter. »

Il souffla la chandelle. Je m'accrochai à un pan de son vêtement et avançai derrière lui, à croupetons.

« Ferme la porte derrière toi », me chuchota-t-il.

Je m'exécutai, mais dès que j'eus repoussé la porte, Ham poursuivit son avance et le pan de son vêtement m'échappa. Je poussai un cri dans le noir. Aussitôt, une main me saisit par la nuque.

« Chut ! Je suis là ! Tais-toi. Le sujet ne doit pas entendre d'autre voix que la mienne. »

Les questions me brûlaient la langue tandis que nous progressions dans les ténèbres. Nous parcourûmes de la sorte au moins trente mètres ; une odeur fétide arrivait à notre rencontre, de plus en plus forte au fur et à mesure que nous avancions. Puis Ham s'immobilisa, me tira à son côté et plaqua sa main sur ma bouche pour s'assurer de mon silence.

« Tu es là, Gregory ? » lança-t-il à haute et intelligible voix.

La réponse fut immédiate : un mélange de grognement et de soupir comme lorsque quelqu'un se réveille.

« Tu vas bien ? » demanda Ham d'une voix singulièrement flûtée.

Il y eut une autre réponse, plus élaborée, comprenant des mots, mais si mal articulés et si déformés que je ne pus les saisir.

« Bien, bien, susurra Ham. Je reviendrai te parler cette nuit. »

A ces mots, un hurlement terrible déchira les ténèbres, suivi du choc d'un corps contre un mur et d'un bruit de chaînes. Ham me tapota le dos pour m'inciter à battre en retraite, je m'accrochai derechef à son vêtement et nous repartîmes à croupetons en sens inverse. Mon cœur battait sauvagement et je me sentais défaillir tandis que nous laissions derrière nous, dans son cachot putride, le misérable mortel qui nous poursuivait de ses cris affreux. Ceux-ci ne s'arrêtèrent qu'au moment où, arrivés à l'autre bout de la galerie, nous eûmes refermé derrière nous le portillon d'accès. Ham traversa la cave à grands pas, remonta l'escalier et se retrouva dehors, en plein soleil, alors que j'étais encore à me traîner lamentablement dans la pénombre, tout tremblant, incapable de marcher en ligne droite. Au sortir de la cave, je me précipitai dans le jardin, en proie à la nausée.

Ham ne tenta pas de me réconforter. Il se passa une bonne heure avant qu'il songeât à m'adresser la parole. J'étais encore sous le coup de l'indignation, de l'effroi que m'inspirait le sort du malheureux prisonnier. Il me paraissait honteux qu'un lieu d'étude comme celui-ci pût servir aussi de pénitencier et je ne me fis faute d'exprimer tout haut ce sentiment.

« Ce n'est pas du tout ce que tu crois, m'assura Ham. Gregory est un prisonnier volontaire. C'est le choix qu'il a fait. S'il n'était pas là, il serait mort.

— Mieux vaudrait qu'il le fût, répliquai-je du tac au tac. Comment pourrait-on choisir de mener pareille existence ?

— Gregory a été prêtre autrefois. Il a commis un meurtre sur la personne d'un émissaire du roi. L'évêque de Lincoln, notre patron, refusa de livrer le coupable à la justice royale, affirmant qu'il appartenait à la seule autorité ecclésiastique de prononcer jugement sur les actes criminels d'un membre du clergé. Il obtint raison, mais non sans mal, au grand dam du roi. Bref, Gregory fut jugé coupable. » Ham s'interrompit et me dévisagea, estimant sans doute que j'en savais assez pour deviner la suite de l'histoire.

« Et la question du choix ? Il a été jugé coupable et emprisonné, mais pourquoi ici ? Pourquoi pas dans une prison de l'Église ? »

Ham me décocha un regard vaguement agacé.

« Ce n'est pas un prisonnier au sens banal du terme. Il a comparu devant notre évêque qui lui a demandé de choisir entre deux solutions : soit nous aider dans notre expérience relative aux effets de la privation de lumière sur l'esprit et le corps humains, soit être pendu haut et court.

— C'est cela que vous appelez un choix ? dis-je en sentant la moutarde me monter au nez.

— Gregory a commis un meurtre de sang-froid. Par pure cupidité. Nul homme n'a montré plus de repentance que lui. Lorsque nous le sortirons de nouveau, à l'équinoxe de décembre, pour le soumettre à un examen général, j'espère qu'il sentira que son crime lui a été entre-temps partiellement pardonné.

— Mais l'homme est devenu fou. Son langage s'est altéré et, avec lui, sa raison..., objectai-je avec force. Toute personne de bon sens vous dira ce qui arrive si l'on enferme un homme, ou même un animal, dans le noir total.

— Ce ne sont que conjectures. Voyons, Hedric, peux-tu affirmer que Gregory a perdu la foi à partir du moment où nous l'avons privé de lumière ? Face au bourreau, Gregory s'est montré terrifié par la perspective de l'enfer.

— Mais il n'est pire enfer que ce qu'il a vécu dans son cachot obscur, rétorquai-je. Il l'aura sûrement compris entre-temps, et si vous lui proposiez derechef de choisir entre son cachot et la mort, je suis sûr, si toutefois il lui reste une étincelle de raison, qu'il choisirait la potence.

— Là encore, ce n'est qu'une supposition, déclara Ham. Une supposition qui est loin d'être vérifiée. L'humeur de Gregory est changeante.

« Aujourd'hui, il était au désespoir, mais il est des moments où il se montre calme, lucide, affable. Après tout, sa situation est comparable à celle des pères du désert, des ermites et des anachorètes. Quelle est la différence ?

— La différence est que Gregory est privé de lumière, m'emportai-je.

— C'est juste. Et cela nous permettra peut-être de démontrer que la lumière est l'élément *essentiel* de notre vitalité. Gregory, il est vrai, ne se comporte pas souvent comme les pères du désert, mais c'est un fait qu'il lui arrive de se montrer tout à fait serein.

— Aujourd'hui, en tout cas, il ne l'était guère, raillai-je. Cette expérience n'est qu'un gibet déguisé. Gregory n'est qu'un mort en sursis.

— Ne le sommes-nous pas tous ? répliqua Ham. Ce qui nous importe en cette occurrence, c'est d'étudier un processus particulier. Gregory vit une expérience d'une intensité sans pareille, je te l'accorde. Mais c'est à cause de cela précisément que nous obtiendrons très rapidement des résultats qui, dans les conditions naturelles, ne nous seraient pas apparus avant longtemps. »

Cette nuit-là, il y eut du tapage à Oxford. J'en percevais les échos dans mon lit tout en me posant bien des questions sur le rôle que les Quatre m'avaient attribué dans cet autre programme expérimental auquel j'étais si étroitement associé et dont je risquais fort de faire les frais. Je n'étais pas plus qu'un Gregory pour eux : le sujet d'une expérience désespérée tentée par des hommes rendus à moitié fous par l'avidité de savoir. Leurs anciennes certitudes s'étaient peu à peu effritées. Le sol se dérobait sous leurs pieds. Le Christ les regardait de là-haut, mais eux ne reconnaissaient plus son visage, ne saisissaient plus ses paroles. Le monde se dérobait à leur compréhension. Ce même monde qui, à mes yeux, demeurait la Création du Dieu du Mal, frère du Dieu du Bien. Je me cramponnai à cette explication tandis que le sommeil me soustrayait au jardin de la philosophie pour me plonger dans celui des rêves.

Le lendemain matin, je ne trouvai pas Ham dans sa chambre. J'appris par d'autres hôtes de la maison des Franciscains que les maîtres avaient été conviés à se rendre toutes affaires cessantes au château du roi. Une bataille rangée avait eu lieu durant la nuit entre les étudiants du Nord et ceux du Sud, d'où le tapage que j'avais perçu alors que je ruminais dans mon lit. Des gens avaient été tués, des maisons incendiées et nombre d'actes de vandalisme perpétrés en plein centre ville. Ham ne revint que vers midi. Il ne trouva pas le temps de me parler, sauf pour me défendre expressément d'aller en ville ; les rues, m'apprit-il, continuaient d'être peu sûres. Lorsqu'il fut parti, je tâchai de lire Sénèque mais la tentation était trop forte de sortir pour voir de mes propres yeux comment cela se passait là-dehors. Je me dirigeai d'un pas résolu vers le centre. Il ne s'était pas écoulé une minute que Hawsley se retrouvait à mon côté.

« Tu as raté quelque chose cette nuit, dit-il avec un gloussement sourd. Un spectacle unique. Le sang a coulé sur les deux rives de la Trent. »

Il marchait difficilement, à moitié courbé en deux. Il portait une meurtrissure à la tempe droite et ses cheveux étaient en partie brûlés. Lorsqu'il s'aperçut que j'avais remarqué qu'il était mal en point, il se redressa de tout son haut.

« Les étudiants en médecine ? demandai-je.

— Oh non, les étudiants du roi, les étudiants du Nord, les étudiants du Christ. Les étudiants en médecine ? Ils étaient encore à s'inspecter mutuellement le trou du cul quand je les ai vus pour la dernière fois. » Il étendit un bras et m'arrêta net. « Stop. Ce n'est pas fini. Ceux du Nord tiennent la place. Certains sont armés de haches. »

Un peu plus bas, dans la rue où nous nous trouvions, j'aperçus de la fumée, trop épaisse pour être produite par une cheminée. Des silhouettes sillonnèrent l'espace libre entre deux maisons en poussant des cris stridents.

« Il va falloir que nous filions d'ici plus tôt que prévu, déclara Hawsley en me poussant sous une poterne. Ces gars-là en ont après les gens du Sud. Et ils sont assoiffés de sang. J'ai juré par tous les dieux que j'étais l'homme du comte Simon. Cela n'y a rien changé, ils ont continué à me battre comme plâtre. Peut-être n'ai-je pas dit ce qu'il fallait, à moins que je ne sois trop vieux pour être traité avec délicatesse. Nous devons emballer tes affaires et être loin avant qu'ils ne s'avisent de pénétrer dans la maison des Franciscains. Les gens du Nord haïssent les Franciscains parce qu'ils sont aussi pauvres qu'eux. »

Une troupe d'hommes excités apparut à l'autre bout de la rue. Avant qu'ils aient pu nous repérer, Hawsley m'avait fait contourner la maison d'angle où nous nous tenions, et l'instant d'après, nous filions à toute allure dans une ruelle qui descendait à la rivière. Nous courûmes à travers prés jusqu'à la maison des Franciscains. Elle était déjà désertée. Hawsley grimpa quatre à quatre dans ma chambre, jeta vêtements et livres pêle-mêle dans mon sac puis m'entraîna auprès de son cheval qui était attaché dans le potager. Comme nous nous éloignions au galop, nous pûmes voir que la troupe d'excités se dirigeait effectivement vers la maison des Franciscains. Je m'accrochai au dos de Hawsley et tournai la tête dans l'autre sens. Et tandis que le destrier nous emportait ventre à terre sur la route poussiéreuse, en direction du nord, je n'avais de pensées que pour Gregory, je sentais la puanteur méphitique de son cachot souterrain, et ses hurlements de détresse résonnaient encore à mes oreilles.

Hawsley ne voulut s'arrêter que lorsque nous fûmes parvenus à plusieurs miles d'Oxford. Notre monture commençait à se ressentir de la surcharge qui lui était imposée. Hawsley me fit mettre pied à terre et m'imita aussitôt après, me confiant le soin de conduire la bête. Nous marchâmes ainsi durant une heure environ. De temps à autre, la respiration de Hawsley se faisait bruyante et saccadée.

« Une éducation qui tourne court peut se révéler pire que pas d'éducation du tout », déclara-t-il, comme nous arrivions en haut d'une éminence d'où l'on avait vue sur un village en contrebas, entre les arbres. « Ne rien savoir vaut peut-être mieux que de savoir seulement la moitié de quelque chose. Je suis obligé de m'asseoir un moment. Ils m'ont donné des coups de pied dans le ventre, et à présent j'ai du sang plein la bouche. »

Il s'apprêta à s'asseoir dans l'herbe au bord de la route mais piqua du nez et se retrouva couché à plat ventre. Je le roulai sur le dos et fourrai mon sac sous sa tête. Au même instant, un flot de sang s'échappa d'entre ses lèvres.

« Guéri avant la nuit, dit-il. Ils se seront cassé les orteils sur mes tripes. »

Je le laissai au bord de la route, sautai à cheval et galopai jusqu'au village. La première personne que je vis n'était autre que Ham. Il se tenait près d'une carriole pleine de livres et de rouleaux dont il était en train d'établir la liste.

« Ah, Hawsley t'a donc retrouvé. Bien, bien, dit-il d'un air absent. J'ai réussi à sauver cette fois la plupart des écrits dont j'ai besoin ; néanmoins j'ai dû abandonner des pièces inestimables... oui, irremplaçables... Il fait chaud, n'est-ce pas ? Et tout cela risque de se détériorer au soleil. Tu n'aurais pas quelque tissu à me prêter ? C'est ce qu'il y a de mieux pour tenir les livres au frais.

— Hawsley est grièvement blessé », dis-je sèchement, offensé par la froideur de son accueil, par l'absence totale d'intérêt pour moi ou pour l'état d'Hawsley. « Nous devrions aller le chercher avec votre carriole.

— Il ne peut donc pas monter à cheval ou marcher ? s'enquit froidement Ham.

— Il ne peut pas se lever et saigne en dedans, répliquai-je hargneusement.

— Tiens donc », fit-il en regardant par-dessus mon épaule, l'un de ses sourcils blancs haussé en accent circonflexe.

Je suivis son regard et vis Hawsley appuyé sur une grosse branche qu'il avait coupée. Du sang coulait de sa bouche mais cela ne l'empêchait pas de rire.

« Donnez-moi une heure et je serai guéri, déclara-t-il en s'asseyant sur le bord arrière de la carriole. L'avantage des blessures internes, c'est que les mouches n'y ont pas accès. »

Nous lui trouvâmes un lit à Beckley, le village où nous étions arrivés. On lui donna plusieurs infusions censées stopper les saignements, mais il les recracha toutes. Nous passâmes la nuit près de son lit, certains qu'il allait mourir. Ham estima opportun que l'on priât pour lui et proposa d'envoyer quérir un prêtre lorsque la fièvre se déclara. Hawsley renifla d'un air dédaigneux et se rafraîchit en remuant sa main en éventail devant sa figure.

« Je n'ai nul besoin d'un prêtre, hoqueta-t-il. Ce qu'il me faut, c'est un tailleur pour me recoudre les boyaux. Qu'on m'apporte une aiguille, pas un crucifix. »

A l'aube, il s'endormit. Nous crûmes la mort proche tant son souffle était faible. Ham lui toucha le front et écouta son cœur.

« Il a survécu à l'épreuve d'une éducation typiquement oxfordienne. Espérons que tu deviendras aussi résistant que lui. Mais à présent, devant tous les saints et devant le Stagirite en personne, posons-nous une fois encore la question des voies suivies par la nature. Sont-elles effectivement aussi transparentes qu'on le prétend ? »

Tandis que Hawsley était là, couché entre nous, son visage blême tourné vers la fenêtre, la bouche tordue en un rictus immobile, je pus finalement vider mon cœur. S'il y avait eu un prêtre avec nous cette nuit, c'eût été la nature ; s'il y avait eu un docteur, c'eût été la nature ; s'il y avait eu un meurtrier dans la foule, c'eût été encore et toujours la nature. Je déversai mes opinions dans un grand élan aussi passionné que critique, et Ham, pendant ce temps, hochait la tête, les bouts des doigts de ses deux mains placés les uns contre les autres, scrutant en même temps le long nez de Hawsley et ses paupières fines sous lesquelles ses yeux semblaient rouler, à la recherche du méchant qui l'avait jeté par terre.

Lorsque j'eus fini, Ham se leva.

« Ce sont là tes sentiments ? Mais sont-ce également tes convictions ? Ce sont deux choses qui peuvent être tout à fait distinctes, en particulier chez les jeunes.

— C'est ce que je *pense !* m'écriai-je d'une voix sourde.

— Dans ce cas, tes dieux ont disparu de ton horizon, et si tu le reconnais, tu es sur le chemin de la connaissance, dit-il calmement. Ta foi est détruite. Tu n'es plus un Albigeois. Tu n'es pas un chrétien. Face aux douloureuses vérités de cette existence, te voilà perdu, comme tous les hommes d'entendement.

— Non, je ne suis pas perdu ! protestai-je. S'il m'était permis de pratiquer ma foi parmi mes frères, je pourrais... je serais capable de...

— Réfuter tes propres convictions ? dit Ham d'une voix douce en posant cette fois sa main sur mon épaule car j'étais en pleurs. Avant de s'y retrouver, il faut d'abord avoir été perdu. Lorsque tu auras vécu pleinement ta vie, lorsque tu auras vu tout ce qu'il faut avoir vu et passé tout cela au tamis de la réflexion, peut-être reviendras-tu à la foi de tes pères. Mais pour l'heure, il te faut accepter ton nouveau statut qui est celui d'un chercheur. C'est d'ailleurs ce à quoi les Quatre espéraient que tu parviendrais rapidement. S'ils avaient le choix, s'ils pouvaient se libérer de leurs responsabilités en ce monde, ils seraient eux-mêmes des chercheurs. S'ils ont misé sur toi, c'est qu'ils pensent que cette recherche pourrait passer par ton truchement. »

Il observa un silence, un sourire bienveillant quoique vaguement moqueur éclairait son long visage.

« Et alors, Aristote a-t-il raison ? La nature procède-t-elle toujours par le plus court chemin ? En examinant ta propre vie, pourtant fort brève, que t'en semble ? »

Hawsley rit dans son sommeil ; des merles se mirent à chanter doucement dans les arbres juste en face de la fenêtre. J'essuyai mes larmes à l'aide de ma manche et m'aperçus que j'avais grand faim.

« Court ou long, comment pourrait-on le mesurer ! m'indignai-je. Qui pourrait mesurer quoi que ce soit dans ce chaos ?

— Très juste ! s'exclama joyeusement Ham avant de m'embrasser. A présent, tu es vraiment des nôtres. »

XXVIII

Nous restâmes une journée de plus à Beckley. Hawsley, qui avait grand besoin de réparer ses forces, accepta finalement de nous accorder ce délai, eu égard à notre départ précipité d'Oxford et à l'avance que nous avions prise sur notre calendrier de voyage. La maison où nous étions logés était plutôt confortable et le propriétaire bien connu de Ham qui venait cacher ses livres ici chaque fois qu'il y avait des troubles au sein de l'université.

Avant de quitter le village, Ham partit en carriole avec le propriétaire de la maison afin d'aller cacher ses livres dans un endroit qui avait déjà servi plusieurs fois à cette fin. Les instructions des Quatre ne prévoyaient pas que Ham dût nous accompagner à Lincoln, mais comme l'université était plongée dans le désordre et qu'il avait besoin de s'entretenir avec son patron, Old Robert, Ham décida de se joindre à nous. Hawsley protesta, déclarant que cela doublait carrément ses responsabilités de garde du corps. Une fois installé dans la carriole, sur un lit de fortune, le vieux bretteur continua de se plaindre. L'abdomen enveloppé dans un drap, bien au chaud sous le pâle soleil de l'automne finissant, il ne cessait de boire de l'infusion froide d'une gourde accrochée à sa poitrine. Hagard de douleur, il sombrait de loin en loin dans une sorte de délire verbal qui intéressait Ham à tel point qu'il faisait arrêter la carriole pour l'écouter divaguer et prendre des notes.

« Il est mourant, me chuchota-t-il, comme nous nous remettions en route après l'une de ces haltes. C'est son âme qui parle.

— Pas du tout, gémit Hawsley à l'arrière, et mon âme parle le persan, ne vous en déplaise.

— Vous ne vous connaissez pas bien vous-même, Hawsley, lui lança Ham par-dessus l'épaule. Un homme de votre trempe devrait savoir qu'il est l'heure pour lui de mettre ses pensées en ordre.

— Elles sont en ordre. Vous savez, j'ai été mortellement blessé à vingt-deux reprises, laissé pour mort sur neuf grands champs de bataille, condamné cinq fois à la peine capitale ; or, vous pouvez constater que je suis toujours là. Vous ne voulez pas faire avancer cette carriole un peu plus vite ? »

Ham secoua la tête et fit claquer les rênes sur le dos de l'animal. Nous avançâmes en silence à travers les vergers de Merton jusqu'au moment où nous aperçûmes devant nous Bicester, la tour de l'église émergeant en gris d'entre les rousses frondaisons des arbres environnants. Me retournant alors vers Hawsley pour l'informer de notre position, je constatai, à mon grand étonnement, qu'il était monté sur son cheval que nous avions attaché derrière la carriole. Son visage était gris et il était assis tout droit, maintenu en place par le drap que nous avions étroitement serré autour de sa taille.

« Bien ! s'écria-t-il. Cela suffira pour aujourd'hui. »

Ham stoppa la carriole et je l'aidai à redescendre Hawsley de son cheval et à le réinstaller sur sa couche. Il était brûlant de fièvre et transpirait sur tout le corps.

« Si je me couche, je suis perdu, dit-il d'une voix faible. Il faut que je remonte sur mon cheval et le poison coulera dans mes bottes. Il y a une bataille qui se déroule en moi, maître Bacon, mais je la gagnerai. Laissez-moi conduire la charrette... »

Ham le saisit par les épaules, le repoussa sur sa couche et posa un doigt sur ses lèvres.

« Pensez à votre Créateur, murmura-t-il, au commencement et à la fin. »

Nous rejoignîmes Bicester aussi promptement que possible. Lorsque nous fûmes arrivés dans la grand-rue, je sautai à terre et m'en allai à la recherche d'un gîte. Ayant trouvé ce qu'il nous fallait, je m'en retournai dans la grand-rue et constatai que la carriole n'y était plus. Des passants, auxquels je m'adressai, m'apprirent que Ham avait traversé tout le village et emprunté ensuite le chemin qui menait au moulin. Ce n'était pas très loin et il ne me fallut pas plus de dix minutes pour m'y rendre à pied. J'y trouvai Ham en grande discussion avec le meunier, à leurs pieds Hawsley allongé sur une bascule de pesage, pieds et bras écartés débordant du plateau qui se soulevait lentement, contrebalancé par une pile de poids de fer.

« Mais qu'est-ce que vous faites ? m'enquis-je, ulcéré. J'ai trouvé une chambre pour nous au village.

— Chut, Hedric, gronda Ham. C'est l'occasion rêvée pour peser une âme ; une occasion qui ne se représentera sans doute pas de sitôt.

— Mais c'est abominable ! balbutiai-je, au comble de l'indignation. Hawsley a besoin d'être confortablement installé. Vous le traitez comme... comme... une carcasse ! C'est absolument honteux !

— Pas du tout, déclara Ham le plus calmement du monde. Il se peut que tu trouves choquantes les rigueurs de la science expérimentale, Hedric, mais tu ne saurais contester que le chirurgien doit couper dans la chair vive, que le chasseur doit se mouvoir vite, et ainsi de suite. Pour notre part, nous ne saurions admettre que le savoir demeure caché par excès de sentimentalité. Hawsley, tâchez de vous tenir tranquille, si c'est possible ! »

Je m'éloignai de quelques pas et plongeai mon visage dans mes mains. J'étais très las ; je me sentais abattu ; tout mon bel enthousiasme pour ma nouvelle vie s'était effondré d'un seul coup sous le choc de cette attitude impitoyable. A d'autres instants de lassitude et de morne désappointement, j'étais allé puiser réconfort auprès de mon père : aussi rude et fruste qu'il fût et en dépit de ses tribulations intimes et de ses sautes d'humeur, je savais que je pouvais compter sur sa sympathie. Ham n'était pas capable d'offrir ce genre de consolation. La tendresse du jeune âge ne méritait pas d'égards particuliers à ses yeux. L'ignorance d'un garçon devait être attaquée de front et détruite plutôt que prise en compte et dissipée en douceur.

« La nature de l'âme et la nature de Dieu sont les questions les plus pressantes qui se posent à nous, dit Ham en immobilisant les pieds de Hawsley. En ce qui concerne la question de Dieu, elle a pu être partiellement élucidée, entre autres grâce aux recherches de gens tels qu'Alexandre de Hales, Bonaventure et Albert le Grand, sans oublier naturellement mon mentor, Grosseteste. Cependant, les uns comme les autres ont commis quelques erreurs fondamentales, tant au point de vue purement spéculatif qu'à celui des hypothèses. On ne saurait énoncer une vérité dont la démonstration repose sur une simple sélection de données. Il convient de considérer un ensemble de données constituant un motif suffisant pour... » Il maintint plus fortement les chevilles de Hawsley et me demanda de lui immobiliser les poignets, ce à quoi je me refusai catégoriquement. « Assez de vaine sentimentalité, Hedric ! Crois-tu donc que je me soustrairais à cette expérience si j'étais en train de mourir moi-même ? Je fais cela pour les générations futures, mon garçon, pas pour satisfaire ma curiosité. Meunier, tu n'aurais pas des poids plus petits, susceptibles d'enregistrer une très faible diminution de masse ? »

Le meunier était aussi atterré que moi. Il répondit qu'il n'avait pas de poids plus petits puis se signa à plusieurs reprises.

« Bien. Il faudra donc que je me contente d'une mesure approximative. Mais si le fléau bouge ne serait-ce qu'un tant soit peu au moment de sa mort, au moins saurons-nous que l'âme a une masse et un poids positifs. »

Le meunier ne put supporter davantage la vue de Hawsley et disparut dans son moulin. J'étais tellement horrifié par la sécheresse de cœur de mon tuteur que je songeai un instant à m'emparer de l'épée de Hawsley sur la carriole et à occire carrément Ham. Le malheureux fou était un frère, un compagnon d'infortune sur cette terre ! Devinant mes pensées, Ham s'agenouilla, caressa le front du blessé qui ouvrit les yeux et sourit.

« J'aime mon frère non moins que la science, Hedric, dit Ham. Il ne faut gâcher aucune chance d'apprendre. Les conclusions que nous tirerons de la présente expérience serons conservées avec le respect que l'on doit à une connaissance sacrée.

— Je suis satisfait, soupira Hawsley. Ne gâchons aucune occasion d'aider la science. Préparez-vous, docteur. Je sens en moi un grand pet qui se prépare. Pesons-le d'abord, si vous le voulez bien, ensuite vous pourrez le comparer au poids de mon âme. »

Ham se mordilla la lèvre inférieure, les yeux braqués sur le fléau de la bascule. Celui-ci oscilla brutalement quand Hawsley remua les pieds.

« Doucement, doucement, susurra Ham.

— Vous ne voulez pas de mon pet ? demanda Hawsley.

— Confiez votre âme au créateur, lui recommanda Ham. Ce n'est pas le moment de faire des blagues. »

Nous passâmes toute la fin de l'après-midi auprès de Hawsley qui s'était endormi. Le meunier emmena sa famille en ville afin qu'aucun de ses proches ne soit témoin des iniquités qui se déroulaient sur sa propriété. Je donnai à boire aux chevaux et les étrillai avant de laver les rares effets de rechange de Hawsley ainsi que les miens. Je fis tout ce qu'il était possible pour éviter d'avoir à parler à Ham. Comme la nuit approchait, ce dernier commença à donner des signes d'impatience, examinant fréquemment Hawsley pour constater d'éventuels signes de détérioration de son état. Mais mon pauvre protecteur dormait tranquillement et le fléau de la bascule oscillait doucement au rythme de sa respiration. Lorsque les étoiles se montrèrent et qu'une brise fraîche se leva en provenance de la rivière, je décidai d'intervenir.

« Vous avez l'intention d'attendre ici toute la nuit ? m'enquis-je.

— S'il le faut, oui. Ce serait pécher contre ma vocation que de relâcher mon attention en un moment aussi crucial. Des conditions expérimentales parfaites : cela ne se présente pas tous les jours. Et l'expérience est inédite, n'est-ce pas ; Aristote lui-même n'y avait point songé, Galien et les Arabes pas davantage. Mais toi, en attendant, repose-toi. »

Je lui rappelai que nous n'avions pas encore mangé.

« Je ne saurais avaler la moindre bouchée tant que cet homme souffrira », répliqua Ham sans détourner ses yeux immenses du nez fin et pincé, des narines légèrement frémissantes de Hawsley. « Mais toi, va te restaurer. »

Je descendis à la rivière, cueillis quelques poires dans le verger du meunier et les mangeai avec un morceau de pain que nous avions acheté à Beckley. Alors que je venais de jeter le dernier trognon de poire dans le bief du moulin, j'entendis Ham pousser un cri. Je contournai le moulin au pas de course et le retrouvai agenouillé à côté de Hawsley toujours allongé sur la bascule.

« Elle ne pesait rien, oh, Seigneur, marmottait Ham. Absolument rien. »

Nous enterrâmes Hawsley dans le cimetière de l'église de Bicester, bien qu'à mon sens la place ne correspondît guère au tempérament de notre cavalier fou. Le comte de Leicester ne tarderait sans doute pas à réagir à la perte de son homme lige. Quelque part, à Oxford, se trouvait le coquin qui avait décoché le coup fatal à Hawsley, et Montfort chercherait sûrement à lui mettre la main dessus ; mais nous n'avions rien à lui apprendre à ce sujet, et, du reste, il n'était guère pensable qu'on retrouve jamais le coupable, compte tenu que l'incident s'était produit alors qu'Oxford était en proie à la plus grande confusion.

La mort de Hawsley me chagrina à tel point que Ham en conçut quelque irritation à mon égard. Lorsque nous reprîmes notre route vers le nord, il chevaucha en tête, s'arrêtant de loin en loin pour noter les pensées qui lui venaient à l'esprit. Quand cela se produisait, je le dépassais sans le regarder ni poser de question. C'est ainsi que nous gagnâmes Northampton, puis Market Harborough et, enfin, Leicester. Le lendemain matin, en sortant de la maison des Franciscains, à

Leicester, nous nous retrouvâmes nez à nez avec un colosse aux larges épaules tombantes et à la courte barbe rousse, et je fus à peine surpris d'apprendre que cet individu nous attendait, chargé qu'il était de remplacer Hawsley. Le seul trait étrange de mon nouveau garde du corps était son nom : Ange. Pour le reste, c'était une âme simple, fruste, logée dans un corps de géant, un homme de trente ans environ, depuis longtemps au service du comte. Il avait connu son prédécesseur mais seulement de loin, Hawsley ayant toujours été un oiseau plutôt solitaire et qui fuyait tout contact : Ange n'en avait pas moins appris avec satisfaction que les agresseurs de Hawsley avaient subi le même sort que ce dernier dans les vingt-quatre heures qui avaient suivi notre départ précipité. Ils avaient pu être confondus grâce à un rapport rédigé par Hawsley aussitôt après l'agression, rapport dont il ressortait d'ailleurs que la victime avait su d'emblée que l'on venait de lui porter le coup fatal.

« Le comte tire vengeance sans coup férir de ceux qui s'en prennent à ses hommes, affirma Ange en faisant craquer les phalanges de ses doigts courts couverts de taches de rousseur. Il veille sur ceux qui veillent sur lui et font leur devoir. Je veille sur vous et il veille sur moi, et le Christ veille sur lui. Ainsi va le monde. »

Ham regardait fixement Ange et je crus voir une lueur de détresse dans ses grands yeux. Tel était donc le cadre à l'intérieur duquel il se déplaçait lui-même, en qualité de philosophe, à la recherche des vérités opérantes. Un loyalisme tel que celui-ci remplaçait tous les traités d'éthique ; du reste, sans la protection de grands hommes, Ham lui-même ne pouvait espérer arriver à débrouiller l'écheveau entortillé du monde. Ses livres étaient brûlés, son université en flammes, il lui fallait s'abriter derrière la force du comte et de l'évêque, quand même cette force allait à l'encontre des vertus auxquelles lui, Ham, avait été amené à attribuer une valeur durable.

Tandis que je chevauchais entre Ham et Ange en direction de Lincoln et remuais dans ma tête ces sombres pensées, je sentais bien que j'étais davantage le serviteur de l'anarchie qu'un apprenti philosophe. S'il devait y avoir un chemin sur lequel toute l'humanité pouvait progresser, il ne serait assurément pas aussi tortueux et arbitraire que les caprices d'un roi ou les rêves d'un saint. Toutes les solutions à l'injustice et à la confusion, je les avais entrevues dans l'architecture, voilà ce qu'il importait de ne pas perdre de vue. Notre confrérie avait fourni les éléments d'une réelle harmonie au sein de différentes civilisations, et ces éléments étaient toujours dispersés de par le monde, témoignant du pouvoir visionnaire du maçon, de l'humble artisan besognant avec des moyens simples. Ayant arrêté ma monture, je mis pied à terre et ramassai au bord du chemin un caillou lisse que je fourrai dans ma poche et sur lequel je tâchai ensuite de concentrer ma pensée. Il devait m'aider à me rappeler mon père, la valeur des choses simples et les risques de la vie ; il devait nourrir mes espoirs et m'encourager à œuvrer pour le futur que les Quatre appelaient de leurs vœux. Mais ce n'était pas pour glaner leurs applaudissements que je voulais lutter, pas davantage pour la gloire et la fortune qu'ils pouvaient m'offrir. Mon ambition, à présent, était de susciter l'étonnement, de créer un choc, d'enjamber d'un seul grand pas tout le savoir ancien afin que les hommes pussent enfin oublier leurs peurs et se pénétrer d'une nouveauté rédemptrice. Une petite pierre polie par l'eau serait le truchement de mon ambition nouvelle.

Au sud de Willoughby-on-the-Wolds, le chemin se perdait dans un bois de houx. Ange alla en avant reconnaître la route. Nous entendîmes hennir son cheval et nous lançâmes à sa poursuite. Nous le trouvâmes cramponné au dos de sa monture qui galopait en bordure d'une clairière, une douzaine de flèches plantées dans la tête.

XXIX

Nos agresseurs émergèrent des arbres tandis que nous pénétrions dans la clairière. Ils achevèrent le cheval blessé en lui tranchant la carotide et retirèrent selle et bagages en un tournemain. Ils étaient au moins une centaine, sales, l'air féroce, certains masqués de cagoules, tous vêtus de hardes d'un vert délavé, comme moisi. Ange ayant fait mine de vouloir résister, ils se jetèrent carrément sur lui par dizaines jusqu'à ce qu'il fût submergé. Et pendant que les événements se précipitaient de la sorte, nous ne cessions tous trois de gueuler à tue-tête, assaillant de questions les hommes de la forêt : Qui étaient-ils ? Que nous voulaient-ils ? et ainsi de suite, mais aucun d'entre eux ne nous répondit. Ham et Ange furent ligotés et on leur banda les yeux, je fus placé entre deux cavaliers et, aussitôt après, toute la troupe s'ébranla vers l'est. Nous parcourûmes ainsi au moins vingt miles dans le silence le plus total, traversant des hameaux où les gens se réfugiaient précipitamment dans leurs chaumières et les chiens dans leurs niches en nous voyant approcher. Toutes mes tentatives pour parler aux hommes qui m'entouraient demeurèrent vaines et je fus contraint de rester loin derrière Ham et Ange, nos ravisseurs tenant manifestement à éviter tout contact entre nous. En revanche, je n'étais ni ligoté ni aveuglé par un bandeau, donc manifestement traité avec des égards dont les raisons ne m'apparaissaient absolument pas.

Le choc de notre capture étant passé, je pus me faire, en dépit de leur silence obstiné, une idée de l'identité de nos ravisseurs. J'avais entendu des rumeurs à Londres concernant une bande de hors-la-loi qui formaient dans la forêt de Sherwood une sorte d'État dans l'État, vivant de vol et de pillage, sous la férule d'un certain Hude ou Hood.

Nous avions été capturés sur la bordure sud-est du territoire contrôlé par ces hommes, soit cinquante miles carrés de forêt s'étendant entre Nottingham et Barnsdale, une région où les hors-la-loi étaient maîtres depuis la mort, soixante ans auparavant, du vieux roi Henri. Ensuite, trois rois successifs avaient tenté de les neutraliser, mais tous les plans ourdis contre eux avaient été déjoués, et Hood, disait-on, vivait toujours. Nul représentant de la loi, nul ecclésiastique ou officier du roi ne pouvait poser le pied dans le domaine de Hood, la forêt royale se trouvant soustraite dans sa totalité à la juridiction de l'État. La haute main des hors-la-loi sur la forêt de Sherwood constituait un véritable camouflet à l'autorité royale et on y voyait communément le principal ferment de tous les désordres : rébellions des barons, révoltes populaires, intransigeance des abbés, grossièreté occasionnelle des potentats étrangers envers le souverain, tout cela semblait plus ou moins directement lié à la situation créée par Hood dans cette région : Sherwood était la preuve concrète de la faiblesse et de l'inadéquation de l'administration royale.

Une demi-lune était montée au ciel. On la voyait briller de loin en loin à travers le dais du feuillage, ce qui permettait de se faire une idée de la direction suivie tandis que nous nous enfoncions au cœur de la forêt. En gros, nous étions allés vers le nord puis vers l'ouest, non point en ligne droite mais en suivant un itinéraire des plus sinueux. De loin en loin, la troupe se fractionnait pour se reformer plus loin, selon que la sente se rétrécissait ou s'élargissait. Nous franchîmes plusieurs ruisseaux et un cours d'eau important, tous coulant vers l'est. J'ai toujours eu un sens très sûr de l'orientation, mais le fait est que cette fois, après une heure de marche dans la forêt, je ne savais plus trop dans quelle direction nous avancions. Lorsque la colonne s'arrêta au pied d'une falaise de roche calcaire toute crevassée, la position de la lune m'indiqua que nous faisions à présent route vers l'ouest. La rivière qui coulait au pied de la falaise devait être un affluent de celle que nous avions si fréquemment rencontrée durant la dernière demi-heure. Cependant, j'étais incapable de faire la synthèse de mes observations, donc d'évaluer notre position, même approximativement. Nous nous trouvions en bordure d'une région plus haute, parcourue de failles, tournant le dos au gros de la forêt.

On conduisit mon cheval en tête de la colonne où l'on détachait justement Ham et Ange. Lorsqu'on eut ôté son bandeau a Ham, il vacilla sur ses jambes, comme pris d'un vertige.

« Tenez-vous droit ! » m'écriai-je.

C'étaient les premiers mots prononcés depuis que nous avions pénétré dans la forêt. L'un des hommes portant cagoule leva son arc pour m'inciter à me taire. Je me précipitai vers Ham pour le soutenir et sentis alors qu'il suait de peur. Il bredouillait à mi-voix des paroles incohérentes. Je le saisis par la taille et compris qu'il disait une prière.

« *Eripe me Domine ab homino malo,* marmonnait-il. Délivre-moi, Seigneur, de l'homme mauvais. »

Brusquement, je fus arraché à Ham et saisi dans l'étau de deux bras musculeux qui me coupèrent la respiration. Je poussai un cri et me débattis. Le seul résultat que j'obtins fut d'être projeté en l'air et rattrapé au vol.

« Hedric, mon fils, mon fils ! s'écria une voix tout près de mon oreille. Enfin, te voilà ! »

Retrouver mon père dans une obscurité pareille était une chose folle ; impossible de lire des signes de changement ou d'usure sur son visage, de deviner des larmes dans ses yeux. Nous n'avions que le toucher pour nous reconnaître, ce qui ne suffit pas à combler ceux qui ont été longtemps séparés. Nous restâmes là à nous palper mutuellement, à échanger des cris de joie, à tenter de nous entrevoir plus nettement dans un reflet de lune, chacun répétant encore et encore le nom de l'autre. Entre deux exclamations d'allégresse, je l'assaillis de questions qu'il me pria aussitôt de remettre au lendemain. Cependant, nous continuions à nous tâter dans la pénombre, ses doigts calleux passant sur mon visage, les miens courant sur son nez, explorant sa barbe jusqu'au moment où il les retint dans les siens.

« Tu n'as guère touché à la pierre, fit-il en s'esclaffant. Des vraies mains de chanoine !

— Je suis étudiant, objectai-je aussi dignement qu'il me fut possible. Mais j'ai gardé contact avec la pratique. J'ai fait un petit quelque chose à Oxford...

— Je sais, mon fils, déclara Bert en m'embrassant sur le front. Pas si mal que ça, ta rose, d'après ce que je me suis laissé dire. »

Ham rappliqua et se planta devant Bert, ses cheveux blancs en bataille.

« Qui est cet homme ? me demanda-t-il. Vous vous connaissez donc si bien ?

— C'est mon père », répondis-je.

Ham observa un silence. Il eut le bon goût de ne pas me demander ce que mon père faisait avec une bande de hors-la-loi mais je vis bien la question dans ses yeux.

« Messire, dit-il, puisque vous semblez connaître un peu ces gens, voulez-vous me dire ce qu'un pauvre érudit comme moi risque en leur compagnie ?

— Oh, n'ayez crainte. Ceci est une meilleure université que celle d'où vous venez, maître Bacon. Tout être pensant est le bienvenu à Sherwood », déclara mon père, manifestement plus désireux de noyer le poisson que de répondre sérieusement.

La colonne se remit en marche, s'enfonçant dans une vallée creusée par la rivière au-delà de la falaise. Bert retenait le cheval d'une main, moi de l'autre, Ham marchait derrière nous.

« Qu'est-ce que tu as voulu dire par là ? demandai-je à mon père.

— Une petite plaisanterie, voilà tout.

— Mon ami est terrifié, chuchotai-je. A-t-il quelque chose à craindre ?

— Pas plus que chacun de nous.

— Nous sommes bien dans le domaine de Hood, n'est-ce pas ?

— Bien possible », se borna-t-il à répondre, et je ne pus rien en tirer de plus.

Nous étions arrivés à une extrémité du plateau et de là-haut nous embrassions du regard une nouvelle étendue de forêt éclairée par la lune. On aurait dit un immense lac gelé avec des vallonnements d'argent et d'ombre qui s'étendaient jusqu'à l'horizon. Toute la troupe fit halte en bordure de l'escarpement, dans un endroit plat, bordé d'un ressaut de roche calcaire toute crevassée où l'on s'abrita pour la nuit. Bert attacha mon cheval à un sorbier chargé de baies sous lequel nous nous installâmes pour dormir. Enveloppé dans les bras de mon père, remuant dans ma tête des questions qui venaient mourir sur mes lèvres, je plongeai les yeux, par-dessus son épaule, sur la forêt silencieuse qui s'étendait à perte de vue au-dessous de nous. Demain ne pouvait apporter que de bonnes choses, pensai-je en m'abandonnant au sommeil, épuisé par vingt heures de voyage, de peur et de joie. En dépit des mystères qui restaient à élucider, il n'y avait rêve qui pût égaler une journée marquée par ces retrouvailles avec mon père bien-aimé.

Je dormis comme un bienheureux d'un sommeil proche du nirvana tel que me le décrivirent les moines bouddhistes de la secte rouge du monastère de Sam Ya, au Tibet, lorsque je participai à l'édification de leur nouveau temple, en 1277 : un état de félicité que connaît l'âme blottie au cœur même de l'esprit suprême, vibrant à l'unisson avec les puissances éternelles.

Je fus réveillé de manière on ne peut plus plaisante par les chants de milliers d'oiseaux en provenance de la forêt en contrebas, un fleuve mélodique tumultueux, en parfait contraste avec la première impression que m'avait laissée cette partie de la forêt de Sherwood, tout à l'heure encore silencieuse, baignée de clarté lunaire. Il n'était guère possible de dormir encore avec cette clameur dans les oreilles et bientôt tout le monde fut rassemblé au bord de l'arête rocheuse, prêt à partir. En queue de colonne, je vis Ange qui bavardait avec un groupe d'archers. Ce matin, les hommes avaient repoussé leur cagoule dans la nuque. Il y avait tant de figures nouvelles autour de moi que je ne m'aperçus même pas que l'on s'était remis en mouvement et je n'en pris conscience qu'un peu plus tard, lorsque le son d'une corne résonna au loin. Je m'immobilisai, effrayé, sur la sente qui plongeait vers la forêt et interrogeai Bert du regard.

« Qui est-ce ? demandai-je.

— Sûrement pas un garde-chasse du roi Henri », répondit Bert avec un sourire malicieux, jouant d'une main avec sa barbe devenue plus broussailleuse, plus grise aussi, depuis qu'il m'avait laissé à Guildford.

A présent qu'il faisait jour, ce n'était pas le seul changement que je pouvais voir en lui : ses yeux étaient plus profonds, plus sombres, les coins ornés de fines rides qui leur conféraient une expression presque grave. L'homme que je retrouvais avait visiblement changé : il y avait quelque chose de sérieux, de réfléchi dans sa mine. Et je le connaissais assez pour savoir que ce n'était pas une pose.

« Que s'est-il donc passé ? demandai-je prudemment. Tu m'as l'air — comment dire, oui, tu m'as l'air différent. »

Il eut un rire bref suivi d'un léger reniflement.

« Ah ?

— Tu as souffert ?

— Pas assez pour que cela se remarque. »

Je commençais à en avoir assez de ses réponses évasives. Alors qu'il y avait des mois que nous ne nous étions vus ! Il avait pris la fuite, me laissant à la merci d'hommes en lesquels il n'avait nulle confiance. Et à présent, alors que j'étais assis aux pieds d'un grand maître à Lincoln, il me faisait enlever.

« Je n'ai pas demandé à venir ici, tu sais ? dis-je plutôt fraîchement. Je m'en suis fort bien tiré tout seul.

— Ah bon ? répliqua Bert avec un soupçon d'ironie. Ce n'est pas ce que j'ai entendu.

— Et cet enlèvement, c'est toi qui l'as arrangé ?

— Peut-être.

— Oh, cesse de répondre à côté ! éclatai-je. Tu es en train de ruiner mon avenir, tout ce que j'ai fait jusqu'ici pour...

— Tu es mieux ici, avec moi..., dit Bert d'une voix hésitante et en détournant les yeux.

— Mais pourquoi ? Comment pourrais-je poursuivre mes études au beau milieu d'une forêt ? J'ai besoin de maîtres, de livres...

— Il y a beaucoup de choses à apprendre ici...

— Qui me les apprendra ? Toi ? M'as-tu jamais rien appris ? »

Je regrettai aussitôt ce que je venais de dire. Mais, en voyant l'expression peinée de mon père, je ne pus m'empêcher de continuer :

« Tu ne comprends donc pas à quel point je me suis écarté de toi ? Tu as été un obstacle à mon éducation dans le passé. Tout est devenu plus facile pour moi une fois que tu n'as plus été là. Les choses sont rentrées dans l'ordre, j'avais la tête plus claire. Je ne sais pas comment tu fais, mais tu as toujours réussi à me mettre sens dessus dessous. Et maintenant, qu'est-ce que tu me veux ? Le sais-tu seulement ? Si tu m'as fait venir uniquement pour me faire profiter de ta propre confusion, je ne suis pas intéressé... »

Les archers les plus proches de nous tournaient la tête dans ma direction, manifestement indignés par la manière dont je traitais mon père. Bert levait les yeux au ciel, tâchant de maîtriser ses nerfs. Mais qu'est-ce que je faisais ? Il n'y avait pas une journée que nous étions réunis et déjà je lui cherchais noise !

« Je suis désolé, grommelai-je. Mais tu aurais dû me faire venir plus tôt. J'ai cru que tu étais mort...

— Il n'était pas en mon pouvoir de te faire venir ! » grogna-t-il, et là-dessus, il roula des yeux blancs et ses cheveux parurent se dresser sur sa tête. « Et d'ailleurs, je ne pense pas que je t'aurais jamais fait venir si ç'avait été à moi d'en décider ! Quoi, t'arracher à une si bonne fortune ! Causer si grand tort à mon propre sang ? Non, jamais ! » Il fila en tête de la colonne en battant des bras comme pour chasser la rage qui lui collait aux basques. « Oh, Hedric, Hedric, je m'étais juré que je ne me querellerais plus avec toi ! Tu auras eu tôt fait de m'obliger à rompre ce serment ! »

Les archers me firent une place dans la file au moment où nous quittâmes la sente pour pénétrer dans la forêt. Bert disparut à l'avant sans se retourner. Ham se tint à l'arrière, peu désireux sans doute de partager mon impopularité. Je me vis subitement sous un autre jour que d'habitude : non plus un prodige, mais un proscrit.

« Si tu savais comme tu as manqué à ton père, mon gars, me lança un gros bonhomme avec une tête de porc-épic qui marchait juste à côté de moi. Y a pas de quoi être fier. Tu mériterais d'être fouetté au sang et roulé dans le sel. »

Je n'avais rien à répondre. En vue d'éviter autant que possible les regards réprobateurs de ceux qui marchaient près de moi, je scrutai le feuillage qui défilait au-dessus de nos têtes. Les arbres arboraient les couleurs de la saison, la lumière jouait entre les ors, les bruns et les mordorés. La gêne me força à marcher ainsi, la tête levée, au point que j'en eus une crampe dans la nuque. Lorsque je me risquai à jeter un regard en coulisse aux compagnons de Bert, ceux-ci m'avaient oublié. C'était exactement ce que je désirais : si la terre avait pu s'ouvrir et m'avaler, c'eût été encore mieux.

« Ta conduite m'intéresse, tu sais ? »

C'était Ham qui semblait avoir oublié son manque d'enthousiasme pour ma compagnie.

« Je ne te voyais pas comme une nature si égoïste jusqu'alors, poursuivit-il. Mes observations m'avaient amené à penser que tu possédais un certain sang-froid, la faculté de te tenir en retrait et d'examiner tes propres motifs et idées. Or, je viens de voir quelqu'un de tout à fait différent.

— Tout le monde ne peut pas être comme vous, grognai-je. Je veux dire froid comme glace sur commande. Ma parole, on dirait que vous avez été engendré par un coup de blizzard sidéral. »

Ce qui arriva ensuite me prit totalement de court. Ham, que j'avais d'ores et déjà classé parmi les poules mouillées, à tout le moins parmi les pusillanimes, s'empara de l'arc détendu de l'homme qui marchait tout près de lui, m'attrapa par les cheveux et me flanqua une volée. Les archers ne ralentirent pas l'allure et Ham ne s'arrêta pas davantage pour me battre. Tandis que la correction m'était infligée — fort justement, je dois le reconnaître —, nous continuions d'avancer vers la demeure de Hood. Un peu plus tard, lorsque Bert se laissa glisser à l'arrière jusqu'à ma hauteur, dans l'intention de se raccommoder avec moi, il y retrouva, à sa grande surprise, un garçon plutôt dépité, contrit, probablement plus enclin dorénavant à se tenir sur la réserve en présence d'hommes de plus forte stature que lui. Personne ne lui parla de la volée que m'avait administrée Ham. Moi-même, je n'y fis pas allusion. Mieux valait accepter cette discipline, cet assujettissement, mieux valait se pénétrer de leur nécessité, une nécessité que j'avais refusé de prendre en compte jusqu'alors, me semblait-il. J'étais très frappé, en tout cas, de constater que l'ami

Ham, par la seule vertu de son explosion de colère absolument non scientifique et non académique, s'était attiré la considération de toute cette compagnie d'hommes d'action qui, jusque-là, avaient plutôt tendance à le mépriser. Si un étranger, excentrique et intellectuel de surcroît, pouvait se faire valoir ainsi comme « *l'un des nôtres* » aux yeux d'une bande de rustauds ignorants, voleurs et écorcheurs de profession, alors la violence n'avait pas besoin d'autre justification que celle inhérente à son exercice même. Désormais, je ne perdrais plus mon temps à débattre des questions morales que suscite d'ordinaire le spectacle du recours à la force brute dans l'esprit de ceux qui contemplent l'état du monde. A partir de maintenant, ayant été convenablement rossé par un philosophe de si grande réputation, je saurais que pour se faire respecter, la violence est un moyen qui vaut parfois le meilleur des raisonnements.

XXX

A présent, la forêt était sillonnée de nombreux chemins et sentes qui se dessinaient sous le tapis multicolore des feuilles tombées des grands ormes tout tordus, des hêtres, bouleaux et frênes. Le chemin que nous suivions était aussi large qu'une route, la terre damée par le trafic, avec des traces de roues de charrettes. A mesure que nous avancions sur cette voie manifestement très fréquentée, des gens se joignirent à nous, en grande partie des femmes et des enfants.

Les regards interrogateurs que je décochais à mon père demeurèrent sans réponse. Il lançait des saluts de gauche et de droite mais ne me présentait à personne ; de leur côté, les gens qui vinrent grossir notre colonne ne s'intéressèrent absolument pas à moi. Nous étions arrivés dans un secteur de forêt où le silence n'était plus de rigueur, les langues se déliaient comme par enchantement et tout le monde avait l'air content d'être rentré.

Les femmes et les enfants étaient venus à la rencontre des hommes partis en mission pour nous enlever, Ham, Ange et moi-même. Je dois admettre que j'étais étonné de constater que ces archers silencieux, bien entraînés et disciplinés, étaient aussi des pères de famille. A les voir déambuler à travers la forêt, les enfants sur les épaules, on aurait cru des villageois en route pour le marché. C'était trop beau pour être vrai, comme l'étaient également l'air réjoui de mon père, la lueur dans ses yeux (dont le blanc me paraissait soudain beaucoup trop blanc) et la pression excessive de sa main sur mon épaule.

Dans mon univers plein d'attente anxieuse et d'événements inattendus, ce brusque déploiement de bonne humeur, cette atmosphère subitement si paisible, si détendue, devait cacher quelque chose. Il y avait péril ou déception en la demeure. Plus les hors-la-loi se montraient enjoués, plus la situation me remplissait d'appréhension. J'étais véritablement sur le qui-vive en constatant que leur vigilance ne cessait de se relâcher. Avec ma peau qui me brûlait encore à la suite de la correction que m'avait infligée Ham et mes sens qui m'avertissaient de l'existence d'une souffrance inavouée chez mon père, j'avais l'impression que tout était susceptible d'arriver. Il m'apparut que je pouvais être la victime désignée d'un sacrifice : j'avais récemment lu un texte de l'historien romain Tite-Live sur les pratiques religieuses des Carthaginois qui sacrifiaient leurs enfants les plus prometteurs à leur dieu, Baal. La lueur dans les yeux de Bert n'était peut-être pas si différente de celle qui brillait dans le regard du père carthaginois conduisant à l'autel le plus turbulent de ses fils.

Nous grimpâmes sur une colline peu élevée qui nous conduisit hors de la forêt d'ormes, à l'entrée d'une vallée de forme ovoïde où poussaient essentiellement de fins bouleaux et des fougères. A travers les interstices d'une barrière de troncs à l'écorce pâle, je pus voir un lac briller en contrebas et la forme familièrement courbée des saules poussant en bordure. Lorsque nous fûmes un peu plus près de l'eau, je vis qu'il y avait une île au milieu du lac. Alors que j'étais en train de scruter l'épais fourré de conifères qui la recouvrait tout entière, Bert me fit signe de suivre la colonne qui avait quitté le chemin large pour s'engager à gauche, sur une mince sente courant à travers les fougères. Au bout de quelques centaines de mètres, nous nous arrêtâmes devant une maison de bois basse, couverte d'une toiture de chaume.

« Nous y voilà », dit Bert.

Je regardai cette habitation d'un air perplexe. Je n'avais nulle envie d'entrer dans cet antre. Je tournai la tête en direction du reste de la troupe qui disparaissait entre les arbres.

« Où emmènent-ils donc Ham et Ange ? demandai-je.

— Ils sont logés un peu plus loin. »

Bert avait l'air beaucoup moins confiant tout à coup. Je voyais bien qu'il était nerveux. Il m'entraîna vers la porte de la maison.

« Donnons-nous une chance, dit-il d'un ton qui avait quelque chose d'implorant.

— Une chance ? Comment cela ? »

La porte s'ouvrit et une femme maigre aux cheveux roux et aux dents proéminentes se présenta sur le seuil, essuyant ses mains sur son tablier.

« Voici ma femme », dit Bert d'une voix rauque.

Je ne trouvai rien à dire. La femme me défia du regard, un sourire en coin de mauvais augure déformant quelque peu ses lèvres minces.

« Ta femme ? dis-je en m'efforçant de cacher ma peur.

— Oui, mon fils. »

Je hochai la tête, complètement abasourdi. La femme déplaça légèrement ses pieds et parut hausser les épaules. Dans la maison, il y avait d'autres personnes. Mon cœur se serra. Oh, non, des enfants ? Déjà ? Ses enfants à elle, peut-être ? Dans ma tête, les pensées défilaient à toute allure. Bert était devenu cramoisi et je craignais le pire.

L'entrée était pleine de femmes et toutes me regardaient comme une bête curieuse. Des femmes de taille et de complexion différentes. Certaines riaient. Je souris, soulagé. Il s'agissait assurément d'amies ou de parentes de la nouvelle épouse.

« Voici mes autres femmes », dit Bert. Puis, d'une voix devenue entre-temps caverneuse, il me les présenta une à une.

Au vu de la situation, je ne pus m'empêcher de pouffer de rire. Les femmes se joignirent à moi, encourageant mon hilarité, comme si ma réaction les soulageait. Mais Bert me connaissait mieux et n'en menait pas large. Lorsqu'il m'eut nommé chacune de ses femmes, il les repoussa dans la maison et referma la porte.

« Voilà, fit-il vivement. Maintenant, tu sais.

— Qu'est-ce que je sais ? fis-je d'un ton glacial. Que mon père est un pitre ? A moins qu'il ne s'agisse d'une farce ?

— Ce n'est pas une farce », répliqua-t-il en arborant un air à la fois obstiné et méfiant (bien qu'une lueur de détresse au fond de ses yeux m'avertît que la réalité qu'il vivait lui pesait plus qu'il ne voulait l'admettre). « Elles sont toutes mes épouses légitimes.

— Tu as dû tomber sur la tête, rétorquai-je en faisant de mon mieux pour refréner la rage qui me gagnait.

— Les Arabes peuvent avoir plusieurs femmes, pourquoi pas moi ? dit Bert avec un sourire forcé.

— Mais tu n'es pas un Arabe, que je sache.

— Je ne suis pas non plus *monogame* par nature et le fait est que... », objecta-t-il avec une nuance de pédanterie, comme un enfant qui récite sa leçon. Mais je ne le laissai pas finir. Je déversai sur lui un torrent d'insultes si affreuses que j'en avais honte, en dépit de ma colère, au moment même où elles sortaient de ma bouche. Bert devint tout rouge et je devinai qu'il avait grand-peine à garder son sang-froid.

« Du calme, fiston, du calme, murmurait-il en se cramponnant à ses habits afin de tenir ses mains loin de moi. Je puis t'expliquer comment j'en suis venu là. Donne-moi une chance.

— Comment se fait-il que tu aies subitement besoin d'une femme, que dis-je, de cinq femmes ? m'écriai-je. Tu n'en avais cure auparavant. Je ne sais même pas si ma mère est vivante ou morte. C'est dire le soin que tu prends de tes femmes !

— Vas-tu enfin m'écouter, oui ou non ? » déclara Bert. Il fit un pas en arrière et se croisa les bras comme pour souligner la patience dont il faisait preuve à mon égard. « Certains d'entre nous ont deux femmes, d'autres trois ou quatre. Il y a même un pauvre type qui en a sept !

— Et pourquoi cela ?

— Pour voir ce qui fonctionne le mieux. Mais je puis déjà te dire une chose : cinq, ce n'est pas le bon chiffre. »

Enfin, il souriait. Son fameux sourire se leva comme un soleil sur son visage et illumina l'espace entre nous.

« Tu veux dire qu'il s'agit d'une expérience ? »

Bert opina du chef et son sourire s'effaça. Je vis l'indignité et une misérable sujétion cachées dans son regard qui s'appliquait à soutenir le mien.

« Mais que veut-on prouver ? demandai-je, tâchant de garder l'esprit clair. Que la vie est absolument impossible ?

— Il y a un nombre parfait, répliqua Bert. C'est Hood qui le dit. »

Le mot était lâché. Détourner délibérément un concept mathématique de son sens véritable, n'était-ce pas le comble de la perversion ? Rien, en tout cas, ne pouvait me faire davantage horreur.

« Hood est un charlatan ! Il joue avec les idées. Il joue avec les hommes. Avec toi ! Tu n'as donc aucune fierté ? »

Bert se raidit. Je vis le rouge lui monter à la tête et m'apprêtai à essuyer une torgnole qui ne vint pas. Et pourtant, elle eût été la bienvenue, car j'avais besoin d'un signe qui m'indiquât que mon père, cet être abusé, n'était pas encore totalement éteint.

« Si, Hedric, j'ai de la fierté, dit-il finalement. Assez en tout cas pour tenter de repousser les barrières de la connaissance. Si tu peux le faire, je le puis également.

— Ah, fis-je avec un soupir. Je vois. »

Voilà qui était on ne peut plus décevant. Mon père s'était laissé manipuler sans offrir la moindre résistance. Si j'étais aux avant-postes de la connaissance, il devait y être également. Un comportement aussi aberrant était difficilement pardonnable. Encore que toute circonstance découle d'une cause, et toute cause d'une cause initiale. A l'époque où il était arrivé à Sherwood, Bert était vulnérable, désillusionné. Il avait alors la sensation que le monde entier était contre lui. Une proie toute trouvée pour Hood. Mon devoir, à présent, était d'amener mon père à entrevoir ses défaillances et de l'encourager à y remédier. Mais qu'avais-je à lui offrir à la place de Hood ? Rien, si ce n'est une vie vécue à travers moi.

Nos discussions se prolongèrent pendant des jours et je ne veux pas entrer dans le détail des percées et des retraites de cette petite guerre. Bert se considérait comme le vaillant serviteur de l'intellect de Hood, un homme à la pointe du progrès. Moi, je le considérais comme la victime de Hood, un singe conditionné par le sexe. Quels que fussent les rigueurs et les dangers de mon éducation, elle était destinée à me conduire vers le monde réel au sein duquel des hommes puissants — mes mentors, les Quatre — m'impartiraient une place éminente. Bert pensait (non sans avancer quelques bonnes raisons) que leur pouvoir était arbitraire et corrompu, que cela ternirait inévitablement mon nom comme mes œuvres. La gloire authentique, c'était chez Hood que l'on pouvait l'atteindre, dans son laboratoire en pleine forêt ; là au moins, le dévouement, le sacrifice étaient appréciés. Lorsque je lui demandai pourquoi une société aussi hautement spirituelle et altruiste devait mener une existence cachée — en marge de la loi —, Bert me répondit que c'étaient les meilleures conditions pour obtenir la révélation de la vérité, étant entendu qu'il importait, au premier chef, de tracer une frontière nette entre ladite société et le système décadent qui la menaçait.

« Est-ce qu'au moins tu tiens toujours à notre foi ? » lui demandai-je dans la soirée du troisième jour après mon arrivée à Sherwood, tandis que nous nous promenions au bord du lac. Mais alors même que je lui posais cette question, je me sentais coupable en mon cœur car la mienne, en tout cas, avait été sérieusement entamée depuis mon séjour à Oxford.

« De quelle foi veux-tu parler ? » répliqua Bert, fidèle à une tactique qui m'avait souvent accablé durant nos discussions — à savoir, répondre à une question par une question, puis arborer une mine profondément satisfaite.

« Ce que je vis à présent, Hedric, c'est une *vie,* pas une foi. Puis-je attendre d'un enfant qu'il comprenne cela ? En particulier d'un enfant qui a été gâté et dorloté comme tu l'as été ces derniers temps ? Je n'ai pas de doctrine à t'enseigner. Je ne te donnerai pas de livres, ils ne font qu'infecter l'esprit. Tout ce que je te demande, c'est de faire comme moi lorsque je suis arrivé ici, un homme brisé, un fugitif, un raté, rejeté par toi, par ma corporation, par mes frères dans la foi : j'ai tenu ma langue et j'ai observé. J'étais sans le sou et effrayé. Maurice Welbilove a usé de son influence pour me faire accepter ici et s'est porté garant de ma bonne conduite et de ma sincérité. J'ai été traité avec respect. J'ai eu voix au chapitre. J'étais chez moi. Lorsqu'on m'a demandé de contribuer au bien-être de Sherwood, j'ai été conquis.

« *J'ai été conquis*, ça veut dire quoi ? » m'écriai-je, si fort que les fauvettes affolées quittèrent les saules proches et se dispersèrent en piaillant par-dessus le lac. « Ils t'ont ramolli puis réduit en miettes. Et maintenant, ils t'exploitent !

— Hood m'a transformé. Je vois clair à présent. Ouvre-lui ton cœur », dit Bert en me posant doucement la main sur l'avant-bras, sa grosse tête penchée vers la mienne, ses yeux implorants sondant les miens.

« Ne fais pas cette tête ! lui lançai-je. Pas toi. Je ne peux pas voir cela. Dis-moi que c'est une blague.

— Je crois en l'œuvre de Hood, répliqua-t-il.

— On dirait une parole de chrétien !

— Il ne faut rien négliger si l'on veut sauver l'Homme. Il ne faut pas que le hasard décide de l'avenir. Les épreuves, les erreurs, la pensée au plus haut niveau sont nos seules chances de salut.

— Je ne veux plus de ton salut ! m'exclamai-je. Je désire devenir un grand architecte, servir les Dieux afin de compléter leur Création. Si ce n'est pas possible, alors... alors... » Je cherchai désespérément les mots qu'il me fallait. « Alors, je ne veux plus vivre. »

Bert descendit au bord du lac. A ses pieds, des galets rouges par milliers, un tapis de galets qui s'étirait sous l'eau transparente et sur la rive. Je serrai dans ma main le galet que je conservais dans ma poche tandis que Bert s'éloignait de quelques pas et tendait la main en direction de l'île. Je vis une longue barque noire qui s'en éloignait, faisant force de rames.

« Hood nous quitte un certain temps. Quand il reviendra, je lui demanderai de te recevoir. C'est un privilège qu'il accorde rarement, mais il a entendu parler de... (Il marqua une pause et je m'attendais déjà à essuyer, comme naguère, quelque sarcasme qui, cette fois, m'eût au moins rassuré sur son intégrité mentale — Oh, veuille le ciel que m'apparaisse enfin le défaut de sa cuirasse !)... de la place éminente que tu occupes auprès du roi, de son maçon et de ses mignons. Il n'a pas jugé utile de me rencontrer, mais quand je suis arrivé, je n'étais pas encore le personnage que je suis devenu. Au fait, suis-je seulement arrivé ? Oui, certes, mais en rampant ! Oui, j'ai rampé jusque dans le cercle de Hood. »

Les épaules de Bert s'affaissèrent comme au souvenir de l'entrée rampante, ignominieuse, qu'il avait faite à Sherwood. Ses yeux étaient fixés sur le bateau, sur le flamboiement régulier des pales frappant l'eau.

« Le plus souvent, il est seul, en contemplation. Je me réjouis à l'idée que bientôt ce sera *moi* qu'il prendra le temps de contempler.

— Tout ce qu'il pourra contempler en toi, c'est le fol que tu es devenu, insistai-je. Je ne peux pas admettre que tu adhères à tout cela. Je te connais trop bien. Hood a dû te menacer.

— Pas le moins du monde. Il m'a aidé. Même au début, quand je n'allais pas bien.

— C'est manifestement sa stratégie...

— Tu as toujours réponse à tout, Hedric. Et ne va pas imaginer que j'attends mon heure pour prendre le large. Il vaut mieux être à Sherwood que partout ailleurs. Malgré mes cinq femmes, jamais je ne...

— Ah, quand même ! m'exclamai-je, tout content. Tu admets au moins cela ! Mais leur as-tu fait savoir que l'expérience n'est pas concluante ? »

Bert grimaça et se détourna. Mon attention fut attirée par le bateau au loin, qui à présent approchait du bord. Un promontoire s'élevait juste devant l'endroit où l'on accosta, si bien que je ne pus voir Hood quitter l'embarcation. Tout à l'heure, alors qu'elle glissait sur le lac, j'avais aperçu quatre silhouettes se détachant sur sa surface miroitante : trois d'entre elles manipulaient les rames, la quatrième était installée à l'arrière. Mais le bateau était passé à un quart de mile au moins de l'endroit où nous nous trouvions, si bien que je n'avais pu distinguer la physionomie de ses occupants.

« Et voilà l'état dans lequel je retrouve mon père, repris-je. Après des années passées à débattre avec toi-même, tu as échoué au service d'un grand voleur. Car Hood, quoi que tu en penses, n'est rien d'autre. Il est malhonnête intellectuellement et en plus il l'est au sens le plus commun du terme. Mais tant mieux, cela prouve au moins qu'il est tout d'une pièce. Il m'aurait encore davantage déplu que mon père se soit entiché d'une demi-portion... »

Bert me tourna le dos. Je vis les tendons se nouer dans sa nuque courte, ce qui signifiait qu'il était tout près d'éclater.

« Ne me parle pas comme si j'étais de la crotte, fit-il avec un flegme surprenant. Je pourrais encore t'apprendre un certain nombre de choses, tu sais. Pour le moment, tu te prends pour un phare. C'est une illusion. Ne deviens pas l'esclave de ton propre esprit.

— C'est absurde, répliquai-je avec un rire bref. Nous sommes tous ce que notre esprit fait de nous.

— Parle pour toi, répliqua Bert. Le mien ne m'a pas fait de cadeau. »

Le son d'une corne retentit, en provenance de l'endroit où le bateau avait accosté.

« Hood est parti. J'ai hâte qu'il soit de retour afin qu'on s'occupe de toi. Le Parlement vert doit me contacter au moment voulu », grommela Bert en tire-bouchonnant entre deux doigts une mèche de ses cheveux noirs parcourus de fils blancs. « Oh, mon fils, mon fils, il aura suffi de trois mois pour te contaminer. Et tout ce que je t'ai appris, qu'en est-il advenu ? Oublié déjà ? Mais, ne t'en fais pas, il est encore temps, tu verras, on fera de toi un homme, un vrai.

— Qu'est-ce qu'un homme, un vrai, père ? lui demandai-je. Pourrais-tu m'en donner une définition ? Ou bien dois-je entendre que l'homme, le vrai, ce serait toi ? »

Incapable de répondre, sauf par un regard de chien battu, Bert s'éloigna à travers les fougères, tel un automate, en direction des habitations. Lorsqu'il fut parti, je m'assis dans l'herbe, mi-affligé mi-triomphant. Il était clair que mon père n'avait plus prise sur moi, mais la distance qui nous séparait risquait de devenir infranchissable s'il ne démordait pas de ses nouvelles convictions. La suite dépendait en grande partie de la nature du pouvoir exercé par Hood : si le grand hors-la-loi exigeait l'obéissance totale de ses sujets — au nombre desquels je figurais à présent — il me faudrait jouer très serré pour éviter de le heurter. Mais cela ne me faisait pas trop peur car j'avais étudié les dramaturges et appris d'eux l'art de mentir en gestes et en paroles. De même que j'avais su argumenter contre le hoodisme en me fondant sur ce qui ressortait des propos confus de mon père, de même je pouvais trouver des arguments en faveur de Hood — tant il est vrai que lorsque le besoin s'en fait sentir, il n'est que trop aisé de trouver les arguments susceptibles de justifier les œuvres de l'Esprit du Mal. Cependant, un doute subsistait : serais-je à même de convaincre Bert de la sincérité de ma subite conversion à ce nouveau mode de vie ? Il me faudrait ruser durant des jours et des jours pour assurer ma fuite. Les Quatre devaient avoir envoyé des émissaires à travers tout le pays pour nous retrouver, Ham, Ange et moi, mais il était plus qu'improbable qu'ils vinssent jamais fourrer leur nez au cœur du territoire contrôlé par Hood. Et d'ici un mois, les Quatre auraient oublié leur jeune maçon miraculeux et seraient en quête d'un nouveau protégé : quelqu'un d'autre irait à Paris à ma place ! La stupéfaction qui m'avait quelque peu obscurci la tête depuis ma rencontre inattendue avec Bert commençait à se dissiper et je voyais fort bien à présent le risque qu'il avait pris en me faisant venir ici : tout mon avenir était en jeu ! Peu importait la signification qu'avait pu prendre à ses yeux cette vie singulière dans la grande forêt, pour moi, cela n'avait aucun sens. J'avais entrevu d'ores et déjà le vaste monde, et le dégoût, voire la peur, qu'il m'avait parfois inspiré ne m'empêchait pas de le trouver absolument fascinant. Le domaine de Hood, en comparaison, n'était qu'un jardinet.

Un héron se posa sur la rive, sautilla délicatement sur les galets, entra dans l'eau et tomba en arrêt. La tête baissée, il se tint parfaitement immobile puis, libérant brusquement la force accumulée dans son cou, il plongea son bec dans l'eau et le retira avec un poisson qui se tortillait au bout. L'oiseau revint ensuite sur la rive, s'arrêta à côté de moi, si près que j'aurais pu le toucher en étendant le bras, et avala posément sa proie. Les sons gutturaux qu'il émettait tandis que le poisson disparaissait étaient parfaitement audibles. Je me dis que l'oiseau, en raison de mon immobilité, n'avait pas dû remarquer que j'étais une créature vivante. Cependant, lorsque le héron fit pivoter sa tête au bout de son long cou et, non sans avoir poussé un gloussement, m'examina de haut en bas de ses yeux perçants comme des dagues, je sentis se dresser mes cheveux sur l'arrière de mon crâne. Cette créature sauvage, d'un naturel réputé craintif, n'avait cure de ma proximité. Étais-je donc devenu à ce point insignifiant ? Je bondis sur mes pieds en agitant les bras. Le héron s'envola aussitôt mais sans se presser à l'excès, battant des ailes avec une lenteur dédaigneuse.

« C'est un oiseau dressé, dit une voix familière dans mon dos. Il attrape le poisson et rentre chez son maître pour le régurgiter. »

Ham se tenait derrière moi, bras croisés, observant d'un œil pensif le héron qui planait au-dessus du lac.

« Hood a dû apprendre cela des Chinois. Chez eux, ce sont les cormorans que l'on dresse pour la pêche. J'ai mentionné cette pratique dans mon étude sur les rapports entre magie et éducation. L'âme des oiseaux est éternelle, ainsi que l'affirment Pythagore et, après lui, Old Robert. Et pourquoi ne le serait-elle pas ? Après tout, ils vivent... »

Je m'accrochai à son bras et nous avançâmes au bord du lac vers l'endroit où j'avais vu accoster le bateau. Je rapportai à Ham tout ce que j'avais observé et ce que mon père m'avait raconté.

« Oui, dit Ham, songeur, il règne ici une sorte de sectarisme bucolique pimenté d'une forte dose de criminalité. Je me suis laissé dire que Hood avait abandonné, vers la fin du siècle dernier, sa vieille défroque de bon chrétien au profit de je ne sais quelles croyances égyptiennes... Qu'est-ce que c'était ? Il me semble que cela avait quelque chose à voir avec la vie après la mort... Enfin, peu importe.

— Non, intervins-je avec une certaine emphase, il me semble à moi que cela aurait plutôt quelque chose à voir avec les femmes. Mon père en a cinq. »

Ham émit un rire bref et se frotta les mains.

« Ah ! Voilà qui est intéressant ! Et pas forcément sans rapport avec le pays du Nil. Les pratiques ressortissant au mariage y étaient des plus complexes. Dis-moi, l'une ou l'autre de ces femmes est-elle du sang de ton père ?

— Non, me hâtai-je de dire. Ce sont toutes des étrangères, et je crois qu'elles sont l'essentiel de ce qui constitue sa nouvelle vie, comme il appelle cela. »

Nous contournâmes le promontoire et découvrîmes l'embarcation couchée sur une petite plage de sable rose. Il y avait de nombreuses empreintes de pas tout autour mais nul signe de vie. Les rames étaient rangées à l'intérieur, un filin blanc courait de l'avant à un moignon de saule. Un joli bateau, ma foi, et dont on aurait pu se servir pour prendre la fuite — si l'on ne s'était trouvé au beau milieu de l'immense forêt contrôlée par Hood. Tandis que cette pensée se dissipait, je pris le temps d'admirer la facture remarquable de l'embarcation, sa forme longue et fine, le fond plat, l'assemblage parfait de la coque, d'un bois que je ne pus identifier. Je ne résistai pas à l'envie de monter à bord. Je commençai par regarder autour de moi pour m'assurer que personne ne nous observait puis grimpai par-dessus le plat-bord et m'assit sur l'un des bancs des rameurs.

Ham me regardait, les sourcils en accent circonflexe.

« Le bateau est un engin aquatique qui ne saurait avancer sur la terre ferme. Du fait de la friction entre la coque et la route, il est inutilisable, même en tant que traîneau... », dit-il d'une voix monocorde.

Mais je ne l'écoutais pas. J'avais perçu les effluves d'un parfum que je connaissais fort bien. Il émanait de la place de l'un des rameurs dont le visage se présenta immédiatement à mon esprit : large, joufflu, luisant. Je vis sa bouche parfaitement dessinée et j'entendis son souffle tandis qu'il tirait sur les rames : c'était le même que celui de l'homme qui gravissait High Street à Guildford, la nuque en sueur, en quête de mets relevés et de vins fins.

Maître Henry de Reyns était l'un des trois rameurs qui avaient amené Hood de l'île jusqu'à cette petite plage.

XXXI

Ham, qui ne jugeait pas impossible qu'il y eût des hors-la-loi parfumés — c'était même, selon lui, plus que probable —, mit aussitôt ma découverte en doute.

« Cela colle parfaitement. La réputation de Hood, hormis sa cruauté et son art de tourner en ridicule le pouvoir royal, est celle d'un homme qui vole uniquement les riches. Ce qui s'impose tout naturellement, dans la mesure où voler les pauvres est par définition entreprise de maigre profit. D'ailleurs, où trouverait-on du parfum, si ce n'est dans les bagages des riches ? Le deuxième point porte sur la répartition des marchandises volées : on dit qu'il donne volontiers aux pauvres, autrement dit, à ses propres sujets. D'où ton rameur parfumé.

— Il y a de la sueur sur le banc, dis-je. Maître Henry est gros. Il transpire au moindre exercice. Et les autres bancs sont secs.

— Un gros hors-la-loi, éventuellement parfumé, il y en a un. Il s'agit d'un énorme moine aussi vieux que Hood lui-même. On dit que c'est son confesseur et l'un de ses intimes. L'idée d'un moine portant du parfum te surprendrait-elle à ce point ? Je pourrais t'en présenter bon nombre qui se parfument pour se protéger de leur propre haleine fétide. »

Tout en parlant, Ham faisait osciller l'embarcation dans laquelle je me trouvais et, pour un peu, je me serais cru dans un berceau. Il arborait un sourire indulgent, mais je voyais bien que je l'avais rendu pensif.

Là-dessus, Bert réapparut, hors d'haleine et cramoisi. Il réagit violemment en voyant qui était avec moi.

« Tenez-vous à l'écart de mon fils ! éclata-t-il en roulant des yeux furibonds.

« Certes, Messire, certes, fit Ham en reculant d'un pas. J'aimerais même me tenir aussi loin de lui que possible car, en attendant, il ne m'a causé que des ennuis. Cependant, je puis vous assurer que c'est un écolier exceptionnel. »

Mon père m'empoigna par le bras et me tira brutalement hors du bateau, si bien que je m'éraflai les tibias sur un porte-rame.

« Si je vous reprends à lui empoisonner l'esprit, je vous tuerai ! »

Ignorant les lourdes menaces de Bert, Ham s'assit sur la rive herbeuse et joignit les bouts de ses doigts.

« Dites-moi, Herbert, dit-il. Il y a quelque chose qui m'échappe et vous pourriez peut-être éclairer ma lanterne. C'est une question qui m'inquiète beaucoup, en rapport avec l'activité principale du peuple de Sherwood : si quelqu'un vole au riche pour donner au pauvre, est-ce que ce pauvre, en devenant riche de toutes les richesses du riche, ne devient pas par là même quelqu'un qu'il convient de voler ? »

Bert leva une main et poussa un chapelet de jurons choisis dans la réserve des blasphèmes que je lui connaissais depuis toujours.

« Écoute-moi bien, tête d'œuf, gronda-t-il ensuite. Je n'aime guère ce genre de petit jeu. De quoi tu te mêles ? Tu ne sais rien de la vie que nous menons ici. Ce qui est clair, c'est qu'on ne joue pas, comme toi, à se chercher les poux dans la tête et à faire des nœuds avec les phrases pour s'amuser.

— Ne le prenez pas si mal, mon cher Herbert, reprit Ham d'un ton conciliant en se calant sur ses coudes. L'homme perdu doit si possible rester curieux de la vie jusqu'au dernier moment, vous ne pensez pas ? Car il se pourrait bien que ce dernier moment s'avère le plus intéressant de notre existence...

— Tu vas fermer ton clapet ? » grinça Bert en marchant en rond autour de Ham, qui, très détendu, semblait bien regonflé depuis sa défaillance de l'autre jour.

« Est-ce bien le moment ? Fermer son clapet à l'heure de l'expérience finale ? Lorsque vous m'aurez tué, je ne dirai plus rien, par force, du moins à ce sujet. Ces ruminations sont pour moi une manière de renouer les fils défaits... aaah... » Il s'allongea sur le dos, les mains derrière la tête, regardant le lac. « Tout est si beau ici ! Mais les beautés du ciel seront-elles semblables à celles que nous avons sous les yeux ? Accordez-vous une pensée à ce sujet, Herbert ? Ne se pourrait-il pas que Dieu juge d'une laideur abominable tout ce qui nous paraît si beau en ce monde ? Y aurait-il lieu de s'étonner que l'esprit divin œuvre selon un schème en parfaite contradiction contradistinctive avec le nôtre ? Le ciel pourrait n'être rien d'autre qu'une porcherie dorée. »

Vivement, je me postai entre Ham et Bert en voyant s'empourprer la tête de mon père ; un signe familier qui m'avertissait qu'il était en train de perdre son sang-froid.

« Allons, Papa, ne t'énerve pas, dis-je en posant une main sur la tête blanche de Ham qui continuait de gloser. Il parle par habitude. Ne l'écoute pas. Il ne peut pas faire autrement... »

C'était ce qu'il fallait dire : mon petit acte de conciliation fut suivi d'effet. Bert retroussa la lèvre supérieure et se borna, pour apaiser son indignation, à décocher un léger coup de pied dans les jambes étendues du philosophe.

« Ta tête est une prison, Bacon, conclut-il Ne tente plus d'y enfermer mon fils. »

Là-dessus, il s'éloigna en me traînant derrière lui. Lorsque je jetai un coup d'œil par-dessus mon épaule, je pus constater que Ham n'avait pas bougé : il était toujours couché de tout son long, les yeux braqués sur le lac, les bras croisés sous la nuque, sa tête chenue légèrement branlante.

C'était une importante communauté qui vivait là, dans les profondeurs de la forêt. Les habitations étaient disposées en étoile autour du lac central, et le véritable siège du gouvernement de Hood se trouvait sur l'île. Pour commencer, je m'intéressai uniquement à la maison de Bert et de ses cinq femmes ; mais au fil des semaines, je portai mon attention sur les différents aspects de cet État secret et tâchai de m'en faire une idée plus précise.

Sherwood est situé au cœur de l'Angleterre ; c'est un vaste territoire forestier qui couvre la majeure partie des comtés du Centre, fiefs concédés par le roi à ses frères, comtes et ducs, dont l'autorité ne s'exerce cependant que sur le papier : ici prévaut, à l'exclusion de toute autre, la loi de Hood.

A première vue, tous modes de vie individuelle et familiale, toutes formes d'économie domestique, d'instruction et de culte étaient tolérés ici, pourvu que la loi et l'autorité de Hood ne fussent pas mises en péril. Cela signifiait que les plus petites agglomérations jouissaient d'une certaine autonomie et que ceux qui exerçaient le pouvoir localement toléraient en principe les opinions et convictions les plus diverses, l'essence de l'autorité de Hood étant contenue tout entière dans sa cause première — résistance au pouvoir royal. Là commençait et finissait la philosophie de Hood ; au-delà de cette notion, chacun pouvait s'exprimer comme il l'entendait, choisir sa religion et suivre sa propre nature.

A y regarder de plus près, la réalité était quelque peu différente : en sa qualité de défenseur héroïque des opprimés, aucun des ordres de Hood ne pouvait être critiqué ou discuté. La moindre velléité dans ce sens vous rendait suspect d'être du côté du roi. Or, Hood était toujours considéré comme un homme qui courait de grands risques pour son peuple : accroître encore ces risques passait à Sherwood pour pure et simple félonie. Quiconque se rendait coupable d'opposition aux méthodes ou aux désirs de Hood était accusé d'être un homme du roi et condamné à mort sans autre forme de procès. La justice était des plus expéditives : on traînait le coupable dans un fourré et on le bastonnait à mort.

L'existence du Sherwood de Hood n'eût été possible sans la réserve naturelle de nourriture — la venaison. Les cervidés de Sherwood étaient semi-domestiqués, élevés intensivement, au même titre que le porc et d'autres animaux que l'on avait adaptés à la forêt. Plusieurs décennies auparavant, les chefs de famille de Sherwood avaient cessé progressivement de faire paître leurs bêtes dans les prés : sevrées d'herbe, elles s'étaient habituées à manger des feuilles et des fougères. La chair et le lait de ces animaux avaient un goût particulier : plus fort, plus savoureux, toujours avec un vague relent de fumé.

Ce qui manquait le plus en forêt, c'était le pain ; vu l'impossibilité de faire pousser dans les quelques clairières et maigres champs gagnés sur la forêt le blé nécessaire à la fabrication de pain pour cinquante mille personnes — c'est à peu près à ce nombre que j'estimais la population de Sherwood —, cet aliment avait été carrément banni. De l'avoine était cultivée pour nourrir les chevaux en hiver et exclusivement réservée à cet usage. La levure servait uniquement à fermenter les vins de fruits. Le seul substitut du pain était une galette à base de farine de noisette et de gland. La pâte mélangée à des herbes sauvages était frite à la graisse de porc ; une délicatesse à laquelle je ne touchai pas. Durant mon séjour à Sherwood, le pain me manqua plus que toute autre chose au monde.

Les archers constituaient l'élite de la forêt. Les arcs étaient faits avec de l'if provenant de l'île de Hood. Il était interdit d'utiliser à cette fin de l'if d'une autre provenance. Bert n'était pas de leur nombre mais on lui faisait miroiter la possibilité de suivre un entraînement et d'entrer un jour dans leurs rangs. En attendant, il était affecté à des besognes diverses : coresponsable d'un élevage de pigeons, maçon occasionnel et tâcheron affecté à de multiples besognes.

Au bout d'un certain temps, alors que le désir de m'enfuir commençait véritablement à m'obséder, Bert m'apprit que mon enlèvement n'avait pas du tout eu lieu à son initiative. Un membre du Parlement vert avait appris par Maurice Welbilove que j'allais quitter Guildford incessamment. Il en avait informé Bert qui, quand bien même cette idée lui serait venue à l'esprit, n'aurait pas eu à s'adresser à Hood pour le prier de me capturer : en effet, cette décision était d'ores et déjà prise. Bert l'avait approuvée chaleureusement sans se poser davantage de questions. Une fois dans la forêt, intégré à la nouvelle « famille » toute faite de Bert, je m'attendais donc à recevoir quelque signe de Hood ou de l'un ou l'autre de ses lieutenants — puisque la décision de me capturer obéissait apparemment à un dessein autre, plus vaste, sans nul doute, que celui qui consistait à rendre un fils à son père. Au lieu de cela, je fus affecté comme apprenti à la mine de charbon, l'emploi le plus bas que l'on pût exercer dans la forêt, et si cette affectation ne m'était apparue de nature à servir mon dessein, Hood lui-même eût entendu parler de mon dépit.

J'en vins à croire qu'on avait l'intention de m'humilier délibérément lorsque, le dixième jour après mon arrivée à Sherwood, une jeune fille courtaude, de physionomie fort peu avenante, affligée au demeurant d'un défaut d'élocution, se présenta à la maison de Bert, envoyée par le Parlement vert. Elle s'appelait Flossy et venait de Doncaster. La pauvre enfant avait reçu l'ordre de se présenter à la « famille » pour devenir ma fiancée. Je dus faire un effort pour ne pas l'insulter et la renvoyai séance tenante, mais non sans avoir eu, au préalable, une sérieuse prise de bec avec Bert. Il prétendit que la coutume à Sherwood était de faciliter l'expérience de l'amour entre garçons et filles lorsque le moment était venu. A ceci je rétorquai que j'avais d'ores et déjà franchi ce pas. Cela réduisit Bert au silence mais il ne me crut qu'à moitié, soupçonnant une bravade de ma part. S'il avait pu lire en moi, il aurait rencontré Lucie et les questions que je me posais à son sujet : l'avait-on chargée de me déniaiser ? Et avait-elle été choisie dans ce but pour avoir été auparavant l'amante de mon père ? Où commençait et où finissait l'expérimentation ?

Je revenais chaque soir de la mine à ciel ouvert située à deux miles environ du lac, mangeais à la maison de Bert puis partais me promener une heure dans le bois. La besogne de mineur ne me portait pas peine. Mon corps s'était développé à la ressemblance de celui de mon père, court, massif, puissamment découplé, parfaitement adapté au maniement de la pelle et de la pioche. Mes camarades mineurs étaient d'assez bons bougres, et s'il n'y avait aucun échange entre nous sur le plan intellectuel, je n'étais pas pour autant en manque de ce côté-là. Au retour de la mine, je retrouvais Ham au bord du lac et l'énergie de toute une journée de pensées accumulées était investie non seulement dans nos projets de fuite mais aussi dans l'examen de la vraie nature de Hood. Nous étions d'accord, au départ, sur un point capital : Hood avait cessé d'être le Hood de la légende.

Au cours du mois de novembre, il y eut un regain de beau temps estival. Toutes les feuilles étaient tombées mais il faisait presque aussi chaud qu'au plus fort de l'été. Les gens de Sherwood se baignaient dans le lac parmi les feuilles mortes jaunes et rousses. Je les imitai. Lorsqu'on était dans l'eau, l'île de Hood ne paraissait pas très éloignée et j'eus grande envie de la rejoindre à la nage. C'était chose interdite mais Ham pensait que si jamais je venais à me faire prendre, je pourrais toujours arguer que j'avais nagé jusqu'à l'île sans même y penser, pour le plaisir, et à cause de la chaleur. Hood avait quitté la forêt et, à moins qu'il eût laissé des hommes de garde, il était peu probable que je sois repéré. Ainsi raisonna Ham, incapable lui-même, en raison d'une faiblesse congénitale des poumons, de parcourir une telle distance à la nage, mais fort intéressé par ce que je risquais de découvrir dans l'île.

Le soir venu, lorsque les baigneurs quittèrent peu à peu le bord du lac, je restai dans l'eau, caché derrière une grosse branche flottante. Ensuite, je me mis à nager en direction de l'île, comptant les étoiles au fur et à mesure qu'elles apparaissaient dans le ciel, à commencer par Vénus. L'île était plus éloignée que je ne l'avais cru et quand je l'atteignis, je fus heureux de pouvoir me reposer un peu. Un moment plus tard, je grimpai dans les rochers et progressai, sous le couvert des ifs qui poussaient jusqu'au bord de l'eau.

L'île avait la forme d'une faucille un peu rétrécie en son milieu. A hauteur de cet isthme était plantée une grande maison couverte de lierre et aux volets clos. Il y avait un jardin de fleurs plein de roses, ponctué çà et là de massifs de digitales et de roses trémières défleuries.

Comme je m'approchais, j'entendis la corne.

On utilisait différentes cornes à Sherwood, chacune ayant sa tonalité particulière, sa signification propre : couvre-feu, alerte, lever du soleil, application d'une peine, manœuvres des archers ; mais la corne qui se faisait entendre là, maintenant, avait un son plus grave, plus sombre, que toutes les autres : un son chargé de mélancolie, plaintif, tourmenté, inspiré par une belle souffrance extatique tournant à la vengeance.

La corne de Hood.

XXXII

A peine avais-je eu le temps de me retirer derrière le rideau d'ifs que les volets de la maison furent brusquement secoués et rabattus. De ma cachette, je vis avec terreur des chandelles s'allumer et des serviteurs affairés passer devant les fenêtres ouvertes. J'avais approché la maison de front et les serviteurs devaient être logés à l'arrière. Entre-temps, la porte principale avait été également ouverte et deux torches plantées dans le jardin pour éclairer le chemin d'accès. J'avais dénombré au moins sept hommes et trois femmes courant de pièce en pièce, or, aucun son de voix ne m'était parvenu jusqu'alors, ce que je trouvais plutôt bizarre. Je devais découvrir plus tard que tous les serviteurs de l'île étaient muets, victimes des sauvages lois de la forêt édictées par le roi contre les braconniers.

Il s'était écoulé environ un quart d'heure lorsque je perçus le crissement de la quille du bateau sur les galets de la grève, à hauteur de l'isthme. Aussitôt après, des voix se firent entendre, se rapprochant rapidement de la maison. De ma cachette, je ne pouvais voir le groupe des arrivants, en revanche j'entendis les jappements des chiens et grimpai aussitôt dans l'arbre le plus proche afin de me mettre autant que possible hors de portée de leur flair. Je vis passer au-dessous de moi quatre archers portant cagoule, l'un d'eux tenant en laisse un couple de lévriers. Ils entrèrent et la porte se referma derrière eux, non sans que les chiens eussent encore tiré sur la laisse dans ma direction. Avant de les entraîner à l'intérieur, l'homme qui les retenait parcourut des yeux le rideau d'ifs puis haussa les épaules.

« Sans doute des canards », l'entendis-je dire, après quoi il émit un rire bref et disparut.

Il commençait à faire froid et mes vêtements mouillés n'arrangeaient rien. Mes jambes étaient déjà toutes roidies, et, pour couronner le tout, un vent aigrelet s'était levé tandis que j'étais là, toujours recroquevillé dans mon arbre. J'avais l'intention d'y rester jusqu'à ce que tout le monde eût disparu dans la maison et d'amorcer alors ma retraite vers l'endroit où j'avais accosté ; mais je tremblais trop fort, à la fois de peur et de froid, pour entreprendre quoi que ce soit de vraiment efficace.

Incapable de tenir davantage sur mon perchoir, j'entrepris de descendre tant bien que mal. Comme j'avais atteint les branches les plus basses, la porte se rouvrit et l'un des archers, le plus petit des quatre, réapparut. Il avait retiré sa cagoule et son visage était tourné vers la torche.

C'était Simon de Montfort. Tandis qu'il défaisait sa braguette et urinait dans un buisson, je restai agrippé à ma branche basse, suffoquant sous le choc de cette rencontre. Au même instant, les lévriers surgissaient et se mettaient à japper et à sauter en l'air juste au-dessous de moi pour tenter de m'attraper.

Montfort continua de pisser, les yeux levés dans ma direction.

« Qui est là ? » s'écria-t-il au moment même où deux serviteurs armés accouraient à leur tour.

« Hedric, fis-je en claquant des dents.

— Hedric comment ? »

Mes mains étaient tout engourdies et ma frayeur si grande que mon sang s'était changé en eau. Montfort avait la bouche ouverte, un sourire féroce sur son visage de loup. Mon ultime souvenir tient dans la sensation de ma chute à travers le fouillis des branches basses, en direction des chiens excités et de l'épée menaçante de Montfort : une âme damnée plongeant dans la gueule de l'enfer.

Il est des moments où l'on ne voudrait plus sortir de l'inconscience. Lorsque je me réveillai, je demeurai couché, immobile, les yeux clos, tâchant de retourner au sommeil qui venait de me quitter. J'étais enroulé dans une couverture et je sentais le feu tout près de moi, je percevais même son rougeoiement à travers mes paupières fermées. Il flottait aussi dans l'air un parfum familier et j'entendais des voix. Une main m'enserra doucement une cheville.

« Nous savons que tu es réveillé, Hedric », dit une voix bien connue. Je réagis comme un enfant impatient de voir son bien-aimé parent. Avant même d'ouvrir les yeux, je savais que c'était maître Henry de Reyns mais je ne le reconnus pas au premier coup d'œil. Sa large face aux bajoues rebondies et empourprées était défigurée par une blessure, à moitié guérie seulement, qui courait en forme de parabole du haut de sa tempe jusqu'à son nez. Suivant du bout de ses doigts sa cicatrice, il me regardait d'un air triste, contrarié. Puis il se pencha sur moi et chuchota à mon oreille :

« Tu t'es déshonoré et tu as déshonoré notre foi. »

Je gémis sans le vouloir et tentai de libérer ma cheville.

« Quel garçon stupide tu fais. Et moi qui avais misé sur toi, dit-il en désignant sa balafre. N'ai-je pas une mine terrible ? Une affaire d'honneur, cher Hedric. Les architectes ont leur fierte. Le misérable s'est gaussé de mon Westminster. On n'a pas idée ! »

Je tâchai de voir ceux qui se tenaient derrière maître Henry, redoutant déjà le pire : calé dans un siège, Old Robert me regardait de ses yeux troubles en faisant claquer sa langue. Juste à côté, le quatrième homme était accroupi près du feu, me tournant à moitié le dos. Lorsque sa tête pivota lentement dans ma direction, je reconnus la lourde paupière tombante du roi.

« Tu aurais dû suivre plus scrupuleusement notre curriculum, dit-il en poussant un soupir. Comme le disait déjà mon père, Jean, il y a autant à apprendre dans mon second royaume que dans mon premier.

— Hood, c'est donc vous ? chuchotai-je, effaré.

— Nous sommes toujours Hood, mon garçon, toujours. Mon père l'était ; son frère Cœur de Lion l'était, et de même mon grand-père, Henri, déclara le roi en balayant l'air d'une main légère. Y a-t-il meilleure retraite que la forêt pour un roi qui se débat constamment à l'intérieur des limites fixées à sa personne et à son pouvoir ? Ici, nous pensons, nous élaborons des projets, nous expérimentons librement. Et dans un coin de terre qui, sans nul doute, ressemble au Paradis.

— Je comprends, Sire, murmurai-je en hochant la tête aussi sagement que possible. A présent, tout s'explique...

— Et nous pouvons observer l'effet des traitements que nous faisons subir à nos sujets. Cela nous est d'une aide précieuse, d'autant plus précieuse que nous sommes toujours en danger de nous transformer en despotes, poursuivit Sa Majesté en dardant un regard noir sur Montfort.

— Sire ! m'exclamai-je en tentant de me relever et de retenir en même temps la couverture qui menaçait de glisser. Si seulement j'avais su. »

Le roi secoua la tête.

« Non, tu es dans le même piège que moi, mon garçon. Dans lequel de mes deux mondes bâtirais-tu tes chefs-d'œuvre ? Notre esprit est soumis à deux forces, comme tu le sais par ta propre religion. Pourquoi l'art devrait-il célébrer l'un plutôt que l'autre ? Bien et Mal, de tous deux nous sommes tributaires. Ne devrions-nous pas célébrer les deux ? »

J'hésitai, alors que j'étais sur le point de dévoiler mes pensées les plus secrètes ; depuis longtemps j'étais hanté par les formes à concevoir pour la maison du Dieu du Mal. Notre confrérie a toujours cru qu'à partir du Mal, il s'agissait de créer le Bien. A partir de la pierre, la lumière. Mais l'autorité du Dieu du Mal est éternelle et, en tant que tailleurs de pierre, nous respectons et aimons son matériau, le monde. Nous nous en servons pour célébrer le Dieu du Bien, mais le Dieu du Mal ne mérite-t-il pas plus de considération ?

« Une architecture plus naturelle s'impose à nous d'elle-même », dis-je, surpris par la fermeté de mon propre ton qui arracha d'ailleurs un gloussement admiratif à maître Henry. « Quelque chose de plus simple et de plus audacieux.

— Que veux-tu dire ? s'enquit le roi.

— Le style ogival manque de naturel. Cela semble toujours s'écarter du sujet. On en a un peu trop fait... »

Il y eut un silence, interrompu seulement par les chuintements intermittents du feu. Puis le roi explosa. Il bondit sur ses jambes et se jeta sur moi en hurlant de rage. Mais ses coups étaient comme ceux d'une femme affolée qui tape au hasard. Je m'abritai derrière maître Henry qui m'enserra plus fortement la cheville et se pencha par-dessus la ligne d'attaque du roi. La crise s'acheva aussi subitement qu'elle avait commencé et le roi se retrouva assis par terre, le souffle court.

« Tu as eu ce que tu mérites, grommela-t-il en essuyant de sa manche la salive qui coulait de sa bouche. On en a un peu trop fait ! Nous avions l'intention de te montrer la portée de la chose, la démesure de notre tristesse. Les idées sont comme les fruits d'un verger, cueille celui que tu as envie de manger. Désir, colère, ambition — par les dents de Dieu, mon garçon, qu'est-ce que tu crois ! le désir, la colère, l'ambition gouvernent aussi le monde des idées... Oh, pardon, pardon... » Il s'arrêta, puis tenta de sourire. « Dis-moi, avons-nous au moins contribué à te rendre plus sage ?

— Oh, oui... oui..., murmurai-je, effrayé, la bouche endolorie par l'un de ses coups. Je désire toujours aller à Paris..., faire mon possible pour trouver ce que nous cherchons... Sire, je sais que je me suis montré bien léger..., puéril... Je regrette mon intrusion... » Je le regardai et mes paroles se desséchèrent peu à peu sur ma bouche.

Le seul effet de mon bredouillage fut un reniflement bref émis par Montfort. Celui-ci interrogea du regard Old Robert qui leva les mains en un geste de regret.

« Si nous le relâchons, il devra être marqué, dit Montfort d'une voix coupante. Nul ne doit croire ce qu'il dira à compter de ce jour.

— Mais il est l'un de nos plus brillants sujets ! répliqua le roi d'un air contrarié. Ses opinions ne sont-elles pas valables ? Ne devons-nous pas les prendre en considération ? Il a au moins un poil au menton ! Oh, avec tout le génie qui fermente là-dedans, tout cet enfermement, cette souffrance, il devrait être capable de contribuer à gouverner son roi, non ? Mettons-le à la tête d'un Parlement ! Pourquoi pas ? » Il arbora un sourire espiègle, puis ricana : « Et que penses-tu de notre Bacon ?

— Un grand philosophe, Sire !

— Il est encore plus égaré que nous. Je doute qu'il sache toujours faire la différence entre le Christ et Mahomet. Ma propre conviction est qu'ils étaient du même sang. Bon, je vais me baigner. Quand je reviendrai pour dîner, je ne veux plus voir ce vaurien. »

A ces mots, le roi se releva avec peine et quitta la pièce. Old Robert le suivit des yeux en jouant avec ses doigts. Lorsqu'il se tourna vers moi, je vis qu'il avait de vraies larmes aux yeux. Il trottina en vacillant à ma rencontre, s'arrêta devant moi et me prit par les mains.

« Ne pense pas trop de mal de nous, mon garçon, chevrota-t-il. Accord, consensus, concorde — toutes ces choses paraissaient plus précieuses que la vérité. Mais notre monde se disloque et nous savons à présent qu'il convient de ne point intervenir. Ainsi pourra-t-il éventuellement trouver, par hasard, une forme meilleure. Essaye de nous pardonner ta douleur. »

Montfort souriait sur sa chaise, dans l'angle, ses gros avant-bras croisés au-dessus de la ceinture. Dans ses yeux brillait une lueur de sympathie que je ne m'attendais pas à y trouver, un singulier mélange d'ennui et de regret.

« Dommage, dit-il. Je l'aimais bien.

— Vous ne me feriez pas de mal, n'est-ce pas ? dis-je aussi bravement que possible. Tout ce que vous avez exigé de moi a été accompli. Je n'ai pas demandé à être amené à Sherwood. Je me rendais à Lincoln pour y poursuivre mes études... »

Maître Henry me tira sur ses jambes, la couverture glissa à mes pieds et je me retrouvai tout nu devant les trois hommes. Tous trois sourirent puis maître Henry me jeta la couverture sur les épaules et me conduisit vers la porte.

« Sur la joue ! » lança Montfort, tandis que la porte se refermait derrière nous. Ainsi les gens sauront qu'il ne faut pas croire ce qu'il raconte. »

C'est ainsi que je fus marqué au fer rouge d'un L sur la fesse droite, car maître Henry, mon coreligionnaire, avait usé de tout son pouvoir pour m'éviter d'être marqué au visage. Il n'en reste pas moins que ce signe m'a valu bien des commentaires au cours de mes pérégrinations, suscitant les interprétations les plus diverses : chiffre romain de mes conquêtes en amour, lettre indélébile trahissant ma propension à la luxure (deux suggestions émises par la même personne, une veuve anatolienne), signe maçonnique, amorce de carré, flèche pointée en toutes directions. Nulle part on n'a deviné que ce L signifiait *lunatique*, et je me suis bien gardé d'éclairer la lanterne de quiconque à ce sujet. Jamais, pour tout dire, au grand jamais, je n'ai parlé des Quatre, de la mission qu'ils envisageaient de me confier, de leur quête pour échapper à la confusion de l'époque. Jusqu'à une date récente, à faire état de ces choses, j'eusse risqué ma vie ou, du moins, une seconde marque au fer rouge. Les hommes, les rois eux-mêmes, font des choix plus simples à l'heure qu'il est. A regarder les grandes œuvres de mes frères du temps du roi Henri le Troisième, je n'aperçois que certitudes : toujours la même pierre, le même schéma résultant de la critique de soi-même pratiquée à l'époque antérieure, les mêmes hérésies, la mienne étant une forme plus pure de vérité, à laquelle je devais d'ailleurs retourner en mon âge mûr. Le christianisme ne m'est toujours qu'un bâton de marche dont je me sers pour chasser les chiens de l'Inquisition. Ma secrète sauvegarde, ce sont les Deux Dieux.

Ainsi j'en arrive à la partie finale de mon livre. Lorsqu'elle sera écrite, lorsque le livre sera achevé, il ne me restera qu'à le détruire par le feu, attestant par cet acte la mort de mon orgueil et l'accomplissement de ma pénitence. Personne ne lira jamais ce que j'ai écrit, pas même l'abbé d'Iona qui a fixé ma pénitence et surveillera l'incinération de mes papiers. Ce jour-là, j'aurai expié mon péché — un péché qui heurte la conscience albigeoise non moins que la chrétienne —, et dès lors, je pourrai vivre en paix le reste de mes jours. A présent que je vais rédiger ces ultimes chapitres, je me rends compte que je n'ai composé ce livre que pour moi, omettant nombre de choses du seul fait que j'en étais l'unique lecteur, que nul autre que moi n'en prendrait jamais connaissance. Que tous les dieux veuillent prononcer une parole bienveillante en faveur d'Hedric Herbertson et lui pardonner ces omissions et inexactitudes. Mon but était de dire la vérité. Il semble que cela ne soit possible que partiellement, du moins par le truchement de l'écriture. A cette part de vérité se mêlent tâtonnements et contrefaçons de la mémoire.

Je suis là, à Kendal, près de la rivière, en route pour le nord d'Iona, une région bien connue de moi puisque j'y ai été trimbalé durant une bonne partie de mon enfance dans le sac de mon père et que j'ai même bu alors le lait d'une renarde de ces collines. Bien que ce livre soit destiné aux flammes, guide ma main, père, délivre-moi de mon arrogance afin que je puisse retourner enfin au monde et à mes plus grands triomphes, car le Troisième Style est mien, inspiré par ce galet que je porte depuis toujours dans ma poche et par la contemplation des grottes de Göreme, en Asie Mineure, que j'ai explorées à l'occasion de mon pèlerinage à Jérusalem. Que Hans Seersach ait visité ces grottes, j'en suis convaincu : mais la conception du style est de moi, et s'il doit conquérir le monde de l'architecture, il portera deux marques : # pour Hedric Herbertson qui te rejoindra en esprit lorsque son œuvre sera achevée sur terre ; et L pour « *learner* », l' « apprenti » que tu n'as jamais cessé d'être, cher père, alors que, de mon côté, j'ai outrepassé ce signe dont je fus marqué pour la vie.

XXXIII

DEBOUT à l'arrière du bateau, mes braies défaites reposant autour des chevilles afin de laisser la brise caresser ma brûlure, je tâchais d'écouter maître Henry qui, tout en ramant, ne cessait de me parler. Le fait qu'il pensait que je pouvais être attentif à ses propos en dépit de la douleur affreuse qui me tourmentait, voilà sans doute un détail qui en dit long sur son caractère. Il venait de me voir à plat ventre sur une table de cuisine, les tranchants de deux lames de dagues chauffées à blanc pressés à angle droit sur ma peau. Il m'avait entendu hurler, m'avait vu me tortiller sur la table, avait senti l'odeur de ma chair brûlée ; et à présent, il était là à bavarder le plus tranquillement du monde, manipulant nonchalamment les rames, sa longue ligne de pêche flottant à l'arrière de l'embarcation. Au moment de grimper à bord, je pleurais encore de rage et de souffrance, mais cela ne l'empêcha pas de contrôler son équipement de pêche et de me faire admirer, comme si de rien n'était, un petit poisson d'or ciselé qu'il avait acheté à Venise et qui tournoyait dans l'eau, ainsi que trois hameçons à double pointe, également d'or ciselé. Il me raconta en long et en large comment il s'était procuré ces articles de pêche exotiques, lesquels sortaient de l'atelier d'un célèbre orfèvre persan œuvrant à la Cour de l'empereur romain, à Constantinople ; comment il avait fallu en marchander longuement le prix avec le commerçant vénitien ; que perches, truites, saumons et brochets ne pouvaient s'empêcher de se jeter dessus ; qu'il envisageait de se vouer entièrement à l'art de la pêche dans ses vieux jours, et je ne sais quoi encore. Pendant ce temps, je m'efforçais de digérer ma honte, non moins cuisante que ma brûlure, et d'endiguer mon dernier flot de larmes d'enfant.

Depuis ce jour, j'ai enduré maintes punitions plus ou moins ignominieuses — certaines justifiées, d'autres non —, jamais pourtant je n'ai eu à subir, après le châtiment, une aussi cruelle indifférence de la part d'une personne censée avoir de l'amitié pour moi. Maître Henry me parlait comme s'il n'y avait aucune raison de supposer que je pusse n'être pas tout à fait heureux. Et quand il condescendit finalement à mentionner ma brûlure, ce fut pour me dire qu'il la considérait comme une purification et que je ferais bien de la voir également sous cet angle.

« Tu aimeras cette marque plus tard. Si tu prends la peine de la regarder de loin en loin dans un miroir, elle te rappellera que tu as grandi d'une manière qui en valait vraiment la peine... », dit-il, et là-dessus, avec un grognement, il tira un peu plus fort sur la rame gauche afin de remettre le cap dans la direction voulue. « Si peu de gens ont une enfance réellement utile. Ils en sortent gâtés et attendris, rompus à rien, aussi dépendants des autres que le jour de leur naissance. Il n'y a pas de temps pur dans la vie, tu sais. C'est encore et toujours confusion et imbroglio, peines et tribulations. Très peu de choses nous apparaissent clairement. Tout ce que nous voulons, c'est grandir. Atteindre le grand âge nous semble un triomphe magique et nous ignorons la tristesse de ceux qui sont passés par là avant nous... Ouah ! »

Maître Henry tira sur la ligne attachée à son pied droit. Loin derrière nous, dans le lac, un plouf se fit entendre.

« Est-il toujours accroché ? Oh, pourvu qu'il ne lâche pas prise, non, non ! lança-t-il, tout excité, en enroulant aussi vite que possible la ligne autour de sa main ; l'instant d'après, il marquait une pause, tirait sur la ligne puis déposait les boucles dans le fond du bateau et se remettait à ramer.

« Dommage. Gros poisson, dirais-je au toucher. De quoi parlions-nous ? Ah, l'enfance ! Il n'y a pas d'âge doré prévu par la nature dans la vie d'un homme, il n'y a que ce qu'il crée lui-même. Tu as un avantage sur d'autres, Hedric. Tu sauras toujours exactement quel jour tu as perdu ton innocence. Ce doit être aujourd'hui. Et dès l'instant où il te sera de nouveau possible de t'asseoir, tu pourras dire “ je suis grand ”. »

Maître Henry me dévisagea, s'attendant à un sourire de ma part, en réponse à une telle dépense d'humour, mais je n'avais nulle envie de sourire : je scrutai le fond du bateau, le cœur bourrelé de ressentiment. Au clair de lune, je vis défiler sur le bord de la coque, tresse après tresse, le crin de cheval noué, tendu par la résistance dans l'eau du leurre doré. Je comptai les nœuds pour ne pas me jeter tête baissée sur maître Henry.

« Hedric, quelques mots qui pourront te servir sur la route. Après cette... malheureuse erreur... je veux dire de ta part... disons que... eh bien, nos plans concernant ton éducation sont sérieusement compromis. Vois-tu, je crains que nous ne devions revenir sur nos décisions, bien que, pour ma part, je trouve cela fort regrettable, car tu es un garçon de grand talent, si, si, je le crois vraiment. » Il soupira à plusieurs reprises au rythme des rames puis, sur un ton gentiment moqueur : « Oh, les jeunes, les jeunes ! Quel gâchis ! Jamais contents. Rappelle-toi ceci, Hedric : on ne peut pas seulement rendre justice à ceux que l'on aime, pas plus qu'on ne peut réserver l'injustice à ceux que l'on n'aime pas. La loi contient en substance ce qui est hors la loi, voilà ce que les Quatre ont compris, mais où cela mène-t-il lorsqu'on a affaire à des gens comme toi ? Tu savais qu'il était défendu d'aller dans l'île, tu y es allé malgré tout. Pourquoi ? Je le sais. Tu aimes l'inconnu. Tu es curieux de tout et plus qu'il ne faut, tu es prompt à prendre le mors aux dents, et je t'adore pour cela, mon enfant. Sans cette sorte d'étincelles, que deviendrait ce monde de plomb ? Il sombrerait plus bas que terre.

— Vous allez me laisser rentrer à la maison ? interrompis-je, fatigué de ses bavardages ironiques.

— A la maison ? C'est où ? dit-il en s'esclaffant.

— Là où est mon père !

— Tu vas lui dire ce qui t'est arrivé ?

— Il me serait difficile de le lui cacher, répliquai-je amèrement. Cela mettra des semaines à guérir.

— De toute façon, il aura sûrement deviné, depuis le temps, qui est Hood. D'ailleurs, tout le monde l'a deviné mais personne ne veut l'admettre », dit-il en rentrant sa grosse tête dans le gras de ses épaules et en tirant sur les rames. « Parmi ceux qui ont senti peser sur leur dos le harnais du gouvernement, nul ne serait surpris d'apprendre que le roi et Hood sont un seul et même homme. Aussi, va, raconte à ton père comment nous t'avons châtié. Il devrait éprouver un intérêt naturel pour tout ce qui t'a été appris. Qui sait ? — il pourrait en tirer leçon lui-même. Un père sage profite de son enfant s'il sait garder les yeux et les oreilles ouverts. Oh, Hedric, Hedric, soupira-t-il en m'adressant le plus aimable sourire qu'il m'ait été donné de voir. Dire que nous aurions pu séjourner à Paris ensemble. Paris ! Je t'aurais montré la vie ! En comparaison, ceci est un pays rude et barbare. Et cependant, très édifiant, n'est-ce pas ? continuat-il d'un ton rêveur en espaçant les coups de rames, la tête levée vers le ciel obscur. La vérité doit être rendue plus simple qu'elle ne s'exprime par la bouche d'Aristote ou d'Augustin, ou par celle de notre Old Robert. Nous pourrions, nous autres Albigeois, être ceux qui arrachent le voile. Mais nous laisseront-ils faire ? Oseront-ils ? Ils savent en tout cas que l'alternative pourrait venir de nous. Nous pourrions détenir le secret. Les chrétiens ne nous détruiront pas, de peur que nous ne soyons les dépositaires de cette vérité qu'ils cherchent désespérément à connaître. Oui, nous pourrions disposer de la clé... une clé qui pourrait fondre avec nous dans le feu si... Ouch ! »

La ligne s'était déroulée à toute vitesse et venait de s'arrêter, tirant brutalement sur la jambe de maître Henry où elle était attachée.

« Qu'est-ce que c'est ? Toujours là ? s'exclama-t-il en lâchant les rames et en s'accrochant à la ligne. Il nous a suivis, le démon. Il a nagé avec le bateau. »

Loin de nous, j'entendis un autre plouf, plus massif que le premier. Maître Henry tourna ses yeux brillants par-dessus mon épaule en direction du bruit.

« Par mon âme, quel morceau ! fit-il. Regarde, mon garçon, mais regarde ! »

M'attrapant par le torse, il me força à pivoter. Je pus voir les rides écumeuses à l'endroit où le poisson avait sauté. Elles se propageaient, étincelantes sous la lune, en une succession de cercles brillants qui disparurent progressivement derrière la ligne tendue.

« Qu'est-ce que c'est ? demandai-je afin de me préserver autant que possible de ses débordements d'enthousiasme. Je ne vois rien.

— Oh, un brochet, un gros brochet ! s'exclama maître Henry, visiblement ravi. Celui-ci, je l'ai déjà eu au bout de ma ligne il y a des années. » Il souleva le fil qui lâcha une pluie de gouttes et tira vivement dessus. « Et j'ai une recette formidable qui m'a été confiée par le cuisinier de l'abbé Mellitus, à l'époque de la construction du premier Westminster, dans l'île de Thorn. Pour commencer (une fois encore, il souleva la ligne et tira dessus des deux bras), écaillez et videz le poisson que l'on choisira aussi gros que possible. Séchez-le, pratiquez quelques entailles dans ses flancs, piquez-le de lardons, anchois et cornichons. Farcissez-le ensuite de viande hachée relevée d'estragon, poivre aromatique, laurier, thym, fenouil, clou de girofle, noix de muscade... ouah ! Pas si vite, Lucius ! »

Je pus voir la ligne s'incruster dans ses doigts boudinés au moment où le poisson sauta et retomba une nouvelle fois dans l'eau. Maître

Henry retira le fil et enroula un bout de son manteau autour de ses doigts afin de les protéger en vue des prochaines tractions.

« Ai-je mentionné les deux œufs ? Nous en aurons besoin pour lier la farce... » La ligne s'enfonça dans l'eau avec une force telle que la main de maître Henry fut tirée vers le bas. « Il est sous le bateau. Pourvu qu'il n'y ait ni rochers ni algues au fond ! Ensuite, Hedric, disposez le brochet entre deux pierres, au-dessus de la braise, face à un feu de bois, et veillez à ce qu'il y ait constamment beaucoup de braise. Le poisson doit être bien cuit et fumé à la fois. Laissez-le griller en le retournant régulièrement durant une demi-heure environ. » La ligne se tendit si brutalement que toute la main disparut sous l'eau et que la doublure du manteau se déchira. « Ah ! Après pareil combat, il aura sûrement un goût délicieux. Et le cerfeuil, ne l'ai-je pas oublié ? Pour servir, retirez préalablement l'arête centrale ; opérez délicatement, l'arête centrale devant normalement entraîner avec elle toutes les arêtes latérales, puis découpez en tranches. Le vin approprié serait... je crois bien qu'il est en train de bouder là en bas, Hedric. Un grand garçon comme ça, bouder. Comme c'est vilain... ! »

La ligne remonta des profondeurs, et maître Henry la ramena de son côté aussi rapidement que possible afin qu'elle reste bien tendue.

« Je sens qu'il est fatigué. C'est sa dernière tentative. Ensuite, il se rendra, fredonna-t-il. Pratiquement, je le tiens. »

Le poisson sauta hors de l'eau, battant de la queue, tordant et courbant son long corps mince, accomplissant des efforts désespérés pour se délivrer du leurre accroché dans sa mâchoire prognathe. Je retins ma respiration, oubliant un instant ma brûlure. Longtemps encore, après qu'il eut derechef disparu sous l'eau, je le vis là, en suspens, splendide de force et de voracité, le leurre fabuleux scintillant au coin de sa gueule.

Je me retournai et regardai, au-delà de notre sillage, en direction de l'île plongée dans les ténèbres. Quel combat avais-je livré tandis que l'on me marquait pour la vie dans cette cuisine odorante ? Qu'avais-je réussi à produire pour exprimer mon indignation ? Rien que des cris et des gémissements.

Penché par-dessus bord, je scrutai la surface de l'eau, espérant voir le brochet sauter une autre fois. Maître Henry ne disait plus rien. Je cherchai des yeux la ligne dans l'eau, mais ne la vis pas ; puis je regardai par-dessus mon épaule et croisai les yeux de maître Henry, braqués sur ma brûlure. Des larmes coulaient par-dessus ses joues magnifiques et dans la rigole de sa balafre pour l'honneur. Ses lèvres à l'élégante courbure tremblaient.

« Il l'a rompue, dit-il en soulevant le bout de ligne qu'il tenait encore à la main. Et il est parti avec mon leurre byzantin.

— Et si vous l'aviez pris, quel vin auriez-vous choisi pour l'accompagner ? lui demandai-je avec une insolence non dissimulée.

— Oh, quelque chose de sec et de légèrement acide », répondit-il sur un ton morose. A l'expression de ses yeux, je devinai qu'il comprenait fort bien que je sois tout content de l'avoir vu perdre la partie et le poisson. « Mais ne t'en fais pas, ajouta-t-il. Je finirai bien par l'avoir. En attendant, je m'en vais te ramener rapidement *à la maison* ! »

Il tira brusquement sur les rames, si bien qu'il y eut un à-coup et que je tombai sur les fesses. Je poussai un cri lorsque mon derrière entra en contact avec le banc. Ce ne fut que lorsque nous parvînmes à proximité du bord que je me rendis compte que j'avais totalement oublié ma douleur durant tout le temps où j'avais assisté au combat livré par le brochet pour conserver la vie.

Au moment de me laisser descendre du bateau, maître Henry manifesta une fois encore le peu de cas qu'il faisait de la réaction que Bert risquait d'avoir lorsqu'il apprendrait ce que l'on m'avait infligé.

« Qu'il pense ce qu'il voudra, dit-il d'une voix coupante. Cela n'a aucune espèce d'importance.

— Pourquoi ne venez-vous pas lui dire tout cela de vive voix ? rétorquai-je en remontant ma culotte, non sans grimacer de douleur. Auriez-vous peur d'un frère maçon, albigeois de surcroît... Il me semble que vous devriez...

— N'as-tu donc rien appris du tout, Hedric ? Et manquerais-tu à ce point de sens commun ? Tu m'en vois effrayé », grommela-t-il en virant de bord à la rame pendant que je me laissais précautionneusement glisser dans l'eau peu profonde, à proximité immédiate de la grève. « Ta vie a été épargnée. Va dans le monde et tâche d'en profiter. Oublie toute cette... ambition. Elle risque de te rendre malheureux. L'impudence ne paie pas. »

J'avais de l'eau jusqu'à la taille et j'étais tout heureux de cette fraîcheur bénéfique sur ma plaie ardente. Je voyais s'éloigner le bateau, le buste de mon tortionnaire actionnant vigoureusement les rames, saisi dans un mouvement de balancier.

La nature de l'homme est une chose. La nature propre de chacun en est une autre. Bien que possédant un certain don de divination et d'anticipation, en rapport notamment avec ce qui peut se passer dans la tête des gens, je n'ai jamais cessé d'être étonné par ce qui, à certains moments, se passe dans ma propre tête. Tandis que maître Henry sortait de ma vie en faisant force de rames — car je ne devais plus jamais le revoir —, je savais que je l'aimais encore en dépit de tout le mal qu'il m'avait fait.

Je me glissai à travers la forêt obscure en direction de la maison paternelle, portant mes vêtements mouillés sous mon bras. En chemin, je tombai sur une patrouille du Parlement vert. Les archers me demandèrent pourquoi j'étais dehors, tout nu, à cette heure, et échangèrent quelques plaisanteries salées à mes dépens. Je leur racontai que je m'étais promené près du lac et que j'étais tombé dedans. Ils me laissèrent partir en me recommandant de cesser de tenter de marcher sur les eaux comme le Seigneur Dieu.

Me rapprochant de la maison de Bert, j'entendis qu'on criait et se disputait à l'intérieur, bien avant même d'avoir atteint la porte. Il y avait de nouveau une querelle — à mon sujet, cette fois. De loin en loin, j'entendais la voix grave et tonitruante de Bert percer un instant à travers les piaillements stridents des femmes qui critiquaient avec un bel ensemble l'attitude d'Hedric en telle circonstance, son refus de faire ce qu'on attendait de lui en telle autre, sa froideur, son arrogance, sa désobéissance, son agressivité. Bert tentait de me défendre, invoquant le fait que j'avais été privé de tous soins maternels, parlant des tribulations que j'avais endurées au cours de nos pérégrinations, de ses fréquentes défaillances en tant que père, de mes aptitudes, de mon intelligence, de mon énergie, de ma persévérance. Mais comme la querelle ne faisait que s'envenimer, il changea peu à peu de ton, mêlant de plus en plus de critiques à ses commentaires élogieux. Il biaisait, faisait des concessions, cédait ici et là sur un point, se rangeant à l'avis des autres, se prononçant en ma défaveur, déclarant qu'il savait que je n'étais pas quelqu'un de facile à vivre, priant les femmes de se montrer patientes et, même, miséricordieuses à mon égard. Puis il devint flatteur, cajoleur, embobineur, les suppliant de l'aider à affronter mon indéfectible et opiniâtre sentiment de supériorité, mon absence de qualités réelles, ma fierté mal placée.

Pendant ce temps, j'étais collé contre la fenêtre, le cœur battant d'horreur de l'entendre me dénigrer devant ces étrangères. La voix que j'aimais plus que nulle autre était en train de me fustiger, déversant blâmes et récriminations sur ma tête et, pis encore, dégoisant sur mon compte et derrière mon dos comme une répugnante vieille commère au lavoir.

« Il est trop imbu de sa personne, l'entendis-je dire. J'ai essayé de lui sortir cela de la tête mais il n'a rien voulu savoir. Il y a toujours eu des gens pour l'encourager dans cette voie, aussi n'est-ce pas entièrement de sa faute. A certains moments, j'ai eu envie de l'étrangler (ici quelques gloussements censés égayer les femmes), mais en fin de compte, nous avons pu suivre quand même notre petit bonhomme de chemin. »

Ces calomnies odieuses suscitèrent un murmure de satisfaction parmi les femmes. Leur colère s'apaisa en l'entendant me trahir. Je lorgnai à travers le carreau et le vis assis près du feu, les femmes formant cercle autour de lui, considérant leur proie d'un air attendri, prêtes à la manger. Bert leva la tête et leur décocha son fameux sourire à la fois enjôleur et triomphant.

« Donnez-lui encore une chance, plaida-t-il d'un ton presque suppliant, comme si cela ne dépendait effectivement plus de lui. Aidez-moi ! »

L'une des femmes suggéra à Bert de me construire une hutte à quelque distance de la maison. Mon père, à l'affût de tout ce qui pouvait contribuer à lui sauver la mise, salua cette idée avec enthousiasme. C'était une bonne idée, construire quelque chose, oui. Il allait y réfléchir, discuter de la question avec Hedric. Mais là, il avait commis une erreur, et elle le lui fit aussitôt remarquer. Il n'y avait pas à discuter avec Hedric, Hedric n'avait qu'à *obéir.*

Je m'écartai de la fenêtre, les jambes molles. Mon cœur battait si fort que j'avais l'impression qu'il allait sauter hors de ma poitrine et s'envoler par-dessus la forêt. Si grand était mon chagrin que j'en oubliai la douleur de ma brûlure.

Je m'étendis de tout mon long dans les feuilles, le visage enfoui dans mes bras. Dire que je pleurai ne suffirait pas à décrire ce que je fis ; tout mon sang se révolta, ma chair se convulsa d'indignation. Je versai des larmes, mais elles étaient chaudes et salées, comme surgies de bouilloires d'eau de mer bouillante. Je maudis mon père et tous les hommes qui m'avaient témoigné des sentiments paternels. Je maudis ma mère. Cette malédiction m'était rendue cent fois plus amère du fait que je ne savais même pas si cette dernière était morte ou vivante. Je maudis ma naissance, je me maudis moi-même ainsi que le monde dans lequel je vivais.

D'où vient le sommeil, nous ne le savons pas ; d'un fonds de rêves ou de lassitude, de mort en suspens dans le sang, nous avertissant de son triomphe prochain ; tout n'est que conjectures. Au comble de la plus grande peine que j'aie jamais ressentie, alors même qu'il me semblait que mon cœur allait éclater, les malédictions tarirent dans ma bouche, je demeurai allongé, pantelant, fouillant dans ma mémoire pour y trouver d'autres choses à exercer. Mais alors, comme sous l'effet d'une main apaisante, descendue de nulle part, je sombrai dans l'inconscience et dans l'oubli.

XXXIV

Je me réveillai bien au chaud, le vent s'étant levé dans la nuit et ayant amoncelé une jonchée de feuilles mortes sur moi. Je restai longtemps allongé sous cette couverture odorante, songeant à tout ce qui m'était arrivé la veille. Je n'étais pas sûr d'avoir envie de me lever, de revenir dans le monde des vivants. Si je restais caché dans la forêt, si je disparaissais à jamais, tout le monde serait satisfait : les Quatre comprendraient pourquoi j'avais fui ; mon père serait content d'être débarrassé de moi. Ce que j'éprouverais alors ne me paraissait d'aucune importance ; je me sentais vide et triste au point d'être incapable de m'intéresser à moi-même. J'avais été rejeté par tous ceux qui m'étaient proches, et mon esprit était comme voilé de brouillard.

Le soleil perça à travers l'entrelacs des branches de chênes. Un frisson me parcourut et, du coup, je sentis ma brûlure. Je tentai de m'extraire des feuilles mortes et de me lever mais mes jambes refusaient de me porter. Sur les mains et les genoux, je me traînai jusqu'à un arbrisseau auquel je m'agrippai pour me redresser. Enfin, je me relevai, chancelant, la tête embrumée et douloureuse.

Je restai là, debout, me retenant à l'arbrisseau, pendant au moins une heure. Des voix me parvinrent en provenance du chemin proche mais je me tins coi. A quoi bon appeler ? me dis-je. Je n'avais envie de voir personne.

Ma jambe droite était toute raide et ma cuisse, juste sous la brûlure, paraissait en feu. A l'endroit où j'avais été marqué, tout était gonflé et ardent au point que je n'osais même pas y toucher. Il n'était pas besoin d'être docteur pour savoir que cela s'infectait. Sous peu, je serais gagné par la fièvre. Le poison voyagerait à travers mon corps, pénétrerait peu à peu dans mes organes vitaux. Une fois qu'il aurait atteint le foie, les reins, les poumons, le cœur, je mourrais.

Ainsi soit-il, me dis-je. Au moins, ils se sentiront coupables.

Le suicide est à l'honneur chez les jeunes. C'est le dernier recours, l'ultime moyen d'attirer l'attention sur soi sans avoir à se justifier devant quiconque, sans avoir à admettre la faiblesse puérile qui a entraîné la fatale décision. Si l'on vous a mis dans un état tel qu'il suffit, pour mourir, de ne rien entreprendre contre le cours naturel des choses, c'est une faveur de la providence. Je vais laisser cette brûlure me tuer, me jurai-je, toujours cramponné à mon arbrisseau. Lorsqu'ils retrouveront mon corps, nul ne doutera que je suis mort victime de l'injustice.

Je passai toute la matinée là, à attendre. Le soleil atteignit le zénith puis se mit à décliner : je restai sur mes jambes, désirant que le poison agisse le plus tôt possible. Le chemin qui passait à cinquante mètres et reliait entre eux différents groupes d'habitations était assez fréquenté durant la journée. J'aurais eu maintes fois l'occasion d'appeler. Mais je n'en fis rien, me contentant de regarder s'allonger les ombres des grands chênes.

Ce fut l'une des femmes de mon père qui me trouva. Elle s'appelait Beth et c'était la plus laide et la plus grosse de toutes. Lorsque je la vis arriver en se dandinant entre les arbres, les bras tendus dans ma direction, je poussai un gémissement et lui dis de s'en aller. Je ne vis aucune réaction dans son visage stupide, même lorsque je la fis tomber en la repoussant parce qu'elle tentait de m'embrasser.

« Viens, Hedric, viens, me gronda-t-elle en se remettant sur ses jambes. Sois sage maintenant. Ton père se ronge les sangs. Nous avons passé la journée à te chercher. Où est-ce que tu étais ? T'est-il arrivé quelque chose ? Mais qu'est-ce que c'est que ça ? Oh, mon Dieu, qu'est-ce qu'ils t'ont fait ? Il va devenir fou, je ne te dis que ça, il va devenir fou. Cette fois, ils sont allés trop loin... »

Elle ne cessa de babiller tout en me reconduisant à la maison. Bert était toujours dehors, à ma recherche. Beth me mit au lit et, lorsque les autres femmes s'en revinrent, elle me montra comme un trophée. J'étais devenu un objet de pitié, d'amour et de soins. Elles étaient indignées par les mauvais traitements que l'on m'avait fait subir. Je demeurai couché, refusant de leur dire ce qui s'était passé, me rappelant ce que j'avais vu et entendu la veille au soir, collé à la fenêtre. Étaient-ce bien les mêmes femmes ? Qui d'autre pouvait avoir médit de moi ? Des fantômes ? Des nymphes ? N'étaient-ce pas tout de même ces créatures de mauvais rêve qui me cajolaient à présent, après m'avoir diffamé ? Je grinçai des dents et attendis Bert.

Il faisait nuit quand il revint. Les femmes avaient voulu me nourrir mais j'avais refusé de manger. Elles avaient tenté de panser ma blessure mais j'avais arraché le pansement. Bert devait me voir dans l'état où l'on m'avait mis.

Depuis le temps que j'attendais ce moment.

Lorsqu'il entra dans la pièce, elles m'entouraient, roucoulant à qui mieux mieux et m'offrant des friandises dont je n'avais cure. Bert les écarta, m'interrogea du regard. Mes yeux guidèrent les siens vers l'affreuse blessure purulente. Il s'agenouilla à côté de moi et dit doucement :

« Ne t'en fais pas, fiston. Cela guérira. »

Il avait raison, bien sûr. Cela guérit. Ma blessure ne devint pas seulement, du moins provisoirement, la grande affaire de la maison, elle suscita également l'intérêt et la compassion de toute la communauté de Sherwood. Cependant, personne — mon père pas davantage que quiconque — ne me demanda comment on en était venu à me marquer au fer rouge, d'un L sur la fesse droite : tous étaient allés trop loin dans leur allégeance à Hood, dans l'acceptation de sa loi violente et arbitraire, pour songer seulement à mettre en question une punition qu'il avait jugé bon d'infliger. Mon crime était garanti, mon châtiment considéré a priori comme approprié.

Bert, en particulier, se montrait si complaisant envers ceux qui m'avaient maltraité de la sorte que ses femmes elles-mêmes ne trouvaient pas cela naturel. Il semblait ne pas éprouver la moindre curiosité au sujet des circonstances dans lesquelles cela m'était arrivé. Pour lui, j'avais eu la punition que méritait mon incommensurable orgueil. Lorsque je voulus lui conter les détails de ma mésaventure, c'est tout juste s'il me laissa arriver à la nage jusqu'à l'île. A l'instant même où il comprit que j'y avais effectivement posé le pied, il m'arrêta en levant la main : « N'en dis pas plus, me lança-t-il avec emphase. Plus d'un a été pendu pour s'être rendu dans l'île de Hood sans autorisation. Tu t'en es tiré à bon compte. » Il ne me demanda même pas ce que signifiait ce L. Quant à l'identité des responsables, il me fit bien comprendre qu'il ne tenait nullement à la connaître.

Si je suis resté fidèle ma vie durant à la foi albigeoise, ce n'est pas seulement parce que j'ai été élevé dans cette foi ou parce que je suis un défenseur inconditionnel de la tradition, mais pour la bonne raison qu'il s'agit d'une religion qui prend totalement en compte les revers de fortune et autres coups du sort : ceux-ci s'expliquent en effet par le caractère imparfait et décevant de la Création originelle des Deux Dieux. Or, lorsqu'un père se révèle imparfait et décevant, à l'instar de ladite Création, il est naturel que le fils applique son talent créatif à l'amélioration de son géniteur inadéquat. Mon père avait atteint un tel degré de soumission et accepté d'endosser un rôle si vil dans le prétendu paradis hoodien, qu'il me paraissait urgent de m'employer à le refaçonner. Il me fallait rebâtir mon Bert sur des fondations plus solides, selon un plan complètement repensé. Tout comme au sein de notre corporation, les mots clés de l'œuvre seraient patience et diligence.

Ham me rendit régulièrement visite durant ma convalescence. A présent que j'avais payé mon ambition au prix fort de la souffrance, Bert se montrait presque content des fréquentes incursions de mon ami philosophe : mon lit de malade était là pour témoigner à tout moment, aux yeux de mon père, des funestes conséquences de l'orgueil intellectuel. Je ne pus m'empêcher de conter toute mon histoire à Ham, non sans lui avoir fait jurer au préalable de garder le secret. Il feignit de ne pas être le moins du monde surpris, pourtant j'étais convaincu que mon histoire le troublait profondément. Ainsi donc, s'il était retenu prisonnier à Sherwood, c'était avec l'approbation de ceux qu'il considérait comme ses mentors : Montfort et l'évêque de Lincoln. Ayant reçu entre-temps, de différents Parlements verts, ordre d'observer et de commenter les expériences sociales, politiques et agricoles en cours à Sherwood, Ham trouva du moins dans ces ordres une explication plausible à sa détention. Cependant, craignant de déplaire aux Quatre, ou à l'un d'eux seulement, il ne pouvait se résoudre à formuler ouvertement ses réserves et critiques. Aussi se réfugia-t-il dans la phraséologie obscurantiste, masquant sa propre interprétation derrière des citations abstruses d'auteurs mystiques, usant d'une logique qui tendait à brouiller plutôt qu'à clarifier le jeu. Les Parlements cessèrent de faire appel à lui. Lorsque je m'enfuis du domaine de Hood, emportant mon père avec moi, Ham avait déjà été subrepticement éloigné de Sherwood. Je n'entendis plus reparler de Roger Bacon jusqu'à l'époque de mon pèlerinage à Rome. Il était alors à Paris, en fâcheuse posture. L'alchimie, la magie et l'astrologie l'avaient conduit à sa perte, disait-on. Ham considérait ces sciences comme des manifestations variées de la sagesse divine, une opinion qui fit enrager le pape au point qu'il le condamna à des années de prison. Je n'aimais pas le savoir en difficulté mais d'une chose j'étais sûr : il en tirait le meilleur parti possible. Telle était la puissance génératrice de son intellect qu'il trouvait partout et toujours le moyen de poursuivre l'œuvre de sa vie. Ham pouvait théoriser sur un poil de souris ou sur un grain de poussière. Les pierres de sa prison deviendraient partie intégrante de sa démonstration.

Notre départ de Sherwood s'accomplit par le détour de l'une des expériences les plus étranges parmi toutes celles auxquelles se livrait Hood. Ham ayant disparu, les Quatre avaient dû inviter les Parlements verts à me consulter sur les mêmes sujets que lui ; étant son disciple, je devais pouvoir assurer la relève. On ne fit plus allusion au fait que j'avais été marqué au fer, on ne m'adressa ni remontrances ni mises en garde ; je ne reçus que des « requêtes » émanant des Parlements verts qui, dans différentes parties de la grande forêt, se livraient à des expériences exploratoires sous contrôle des Quatre. Ma brûlure n'était pas encore entièrement guérie quand je fus sollicité pour la première fois. Le commentaire de Bert ne se fit pas attendre : Hood devait avoir acquis la conviction que j'avais appris ma leçon. Je m'abstins de souligner qu'il n'avait lui-même jamais été « requis » à d'autre fin qu'à celle de cobaye sur lequel des idées étaient testées, alors qu'en ce qui me concernait, Hood, à ce qu'il semblait, me croyait toujours capable de me servir de ma jugeote. Mesquine pensée, il est vrai, mais aussi démonstration d'amour-propre intellectuel qui me permettait de déjouer quelque peu le pouvoir des Quatre qui englobait et pénétrait toutes choses, une influence à laquelle, je l'avais senti aux heures sombres de ma maladie, il était impossible de se soustraire. Le pouvoir était partout et nulle part, réunissant en sa cause première les attitudes et les opinions les plus contradictoires. Il était chrétien, il était albigeois, il était athée, s'il décidait de l'être. Il tentait tout, admettait et récusait ce qu'il avait admis, trahissait finalement tout le monde et absorbait toutes choses. Quant à moi, ayant été remis à ma place, je pouvais à mon tour servir à quelque chose.

Mon rôle d'observateur me permit d'assister à un certain nombre d'expériences absurdes destinées à assouvir l'insatiable curiosité des Quatre. Un objectif à la fois humanitaire et scientifique était censé les inspirer ; le souci du bien public était invoqué dès qu'il s'agissait de justifier ces folies expérimentales et leur cortège de cruautés. Il était communément admis que ces idées venaient du peuple ! Il est vrai que le peuple participait à toute cette perversion désolante ; il y était assujetti, ainsi qu'à tout le reste. Mais on ne lui avait jamais demandé son avis. A ma grande honte, je dois reconnaître qu'après avoir été marqué au fer rouge, je ne tentai pas de dire ce que je pensais réellement de ces recherches scandaleuses ; bien au contraire, je les encensai comme s'il en allait de l'avenir de l'humanité.

Au nombre des aberrations les plus meurtrières figurait l'élevage des chauves-souris, le réseau des grottes de Creswell servant de cadre à cette expérience. Ces grottes étaient devenues l'habitat permanent d'un nombre incalculable de colonies de chauves-souris. On racontait à Sherwood que Hood y avait fréquemment trouvé refuge, autrefois, du temps où il avait eu maille à partir avec le seigneur de Worksop, puis avec ses descendants. Caché dans les grottes, il avait vécu en compagnie de millions de chauves-souris. Grâce à elles, il avait pu survivre tout un hiver : avec le cuir de leurs ailes, il s'était fabriqué des bottes ; avec la fourrure de leur corps, des vêtements ; leur chair avait constitué le plus clair de sa nourriture. Durant ses séjours à Creswell, il s'était exercé à capter leur langage dont les sonorités stridentes lui avaient révélé les plus subtiles harmonies musicales.

Lorsque je visitai pour la première fois les grottes de Creswell et rencontrai les créatures blêmes et racornies qui avaient été placées là pour rééditer l'exploit mythique de Hood, j'étais chargé d'étudier les effets de cet environnement sur le sens inné de l'espace et des dimensions. Il avait été observé que les sujets se comportaient comme s'ils habitaient un volume infiniment plus grand que lesdites grottes.

Mes propres observations m'amenèrent à tirer rapidement les conclusions suivantes : après six mois passés à vivre dans l'obscurité et en la compagnie exclusive de chauves-souris, les sujets des deux sexes perdaient le sens du déplacement dans un espace donné ; leur pas s'allongeait, leurs gestes devenaient plus larges et plus lents, ils heurtaient fréquemment des obstacles qu'ils auraient évités en situation normale. D'autre part, leurs cheveux tombaient, ils vomissaient fréquemment, perdaient tout intérêt pour l'acte sexuel et se mettaient à faire des expériences de leur cru, lesquelles consistaient pour la plupart à trouver le meilleur moyen de se suicider.

Les débuts de cette expérience remontaient à l'époque où le roi Jean était Hood. Des centaines de personnes avaient déjà trouvé la mort à Creswell lorsque j'y fus moi-même envoyé sur ordre de mon Parlement vert. Grand fut mon étonnement lorsque je mesurai l'ampleur de l'entreprise et l'aspect irréel, sauvage, des habitants des grottes. Chaussés de leurs bottes nervurées, engoncés dans leurs surcots de fourrure brune, ils étaient d'une pâleur spectrale, la peau pourtant parcourue de striures purpurines — leurs propres veines empoisonnées —, la plupart étaient complètement chauves, et à les voir on se serait cru dans les bas-fonds de Sodome et Gomorrhe : furies aux yeux injectés de sang, les pupilles aussi dilatées que la gueule d'une carpe, s'ouvrant et se refermant en quête de lumière.

L'expérience de Creswell n'avait jamais été un succès : être envoyé là équivalait à une sentence de mort. A un mile de là environ, en pleine forêt, se trouvait un cimetière où reposaient ceux qui avaient donné leur vie pour satisfaire le caprice de Hood — un caprice devenu entre-temps héréditaire ! Cependant, personne ne s'avisait de lever la voix pour condamner la poursuite de cette expérience aussi futile que meurtrière. Dans le rapport que j'adressai au Parlement vert, je me contentai d'abonder dans le sens voulu : oui, les sujets de Creswell présentaient une détérioration du sens de l'espace. Cela pouvait être imputé au fait de vivre dans l'obscurité permanente, peut-être aussi à un élément nocif sécrété par l'organisme des chauves-souris. Je fis référence à Aristote (comme de juste), mais aussi à Al Ghazzali qui avait étudié la cécité partielle deux siècles auparavant, à la cour de Bagdad ; enfin, à un petit ouvrage du juif espagnol Avicebron consacré à la différence entre perception divine et perception humaine de l'espace universel. En guise de conclusion, je soulignai que je souhaitais retourner à Creswell pour m'y livrer à des observations plus approfondies. Mais j'insistai pour que l'on m'autorisât à emmener mon père dont la vaste expérience des formes architecturales et des relations spatiales à l'intérieur de structures closes me serait sans nul doute extrêmement utile.

Trois jours plus tard, je recevais la réponse de mon Parlement vert. J'étais autorisé à retourner à Creswell afin de mener à bien la tâche que je m'étais fixée, mais mon père devrait s'y rendre quatre semaines avant moi afin de se familiariser avec les lieux. Il lui serait demandé de profiter de ce séjour prolongé pour tracer un plan d'extension des grottes et galeries souterraines car on avait l'intention de passer à une échelle encore plus grande.

Lorsque Bert reçut l'ordre de se rendre à Creswell, je ne lui dis pas que c'était de ma faute. Les pauvres femmes étaient complètement déconcertées par cette décision. Ces derniers temps, la vie avait affirmé ses droits. Elles s'entendaient bien mieux qu'avant. Trois d'entre elles étaient enceintes. Un nouveau jardin avait été arraché aux fougères. Il y avait lieu de se réjouir de toutes sortes de choses, même de ma présence : j'étais devenu plus docile, plus généreux.

Nous nous sentions de plus en plus proches les uns des autres, comme une vraie famille, partageant les fardeaux du quotidien, bâtissant un futur avec Hood. Condamner à la mort lente de Creswell l'objet de notre fidélité et de notre affection, c'était pour le moins une drôle de façon de récompenser nos efforts conjugués pour mener à bien cette expérience novatrice de polygamie à l'anglaise. Les femmes se fâchèrent au point qu'elles se plaignirent au Parlement vert, exigeant d'être autorisées soit à garder Bert auprès d'elles, soit à l'accompagner. A la suite de cette plainte, le Parlement vert décida de réduire de cinq à quatre le nombre de femmes allouées à mon père. Le divorce ayant été prononcé *ipso facto,* la pauvre grosse Beth, qui m'avait sauvé d'une mort solitaire dans la forêt, fut envoyée à l'est de Retford pour y participer à la mise en œuvre d'un projet de moulin hydraulique d'un modèle inédit. Dans une réponse écrite adressée aux autres femmes, le Parlement vert justifiait sa décision en se retranchant derrière l'autorité des deux philosophes que j'avais invoqués précédemment dans mon rapport sur Creswell : Al Ghazzali et le juif Avicebron qui, sous l'influence de la loi coranique, avaient fixé à quatre le nombre maximum des épouses légitimes d'un homme.

Le départ de mon père pour Creswell se fit dans une atmosphère de tragédie grecque : ni Eschyle ni Euripide n'eussent pu tirer meilleur parti que les femmes de Bert du thème de la séparation. Faisant montre de ce génie typiquement féminin qui consiste à faire et à se laisser faire, ce qui constitue le ciment du monde depuis l'origine de l'humanité, les femmes se démenèrent pour rendre Bert heureux jusqu'au jour redouté. Lorsque celui-ci fut arrivé, elle délaissèrent les pratiques amoureuses et donnèrent carrément libre cours à leur chagrin. Bert ne pouvait admettre qu'on le considérât comme un homme condamné, mais cela n'empêcha pas ses épouses de s'abandonner à une crise de désespoir si intense que les hommes venus pour conduire Bert à Creswell eurent le plus grand mal à le délivrer de leurs interminables embrassements. Je demeurai à l'arrière-plan, peu désireux d'en rajouter, mais n'en surveillai pas moins mon père de très près, tant j'étais curieux de voir comment il me traiterait lorsqu'il se croirait envoyé effectivement au-devant d'une mort inéluctable. Il faudrait bien alors qu'il me dise *quelque chose.*

Bert réussit à me décevoir une fois de plus. Il ne dit rien.

« Prends garde à toi, papa, murmurai-je dans son oreille à l'instant où il allait grimper dans la charrette. Je te sortirai de là, je te le promets.

— Prends plutôt garde à toi et à mes chéries ! » s'écria-t-il, alors que la charrette s'ébranlait et que les femmes échevelées, éplorées, tendaient encore leurs bras dans sa direction. « Ne t'en fais pas pour moi. Quand tu me rejoindras à Creswell, j'aurai trouvé les réponses à toutes leurs questions au sujet des chauves-souris et autres sornettes ! »

Pendant un court instant, je revis le vieux Bert, ses yeux flamboyants, ses grosses pattes de taupe posées sur le rebord de la charrette. Il ne cessait de secouer la tête tandis que je le suivais des yeux, et je l'entendis encore éclater d'un rire provocant après qu'il eut déjà disparu sous les frondaisons.

Cette nuit-là, dans une maison pleine de femmes affligées, j'entrevis la véritable nature des sentiments qui m'attachaient à mon père. Pour la première fois de ma vie, j'étais avec des personnes qui avaient besoin de lui, qui l'aimaient en dépit — et peut-être même à cause — de l'avilissement et de la dégradation qu'il avait subis à leur contact. Bert s'était abaissé dans le but de survivre, puis il s'était abaissé encore dans le but d'aider les autres à survivre : cela lui avait créé des liens qu'il avait toujours refusés dans sa vie précédente. Couché dans mon lit, dans un angle de la pièce où les femmes ne cessaient d'aller et venir en étouffant des sanglots, mes yeux secs témoignaient de ma sécheresse de cœur. Tenais-je tant que cela à sauver mon père ? Ou bien voulais-je avant tout qu'il répondît aussi exactement que possible à ce que j'attendais de lui ? Je l'avais effectivement fait expédier dans les grottes de Creswell dans le but de le purger de son nouveau moi et de précipiter le surgissement de son ancien moi dont j'estimais être le gardien.

Était-ce ainsi que devait se conduire un fils ? me demandais-je, tandis que les femmes s'étaient endormies, épuisées de chagrin. Était-ce la nature qui parlait dans ce cas, ou bien était-ce moi ? Que ne pouvais-je considérer mon père comme un ami, couper une bonne fois ce lien du sang ! La nature m'a rendu supérieur à lui en bien des choses, me disais-je tristement tout en tâchant de devenir sourd aux soupirs des femmes abandonnées à leurs rêves. Dehors, des oiseaux de nuit échangeaient de mélancoliques appels.

Subitement, je me retrouvai assis tout droit, la tête entre les mains.

Ou bien était-ce *lui*, mon père, qui avait délibérément fait de moi son supérieur en maintes choses ? Était-ce ainsi qu'un vrai père se devait d'agir ?

Le mois que je passai à attendre le moment de rejoindre Bert à Creswell fut une bien triste période. Son image de bon mari et l'amour qui lui était dévolu se trouvèrent bientôt exposés aux attaques du pire ennemi de ce genre de choses : le temps. Lorsque le voisinage eut appris que mon père avait été envoyé dans les grottes de Creswell, on ne se priva pas de nous faire savoir combien on nous plaignait ; mais huit jours après déjà, plusieurs hommes venaient à la maison et se mettaient en quatre pour s'attirer les bonnes grâces des femmes délaissées. Durant la première quinzaine, l'une d'entre elles s'absenta si souvent, au mépris de ses devoirs domestiques, que cela donna lieu à des dissensions. Sa conduite éhontée fut bientôt imitée par une autre qui ne voyait pas pourquoi elle continuerait à s'astreindre à faire la besogne de sa consœur pendant que cette dernière s'abandonnait au démon de la lubricité ; à partir de là, toute l'affaire dégénéra en une suite interminable de commérages et de récriminations. Une seule des femmes garda la tête haute et refusa de se laisser tenter. Elle n'était ni la plus jolie ni la plus forte, mais le sens qu'elle avait de son honneur d'épouse lui tenait lieu de force et de beauté. Son nom était Lili et je l'appelai Lili Loyale jusqu'à mon départ pour Creswell. J'avais pour projet d'arracher pour toujours mon père à ses bras ; elle m'avait traité avec bienveillance, veillant à l'ordre et à la propreté de la maison, alors même que les trois autres se complaisaient dans leur fange ; elle se sacrifiait sans exiger de contrepartie et il était à craindre que ce sacrifice dût se prolonger à jamais ; mais je devais être assez dur pour partir en la laissant dans l'ignorance. Aujourd'hui encore, je revois Lili Loyale dans son tablier. Elle se tient dans le potager luxuriant, mince, vulnérable, le regard triste, la main levée en un geste qui dit : Reviens si tu peux, mais je sais bien que tu ne peux pas. Si d'aventure elle a trouvé à se remarier, son nouveau mari doit être un homme heureux. Je le dis car ce sont choses que l'on se plaît à penser.

XXXV

Les grottes de Creswell sont situées dans un défilé de roche calcaire où coule une rivière alimentée par des eaux souterraines. L'endroit est sévèrement gardé. Nombre de désespérés, victimes de cette folie expérimentale de Hood, avaient tenté de s'échapper par la forêt environnante. Jamais personne n'avait réussi. L'état de faiblesse des sujets, leur sens visuel défaillant, la stricte surveillance exercée à l'entrée des grottes et galeries souterraines, tout cela avait concouru à l'échec de ces tentatives. J'avais l'avantage, en arrivant à Creswell, de savoir tout cela. D'autre part, j'étais en grande forme, et dûment préparé aux épreuves qui m'attendaient ; mais je savais que Bert serait mal en point. Personne ne pouvait vivre à Creswell et rester en bonne santé. Il serait un fardeau pendant la fuite. Il me faudrait le chaperonner jusqu'à ce que nous ayons retrouvé la liberté.

On me donna une chambre dans la maison d'accueil, proche des baraquements des archers. Tous les jours, on m'accompagnait jusqu'à l'entrée des grottes et on m'attendait à la sortie. Je ne tentai pas de cacher le souci que j'avais de retrouver Bert, estimant que le contrôleur risquait de concevoir quelque suspicion à mon endroit si je ne manifestais aucun intérêt pour la personne de mon père. On était à présent à la mi-décembre, les sujets dans un état plus pitoyable que jamais, alors que la population des chauves-souris avait l'air de se porter à merveille. Elle s'était d'ailleurs considérablement accrue au seuil de la période d'hibernation, et les voûtes des grottes les plus importantes étaient couvertes de véritables tapis de créatures noires, muettes, suspendues au-dessus des têtes des sujets engourdis de froid. J'allais de l'un à l'autre, tâchant de leur soutirer des commentaires, les encourageant à parler d'eux-mêmes ; en réalité, je n'avais d'autre but que d'interroger leurs faces blêmes, affreuses, afin d'y découvrir éventuellement quelque signe susceptible de m'aider à retrouver Bert. Il ne me restait pas d'autre alternative, étant donné que le contrôleur ne pouvait rien me dire.

Bert ne figurait pas sur son livre.

Il déroula devant moi les listes nominales des sujets, grotte par grotte, ainsi que la liste des gens que l'on avait enterrés depuis la date d'arrivée de Bert : celui-ci n'était mentionné nulle part. A croire que mon père s'était volatilisé.

Une requête fut envoyée à notre Parlement vert afin d'obtenir des informations sur l'actuel séjour de Bert. Le contrôleur pensait que Bert avait été détourné, pendant son transfert à Creswell, vers un autre secteur expérimental. Cela s'était déjà produit plus d'une fois. Les auteurs du détournement étaient vraisemblablement les responsables d'une expérience drastique de longévité basée sur l'athlétisme grec, laquelle était pratiquée dans les environs immédiats de Blyth. « Il leur faut beaucoup de gens car les sujets ne résistent pas longtemps, déclara le contrôleur. Ce ne serait pas la première fois qu'ils auraient puisé dans nos effectifs. »

Je savais qu'il mentait. Les tribulations que j'avais affrontées au cours de mon apprentissage auprès des puissants m'avaient appris à reconnaître partout leur volonté. La partie n'était pas achevée. Ils jouaient toujours avec moi.

Bert était à Creswell. Il m'attendait quelque part, dans ce vaste labyrinthe. Les Quatre savaient exactement où il était, tout comme ils savaient que je ferais tout pour le retrouver. Il était en leur pouvoir de me stopper mais ils m'avaient laissé agir à ma guise jusque-là. Lisant dans leurs pensées, j'en vins à croire qu'ils souhaitaient que mes recherches aboutissent : alors ils en auraient fini avec Hedric Herbertson et Herbert Haroldson, alors il ne leur resterait qu'à se débarrasser d'eux.

Jour après jour je poursuivais mes déambulations de grotte en grotte ; jour après jour je partais en reconnaissance dans le défilé et dans la forêt, à la recherche de mon père. On ne me suivait pas, autant que je sache, et l'on n'exigeait rien de moi non plus. Le contrôleur prit la peine de me demander comment je me sentais : étais-je contrarié ? Avais-je atteint le stade où l'on est entièrement indépendant, libéré de son père ? Oh oui, il était sûr que nous aurions bientôt des nouvelles positives.

Je ne fus pas surpris du tout lorsque, le onzième jour après mon arrivée à Creswell, les archers me réveillèrent deux heures avant l'aube. Ils restèrent là à me regarder pendant que je m'habillai et ne posèrent aucune question lorsque j'emballai mes affaires, ce qui tendait à prouver que je n'étais pas censé revenir. Le contrôleur m'attendait au portail de la maison d'accueil. Je pense que quelque chose dans ma physionomie et dans mon allure générale lui signala que je n'attendais pas d'explications. Il se contenta, en tout cas, de m'adresser un sourire et de hausser les épaules tandis que nous nous engagions dans le défilé. Le bruissement de la rivière ne faisait que souligner le silence qui régnait là. J'étais conscient du froid des grottes proches et de la présence des milliers de chauves-souris accrochées aux parois, attendant la fin de l'hiver.

Nous pénétrâmes dans la plus vaste des grottes, marchant lentement parmi les sujets emmitouflés dans leurs cottes couvertes de chiures de chauves-souris. Aucun ne broncha. Ces gens-là ne s'intéressaient pas davantage à notre présence que les bestioles en hibernation. Au fond de la grotte, nous nous glissâmes dans une étroite galerie où coulait de l'eau. On me donna une torche et on me fit passer devant car il était impossible d'avancer autrement qu'à la queue leu leu. Nous progressâmes dans la galerie pendant une demi-heure environ, nous glissant entre les parois, nous courbant sous la voûte très basse par endroits, franchissant de petites chutes d'eau dont le bruit emplissait le passage.

Étant arrivé sans encombre au pied d'un goulet d'étranglement fort pentu et glissant, je me retournai pour éclairer ceux qui me suivaient. Il n'y avait personne derrière moi. J'attendis, la torche levée au-dessus de ma tête, mais personne ne se montra.

Le message était clair. Je devais continuer seul.

Le chemin qui me restait à parcourir n'était pas bien long. Dix autres minutes de descente dans la galerie et j'étais arrivé à l'endroit où les Quatre voulaient que je sois.

Certains pensent que l'unique source originelle de lumière est Dieu : toute manifestation lumineuse, quelle que soit sa forme, serait issue de cette source primordiale. La phosphorescence du poisson de mer, celle de la mer elle-même, en particulier dans les climats chauds, est une parcelle de lumière divine. La clarté lunaire et celle des étoiles en général, la lumière de l'œil humain et celle de l'œil du hibou sont, dit-on, des dons du Dieu du Bien. Le soleil n'est pas nécessaire. Dans la nuit la plus sombre, une chose peut briller de ce qui est au-dedans d'elle : son essence.

Que le marbre dans une grotte obscure puisse produire sa propre lumière, cela n'étonnera donc pas le philosophe. Le maçon, en revanche, s'étonnera pour deux. Je me glissai entre deux pans de roche lisse au bout de la galerie, et me retrouvai sous une spacieuse coupole où régnait une lumière d'une incomparable douceur. Quoique préparé à subir des chocs, ce fut tout juste si je réussis à réprimer le cri qui me monta aux lèvres à cette vue. Cependant, je réussis, tant bien que mal, à brider mon ravissement et ma crainte. De l'endroit où je me tenais, à la sortie de la galerie, je pus voir que la lumière n'était pas statique : elle se mouvait, ondoyante, à perte de vue. Loin au-dessus de moi, je pus distinguer l'aube dont la clarté était accentuée par la pierre sur laquelle elle tombait, la coupole elle-même étant si fine et délicate qu'elle laissait pénétrer la lumière du dehors. Comme je restais là, la tête levée, je distinguai des perles d'humidité roulant sur la coupole : la rosée, me dis-je, me contraignant une fois de plus à ne pas pousser un cri. Un dôme si fin que la rosée se voyait au travers !

J'avais eu d'emblée la sensation que je n'étais pas seul en ce lieu. Je fouillai des yeux l'édifice et aperçus plusieurs hommes perchés sur un échafaudage en forme de tour collé contre une paroi. Je connaissais leurs gestes, leurs outils, leurs appels. Pas un instant je ne doutai que Bert fût avec eux. Ce que je ne parvenais pas à déchiffrer dans cet ensemble grandiose, c'était *le style.* Émerveillé, je m'avançai sous la coupole.

Les mots pour le dire ne sont pas donnés à tout le monde. En tant qu'ouvrier de la pierre, il m'a fallu lutter pour me servir des mots à la place de mes outils. Approcher la perfection en deux domaines différents est un privilège accordé à très peu d'hommes et je crains fort de n'être pas de leur nombre.

Ce que je voyais là, c'était ce que le monde attend encore de voir : le Second Style de l'Émergence que j'ai entre-temps développé pour donner forme au Troisième. Comme je me suis imposé à moi-même, en guise de pénitence, de ne point recourir aux nouveaux styles mais de me restreindre à l'ancien, et ce jusqu'au jour où j'aurai expié totalement mon crime, aucun édifice n'a été jusqu'alors bâti ni dans le Second ni dans le Troisième Style. Lorsque mon livre sera achevé et incinéré face à l'autel, le moment sera venu pour moi de libérer la forme nouvelle. M'étant fait une réputation de grand architecte dans un style que je savais obsolète, il était raisonnable de penser que je trouverai le moyen, le moment venu, d'accomplir mon œuvre. Mais d'abord, les mots. Il me faut tenter de décrire ce que je vis. Le résultat sera sans doute un peu maigre mais qu'à cela ne tienne, je le dirai avec les mots que je connais.

Le dôme était une pellicule de marbre pur si finement ouvragée que la lumière la traversait comme si c'eût été du verre. Cet ensemble, cependant, n'était pas plus qu'un dais, un ciel artificiel tendu sur l'édifice proprement dit, une structure de cent douze pieds six pouces de long sur quatre-vingt-sept pieds six pouces de large et de haut, présentant la forme d'un œuf posé sur le sol de la grotte, en équilibre.

Il n'y avait pas d'échafaudage dressé contre cette structure, la besogne en cours se limitant aux parois de la grotte qui l'enveloppait. On taillait dans la roche, du sol jusqu'au dais, un réseau de fines nervures formant de multiples paraboles, unique réminiscence du style courant dans le monde extérieur, le Premier, l'Ogival.

J'étais là, transporté par l'audacieuse beauté de l'édifice. Plusieurs personnes se tenaient près de l'entrée, regardant dans ma direction. Mais de mon côté, je n'avais d'yeux que pour la forme merveilleuse dont je savourai tous les détails, promenant lentement mes yeux sur le fenestrage constitué d'une multitude d'ouvertures minuscules. Tandis que les voiles de rosée glissaient peu à peu en spirales vers le bord inférieur du dais, des tourbillons de lumière scintillèrent sur les petits bouts de verre répartis sur toute la surface de la coquille. La partie la plus haute de l'œuf s'ornait d'une double excroissance de tourelles délicatement incurvées, pas plus hautes qu'un homme, qui me firent penser aux antennes d'un insecte. A première vue, ces antennes pointées à l'aveuglette me parurent plutôt insolites, m'empêchant d'accepter totalement la forme proposée : ensuite, constatant leur effet sur mes sens, je ne pus qu'approuver d'enthousiasme leur existence.

Les gens qui se tenaient près de l'entrée avancèrent dans ma direction. Je savais qu'il ne me restait qu'un instant de solitude pour savourer pleinement la perfection de cette création splendide ; mon amour pour elle avait été immédiat et sans réserve. Comment cette œuvre avait pu être accomplie, je n'en avais aucune idée, je savais seulement qu'elle avait été conçue par un homme de génie. Je tâchai d'imprimer dans mon esprit cette première impression de manière à ce qu'elle y demeurât à jamais inscrite. Souffrance, amertume, brutalité, rien ne devait pouvoir l'effacer de ma mémoire. En fait, cette forme ovoïde se laissait aisément assimiler : elle glissa dans mon esprit comme dans un nid. Ma compréhension de ce qu'elle signifiait était absolue. Je n'avais pas besoin que l'architecte me donnât des explications.

C'était une réaction contre toute cette ennuyeuse verticalité du

Premier Style qui pointe encore et toujours ses flèches en direction du ciel, comme pour le menacer, perpétuel défi lancé à Dieu par des rois et des papes se hérissant contre leur propre condition de gnomes. L'œuf disait : Ne compromets pas ton bonheur pour trouver Dieu ; prie plutôt pour n'être pas effleuré par le divin ; presse-toi contre terre ; pars à la découverte de toi-même. Que ton message à l'intention des Créateurs soit le suivant : Laissez-nous trouver tout seuls ce que nous sommes, revenez quand vous verrez que nous sommes aptes à vous accueillir. Alors, nous serons prêts pour un nouveau style et un nouveau commencement. L'œuf sera devenu obsolète à son tour.

« Tu as raison de trembler, Hedric », dit une voix qu'il me semblait ne pas avoir entendue depuis des années. Je cherchai des yeux son propriétaire et découvris Old Robert. Dans la lumière extraordinaire, il avait l'air beaucoup plus jeune. Ensuite, il m'apparut qu'il y avait quelques mois seulement que nous avions été ensemble à Guildford.

« Incline-toi devant ton roi », murmura Old Robert en me prenant par le coude. Puis, à voix haute : « Il est confus, Sire. Donnez-lui un instant pour se ressaisir. »

Old Robert me fit asseoir sur un roc en me retenant par la main. Je levai les yeux et rencontrai le visage à la paupière tombante. Le roi me dévisageait avec froideur. Puis il se pencha vers Montfort qui se tenait à côté de lui, le front sourcilleux.

« Pensez-vous qu'il soit dégoûté ? Aurions-nous offensé son sens esthétique ? dit-il de sa voix traînante. Il ne devrait tout de même pas être nécessaire de lui expliquer ce que c'est. Après tout, c'est son propre père qui a conçu cet ouvrage.

— Non ! »

Je bondis sur mes jambes, m'arrachant à la main de l'évêque. Montfort ricana et recula d'un pas comme pour me livrer passage.

« Pourquoi me dis-tu non, mon garçon ? fit le roi malicieusement. As-tu oublié les bonnes manières que nous t'avons enseignées ?

— Ce n'est pas mon père qui l'a conçu ! » insistai-je.

Le roi Henri balaya ma remarque d'un geste.

« Oh, il n'est pas nécessaire de protéger ton père. Ce que son imagination a accompli mérite notre crédit. A présent, nous avons bâti ceci et nous pouvons voir de quoi il retourne. Fais-nous savoir ce que tu en penses, si tu as un moment. »

Old Robert sourit derrière sa main. Le roi lui jeta un rapide coup d'œil puis se retourna dans ma direction.

« Tu devrais être fier de ton père, me lança-t-il d'un ton de reproche. Mais, ne veux-tu pas entrer ? »

Il n'avait pas fini de parler que je me portais en avant, tout excité à l'idée de voir de l'intérieur l'effet produit sur le fenestrage par la lumière tombant du dais.

Le roi s'écarta pour me laisser passer. Arrivé à sa hauteur, je hâtai le pas.

Nombre d'édifices deviennent moins attrayants au fur et à mesure que l'on s'en approche. Ils ont besoin d'être vus en perspective, de loin, en même temps que le paysage qui les entoure. L'œuf, bien au contraire, m'attirait comme un aimant tandis que je me portais à sa rencontre, affirmant son pouvoir, ajustant sa beauté à ma proximité. Je n'avais pas encore atteint l'entrée que je me sentais saisi dans un puissant et invisible embrassement, l'esprit occupé par deux formes : celle que j'avais vue, en équilibre dans son espace ; et l'autre, celle qui entraînait mon être dans son flot ascendant, symétrique, comme si j'en faisais partie intégrante, un flocon de poussière tournant en rond sur et sous la pierre satinée et courbe.

Je n'osai pénétrer en ce lieu.

Mon cœur cognait dans ma poitrine. Mes jambes étaient de plomb. Qu'est-ce que je faisais là, moi qui étais si ignorant, si faible et si incomplet ? Ceci était l'apogée. Le couronnement de mille années d'inspiration et de labeur. C'était une merveille, une œuvre si puissante qu'il avait fallu la bâtir en secret. Et le moment n'était pas encore venu de la lâcher dans le monde. Une fois que je l'aurais contemplée, une fois que j'aurais absorbé tous ses effets, ses dimensions et son sens, je serais à jamais son esclave. Jamais il ne me viendrait une idée susceptible de concurrencer le Second Style.

Le roi, Old Robert et Montfort me rejoignirent. Soulevant précautionneusement son pied, Sa Majesté le posa sur la première des minces marches de marbre suggérant par leur courbure la forme ovoïde et m'interrogea simultanément du regard.

« Alors, apprenti, tu ne veux pas entrer ? dit-il avec douceur en me tendant la main. Allons, viens voir ce qui a été fait. »

Ce n'était pas le moment de me complaire dans mon petit moi. Toute étroitesse, toute insuffisance eussent été un affront à la sublime beauté qu'il m'était donné de contempler. Ah, si seulement j'avais pu vider d'un coup ma tête de toutes les notions périmées dont elle était farcie !

Sous la coquille, il y avait une seconde coquille intérieure, mais celle-ci fracturée en de nombreux endroits de manière à laisser apparaître les nervures et lignes de naissance. Ces rayures étaient assez nombreuses pour suggérer un mécanisme doté d'une énergie propre capable de maintenir en place la structure tout entière, comme une énorme main s'ouvrant de l'intérieur. Là était le Dieu absent à l'extérieur, soutenant sa Création, mais sans nul effort apparent, adroitement, tendrement, de l'intérieur, intégré à une machine conçue par un homme. Le divin était une nervure, une marque au ciseau, une cheville, non pas ce vide tonitruant dans lequel plongeaient aveuglément les pointes, tours et flèches des œuvres du Premier Style.

Il n'y avait ni autel ni nef ni chœur : un volume unique. Dans la partie la plus haute de l'œuf, un homme œuvrait sur un échafaudage volant. Je n'eus pas besoin de m'approcher pour reconnaître cette silhouette trapue, la tête directement posée sur les larges épaules, comme enserrée dans une couronne de cheveux grisonnants.

« Nous permettons à ton père de mettre la dernière main à l'édifice, me dit Montfort à l'oreille. C'était son idée. Plus qu'aucun génie, il a souffert pour qu'elle voie le jour. Nous n'avons pas voulu qu'il bâtisse le corps principal, cela ne correspondait pas à son tempérament. Mais son esprit est à l'origine de l'ensemble, aussi le mérite lui en revient-il en grande partie. Tu peux lui parler maintenant. »

Je secouai violemment la tête.

« Tu ne veux pas parler à ton propre père ? L'applaudir ? Le féliciter ? Oh, Hedric, ce n'est pas bien ! gronda Old Robert. Ne faut-il pas l'admirer d'avoir conçu pareille beauté ?

— Ce n'est pas lui qui l'a conçue, grommelai-je entre mes dents. Il n'a jamais été que l'aide de Hans Seersach. Je doute que mon père ait jamais fait plus que nettoyer les plumes du maître !

— Oh, nous n'avons pas oublié le Flamand », intervint le roi en s'engageant dans la partie ascendante de la courbe du sol, en direction de l'endroit où mon père était en train de besogner. « Herr Seersach est toujours avec nous. »

Il me fit signe de le rejoindre. Lorsque j'atteignis la place où il se tenait, il désigna quelque chose entre ses jambes.

Sous une dalle de quartz pur était allongé le cadavre de Hans. Il portait son tablier de maçon. Entre ses pâles mains jointes, il tenait une équerre ; à ses pieds était disposé un jeu de maillets ; en équilibre sur sa face se dressait le compas d'appareilleur, les deux pointes enfoncées dans ses yeux.

« A présent l'œuvre est achevée et tous mes frères rois l'ont vue, le pape et l'empereur l'ont vue, ainsi que les chefs hérétiques et les mollahs de Mahomet, et tous ceux auxquels il importait de la montrer..., dit le roi en effleurant de son chausson la dalle de quartz. Il a été convenu qu'une telle chose ne devait pas exister — en dehors d'ici. Ton père a accepté le poste de conservateur. Nous l'appellerons l'Offertoire de Hood, je pense, et nous en serons quittes. Tu lui serviras d'assistant. Si, durant les années que tu vas passer ici, quelque notion nouvelle devait t'assaillir, quelque nouveau ferment surgir dans ton esprit, fais-le-moi savoir par le contrôleur.

— Pourquoi avez-vous fait cela à Hans ? balbutiai-je sous le coup d'une indignation irrépressible.

— Pour reconnaître l'aide qu'il a apportée à ton père, repartit le roi en levant les yeux vers l'échafaudage où Bert s'affairait. Un jour, ton père reposera également ici, mais dans une position plus éminente. »

Je m'élançai dans la courbe montante, vers l'endroit où les cordes de l'échafaudage suspendu étaient attachées à deux gros blocs de marbre incurvés. Tandis que je m'efforçais de défaire les cordes, je levai les yeux vers Bert qui, de son côté, me regardait d'en haut, un ciseau dans l'une de ses grosses pattes.

Old Robert fut seul à s'inquiéter de ce que j'étais en train de faire. Il trottina dans ma direction pour tenter de m'arrêter mais son pas était incertain et il était trop lent. Le roi resta là où il était, debout au-dessus de Hans, la mine renfrognée. Simon de Montfort avait reculé jusqu'au point le plus bas de la courbe et se tenait là, le visage tourné dans l'autre sens.

Je libérai l'une des cordes et l'échafaudage s'affaissa d'un côté jusqu'à pendre à la verticale. Bert était cramponné après, son maillet et son ciseau tintèrent sur le sol de marbre.

« Pourquoi ? s'écria-t-il. Pourquoi ? »

Puis il fit une chose étrange. Sans attendre que j'aie libéré la deuxième corde, il plongea silencieusement dans le vide, tête en avant, de manière à se rompre la nuque.

XXXVI

C'EST ainsi que je délivrai mon père et l'emmenai avec moi loin de cet endroit. Il devint une partie de moi-même, incorporé à ma nature à l'instant de sa mort. Lorsque je fus envoyé, enchaîné et accompagné de quatre moines maçons bénédictins, de Creswell au port de Whitby, Bert était avec moi ; lorsqu'on me jeta enchaîné dans le bateau, il était là, vivant en moi ; ensemble nous longeâmes la côte est et il était toujours là, dans ma poitrine, lorsque nous contournâmes les caps sauvages du nord de l'Écosse et débarquâmes enfin à Iona, la condamnation du roi pesant sur sa tête non moins que sur la mienne. Ni Henri III ni Hood ne retinrent le meurtre contre moi et je ne fus pas remis aux mains de la justice séculière. Il avait été admis que mon acte ne devait pas tomber sous le coup des lois humaines, étant donné les tribulations qui m'avaient été imposées pour les besoins de mon éducation et l'état de tension et de trouble extrêmes où j'étais plongé au moment du meurtre. Les Quatre endossèrent la responsabilité de la mort de Bert mais sans pouvoir toutefois m'absoudre du péché de parricide. Il s'agissait d'un crime contre l'esprit et les Quatre exigèrent uniquement que ma pénitence fût aussi sévère que possible. On décida finalement de m'envoyer dans un autre royaume et de porter le cas devant l'abbé d'un monastère situé le plus possible à l'écart du monde, et j'ai tout lieu de penser que cette décision fut inspirée par maître Henry de Reyns. Il était malade à l'époque de la mort de Bert, d'où son absence à l'Offertoire de Hood. Mais l'idée de me confier aux soins d'ascètes qui exerceraient à mon endroit leur austère charité, voilà qui ressemble bien à mon héros. Maître Henry connaissait mon esprit, il savait que je relèverais le défi des plus lourdes tâches expiatoires et qu'à travers elles, j'accomplirais mon œuvre. « Que ta vie et ton génie soient une seule et même chose, me disait-il en secret. Souffre, crée, unifie. Supplée aux défaillances des Dieux mais fuis l'orgueil comme la peste ! »

Cet acte de compassion, je le devais — bien que j'aie encore du mal à l'admettre — à la seule qualité qui méritait qu'on me laisse la vie sauve, à savoir mon génie. Si j'avais été un ouvrier ordinaire, on m'aurait mis à mort, à l'instar, semble-t-il, de tous ceux qui contribuèrent à la construction de l'œuf, le fait étant qu'aucun d'entre eux ne réapparut jamais dans le monde extérieur. Les Quatre ne purent se résoudre à détruire la seule chose en moi qui présentât quelque valeur à leurs yeux. Que ne m'ont-ils accordé la vie par égard pour ma condition d'homme, ma jeunesse, voire même mon bon droit : dans ce cas, au moins, d'autres que moi eussent profité de leur magnanimité. Mais les Quatre n'étaient pas de cette race d'hommes. Ils n'accordaient aucun crédit aux vertus qui sont données plutôt que conçues : la simple bonté que nous autres grands artistes devons exprimer par nos créations. Il nous faut lutter pour y faire figurer ces vertus à leur place, de façon à ce qu'elles ne soient ni trop apparentes ni trop déguisées ; c'est au cours de cette lutte que nous découvrons qu'il n'y a pas de conflit entre l'art et la vérité ; entre l'art et l'honnêteté, par contre, la guerre ne cesse de faire rage.

Ce livre a été commencé à bord d'un bateau. Les premiers mots furent écrits tandis que nous attendions que la marée nous entraîne dans le port. Sa rédaction s'est poursuivie ensuite dans les lieux les plus divers, sous des arbres et dans des fourrés, dans des églises et des chambres d'hôtes, dans des tavernes, des granges, des chaumières abandonnées. De toutes les tâches que j'ai accomplies durant ma vie — et j'ai bâti plusieurs grands temples à différents dieux, des palais, des forteresses, des demeures, et même, dans l'est de la Turquie, un harem — ce fut de loin la plus ardue. S'il se trouvait un écrivain pour me faire part de son désir d'accéder à une forme d'expression moins pénible, je lui recommanderais d'embrasser ma profession, de se tourner vers la pierre. Me tenant devant tel ou tel de mes édifices achevés, j'ai eu plus d'une fois la sensation que mon rêve était là, sous mes yeux, pleinement réalisé, au point que j'en éprouvais de la vénération pour moi-même. A présent que je relis tout ce que j'ai écrit, je suis bien loin d'éprouver pareil sentiment. Les mots ne sont pas porteurs de joie ; ils ont pour effet de repousser la vérité en deçà du point où elle nous révèle son essence.

On dit d'Iona que c'est une île sacrée, qui possède sa lumière propre, son climat propre. Vivre ici, c'est vivre retiré du monde, loin de la corruption et des appétits humains. Lorsque je regarde le soleil à travers la brume sur la mer, je ne puis m'empêcher de songer au dais de Creswell. A ma connaissance, l'œuf est toujours là, sous le contrôle de Hood qui est à présent Édouard, fils d'Henri. Édouard ne se pique pas d'architecture comme le faisait son père. C'est un guerrier et son Hood servira davantage l'art de la guerre. D'après ce que j'ai entendu dire sur la route, en remontant de Winchelsea, le sang coule à flots ces derniers temps à Sherwood. Je me suis appliqué à me tenir à bonne distance de Sherwood que j'ai contourné par l'ouest, résistant au désir de revoir l'Offertoire de Hood et de me recueillir sur la tombe de mon père. Le roi Henri m'a envoyé à Iona un dessin de cette tombe exécuté par un frère maçon en captivité à Creswell. C'était la marque de Bert, le HH tout simplement mis en perspective, transformé en 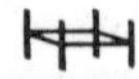, un lit de marbre sur lequel il repose.

C'est un bien curieux sentiment qui s'empare de moi tandis que me voici foulant derechef les grèves d'Iona : j'étais un petit garçon la dernière fois que je suis passé là ; à l'époque déjà je n'avais d'autres compagnons — les moines ayant été invités à m'ignorer — que quelques moutons malingres et d'innombrables oiseaux de mer. Il y a des galets de toutes les couleurs sur les grèves d'Iona, des roses, des verts, des noirs ; maçons et mortelliers en ont fait largement usage pour bâtir le monastère. Chaque fois que j'en vois un pris dans le mortier, je revois Hans Seersach, son imagination glorieuse prisonnière du mortier gris, morne, laid, dont le monde est prodigue. Lorsque j'aurai expié ma faute, j'extrairai le galet du mortier, je le polirai jusqu'à ce qu'il brille, je montrerai aux nations l'homme envers qui j'ai une dette.

Il y a des problèmes auxquels il me faudra faire face à l'avenir. Mon Troisième Style de l'Émergence s'écarte aussi hardiment de la mode française ornementée d'aujourd'hui que celui de Hans Seersach s'écartait du Premier Style. Ma création s'enracine dans l'œuvre de Seersach qu'elle prolonge et transforme. Une fois que sera connue l'existence de cette nouvelle forme architecturale, dérangeante et susceptible de s'imposer au monde, les autorités s'interrogeront sur sa valeur et son origine. La confrérie n'est plus ce qu'elle était, notre foi ayant été incorporée à l'Église chrétienne au point qu'elle ne s'en distingue quasiment plus et a cessé, en tout cas, d'être une religion indépendante. Nous ne sommes désormais guère plus qu'un anneau dans le nez du Christ. Je ne m'attends pas à être défendu par mes frères maçons. Ils en sont arrivés à détester quiconque fait tanguer le bateau.

Mon projet est de produire un *fait accompli.* Je me suis laissé dire que Thomas Cantilupe, le vieil évêque de Hereford, ami intime et allié de Simon de Montfort — tué au cours d'une révolte tandis que j'étais loin (j'ai appris la nouvelle alors que je séjournais à Ravenne) — avait une fille naturelle. Après la mort de Cantilupe, voici cinq ans, cette fille a hérité de la fortune de l'évêque, une fortune qu'elle dépense volontiers pour favoriser la création d'œuvres architecturales nouvelles. Ses goûts sont féminins, cela va de soi, et elle a aidé plusieurs architectes qui tentent précisément d'atténuer le caractère aigu du Premier Style en élaborant des formes plus arrondies. Cela peut paraître un ajustement mineur au regard de l'ensemble des transformations proposées par mon Troisième Style, il n'en reste pas moins que c'est un pas dans la bonne direction. Si je parviens à la persuader d'examiner mes dessins et d'écouter ce que j'ai à lui dire, il y a une bonne chance qu'elle me permette de bâtir quelque chose, à titre expérimental, dans une partie retirée de ses terres. Quand ce sera chose faite, nous inviterons un ecclésiastique local bénéficiant d'une réputation d'ouverture d'esprit puis un jeune seigneur bien en cour et notoirement favorable aux idées nouvelles. A tous deux, nous montrerons mon œuvre. De cette manière, nous progresserons lentement jusqu'à l'oreille du roi.

Je porte encore dix à vingt années de vie en moi. Ma santé est bonne. J'ai tiré nombre de leçons de mes expériences. Avec un peu de ruse et de la suite dans les idées, je devrais arriver à faire fructifier mon Troisième Style avant de mourir. Tout ce que j'ai pu bâtir en Moscovie, en Égypte et au Tibet ne pèsera finalement pas lourd en comparaison de ce qui doit surgir de la voie nouvelle qui s'ouvre devant moi. Et pour cause : si je réussis j'aurai contribué à retourner le monde dans le sens voulu, vers le dedans.

Pendant vingt mois, alors que l'abbé réfléchissait à la pénitence qu'il convenait de m'infliger, j'ai œuvré à l'intérieur de l'église abbatiale d'Iona. Il y a, au nord du chœur, deux arcs ornementés de dents de chien. Ces dents sont de ma main, témoignages arrachés à la pierre jour après jour, du fond de mon affliction, sous le regard de mon père.

Le jour même où je devais achever cette besogne, je fus mandé par l'abbé ; je me présentai à lui tel que j'étais, les cheveux blancs de poussière de pierre, mes outils cliquetant dans la poche de mon tablier.

« Devant Dieu, Père de tous les hommes, tu as franchi la limite du péché mortel, me dit-il, la bouche pincée, amincie par le jeûne. En tuant ton père, tu as tué ton créateur, et à travers lui, c'est au Créateur de toutes choses que tu as porté atteinte. Cette atteinte n'a pas d'importance en soi et Dieu n'en a cure. L'important, c'est l'âme en deçà de ton acte. »

L'Albigeois et le chrétien en moi ont accepté son jugement. Le lendemain matin, je fus emmené en bateau jusqu'à l'île de Mull. De là, je partis pour mon premier pèlerinage, sans rien dans ma bourse, sans autre moyen d'existence que mon savoir-faire. A présent, au terme de mon troisième pèlerinage, ayant réalisé la moitié de mon œuvre en différents points du monde, me voici de retour à Iona, portant toujours Bert dans mon sac, afin d'obtenir mon absolution.

L'abbé qui fixa ma pénitence est mort depuis longtemps. Son successeur est parfaitement informé de mon cas, tous les détails ayant été scrupuleusement consignés par un acte envoyé au roi Henri à l'époque de mon jugement. L'abbé a accepté les preuves de mes voyages à Saint-Jacques-de-Compostelle, Rome et Jérusalem.

Il ne me reste qu'à entrer dans l'église et à porter mon livre jusqu'au feu qui brûle face à l'autel. Il y a assez d'huile pour l'entretenir pendant une heure, ensuite il s'éteindra. L'abbé a chargé cinq moines du chœur de prier pour moi afin que la force me soit donnée d'achever mon livre. Je n'y suis pas parvenu hier et le feu s'est éteint. Ce n'est pas que je veuille préserver mon livre des flammes mais je n'arrive pas à trouver le dernier mot.

Ce n'est pas de l'orgueil.

La composition de ce livre
a été effectuée par Bussière à Saint-Amand,
l'impression et le brochage ont été effectués
sur presse CAMERON
dans les ateliers de la S.E.P.C. à Saint-Amand-Montrond (Cher)
pour les Éditions Albin Michel

Achevé d'imprimer en octobre 1990.
N° d'édition : 11359. N° d'impression : 2276-1691.
Dépôt légal : novembre 1990.